Guy de Maupassant
Fünfzig Novellen

manesse im dtv

Guy de Maupassant

Fünfzig Novellen

Ausgewählt und übersetzt
von N. O. Scarpi
Nachwort von Josef Halperin

Deutscher Taschenbuch Verlag
Manesse Verlag

Juni 1993
Deutscher Taschenbuch Verlag GmbH & Co. KG,
München

Gestaltungskonzept: Max Bartholl
Umschlagbild: ‹La Servante de Bocks› (Ausschnitt)
von Edouard Manet (1832–1883)
Gesamtherstellung: C. H. Beck'sche Buchdruckerei,
Nördlingen
Printed in Germany · ISBN 3-423-24020-2

Mehrere Tage hintereinander hatten Trümmer der geschlagenen Armee die Stadt durchzogen. Es war keine Truppe mehr, es waren zersprengte Horden. Die Männer trugen lange, schmutzige Bärte, zerfetzte Uniformen, und sie schleppten sich schlaff, ohne Fahne, ohne Ordnung. Alle wirkten gehetzt, bedrückt, zu keinem Gedanken, zu keinem Entschluß fähig, sie marschierten nur noch aus Gewohnheit und fielen vor Müdigkeit hin, sobald sie haltmachten. Man sah vor allem die Mobilisierten, friedfertige Leute, ruhige Rentner, gebeugt unter der Last des Gewehrs; kleine, hurtige Mobilgardisten, leicht abgeschreckt und rasch begeistert, bereit zum Angriff wie zur Flucht, und dann in ihrer Mitte ein paar Rothosen, Überreste einer in einer großen Schlacht aufgeriebenen Division, Artilleristen in dunklen Uniformen, in einer Reihe mit Infanteristen verschiedener Truppenteile, und hin und wieder den leuchtenden Helm eines Dragoners, der Mühe hatte, mit seinem schweren Schritt dem leichteren Gang der Linientruppen zu folgen.

Legionen von Franctireurs mit heroischen Bezeichnungen, «die Rächer der Niederlage», «die Bürger des Grabes», «die Todbringer», zogen jetzt mit ihren Räuberallüren vorüber.

Ihre Führer, einstmals mit Stoff oder Getreide, mit Talg oder Seife handelnd, Gelegenheitskrieger, ihrer Taler oder der Länge ihrer Schnurrbärte wegen zu Offizieren ernannt, bedeckt mit Waffen, Flanell und Goldstreifen, sprachen mit dröhnender Stimme, diskutierten Feldzugspläne und wollten allein das sterbende Frankreich auf ihren Prahlerschultern stützen; doch manchmal hatten sie auch Angst vor ihren eigenen Soldaten, einem richtigen Gesindel, zu Zeiten tapfer bis zum Äußersten, meist aber nur auf Plünderung und Ausschweifung bedacht.

Man sagte, der Einmarsch der Preußen in Rouen stehe bevor.

Die Nationalgarde, die seit zwei Monaten in den benachbarten Wäldern sehr vorsichtig auf Erkundung ausging, hie und da die eigenen Wachen erschoß und sich zum Kampf bereitete, wenn ein Kaninchen durchs Unterholz raschelte, war in ihre Häuser zurückgekehrt. Ihre Waffen, ihre Uniformen, ihr ganzes Mordgerät, mit dem sie einst auf drei Meilen in der Runde die Steine der Landstraßen erschreckt hatten, war plötzlich verschwunden.

Die letzten französischen Soldaten hatten endlich die Seine überschritten, um über Saint-Sever und Bourg-Achard nach Pont-Audemer zu gelangen; und hinter ihnen ging, zwischen zwei Ordonnanzoffizieren, der General, verzweifelt, weil er mit diesen unverschmelzbaren Splittern nichts wagen konnte, selbst wie vor den Kopf geschlagen durch den furchtbaren Zusammenbruch eines sieggewohnten Volkes, das trotz seiner sprichwörtlichen Tapferkeit vernichtet worden war.

Dann hatte eine tiefe Stille, eine entsetzte, schweigende Spannung über der Stadt gelastet. Viele fette Bürger, deren Mannhaftigkeit unter ihrem Gewerbe Schaden genommen hatte, warteten angstvoll auf die Sieger und zitterten davor, man könnte ihre Bratspieße oder ihre großen Küchenmesser als Waffen ansehen.

Das Leben schien stillzustehn; die Läden waren geschlossen, die Straßen stumm. Hin und wieder schlich ein Einwohner, durch dieses Schweigen verschüchtert, hastig die Mauern entlang.

Die Angst des Wartens brachte es mit sich, daß man schließlich die Ankunft des Feindes geradezu ersehnte.

Am Nachmittag des Tages, der dem Abzug der französischen Truppen folgte, sprengten einige Ulanen, die, man wußte nicht, woher, plötzlich aufgetaucht waren, eilig durch die Stadt. Dann, ein wenig später, stieg eine schwarze Masse von dem Hügel Sainte-Catherine herunter, während zwei andere Kolonnen der Eroberer auf den Straßen von Darnetal und Boisguillaume erschienen. Die Vorhuten der drei Korps trafen sich fast zur gleichen Minute auf dem Platz vor dem Rathaus; und über alle Nachbarstraßen drang die deutsche Armee ein und ergoß ihre Bataillone über das Pflaster, das unter ihrem harten Taktschritt dröhnte.

Befehle, von einer unbekannten, gaumigen Stimme geschrien, stiegen an den Häusern hoch, die verlassen und tot zu sein schienen, während hinter den geschlossenen Läden Augen nach diesen siegreichen Männern spähten, die durch «Kriegsrecht» die Herren über Stadt, Vermögen und Leben waren. Die Einwohner in ihren verdunkelten Zimmern waren von jenem Entsetzen gepackt, das Sturmfluten, das die großen mörderischen Erdbeben verursachen, gegen die jede Klugheit und jede Kraft nutzlos ist. Denn dieses gleiche Gefühl taucht jedesmal auf, wenn die festgelegte Ordnung der Dinge umgestürzt wird, wenn es keine Sicherheit mehr gibt, wenn alles, was menschliche und natürliche Gesetze schützten, auf Gnade und Ungnade einer blinden, unbewußten wilden Brutalität ausgeliefert ist. Das Erdbeben, das unter den einstürzenden Häusern ein ganzes Volk zerschmettert, der Fluß, der bei der Überschwemmung ertrunkene Bauern samt den Kadavern der Rinder und den Dachbalken mit sich reißt, oder eine siegreiche Armee, die die Verteidiger massakriert, andere als Gefangene mitschleppt, im Namen des Säbels plündert und beim Dröhnen der Kanonen ihrem Gott dankt, das sind jene schrecklichen Geißeln, die jeden Glauben an die ewige Gerechtigkeit, den man uns lehrt, alles Vertrauen in den Schutz des Himmels und zur Vernunft des Menschen wanken machen.

Doch an jede Türe pochten kleine Abteilungen und verschwanden dann in den Häusern. Auf die Eroberung folgte die Besetzung. Für die Besiegten begann die Pflicht, sich den Siegern gegenüber liebenswürdig zu zeigen.

Nach einiger Zeit war der erste Schrecken überwunden, und neue Ruhe stellte sich ein. In vielen Familien aß der preußische Offizier mit bei Tisch. Manchmal war er wohlerzogen, hatte für Frankreich höfliches Bedauern und machte aus seinem Widerwillen gegen diesen Krieg kein Hehl. Man war ihm für dieses Gefühl dankbar; und schließlich konnte man ja heute oder morgen seiner Protektion bedürfen. Und wenn man ihn rücksichtsvoll behandelte, erreichte man vielleicht, daß man weniger Leute zu verpflegen hatte. Und warum sollte man jemanden verletzen, von dem man ganz und gar abhängig war? So zu handeln, wäre weniger Mut als Verwegenheit gewesen. Und die Verwegenheit ist keiner der Fehler der Bürger von Rouen, wie zur Zeit jener heldenhaften Verteidigungskämpfe, in denen ihr Gemeinwesen sich hervorgetan hatte. Schließlich sagte man auch – ein letzter Grund, den man der französischen Gesittung entlieh – daß es doch wohl erlaubt bleibe, innerhalb seiner vier Wände gegen den fremden Soldaten höflich zu sein, wenn man sich nur in der Öffentlichkeit nicht mit ihm bloßstellte. Draußen kannte man einander nicht, doch im Hause plauderte man gern, und jeden Abend blieb der Deutsche länger am wärmenden Feuer des gemeinsamen Kamins.

Nach und nach nahm die Stadt wieder ihr gewohntes Bild an. Die Franzosen gingen noch kaum aus dem Haus, aber die Straßen wimmelten von preußischen Soldaten. Im übrigen schienen die Offiziere der Blauen Husaren, die hochmütig ihre Mordwerkzeuge über das Pflaster scheppern ließen, kaum viel mehr Verachtung für die einfachen Bürger zu empfinden, als die Jägeroffiziere, die, im Jahre vorher, in den gleichen Cafés saßen und tranken.

Dennoch lag etwas in der Luft, etwas Unfaßbares und Unbekanntes, eine unerträgliche, fremdartige Atmosphäre, als ob ein Geruch sich ausbreitete – der Geruch der Invasion. Er füllte die Wohnungen und die öffentlichen Plätze, veränderte den Geschmack der Nahrungsmittel, gab einem den Eindruck, als wäre man auf Reisen, auf fernen Reisen, bei barbarischen, gefährlichen Völkerstämmen.

Die Sieger verlangten Geld, viel Geld. Die Einwohner zahlten immer; sie waren übrigens wohlhabend. Doch je reicher ein normannischer Kaufmann wird, desto mehr leidet er unter jedem Opfer, unter jedem Bruchteil seiner Habe, den er in die Hände eines andern übergehn sieht.

Unterdessen zogen aber zwei oder drei Meilen unterhalb der Stadt, den Fluß hinunter gegen Croisset, Dieppedalle oder Biessart, die Seeleute und Fischer häufig deutsche Leichen aus dem Wasser, die Leiber in der Uniform aufgetrieben, durch einen Messerstich oder durch Fußtritte getötet, den Kopf von einem Stein zerschmettert oder von einer Brücke ins Wasser gestoßen. Der Schlamm des Flusses begrub diese heimlichen, wilden, berechtigten Racheakte, unbekannte Heldentaten, stumme und gefährlichere Angriffe als die Schlachten am hellichten Tag, und ohne Widerhall des Ruhms.

Denn der Haß gegen den Fremden waffnet immer ein paar Unerschrockene, die bereit sind, für eine Idee zu sterben.

Da die Eindringlinge schließlich die Stadt zwar ihrer unbeugsamen Disziplin unterwarfen, aber keine der Greueltaten begangen hatten, die das Gerücht ihnen auf ihrem Triumphmarsch zuschrieb, wurde man wieder kühner, und in den Herzen der Kaufleute des Landes regte sich von neuem das Bedürfnis, Handel zu treiben. Einige von ihnen hatten wichtige Interessen in Le Havre, das von der französischen Armee besetzt war, und sie wollten diesen Hafen erreichen, indem sie auf dem Landweg nach Dieppe fuhren und sich dort einschifften.

Man benützte den Einfluß der deutschen Offiziere, die man kennengelernt hatte, und so erlangte man vom kommandierenden General eine Reisebewilligung.

Eine große Postkutsche mit vier Pferden wurde denn für diese Fahrt gemietet, zehn Personen hatten sich bei dem Fuhrhalter vormerken lassen, und man beschloß, eines Dienstagmorgens, vor Tagesanbruch, zu reisen, um jedes Aufsehen zu vermeiden.

Schon seit einiger Zeit hatte der Frost die Erde hart gemacht, und Montag, gegen drei Uhr, brachten schwere, schwarze Wolken vom Norden her Schnee, der ohne Unterbrechung während des ganzen Abends und der ganzen Nacht fiel.

Um halb fünf morgens versammelten sich die Reisenden im Hof des Hôtel de Normandie, wo man einsteigen sollte.

Sie waren alle noch ganz verschlafen und schlotterten unter ihren Decken vor Kälte. Im Dunkel konnte man einander kaum erkennen, und in den schweren Winterkleidern glichen all diese Gestalten dicken Geistlichen in ihren langen Sutanen. Doch zwei Männer erkannten einander, ein dritter trat hinzu, und sie unterhielten sich:

«Ich nehme meine Frau mit», sagte der eine.

«Ich auch.»

«Und ich auch.»

Der erste fügte hinzu:

«Wir kehren nicht nach Rouen zurück, und sollten die Preußen gegen Le Havre marschieren, dann reisen wir nach England.»

Da sie ungefähr den gleichen Schichten angehörten, hatten sie auch die gleichen Pläne.

Der Wagen wurde aber noch immer nicht bespannt. Von Zeit zu Zeit trat ein Stallknecht mit einer kleinen Laterne aus einer dunklen Türe, um unverzüglich in einer andern zu verschwinden. Pferdehufe schlugen, von Dünger und Streu gedämpft, die Erde, und aus der Tiefe des Gebäudes wurde eine Männerstimme hörbar, die zu den Tieren sprach und fluchte. Ein leichtes Schellenklingeln zeigte an, daß man mit dem Anschirren beschäftigt war; dieses Klingeln wurde bald zu einem klaren, fortgesetzten Läuten, zu dem die Bewegung des Pferdes den Takt angab, manchmal hörte es auf, dann setzte es mit einem jähen Ruck wieder ein, den der dumpfe Schlag eines eisernen Hufs auf den Boden begleitete.

Plötzlich schloß sich die Türe. Jedes Geräusch hörte auf. Die erfrorenen Bürger waren verstummt; sie blieben steif und unbeweglich stehn.

Ununterbrochen senkte sich ein Vorhang weißer Flocken in endlosem Flimmern auf die Erde herab; er verwischte die Formen, bestäubte die Dinge mit eisigem Schaum, und in dem großen Schweigen der stillen, unter dem Winter begrabenen Stadt hörte man nichts mehr als dieses ungewisse, namenlose, schwebende Flirren des fallenden Schnees, mehr Gefühl als Geräusch, ein Ineinander leichter Atome, die den Raum zu erfüllen, die Welt zu bedecken schienen.

Der Mann mit der Laterne tauchte auf und zog an einem Strick ein trauriges Pferd, das sichtlich nur ungern folgte. Er stellte es an die Deichsel, befestigte die Stränge, machte sich längere Zeit am Geschirr zu schaffen, denn er konnte nur mit einer Hand arbeiten, da die andere das Licht hielt. Als er das zweite Tier holen ging, bemerkte er die regungslosen, schneebedeckten Reisenden und sagte zu ihnen:

«Warum steigen Sie nicht in den Wagen? Da sind Sie wenigstens geschützt.»

Sie hatten zweifellos nicht daran gedacht und drängten sich jetzt. Die drei Männer brachten ihre Frauen im Fond des Wagens unter und stiegen selber ein; dann belegten die übrigen konturlosen, verhüllten Gestalten ihrerseits die letzten Plätze, ohne ein Wort zu wechseln.

Der Boden war mit Stroh bedeckt, in dem die Füße einsanken. Die Damen im Fond hatten kleine, kupferne Fußwärmer mit Holzkohle mitgebracht, entzündeten diese Apparate und rühmten eine Zeitlang halblaut all deren Vorteile, wobei sie Dinge wiederholten, die sie alle längst wußten.

Endlich war der Wagen, der schwierigen Straßenverhältnisse wegen, mit sechs statt mit vier Pferden bespannt, und eine Stimme von draußen fragte:

«Ist alles eingestiegen?»

Aus dem Innern antwortete eine Stimme:

«Ja!»

Und man fuhr ab.

Langsam, langsam, fast schrittweise bewegte sich der Wagen vorwärts, die Räder versanken im Schnee, der ganze Kasten ächzte mit dumpfem Knarren, die Pferde rutschten, schnauften, dampften, und die Riesenpeitsche des Kutschers knallte ohne Unterlaß, hüpfte von allen Seiten heran, wand und krümmte sich wie eine dünne Schlange und züngelte plötzlich um eine gewölbte Kruppe, die sich dann in heftigerer Anstrengung straffte.

Doch unmerklich tagte es. Die leichten Flokken, die einer der Reisenden, ein echter Roueneser, mit einem Baumwollregen verglichen hatte, fielen nicht mehr. Ein schmutziges Frühlicht tropfte durch dicke, dunkle, schwere Wolken, die das Weiß der Landschaft leuchtender erscheinen ließen, in der bald eine Reihe großer, reifbedeckter Bäume auftauchte, bald eine Hütte unter einer Schneehaube.

In der traurigen Helle dieses Morgengrauens musterten die Reisenden einander neugierig.

Ganz im Fond, auf den besten Plätzen, schlummerten, einander gegenüber, Herr und Frau Loiseau, Weinhändler en gros aus der Rue Grand-Pont.

Einst Angestellter eines zugrundegegangenen Weinhändlers, hatte Loiseau das Geschäft gekauft und ein Vermögen gemacht. Er verkaufte den kleinen Wirten in den Dörfern sehr billig sehr schlechten Wein und galt unter seinen Bekannten und Freunden für einen ausgemachten Halunken, einen echten Normannen, voll von Schlichen und Späßen.

Loiseau war berühmt für Possen aller Art, für gute und schlechte Scherze, und wenn man von ihm sprach, setzte man unverzüglich hinzu: «Er ist unbezahlbar, dieser Loiseau!»

Er war klein, sein Bauch wölbte sich wie ein Ballon, und darüber glänzte ein rötliches Gesicht zwischen dem ergrauenden Backenbart.

Seine Frau, groß, stark, entschlossen, war mit ihrer lauten Stimme und der raschen Entscheidungskraft Ordnung und Kassabuch des Handelshauses, das er durch seine fröhliche Tatkraft belebte.

Neben ihnen saß, würdiger, weil zu einer höhern Kaste gehörig, Herr Carré-Lamadon, ein ansehnlicher Mann, der in Baumwolle machte, Besitzer von drei Spinnereien, Offizier der Ehrenlegion und Mitglied des Generalrats. Unter dem Kaiserreich war er das Haupt der wohlwollenden Opposition gewesen, lediglich, um sich den Anschluß an eine Sache, die er, nach seinem eigenen Ausdruck, mit höflichen Waffen bekämpfte, um so teurer bezahlen zu lassen. Frau Carré-Lamadon, erheblich jünger als ihr Gatte, blieb die Trösterin der Offiziere aus gutem Hause, die man nach Rouen in Garnison geschickt hatte. Ihrem Gatten gegenüber wirkte sie, in ihre Pelze gehüllt, ganz klein, ganz zierlich, ganz entzückend, und sie betrachtete mit Leidensmiene das klägliche Innere des Wagens.

Ihre Nachbarn, der Graf und die Gräfin Hubert de Bréville, trugen einen der ältesten und edelsten Namen der Normandie. Der Graf, ein alter Aristokrat von großer Haltung, legte Wert darauf, durch gewisse äußere Kunstgriffe seine natürliche Ähnlichkeit mit König Heinrich IV. zu betonen, der, nach einer für die Familie ruhmvollen Tradition, eine Dame de Bréville geschwängert haben sollte, deren Gatte, zum Dank für diese Tat, Graf und Gouverneur einer Provinz geworden war.

Kollege des Herrn Carré-Lamadon im Generalrat, vertrat der Graf Hubert die orleanistische

Partei im Departement. Die Geschichte seiner Heirat mit der Tochter eines kleinen Reeders aus Nantes war immer geheimnisvoll geblieben. Doch da die Gräfin sehr damenhaft aussah, besser zu empfangen wußte als alle andern, da man sogar munkelte, ein Sohn Louis-Philippes habe sie geliebt, so wurde sie vom ganzen Adel gefeiert, und ihr Salon blieb der erste der Gegend, der einzige, wo noch die alte Galanterie gewahrt wurde, und zu dem man nur schwierig Zutritt erlangte.

Das Vermögen der Bréville bestand ganz aus Grundbesitz und sollte ein Einkommen von fünfmalhunderttausend Francs abwerfen.

Diese sechs Personen bildeten den Fond des Wagens, den wohlhabenden, selbstzufriedenen und gefestigten Teil der Gesellschaft, die anerkannt ehrbaren Leute, die Religion und Grundsätze besitzen.

Durch einen seltsamen Zufall saßen alle Frauen auf der gleichen Bank, und die Gräfin hatte noch als Nachbarinnen zwei Nonnen, die lange Rosenkränze durch die Finger laufen ließen und Vaterunser und Ave Marias murmelten. Die eine war alt und ihr Gesicht von den Pocken verunstaltet, als hätte sie aus nächster Nähe eine Schrotladung mitten ins Gesicht erhalten. Die andere war sehr schmächtig und hatte einen hübschen, kränklichen Kopf über der Brust einer Schwindsüchtigen, als wäre sie von jenem verzehrenden Glauben angenagt, der Märtyrer und Erleuchtete schafft.

Den beiden Nonnen gegenüber lenkten ein Mann und eine Frau alle Blicke auf sich.

Der Mann war wohlbekannt, es war Cornudet, der Demokrat, der Schrecken der ehrbaren Leute. Seit zwanzig Jahren tauchte er seinen großen, roten Bart in die Biergläser aller demokratischen Cafés. Er hatte mit Freunden und Genossen ein recht schönes, von seinem Vater, einem alten Zuckerbäcker, ererbtes Vermögen aufgezehrt und wartete nun ungeduldig auf die Republik, um endlich den Platz zu erlangen, den er durch so reichlichen revolutionären Bierkonsum verdient hatte. Am 4. September, vielleicht auf Grund eines Scherzes, hatte er geglaubt, er sei zum Präfekten ernannt worden; doch als er seine Funktionen übernehmen wollte, weigerten sich die Beamten, die als Herrscher auf dem Platz geblieben waren, ihn anzuerkennen, und das zwang ihn zum Rückzug. Im übrigen war er ein guter Kerl, harmlos und dienstbereit, und hatte sich mit unvergleichlicher Tatkraft damit beschäftigt, die Verteidigung zu organisieren. Er hatte Löcher in die Felder graben, alle jungen Bäume in den benachbarten Wäldern schlagen, auf allen Straßen Fallen legen lassen, und, zufrieden mit seinen Maßnahmen, hatte er sich, beim Nahen des Feindes, schleunig in die Stadt zurückgezogen. Jetzt dachte er sich in Le Havre nützlicher zu machen, wo neue Schanzarbeiten nötig werden mochten.

Die Frau, eine von jenen, die man als «galant» bezeichnet, war durch ihre vorzeitige Rundlichkeit berühmt, die ihr den Beinamen «Boule de suif» – «Fettkugel» – eingetragen hatte. Klein, überall gewölbt, speckgepolstert, mit aufgequollenen Fingern, die, an den Gelenken eingeschnürt, Kränzen von kurzen Würsten glichen; mit ihrer leuchtenden, straffen Haut, ihrer überüppigen Brust, die fast ihr Kleid sprengte, blieb sie dennoch appetitlich und vielbegehrt, so erfreulich anzusehen war ihre Frische. Ihr Gesicht war ein roter Apfel, die Knospe einer Pfingstrose, bereit zu erblühen. Und darin öffneten sich ganz oben zwei herrliche schwarze Augen, beschattet von langen, dichten Wimpern, die sie verdunkelten, darunter aber ein reizender, schmaler, kußfeuchter Mund, mit winzigen, strahlenden Zähnchen möbliert.

Überdies sollte sie, wie die Fama zu berichten wußte, eine Fülle unschätzbarer Qualitäten besitzen.

Sobald sie erkannt war, ging ein Flüstern zwischen den ehrbaren Frauen hin und her, und die Worte «Prostituierte» und «öffentliche Schande» fielen so laut, daß sie den Kopf hob. Und sie ließ einen derart aufreizenden, kecken Blick über ihre Nachbarn gleiten, daß alsbald ein tiefes Schweigen eintrat und alle die Augen senkten, Loiseau ausgenommen, der angeregt zu ihr hinüberblickte.

Doch nach kurzer Zeit hatte die Unterhaltung zwischen den drei Damen sich von neuem angesponnen, die, durch die Gegenwart dieses Mädchens plötzlich befreundet, beinahe intim geworden waren. Sie hatten den Eindruck, daß sie diesem schamlosen, käuflichen Geschöpf gegenüber aus ihrer Gattinnenwürde gleichsam einen Bund formen müßten; denn die gesetzliche Liebe behandelt ihre freie Schwester immer von oben herab.

Auch die drei Männer, die, bei Cornudets Anblick, der Instinkt der Konservativen einander genähert hatte, sprachen, angesichts der weniger Bemittelten, in einem gewissen verächtlichen Ton von Geld. Der Graf Hubert zählte die Schäden auf, die er durch die Preußen erlitt, die Verluste, die von Viehdiebstahl und Ernteentgang herrührten, und das alles mit der Sicherheit eines großen Herrn und zehnfachen Millionärs, den diese Verwüstungen kaum ein Jahr lang belästigen würden. Herr Carré-Lamadon, den die Krise in der Baumwollindustrie schwer traf, hatte vorsorglich sechsmalhunderttausend Francs nach England geschickt, ein Gläschen für seinen Durst, eine kleine Reserve für den Notfall. Was Loiseau anging, so war es ihm gelungen, der französischen Heeresverwaltung alle minderwertigen Weine zu verkaufen, die er im Keller hatte, so daß der Staat ihm eine ansehnliche Summe schuldete, die er jetzt in Le Havre einzukassieren dachte.

Und alle drei warfen einander schnelle, verständnisvolle Blicke zu. Wenn auch verschiedenen Standes, fühlten sie sich doch zu der Bruderschaft des Geldes gehörig, zu der großen Freimaurerschaft jener, die besitzen und das

Gold klingen lassen, wenn sie bloß die Hand in die Hosentasche stecken.

Der Wagen fuhr so langsam, daß man um zehn Uhr morgens noch keine vier Meilen zurückgelegt hatte. Dreimal mußten die Männer Steigungen zu Fuß hinaufgehen. Man wurde nach und nach unruhig, denn man hätte zum Mittagessen in Tôtes sein sollen und konnte kaum mehr damit rechnen, vor der Nacht hinzukommen. Jeder spähte hinaus, um ein Gasthaus an der Straße zu entdecken, da fuhr der Wagen tief in einen Schneehaufen hinein, und man brauchte zwei Stunden, um ihn wieder zu befreien.

Der Appetit wuchs, störte die Stimmung, und kein Wirtshaus, kein Ausschank ließ sich sehen, das Herannahen der Preußen und der Durchzug der ausgehungerten französischen Truppen hatten alle Handeltreibenden verscheucht.

Die Herren suchten in den Bauernhöfen längs der Straße nach etwas Eßbarem, fanden aber nicht einmal ein Stück Brot; denn der Bauer verbarg mißtrauisch seine Vorräte, er fürchtete, von den Soldaten geplündert zu werden, die nichts zu beißen hatten und mit Gewalt nahmen, was sie entdeckten.

Nachmittags, gegen ein Uhr, erklärte Loiseau, er spüre einen peinlichen Hohlraum in seinem Magen. Alle andern litten schon seit langem wie er, und das heftige, ständig wachsende Bedürfnis nach Essen hatte jede Unterhaltung ertötet.

Von Zeit zu Zeit gähnte einer; ein anderer folgte fast augenblicklich diesem Beispiel. Und dann öffnete einer nach dem andern, je nach Charakter, Lebensart und gesellschaftlicher Stellung, den Mund geräuschvoll oder bescheiden und hob schnell die Hand vor die klaffende Öffnung, der ein Dampf entstieg.

Boule de suif beugte sich mehrmals vor, als suchte sie etwas unter ihren Unterröcken. Sie zögerte eine Sekunde, betrachtete ihre Nachbarn und richtete sich dann ruhig wieder auf. Die Gesichter waren blaß und verzogen. Loiseau erklärte, er würde gern tausend Francs für einen Vorderschinken zahlen. Seine Frau hob die Hand wie zum Protest, doch dann beruhigte sie sich. Sie litt immer darunter, wenn sie von verschwendetem Geld sprechen hörte, und verstand in diesem Punkt keinerlei Spaß.

«Ich fühle mich tatsächlich nicht ganz wohl», sagte der Graf, «wie habe ich nur nicht daran gedacht, etwas zum Essen mitzunehmen!»

Und jeder machte sich den gleichen Vorwurf.

Cornudet hatte immerhin eine Feldflasche voll mit Rum bei sich; er bot sie den andern an, doch man lehnte kühl ab. Nur Loiseau trank zwei Tropfen, und als er die Flasche zurückgab, dankte er:

«Es ist doch gut, es wärmt und betrügt den Hunger.»

Der Alkohol versetzte ihn in gute Laune, und er schlug vor, es so zu machen wie auf dem kleinen Schiff im Liede: den fettesten Reisenden zu verspeisen. Diese indirekte Anspielung auf Boule de suif entrüstete die wohlerzogenen Leute.

Man antwortete nicht, und nur Cornudet hatte ein kleines Lächeln dafür übrig. Die beiden Nonnen hatten aufgehört, ihren Rosenkranz herunterzuleiern, und die Hände in ihre weiten Ärmel getaucht, saßen sie regungslos, senkten hartnäckig die Augen und brachten dem Himmel zweifellos das Leiden dar, das er ihnen schickte.

Schließlich, um drei Uhr, als man gerade inmitten einer endlosen Ebene war und weit und breit kein Dorf sichtbar wurde, da bückte Boule de suif sich lebhaft und zog unter der Bank einen umfangreichen, mit einer weißen Serviette bedeckten Korb hervor.

Sie entnahm ihm zunächst einen kleinen Fayenceteller, dann einen feinen silbernen Becher, dann eine tiefe Terrine, in der zwei ganze Hühner säuberlich zerschnitten in ihrer Sulz lagen. Und man konnte in dem Korb, wohlverpackt, noch andere gute Dinge wahrnehmen: Pasteten, Früchte, Süßigkeiten, einen Mundvorrat, sorglich vorbereitet für eine Reise von drei Tagen, um von Wirtshausküchen unabhängig zu sein. Vier Flaschenhälse ragten zwischen den Eßpaketen hervor. Sie nahm einen Hühnerflügel und begann ihn zierlich mit einem jener Brötchen zu essen, die man in der Normandie «Régence» nennt.

Alle Blicke waren auf sie gerichtet. Dann breitete der Duft sich aus, erweiterte die Nüstern, ließ das Wasser reichlich in den Mündern zusammenlaufen und verursachte einen schmerzhaften Krampf der Kiefer unter den Ohren. Die Verachtung der Damen für diese Dirne wurde wild, es war wie ein Verlangen, sie zu töten oder aus dem Wagen in den Schnee zu werfen, sie, ihren Becher, ihren Korb und ihr Essen.

Doch Loiseau verschlang die Hühner mit den Augen. Er sagte:

«Alle Achtung, Madame ist vorsichtiger gewesen als wir. Es gibt Leute, die immer an alles zu denken wissen.»

Sie hob den Kopf zu ihm:

«Wenn ich Ihnen anbieten darf? Es ist hart, seit dem Morgen fasten zu müssen.»

Er verbeugte sich:

«Offen gestanden, ich sage nicht nein; ich halte es nicht länger aus. Krieg ist Krieg, nicht wahr, Madame?» und mit einem Blick in die Runde fügte er hinzu: «In einer solchen Stunde ist man gut daran, wenn man gefällige Leute findet.»

Er hatte eine Zeitung, die er ausbreitete, um seine Hosen nicht schmutzig zu machen, und auf der Spitze eines Messers, das er immer in der Tasche trug, erbeutete er einen sulzfunkelnden Schenkel, zerriß ihn mit den Zähnen, und dann kaute er mit so offenbarer Genugtuung, daß im Wagen ein tiefer Seufzer der Verzweiflung hörbar wurde.

Boule de suif aber bot auch den Nonnen mit demütiger, leiser Stimme an, ihre Mahlzeit mit ihr zu teilen. Alle beiden waren augenblicklich einverstanden, stotterten ein paar Dankworte und begannen, ohne die Augen zu heben, sehr schnell zu essen. Auch Cornudet schlug die Einladung seiner Nachbarin nicht aus, man breitete Zeitungen über die Knie und bildete mit den Nonnen eine Art Tischgesellschaft.

Die Münder öffneten und schlossen sich ohne Unterlaß, kauten, schluckten, schlangen wild. Loiseau in seiner Ecke arbeitete hart und ermutigte seine Frau leise, das gleiche zu tun. Sie widerstand lange, dann, als sich ihr die Eingeweide zusammenkrampften, gab sie nach. Daraufhin bat ihr Gatte mit schöngerundeten Worten die «liebenswürdige Reisegefährtin», ob sie ihm gestatten würde, auch Frau Loiseau ein Stückchen zu reichen.

«Aber gewiß, natürlich», sagte sie mit freundlichem Lächeln und hielt Frau Loiseau die Terrine hin.

Als man die erste Flasche Bordeaux entkorkte, gab es eine Verlegenheit: es war nur ein Becher da. Einer reichte ihn dem andern, und jeder wischte bloß den Rand ab. Nur Cornudet legte seine Lippen, ohne Zweifel aus Galanterie, an die Stelle, die noch von den Lippen seiner Nachbarin feucht war.

So litten der Graf und die Gräfin de Bréville wie auch Herr und Frau Carré-Lamadon, umgeben von Leuten, die aßen, bedrängt vom Duft der Speisen, jene schreckliche Qual, die den Namen des Tantalus bewahrt hat. Plötzlich stieß die junge Frau des Fabrikanten einen Seufzer aus, und alle Köpfe wendeten sich ihr zu; sie war ebenso weiß wie der Schnee draußen, ihre Augen schlossen sich, ihre Stirne fiel herab, sie hatte das Bewußtsein verloren. Ganz außer sich bat ihr Gatte alle Anwesenden um Hilfe. Die meisten verloren die Fassung, doch die ältere Nonne hob den Kopf der Ohnmächtigen, preßte Boule de suifs Becher zwischen ihre Lippen und ließ sie ein paar Tropfen Wein schlucken. Die reizende Dame belebte sich wieder, öffnete die Augen, lächelte und erklärte mit sterbender Stimme, sie fühle sich jetzt sehr wohl. Doch um einer Wiederholung der Ohnmacht vorzubeugen, zwang die Nonne sie, ein volles Glas Bordeaux zu trinken, und fügte hinzu:

«Das ist der Hunger, nichts anderes.»

Da sah Boule de suif, errötend und verlegen, die vier Reisenden an, die noch nichts bekommen hatten, und stammelte:

«Mein Gott, wenn ich wagen dürfte, den Herren und Damen etwas anzubieten ...»

Sie verstummte, denn sie befürchtete eine scharfe Zurechtweisung. Doch Loiseau ergriff das Wort:

«Ach, zum Teufel, in solchen Fällen sind wir alle Brüder und müssen einander helfen. Vorwärts, meine Damen, keine Umstände, greifen Sie zu, Donnerwetter! Wissen wir denn, ob wir auch nur ein Haus finden, wo wir die Nacht verbringen können? In dem Tempo, in dem wir vom Fleck kommen, sind wir nicht vor morgen mittag in Tôtes.»

Man zauderte noch immer, und keiner wollte die Verantwortung des «Ja» auf sich nehmen.

Doch der Graf entschied die Frage. Er wendete sich zu dem eingeschüchterten dicken Mädchen, und, vom Scheitel bis zur Sohle Aristokrat, sagte er zu ihr:

«Wir nehmen dankbar an, Madame.»

Nur der erste Schritt war schwer. Einmal am andern Ufer des Rubikons angelangt, war es aus mit den Hemmungen. Der Korb wurde geleert. Er enthielt noch eine Gansleberpastete, eine Lerchenpastete, ein Stück geräucherte Zunge, Birnen aus Crassane, einen Pfefferkuchen aus Pont-l'Evêque, kleine Bäckerei und eine Schale, voll mit Gurken und Zwiebeln in Essig, da Boule de suif, wie alle Frauen, das Gewürzte liebte.

Man konnte den Reiseproviant dieses Mädchens schließlich nicht aufessen, ohne mit ihr zu reden. So plauderte man denn, zuerst sehr zurückhaltend, dann aber, da sie gute Haltung bewies, ließ man sich ein wenig mehr gehn. Die Damen de Bréville und Carré-Lamadon, die sehr viel Lebensart besaßen, wußten sich mit Feingefühl umgänglich zu zeigen. Vor allem die Gräfin bewies jene liebenswürdige Herablassung sehr vornehmer Damen, denen keine Berührung etwas anhaben kann, und war bezaubernd. Nur die kräftige Frau Loiseau mit ihrer Gendarmenseele blieb spröde, sprach wenig und aß viel.

Die Unterhaltung drehte sich natürlich um den Krieg. Man erzählte Schreckenstaten der Preußen, Heldentaten der Franzosen, und all diese Leute, die das Weite suchten, hatten große Achtung vor dem Mut der anderen. Bald war man bei persönlicheren Erlebnissen, und Boule de suif erzählte mit echter Bewegung, mit jener Wärme, die die Mädchen ihrer Art manchmal besitzen, wenn sie ihren natürlichen Regungen Ausdruck geben, warum sie von Rouen fort sei:

«Zuerst glaubte ich, ich könnte bleiben. Ich hatte das Haus voll mit Vorräten und wollte lieber ein paar Soldaten verpflegen, als mich in die Fremde, Gott weiß wohin, zu verpflanzen, aber als ich sie gesehen habe, diese Preußen, da hat es mich gepackt. Das Blut ist mir vor Ärger geronnen; und ich habe den ganzen Tag vor Scham geweint. Ach, wenn ich ein Mann gewesen wäre! Ich habe sie von meinem Fenster aus angeschaut, diese dicken Schweine mit ihren Pickelhauben, und mein Dienstmädchen mußte mir die Hände halten, sonst hätte ich ihnen alle meine Möbel auf den Rücken geworfen. Dann sind welche zu mir wohnen gekommen; dem ersten bin ich an die Gurgel gesprungen. Sie sind nicht schwerer zu erwürgen als andere Leute! Und ich hätte ihn umgebracht, den da, wenn man mich nicht an den Haaren weggerissen hätte. Nach dieser Geschichte mußte ich mich versteckt halten. Aber als sich schließlich eine Gelegenheit fand, bin ich durchgebrannt, und so bin ich da.»

Man beglückwünschte sie von allen Seiten. Sie wuchs in der Achtung ihrer Gefährten, die sich nicht so kühn gezeigt hatten; und Cornudet bewahrte ein billigendes und wohlwollendes Apostellächeln, so wie ein Priester, der zuhört, wie ein Frommer den lieben Gott preist, denn die langbärtigen Demokraten haben ebenso den Patriotismus gepachtet wie die Männer in der Sutane die Religion. Er sprach nun seinerseits in doktrinärem Ton mit dem Pathos, das er von den täglich an die Mauern geklebten Proklamationen gelernt hatte, und endete mit einem Bravourstück an Beredsamkeit, mit dem er diesen «Lumpen von Badinguet» erledigte.

Da aber wurde Boule de suif sogleich böse, denn sie war Bonapartistin. Sie wurde röter als eine Kirsche und stammelte vor Empörung:

«Euch hätte ich an seinem Platz sehen wollen. Das wäre was Rechtes gewesen! Ihr seid es, die diesen Mann verraten habt. Es bliebe einem nur noch übrig, aus Frankreich auszuwandern, wenn man von solchen Hanswursten regiert würde, wie ihr es seid!»

Cornudet blieb unerschütterlich und ließ ein verächtliches und überlegenes Lächeln sehen, doch man spürte, daß es jetzt zu harten Worten kommen würde; da mischte der Graf sich ein und beruhigte, nicht ganz mühelos, das erbitterte Mädchen, indem er gewichtig verkündete, alle aufrichtigen Meinungen seien achtungswert. Immerhin fühlten sich die Gräfin und die Fabrikantenfrau, die in ihrer Seele den instinktiven Haß der feinen Leute gegen die Republik und dazu die empfindungsmäßige Zärtlichkeit hegten, die alle Frauen für despotische Regierungen mit Phrasen und Säbelgerassel nähren, wider Willen zu diesem würdevollen Freudenmädchen hingezogen, dessen Gefühle so sehr den ihren glichen.

Der Korb war leer. Zu zehnt war man mühelos mit ihm fertig geworden und bedauerte nur, daß er nicht größer gewesen war. Die Unterhaltung ging noch eine Weile weiter, wenn sie auch etwas kühler wurde, nachdem man gegessen hatte.

Die Nacht sank herab, die Dunkelheit verdichtete sich allmählich, und die Kälte, die während der Verdauung noch fühlbarer war, ließ Boule de suif, trotz ihrem Fett, zusammenschauern. Da bot ihr die Gräfin de Bréville den Fußwärmer an, dessen Kohle seit dem Morgen schon mehrmals erneuert worden war, und das Mädchen nahm gern an, denn sie hatte erfrorene Füße. Die Damen Carré-Lamadon und Loiseau gaben ihre Fußwärmer den Nonnen.

Der Kutscher hatte die Laternen angezündet. Sie erhellten mit lebhaftem Licht eine Dampfwolke oberhalb der schweißtriefenden Kruppen der Stangenpferde und, zu beiden Seiten der Straße, den Schnee, der im beweglichen Widerschein der Lichter entgegenzugleiten schien.

Im Innern des Wagens konnte man nichts mehr unterscheiden; doch plötzlich gab es zwischen Boule de suif und Cornudet eine Bewegung, und Loiseau, dessen Auge das Dunkel durchspähte, glaubte zu sehen, daß der Mann mit dem großen Bart rasch abrückte, als hätte er, ganz ohne Geräusch, einen kräftigen Puff abgekriegt!

Vor ihnen auf der Straße tauchten winzige, feurige Pünktchen auf. Es war Tôtes. Man war elf Stunden gefahren, und das machte mit den zwei Stunden Rast, auf vier Male verteilt, damit die Pferde fressen und verschnaufen konnten, dreizehn Stunden. Man fuhr in das Dorf ein und hielt vor dem Hôtel du Commerce.

Die Türe öffnete sich. Ein wohlbekanntes Geräusch ließ alle Reisenden erzittern; es war das Scheppern einer Säbelscheide über den Boden. Und alsbald schrie die Stimme eines Deutschen irgend etwas.

Obwohl der Wagen stillstand, stieg doch niemand aus, als erwartete man, sogleich massakriert zu werden. Da erschien der Kutscher, in der Hand eine seiner Laternen, die plötzlich bis auf den Grund des Wagens die beiden Reihen erschreckter Köpfe beleuchtete, deren Münder offen standen und deren Augen von Überraschung und Entsetzen geweitet waren.

Neben dem Kutscher stand in vollem Licht ein deutscher Offizier, ein großer, übertrieben schlanker junger Mann, in seine Uniform gezwängt wie ein Mädchen in sein Mieder, schief auf dem Kopf seine flache Kappe mit Lacklederschirm, die ihn einem Botenjungen eines englischen Hotels gleichen ließ. Sein übertriebener Schnurrbart aus langen, steifen Haaren, der sich nach beiden Seiten endlos verdünnte und schließlich in ein einziges blondes Haar auslief, das so dünn wurde, daß man das Ende nicht mehr wahrnahm, schien auf seinen Mundwinkeln zu lasten, die Wangen herabzuziehen und den Lippen eine senkrechte Falte einzuprägen.

Er forderte die Reisenden in elsässischem Französisch auf, den Wagen zu verlassen, und sagte steif:

«Die Herren und Damen werden gebeten, auszusteigen.»

Die beiden Nonnen gehorchten als erste mit der Fügsamkeit heiliger Mädchen, gewöhnt an jede Unterwerfung. Dann erschienen der Graf und die Gräfin, gefolgt von dem Fabrikanten und dessen Frau, dann Loiseau, der seine massige Hälfte vor sich schob. Als er den Fuß auf den Boden setzte, sagte er zu dem Offizier, mehr aus Vorsicht als aus Höflichkeit: «Guten Abend, mein Herr.» Doch der andere, unverschämt wie es die allmächtigen Leute sind, sah ihn an, ohne zu antworten.

Boule de suif und Cornudet saßen zwar neben der Türe, aber angesichts des Feindes stiegen sie ernst und abweisend als letzte aus; das dicke Mädchen suchte sich zu beherrschen und gefaßt zu sein, der Demokrat mißhandelte den langen, rötlichen Bart mit einer tragischen, ein wenig zitternden Hand. Sie wollten Würde bewahren, denn sie verstanden wohl, daß bei solchen Begegnungen jeder Einzelne ein wenig Repräsentant seines Landes ist. Und gleichermaßen empört über die Geschmeidigkeit ihrer Reisegefährten, wollte sie sich stolzer zeigen als ihre Nachbarinnen, die ehrbaren Frauen, während er, im Gefühl, daß er ein Beispiel geben mußte, in seiner ganzen Haltung den Widerstand ausdrückte, mit dem er beim Umgraben der Straßen begonnen hatte.

Man trat in die große Küche des Gasthofs, der Deutsche ließ sich die vom kommandierenden General unterzeichneten Reisebewilligungen zeigen, in denen Name, Beschreibung und Beruf jedes Reisenden vermerkt war, musterte sie eingehend und verglich die Personen mit den Angaben des Scheines.

Dann sagte er brüsk: «Es ist gut», und verschwand.

Man atmete auf. Man hatte noch immer Hunger; es wurde ein Abendessen bestellt. Eine halbe Stunde war nötig, um es vorzubereiten, und während zwei Mägde sich damit zu beschäftigen schienen, besichtigte man die Zimmer. Sie lagen alle an einem langen Gang, den eine Mattglastüre mit vielsagenden Ziffern abschloß. Endlich konnte man sich zu Tisch setzen, da erschien der Wirt selbst. Er war ein alter Pferdehändler, ein dicker Asthmatiker, in dessen Rachen ständig ein Pfeifen, ein Rasseln, ein verschleimtes Räuspern hörbar war. Sein Vater hatte ihm den Namen Follenvie hinterlassen.

Er fragte:

«Mademoiselle Elisabeth Rousset?»

Boule de suif schrak zusammen und wendete sich um:

«Das bin ich.»

«Mademoiselle Rousset, der preußische Offizier will Sie augenblicklich sprechen.»

«Mich?»

«Ja, wenn Sie Mademoiselle Elisabeth Rousset sind.»

Sie war verwirrt, überlegte eine Sekunde und erklärte dann rundheraus:

«Das kann sein, aber ich gehe nicht.»

Um sie herum entstand eine Bewegung; jeder diskutierte und forschte nach dem Grund dieses Befehls. Der Graf näherte sich ihr:

«Sie haben unrecht, mein Fräulein, denn Ihre Weigerung kann beträchtliche Schwierigkeiten zur Folge haben, und nicht bloß für Sie, sondern auch für alle Ihre Reisegefährten. Man soll sich niemals den Leuten widersetzen, die die Stärkern sind. Dieser Schritt ist bestimmt ganz gefahrlos; es kann sich ohne Zweifel nur um irgendeine vergessene Formalität handeln.»

Alle andern schlossen sich ihm an, man bat sie, man drängte sie, man redete ihr zu, und am Ende überzeugte man sie; denn alle fürchteten, dieser Eigensinn könnte für sie verhängnisvoll werden. Schließlich sagte sie:

«Nur Ihretwegen tue ich es, das ist gewiß.»

Die Gräfin nahm ihre Hand:

«Und wir sind Ihnen dafür dankbar.»

Sie ging. Man wartete mit dem Abendessen auf sie.

Jeder bedauerte, daß nicht er an Stelle dieses heftigen, reizbaren Mädchens berufen worden war und legte sich im Geiste bereits alle Plattheiten zurecht, die er vorbrächte, wenn man ihn vor den Offizier holen würde.

Doch nach zehn Minuten war sie wieder da, keuchend, rot, als ob sie ersticken müßte, empört. «Oh, der Schuft! Der Schuft!» stieß sie hervor.

Alle umdrängten sie, aber sie sagte nichts, und als der Graf immer wieder fragte, gab sie mit großer Würde zur Antwort: «Nein, das geht Sie nichts an, ich kann nicht sprechen.»

So setzte man sich denn um eine hohe Suppenschüssel, der ein Kohlgeruch entstieg. Trotz des Alarms verlief das Abendessen heiter. Der Most war gut, das Ehepaar Loiseau und die Nonnen tranken ihn aus Sparsamkeit. Die andern bestellten Wein; Cornudet verlangte Bier. Er hatte eine besondere Art, die Flasche zu entkorken, die Flüssigkeit schäumen zu lassen, sie zu beobachten, während er das Glas neigte, das er nachher zwischen die Lampe und sein Auge hob, um die Farbe richtig abzuschätzen. Wenn er trank, schien sein großer Bart, der einen Farbton des geliebten Getränks bewahrt hatte, vor Zärtlichkeit zu zittern, seine Augen schielten, um den Anblick seines Glases keine Sekunde zu vermissen, und er schien die einzige Funktion zu erfüllen, für die er geboren war. Man konnte meinen, daß er im Geiste eine Annäherung und eine Art Verwandtschaft zwischen den beiden großen Passionen herstellte, die sein ganzes Leben beherrschten: das Bier und die Revolution. Und offenbar konnte er das eine nicht genießen, ohne an das andere zu denken.

Herr und Frau Follenvie speisten ganz am Ende der Tafel. Der Mann rasselte wie eine gesprungene Lokomotive, hatte zu viel Zug in der Brust, um beim Essen sprechen zu können; dafür verstummte die Frau nie. Sie berichtete alle ihre Eindrücke bei Ankunft der Preußen, was sie taten, was sie sagten; sie haßte sie, erstens, weil sie sie Geld kosteten, und zweitens, weil sie zwei Söhne bei der Armee hatte. Sie wendete sich vor allem an die Gräfin, denn es schmeichelte ihr, mit einer Dame von Rang zu sprechen.

Dann senkte sie die Stimme, um heikle Dinge zu sagen, und von Zeit zu Zeit unterbrach sie ihr Mann:

«Du solltest lieber schweigen, Frau Follenvie.»

Aber sie achtete nicht darauf und fuhr fort: «Ja, Madame, diese Leute, sie tun nichts als fressen; Kartoffeln und Schweinernes und dann Schweinernes und Kartoffeln. Und man muß nicht glauben, daß sie sauber sind. O nein! Überall machen sie hin, mit Respekt zu sagen. Und wenn sie sie sehen würden, wie sie stunden- und tagelang exerzieren; sie sind alle miteinander auf einem Feld, und vorwärts marsch und rückwärts marsch und linksum kehrt und rechtsum kehrt. Wenn sie wenigstens in ihrem Land den Boden bestellen würden oder Straßen bauen! Aber nein, Madame, diese Soldaten, das ist zu gar nichts nütz! Und das arme Volk muß sie ernähren, damit sie nichts lernen als Morden! Ich bin nur eine alte, ungebildete Frau, das ist wahr, aber wenn ich sie sehe, wie sie sich abrackern und von morgens bis abends hin und her trampeln, dann sage ich mir: wo es Leute gibt, die so viel Entdeckungen machen, um nützlich zu sein, müssen wirklich andere sich so viel Mühe geben, um schädlich zu sein? Ist es nicht wahrhaftig ein Greuel, die Leute umzubringen, ob es jetzt Preußen oder Engländer oder Polen oder Franzosen sind? Wenn Sie sich an einem rächen, der Ihnen was angetan hat, dann ist das böse, weil man Sie ja dafür verurteilt; aber wenn man unsere Jungen mit Flinten ausrottet wie das Wild, dann ist es gut, weil man ja dem, der am meisten umbringt, noch Orden gibt? Nein, sehen Sie, das werde ich nie verstehen.»

Cornudet erhob die Stimme:

«Der Krieg ist eine Barbarei, wenn man einen friedlichen Nachbarn überfällt; er ist eine heilige Pflicht, wenn man das Vaterland verteidigt.»

Die alte Frau senkte den Kopf:

«Ja, wenn man sich verteidigt, ist das eine andere Sache; aber sollte man nicht eher alle Könige erschlagen, die das zu ihrem Vergnügen tun?»

Cornudets Auge flammte auf:

«Bravo, Bürgerin!» sagte er.

Carré-Lamadon versank in tiefes Sinnen. Obgleich er für die großen Heerführer schwärmte, ließ der gesunde Menschenverstand dieser Bäuerin ihn an die Wohlfahrt denken, die so viele unbeschäftigte und somit kostspielige Arme, so viele Kräfte, die man unproduktiv erhält, einem Lande bringen könnten, wenn man sie für die großen industriellen Arbeiten verwenden würde, zu deren Durchführung es Jahrhunderte braucht.

Loiseau aber stand auf und unterhielt sich leise mit dem Wirt. Der dicke Mann lachte, hustete, spuckte, sein enormer Bauch hüpfte vor Freude über die Scherze seines Nachbarn, und er bestellte bei ihm für das Frühjahr, wenn die Preußen abgezogen sein sollten, sechs Fäßchen Bordeaux.

Man war ganz zerbrochen vor Müdigkeit, und so ging man sofort nach Tisch schlafen.

Loiseau allerdings, der gut zu beobachten wußte, ließ seine Frau zu Bett gehn, dann preßte er bald sein Ohr, bald sein Auge an das Schlüsselloch, um das zu entdecken, was er «die Geheimnisse des Korridors» nannte.

Etwa nach einer Stunde vernahm er ein Rascheln, sah schnell durchs Schlüsselloch und erblickte Boule de suif, die unter einem Schlafrock aus blauem Kaschmir, besetzt mit weißen Spitzen, noch molliger aussah. Sie hielt eine Kerze in der Hand und lenkte ihre Schritte den großen Ziffern am Ende des Ganges zu. Doch eine andere Türe öffnete sich spaltbreit, und als Boule de suif nach einigen Minuten zurückkam, folgte ihr Cornudet in Hosenträgern. Sie sprachen leise miteinander, dann blieben sie stehen. Boule de suif schien den Eintritt in ihr Zimmer energisch zu verteidigen. Loiseau konnte leider die Worte nicht hören, aber als sie schließlich die Stimmen erhoben, vermochte er ein oder das andere Wort zu erschnappen. Cornudet drängte lebhaft, er sagte:

«Aber ich bitte Sie, Sie sind töricht, was liegt Ihnen schon daran?»

Sie sah entrüstet drein und antwortete:

«Nein, mein Lieber, es gibt Momente, wo man solche Dinge nicht tut, und hier wäre das geradezu eine Schande.»

Das schien er ohne Zweifel nicht zu verstehen und fragte, warum. Da geriet sie in Hitze und sprach noch lauter:

«Warum? Sie verstehen nicht, warum? Wo es doch Preußen im Hause gibt, vielleicht sogar im Nebenzimmer?»

Er schwieg. Diese patriotische Scham einer Dirne, die sich in der Nähe des Feindes nicht umarmen lassen wollte, hatte wohl in seinem Herzen die schwankende Würde wieder erweckt; denn er begnügte sich damit, das Mädchen zu küssen, und schlich dann nach seinem Zimmer zurück.

Loiseau verließ, sehr aufgekratzt, das Schlüsselloch, wagte ein paar Tanzschritte, schlang sein Seidentuch um den Kopf, hob die Decke, unter der das harte Gestell seiner Lebensgefährtin ruhte, weckte sie mit einem Kuß und flüsterte:

«Liebst du mich, mein Süßes?»

Und nun verstummte das ganze Haus. Doch bald erhob sich irgendwo, aus einer unbestimmten Richtung – es konnte ebensogut der Keller wie der Boden sein – ein mächtiges, eintöniges, regelmäßiges Schnarchen, ein dumpfes, langgezogenes Geräusch, zitternd wie ein Dampfkessel unter Druck: Herr Follenvie schlief.

Da man beschlossen hatte, am nächsten Tag um acht Uhr aufzubrechen, fanden sich alle in der Küche wieder; doch der Wagen, dessen Plache ein Schneedach trug, stand einsam mitten im Hof, ohne Pferde und ohne Kutscher. Man suchte ihn vergeblich in den Ställen, in der Futterkammer, in den Schuppen. Da beschlossen die Männer sämtlich, im Dorf zu suchen, und zogen los. Sie trafen sich auf dem Kirchplatz wieder, der beiderseits von niedrigen Häusern umgeben war; überall waren preußische Soldaten. Der erste, den sie sahen, schälte Erdäpfel. Der zweite, ein paar Schritte weiter, reinigte den Laden des Coiffeurs. Ein anderer, bärtig bis zu den Augen, küßte einen weinenden Knirps und schaukelte ihn auf seinen Knien, um ihn zu beruhigen, und dicke Bäuerinnen, deren Männer bei der «Armee im Felde» waren, wiesen ihren gehorsamen Siegern mit Gesten die Arbeit zu, die getan werden mußte: Holz spalten, die Suppe aufsetzen, den Kaffee mahlen, und einer wusch sogar die Wäsche seiner Wirtin, einer völlig gelähmten uralten Frau.

Erstaunt befragte der Graf den Küster, der gerade aus dem Pfarrhaus kam. Die alte Kirchenratte antwortete ihm:

«Ach, die da sind nicht schlimm; das sind angeblich keine Preußen. Sie sind von weiter her, ich weiß nicht genau von wo; sie haben alle

Frau und Kinder in ihrem Dorf zurückgelassen, denen macht der Krieg auch keinen Spaß. Man weint dort drüben bestimmt genauso um die Männer, und es wird bei ihnen genauso ein Elend geben wie bei uns. Hier ist man im Augenblick noch nicht gar zu schlecht dran; denn sie tun weiter nichts Böses und arbeiten, als ob sie bei sich zuhause wären. Sehen Sie, Herr, unter armen Leuten muß man einander helfen... es sind die Großen, die den Krieg machen.»

Cornudet, empört über das herzliche Einvernehmen, das zwischen Siegern und Besiegten herrschte, verschwand und zog vor, sich im Gasthaus einzusperren. Loiseau fand ein Scherzwort: «Sie sorgen für Bevölkerungszuwachs», Carré-Lamadon ein ernstes Wort: «Sie bauen wieder auf.» Doch den Kutscher fand man nicht. Endlich entdeckte man ihn im Café des Dorfs, brüderlich am gleichen Tisch mit dem Burschen des Offiziers. Der Graf fragte ihn:

«Hat man Ihnen nicht befohlen, für acht Uhr anzuspannen?»

«Ja, das schon, aber seither hat man mir etwas anderes befohlen.»

«Was denn?»

«Gar nicht anzuspannen.»

«Wer hat Ihnen diesen Befehl gegeben?»

«Ja, mein Gott, der preußische Kommandant.»

«Warum?»

«Weiß ich nicht. Gehen Sie ihn doch fragen! Man hat mir verboten anzuspannen, also spanne ich nicht an. Fertig.»

«Hat er es Ihnen selbst gesagt?»

«Nein, Herr; der Wirt, der hat es mir in seinem Auftrag gesagt.»

«Wann denn?»

«Gestern abend, beim Schlafengehen.»

Sehr beunruhigt kehrten die drei Männer in das Gasthaus zurück.

Man fragte nach Monsieur Follenvie, doch die Magd antwortete, der Herr stehe, seines Asthmas wegen, niemals vor zehn Uhr auf. Er habe sogar streng verboten, ihn früher zu wecken, außer wenn das Haus brennen sollte.

Man wollte den Offizier sprechen, doch das erwies sich als vollkommen unmöglich, obgleich er im Gasthaus wohnte; Herr Follenvie allein war befugt, mit ihm über zivile Fragen zu reden. So wartete man denn. Die Frauen stiegen wieder in ihre Zimmer hinauf und vertrieben sich die Zeit mit Nichtigkeiten.

Cornudet machte es sich unter dem hohen Kamin in der Küche bequem, wo ein großes Feuer brannte. Er ließ sich einen der kleinen Tische aus dem Café und eine Kanne Bier bringen und zog eine Pfeife hervor, deren Ansehen unter den Demokraten fast dem seinen glich, als würde sie dem Vaterlande dienen, indem sie Cornudet diente. Es war eine prachtvolle Meerschaumpfeife, wunderbar angeraucht, ebenso schwarz wie die Zähne ihres Herrn, doch duftend, geschwungen, glänzend; sie lag ihm gut in der Hand und gab seiner Physiognomie den letzten Schliff. Er saß ganz regungslos, die

Augen bald auf die Flamme des Herdes geheftet, bald auf den Schaum, der sein Glas krönte, und jedes Mal, wenn er getrunken hatte, ließ er zufrieden seine langen, magern Finger durch seine langen, fettigen Haare gleiten, während er den schaumgeränderten Schnurrbart einzog.

Unter dem Vorwand, sich die Beine zu vertreten, ging Loiseau zu den Schankwirten des Ortes und verkaufte ihnen Wein. Der Graf und der Fabrikant begannen über Politik zu sprechen. Sie diskutierten die Zukunft Frankreichs. Der eine glaubte an die Orléans, der andere an einen unbekannten Retter, einen Helden, der in der tiefsten Verzweiflung auferstehen würde: ein du Guesclin, eine Jeanne d'Arc vielleicht? Oder ein neuer Napoleon der Erste? Ach, wenn der kaiserliche Prinz nicht so jung wäre! Cornudet hörte ihnen zu und lächelte, als der Mann, der das letzte Wort des Schicksals kennt. Seine Pfeife durchduftete die Küche.

Als es zehn schlug, erschien Herr Follenvie. Man befragte ihn schnell, aber er konnte nichts, als zwei- oder dreimal, ohne die geringste Änderung, die gleichen Worte wiederholen: «Der Offizier hat mir gesagt: ‹Herr Follenvie, Sie verbieten, daß man morgen den Wagen dieser Reisenden anspannt. Ich will nicht, daß sie ohne meinen Befehl fahren. Verstanden? Das genügt.›»

Daraufhin wollte man den Offizier aufsuchen. Der Graf schickte ihm seine Karte, der Carré-Lamadon auch seinen Namen und alle seine Titel zufügte. Der Preuße ließ antworten, er werde die beiden Männer vorlassen, sobald er mit dem Mittagessen fertig sei, also um ein Uhr.

Die Damen erschienen wieder, und trotz der Unruhe aß man eine Kleinigkeit. Boule de suif sah leidend und tiefverstört aus.

Man hatte kaum den Kaffee getrunken, als der Bursche die Herren holen kam.

Loiseau schloß sich ihnen an; doch als man versuchte, auch Cornudet mitzuschleppen, um dem gemeinsamen Schritt noch größeres Gewicht zu verleihen, erklärte er stolz, er habe nicht die Absicht, jemals eine Beziehung, welcher Art auch immer, mit den Deutschen anzuknüpfen; damit zog er sich zum Kamin zurück und bestellte abermals eine Kanne Bier.

Die drei Männer stiegen die Treppe hinauf und wurden in das schönste Zimmer des Hauses geführt, wo der Offizier sie, in einen Fauteuil geräkelt, die Füße auf dem Kaminsims, eine lange Porzellanpfeife rauchend, empfing; er war in einen rotflammenden Schlafrock gehüllt, den er ohne Zweifel in der verlassenen Wohnung irgendeines Bürgers von schlechtem Geschmack erbeutet hatte. Er stand nicht auf, grüßte sie nicht, sah sie nicht an. So bot er ein prächtiges Muster der dem siegreichen Soldaten gemäßen Lümmelhaftigkeit.

Nach einer Weile sagte er endlich:

«Was wollen Sie?»

Der Graf nahm das Wort: «Wir wünschten abzureisen, mein Herr.»

«Nein.»

«Dürfte ich mich nach dem Grund dieses Verbots erkundigen?»

«Weil ich nicht will.»

«Ich möchte mir mit allem Respekt die Bemerkung erlauben, daß der Herr kommandierende General uns eine Bewilligung zur Reise nach Dieppe gewährt hat, und ich glaube nicht, daß wir etwas getan haben, was Ihr strenges Vorgehen rechtfertigen könnte.»

«Ich will nicht... Schluß... Sie können gehen.»

Die drei verbeugten sich und gingen.

Der Nachmittag war kläglich. Man konnte diese Laune des Deutschen nicht begreifen, und die seltsamsten Ideen verstörten die Köpfe. Alle blieben in der Küche; man diskutierte endlos und malte sich die unwahrscheinlichsten Dinge aus. Man wollte sie vielleicht als Geiseln behalten – doch zu welchem Zweck? – oder sie als Gefangene mitschleppen? Oder am Ende ein ansehnliches Lösegeld von ihnen erpressen? Bei diesem Gedanken faßte sie eine Panik. Die Reichsten waren am meisten entsetzt; sie sahen sich schon gezwungen, ganze Säcke voll Gold in die Hände dieses unverschämten Soldaten zu schütten, um ihr Leben zu erkaufen. Sie zerbrachen sich den Kopf, um glaubhafte Lügen zu erfinden, ihre Reichtümer zu verschwindeln, sich als arm, sehr arm hinzustellen. Loiseau nahm die Kette von seiner Uhr und versteckte sie in der Tasche. Die sinkende Nacht erhöhte nur ihre Ängste. Die Lampe wurde angezündet, und da man bis zum Abendessen noch zwei Stunden zu vertreiben hatte, schlug Frau Loiseau eine Partie Einunddreißig vor. Das wäre doch eine Zerstreuung. Man stimmte zu. Selbst Cornudet klopfte aus Höflichkeit seine Pfeife aus und spielte mit.

Der Graf mischte die Karten, teilte, Boule de suif hatte sogleich Einunddreißig, und bald besänftigte das Interesse am Spiel die Furcht, die die Geister quälte. Doch Cornudet bemerkte, daß Herr und Frau Loiseau sich allzu gut miteinander zu verständigen wußten.

Als man sich eben zu Tisch setzen wollte, erschien Herr Follenvie, und mit seiner rasselnden Stimme sagte er: «Der preußische Offizier läßt Mademoiselle Elisabeth Rousset fragen, ob sie ihren Entschluß noch nicht geändert hat?»

Boule de suif blieb stehen, sie war ganz blaß, dann wurde sie plötzlich feuerrot, erstickte fast vor Wut, so daß sie gar nicht sprechen konnte. Endlich brach es aus ihr heraus:

«Sie können ihm sagen, diesem Halunken, diesem Mistbuben, diesem Aas von einem Preußen, daß ich niemals einwilligen werde; haben Sie gehört? Niemals, niemals, niemals!»

Der dicke Wirt verschwand. Nun aber wurde Boule de suif von allen umringt, ausgefragt, gedrängt, das Geheimnis ihres Besuches zu enthüllen. Erst widerstrebte sie; doch bald riß die Erbitterung sie fort:

«Was er will ...? Was er will ...? Er will mit mir schlafen!» schrie sie.

Niemand nahm Anstoß an dem Wort, so lebhaft war die Empörung. Cornudet setzte sein

Glas auf den Tisch, daß es zerbrach. Es war ein Schrei des Abscheus gegen diesen schändlichen Säbelraßler, ein Sturm der Wut; alle waren zum Widerstand geeinigt, als hätte man von jedem Einzelnen einen Teil des Opfers verlangt, das von ihr gefordert wurde. Der Graf erklärte mit tiefem Widerwillen, diese Leute benähmen sich ganz wie die alten Barbaren. Vor allem die Frauen bezeigten Boule de suif eine energische und zärtliche Teilnahme. Die Nonnen, die sich nur bei den Mahlzeiten sehen ließen, hatten die Köpfe gesenkt und sagten nichts.

Als der erste Grimm sich gelegt hatte, setzte man sich trotzdem zum Abendessen, aber man sprach wenig: man überlegte.

Die Damen zogen sich früh zurück, und die Herren rauchten und veranstalteten ein Ecarté, zu dem man Herrn Follenvie einlud; denn man hatte die Absicht, ihn geschickt darüber auszufragen, mit welchen Mitteln sich etwa der Widerstand des Offiziers besiegen ließe. Aber er dachte nur an seine Karten, hörte nichts, antwortete nichts, sondern wiederholte ohne Unterlaß: «Spielen wir, meine Herren, spielen wir!» Seine Aufmerksamkeit war so in Anspruch genommen, daß er zu spucken vergaß, was manchmal in seiner Brust einen Orgelpunkt erdröhnen ließ. Seine pfeifenden Lungen gaben die ganze Tonleiter des Asthmas zum besten, von den ernsten, tiefen Tönen bis zu dem spitzen Krächzen junger Hähne, die zu krähen versuchen.

Er wollte nicht einmal hinaufgehen, als seine

Frau, die vor Müdigkeit umfiel, ihn holen kam. So ging sie denn allein, denn sie war eine Frühaufsteherin, immer mit der Sonne aus dem Bett, während ihr Mann lange aufblieb und stets bereit war, die Nacht mit Freunden zu verbringen. Er rief ihr zu: «Du stellst mir meine Hühnermilch ans Feuer», und setzte sich wieder an den Spieltisch. Als man sah, daß aus ihm nichts herauszubringen war, erklärte man, es sei Zeit, aufzuhören, und alle gingen zu Bett.

Auch am nächsten Tag stand man ziemlich früh auf, mit einer ungewissen Hoffnung, einem stetig wachsenden Wunsch, fortzukommen, und es graute allen davor, noch einen Tag in diesem gräßlichen, kleinen Wirtshaus zu verbringen.

Ach, die Pferde blieben im Stall, der Kutscher blieb unsichtbar; müßig strich man rund um den Wagen herum.

Das Mittagessen verlief traurig, und es hatte sich eine gewisse Abkühlung gegenüber Boule de suif eingestellt, denn die Nacht, die Rat bringt, hatte auch die Ansichten ein wenig beeinflußt. Jetzt nahm man es diesem Mädchen beinahe übel, daß sie nicht insgeheim zu dem Preußen gegangen war und so ihren Reisegefährten eine angenehme Überraschung bereitet hatte. Was wäre einfacher gewesen? Und wer hätte es schließlich erfahren? Sie hätte den Schein wahren können, indem sie dem Offizier sagen ließ, sie habe Mitleid mit dem Unglück ihrer Reisegefährten. Für sie bedeutete das doch so wenig!

Aber diese Gedanken gestand noch keiner dem andern.

Nachmittags, als man sich zum Sterben langweilte, schlug der Graf einen Spaziergang in die Umgebung des Dorfes vor. Jeder wickelte sich sorgfältig ein, und die kleine Gesellschaft machte sich auf den Weg, mit Ausnahme von Cornudet, der es vorzog, am Kaminfeuer zu bleiben, und der Nonnen, die ihre Tage in der Kirche oder beim Pfarrer verbrachten.

Der Frost wurde von Tag zu Tag heftiger und stach grausam in Nase und Ohren; die Füße schmerzten so, daß jeder Schritt eine Qual war. Und als die Landschaft sich öffnete, sah sie unter diesem grenzenlosen Weiß so schrecklich düster aus, daß man augenblicklich kehrtmachte, die Seele vereist und das Herz beengt.

Die vier Frauen gingen voran, die drei Männer folgten in kleinem Abstand.

Loiseau, der die Situation erfaßte, fragte plötzlich, ob «dieses Stück» sie noch lange an solch einem Ort verkommen lassen wolle. Der Graf meinte, immer höflich, man könne von einer Frau ein so peinliches Opfer nicht verlangen, und es müßte von ihr selbst kommen. Herr Carré-Lamadon bemerkte, daß bei einem französischen Gegenangriff von Dieppe aus, von dem die Rede war, der Zusammenstoß nur in Tôtes erfolgen könnte. Diese Erwägung gab den beiden andern zu denken.

«Und wenn wir zu Fuß fortgingen», sagte Loiseau.

Der Graf zuckte die Achseln:

«Bei diesem Schnee? Nicht daran zu denken! Und mit unsern Frauen! Überdies würden wir sofort verfolgt, binnen zehn Minuten eingeholt und als Gefangene auf Gnade und Ungnade der Soldaten zurückgebracht.»

Das war richtig; man schwieg wieder.

Die Damen sprachen über Kleider; doch ein gewisser Zwang machte sich zwischen ihnen geltend.

Plötzlich erschien am Ende der Straße der Offizier. Vom Schnee, der den Horizont abschloß, zeichnete sich seine lange Gestalt ab, die einer Wespe in Uniform glich, und er marschierte, die Knie auswärts, auf jene Art, die den Offizieren eigen ist, um ihre sorgfältig gewichsten Stiefel nicht zu beschmutzen.

Er verbeugte sich im Vorübergehen vor den Damen und sah verächtlich auf die Männer, die übrigens Würde genug besaßen, nicht zu grüßen, wenn auch Loiseau schon die Hand erhoben hatte, um seinen Hut zu ziehen.

Boule de suif war rot bis zu den Ohren geworden, und die drei verheirateten Frauen empfanden es als große Erniedrigung, daß dieser Soldat sie in Gesellschaft des Mädchens sah, das er so völlig nach Herrenrecht behandelt hatte.

Man sprach jetzt von ihm, seiner Erscheinung, seinem Gesicht. Frau Carré-Lamadon, die viele Offiziere gekannt hatte und sie als Kennerin beurteilte, fand, dieser hier sei gar nicht so übel; sie bedauerte sogar, daß er kein Franzose war, er würde einen sehr flotten Husaren abgeben, und alle Frauen wären bestimmt ganz verrückt nach ihm.

Als man wieder im Gasthaus war, wußte man nicht, was man beginnen sollte. Unwichtiger Dinge wegen kam es sogar zu spitzen Worten. Das Abendessen wurde schweigend und rasch erledigt; alle gingen in ihre Zimmer und hofften, die Zeit mit Schlafen totzuschlagen.

Am nächsten Morgen stieg man wieder hinunter, Müdigkeit auf den Gesichtern, Erbitterung in den Herzen. Mit Boule de suif sprachen die Frauen kaum mehr ein Wort.

Eine Glocke tönte. Es gab eine Taufe. Das dicke Mädchen hatte ein Kind, das bei Bauern in Yvetot aufwuchs. Sie sah es kaum einmal im Jahr und dachte nie daran; doch die Vorstellung des andern Kindes, das man jetzt taufen ging, erweckte in ihrem Herzen eine plötzliche, heftige Zärtlichkeit für ihr eigenes, und sie wollte unbedingt bei der Zeremonie dabei sein.

Kaum war sie gegangen, sahen die andern einander an, dann rückte man die Stühle zusammen; denn man fühlte, daß man schließlich zu einem Entschluß gelangen mußte. Loiseau hatte eine Eingebung: seine Meinung war, dem Offizier vorzuschlagen, er möge Boule de suif ganz allein behalten und die andern ziehen lassen.

Herr Follenvie übernahm diesen Auftrag, aber er war fast im gleichen Augenblick wieder zurück. Der Deutsche, der die menschliche Natur kannte, hatte ihn hinausgeworfen. So lange sein Wunsch nicht erfüllt wäre, dächte er nicht daran, irgend jemanden fortzulassen.

Da kam Frau Loiseaus pöbelhafte Natur zum Durchbruch:

«Wir werden doch nicht hier vor Altersschwäche sterben! Wenn dieses Frauenzimmer schon einmal den Beruf hat, das mit allen Männern zu machen, dann hat sie, meiner Ansicht nach, nicht das Recht, den einen abzulehnen und den andern nicht. Ich bitte Sie, in Rouen hat sie genommen, was ihr nur in den Weg lief, sogar Kutscher! Ja, meine Damen, den Kutscher von der Präfektur! Das weiß ich am besten, er kauft seinen Wein bei uns. Und heute, wo es sich darum handelt, uns aus der Patsche zu helfen, spielt sie die Prinzessin, diese Rotznase! Ich finde, daß er sich sehr gut benimmt, dieser Offizier. Er ist vielleicht schon seit längerer Zeit auf dem Trockenen, und wir waren hier drei, die er bestimmt vorgezogen hätte. Aber nein, er begnügt sich mit dieser Allerweltsschönheit. Er respektiert die verheirateten Frauen. Denken Sie doch, er ist ja der Herr. Er hätte nur zu sagen gebraucht: ‹Ich will›, ein Befehl an seine Soldaten, und er hätte uns mit Gewalt nehmen können.»

Die beiden Frauen überlief ein leichter Schauer. Die Augen der hübschen Frau Carré-Lamadon funkelten; sie war ein wenig blaß, als fühlte sie sich schon von dem Offizier vergewaltigt.

Die Männer, die am andern Ende des Raumes diskutiert hatten, traten jetzt näher. Loiseau war wütend und wollte «dieses Mistvieh» mit Fesseln an Händen und Füßen dem Feinde ausliefern. Doch der Graf, aus drei Generationen von Botschaftern hervorgegangen und mit dem Äußern eines Diplomaten begabt, war Anhänger geschmeidigerer Mittel. «Man müßte sie überreden», sagte er.

Und so bildete sich eine Verschwörung.

Die Frauen rückten zusammen, die Stimmen senkten sich, die Diskussion wurde allgemein, und jeder gab seine Ansicht ab. Das verlief übrigens in den besten Formen. Vor allem die Damen fanden Feinheiten, Wendungen, ganz bezaubernde Ausdrücke, um die anstößigsten Dinge zu sagen. Ein Fremder hätte nichts verstanden, so wohl wurden alle Hemmungen der Sprache gewahrt. Doch die leichte Kruste von Scham, mit der jede Dame der Gesellschaft um hüllt ist, bedeckt nur die Oberfläche, und so blühten sie in diesem spaßhaften Abenteuer geradezu auf, amüsierten sich im Grunde köstlich, fühlten sich in ihrem Element, als sie jetzt, mit der Wollust eines feinschmeckerischen Kochs, der das Abendessen eines andern zubereitet, an der Liebe herumfingerten.

Die Heiterkeit stellte sich ganz von selbst wieder ein, so komisch kam ihnen am Ende die ganze Geschichte vor. Der Graf fand Scherzworte, die ein wenig gewagt, aber so gut ausgedrückt waren, daß sie belächelt werden konnten. Loiseau seinerseits gab ein paar saftigere Schlüpfrigkeiten zum besten, über die man sich nicht weiter aufregte, und alle Geister beherrschte der Gedanke, den seine Frau so brutal ausgesprochen hatte: «Wenn dieses Frauenzimmer schon einmal diesen Beruf hat, dann hat sie nicht das Recht, den einen abzulehnen und den andern nicht.» Die reizende Frau Carré-Lamadon schien sogar zu denken, daß sie, an ihrer Stelle, diesen hier weniger ablehnen würde als einen andern.

Der Sturm wurde von langer Hand vorbereitet wie für eine umzingelte Festung, jeder bekam die Rolle zugeteilt, die er spielen, die Argumente, auf die er sich stützen, die Manöver, die er ausführen sollte. Man legte den Gefechtsplan fest, die wirksamen Kriegslisten und die Überraschungen des Angriffs, um diese lebende Zitadelle zu zwingen, den Feind einzulassen.

Cornudet allerdings hielt sich abseits und wollte mit der ganzen Sache nichts zu tun haben.

Die allgemeine Aufmerksamkeit war so gespannt, daß man Boule de suif nicht heimkehren hörte. Doch der Graf flüsterte ein leichtes: «Still!», und alle Augen hoben sich. Sie war da. Man verstummte jäh, und eine gewisse Verlegenheit erschwerte es anfangs, ein Gespräch mit ihr in Gang zu bringen. Die Gräfin, in den Zweideutigkeiten des Salons erfahrener als die andern, fragte sie:

«War es nett bei dieser Taufe?»

Das dicke Mädchen war noch gerührt und

berichtete alles: wie die Leute aussahen, wie sie sich hielten und sogar über das Innere der Kirche. Schließlich fügte sie hinzu:

«Manchmal tut es einem so wohl, zu beten.»

Bis zum Mittagessen begnügten die Damen sich damit, liebenswürdig gegen sie zu sein, um ihr Vertrauen und ihre Fügsamkeit gegenüber guten Ratschlägen zu erhöhen.

Sobald man bei Tisch saß, begann das Geplänkel; zuerst gab es ein allgemein gehaltenes Gespräch über die Aufopferung. Beispiele aus dem Altertum wurden zitiert: Judith und Holofernes, dann, völlig grundlos, Lukrezia und Sextus, Kleopatra, die alle feindlichen Generäle durch ihr Schlafzimmer ziehen ließ und sie zu sklavischer Dienstbarkeit demütigte. Und dann wurde eine phantastische Geschichte vorgetragen, eine Erfindung dieser ungebildeten Millionäre, worin die Bürgerinnen von Rom nach Capua marschierten, um Hannibal und mit ihm seine Unterführer und die Heerhaufen seiner Söldner in ihren Armen einzulullen. Man rühmte all die Frauen, die Eroberern Halt geboten, aus ihrem Körper ein Schlachtfeld gemacht hatten, ein Mittel zu herrschen, eine Waffe; die durch ihre heldenhaften Liebkosungen abscheuliche und verhaßte Geschöpfe besiegten und ihre Keuschheit der Rache und dem allgemeinen Besten opferten.

In verschleierten Ausdrücken sprach man sogar von jener Engländerin aus großem Hause, die sich eine schreckliche, ansteckende Krankheit einimpfen ließ, um sie auf Bonaparte zu übertragen, der seine wunderbare Rettung nur einer plötzlichen Schwäche in der Stunde des verhängnisvollen Stelldicheins verdankte.

Und das alles wurde auf sehr gemäßigte und salonfähige Art erzählt, und nur manchmal ließ man eine wohlüberlegte Begeisterung durchbrechen, die zur Nachahmung so großer Beispiele anreizen sollte.

Man hätte schließlich glauben können, daß die einzige Rolle der Frau hienieden ein ständiges Opfer ihrer Person, eine unablässige Hingabe an die Launen der Soldateska sei.

Die beiden Nonnen schienen, in tiefes Sinnen verloren, nichts zu hören, Boule de suif sagte kein Wort.

Während des ganzen Nachmittags überließ man sie ihren Gedanken. Doch statt ihr «Madame» zu sagen, wie man es bisher getan hatte, nannte man sie einfach «Mademoiselle», ohne daß man wußte warum; es war, als wollte man sie in der Achtung, zu der sie aufgestiegen war, um einen Grad herabsetzen, sie ihren schmählichen Stand fühlen lassen.

Im Augenblick, da die Suppe aufgetragen wurde, erschien Herr Follenvie und wiederholte den Satz des Vortags: «Der preußische Offizier läßt Mademoiselle Elisabeth Rousset fragen, ob sie ihren Entschluß noch nicht geändert hat?»

Boule de suif erwiderte trocken: «Nein, Herr.»

Doch während des Abendessens geriet die Koalition bereits ins Wanken. Loiseau sagte dreimal recht unglückselige Dinge. Jeder sog sich die Finger wund, um neue Beispiele zu entdecken, man fand aber nichts; da fühlte die Gräfin, vielleicht ohne Vorbedacht, ein beiläufiges Bedürfnis, der Religion ihre Ehrerbietung zu bezeigen, und fragte die ältere Nonne über die großen Taten aus dem Leben der Heiligen aus. Nun, viele von ihnen hatten Handlungen begangen, die in unsern Augen Verbrechen wären; doch die Kirche verzeiht solche Missetaten leicht, wenn sie zum Ruhm Gottes oder zum Wohl des Nächsten vollbracht wurden. Das war ein mächtiges Argument, und die Gräfin machte es sich zunutze. Und da brachte die alte Nonne, sei es durch eine jener stillschweigenden Verständigungen, jener verhüllten Gefälligkeiten, in denen jeder Meister ist, der ein geistliches Gewand trägt, sei es einfach aus einer glücklichen Einsichtslosigkeit, einer hilfsbereiten Dummheit heraus, der Verschwörung eine unschätzbare Hilfe. Man hatte sie für schüchtern gehalten, sie erwies sich als kühn, beredt, heftig. Sie war keineswegs durch das zögernde Tasten der Kasuistik beirrt, ihre Lehre schien ein eiserner Stab zu sein, ihr Glaube zauderte niemals, ihr Gewissen kannte keine Skrupel. Sie fand das Opfer Abrahams ganz einfach, denn auf einen Befehl von oben hätte sie unverzüglich Vater und Mutter getötet; und nichts konnte, ihrer Meinung nach, dem Herrn mißfallen, wenn die Absicht lobenswert war. Die Gräfin profitierte von dem geheiligten Ansehen der unerwarteten Helfershelferin und brachte sie dazu, erbauliche Redensarten über den Moralgrundsatz «Der Zweck heiligt die Mittel» von sich zu geben.

Sie fragte sie:

«Sie glauben also, Schwester, daß Gott alle Mittel billigt und die Tat verzeiht, wenn nur der Beweggrund rein ist?»

«Wer dürfte daran zweifeln, Madame? Eine an sich tadelnswerte Handlung wird oft durch den Gedanken verdienstlich, der sie eingibt.»

Und so ging es weiter, sie entwirrten die Absichten Gottes, sahen seine Entscheidungen voraus, schrieben ihm ein Interesse an Dingen zu, die ihn wahrhaftig nichts angingen.

Das alles war verschleiert, geschickt, diskret. Doch jedes Wort des heiligen Mädchens in der Flügelhaube schlug eine Bresche in den entrüsteten Widerstand der Kurtisane. Dann nahm das Gespräch eine andere Wendung, die Frau mit den hängenden Rosenkränzen erzählte von den Häusern ihres Ordens, von ihrer Oberin, von sich selbst, von ihrer reizenden Nachbarin, der lieben Schwester Saint-Nicéphore. Man hatte sie nach Le Havre gerufen, um in den Spitälern Soldaten zu pflegen, die dort zu Hunderten an den Pocken erkrankt lagen. Sie schilderte die Unglücklichen, gab Einzelheiten über ihre Krankheit. Und während sie hier unterwegs durch die Launen dieses Preußen aufgehalten wurden, mochte eine große Zahl von Franzosen sterben, die sie vielleicht gerettet hätten! Denn das war ihre Spezialität, Soldaten zu pflegen. Sie war in der Krim, in Italien, in Österreich gewesen, und, während sie ihre Feldzüge erzählte, entpuppte sie sich mit einem Mal als eine jener geistlichen Frauen mit Trommeln und Trompeten, die gemacht scheinen, dem Feldlager zu folgen, mitten im Toben der Schlacht die Verwundeten aufzulesen, die großen, ungebärdigen Kriegsleute mit einem Wort zu zähmen; eine richtige Rataplanschwester, deren verheertes, von zahllosen Löchern zerrissenes Gesicht geradezu ein Sinnbild der Verwüstungen des Krieges war.

Nach ihr sprach kein Mensch ein Wort, so ausgezeichnet schien die Wirkung zu sein.

Sobald die Mahlzeit beendet war, ging man schnell hinauf, um am nächsten Tag erst recht spät herunterzukommen.

Das Mittagessen verlief ruhig. Man ließ dem tags zuvor gesäten Samen Zeit, zu keimen und seine Früchte zu tragen.

Die Gräfin schlug für den Nachmittag einen Spaziergang vor; und der Graf nahm, wie es geplant worden war, den Arm Boule de suifs und blieb mit ihr ein wenig hinter den andern zurück.

Er sprach zu ihr in jenem vertraulichen, väterlichen, ein wenig verächtlichen Ton, den die gesetzten Männer Dirnen gegenüber anschlagen, nannte sie «mein liebes Kind» und behandelte sie von der Höhe seiner gesellschaftlichen Stellung, seines unanfechtbaren Ansehens herab. Er ging sogleich auf den Kern der Frage ein:

«Es ist Ihnen also lieber, daß wir, wie Sie selbst,

hier jeder Gewalttat ausgesetzt bleiben, die einer Niederlage der preußischen Truppen folgen würde, als sich zu einer jener Gefälligkeiten herzugeben, wie Sie sie schließlich im Lauf Ihres Lebens so häufig erwiesen haben?»

Boule de suif antwortete nicht.

Er nahm sie bei der Sanftmut, beim Verstand, beim Gefühl. Er wußte, der «Herr Graf» zu bleiben, und zeigte sich doch, wenn es darauf ankam, als galanter Mann, bereit zu Komplimenten und Liebenswürdigkeit. Er übertrieb den Dienst, den sie ihnen erweisen würde, sprach von der allgemeinen Dankbarkeit; und dann ging er plötzlich zu einem heitern «Du» über: «Und weißt du, meine Liebe, er könnte sich rühmen, von einem so hübschen Mädchen gekostet zu haben, wie er sie in seinem Land nicht oft finden wird.»

Boule de suif antwortete nicht und schloß sich der Gesellschaft wieder an.

Sobald man zurück war, ging sie in ihr Zimmer hinauf und kam nicht mehr zum Vorschein. Die Unruhe stieg aufs Äußerste. Was würde sie tun? Und wenn sie sich widersetzte, was für eine Verlegenheit!

Die Stunde des Abendessens schlug, man erwartete sie vergeblich. Herr Follenvie erschien und meldete, Fräulein Rousset fühle sich nicht ganz wohl, und man könne zu Tisch gehen. Alles spitzte die Ohren. Der Graf trat zum Wirt und fragte ganz leise:

«Es ist so weit?»

«Ja.»

Anstandshalber sagte er seinen Gefährten nichts, sondern machte lediglich ein kleines Zeichen mit dem Kopf. Augenblicklich entstieg ein großer Seufzer der Erleichterung jeder Brust, Heiterkeit verklärte alle Gesichter. Loiseau rief:

«Donnerwetter! Ich zahle Champagner, wenn es welchen in dieser Bude gibt.»

Und Frau Loiseau erschrak nicht wenig, als der Wirt mit vier Flaschen in den Händen wiederkam. Jeder war plötzlich mitteilsam und lärmend geworden; ausgelassene Freude erfüllte die Herzen. Der Graf schien zu bemerken, daß Frau Carré-Lamadon ganz reizend war, der Fabrikant machte der Gräfin Komplimente. Die Unterhaltung war lebhaft, gelockert, anspielungsreich.

Plötzlich hob Loiseau mit besorgtem Gesicht die Arme und brüllte:

«Still!»

Alles schwieg überrascht, beinahe erschreckt. Dann legte er die Hand ans Ohr, befahl nochmals Schweigen, blickte zum Plafond, lauschte von neuem und erklärte mit seiner natürlichen Stimme:

«Beruhigen Sie sich, alles geht gut!»

Man wollte nicht gleich verstehen, doch bald glitt ein Lächeln über die Gesichter.

Nach einer Viertelstunde begann er das gleiche Spiel und wiederholte es im Verlauf des Abends noch häufig; und er tat, als ob er zu jemandem im Stockwerk darüber sprechen würde, und gab ihm zweideutige Ratschläge, die er aus seinem Geschäftsreisendenhumor schöpfte. Hin und wieder blickte er traurig drein und seufzte: «Armes Mädchen!», oder er knurrte mit gespielter Wut zwischen den Zähnen: «Verfluchter Preußenhund!» Manchmal, wenn man schon gar nicht mehr daran dachte, stieß er mit zitternder Stimme hervor: «Genug! Genug!» und, als spräche er zu sich selbst, fügte er hinzu: «Wenn wir sie nur wiedersehen! Wenn er sie nur damit nicht umbringt, der Schuft!»

Waren diese Scherze auch von höchst kläglichem Geschmack, so machten sie doch lachen, und niemand fühlte sich verletzt, denn die Entrüstung hängt, wie alles übrige, von den Umständen ab, und die Atmosphäre, die sich nach und nach um sie gebildet hatte, war mit schlüpfrigen Gedanken geladen.

Beim Nachtisch machten sogar die Damen geistvolle, diskrete Anspielungen. Die Augen leuchteten; man hatte viel getrunken. Der Graf, der, selbst bei freieren Umgangsformen, seine dickaufgetragene äußere Würde wahrte, fand einen mit viel Beifall aufgenommenen Vergleich über das Winterlager am Pol und die Freude der Schiffbrüchigen, die sehen, wie sich eine Straße nach dem Süden öffnet.

Loiseau war im Schwung, er stand auf, das Champagnerglas in der Hand:

«Ich trinke auf unsere Erlösung.»

Alle sprangen auf, man jubelte ihm zu. Sogar die beiden Nonnen willigten, von den Damen aufgefordert, ein, ihre Lippen in diesen schäumenden Wein zu tauchen, den sie noch nie gekostet hatten. Sie erklärten, er gleiche der Brauselimonade, sei aber doch viel feiner.

Es entsprach ganz der allgemeinen Stimmung, als Loiseau sagte:

«Es ist doch schade, daß wir kein Klavier haben; jetzt wäre der Augenblick für eine Quadrille gekommen.»

Cornudet hatte kein Wort gesagt, keine Bewegung gemacht; er schien in sehr ernste Gedanken versunken und zog manchmal wütend an seinem langen Bart, den er offenbar noch verlängern wollte. Endlich, gegen Mitternacht, als man daran dachte, ein Ende zu machen, klopfte Loiseau, der nicht mehr geradestehen konnte, ihm auf den Bauch und sagte weintrunken:

«Sie sind aber gar nicht lustig heute abend; Sie sagen ja nichts, Bürger!»

Doch da hob Cornudet brüsk den Kopf und musterte die Gesellschaft mit einem scharfen, schrecklichen Blick:

«Ich habe Ihnen allen nur zu sagen, daß Sie eine Schändlichkeit begangen haben.»

Er stand auf, ging zur Türe und wiederholte noch einmal: «Eine Schändlichkeit!»

Zunächst wirkte das ziemlich abkühlend. Loiseau stand ganz verdutzt und dumm da; doch bald hatte er seine Sicherheit wieder, und plötzlich krümmte er sich vor Lachen und sagte:

«Die Trauben sind zu sauer, mein Lieber, die Trauben sind zu sauer.»

Und da man ihn nicht verstand, erzählte er die «Geheimnisse des Korridors». Das war ein Anlaß zu erneuten Heiterkeitsausbrüchen. Die Damen amüsierten sich ganz närrisch. Der Graf und Carré-Lamadon lachten Tränen. Sie konnten es gar nicht glauben.

«Wie! Sind Sie ganz sicher? Er wollte...»

«Ich sage Ihnen doch, daß ich es gesehen habe.»

«Und sie hat sich geweigert?»

«Weil der Preuße im Nebenzimmer war.»

«Nicht möglich!»

«Ich schwöre es Ihnen.»

Der Graf erstickte. Der Industrielle hielt sich den Bauch mit beiden Händen. Loiseau fuhr fort:

«Und Sie verstehen, heute abend findet er das nicht lustig; aber schon gar nicht!»

Und alle drei begannen von neuem zu lachen, ganz erschöpft und atemlos.

Darüber trennte man sich. Doch Frau Loiseau, die zur Familie der Brennesseln gehörte, sagte beim Schlafengehn zu ihrem Mann, daß «diese Pest», die kleine Carré-Lamadon, den ganzen Abend über recht säuerlich gelächelt habe:

«Die Frauen, weißt du, wenn sich das einmal an die Uniform hängt, ob es nun Franzose oder Preuße ist, das ist ihnen wahrhaftig ganz egal. Ist das nicht eine Schande, großer Gott?!»

Und die ganze Nacht hindurch lief es durch das Dunkel des Korridors wie ein Zittern, wie leichte, kaum vernehmbare Geräusche, wie

Seufzen, wie Huschen bloßer Füße, wie unmerkliches Knistern. Und man schlief offenbar sehr spät ein, denn noch lange Zeit glitten Lichtstrahlen unter den Türen durch. Solche Wirkungen hat der Champagner; man sagt, daß er einen nicht schlafen läßt.

Am nächsten Morgen machte eine klare Wintersonne den Schnee noch blendender. Der Reisewagen wartete, endlich bespannt, vor der Türe, während eine Armee weißer Tauben, den Kopf tief in ihrem dichten Gefieder, mit rosigen, in der Mitte schwarzgetupften Augen gravitätisch zwischen den Beinen der sechs Pferde spazierte und ihren Lebensunterhalt in dem dampfenden Mist suchte, den sie durchstöberte.

Der Kutscher, in seinen Schafspelz gehüllt, rauchte auf seinem Bock eine Pfeife, und strahlend ließen sich alle Reisenden rasch den Mundvorrat für den Rest der Fahrt einpacken.

Man wartete nur noch auf Boule de suif. Sie kam.

Sie schien ein wenig verstört, beschämt; und sie trat schüchtern zu ihren Reisegefährten, die sich alle mit der gleichen Bewegung abwendeten, als hätten sie sie nicht bemerkt. Der Graf nahm würdevoll den Arm seiner Gattin, um sie von einer so unreinen Berührung fernzuhalten. Das dicke Mädchen blieb wie betäubt stehen; dann sammelte sie all ihren Mut und sprach die Frau des Fabrikanten mit einem demütig geflüsterten «Guten Tag, Madame» an. Die andere antwortete nur mit einem kleinen, unverschämten

Nicken, das sie mit einem Blick gekränkter Tugend begleitete. Alle schienen sehr beschäftigt, und man hielt sich von ihr fern, als trüge sie eine ansteckende Krankheit in ihren Röcken. Dann stürzte man sich auf den Wagen, und sie kam allein und zuletzt und setzte sich schweigend auf den Platz, den sie während des ersten Teils der Reise eingenommen hatte.

Man schien sie nicht zu sehen, nicht zu kennen; aber Frau Loiseau, die sie von weitem mit gerechtem Unwillen ansah, sagte halblaut zu ihrem Mann:

«Glücklicherweise sitze ich nicht neben ihr.»

Der schwere Wagen rollte aus dem Hof, und die Reise begann wieder. Anfangs wurde gar nicht gesprochen. Boule de suif wagte nicht, die Augen zu heben. Sie fühlte Empörung über all ihre Nachbarn, und gleichzeitig fühlte sie sich erniedrigt, weil sie nachgegeben hatte, und besudelt durch die Küsse dieses Preußen, in dessen Arme sie so heuchlerisch geworfen worden war.

Doch die Gräfin wendete sich bald zu Frau Carré-Lamadon und brach dieses peinliche Schweigen.

«Sie kennen doch Frau d'Etrelles?»

«Ja, sie ist eine Freundin von mir.»

«Eine reizende Frau, nicht wahr?»

«Bezaubernd! Ein ganz außergewöhnlicher Mensch, hochgebildet und dazu eine Künstlerin bis in die Fingerspitzen; sie singt entzückend und zeichnet vollendet.»

Der Fabrikant unterhielt sich mit dem Grafen,

und mitten durch das Klirren der Scheiben klang manchmal ein Wort auf: «Coupons... Fälligkeit... Prämie... Termin...»

Loiseau, der im Wirtshaus ein altes Kartenspiel stibitzt hatte, das das Fett von fünf Jahren, Spuren von schlechtabgewischten Tischen an sich trug, begann mit seiner Frau eine Partie Bezigue.

Die Nonnen nahmen den langen Rosenkranz, der an ihrem Gürtel hing, machten zusammen das Zeichen des Kreuzes, und plötzlich begannen ihre Lippen sich lebhaft zu bewegen, immer schneller und schneller, überstürzten ihr undeutliches Murmeln, als gälte es ein Wettrennen im «Oremus» zu gewinnen; von Zeit zu Zeit küßten sie eine Medaille, bekreuzten sich von neuem, und dann setzten sie ihr schnelles, beharrliches Gemurmel fort.

Cornudet saß unbeweglich und sann.

Nach drei Reisestunden packte Loiseau die Karten zusammen:

«Das macht hungrig», sagte er.

Daraufhin holte seine Frau ein wohlverschnürtes Paket hervor, dem sie ein Stück kaltes Kalbfleisch entnahm. Sie schnitt es säuberlich in dünne, feste Scheiben, und die beiden begannen zu essen.

«Wenn wir das auch täten», sagte die Gräfin; man war es zufrieden, und sie packte den für die beiden Ehepaare vorbereiteten Proviant aus. In einer jener länglichen Terrinen, deren Deckel einen Hasen in Fayence trägt, um anzuzeigen, daß ein Hase in Pastete darinnen ruht, befand sich ein üppiges Gericht aus dem braunen Fleisch des Wildbrets, gemischt mit andern feingehackten Fleischsorten und durchzogen von den weißen Bächlein des Specks. Ein schönes Stück Gruyère, eingewickelt in eine Zeitung, trug noch, in seine fettige Masse eingedrückt, die Worte «Unglücksfälle und Verbrechen».

Die beiden Nonnen holten ein Stück Wurst hervor, die nach Knoblauch roch, und Cornudet tauchte die beiden Hände gleichzeitig in die weiten Taschen seines Reisemantels und zog aus der einen vier harte Eier und aus der andern ein Stück Brot. Er schälte sie, warf die Schale in das Stroh unter seinen Füßen, biß herzhaft in die Eier und ließ winzige, hellgelbe Dotterstückchen in seinen breiten Bart fallen, die darin Sternen glichen.

Boule de suif hatte beim Aufstehen in Hast und Verwirrung an nichts denken können; und jetzt betrachtete sie erbittert und wuterstickt all diese Leute, die ganz friedlich aßen. Ein stürmischer Zorn schüttelte sie, und sie öffnete den Mund, um ihnen alles das zu sagen, was ihr in einer Flut von Schmähungen zu den Lippen stieg; doch sie vermochte nicht zu sprechen, so sehr schnürte ihr die Empörung die Kehle zusammen.

Niemand sah sie an, niemand dachte an sie. Sie fühlte sich wie ertränkt in der Verachtung dieser ehrbaren Halunken, die sie zuerst geopfert hatten und dann verwarfen wie eine schmutzige und unnütze Sache. Jetzt gedachte sie ihres großen Korbes, voll von guten Dingen, die die andern so gierig verschlungen hatten, an ihre beiden sulzschimmernden Hühner, an ihre Pasteten, an ihre Birnen, an ihre vier Flaschen Bordeaux; ihr Zorn fiel plötzlich zusammen wie eine allzu straff gespannte Saite, die reißt, und sie fühlte sich dem Weinen nahe. Sie machte schreckliche Anstrengungen, kämpfte, schluckte ihr Weinen, wie Kinder es tun, aber das Schluchzen stieg auf, glänzte am Rande ihrer Lider, und bald lösten sich zwei dicke Tränen von den Augen und rollten langsam über ihre Wangen. Andere folgten schneller, rieselten wie Wassertropfen, die aus einem Felsen sickern, und fielen regelmäßig über den gewölbten Bogen ihrer Brust. Sie blieb aufrecht sitzen, den Blick starr, das Gesicht reglos und bleich, und hoffte, man würde sie nicht beachten.

Doch der Gräfin entging es nicht, und sie machte ihren Mann mit einem Zeichen darauf aufmerksam. Er zuckte die Achseln, wie um zu sagen: «Was wollen Sie? Meine Schuld ist es nicht.» Frau Loiseau hatte ein stummes Lachen des Triumphs und flüsterte:

«Sie weint über ihre Schande.»

Die beiden Nonnen hatten den Rest ihrer Wurst in ein Papier gewickelt und waren wieder beim Beten.

Da streckte Cornudet, der seine Eier verdaute, die langen Beine unter die Bank gegenüber, lehnte sich zurück, kreuzte die Arme, lächelte wie ein Mann, dem gerade ein guter Streich eingefallen ist, und begann, die «Marseillaise» vor sich hin zu pfeifen.

Alle Gesichter verdüsterten sich. Seinen Nachbarn gefiel der volkstümliche Sang offenbar ganz und gar nicht. Sie wurden nervös, gereizt und sahen aus, als ob sie heulen wollten, wie Hunde, die einen Leierkasten hören. Er bemerkte das sehr wohl und hörte nicht mehr auf. Manchmal trällerte er sogar die Worte:

Amour sacré de la Patrie,
Conduis, soutiens nos bras vengeurs,
Liberté, Liberté, chérie,
Combats avec tes défenseurs!

Man rollte nun schneller, der Schnee war härter geworden; und bis Dieppe, während der langen, trübseligen Stunden der Reise, über das Holpern des Weges hinweg, in die fallende Nacht hinein, dann im tiefen Dunkel des Wagens, setzte er mit wilder Hartnäckigkeit sein eintöniges, strafendes Pfeifen fort und zwang die erschöpften, erbitterten Geister der Melodie von einem Ende bis zum andern zu folgen, sich jedes Wortes zu entsinnen und es jedem Ton zu unterlegen.

Und Boule de suif weinte noch immer; und von Zeit zu Zeit glitt ein Schluchzen, das sie nicht zurückhalten konnte, zwischen zwei Strophen in das Dunkel.

Da es elf Uhr schlug, hasteten die Herren Beamten, in der Furcht vor der Ankunft ihres Chefs, in ihre Kanzleien.

Jeder warf einen raschen Blick auf die Akten, die während seiner Abwesenheit gebracht worden waren; und dann, nachdem er das Jackett oder den Gehrock mit dem alten Arbeitsrock vertauscht hatte, ging er seinen Nachbarn besuchen.

Bald waren sie zu fünft in dem Raum, wo Monsieur Bonnenfant arbeitete, der Erste Adjunkt, und nun begann die übliche alltägliche Unterhaltung. Monsieur Perdrix, der Aktuar, suchte verlegte Akten, während der Chef-Stellvertreter-Aspirant, Monsieur Piston, Offizier der Akademie, seine Zigarette rauchte und sich die Schenkel wärmte. Der alte Expeditionist, Vater Grappe, ließ, wie gewöhnlich, seine Schnupftabaksdose die Runde machen, und Monsieur Rade, Kanzleikonzipist, ein ewiger Spötter, ein Skeptiker, ein Revolutionär, gönnte sich den Spaß, mit seiner Grillenstimme, seinem boshaften Blick und seinen trockenen Gesten sein Publikum in Empörung zu versetzen.

«Was gibt's Neues heute morgen?» fragte Monsieur Bonnenfant.

«Nicht das geringste», erwiderte Monsieur Piston. «Die Zeitungen sind noch immer voll mit

Nachrichten über Rußland und die Ermordung des Zaren.»

Der Aktuar, Monsieur Perdrix, hob den Kopf, und mit tiefer Überzeugung erklärte er:

«Ich wünsche seinem Nachfolger viel Vergnügen; aber ich möchte meine Stelle nicht mit seiner tauschen!»

Monsieur Rade begann zu lachen.

«Er wahrscheinlich auch nicht», meinte er.

Vater Grappe ergriff das Wort und fragte klagend:

«Was wird das alles für ein Ende nehmen?»

Monsieur Rade fiel ein:

«Das wird überhaupt nie ein Ende nehmen, Papa Grappe. Nur wir sind's, die ein Ende nehmen. Seit es Könige gibt, hat's Königsmörder gegeben.»

Da fragte Monsieur Bonnenfant:

«Erklären Sie mir doch, Monsieur Rade, warum man immer eher die guten als die schlechten ermordet! Heinrich IV., der Große, wurde ermordet; Ludwig XV. ist in seinem Bett gestorben. Unser König Ludwig-Philipp war sein ganzes Leben lang das Ziel von Mördern, und Zar Alexander soll ein wohlwollender Mann gewesen sein. Ist er's nicht, der die Leibeigenen befreit hat?»

Monsieur Rade zuckte die Achseln.

«Hat man nicht unlängst einen Bürochef umgebracht?» sagte er.

Vater Grappe, der jeden Tag vergaß, was sich am Vortag ereignet hatte, rief:

«Man hat einen Bürochef umgebracht?»

Der Chef-Stellvertreter-Aspirant, Monsieur Piston, erwiderte:

«Aber ja, Sie wissen doch, die Affäre mit den Muscheln!»

Das hatte Vater Grappe schon vergessen.

«Nein, ich weiß wirklich nichts davon.»

Monsieur Rade brachte ihm die Geschichte in Erinnerung.

«Aber ich bitte Sie, Papa Grappe, entsinnen Sie sich nicht mehr, daß ein Beamter, ein junger Mensch, der übrigens freigesprochen wurde, sich eines Tages Muscheln zum Mittagessen holen wollte? Der Chef verbot es ihm, der Beamte bestand darauf, der Chef befahl ihm, zu schweigen und nicht fortzugehen. Der Beamte empörte sich dagegen und nahm seinen Hut. Der Chef stürzte sich auf ihn, der Beamte wehrte sich und stieß seinem Vorgesetzten die Schere vom Schreibtisch in die Brust. Das richtige Ende für einen Bürochef, nicht?!»

«Dazu könnte man manches sagen», meinte Monsieur Bonnenfant. «Die Autorität hat ihre Grenzen; ein Chef hat nicht das Recht, mir mein Mittagessen vorzuschreiben und über meinen Appetit zu herrschen. Meine Arbeit gehört ihm, nicht aber mein Magen. Der Fall ist bedauerlich, das ist schon wahr; aber man könnte doch manches sagen!»

Da rief der Chef-Stellvertreter-Aspirant erbittert:

«Und ich, Monsieur, sage, daß ein Chef der

Herr in seinem Büro sein muß wie ein Kapitän auf seinem Schiff. Die Autorität ist unteilbar, sonst wäre überhaupt keine Ordnung möglich. Der Chef empfängt seine Autorität von der Regierung; er vertritt im Büro den Staat. Seine Befehlsgewalt ist unbestreitbar.»

Auch Monsieur Bonnenfant geriet in Wallung. Monsieur Rade besänftigte die beiden Herren.

«Darauf war ich gefaßt», sagte er. «Noch ein Wort mehr, und Bonnenfant hätte Piston sein Papiermesser in den Bauch gerannt. Bei den Königen ist es ebenso. Diese Fürsten haben eine Methode, die Autorität auszulegen, die nicht die der Völker ist. Es handelt sich immer um die Muscheln. ‹Ich will Muscheln essen!› – ‹Nein, du wirst keine Muscheln essen!› – ‹Ja.› – ‹Nein.› – ‹Ja.› – ‹Nein.› Und manchmal genügt das, um den Tod eines Menschen oder den Tod eines Königs herbeizuführen.»

Doch Monsieur Perdrix kam auf seinen Gedankengang zurück.

«Wie dem auch sei», sagte er, «der Beruf eines Königs ist heutzutage nicht heiter. Da zieh' ich wahrhaftig unsern vor. Das ist, als ob man Feuerwehrmann wäre; das ist auch nicht heiter.»

Monsieur Piston hatte sich beruhigt.

«Die französischen Feuerwehrmänner sind ein Stolz des Landes.»

Monsieur Rade stimmte zu.

«Die Feuerwehrmänner, ja, nicht aber die Feuerwehrspritzen.»

Monsieur Piston verteidigte die Spritzen und die Organisation. Er setzte hinzu:

«Die Frage wird übrigens geprüft. Die Aufmerksamkeit ist geweckt; die zuständigen Stellen beschäftigen sich damit. Binnen kurzem werden wir Mittel haben, die mit den Bedürfnissen im Einklang stehen.»

Monsieur Rade schüttelte den Kopf.

«Sie glauben? Ja, Sie glauben das! Nun, Sie täuschen sich, Monsieur; nichts wird geändert werden. In Frankreich ändert man die Systeme nicht. Das amerikanische System besteht darin, Wasser zu haben, viel Wasser, Flüsse – das ist mir eine rechte Kunst, Brände zu löschen, wenn man den Ozean vor der Nase hat! In Frankreich wird, im Gegenteil, alles der Initiative überlassen, der Intelligenz, der Erfindungsgabe; kein Wasser, keine Spritzen, nichts, nichts als Feuerwehrmänner, und das französische System besteht darin, die Feuerwehrmänner zu braten. Diese armen Teufel, diese Helden löschen die Brände mit der Axt! Wie sind wir Amerika doch überlegen! Bedenken Sie nur! Und dann, wenn man ein paar schmoren gelassen hat, dann redet der Gemeinderat, redet der Oberst, reden die Deputierten, man erörtert die beiden Systeme, das des Wassers und das der Initiative! Und irgendein Würdenträger sagt am Grabe der Opfer: ‹Kein Lebewohl, Sappeur, auf Wiedersehen!› Ja, Monsieur, so handelt man in Frankreich!»

Doch Papa Grappe, der am Ende eines Gesprächs immer vergessen hatte, worum es eigentlich ging, fragte:

«Wo habe ich den Vers nur gelesen, den Sie da eben zitiert haben: ‹Kein Lebewohl, Sappeur, auf Wiedersehen!›?»

«Das steht bei Béranger», erklärte Monsieur Rade gewichtig. Monsieur Bonnenfant, in seine Gedanken versunken, seufzte:

«Was war das aber auch für eine Katastrophe, der Brand des ‹Printemps›!»

Monsieur Rade ergriff wieder das Wort.

«Jetzt, da man – Scherz beiseite – ganz kühl von dem Feuer reden kann, haben wir, wie mir scheint, das Recht, die Beredsamkeit des Direktors des Warenhauses in Frage zu stellen. Ein Mann von Herz, sagt man, und ich zweifle nicht daran. Ein tüchtiger Kaufmann, das ist offenbar; aber ein Redner? Nein, das leugne ich!»

«Warum?» fragte Monsieur Perdrix.

«Warum? Nun, wenn das furchtbare Unglück, das ihn getroffen hatte, nicht ein Grund für das Mitleid der Allgemeinheit mit ihm gewesen wäre, so hätte man gar nicht genug über die Gemeinplätze lachen können, mit denen er die Besorgnisse seiner Angestellten besänftigte: ‹Meine Herren›, hat er ungefähr gesagt, ‹Sie wissen nicht, was Sie morgen zu Mittag essen werden? Nun, ich auch nicht. O ja, ich bin wahrhaftig sehr zu bedauern. Zum Glück habe ich Freunde. Da gibt es einen, der hat mir zehn Centimes geliehen, damit ich mir eine Zigarre kaufen kann – denn in solchen Fällen raucht man keine Havanna; ein anderer hat mir einen Francs fünfundsiebzig zur Verfügung gestellt, damit ich einen Fiaker nehmen kann; ein dritter, wohlhabenderer, hat mir fünfundzwanzig Francs vorgestreckt, mit denen ich mir in der ‚Belle Jardinière‘ einen Rock kaufen kann. Ja, ich, der Direktor des ‚Printemps‘, ich war in der ‚Belle Jardinière‘! Von einem andern Freund habe ich fünfzehn Centimes für irgendwas anderes bekommen. Und da ich nicht einmal mehr einen Regenschirm besaß, habe ich mir, mit Hilfe einer fünften Anleihe, einen Allwetterschirm aus Alpaka für fünf Francs fünfundzwanzig gekauft. Und da sogar mein Hut verbrannt war und ich mir kein Geld mehr ausborgen wollte, habe ich den Helm eines Feuerwehrmanns aufgehoben – hier, da ist er! Folgen Sie meinem Beispiel; wenn Sie Freunde haben, wenden Sie sich an ihr mitfühlendes Herz... und ich, meine armen Kinder, Sie sehen es selbst, ich stecke bis zum Hals in Schulden!›

Hätte da nicht einer seiner Angestellten ihm antworten können:

‹Was beweist das, Patron? Drei Dinge: Erstens, daß Sie kein Geld in der Tasche hatten. Mir passiert das auch, wenn ich mein Portemonnaie vergessen habe, doch das beweist nicht, daß Sie nicht allerlei besitzen, Häuser, Wertpapiere, Versicherungen. Zweitens beweist es auch, daß Sie bei Ihren Freunden Kredit haben; nur zu, nützen Sie ihn aus. Drittens beweist es, daß Sie sehr unglücklich sind. Ja, ja, gewiß, es ist uns bekannt, und wir bedauern Sie von Herzen. Aber damit wird unsere Lage keineswegs gebessert. Sie können uns lang etwas weismachen mit dem Ramsch, den Sie sich gekauft haben!›»

Diesmal waren alle Herren im Büro einer Meinung. Monsieur Bonnenfant setzte mit heiterm Zwinkern hinzu:

«Ich hätte gern all die Verkäuferinnen gesehen, wie sie sich im Hemd gerettet haben!»

Monsieur Rade fuhr fort:

«Ich habe kein Vertrauen zu den Schlafräumen der Vestalinnen, die um ein Haar verbrannt wären – wie voriges Jahr die Pferde der Omnibusgesellschaft in ihren Ställen. Wenn man überhaupt irgendwas oder irgendwen einsperren sollte, so sind es die Lampenwärter, die hinter Schloß und Riegel gehört hätten. Aber die armen Mädchen aus der Wäscheabteilung? Pfui Teufel! Ein Direktor, na ja, kann nicht für sämtliche Geldsummen verantwortlich sein, die unter seinem Dach ruhen. Gewiß, das Geld der Angestellten ist in der Kasse verbrannt; hoffentlich ist wenigstens das Geld der jungen Damen gerettet worden. Was ich, zum Beispiel, am meisten bewundere, ist das Horn, um die Angestellten zu rufen. Ja, meine Herren, welch ein fünfter Akt! Stellt ihr sie euch vor, die großen Galerien, von Rauch erfüllt, darin die Flammen blitzen, den Lärm der Flucht, die allgemeine Panik, während in der Mitte, in Pantoffeln und Unterhosen, ein moderner Hernani, Victor

Hugos Dramenheld, ein Roland des Warenhauses aus voller Brust in sein Horn stößt!»

Da erklärte Monsieur Perdrix, der Aktuar, mit einem Mal:

«Wie dem auch sei – wir leben in einem seltsamen Jahrhundert, in einer recht unruhigen Epoche. Wie etwa diese Affäre in der Rue Duphot...»

Doch da riß der Amtsdiener brüsk die Türe auf.

«Meine Herren, der Chef ist gekommen!»

Binnen einer Sekunde waren alle geflohen, verkrümelt, verschwunden, als wäre das Ministerium selbst in Brand geraten.

Jeanne sollte ihren Cousin Jacques heiraten. Sie kannten einander seit ihrer Kindheit, und die Liebe nahm zwischen ihnen nicht die zeremoniellen Formen an, die sie im allgemeinen in der Gesellschaft bewahrt. Sie waren miteinander aufgezogen worden, ohne sich darüber klar zu werden, daß sie einander liebten. Das junge Mädchen war ein wenig kokett, und so lockte sie den jungen Mann auf höchst unschuldige Art an; sie fand ihn nett, fand, er sei ein guter Kerl, und jedesmal, wenn sie ihn wiedersah, umarmte sie ihn herzlich, doch ohne Erschauern, ohne jenes Erschauern, das das Fleisch von den Fingerspitzen bis zu den Fußspitzen zu kräuseln scheint.

Er wiederum meinte einfach: sie ist herzig, meine kleine Cousine; und er dachte an sie mit jener instinktiven Neigung, die ein Mann immer für ein hübsches Mädchen empfindet. Weiter aber gingen seine Erwägungen nicht.

Doch dann hörte eines Tages Jeanne ihre Mutter zu ihrer Tante sagen – zu ihrer Tante Alberte, denn Tante Lison war eine alte Jungfer geblieben: «Ich versichere dir, daß sie sich im Nu lieben werden, die Kinder; das sieht man. Und was mich angeht – nun, Jacques ist unbedingt der Schwiegersohn, den ich mir erträumte!»

Und im Nu hatte Jeanne begonnen, ihren Cousin Jacques zu vergöttern. Sie war errötet, wenn sie ihn sah, ihre Hand hatte in der Hand des jungen Mannes gezittert, ihre Augen senkten sich, wenn sie seinem Blick begegneten, und sie zierte sich, bevor sie sich von ihm umarmen ließ. Und zwar so, daß er das alles bemerkte. Er hatte verstanden, und in einem Aufschwung, darin ebensoviel befriedigte Eitelkeit wie echte Neigung waren, hatte er seine Cousine mit beiden Armen an sich gedrückt und ihr ins Ohr geflüstert: «Ich liebe dich! Ich liebe dich!»

Von diesem Tag an gab es nur ein ewiges Gurren, allerlei galante Aufmerksamkeiten, eine zur Schau getragene Verliebtheit, die dank der früheren Vertraulichkeit in keiner Weise peinlich und hemmend wirkte. Jacques umarmte seine Verlobte im Salon vor den drei alten Frauen, den drei Schwestern, seiner Mutter, Jeannes Mutter und seiner Tante Lison. Tagelang spazierte er mit ihr unbehütet durch den Wald, dem Ufer des Baches entlang, durch die feuchten Wiesen, wo das Gras mit Feldblumen besät war. Und sie erwarteten den Tag, der für ihre Verbindung bestimmt war, ohne allzu lebhafte Ungeduld, doch eingehüllt, geborgen in einer süßen Zärtlichkeit, genossen sie den köstlichen Reiz winziger Liebkosungen, der Finger, die einander preßten, leidenschaftlicher Blicke, die so lange dauerten, daß die Seelen zu verschmelzen schienen; und unklar gefoltert von dem noch nicht völlig erkannten Verlangen nach der Vereinigung, spürten sie gleichsam eine Unruhe auf ihren Lippen, die einander riefen und auf denen Sehnsucht, Verheißung zu locken schien.

Manchmal, wenn sie den ganzen Tag in dieser gewissermaßen gedämpften Leidenschaftlichkeit, in dieser platonischen Zärtlichkeit verbracht hatten, spürten sie abends eine Art Katzenjammer, und sie stießen, alle beide, tiefe Seufzer aus, ohne zu wissen, warum, ohne zu begreifen, Seufzer, geschwellt von Erwartung.

Die beiden Mütter und ihre Schwester, Tante Lison, beobachteten diese Liebe mit lächelnder Rührung. Vor allem Tante Lison war es, die beim Anblick der jungen Menschen zutiefst bewegt zu sein schien.

Sie war eine kleine Frau, die nur wenig sprach, sich stets zurückhielt, kaum einen Laut von sich gab, nur zu den Mahlzeitstunden erschien und dann sogleich wieder in ihr Zimmer hinaufging, wo sie ständig eingeschlossen lebte. Sie sah gütig und verwelkt aus, hatte einen sanften, traurigen Blick, und in der Familie zählte sie fast gar nicht.

Die beiden Schwestern, die Witwen waren, hatten einen Platz in der Gesellschaft eingenommen und sahen darum die dritte Schwester ein wenig als ein unbedeutendes Geschöpf an. Man behandelte sie mit einer selbstverständlichen Vertraulichkeit, dahinter sich eine gewisse, ein wenig verächtliche Gutmütigkeit gegenüber der alten Jungfer verbarg. Sie hatte Lise geheißen, war in der Zeit auf die Welt gekommen, da

Béranger über Frankreich herrschte. Als man merkte, daß sie nicht heiratete, daß sie zweifellos nie heiraten würde, hatte man aus Lise Lison gemacht. Und heute war sie «Tante Lison», eine nette, bescheidene alte Jungfer, furchtbar schüchtern selbst im Verkehr mit den Ihren, deren freundliche Gefühle sich aus Gewohnheit, Mitleid und wohlwollender Gleichgültigkeit mischten.

Die Kinder gingen nie hinauf, um sie in ihrem Zimmer zu besuchen. Nur das Dienstmädchen kam zu ihr. Man ließ sie holen, wenn man mit ihr sprechen wollte. Man wußte kaum, wo es lag, ihr Zimmer, dieses Zimmer, darin einsam ein ganzes armseliges Leben verstrich. Sie nahm keinen Platz ein. Wenn sie nicht da war, sprach man nie von ihr, dachte man nie an sie. Sie war eines jener farblosen Wesen, die selbst ihrer Familie unbekannt bleiben, gleichsam unerforscht, eines jener Wesen, die weder in das Dasein noch in die Gewohnheiten noch in die Liebe der Menschen einzudringen wissen, an deren Seite sie leben, und ihr Tod hinterläßt in einem Haus keine Lücke, keine Leere.

Sie ging immer mit kleinen, hastigen, stillen Schritten, verursachte nie ein Geräusch, stieß nie an etwas an, schien den Gegenständen die Eigenschaft mitzuteilen, völlig lautlos zu bleiben; ihre Hände waren wie aus einer Art Watte gemacht, so leicht und zart behandelten sie alles, was sie berührten.

Wenn man sagte «Tante Lison», so weckten

die beiden Wörter in keines Menschen Geist einen Gedanken. Es war, als hätte man gesagt: «Die Kaffeekanne» oder «die Zuckerdose».

Die Hündin Loute hatte bestimmt eine viel ausgeprägtere Persönlichkeit; ununterbrochen liebkoste man sie, nannte sie: «Meine liebe Loute, meine schöne Loute, meine kleine Loute!» Und man würde sie unendlich lebhafter beweinen.

Die Hochzeit des jungen Paares sollte gegen Ende des Monats Mai stattfinden. Die beiden lebten Auge in Auge, Hand in Hand, Gedanken in Gedanken, Herz in Herz. Der Frühling, der sich in diesem Jahr Zeit ließ, gezaudert, unter den hellen Nachtfrösten und der kühlen Frische der Morgen geschlottert hatte, brach mit einem Mal durch.

Einige warme, ein wenig dunstige Tage hatten den ganzen Saft der Erde aufsteigen lassen, hatten wie mit einem Wunder die Blätter geöffnet und verbreiteten überall den guten, weichlichen Duft der Knospen und der ersten Blumen.

Dann, eines Nachmittags, hatte die siegreiche Sonne endlich den schwebenden Dunst getrocknet und sich strahlend über die ganze Ebene verbreitet. Ihre helle Heiterkeit hatte das Land erfüllt, war überall eingedrungen, in die Pflanzen, in die Tiere, in die Menschen. Die verliebten Vögel flatterten, schlugen mit den Flügeln, riefen einander. Jeanne und Jacques, bedrängt von einer köstlichen Seligkeit, doch scheuer als gewöhnlich, beunruhigt durch jenes neue Erschauern, das mit der Gärung der Wälder in sie einzog, waren den ganzen Tag, Seite an Seite, auf einer Bank vor dem Tor des Schlosses geblieben, wagten nicht mehr, allein zu wandern, und sahen mit zerstreuten Blicken dort unten auf dem Teich die großen Schwäne, die einander verfolgten.

Dann, als der Abend kam, war ihre Stimmung ruhiger, gelassener geworden, und nach dem Essen lehnten sie sich, in leisem Geplauder, aus dem offenen Fenster des Salons, während ihre Mütter in der runden Helle, die der Schirm der Lampe bildete, Piquet spielten, und Tante Lison für die Dorfarmen Strümpfe strickte.

Ein hoher Wald dehnte sich in der Ferne hinter dem Teich, und in dem noch spärlichen Blattwerk der mächtigen Bäume zeigte sich plötzlich der Mond. Er war nach und nach hinter den Zweigen aufgegangen, die sich von seinem Kreis abhoben, und auf seinem Anstieg am Himmel, inmitten der Sterne, die er verblassen ließ, hatte er begonnen, jenes schwermütige Licht über die Welt zu ergießen, in dem Wünsche und Träume schweben, jenes Licht, das den Schwärmern, den Dichtern, den Verliebten so teuer ist.

Zuerst hatten die jungen Leute nach ihm geblickt, dann, von der süßen Zärtlichkeit der Nacht durchtränkt, von dieser durchschimmernden Helle von Gras und Sträuchern, waren sie mit leisen Schritten hinausgegangen und wanderten jetzt über den weiten Rasen bis zu dem blinkenden Teich.

Als die beiden Mütter ihre vier Partien Piquet

beendet hatten, waren sie nach und nach schläfrig geworden und hatten nicht übel Lust, zu Bett zu gehn.

«Wir müssen die Kinder rufen», sagte die eine.

Die andere warf einen Blick nach dem blassen Horizont, wo zwei Schatten langsam hinglitten.

«Laß sie doch», erwiderte sie. «Es ist so schön draußen. Lison wird auf sie warten; nicht wahr, Lison?»

Die alte Jungfer erhob ihre unruhigen Augen und sagte mit ihrer schüchternen Stimme:

«Ja, gewiß; ich warte auf sie.»

Und die beiden Schwestern verzogen sich in ihre Schlafzimmer.

Da stand auch Tante Lison auf, ließ die begonnene Arbeit, ihre Wolle und die große Nadel auf der Armlehne liegen, trat ans Fenster, lehnte sich hinaus und schaute in die zauberhafte Nacht.

Die beiden Verliebten gingen auf und ab, über den Rasen, vom Teich bis zur Anfahrt, von der Anfahrt zum Teich. Sie preßten ihre Finger ineinander und redeten nicht mehr, als wären sie aus sich selber herausgetreten, wären mit der sichtbaren Poesie eins geworden, die der Erde entströmte. Plötzlich bemerkte Jeanne im Rahmen des Fensters die Umrisse der alten Jungfer, die sich von der Helle der Lampe abzeichneten.

«Ach», sagte sie. «Tante Lison sieht zu uns herüber.»

Jacques hob den Kopf.
«Ja», sagte auch er, «Tante Lison sieht zu uns herüber.»
Und sie wanderten langsam weiter, träumten, liebten einander.
Doch der Tau bedeckte das Gras. Sie verspürten ein leises Frösteln in der abendlichen Frische.
«Gehen wir jetzt ins Haus», sagte sie.
Und sie gingen hinein.
Als sie in den Salon traten, hatte Tante Lison sich wieder zu ihrer Strickerei gesetzt; sie hatte die Stirne über ihre Arbeit gebeugt, und ihre magern kleinen Finger zitterten, als wären sie sehr müde.
Jeanne näherte sich ihr.
«Tante, wir gehen jetzt schlafen!»
Die alte Jungfer wandte die Augen. Sie waren rot, als hätte sie geweint. Jacques und seine Braut achteten nicht darauf. Doch der junge Mann bemerkte, daß die dünnen Schuhe des jungen Mädchens durchnäßt waren. Plötzlich ergriff ihn eine Besorgnis, und er fragte:
«Hast du nicht kalt an deinen lieben kleinen Füßen?»
Und mit einem Mal wurden die Finger der Tante von einem Zittern geschüttelt, so heftig, daß ihre Arbeit ihnen entglitt; der Wollknäuel rollte über das Parkett, und die alte Jungfer verbarg jäh das Gesicht in den Händen und begann krampfhaft zu schluchzen.
Die beiden jungen Menschen eilten zu ihr;

Jeanne kniete nieder, breitete die Arme aus und fragte immer wieder erschüttert:

«Was hast du denn, Tante Lison? Was hast du denn, Tante Lison?»

Und da stammelte die arme Alte mit tränenfeuchter Stimme, den Körper von Kummer verkrümmt:

«Es ist... es ist..., als er dich gefragt hat, ob du nicht kalt hast... an deinen lieben kleinen Füßen... zu mir... hat man nie... nie... solche Dinge gesagt... zu mir... nie... nie!»

Ich liebe das Meer im Dezember, wenn die Fremden fort sind; aber ich liebe es natürlich ohne Überschwang. Ich habe mich eben drei Tage in einem der Orte aufgehalten, die man Badeorte nennt.

Das Dorf, vor kurzem noch so voll von Pariserinnen, so lärmend, so heiter, hat jetzt nur noch seine Fischer, die in Gruppen vorübergehen, mit schweren Schritten, in den hohen Stiefeln, den Hals mit einem Wolltuch umwickelt, in der einen Hand einen Liter Schnaps, in der andern die Schiffslaterne. Die Wolken kommen vom Norden und ziehen hastig über einen finstern Himmel; der Wind weht. Die großen braunen Netze sind auf dem Sand ausgebreitet, bedeckt mit allerlei Plunder, den die Welle ausgespien hat. Und der Strand wirkt kläglich, denn die zarten Schuhe der Frauen hinterlassen dort nicht mehr die tiefen Löcher der hohen Absätze. Das Meer, grau und kalt, von Schaum gesäumt, hebt sich und senkt sich über diese verlassene, grenzenlose, düstere Küste.

Wenn der Abend anbricht, kommen alle Fischer zur selben Stunde. Lange gehen sie um die gewölbten Boote, die wie schwere, tote Fische auf dem Trockenen liegen; sie versorgen ihre Netze darin, ein Brot, einen Topf mit Butter, ein Glas, und dann schieben sie das Schiff auf seinem Kiel ins Wasser, und bald wiegt es sich, öffnet seine braunen Schwingen und verschwindet mit einem kleinen Licht an der Spitze des Mastes in der Nacht. Scharen von Frauen warten, bis der letzte Fischer fort ist, und dann kehren sie in das schlafende Dorf zurück, und ihre Stimmen stören die schwere Stille der öden Straßen auf.

Und auch ich wollte heimkehren; da bemerkte ich einen Mann. Er war allein, in einen dunklen Mantel gehüllt, und er ging schnell, überschaute mit seinem Blick die weite Öde der Küste, forschte am Horizont, war auf der Suche nach einem andern Wesen.

Er sah mich, kam näher, grüßte mich; und ich erkannte ihn erschrocken. Zweifellos wollte er mich ansprechen! Doch da tauchten andere Menschen auf. Sie gingen aneinander gedrängt, um weniger zu frieren. Der Vater, die Mutter, drei Töchter, alle in Mänteln, in altmodischen Regenmänteln, mit Halstüchern, die gerade nur Nase und Augen freigaben. Der Vater war zudem in eine Reisedecke gewickelt, die ihm bis zum Kopf reichte.

Und da stürzte der einsame Wanderer sich auf sie; man schüttelte einander kräftig die Hand und begann auf der Terrasse des derzeit geschlossenen Kasinos auf und ab zu gehen.

Wer sind diese Leute, die übrigbleiben, wenn alle Welt fort ist?

Es ist das Strandgut des Sommers. Jeder Badeort hat dergleichen.

Der erste ist ein großer Mann. Verstehen wir uns recht – ein großer Mann für Badeorte. Der Schlag ist sehr zahlreich.

Wer unter uns hat nicht, wenn er mitten im Sommer in einen Badeort kam, einen Freund oder auch nur einen einfachen Bekannten getroffen, einen Stammgast, der sämtliche Gesichter, sämtliche Namen, sämtliche Geschichten, den ganzen Klatsch kennt?

Man macht miteinander einen Spaziergang über den Strand. Plötzlich stößt man auf einen Herrn, nach dem die andern Badegäste sich umdrehen, um seinen Rücken zu betrachten. Er ist gebläht von Wichtigkeit, und das lange Haar, darauf recht künstlerisch eine Matrosenmütze sitzt, befettet ein wenig den Kragen seines Rocks. Er geht rasch, er wiegt sich, seine Augen blicken ins Leere, als wäre er gerade mit einer bedeutenden geistigen Arbeit beschäftigt, und man könnte meinen, daß er sich heimisch fühlt, und daß er weiß, wie man ihn schätzt. Er ist, nehmt alles nur in allem, ein Poseur.

Dein Gefährte packt dich beim Arm.

«Das ist Rivoil!»

Du fragst naiv:

«Was für ein Rivoil?»

Da bleibt dein Gefährte brüsk stehn und mustert dich entrüstet.

«Ja, aber mein Lieber, wo sind Sie denn entsprungen? Sie kennen Rivoil nicht, den Geiger?

Das ist wahrhaftig ein starkes Stück! Er ist doch ein Künstler ersten Ranges, ein Meister! Es ist einfach nicht erlaubt, ihn nicht zu kennen!»

Und leicht gedemütigt schweigst du.

Fünf Minuten später ist es ein kleines Geschöpf, häßlich wie ein Affe, dick, schmutzig, Brille auf der Nase, auf dem übrigen Gesicht den Ausdruck eines Trottels. Das aber ist Prosper Glosse, der Philosoph, den «ganz Europa kennt». Er ist Bayer oder naturalisierter Deutschschweizer; seine Herkunft gestattet ihm, ein Roßtäuscherfranzösisch zu reden, jenem entsprechend, das er benützt, um unter dem Titel «Mélanges» ein Buch von unvorstellbarer Albernheit zu schreiben. Du tust, als wäre dir nichts vom Leben dieses Buddhas unbekannt, dessen Namen du nie gehört hast.

Dann triffst du zwei Maler; einen Schriftsteller, Redaktor eines Winkelblatts; dann einen Bürochef, von dem man dir sagt: «Das ist Boutin, Direktor im Arbeitsministerium. Er ist der Leiter eines der wichtigsten Dienste in der Staatsverwaltung; er hat die Türschlösser unter sich. Kein einziges Schloß für ein staatliches Gebäude wird gekauft, ohne daß die Angelegenheit durch seine Hände ginge.»

Das sind die großen Männer; und ihren Ruf verdanken sie ausschließlich dem Umstand, daß sie regelmäßig wiederkehren. Seit zwölf Jahren erscheinen sie unweigerlich zum gleichen Datum; und da jedes Jahr einige der Gäste des verflossenen Jahres wiederkommen, so vermacht man einander von Sommer zu Sommer diese Ortsgrößen, die, dank der Zeit, zu wahren Berühmtheiten geworden sind und in dem Badeort, den sie erwählt haben, alle Eintagsberühmtheiten erdrücken.

Eine einzige Menschengattung läßt sie erbeben: die Akademiker. Und je unbekannter so ein Unsterblicher ist, desto bedrohlicher ist seine Ankunft. Wie eine Bombe platzt er in den Badeort hinein.

Man ist immer auf das Kommen eines berühmten Mannes vorbereitet. Doch die Anzeige, daß er ein Mitglied der Akademie ist, den kein Mensch kennt, hat im Nu die Wirkung einer erstaunlichen archäologischen Entdeckung. Man fragt sich: «Was hat er gemacht? Was ist er?» Alle reden davon wie von einem Rätsel, das man erraten muß, und das Interesse, das er erregt, wird durch seine Unbekanntheit nur noch gesteigert.

Er, ja, er ist der Feind! Und sogleich entbrennt der Kampf zwischen dem offiziellen großen Mann und dem großen Mann des Badeortes.

Wenn die Badegäste sich verziehen, bleibt der große Mann; er bleibt, solange auch nur eine Familie, eine einzige da ist. Für diese Familie ist er noch immer einige Tage lang der große Mann. Und das genügt ihm.

Und immer bleibt auch eine Familie hängen, eine arme Familie aus der nahen Stadt mit drei heiratsfähigen Töchtern. Sie kommt jeden Sommer; und die Fräulein Bautané sind am Ort ebenso bekannt wie der große Mann. Seit zehn Jahren haben sie ihre Männerfangsaison – ohne übrigens etwas zu angeln –, wie die Fischer ihre Heringfangsaison haben. Doch sie altern; die Leute vom Ort wissen, wie alt die Damen sind, und bedauern sie um ihrer Ehelosigkeit willen. «Sie sind doch ganz nett!»

Und nun, nachdem die elegante Welt geflohen ist, stehen jeden Herbst die Familie und der große Mann einander gegenüber. Sie bleiben noch einen Monat, zwei Monate, sehen einander Tag für Tag, können sich nicht entschließen, den Strand zu verlassen, wo ihre Träume leben. In der Familie spricht man von dem großen Mann, wie man von Victor Hugo spräche; häufig speist er an dem gemeinsamen Tisch, denn das Hotel ist leer und traurig.

Er ist nicht schön, nein, er ist nicht jung, er ist nicht reich. Aber im Badeort ist er Rivoil, der Geiger. Wenn man ihn fragt, warum er nicht nach Paris zurückkehrt, wo doch solche Erfolge ihn erwarten, so antwortet er unabänderlich: «Ach, ich liebe die einsame Natur über alles. Dieser Ort gefällt mir erst, wenn er leer wird.»

Doch ein Fischer, der mich erkannt hatte, sprach mich an. Nachdem er vom Fischfang geredet hatte, der nicht sehr glänzend war, weil der Hering sich in diesem Gebiet rar machte, und von den zurückgekehrten Neufundlandfischern und von der Menge der heimgebrachten Dorsche, wies er mit einem Blick auf die Spaziergänger, und dann setzte er hinzu:

«Sie müssen wissen, Monsieur Rivoil heiratet die jüngste von den Fräulein Bautané.»

Tatsächlich ging der große Mann allein mit ihr, einige Schritte hinter der übrigen Familie.

Und mir schnürte sich das Herz zusammen, wenn ich an dieses Strandgut des Lebens dachte, an diese traurigen, verlorenen Geschöpfe, an diese Nachsaisonheirat, wenn die letzte Hoffnung verflogen ist, an diesen unechten grand homme, den das arme junge Mädchen als Ladenhüter annahm, denn ohne ihn wäre es bald im Vergleich zu einer Frau, was der eingesalzene Fisch im Vergleich zum frischen ist.

Und jedes Jahr schließen sich, nach der Saison, in den verlassenen Badeorten, solche Verbindungen.

Geht, geht, o junge Mädchen,
sucht Gatten an dem Strand...

sagte der Dichter.

Sie verschwanden im Schatten.

Der Mond war ganz rot aufgegangen, und dann, je höher er am Himmel stieg, desto blasser wurde er, und er warf auf dem Schaum der Wellen fahle Lichter, die, kaum entzündet, auch schon erloschen.

Das eintönige Rauschen des Meeres schläferte das Denken ein, und ein unermeßlicher Kummer drang von der unendlichen Einsamkeit der Erde, des Meeres, des Himmels auf mich ein.

Plötzlich weckten mich junge Stimmen, und zwei ungewöhnlich hochgewachsene junge Mädchen wurden sichtbar, die reglos den Ozean beobachteten. Ihre Haare breiteten sich über den Rücken und wehten im Wind; und in ihren grauen Gummimänteln glichen sie Telegraphenstangen, denen Mähnen gewachsen waren.

Ich erkannte Engländerinnen.

Denn von all diesem Strandgut sind sie es, die am meisten hin und her geschleudert werden. An allen Ecken der Welt treiben sie an den Strand, schleppen sich durch all die Orte, wo die Welt hindurchgegangen ist.

Sie lachten ihr ernstes Lachen, sprachen mit ihren lauten, ernsten Männerstimmen, und ich fragte mich, welch seltsames Vergnügen diese großen Mädchen, denen man überall begegnet, in verlassenen Badeorten, in tiefen Wäldern, in den lärmenden Städten und in den weitläufigen, mit Meisterwerken gefüllten Museen, daran finden können, unablässig Bilder, Denkmäler, lange, schwermütige Alleen und weißkämmige Wellen unter dem Mond zu betrachten, ohne doch je von all dem etwas zu begreifen.

Der preußische Kommandant, Major Graf von Farlsberg, hatte soeben seine Post gelesen, er saß bequem in einem großen, mit Gobelinstickerei bespannten Fauteuil, die Füße in den Stulpenstiefeln lagen auf dem eleganten marmornen Kaminsims, in den seine Sporen während dieser drei Monate, da er das Schloß Uville bewohnte, zwei tiefe Löcher gegraben hatten, die sich Tag für Tag vergrößerten.

Eine Tasse Kaffee dampfte auf einem eingelegten Tischchen, das von Liqueuren besudelt, von Zigarren verbrannt, vom Taschenmesser des Siegers zerschnitzelt war; denn hin und wieder unterbrach er sich beim Bleistiftspitzen und ritzte dann in das zierliche Möbelstück je nach der Laune seiner müßigen Phantasie Ziffern oder Zeichnungen.

Nachdem er mit seinen Briefen fertig war und auch die deutschen Zeitungen durchflogen hatte, die ihm sein Wachtmeister um diese Zeit brachte, stand er auf, warf drei oder vier mächtige Scheite grünes Holz ins Feuer – denn die Herren verheizten nach und nach den ganzen Park – und trat ans Fenster.

Der Regen fiel in Strömen, ein normannischer Regen, wie von wütender Hand geschleudert, ein schräger Regen, dicht wie ein Vorhang, wie eine Mauer schiefer Streifen, ein peitschender, spritzender, alles ertränkender Regen, ein echter Regen aus der Gegend von Rouen, diesem Nachttopf Frankreichs.

Der Offizier betrachtete längere Zeit die überschwemmten Rasenflächen und dort unten die hochgeschwollene Andelle, die über ihre Ufer trat, und er trommelte gerade einen Walzer aus dem Rheinland an die Scheiben, als er ein Geräusch hörte und sich umwandte: es war Hauptmann von Kelwingstein, der ihm im Rang zunächst stand.

Der Major war ein Riese, mit breiten Schultern und einem langen Fächerbart, der sich wie ein Tischtuch über seine Brust breitete, und seine große, feierliche Person erweckte die Vorstellung von einem militärischen Pfau, einem Pfau, der sein entfaltetes Rad unter dem Kinn trug. Er hatte blaue, kalte, ruhige Augen; eine Wange war ihm im österreichischen Krieg von einem Säbelhieb gespalten worden, und er galt ebensosehr für einen guten Kerl wie für einen guten Offizier.

Der Hauptmann, klein, rothaarig, mit dickem Bauch, den er mit aller Gewalt einschnürte, trug sein leuchtendes Haar fast ganz kurz geschnitten, dessen Feuerfäden manchmal im Widerschein seinem Gesicht ein Aussehen gaben, als sei es mit Phosphor eingerieben. In einer tollen Nacht – er wußte nicht mehr wie – hatte er zwei Zähne verloren, und so spuckte er jetzt förmlich einen Wortschwall hervor, den man nicht immer verstand. Sein Scheitel war kahl wie die Tonsur eines Mönches, ein Rad von nacktem Fleisch, das ein Kranz gekräuselter, goldigleuchtender Härchen umgab.

Der Major schüttelte ihm die Hand, leerte auf einen Zug seine Kaffeetasse, die sechste seit dem Morgen, und hörte den Rapport seines Untergebenen über die dienstlichen Ereignisse an, dann traten sie ans Fenster und fanden, es sei durchaus nicht heiter. Der Major, ein ruhiger Mensch, der daheim eine Frau hatte, fand sich in alles, doch Herr von Kelwingstein, hartnäckiger Lebemann, Bordellkunde, eingefleischter Schürzenjäger, war wütend, daß er nun seit drei Monaten in die erzwungene Keuschheit dieses verlorenen Postens eingesperrt lebte.

Es wurde leise an die Türe geklopft, der Major schrie «Herein», in der Öffnung erschien ein Mann, einer ihrer militärischen Automaten, und seine bloße Anwesenheit besagte, daß das Mittagessen bereit war.

Im Speisesaal fanden sie schon die drei Subalternoffiziere: einen Premierleutnant, Otto von Großling, zwei Sekondleutnants, Fritz Scheunenburg und Baron Wilhelm von Eyrich, einen sehr kleinen, blonden Herrn, der gegen seine Untergebenen anmaßend und brutal, gegen die Besiegten hart und heftig wie eine Feuerwaffe war.

Seit er in Frankreich war, nannten seine Kameraden ihn nur noch Mademoiselle Fifi. Diesen Spitznamen verdankte er seiner gezierten Haltung, seiner schmalen, wohl nicht ohne Mieder erreichten Taille, seinem blassen Gesicht, dem noch kaum ein Schnurrbärtchen entsproß, und auch der Gewohnheit, die er angenommen hatte, wenn er seine überlegene Verachtung für Menschen und Dinge ausdrücken wollte. Dann sagte er nämlich französisch «Fi, fi donc!», wobei er leicht durch die Zähne pfiff.

Der Speisesaal des Schlosses Uville war ein langer, prachtvoller Raum, dessen flandrische Gobelins, die, von Säbelhieben zerhackt, hier und dort in Fetzen herabhingen, und zerschossene alte Kristallspiegel davon erzählten, wie Mademoiselle Fifi seine müßigen Stunden zu vertreiben pflegte.

Den drei Familienbildern an den Wänden, einem Krieger in Eisenrüstung, einem Kardinal und einem Präsidenten hatte man lange Porzellanpfeifen in den Mund gesteckt, während eine Edelfrau mit hochgeschnürter Brust in ihrem Rahmen, dessen Vergoldung unter den Jahren gelitten hatte, stolz einen mächtigen Schnurrbart trug, der ihr mit Hilfe von Kohle verliehen worden war.

Das Mittagessen der Offiziere verlief schweigsam in diesem verstümmelten Zimmer, auf dem die Düsterkeit des Regens und die Trauer des Besiegtseins lastete und dessen altes Eichenparkett fest geworden war wie ein Kneipenboden.

Nach Tisch, als man rauchte und trank, drehte sich das Gespräch, wie alle Tage, um die gähnende Langeweile. Die Cognacflaschen, die Liqueure gingen von Hand zu Hand; man lehnte sich im Stuhl zurück und trank in häufigen, kleinen Schlucken, ohne darum das lange, gekrümmte Rohr aus dem Mundwinkel zu nehmen, das in einen Pfeifenkopf aus Porzellan auslief, dessen Bemalung wahrscheinlich dazu angetan war, Hottentotten zu begeistern.

Sobald ein Glas leer war, füllten sie es mit einer Geste gelassenen Verzichts wieder. Doch Mademoiselle Fifi pflegte sein leeres Glas kurzerhand zu zerbrechen, und ein Soldat reichte ihm dann unverzüglich ein anderes.

Ein Nebel von beißendem Tabakdunst überschwemmte sie, und sie schienen in einen schläfrigen, traurigen Rausch zu versinken, in jene trübselige Trunkenheit von Leuten, die nichts zu tun haben.

Doch da richtete der Hauptmann sich jäh auf. Der Geist des Aufruhrs packte ihn, und er fluchte: «Zum Teufel! So kann das nicht weitergehen, man muß irgend etwas erfinden!»

Premierleutnant Otto und Sekondleutnant Fritz antworteten schwerfällig und ernsthaft: «Was denn, Herr Hauptmann?»

Er überlegte sekundenlang, dann erklärte er: «Was? Nun, meinetwegen ein Fest, wenn der Herr Major es gestattet.»

Der Major nahm die Pfeife aus dem Mund: «Was für ein Fest, Herr Hauptmann?»

Der Hauptmann trat zu ihm: «Ich übernehme alles, Herr Major. Ich werde ‹Pflicht› nach

Rouen schicken, und er wird uns ein paar Damen bringen; ich weiß, wo es welche gibt. Wir veranstalten hier ein Souper; alles, was wir brauchen, ist vorhanden, und so werden wir wenigstens einen lustigen Abend verbringen.»

Der Graf von Farlsberg zuckte lachend die Achseln: «Sie sind verrückt, mein Lieber!»

Doch schon waren alle Offiziere aufgestanden, umringten ihren Chef und baten: «Ach, Herr Major, lassen Sie dem Herrn Hauptmann seinen Willen, es ist doch so trist hier.»

Endlich gab der Major nach. «Schön», sagte er, und sogleich ließ der Hauptmann «Pflicht» rufen. Das war ein alter Unteroffizier, den noch kein Mensch jemals lachen gesehen hatte, der aber alle Befehle seiner Vorgesetzten, was es auch sein mochte, mit wahrem Fanatismus ausführte.

Er stand stramm und nahm mit unbewegtem Gesicht die Instruktionen des Hauptmanns entgegen; dann machte er kurz kehrt, und fünf Minuten später fuhr ein großer Trainwagen, über den eine Plane gespannt war, im Galopp seiner vier Pferde in den strömenden Regen hinaus.

Es war, als befeuerte ein Schauer des Erwachens die Gemüter; die Leidensmienen belebten sich, die lässig hingestreckten Körper richteten sich auf, und man begann zu schwatzen.

Wenn auch der Regen mit immer gleicher Wut andauerte, vertrat der Major die Ansicht, es sei schon weniger trüb, und der Leutnant Otto erklärte mit tiefer Überzeugung, der Himmel heitere sich auf. Und Mademoiselle Fifi litt es nicht länger an dem gleichen Platz. Er stand auf und setzte sich wieder. Sein klares, hartes Auge suchte irgend etwas zum Zerbrechen. Plötzlich fixierte er die Edeldame mit dem Schnurrbart: «Du sollst das nicht mitansehen», sagte er und zielte von seinem Stuhl aus. Zwei Revolverschüsse durchbohrten die Augen des Bildes.

Dann schrie er: «Jetzt wollen wir ‹Mine› spielen!» Und alle Gespräche brachen mit einem Mal ab, als ob ein mächtiges, neues Interesse die Herren ergriffen hätte.

«Mine» spielen, das war seine Erfindung, seine Art zu zerstören, und seine Lieblingsbeschäftigung.

Als der legitime Besitzer, der Graf Fernand d'Amoys d'Uville, das Schloß verließ, hatte er nicht die Zeit gehabt, irgend etwas mit sich zu nehmen oder zu verstecken, bis auf das Silber, das er in einem Mauerloch verbarg. Da er sehr reich und prachtliebend war, bot nun sein großer Salon, den eine Türe mit dem Speisesaal verband, vor der überstürzten Flucht des Schloßherrn das Aussehen eines Saales in einem Museum.

An den Wänden hingen wertvolle Bilder, Zeichnungen und Aquarelle, während auf den Tischen, den Etageren und in den eleganten Vitrinen tausend Nippsachen, japanisches Porzellan, Statuetten, Meißner Figuren, chinesische Gottheiten, altes Elfenbein und venezianische

Gläser mit ihrer kostbaren und seltsamen Fülle den weiten Raum bevölkerten.

Es blieb nicht mehr viel davon übrig. Nicht, daß man etwas genommen hätte – das hätte der Major Graf Farlsberg niemals gestattet; aber von Zeit zu Zeit spielte Mademoiselle Fifi «Mine», und an solchen Tagen konnten die andern Offiziere sich fünf Minuten lang wirklich gut unterhalten.

Der kleine Baron holte aus dem Salon, was er brauchte. Es war eine winzige Teekanne aus schönem chinesischem Porzellan, die er mit Pulver füllte, durch den Schnabel führte er vorsichtig ein Stück Zündschnur ein, zündete sie an und trug diese kleine Höllenmaschine schnell ins Nebenzimmer.

Dann kam er ebenso schnell zurück und schloß die Türe. Die Deutschen standen gespannt, kindliche Neugier in den lachenden Gesichtern, und sobald die Explosion das Schloß erschütterte, stürzten sie alle gleichzeitig durch die Türe.

Mademoiselle Fifi war der Erste, und vor einer Venus aus Terrakotta, der endlich der Kopf abgesprengt worden war, klatschte er entzückt in die Hände, und jeder hob irgend ein Stückchen Porzellan auf, bestaunte die eigentümlich gezahnten Bruchstellen, musterte die neuen Schäden. Bei manchen Verwüstungen wurde darüber diskutiert, ob sie das Ergebnis dieser letzten Explosion seien oder einer frühern. Mit väterlichem Wohlwollen betrachtete der Major den großen Salon, den das neronische Spiel einigermaßen in Unordnung gebracht hatte, und der jetzt von den Trümmern von Kunstwerken übersät war. Er verließ den Raum als erster und erklärte gutmütig: «Diesmal ist es aber wirklich gelungen!»

Doch auch in den Speisesaal war solch eine Wolke von Rauch gedrungen und vermischte sich so rasch mit dem Tabakqualm, daß man kaum atmen konnte. Der Major öffnete das Fenster, und alle Offiziere, die sich zu einem letzten Glas Cognac eingefunden hatten, traten ebenfalls ans Fenster.

Die feuchte Luft strömte ins Zimmer und brachte eine Art Wasserstaub mit sich, der die Bärte bepuderte, und einen Überschwemmungsgeruch. Sie sahen die mächtigen Bäume, die sich unter dem Wassersturz beugten, das weite Tal, das die Fluten verhüllten, die aus den dunklen, niedrigen Wolken herabstürzten, und ganz in der Ferne den Kirchturm, der wie eine graue Spitze in den prasselnden Gußregen aufragte.

Seit ihrer Ankunft hatte es von diesem Turm nicht mehr geläutet. Es war übrigens der einzige Widerstand, dem die Eindringlinge in diesem Teil des Landes begegnet waren: der des Kirchturms. Der Geistliche hatte sich keineswegs geweigert, die preußischen Soldaten bei sich aufzunehmen und zu verpflegen; er hatte sich auch mehrmals bereit gefunden, eine Flasche Bier oder Bordeaux mit dem feindlichen Kommandanten zu leeren, der sich seiner häufig als wohlwollenden Vermittlers bediente, doch man durfte von ihm nicht verlangen, daß er seine Glocke auch nur ein einziges Mal läuten ließ. Lieber hätte er sich erschießen lassen. Das war seine Art, gegen die Invasion zu protestieren, ein friedlicher Protest, ein Protest des Schweigens, der einzige, der, wie er sagte, dem Priester geziemte, dem Mann der Milde und nicht des Blutes, und alle Welt, zehn Meilen in der Runde, rühmte die Entschlossenheit, den Heldenmut des Abbé Chantavoine, der, durch das hartnäckige Stummbleiben seiner Kirche, die öffentliche Trauer zur Schau zu tragen, zu proklamieren wagte.

Das ganze Dorf war in heller Begeisterung über diesen Widerstand und bereit, seinen Pfarrer bis zum Letzten zu unterstützen, allem zu trotzen, denn es sah diesen schweigenden Protest als eine Rettung der nationalen Ehre an. Den Bauern schien es, als hätten sie sich auf diese Art mehr um das Vaterland verdient gemacht als Belfort und Straßburg, als hätten sie zumindest ein gleichwertiges Beispiel gegeben und als sollte der Name des Weilers dadurch unsterblich werden; von diesem Einzigen abgesehen, versagten sie allerdings den siegreichen Preußen nichts.

Der Major und seine Offiziere lachten über diesen harmlosen Mut, und da die ganze Gegend sich ihnen gegenüber dienstwillig und gefällig zeigte, ließen sie sich diese stumme Art von Patriotismus gefallen.

Nur der kleine Baron Wilhelm hätte die

Glocke gern zum Läuten gezwungen. Er war über die Nachgiebigkeit seines Vorgesetzten dem Priester gegenüber wütend, und täglich bat er den Kommandanten, die Glocke doch «bim-bam-bum» machen zu lassen, nur einmal, ein einziges kleines Mal, damit man etwas zum Lachen hätte. Und er bat darum mit katzenhaftem Schmeicheln, mit weiblichen Verführungskünsten, mit dem Girren einer Geliebten, die ein Verlangen quält; doch der Kommandant gab nicht nach, und, um sich zu trösten, spielte Mademoiselle Fifi im Schloß Uville «Mine».

Einige Minuten lang blieben die fünf Männer stehen und atmeten die Feuchtigkeit ein. Endlich erklärte Leutnant Fritz mit plumpem Lachen: «Die Damen werden für ihre Promenade entschieden kein gutes Wetter haben.»

Darüber trennte man sich, jeder ging seinen Dienstgeschäften nach, und der Hauptmann hatte mit den Vorbereitungen zum Abendessen alle Hände voll zu tun.

Bei Einbruch der Dunkelheit kamen die Herren wieder zusammen und begannen zu lachen, als sie einander so frisch und leuchtend, so pomadisiert und parfümiert sahen wie an Tagen großer Parade. Die Haare des Kommandanten schienen weniger grau als am Morgen; der Hauptmann hatte sich rasiert und nur seinen Schnurrbart stehen gelassen, der unter seiner Nase wie eine Flamme leuchtete.

Trotz dem Regen ließen sie das Fenster offen, und immer wieder beugte sich einer der Herren hinaus, um zu lauschen. Um sechs Uhr zehn Minuten hörte der Hauptmann ein fernes Rollen. Alle stürzten ans Fenster, und alsbald kam der große Wagen mit seinen vier dampfenden, keuchenden, bis zum Rücken mit Kot bedeckten Pferden im Galopp vorgefahren.

Und fünf Frauen stiegen die Freitreppe hinauf, fünf schöne Mädchen, mit großer Sorgfalt ausgewählt von einem Kameraden des Hauptmanns, der ihm durch den Unteroffizier eine Karte geschickt hatte.

Sie hatten sich nicht bitten lassen, denn sie wußten, daß man sie gut bezahlte; sie kannten die Preußen schon, sie hatten ja nun seit drei Monaten mit ihnen zu tun und waren stets bereit, sich in Menschen und Verhältnisse zu schicken. «Das ist eben unser Beruf», sagten sie sich unterwegs, wohl um ein geheimes Stechen in einem Rest ihres Gewissens zu beschwichtigen.

Man ging in den Speisesaal. Jetzt, da er beleuchtet war, wirkte er in seiner kläglichen Verwüstung noch unheimlicher, und der Tisch, der mit aller Art Speisen, mit reichem Porzellan und dem Silber bedeckt war, das man schließlich doch in dem Mauerloch entdeckt hatte, gab dem Ganzen das Ansehen einer Räuberschenke, wo nach gelungener Plünderung getafelt wird. Der Hauptmann bemächtigte sich strahlend der Frauen. Jetzt erst fühlte er sich heimisch; er musterte sie, umarmte sie, beschnupperte sie, begutachtete sie nach ihrem Wert als Freudenmädchen, und als die drei jungen Leute sich jeder ein Mädchen nehmen wollten, widersetzte er sich mit seiner ganzen Autorität. Ihm sei die Zuteilung vorbehalten, und zwar in aller Gerechtigkeit, je nach dem Rang, damit die heilige Ordnung der Armee nicht verletzt werde.

Um jeder Diskussion, jeder Beschwerde, jedem Vorwurf der Parteilichkeit vorzubeugen, stellte er sie der Größe nach auf und fragte nun die Größte mit Kommandostimme:

«Wie heißt du?»

«Pamela», antwortete sie nicht weniger laut.

Daraufhin proklamierte er: «Nummer eins, die sogenannte Pamela, wird dem Kommandanten zugeteilt.»

Dann umarmte er Blondine, die zweite, zum Zeichen des Besitzes, überließ dem Premierleutnant Otto die dicke Amanda, dem Sekondleutnant Fritz Eva, «die Tomate», und die kleinste, Rachel, eine sehr junge Brünette mit Augen wie Tintenkleckse, eine Jüdin mit einer Stupsnase, die notwendige Ausnahme von der Regel, die ihrer Rasse sonst krumme Nasen verleiht, dem jüngsten Offizier, dem schmächtigen Baron Wilhelm von Eyrich.

Sie waren übrigens alle hübsch und üppig, ohne sehr ausgeprägte Züge, durch die tägliche Liebesübung und das gemeinsame Leben in öffentlichen Häusern einander in Haltung und Wesen ziemlich angeglichen.

Die drei jungen Leute wollten ihre Mädchen gleich fortschleppen, unter dem Vorwand, daß sie Seife und Bürste brauchten; doch dem widersetzte der Hauptmann sich klugerweise, die Mädchen seien sauber genug, um sich zu Tisch zu setzen, und wenn einer hinaufginge, würde er nachher eine Abwechslung verlangen und dadurch die andern Paare stören. Seine Erfahrung siegte. Man begnügte sich mit vielen Küssen, Küssen der Erwartung.

Plötzlich hatte Rachel einen Erstickungsanfall, hustete, daß ihr die Tränen kamen und blies den Rauch aus der Nase. Der kleine Baron hatte ihr bei einem Kuß eine ganze Wolke Tabak in den Mund geblasen. Sie regte sich nicht weiter darüber auf, sagte auch kein Wort, aber auf dem Grund ihrer schwarzen Augen war etwas geweckt worden, und sie sah ihren Besitzer scharf an.

Man setzte sich. Selbst der Major schien ganz entzückt zu sein; er hatte Pamela zur Rechten, Blondine zur Linken, entfaltete seine Serviette und erklärte: «Sie haben da wirklich eine ganz reizende Idee gehabt, lieber Hauptmann!»

Die Leutnants Otto und Fritz behandelten ihre Nachbarinnen wie Damen von Welt und schüchterten sie dadurch ein wenig ein; doch Hauptmann von Kelwingstein war völlig entfesselt, strahlte, warf derbe Worte um sich und schien, mit seinem Kranz roter Haare, geradezu in Flammen zu stehen. Er versuchte in seinem rheinischen Französisch galant zu sein, und sein Kneipengeschäker, zwischen den Zahnlücken hervorgesprudelt, erreichte die Mädchen mitten in einem Kugelregen von Speichel.

Sie verstanden übrigens nichts, und ihr bißchen Intelligenz schien erst zu erwachen, als er unanständige Reden, gemeine Ausdrücke spuckte, die sein Akzent überdies noch verstümmelte. Dann allerdings begannen sie ganz närrisch zu lachen, fielen ihren Nachbarn auf den Bauch und wiederholten die Ausdrücke, die der Hauptmann jetzt absichtlich entstellte, um die Mädchen dazu zu bringen, Schweinereien zu sagen. Das taten sie ganz nach Wunsch, umsomehr, als sie schon bei den ersten Flaschen Wein betrunken waren; sie wurden wieder ganz sie selbst, ließen ihren Gewohnheiten freien Lauf, küßten die Schnurrbärte rechts und links, kniffen die Offiziere in die Arme, kreischten wild, tranken aus allen Gläsern, sangen französische Couplets und deutsche Liederfetzen, die sie in ihrem täglichen Umgang mit dem Feind gelernt hatten.

Bald berauschten sich auch die Männer an diesem Weiberfleisch, das sich vor ihren Nasen, unter ihren Händen spreizte, wurden ganz toll, brüllten, zerschlugen das Geschirr, während die Soldaten hinter ihnen sie mit unbewegten Gesichtern bedienten. Nur der Major hatte noch eine gewisse Zurückhaltung bewahrt.

Mademoiselle Fifi nahm Rachel auf seine Knie; in einer Art kalter Glut küßte er wie toll die schwarzen Löckchen auf ihrem Hals, atmete durch den schmalen Zwischenraum zwischen Kleid und Haut die süße Wärme ihres Körpers und den ganzen Duft ihres Wesens ein; bald wieder kniff er sie wütend durch den Stoff und machte sie laut aufschreien. Eine wahnwitzige Wildheit hatte ihn gepackt; er war wie besessen von seinem Zerstörungstrieb. Dann umschlang er sie auch häufig mit beiden Armen, als sollten sie ineinander aufgehen, preßte lange seine Lippen auf den frischen Mund der Jüdin und küßte sie, daß ihr der Atem stockte. Doch plötzlich biß er sie so tief, daß das Blut über das Kinn der jungen Frau rann und ihr in den Ausschnitt tropfte.

Abermals sah sie ihm gerade ins Gesicht, wusch ihre Wunde und murmelte: «Das wird bezahlt werden!» Da lachte er ein hartes Lachen. «Ich werde schon zahlen», sagte er.

Man war beim Nachtisch angelangt; es wurde Champagner gereicht. Der Major erhob sich, und im gleichen Ton, mit dem er auf die Gesundheit der Kaiserin Augusta getrunken hätte, sagte er: «Auf unsere Damen!»

Und nun begann eine ganze Serie von Trinksprüchen; die Galanterie von Landsknechten und Säufern mischte sich mit faustdicken Zoten, die die Unkenntnis der Sprache noch brutaler machte. Einer nach dem andern stand auf, wollte geistreich, wollte komisch sein, und die Frauen, stockbesoffen, mit leeren Blicken und schwerer Zunge, applaudierten jedesmal aus Leibeskräften.

Der Hauptmann wollte zweifellos der Orgie einen galanten Anstrich geben, hob abermals sein Glas und sagte: «Auf unsere Siege über die Herzen!»

Da stand Leutnant Fritz auf, ein Bär aus dem Schwarzwald; er war in großer Stimmung und hatte reichlich geladen. So schrie er, von Alkohol und Patriotismus übermannt: «Auf unsere Siege über Frankreich!»

So besoffen die Frauen auch waren, blieben sie doch still, und Rachel wendete sich bebend zu ihm: «Weißt du, ich kenne Franzosen, vor denen du das nicht sagen würdest.»

Doch der kleine Baron, der sie noch immer auf seinen Knien hielt, war erst jetzt durch den Wein ganz in Laune gekommen und begann zu lachen: «Hahaha! Ich habe sie jedenfalls nie zu sehen gekriegt. Sobald wir nur auftauchen, kneifen sie schon.»

Das Mädchen schrie ihm erbittert ins Gesicht: «Du lügst, du Lump!»

Eine Sekunde lang heftete er seine Blicke auf sie; ebenso wie er die Bilder ansah, denen er die Augen mit Revolverschüssen ausschoß, und dann lachte er wieder: «Ach ja, schönes Kind, sprechen wir nur davon! Wären wir denn hier, wenn sie gar so tapfer wären?» Und er belebte sich: «Wir sind ihre Gebieter! Uns gehört Frankreich!»

Mit einem Ruck war sie von seinen Knien auf ihren Stuhl gefallen. Er stand auf, streckte sein Glas bis in die Mitte des Tisches und wiederholte: «Uns gehört Frankreich und die Franzosen, die Wälder, die Felder und die Häuser von Frankreich!»

Die andern waren völlig betrunken, eine

plötzliche militärische Begeisterung überkam sie, eine viehische Begeisterung; sie packten ihre Gläser und brüllten: «Es lebe Preußen!» und leerten sie auf einen Zug.

Die Mädchen protestierten nicht, sie schwiegen ängstlich. Sogar Rachel sagte nichts, es war ihr unmöglich, zu antworten.

Da stellte der kleine Baron seinen frischgefüllten Champagnerkelch auf den Kopf der Jüdin und schrie: «Uns gehören auch alle Frauen Frankreichs!»

Sie stand so schnell auf, daß der Kelch umgeworfen wurde und wie zu einer Taufe den gelblichen Wein auf ihre Haare ergoß; dann fiel er auf den Boden und zersplitterte. Mit zitternden Lippen trotzte sie dem Blick des Offiziers, der noch immer lachte, und mit wuterstickter Stimme brachte sie stockend hervor: «Das... das... das ist nicht wahr... die Frauen von Frankreich werdet ihr nie haben!»

Er setzte sich, um bequemer lachen zu können, und versuchte, mit Pariser Akzent zu sprechen: «Das ist mal ein guter Witz! Ja, ein ausgezeichneter Witz! Und was machst du denn hier, mein Kind?»

Zunächst schwieg sie verdutzt, weil sie in ihrer Verwirrung nicht recht verstand, dann aber, als sie seine Worte völlig erfaßt hatte, fuhr sie ihn empört und heftig an: «Ich? Ich? Ich bin keine Frau, ich bin eine Hure, und mehr sind die Preußen auch nicht wert.»

Sie hatte kaum geendet, da schlug er sie mitten ins Gesicht; doch als er in toller Wut die Hand nochmals erhob, ergriff sie ein kleines Dessertmesser mit silberner Klinge, das auf dem Tisch lag, und so jäh, daß man es zuerst gar nicht bemerkte, stieß sie es ihm in den Hals, gerade in die Höhlung, wo die Brust beginnt.

Ein Wort, das er sprechen wollte, wurde ihm in der Kehle zerschnitten; sein Mund klaffte weit, in seinen Augen war ein gräßlicher Blick.

Alles erhob sich in wildem Gebrüll und Tumult, doch das Mädchen warf seinen Stuhl dem Leutnant Otto zwischen die Beine, der der Länge nach hinfiel, lief ans Fenster, öffnete es, bevor man sie fassen konnte, und schwang sich in die Nacht hinaus, in den Regen, der noch immer unablässig strömte.

Zwei Minuten später war Mademoiselle Fifi tot. Da packten Fritz und Otto ihre Säbel und wollten die Mädchen erschlagen, die sich auf die Knie warfen. Nur mühsam konnte der Major das Gemetzel verhüten und ließ die vier entsetzten Mädchen unter der Hut von zwei Mann in ein Zimmer sperren; dann, als ginge es um ein Gefecht, organisierte er die Verfolgung der Flüchtigen. Man würde sie bestimmt erwischen.

Fünfzig Mann, durch Drohungen angestachelt, wurden in den Park kommandiert. Zweihundert andere durchstöberten die Wälder und sämtliche Häuser des Tales.

Im Nu war der Tisch abgeräumt und diente jetzt als Totenbett, und die vier Offiziere standen ernüchtert, starr, mit den harten Gesichtern von Kriegsleuten in Ausübung ihres Berufs, an den Fenstern und spähten in die Nacht hinaus.

Der Gußregen dauerte an; ein unablässiges Plätschern erfüllte das Dunkel, ein schwebendes Murmeln von Wasser, das fällt, und von Wasser, das fließt, von Wasser, das tropft, und von Wasser, das aufspritzt.

Plötzlich knallte ein Schuß, und dann, in großer Entfernung, noch einer, und so hörte man vier Stunden lang, bald nah, bald fern, Schüsse, Befehle, seltsame Worte, von gaumigen Stimmen gerufen.

Am Morgen rückten alle wieder ein. Zwei Soldaten waren getötet, drei andere von ihren Kameraden im Grauen dieser nächtigen Verfolgung und im Eifer der Jagd verwundet worden. Man hatte Rachel nicht gefunden.

Nun begann eine Schreckensherrschaft für die Einwohner, die Wohnungen wurden durchwühlt, die ganze Gegend durchstreift, durchsucht, durchforscht. Die Jüdin schien auf ihrer Flucht keine Spur hinterlassen zu haben.

Der General wurde verständigt, befahl, die Sache niederzuschlagen, um in der Armee kein schlechtes Beispiel zu geben, und verhängte eine Disziplinarstrafe über den Major, der wiederum seinerseits seine Untergebenen bestrafte. Der General hatte gesagt: «Man führt nicht Krieg, um sich mit Freudenmädchen zu amüsieren!» Und Graf von Farlsberg beschloß in seiner Erbitterung, sich an dem Dorf zu rächen.

Da er einen Vorwand brauchte, um rücksichtslos vorgehn zu können, ließ er den Geistlichen kommen und befahl ihm, beim Begräbnis des Barons von Eyrich die Glocke läuten zu lassen.

Ganz gegen alle Erwartung zeigte der Priester sich fügsam, demütig und voll Verständnis. Und als der Leichenzug Mademoiselle Fifis, Soldaten vor dem Sarg, Soldaten rechts und links vom Sarg, Soldaten hinter dem Sarg, der Sarg getragen von Soldaten, das Schloß Uville verließ und seinen Weg nach dem Friedhof einschlug, da tönte die Glocke ihre Sterbeklage so heiter, als streichelte sie eine freundliche Hand.

Sie läutete am Abend noch immer, und am nächsten Tag auch und von nun ab jeden Tag; sie läutete munter, so oft man nur wollte. Manchmal, nachts, begann sie ganz von selbst, zu schwingen, und warf zwei oder drei sanfte Klänge in das Dunkel wie von seltsamer Fröhlichkeit erfaßt und geweckt, ohne daß man recht wußte, warum. Alle Bauern der Gegend behaupteten, sie sei verzaubert, und niemand, außer dem Geistlichen und dem Sakristan, wagte sich in die Nähe des Turmes.

Dort aber hauste ein armes Mädchen in Angst und Einsamkeit, und die zwei Männer brachten ihr insgeheim das Essen.

Und dort blieb sie bis zum Abmarsch der deutschen Truppen. Dann lieh sich der Priester eines Abends den Wagen des Metzgers und brachte seine Gefangene bis zum Tor von Rouen. Da umarmte er sie; sie stieg ab und lief schnell in das öffentliche Haus, dessen Besitzerin sie schon für tot gehalten hatte.

Kurze Zeit darauf aber nahm ein vorurteilsloser Patriot sie aus diesem Haus, der sie ihrer Heldentat halber liebte und sie dann auch um ihrer selbst willen lieb gewann; er heiratete sie und machte aus ihr eine Dame, die nicht weniger wert war als sehr viele andere.

Das Jahr weiß ich nicht mehr genau. Seit einem ganzen Monat jagte ich mit wahrer Lust, mit einer wilden Freude, mit jener Glut, die sich an neuen Leidenschaften entzündet.

Ich war in der Normandie, bei einem unverheirateten Verwandten, Jules de Banneville, allein mit ihm, seiner Magd, einem Diener und einem Waldhüter in seinem herrschaftlichen Besitz. Das Schloß, ein alter, grauer Bau, von achzenden Tannen umsaumt, in dem Mittelpunkt langer Eichenalleen, durch die der Wind galoppierte, schien seit Jahrhunderten verlassen dazuliegen. Nur alte Möbel bewohnten die stets verschlossenen Räume, darin die Menschen, deren Bilder man in einem Gang hängen sah, der nicht weniger stürmisch war als die Alleen, einst die benachbarten Adligen zeremoniell empfangen hátten.

Wir, nun, wir hatten in der Küche Zuflucht gesucht, dem einzigen bewohnbaren Raum des Herrenhauses, einer über alle Maßen großen Küche, deren dunkle Winkel sich nur erhellten, wenn man frisches Reisig in den mächtigen Kamin warf. Und dann, jeden Abend, wenn unsere nassen Stiefel lange gedampft hatten, wenn unsere Vorstehhunde, zwischen unsern Beinen gelagert, von der Jagd geträumt und im Schlaf gebellt hatten, stiegen wir in unser Zimmer hinauf.

Nur dieses Zimmer war, der Mäuse wegen, verschalt und vergipst worden. Doch es blieb kahl, war geweißt, und an den Wänden hingen Flinten, Hundspeitschen und Jagdhörner; und wir schlüpften schlotternd in unsere Betten, die in zwei Ecken dieser sibirischen Behausung standen.

Eine Meile vom Schloß entfernt fiel die Klippenwand senkrecht ins Meer hinab; und der mächtige Atem des Ozeans ließ Tag und Nacht die großen, gebeugten Bäume seufzen, Dach und Windfahnen stöhnen und das ganze ehrwürdige Bauwerk jammern, das sich durch die gelockerten Schindeln, die abgrundbreiten Kamine, die nicht mehr schließenden Fenster mit Wind füllte.

An jenem Tage hatte es furchtbar gefroren. Der Abend war gekommen. Wir setzten uns zu Tisch vor dem lodernden Feuer des hohen Kamins, darin zwischen zwei wohlriechenden Rebhühnern der Hasenpfeffer schmorte.

Mein Cousin hob den Kopf. «Heute, wenn man sich schlafen legt, wird's nicht warm sein», sagte er.

Gleichgültig erwiderte ich: «Nein, aber morgen früh wird's bei den Teichen Enten geben.»

Die Magd, die für uns an dem einen Ende des Tisches deckte und für die Dienstleute am andern Ende, fragte: «Wissen die Herren, daß heute Weihnachtsabend ist?»

Nein, das wußten wir nicht, denn wir schauten kaum auf den Kalender. Mein Tischgenosse meinte: «Dann wird ja heute die Mitternachtsmesse gelesen. Darum hat man also den ganzen Tag geläutet!»

Die Magd erwiderte: «Ja und nein, Monsieur; man hat auch geläutet, weil der Vater Fournel gestorben ist.»

Vater Fournel, ein alter Hirt, war eine Berühmtheit der Gegend. Mit sechsundneunzig Jahren war er nie krank gewesen, bis er sich vor einem Monat erkältet hatte, weil er in einer dunklen Nacht in einen Sumpf gefallen war. Am nächsten Tag hatte er sich ins Bett gelegt. Und seither war er auf den Tod krank gewesen.

Mein Cousin wandte sich zu mir. «Wenn du Lust hast, können wir nachher zu den armen Leuten gehn.» Er meinte damit die Familie des Alten, den achtundfünfzigjährigen Enkel und dessen um ein Jahr jüngere Frau. Die Generation dazwischen war seit langem nicht mehr vorhanden. Die Familie bewohnte eine klägliche Hütte am Rande des Weilers, gleich rechts.

Doch ich weiß nicht, warum der Gedanke an Weihnachten in der Tiefe dieser Einsamkeit uns gesprächig machte. Wir beide erzählten einander Geschichten von früheren Weihnachten, von Abenteuern dieser tollen Nacht, von galanten Erlebnissen und von dem Erwachen am nächsten Morgen, diesem Erwachen zu zweit mit all seinen Zufällen, seinen erstaunlichen Entdeckungen.

Auf solche Art dauerte unser Abendessen lang. Zahlreiche Pfeifen folgten, und von jener Mitteilsamkeit Einsamer gepackt, jener heiteren Mitteilsamkeit, die plötzlich zwischen vertrauten Freunden erwacht, sprachen wir ohne Unterlaß, stöberten in uns, um einander jene vertraulichen Erinnerungen des Herzens zu erzählen, die sich in solchen aufgeschlossenen Stunden auf die Lippen drängen.

Die Magd, die sich seit langem zurückgezogen hatte, erschien wieder. «Ich gehe zur Messe, Monsieur.»

«Schön!»

«Es fehlen nur noch drei Viertelstunden zur Mitternacht.»

«Und wenn wir auch bis zur Kirche gingen?» meinte Jules. «Hier draußen ist diese Mitternachtsmesse recht merkwürdig.»

Ich war einverstanden, und, in unsere Jagdpelze gehüllt, brachen wir auf.

Ein stechender Frost traf das Gesicht, ließ die Augen tränen. Die rauhe Luft bemächtigte sich der Lungen, dörrte die Kehle aus. Ein tiefer, klarer, harter Himmel war mit Sternen besät, die in der Kälte gleichsam erblaßt wirkten; sie glitzerten nicht wie Feuer, sondern wie Gestirne aus Eis, wie funkelnde Kristalle. In der Ferne, auf fühllosem, trockenem, hallendem Boden, klapperten die Holzschuhe der Bauern; und am ganzen Horizont tönten die kleinen

Glocken der Dörfer, warfen ihre dünnen, fröstelnden Töne in die weite, eisige Nacht.

Das Land aber schlummerte nicht. Hähne, von diesen Geräuschen betrogen, krähten; und wenn man an Ställen vorüberging, hörte man darin die Tiere, von diesen Zeichen des Lebens aufgestört, sich regen.

Als wir uns dem Weiler näherten, erinnerte sich Jules an die Familie Fournel. «Das ist ihre Baracke», sagte er. «Gehen wir hinein!»

Lange klopfte er vergebens. Und dann erklärte eine Nachbarin, die eben aus ihrem Haus kam, um zur Messe zu gehn, und uns bemerkt hatte: «Sie sind bei der Messe; sie wollen für den Alten beten.»

«Wir werden sie auf dem Rückweg aufsuchen», sagte mein Cousin.

Der Mond zeichnete im Abstieg am Rande des Horizonts seine Sichel inmitten dieser unendlichen Saat von leuchtenden Körnern, die in den Raum geschleudert worden waren. Und über das schwarze Land kamen zitternde kleine Flammen von überall her auf den spitzen Kirchturm zu, der unaufhörlich läutete. Zwischen den baumbestandenen Höfen der Bauerngüter, inmitten der dunklen Ebenen, hüpften diese Flammen, dem Erdboden nahe. Das waren Laternen aus Horn, getragen von den Bauern, von ihren Frauen in weißen Hauben, in lange, schwarze Umhänge gehüllt, und ihnen wiederum folgten verschlafene Kinder, die sich in der Nacht bei den Händen hielten.

Durch die offene Kirchentüre erblickte man den erhellten Chor. Ein Gewinde von Kerzen zu einem Sou umkreiste das Schiff, und auf dem Boden in einer Kapelle zur Linken stellte, auf echtem Stroh, inmitten von Tannenzweigen, ein dickes Jesuskind seine rosige, gekünstelte Nacktheit zur Schau.

Die Messe begann. Gebeugt beteten die Bauern, kniend die Frauen. Diese einfachen Menschen betrachteten, von der kalten Nacht aufgerüttelt, tief ergriffen das kunstlos gemalte Bild, und sie falteten die Hände, von dem bescheidenen Glanz dieser kindlichen Schaustellung naiv überzeugt und gleichzeitig eingeschüchtert.

Die eisige Luft ließ die Flammen zittern. Jules flüsterte mir zu: «Gehen wir! Man fühlt sich draußen immer noch wohler!»

Und auf der öden Straße, während die demütigen Landleute fromm schlotterten, begannen wir abermals, von unseren Erinnerungen zu reden, und das dauerte so lang, daß die Messe zu Ende war, als wir zum Weiler zurückkehrten.

Ein Lichtstreifen drang unter der Türe der Fournels hervor. «Sie halten ihre Totenwache», sagte mein Cousin. «Gehen wir endlich zu den armen Leuten; das wird ihnen Freude machen.»

Im Kamin schwelte das Holz. Der schwarze, von Schmutz spiegelnde Raum mit seinen wurmstichigen, von der Zeit gebräunten Dachbalken war von dem erstickenden Geruch gebratener

Blutwürste erfüllt. Inmitten des großen Tischs, unter dem der Backtrog sich in seiner ganzen Länge wie ein Bauch rundete, entsandte eine Kerze in einem Kerzenhalter aus gewundenem Eisen den beizenden Rauch ihres pilzförmigen Dochtes bis zur Decke. Und die beiden Fournel, der Mann und die Frau, feierten zu zweit den Weihnachtsabend.

Trübsinnig, mit dem verdrossenen Wesen und dem stumpfen Gesicht des Bauern, aßen sie bedächtig, ohne ein Wort zu sagen. Auf einem einzigen Teller, der zwischen ihnen stand, ließ ein großes Stück Blutwurst seinen stinkenden Dampf aufsteigen. Von Zeit zu Zeit rissen sie mit der Spitze ihrer Messer ein Stück davon ab, zerquetschten es auf ihrem Brot, das sie in Bissen zerschnitten, und dann kauten sie langsam daran.

Wenn das Glas des Mannes leer war, griff die Frau nach dem Mostkrug und füllte es wieder.

Als wir eintraten, erhoben sie sich, boten uns Stühle an, forderten uns auf, «zu tun wie sie», und als wir das ablehnten, machten sie sich wieder an ihre Mahlzeit.

Nach einigen stummen Minuten fragte mein Cousin: «Nun, Anthime, Euer Großvater ist gestorben?»

«Ja, mein armer Herr, er ist grad jetzt hinübergegangen.»

Wieder wurde es still. Aus Höflichkeit putzte die Frau die Kerze. Um irgend etwas zu sagen, setzte ich hinzu: «Er war wohl sehr alt.»

Die Frau seines Enkels mit ihren siebenundfünfzig Jahren meinte: «Ach, seine Zeit war um; er hatte hier nichts mehr zu suchen.»

Plötzlich wandelte mich das Verlangen an, die Leiche des Hundertjährigen zu sehen, und ich bat, man möge mich doch zu ihr führen.

Die beiden Bauersleute, die bisher so friedlich gewesen waren, wurden mit einem Mal aufgeregt. Ihre Augen befragten einander unruhig, und sie antworteten nicht.

Mein Cousin bemerkte ihre Verstörtheit und schloss sich meinem Wunsch an.

Da fragte der Mann argwöhnisch und mißtrauisch: «Wozu soll das für Sie gut sein?»

«Zu nichts», sagte Jules, «aber das macht man doch stets; warum wollt ihr ihn denn nicht zeigen?»

Der Bauer zuckte die Achseln. «Ach, ich, meinetwegen! Nur um diese Zeit ist's unbequem.»

Tausend Vermutungen durchkreuzten unsern Geist. Da die Enkelkinder des Toten sich noch immer nicht rührten und einander gegenüber sitzen blieben, die Augen gesenkt, mit jenem Starrsinn unzufriedener Leute, der zu sagen scheint: Macht, daß ihr weiterkommt!, sagte mein Cousin energisch: «Los, Anthime, steht auf und führt uns in sein Zimmer.» Aber der Mann hatte seinen Entschluß gefaßt und erklärte mit gerunzelter Stirne: «Lohnt sich nicht! Er ist nicht mehr dort.»

«Ja, wo ist er also?»

Die Frau fiel ihrem Mann ins Wort.

«Das will ich Ihnen sagen. Ich hab' ihn bis morgen in den Trog gelegt, weil wir keinen Platz gehabt haben.»

Sie zog den Teller mit der Wurst fort, sie hob die Tischplatte, beugte sich mit der Kerze vor, um das Innere der großen, klaffenden Truhe zu beleuchten, auf deren Grund wir etwas Graues gewahrten, eine Art langes Paket, daraus am einen Ende ein magerer Kopf mit weißen, zerzausten Haaren herausschaute, am anderen Ende zwei nackte Füße.

Es war der Alte, ganz ausgedörrt, die Augen geschlossen, in seinen Schäfermantel gewickelt, und hier schlief er inmitten schwarzer Brotkrusten, die ebenso alt waren wie er, seinen letzten Schlummer.

Und seine Enkelkinder hatten über ihm den Weihnachtsabend gefeiert!

Jules schrie empört, vor Wut zitternd: «Warum habt ihr ihn nicht in seinem Bett gelassen, ihr Lumpen, die ihr seid!»

Da begann die Frau zu plärren und schnurrte sehr rasch herunter: «Das will ich Ihnen sagen, mein guter Herr. Wir haben im ganzen Haus nur ein einziges Bett. Und früher hab' ich mit ihm drin geschlafen, weil wir doch drei waren. Und seit er krank war, hab' ich auf dem Boden geschlafen; das ist hart, mein guter Herr, in diesen Zeiten. Na, und als er hinübergegangen war, da haben wir uns gesagt: Er hat ja ohnehin nicht mehr zu leiden, was hat's für einen Zweck, ihn im Bett zu lassen? Da könnt' ich ihn doch ganz gut bis morgen in den Trog legen und mich diese Nacht ins Bett, wenn's so kalt sein wird. Ich kann doch nicht mit dem Toten schlafen, meine guten Herren!»

Erbittert verließ mein Cousin das Haus und schlug die Türe krachend zu; ich aber folgte ihm und lachte Tränen.

Was bedeutet sie eigentlich, diese Freude an der ersten Sonne? Warum erfüllt uns dieses Licht, das auf die Erde fällt, so sehr mit Lebenslust? Der Himmel ist ganz blau, die Landschaft ganz grün, die Häuser ganz weiß; und unsere entzückten Augen trinken diese lebhaften Farben, die sie zur Fröhlichkeit für unsere Seelen umschaffen. Und in uns erwacht das Verlangen zu tanzen, das Verlangen zu laufen, das Verlangen zu singen, eine selige Leichtigkeit des Denkens, gewissermaßen eine allerfassende Zärtlichkeit, man möchte die Sonne umarmen.

Die Blinden vor den Türen, eingeschlossen in ihr ewiges Dunkel, bleiben ruhig wie immer inmitten dieser neuen Heiterkeit, und ohne zu begreifen, beschwichtigen sie ununterbrochen ihren Hund, der herumspringen möchte.

Wenn der Tag zu Ende ist und sie am Arm eines jüngern Bruders oder einer kleinen Schwester heimkehren und das Kind sagt: «Heute ist's schön gewesen», so erwidert der Blinde: «Ich hab's wohl bemerkt, daß es schön war. Loulou war kaum zu halten.»

Einen dieser Männer habe ich gekannt, und sein Leben war eine der grausamsten Martern, die man erdenken kann.

Er war aus einer Bauernfamilie, sein Vater

war ein normannischer Bauer. Solange Vater und Mutter lebten, sorgte man noch halbwegs für ihn; nur unter dem furchtbaren Schicksal seiner Blindheit hatte er zu leiden. Doch kaum waren die beiden entschwunden, so begann für ihn ein grausames Elend. Eine Schwester nahm ihn bei sich auf, und alle auf dem Gut behandelten ihn als Bettler, der das Brot der andern aß. Bei jeder Mahlzeit warf man ihm vor, daß man ihn fütterte; man nannte ihn einen Nichtstuer, einen Lumpen, und obgleich sein Schwager sich des Erbteils des Blinden bemächtigt hatte, setzte man ihm nur ungern die Suppe vor und gerade nur so viel, daß er nicht verhungerte.

Er hatte ein fahles Gesicht und zwei große, weiße Augen wie Siegelwachs; und er verharrte unter den Schmähungen gleichgültig und so sehr in sich verschlossen, daß man nicht wußte, ob er sie überhaupt empfand. Er hatte übrigens nie die geringste Zärtlichkeit gekannt; seine Mutter hatte ihn stets ziemlich rauh und lieblos behandelt, denn wer auf den Feldern unnütz ist, der ist ein Schädling, und die Bauern täten es gern den Hühnern nach, welche die Krüppel unter sich umbringen.

Sobald er seine Suppe gegessen hatte, setzte er sich im Sommer vor die Türe, im Winter an den Kamin, und so blieb er bis zum Abend und rührte sich nicht. Keine Geste, keine Bewegung machte er; nur die Lider, von einer Art nervösem Leiden durchzuckt, senkten sich manchmal auf die weißen Flecke seiner Augen. Hatte er einen Geist, ein Denken, ein klares Bewußtsein seines Daseins? Das war eine Frage, die kein Mensch sich stellte.

So ging es einige Jahre lang. Doch seine Unfähigkeit zu jeglicher Arbeit wie auch seine Verschlossenheit erbitterten endlich seine Verwandten, und er wurde zum Prügelknaben, zu einer Art leidendem Hanswurst, zur Beute, die man der eingeborenen Roheit hinwarf, der wilden Spaßhaftigkeit der Bestien, die ihn umgaben.

Man erfand alle grausamen Scherze, zu denen seine Blindheit anregen konnte. Und um sich für das bezahlt zu machen, was er aß, gestaltete man seine Mahlzeiten zu Stunden der Unterhaltung für die Nachbarn und der Folter für den Blinden.

Die Bauern erschienen aus den andern Häusern zu dieser Lustbarkeit; man erzählte es sich von Tür zu Tür, und die Küche des Hofes war täglich voll. Bald setzte man auf den Tisch, vor seinen Teller, daraus er seine Suppe löffeln wollte, eine Katze oder einen Hund. Das Tier witterte mit seinem Instinkt die Wehrlosigkeit des Menschen, näherte sich ganz sacht, fraß geräuschlos, schleckte behaglich; und wenn ein etwas lauteres Schnalzen der Zunge die Aufmerksamkeit des armen Teufels weckte, so verzog das Tier sich vorsichtig, um dem Schlag mit dem Löffel zu entgehn, den der Blinde aufs Geratewohl schwenkte.

Was gab es da für ein Gelächter, ein Getrampel, ein Anstoßen mit den Ellbogen unter den Zuschauern, die sich längs der Wände aufgestellt hatten! Und er, ohne je ein Wort zu sagen, schickte sich wieder an, mit der rechten Hand zu essen, während die vorgestreckte Linke den Teller schützte und verteidigte.

Manchmal gab man ihm Pfropfen, Holz, Blätter oder selbst Unrat zu essen, den er nicht erkennen konnte.

Doch auch diesen Zeitvertreib bekam man satt; und der Schwager, in seiner Wut über den unnützen Brotesser, schlug ihn, ohrfeigte ihn ohne Unterlaß, lachte über die vergeblichen Bemühungen des Blinden, die Schläge abzuwehren oder sie zu erwidern. Das wurde zu einem neuen Spiel – dem Ohrfeigenspiel. Und die Ackerknechte, der Handlanger, die Mägde klatschten ihm ununterbrochen die Hände ins Gesicht, und seine Lider zuckten nur noch heftiger. Er wußte nicht, wo sich verbergen, und hatte beständig die Hände ausgestreckt, um sich gegen jede Annäherung zu schützen.

Schließlich zwang man ihn betteln zu gehn. Man stellte ihn an Markttagen auf die Straßen, und sobald er das Geräusch von Schritten oder von Wagenrädern hörte, hielt er seinen Hut hin und stammelte: «Habt Erbarmen!»

Doch der Bauer ist nicht verschwenderisch, und ganze Wochen lang brachte der Blinde keinen Sou heim.

Da entfesselte sich ein mitleidloser Haß gegen ihn. Und nun sei berichtet, wie er starb.

Eines Winters war die Erde mit Schnee bedeckt, und es fror furchtbar. Nun, einmal führte sein Schwager ihn am Morgen sehr weit auf eine Hauptstraße; dort sollte er um Almosen flehen. Den ganzen Tag ließ er den Blinden stehn, und als die Nacht gekommen war, behauptete er vor seinen Leuten, er habe ihn nicht mehr gefunden. Und er setzte hinzu:

«Ach was, da muß man sich keine Sorgen machen; irgendwer wird ihn mitgenommen haben, weil er gefroren hat. Der ist, weiß Gott, nicht verloren. Er wird schon wiederkommen und seine Suppe haben wollen.»

Doch auch am nächsten Tag kam er nicht.

Nach langen Stunden des Wartens, von der Kälte gepackt, im Gefühl, daß er nun sterben müsse, hatte der Blinde sich auf den Weg gemacht. Da er die unter dem eisigen Schaum vergrabene Straße nicht zu erkennen vermochte, war er aufs Geratewohl umhergeirrt, war in die Gräben gefallen, hatte sich wieder aufgerichtet, immer stumm, und hatte ein Haus gesucht.

Doch die Betäubung von Schnee und Frost hatte ihn nach und nach übermannt, seine schwachen Beine vermochten ihn nicht länger zu tragen; er hatte sich inmitten einer Ebene hingesetzt. Und diesmal hatte er sich nicht mehr aufgerichtet.

Die weißen Flocken, die fielen und fielen, begruben ihn. Sein erstarrter Leib verschwand unter der ununterbrochenen Häufung ihrer unendlichen Menge; und nichts verriet mehr den Ort, wo die Leiche lag.

Seine Verwandten taten acht Tage lang, als

forschten sie nach ihm, als suchten sie ihn. Sie weinten sogar.

Der Winter war hart, und das Tauwetter ließ auf sich warten. Nun, eines Sonntags, auf dem Weg zur Messe, bemerkten die Bauern einen großen Rabenschwarm, der endlos über der Ebene kreiste, dann wie ein schwarzer Regen herabsank, immer an dieselbe Stelle, wieder aufstieg und immer wieder kam.

In der nächsten Woche waren sie noch immer da, die düstern Vögel. Der Himmel trug eine ganze Wolke von ihnen, als hätten sie sich von allen Winkeln des Horizonts vereinigt, und mit lautem Gekreisch ließen sie sich in den schimmernden Schnee fallen, den sie seltsam fleckten und hartnäckig durchstöberten.

Da ging ein Bursche nachsehen, was sie eigentlich taten, und er entdeckte die Leiche des Blinden, halb zerfressen, zerstückelt, die blassen Augen waren verschwunden, von den langen, gierigen Schnäbeln ausgehackt.

Und ich kann die lebendige Fröhlichkeit sonniger Tage niemals ohne eine traurige Erinnerung, ohne einen wehmütigen Gedanken an den Blinden genießen, der in diesem Leben so enterbt war, daß sein furchtbarer Tod für alle, die ihn gekannt hatten, eine Erleichterung bedeutete.

Das Herrendiner ging zu Ende, es war die Stunde der endlosen Zigarren und der ständigen kleinen Gläser, im Rauch und der warmen Benommenheit der Verdauung, in der leichten Wirrnis der Köpfe nach so viel Braten und Liqueuren, die genossen worden waren und sich mischten.

Man kam auf den Magnetismus zu sprechen, auf die Tricks Donatos und die Experimente Doktor Charcots. Mit einem Male begannen diese skeptischen, leichtlebigen, jeder Religion gegenüber gleichgültigen Männer seltsame Geschichten zu erzählen, unglaubliche, aber dennoch wirklich geschehene Ereignisse, behaupteten sie, versanken plötzlich in allerlei Aberglauben, klammerten sich an diesen letzten Rest des Wunderbaren, wurden Gläubige der Mysterien des Magnetismus und verteidigten ihn im Namen der Wissenschaft.

Ein einziger lächelte, ein kräftiger Mann, Hurenläufer und Frauenjäger, bei dem die Ungläubigkeit auf jedem Gebiet so fest verankert war, daß er nicht einmal eine Diskussion zulassen wollte.

Er wiederholte mit breitem Grinsen: «Dummheiten! Dummheiten! Dummheiten! Wir wollen nicht von Donato sprechen, der ganz einfach ein sehr geschickter Taschenspieler ist. Und Doktor

Charcot, der ein achtenswerter Gelehrter sein soll, wirkt auf mich wie jene Erzähler in der Art von Edgar Allan Poe, die schließlich, weil sie über seltsame Fälle von Wahnsinn nachdenken, selber wahnsinnig werden. Er hat unerklärte und noch immer unerklärliche nervöse Erscheinungen festgestellt, er dringt in jenes Unbekannte ein, das man alle Tage erforscht, und da er nicht immer verstehen kann, was er sieht, erinnert er sich vielleicht zu sehr an kirchliche Erklärungen von Mysterien. Und dann möchte ich ihn selber sprechen hören; das wäre ganz etwas anderes, als was ihr hier wiedergebt.»

Rund um den Ungläubigen regte sich ein gewisses Mitleid, als hätte er in einer Versammlung von Mönchen gelästert.

Einer der Herren rief:

«Es hat ja am Ende früher doch Wunder gegeben!»

Ihm aber wurde geantwortet:

«Das leugne ich. Warum gäbe es denn jetzt keine mehr?»

Da wußte jeder eine Geschichte vorzutragen, phantastische Ahnungen, eine Verständigung der Seelen über weite Räume hinweg, geheime Einflüsse eines Menschen auf den andern. Und man erklärte, man behauptete, das seien unbestreitbare Tatsachen, während der Ungläubige hartnäckig erwiderte: «Dummheiten! Dummheiten! Dummheiten!»

Schließlich stand er auf, warf die Zigarre fort und sagte, die Hände in den Taschen: «Schön, jetzt werde auch ich euch zwei Geschichten erzählen, und nachher werde ich sie euch erklären. Hört gut zu:

In dem kleinen Dorf Etretat fahren die Männer, durchwegs Seeleute, Jahr für Jahr nach Neufundland, um den Dorsch zu fangen. Nun, eines Nachts erwachte das Kind eines dieser Seeleute mit einem Ruck und schrie, sein Papa sei auf dem Meer umgekommen. Man beruhigte den Kleinen, der noch einmal aufwachte und brüllte, Papa sei ertrunken. Einen Monat später erfuhr man tatsächlich, dieser Seemann sei von einer Welle vom Verdeck seines Schiffs fortgeschwemmt worden und ertrunken. Die Witwe erinnerte sich daran, daß das Kind damals aufgewacht war. Ein Wunder, ein Wunder, rief man überall, alle Welt war ergriffen, man verglich die Daten, und es stellte sich heraus, daß der Unglücksfall und der Traum ungefähr zur gleichen Zeit vor sich gegangen waren; und daraus schloß man, es sei die selbe Nacht, die selbe Stunde gewesen. Und schon war ein Mysterium des Magnetismus geboren.»

Der Erzähler unterbrach sich. Da fragte einer der Zuhörer sehr betroffen: «Und Sie können es erklären?»

«Ganz gewiß, mein Lieber; ich habe das Geheimnis erforscht. Die Tatsache hatte mich überrascht und sogar in große Verlegenheit gebracht; aber, verstehen Sie, ich glaube nun einmal grundsätzlich nicht. Dort, wo andere zu glauben beginnen, beginne ich zu zweifeln; und wenn ich nicht verstehe, so bleibe ich doch dabei, jede telepathische Verbindung der Seelen in Abrede zu stellen, weil ich sicher bin, daß meine Feststellung allein genügt. Nun, ich bin der Sache gründlich nachgegangen, und dadurch, daß ich alle Frauen der Seeleute befragte, gelangte ich zu der Tatsache, daß keine acht Tage vergehen, ohne daß eine von ihnen oder eines der Kinder träumt und beim Erwachen erklärt, Papa sei auf dem Meer umgekommen. Die furchtbare, unablässige Angst vor so einem Unglücksfall bewirkt, daß sie ständig davon sprechen, ohne Unterlaß daran denken. Wenn nun eine dieser häufigen Voraussagen durch einen sehr einfachen Zufall mit dem Tod des betreffenden Seemanns übereinstimmt, so wird das auf der Stelle als Wunder ausgeschrien, denn im Nu vergißt man alle andern Träume, alle andern Ahnungen, alle andern Unglücksprophezeiungen, die sich nicht bestätigt haben. Ich selber habe mehr als fünfzig überprüft, deren Autoren sich acht Tage später an nichts mehr erinnerten. Wäre der Mann aber wirklich umgekommen, so wäre auch die Erinnerung sogleich wieder erwacht, und die einen hätten das Eingreifen Gottes gefeiert, die andern den Magnetismus.»

Einer der Raucher meinte:

«Was Sie da sagen, dürfte stimmen; aber jetzt die zweite Geschichte.»

«Ach, meine zweite Geschichte ist sehr heikel zu erzählen. Ich selber bin es, dem sie zugestoßen ist, und so mißtraue ich meinem eigenen Urteil ein wenig. Man kann niemals gleichzeitig ein gerechter Richter und Partei sein. Hören Sie denn:

Unter meinen gesellschaftlichen Beziehungen war auch eine junge Frau, an die ich nie dachte, die ich nie aufmerksam beobachtet, ja, eigentlich nie angesehen hatte.

Ich reihte sie unter die bedeutungslosen Frauen ein, obgleich sie keineswegs häßlich war; alles an ihr schien gleichgültig, die Augen, die Nase, der Mund, das Haar, es war ein ausdrucksloses Gesicht; und sie war eines jener Geschöpfe, auf die das Denken sich nur zufällig richtet, bei denen es nicht verweilt und denen nie ein Verlangen gilt.

Nun, eines Abends, während ich im Winkel meines Kamins Briefe schrieb, bevor ich zu Bett ging, spürte ich inmitten dieses Durcheinanders von Gedanken, dieses Zugs von Bildern, die das Hirn streifen, wenn man einige Minuten lang, die Feder in der Luft, vor sich hinträumt, etwas wie einen leichten Hauch, der mir durch den Geist wehte, ein sachtes Erschauern des Herzens, und mit einem Male, ohne jeden Grund, ohne irgendeine Verkettung logischer Ideen, sah ich deutlich, sah ich, als ob ich sie berührte, sah ich von den Füßen bis zum Kopf und ohne Hülle jene junge Frau, an die ich nie länger als drei Sekunden hintereinander gedacht hatte, just die Zeit, da ihr Name mir einfiel. Und plötzlich entdeckte ich an ihr eine Menge Eigenschaften, die ich nie beachtet hatte, einen süßen Liebreiz, eine lässige Anziehungskraft; sie weckte in mir jene rastlose Sehnsucht, um derentwillen man eine Frau begehrt. Aber ich dachte nicht lange daran, ich legte mich ins Bett, ich schlief ein. Und ich träumte.

Ihr alle habt doch gewiß jene merkwürdigen Träume geträumt, die einen zum Herrn über das Unmögliche machen, und es öffnen sich einem unbezwingliche Türen, unerhoffte Freuden, Arme, die sich nie für uns gehoben hatten.

Wer von uns hätte nicht in solchem verstörten, nervösen, überreizten Schlummer mit einer außerordentlichen Deutlichkeit jene Frau gehalten, umschlungen, an sich gedrückt, besessen, mit der sein Denken beschäftigt war? Und habt ihr bemerkt, welche übermenschlichen Seligkeiten diese Abenteuer des Traums uns schenken? In welchen tollen Rausch sie uns schleudern, mit welchen heftigen Krämpfen sie uns durchzucken und welch unendliche, kosende, durchdringende Zärtlichkeit für jene sie euch ins Herz graben, die warm und hingebend in dieser wundervollen, brutalen, einer Wirklichkeit gleichenden Sinnestäuschung in euren Armen liegt!

All das habe ich mit unvergeßlicher Eindrücklichkeit gespürt. Diese Frau gehörte mir, gehörte mir so sehr, daß die sanfte Lauheit ihrer Haut mir in den Fingern, der Duft ihrer Haut mir im Gehirn blieb, der Geschmack ihrer Küsse auf den Lippen, der Klang ihrer Stimme in den Ohren, ihre Umschlingung und der glühende Zauber ihrer Zärtlichkeit in meinem ganzen

Wesen, und das noch lange nach einem köstlichen und enttäuschenden Erwachen.

Und dreimal in dieser selben Nacht erneuerte sich der Traum.

Als der Tag gekommen war, verfolgte sie mich, hielt mich in Banden, hatte Kopf und Sinne derart in Besitz genommen, daß ich keine Sekunde blieb, ohne an sie zu denken.

Endlich, da ich nicht wußte, was ich tun sollte, zog ich mich an und ging zu ihr. Auf der Treppe war ich derart erregt, daß ich bebte, daß mein Herz pochte, und ein mächtiges Begehren packte mich vom Scheitel bis zur Sohle.

Ich trat ein. Sie stand brüsk auf, als sie meinen Namen nennen hörte; und plötzlich begegneten sich unsere Blicke mit erstaunlicher Eindringlichkeit. Ich setzte mich.

Ich stammelte irgendwelche Gemeinplätze, die sie anscheinend gar nicht hörte; ich wußte nicht, was tun, nicht, was sagen. Und da stürzte ich mich mit einem Mal auf sie, riß sie an mich, und mein ganzer Traum erfüllte sich so schnell, so leicht, so toll, daß ich zweifelte, ob ich überhaupt erwacht war... Zwei Jahre lang war sie meine Geliebte...»

«Was schließen Sie daraus?» fragte eine Stimme.

Der Erzähler schien zu zaudern.

«Ich schließe daraus... ich schließe daraus... mein Gott, auf einen Zufall. Und dann, wer weiß? Vielleicht ist es ein Blick von ihr, den ich nicht bemerkt hatte und der sich an jenem

Abend durch einen jener geheimnisvollen, unbewußten Anrufe des Gedächtnisses wieder eingestellt hatte, wie sie häufig Dinge in uns wiedererwecken, die unser Bewußtsein vernachlässigt hat, die vor unserem klaren Denken unbemerkt vorübergeglitten sind.»

«Dem sei, wie es will», meinte einer der Herren. «Wenn Sie aber nach dieser Geschichte nicht an den Magnetismus glauben, so sind Sie schrecklich undankbar, mein Lieber!»

Begegnungen sind der Reiz der Reisen. Wer hat nicht jene Freude gekannt, wenn man plötzlich, tausend Meilen von der Heimat entfernt, einen Pariser, einen Schulkameraden, einen Nachbarn vom Land trifft? Wer hat nicht eine Nacht mit offenen Augen in dem kleinen, rumpelnden Postwagen der Gegenden verbracht, wo der Dampf noch unbekannt ist, an der Seite einer fremden jungen Frau, die man gerade nur flüchtig beim Schein der Laterne gesehen hat, als sie vor der Türe eines weißen Hauses einer kleinen Stadt in den Wagen stieg? Und wenn der Morgen kommt und Geist und Ohren noch betäubt sind vom ständigen Geklingel der Glocken und vom lauten Geklirr der Fenster, welch eine bezaubernde Überraschung ist es, die hübsche, zerzauste Nachbarin ihre Augen öffnen, ihren Nachbarn mustern zu sehen; und ihr tausend kleine Dienste zu erweisen und ihre Geschichte anzuhören, die sie immer erzählt, wenn man es nur richtig anzustellen weiß! Und wie köstlich ist auch die Enttäuschung, die man empfindet, wenn man sie vor dem Tor eines Landhauses aussteigen sieht! Man glaubt, wenn diese Gefährtin von zwei Stunden einem ein Lebewohl für immer sagt, in ihren Augen den Beginn eines Gefühls, eines Bedauerns zu lesen. Wer weiß...?

Und welch gute Erinnerung bewahrt man bis ins Alter von diesen kurzen Begegnungen auf der Reise!

Dort unten, dort unten, am Ende Frankreichs, gibt es ein verlassenes Land, verlassen wie die amerikanischen Wüsten, von den Reisenden ungekannt, unerforscht, von der Welt durch eine ganze Gebirgskette getrennt, die selber von den benachbarten Städten durch einen großen Fluß getrennt ist, den Argens, über den noch keine Brücke führt.

Diese ganze gebirgige Gegend ist unter dem Namen «Massif des Maures» bekannt. Ihre wirkliche Hauptstadt ist Saint-Tropez, am äußersten Zipfel des verlorenen Landes gelegen, am Ufer des Golfs von Grimaud, der schönsten von allen Küsten Frankreichs.

Kaum daß einige Dörfer in diesem ganzen Gebiet verstreut sind, das von der Eisenbahn in einem riesigen Bogen gemieden wird. Nur zwei Straßen führen hinein, wagen sich durch diese Täler ohne ein Dach, durch diese großen Fichtenwälder, darin es, wie man sagt, von Wildschweinen wimmelt. Man muß die Bäche barfuß überqueren, und man kann tagelang durch die Schluchten und über die Höhen gehn, ohne auch nur eine einzige Hütte, einen Menschen oder ein Tier zu erblicken; doch man zertritt wilde Blumen, nicht minder herrlich wie die der Gärten.

Und dort begegnete ich der seltsamsten, der

traurigsten Reisenden, die zu sehen mir beschieden worden war.

Zuerst hatte ich sie auf dem Verdeck des kleinen Schiffes bemerkt, das zwischen Saint-Raphaël und Saint-Tropez verkehrt. Mindestens siebzig Jahre alt, groß, ausgedörrt, eckig, mit weißen Haaren als Korkzieherlöckchen an den Schläfen, wie die frühere Mode es verlangte; gekleidet wie eine Engländerin auf Reisen, ungeschickt, komisch; sie stand aufrecht im Bug des Schiffes und hatte den Blick auf die bewaldete, gewundene Küste geheftet, die sich zu unserer Rechten abrollte.

Das Schiff schlingerte; die Wellen brachen sich an seiner Flanke, warfen ganze Büschel Schaum über das Verdeck; doch die alte Frau beachtete die brüsken Schwankungen des Schiffs ebensowenig wie das Salzwasser, das ihr ins Gesicht spritzte. Sie blieb reglos, betrachtete nur die Landschaft.

Sobald das Schiff im Hafen eingelaufen war, stieg sie an Land; ihr ganzes Gepäck war eine einfache Handtasche, die sie selber trug.

Nach einer schlechten Nacht in der Herberge des Ortes, pompös «Grand Hôtel Continental» genannt, lockte mich der Schall einer Trompete ans Fenster, und ich sah im Trab von fünf Pferden den Postwagen von Hyères abfahren, auf dessen Verdeck die magere, düstere Reisende des Schiffes saß.

Eine Stunde später ging ich zu Fuß am Ufer

des herrlichen Golfs, um Grimaud zu besichtigen.

Die Straße führt das Meer entlang, und an der andern Seite der Bucht gewahrt man eine geschwungene Kette hoher, mit Tannenwäldern bedeckter Berge. Die Bäume steigen bis zum Wasser herab, das einen langen Strand von hellem Sand bespült.

Dann schlug ich den Weg durch die Wiesen ein, überquerte Sturzbäche, sah große Blindschleichen fliehen und erstieg einen kleinen Hügel, den Blick auf die zackigen Trümmer einer alten Burg geheftet, die sich auf dieser Höhe erhebt und die zu ihren Füßen geduckten weißen Häuser beherrscht.

Das ist das alte Land der Mauren. Hier findet man ihre einstigen Wohnsitze wieder, ihre Säulengänge, ihre orientalische Bauart. Hier sind noch längs steiler Gassen, die, mit großen, scharfen Kieseln besät, Gebirgspfaden gleichen, gotische und italienische Bauten. Hier ist beinahe ein Feld blühender Aloen. Die mächtigen Pflanzen recken ihre riesigen Schäfte gegen den Himmel, die kaum zweimal im Jahrhundert aufblühen, dann aber sich, wenn man den Poeten, diesen Spaßmachern, glauben will, mit Donnergetöse öffnen. Hier finden sich, hoch wie Bäume, fremdartige, stachlige, schlangengleiche Pflanzen, hier hundertjährige Palmen.

Und ich trete in die Umfriedung der weitläufigen Burg, die einem Chaos durcheinandergerüttelter Felsen gleicht.

Plötzlich öffnet sich unter meinen Füßen eine schmale Treppe, die in den Boden gegraben ist; ich steige hinunter, und bald bin ich in einer Art Zisterne, in einem dunklen Gewölbe, und dort unten auf dem Grund, in einer Vertiefung, ist klares, eisiges Wasser.

Doch jemand erhebt sich, weicht vor mir zurück, und in dem Halbdunkel dieses Brunnens erkenne ich die hochgewachsene Frau, die ich gestern und heute morgen gesehen hatte. Dann scheint etwas Weisses über ihr Gesicht zu gleiten, und ich höre ein Schluchzen. Sie weinte hier, ganz allein.

Und plötzlich, verlegen, weil sie überrascht worden war, begann sie zu mir zu reden.

«Ja, Monsieur, ich weine... das geschieht mir nicht häufig; es ist vielleicht dieses Loch hier, das mich dazu gebracht hat.»

Tief bewegt wollte ich sie mit beiläufigen Worten, mit irgendwelchen Redensarten trösten.

«Geben Sie sich keine Mühe», sagte sie. «Für mich kann man nichts mehr tun. Ich bin wie ein verlorener Hund.»

Und sogleich erzählte sie mir ihre Geschichte, als wollte sie einem Menschen den Widerhall ihres Unglücks zuwerfen.

«Ich war glücklich, Monsieur, und ich besitze, sehr weit von hier, ein Haus; aber dorthin will ich nicht zurückkehren, weil es mir so sehr das Herz zerreißt. Und ich habe einen Sohn; er ist in Indien. Könnte ich ihn sehen, ich würde ihn nicht wiedererkennen. In meinem ganzen Leben habe ich ihn kaum gesehen; kaum genug, um mich seines Gesichts zu entsinnen; keine zwanzigmal, seitdem er sechs Jahre alt war.

Mit sechs Jahren wurde er mir entrissen und in ein Institut geschickt; er gehörte nicht mehr mir. Zweimal im Jahr kam er, und jedesmal staunte ich über die Veränderungen, die mit ihm vorgegangen waren, staunte ich darüber, daß ich ihn größer wiedersah, ohne ihn doch wachsen gesehen zu haben. Man hat mir seine Kindheit gestohlen und all die Freuden, wenn wir die kleinen Wesen wachsen sehen, die wir geboren haben.

Bei jedem seiner Besuche waren sein Körper, sein Blick, seine Bewegungen, seine Stimme, sein Lachen anders geworden, gehörten nicht mehr mir. Einmal hatte er einen Bart, und ich war ganz verblüfft und traurig. Ich wagte kaum, ihn zu umarmen. War das auch wirklich mein Sohn, mein kleiner, blonder, kraushaariger Junge, dieser große, braune Bursche, der mich hochtrabend «meine Mutter» nannte und mich anscheinend nur liebte, weil das seine Pflicht war?

Mein Mann starb; dann kamen meine Eltern an die Reihe, dann verlor ich meine beiden Schwestern. Wenn der Tod in eine Familie eintritt, könnte man glauben, daß er möglichst rasch, möglichst gründlich sein Werk tut, damit er dann lange nicht wiederkommen muß.

Ich blieb allein. Mein großer Sohn studierte in Paris Jus. Ich hoffte in seiner Nähe zu leben und zu sterben; ich fuhr zu ihm, um bei ihm zu bleiben. Doch er hatte sich schon sein Leben als junger Mann eingerichtet; ich war ihm eine Last. Und so kehrte ich in mein Haus zurück.

Dann heiratete er. Ich glaubte mich schon gerettet. Doch meine Schwiegertochter begann mich zu hassen. Abermals war ich allein. Nun, da die Schwiegereltern meines Sohnes in Indien lebten und da seine Frau mit ihm macht, was sie will, hatten sie beschlossen, zu ihnen zu ziehen. Sie haben ihn jetzt, sie haben ihn für sich; sie haben ihn mir gestohlen. Alle zwei Monate schreibt er mir; vor acht Jahren kam er mich besuchen. Er hatte ein Gesicht voller Furchen und weißes Haar. War das möglich? Dieser alte Mann mein Sohn? Mein kleiner Junge von einst? Ich werde ihn zweifellos nicht wiedersehen.

Und so reise ich das ganze Jahr. Ich fahre nach rechts, nach links, wie Sie sehen, und kein Mensch ist bei mir.

Ich bin wie ein verlorener Hund. Leben Sie wohl, bleiben Sie nicht bei mir. Es schmerzt mich, daß ich Ihnen das alles erzählt habe.»

Und als ich den Hügel hinunterstieg und mich umwandte, sah ich die alte Frau aufrecht, auf einer verfallenen Mauer, wie sie den Golf, das große Meer in der Ferne, die dunklen Berge, das lange Tal betrachtete. Und der Wind ließ, wie eine Fahne, den Saum ihres Kleides und das seltsame kleine Tuch wehen, das sie um die magern Schultern trug.

Sie war schmerzlos gestorben, gelassen, wie eine Frau, deren Leben makellos gewesen war; und sie ruhte jetzt in ihrem Bett, auf dem Rücken, die Augen geschlossen, die Züge ruhig, die langen, weißen Haare sorgsam geordnet, als hätte sie noch zehn Minuten vor dem Tode ihre Toilette gemacht, ihr ganzes, blasses Totengesicht so gesammelt, so friedlich, so gottergeben, daß man sehr wohl fühlte, welche sanfte Seele diesen Körper bewohnt, welch ungetrübtes Leben diese abgeklärte Frau geführt, welches Ende ohne Krampf, ohne Gewissensbisse diese Weise gefunden hatte.

Auf den Knien, neben dem Bett weinte ihr Sohn, ein Richter von unbeugsamen Grundsätzen, weinte ihre Tochter Marguerite, mit ihrem Nonnennamen Schwester Eulalie, herzbrechend. Sie hatte ihre Kinder von Anfang an mit einer unerweichlichen Moral gerüstet, hatte sie den Glauben ohne Schwächen und die Pflicht ohne Paktieren gelehrt. Er, der Mann, war Richter geworden, hielt das Gesetz hoch und traf erbarmungslos die Schwachen, die Versagenden; sie, das Mädchen, völlig durchdrungen von der Tugend, mit der es in dieser puritanisch strengen Familie getränkt wurde, aus Abscheu vor den Menschen, Gott vermählt.

Sie hatten ihren Vater kaum gekannt; sie wußten nur, daß er ihre Mutter unglücklich gemacht hatte, ohne daß ihnen irgendwelche Einzelheiten bekannt geworden wären.

Die Nonne küßte inbrünstig eine herabhängende Hand der Toten, eine Hand, gleichsam aus dem Elfenbein des großen Kruzifixes geschnitzt, das auf dem Bett lag. An der andern Seite des ausgestreckten Körpers schien die andere Hand noch das Bettuch zu halten, das von jener suchenden Geste zerknittert war, die man den Griff der Sterbenden nennt; und dieses Wäschestück hatte davon gewissermaßen kleine, leinene Wellen bewahrt, ein Andenken an jene letzten Bewegungen, die der ewigen Unbeweglichkeit vorangehen.

Ein leichtes Klopfen an der Türe bewirkte, daß die beiden schluchzenden Köpfe sich hoben, und der Geistliche, der zum Abendessen gegangen war, kam wieder. Er war gerötet, außer Atem durch die Verdauung, die eingesetzt hatte; denn er hatte seinen Kaffee stark mit Cognac gemischt, um gegen die Müdigkeit der letzten Nächte anzukämpfen und dieser Nachtwache, die nun begann.

Er sah traurig drein, mit jener falschen Trauer des Geistlichen, für den der Tod ein Broterwerb ist. Er machte das Zeichen des Kreuzes und näherte sich mit berufsmäßiger Würde.

«Nun, meine armen Kinder, ich komme, um euch in diesen traurigen Stunden beizustehn.»

Doch plötzlich erhob sich Schwester Eulalie. «Vielen Dank, mein Vater, wir, mein Bruder und ich, wünschen allein bei ihr zu bleiben. Es sind die letzten Augenblicke, da wir sie noch sehen, und wir wollen uns zu dritt wiederfinden wie einst, als wir... wir... wir klein waren, und unsere arme... arme Mutter...»

Sie konnte nicht zu Ende reden, so reichlich strömten die Tränen, so sehr erstickte sie der Schmerz.

Doch der Geistliche neigte sich beruhigt und dachte an sein Bett.

«Wie ihr wollt, meine Kinder.»

Er kniete nieder, bekreuzigte sich, betete, stand auf und verzog sich sachte. «Sie war eine Heilige», flüsterte er.

Sie blieben allein, die Tote und ihre Kinder. Eine verborgene Pendeluhr warf ihren kleinen, regelmäßigen Laut in den Schatten; und durch das offene Fenster drangen mit der schmachtenden Helle des Mondes die weichen Düfte von Heu und Wald herein. Kein Geräusch weit und breit als das Quaken der Kröten und manchmal das Summen eines nächtlichen Insekts, das wie eine Kugel eindrang und gegen eine Mauer stieß. Ein unendlicher Friede, eine göttliche Schwermut, ein erhabenes Schweigen umgaben diese Tote, schienen von ihr auszuströmen, sich ins Freie zu ergießen und die Natur selbst zu besänftigen.

Und da rief der Richter, immer noch auf den Knien, den Kopf in die Bettdecke gepreßt, mit ferner, zerreißender, durch Linnen und Dekken dringender Stimme: «Mama, Mama, Mama!»

Und seine Schwester sank auf den Boden, stieß die Fanatikerstirne gegen das Holz und ächzte verkrampft, gekrümmt, bebend wie in einem epileptischen Anfall: «Jesus, Jesus, Mama, Jesus!»

Und von einem Orkan des Grams geschüttelt, keuchten sie, röchelten sie.

Dann legte sich langsam die Krise, und sie begannen wieder friedlich zu weinen, so wie ein ruhiger Regen den Stürmen des aufgepeitschten Meeres folgt.

Viel später erhoben sie sich und betrachteten die teure Leiche. Und die Erinnerungen, jene fernen Erinnerungen, gestern so süß, heute so quälend, senkten sich mit all den kleinen, vergessenen Einzelheiten, jenen winzigen, vertrauten, altgewohnten Einzelheiten über ihren Geist, die ein entschwundenes Wesen wiederaufleben lassen. Sie erinnerten sich an bestimmte Gelegenheiten, an ein Wort, ein Lächeln, den Tonfall der Stimme jener, die nicht mehr zu ihnen sprechen würde. Sie sahen sie wieder, glücklich und ruhig, fanden ganze Sätze wieder, die sie ihnen gesagt hatte, eine kleine Handbewegung, die ihr manchmal eigen war, als wollte sie den Takt schlagen, wenn sie ihnen eine bedeutungsvolle Rede hielt.

Und sie liebten sie, wie sie sie nie geliebt hatten. Und als sie ihre Verzweiflung ermaßen, wurden sie sich dessen bewußt, wie verlassen sie sich jetzt fühlen würden.

Es war ihr Halt, ihre Führung, ihre ganze Jugend, all der heitere Teil ihres Daseins, was jetzt verschwand, es war ihre Bindung an das Leben, die Mutter, die Mama, das schöpferische Fleisch, die Gemeinschaft mit den Vorfahren; und das alles verloren sie jetzt. Sie wurden zu Einsamen, zu Verlassenen, sie konnten nicht mehr hinter sich blicken.

Die Nonne sagte zu ihrem Bruder: «Du weißt, wie Mama immer ihre alten Briefe gelesen hat; sie sind alle da, in ihrer Schublade. Wenn wir selber sie jetzt lesen, wenn wir in dieser Nacht, in ihrer Nähe ihr ganzes Leben wiedererleben würden? Es wäre ein Passionsweg, es wäre, als könnten wir uns mit ihrer Mutter bekannt machen, mit unsern unbekannten Großeltern, deren Briefe hier sind, und von denen sie uns so oft gesprochen hatte. Erinnerst du dich?»

Und sie nahmen aus der Schublade etwa zehn Päckchen vergilbten Papiers, sorgfältig geschnürt und eines an das andere gereiht. Sie warfen diese Reliquien auf das Bett und griffen nach dem Päckchen, darauf das Wort «Vater» geschrieben war; sie öffneten es und lasen.

Es waren jene verblichenen Episteln, die man in den alten Schreibtischen der Familien wiederfindet und die nach dem verflossenen Jahrhundert duften. Die erste begann: «Meine

Liebste», eine andere «Meine schöne, kleine Tochter», dann andere «Mein liebstes Kind» oder auch «Meine teure Tochter». Und mit einem Mal begann die Nonne ganz laut zu lesen, der Toten ihre Geschichte vorzulesen, all ihre zärtlichen Erinnerungen. Und der Richter, einen Ellbogen auf das Bett gestützt, lauschte und sah seine Mutter an. Und die reglose Leiche schien glücklich zu sein.

Schwester Eulalie unterbrach sich und sagte plötzlich: «Wir müssen sie ihr ins Grab legen, aus all dem ein Leichentuch machen, sie darein hüllen.» Und sie nahm ein anderes Päckchen, auf dem kein Hinweis auf den Inhalt zu sehen war. Und sie begann mit lauter Stimme: «Meine Angebetete, ich liebe dich, um den Kopf darüber zu verlieren. Seit gestern leide ich wie ein Verdammter, von der Erinnerung an dich versengt. Ich spüre deine Lippen unter den meinen, deine Augen unter meinen Augen, dein Fleisch unter meinem Fleisch. Ich liebe dich, ich liebe dich! Du hast mich toll gemacht. Meine Arme öffnen sich, ich keuche, von dem unermeßlichen Verlangen aufgewühlt, dich noch zu besitzen. Mein ganzer Körper ruft nach dir, begehrt dich. In meinem Mund habe ich den Geschmack deiner Küsse bewahrt...»

Der Richter hatte sich erhoben, die Nonne hielt inne; er entriß ihr den Brief, suchte nach der Unterschrift. Es gab keine, nur unter den Worten «der dich vergöttert» der Name «Henry». Ihr Vater hatte René geheißen. Er also war es nicht. Und dann stöberte der Sohn mit hastiger Hand in dem Päckchen Briefe, riß einen andern heraus, las: «Ich kann deine Liebkosungen nicht mehr entbehren...» Und aufrecht, streng wie in seinem Tribunal, musterte er die reglose Tote. Die Nonne stand da wie eine Statue, die Tränen noch in den Augenwinkeln, sah den Bruder an und wartete. Und dann ging er mit langsamen Schritten durch das Zimmer, trat ans Fenster und sann, den Blick in die Nacht verloren.

Als er sich umwandte, stand Schwester Eulalie, jetzt mit trockenen Augen, noch immer neben dem Bett. Den Kopf hatte sie gesenkt.

Er näherte sich, griff lebhaft nach den Briefen und warf sie ungeordnet in die Schublade zurück; dann schloß er die Vorhänge des Bettes.

Und als der Tag die Kerzen erblassen ließ, die auf dem Tisch wachten, erhob sich der Sohn schwerfällig aus seinem Stuhl, und ohne auch nur ein einziges Mal einen Blick auf die Mutter zu werfen, die er von ihnen getrennt, die er verdammt hatte, sagte er langsam: «Und jetzt wollen wir gehn, Schwester.»

Sie haben mich ersucht, mein Freund, Ihnen die lebendigsten Erinnerungen meines Daseins zu erzählen. Ich bin sehr alt, ohne Verwandte, ohne Kinder; und so habe ich die Freiheit, Ihnen zu beichten. Versprechen Sie mir nur, meinen Namen nie zu verraten.

Ich bin, wie Sie wissen, viel geliebt worden; und ich selber habe häufig geliebt. Ich war sehr schön; das darf ich heute sagen, da nichts davon geblieben ist. Die Liebe war für mich das Leben der Seele, wie die Luft das Leben des Körpers ist. Ich wäre lieber gestorben, als ohne Zärtlichkeit zu leben, ohne daß sich immer ein Gedanke an mich geheftet hätte. Die Frauen behaupten häufig, daß sie nur ein einziges Mal mit der ganzen Kraft des Herzens lieben; mir ist es oft geschehen, so heftig zu lieben, daß ich ein Ende meiner Ekstasen für unmöglich hielt. Und dennoch sind sie immer auf ganz natürliche Art erloschen wie ein Feuer, dem das Holz fehlt.

Heute werde ich Ihnen das erste meiner Abenteuer erzählen, eines, bei dem ich ganz unschuldig war, das aber zu den andern geführt hat. Die Zeitungsberichte über die furchtbare Rache jenes greulichen Apothekers von Pecq haben mir das entsetzliche Drama in Erinnerung gerufen, dessen Zeugin ich, sehr gegen meinen Willen, gewesen bin.

Ich war seit einem Jahr mit einem reichen Mann verheiratet, dem Comte Hervé de K., einem Bretonen aus alter Familie, den ich natürlich nicht liebte. Die Liebe, die wahre, bedarf – ich wenigstens glaube das – der Freiheit und gleichzeitig der Hindernisse. Die erzwungene Liebe, vom Gesetz geheiligt, vom Priester gesegnet – ist das eine Liebe? Ein erlaubter Kuß wiegt niemals einen gestohlenen Kuß auf.

Mein Gatte war hochgewachsen, elegant und in seinem Benehmen tatsächlich ein Grandseigneur. Doch es fehlte ihm an Intelligenz. Er sprach mit großer Bestimmtheit, äußerte Ansichten, die schneidend waren wie Klingen. Man spürte, daß sein Geist von fix und fertigen Gedanken erfüllt war, die sein Vater und seine Mutter ihm eingeprägt hatten und die ihnen wiederum von ihren Ahnen vererbt worden waren. Er zögerte nie, gab zu allem eine festgelegte, bornierte Ansicht zum besten, ohne die leiseste Verlegenheit und ohne zu begreifen, daß man die Dinge auch anders betrachten konnte. Man spürte, daß dieser Kopf vermauert war, daß darin keine Ideen kreisten, jene Ideen, die den Geist erneuern und auffrischen wie der Wind, der durch ein Haus weht, dessen Türen und Fenster man öffnet.

Das Schloß, das wir bewohnten, stand inmitten einer öden Gegend. Es war ein großer, trauriger Bau, umrahmt von riesigen Bäumen, deren

Moos an die weißen Bärte von Greisen erinnerte. Der Park, ein wahrer Wald, war von einem jener tiefen Gräben umgeben, die man Wolfsgruben nennt. Und ganz am Ende, nach der Heide zu, hatten wir zwei große Teiche, voll von Röhricht und schwimmenden Pflanzen. Zwischen den beiden, am Rand eines Baches, der sie vereinigte, hatte mein Mann eine kleine Hütte bauen lassen, um Wildenten zu schießen.

Abgesehen von den gewöhnlichen Dienstleuten, gab es einen Wächter, einen rohen Kerl, der meinem Mann bis in den Tod ergeben war, und einem Zimmermädchen, beinahe eine Freundin, die zärtlich an mir hing. Ich hatte sie vor fünf Jahren aus Spanien mitgebracht. Sie war ein Findelkind gewesen. Man hätte sie mit ihrer dunklen Haut, den düstern Augen, dem Haar, dicht wie ein Wald und immer in einem Gewirr um die Stirne, für eine Zigeunerin gehalten. Sie war damals sechzehn, sah aber aus wie zwanzig.

Der Herbst setzte ein. Es wurde viel gejagt, bald bei den Nachbarn, bald bei uns; und ich bemerkte einen jungen Mann, den Baron de C., dessen Besuche auf dem Schloß seltsam häufig wurden. Dann aber kam er nicht mehr, und ich dachte gar nicht an ihn; doch es wurde mir bewußt, daß das Verhalten meines Mannes mir gegenüber sich veränderte.

Er war sichtlich schweigsam, zerstreut, umarmte mich nicht; und obgleich er kaum mein Zimmer betrat, das ich mir neben dem seinen eingerichtet hatte, um doch ein wenig allein zu sein, hörte ich häufig nachts einen heimlichen Schritt, der sich meiner Türe näherte und nach einigen Minuten wieder entfernte.

Da mein Fenster zu ebener Erde lag, glaubte ich oft, auch im Dunkel jemanden um das Schloß umherstreichen zu hören. Ich sagte es meinem Mann, der mich einige Sekunden lang fest ansah und dann erwiderte:

«Es ist nichts. Nur der Wächter.»

Nun, eines Abends, als wir unsere Mahlzeit beendet hatten, fragte mich Hervé, der ungewöhnlich heiter zu sein schien, doch von einer hintergründigen Heiterkeit:

«Würde es Ihnen passen, drei Stunden lang auf dem Anstand zu verbringen, um einen Fuchs zu schießen, der jeden Abend meine Hühner frißt?»

Ich war überrascht, ich zauderte. Doch da er mich mit eigentümlicher Hartnäckigkeit ansah, erwiderte ich schließlich.

«Ja, gewiß, mein Freund.»

Hier muß ich Ihnen sagen, daß ich den Wolf und das Wildschwein jagte wie ein Mann. Es war also ganz natürlich, daß er mir diesen Vorschlag machte.

Mein Mann aber wirkte mit einem Mal seltsam nervös; und den ganzen Abend war er in fieberhafter Erregung, stand auf und setzte sich wieder.

Gegen zehn Uhr sagte er plötzlich zu mir:

«Sind Sie bereit?»

Ich stand auf. Und als er mir selber meine Flinte brachte, fragte ich:

«Soll ich sie mit Kugeln laden oder mit Rehposten?»

Er war sichtlich erstaunt, und dann sagte er:

«Ach, bloß mit Rehposten; das genügt. Dessen können Sie gewiß sein.» Und dann, nach einigen Sekunden, setzte er in einem eigenartigen Ton fort: «Sie können sich jedenfalls einer außerordentlichen Kaltblütigkeit rühmen!»

Ich begann zu lachen.

«Ich? Warum denn? Kaltblütigkeit, wenn's gilt, einen Fuchs zu schießen? Was fällt Ihnen denn nur ein, mein Lieber?»

Und so brachen wir geräuschlos auf und gingen durch den Park. Das Haus schlief. Es war, als färbte der Vollmond das ganze düstere, alte Haus gelb, dessen Schindeldach schimmerte. Die beiden Türmchen, die es flankierten, trugen auf ihren Giebeln leuchtende Flächen, und kein Laut störte die Stille dieser hellen, traurigen, sanften, lastenden Nacht, die gleichsam tot war. Kein Lufthauch, kein Quaken einer Kröte, kein Schrei eines Käuzchens; eine düstere Erschlaffung hatte sich über alles gelegt.

Sobald wir unter den Bäumen des Parks waren, spürte ich eine Frische und den Geruch der gefallenen Blätter. Mein Mann sagte nichts, aber er lauschte, er horchte, er schien im Dunkeln zu wittern, von Kopf bis Fuß von der Jagdleidenschaft gepackt.

Bald hatten wir das Ufer der Teiche erreicht.

Ihre Mähne von Schilf blieb reglos, keine Brise streichelte sie; doch im Wasser selbst waren, kaum merklich, Strömungen wahrnehmbar. Manchmal bewegte sich ein Punkt an der Oberfläche, und von dort breiteten sich leichte Kreise aus, leuchtenden Furchen gleich, die sich endlos weiteten.

Als wir zur Hütte kamen, wo wir uns verbergen sollten, ließ mein Mann mich vorangehn; dann lud er seine Flinte, und das trockene Klappern der Patronen machte mir einen eigenartigen Eindruck. Er spürte, daß ich erschauerte, und fragte:

«Sollte dieser Beweis Ihnen zufällig genügen, so gehen Sie.»

Ich erwiderte, sehr überrascht: «Aber durchaus nicht. Ich bin nicht gekommen, um gleich wieder kehrt zu machen. Sind Sie heute abend aber komisch!»

Er murmelte: «Ganz wie Sie wollen.»

Und wir verstummten.

Nach ungefähr einer halben Stunde, als nichts die schwere, klare Stille dieser Herbstnacht störte, sagte ich ganz leise:

«Sind Sie auch sicher, daß er hier vorüberkommt?»

Hervé zuckte zusammen, als hätte ich ihn gebissen, und, den Mund an meinem Ohr, flüsterte er:

«Ich bin dessen ganz sicher! Verstehen Sie?»

Und wieder setzte das Schweigen ein.

Ich glaube, daß ich anfing zu dösen, als mein

Mann mir den Arm preßte; und seine Stimme zischte, völlig verändert:

«Sehen Sie ihn dort? Unter den Bäumen?»

Ich mochte noch so scharf hinschauen, ich unterschied nichts. Und langsam hob Hervé die Flinte an die Schulter, ohne den Blick von mir zu wenden. Ich hielt mich selber schußbereit, und plötzlich, dreißig Schritt von uns entfernt, tauchte in vollem Mondlicht ein Mann auf, der rasch, den Körper vorgebeugt, näherkam, als wäre er auf der Flucht.

Ich war so bestürzt, daß ich einen lauten Schrei ausstieß; doch bevor ich Zeit gehabt hatte, mich umzuwenden, blitzte eine Flamme an mir vorbei, ein Knall betäubte mich, und ich sah den Mann sich auf dem Boden wälzen wie ein Wolf, den ein Schuß getroffen hat.

Ich schrie entsetzt auf, wie vom Wahnsinn gepackt; doch da griff eine wütende Hand, Hervés Hand, nach meiner Kehle. Ich wurde überwältigt, dann von seinen kräftigen Armen hoch gehoben. So trug er mich, eilte auf den Körper zu, der auf dem Gras ausgestreckt lag, und warf mich heftig darauf, als wollte er mir den Schädel zerschmettern.

Ich fühlte mich verloren. Er würde mich töten. Und schon hob er seinen Stiefel über meine Stirne; doch da wurde er selbst gepackt, zu Boden geworfen, ohne daß ich begriffen hätte, was eigentlich vorging.

Jäh richtete ich mich auf, und da sah ich, auf den Knien über ihm, Paquita, mein Zimmermädchen, das sich, wie eine tollwütige Katze, verkrampft, von Sinnen, an ihn klammerte, ihm den Bart ausriß und die Haut seines Gesichts zerkratzte.

Dann aber, mit einem Mal, als wäre ein anderer Gedanke ihr gekommen, erhob sie sich, warf sich auf die Leiche, umschlang sie mit beiden Armen, küßte sie auf die Augen, auf den Mund, öffnete die Lippen, die toten Lippen, suchte einen Hauch darin, suchte die hingebende Zärtlichkeit der Liebenden.

Mein Mann war aufgestanden und sah die Szene. Er begriff, er fiel mir zu Füßen.

«Oh, verzeih, Liebste, ich hatte dich verdächtigt, und ich habe den Liebhaber dieses Mädchens erschossen. Mein Wächter ist es, der mich betrogen hat!»

Ich aber, ich sah die seltsamen Küsse dieses Toten und dieser Lebenden; ich hörte ihr Schluchzen, den Jammer verzweifelter Liebe.

Und in diesem Augenblick wußte ich, daß ich meinem Mann untreu sein würde.

Die Nachricht vom Zusammenbruch von Sedan hatte Paris erreicht! Die Republik war ausgerufen worden. Es war der Beginn jenes Wahnsinns, unter dem ganz Frankreich bis zum Ende der Kommune keuchte. Von einem Ende des Landes bis zum andern spielte man Soldaten.

Strumpfhändler waren Obersten und übten die Funktionen von Generälen aus, um dicke, friedliche, mit roten Schärpen gegürtete Bäuche spreizten sich Revolver und Dolche, aus Kleinbürgern wurden Gelegenheitskrieger, die Bataillone von grölenden Freiwilligen befehligten und, um sich ein Ansehen zu geben, wie Kärrner fluchten.

Die bloße Tatsache, daß sie Waffen trugen, daß sie mit den neuen Hinterladern umgingen, machte diese Leute, die bisher nur mit Waagschalen umgegangen waren, ganz toll, und so wurden sie, völlig ohne Grund, allen Leuten gefährlich. Um zu beweisen, daß man zu töten verstand, exekutierte man Unschuldige, man strich über die Felder, wo es noch keine Preußen gab, und erschoß streunende Hunde, friedlich wiederkäuende Kühe, kranke Pferde, die auf den Wiesen weideten.

Jeder glaubte sich berufen, eine große militärische Rolle zu spielen. In den kleinsten Dörfern waren die Cafés voll von Kaufleuten in Uniform und glichen Kasernen oder Lazaretten.

Bis nach Canneville waren die bestürzenden Nachrichten von der Armee und aus der Hauptstadt noch nicht gedrungen; doch seit einem Monat herrschte bereits äußerste Erregung, und die Parteien standen einander feindselig gegenüber.

Der Bürgermeister, Vicomte de Varnetot, ein kleiner, magerer, ältlicher Herr, ein Anhänger der Bourbonen, der sich erst vor kurzem aus Ehrgeiz für das Kaiserreich erklärt hatte, sah sich plötzlich einem entschlossenen Gegner gegenüber, dem Doktor Massarel, einem dicken Sanguiniker, Chef der republikanischen Partei des Arrondissements, Meister vom Stuhl der Freimaurerloge des Hauptortes, Präsident der Gesellschaft zur Hebung des Ackerbaus, Präsident des Festausschusses der Feuerwehr und Organisator der Bürgermiliz, die das Land retten sollte.

Binnen vierzehn Tagen war es ihm gelungen, dreiundsechzig Freiwillige zur Verteidigung des Landes heranzuziehen, brave Ehemänner und Familienväter, vorsichtige Bauern und Dorfkaufleute, und mit ihnen exerzierte er jeden Morgen auf dem Platz vor dem Bürgermeisteramt.

Wenn der Bürgermeister zufällig ins Rathaus ging, dann stellte sich der Kommandant Massarel, pistolengespickt, den Säbel in der Faust, stolz vor die Front seiner Truppe und ließ seine Leute schreien:

«Es lebe das Vaterland!»

Und wie man bemerkt haben wollte, war dieser Schrei immer wieder ein Grund zur Erregung für den kleinen Vicomte, der darin ohne Zweifel eine Drohung, eine Herausforderung und zu gleicher Zeit eine abscheuliche Erinnerung an die große Revolution sah.

Am Morgen des fünften September untersuchte der Doktor, in Uniform, seinen Revolver auf dem Tisch, gerade ein altes Bauernpaar; der Gatte, schon seit sieben Jahren an Krampfadern leidend, hatte den Besuch beim Arzt so lange aufgeschoben, bis auch seine Frau an Krampfadern litt. Da brachte der Briefträger die Zeitung.

Massarel öffnete sie, wurde blaß, sprang plötzlich auf, hob die Arme begeistert zum Himmel und begann vor den beiden bestürzten Landleuten aus Leibeskräften zu brüllen:

«Es lebe die Republik! Es lebe die Republik! Es lebe die Republik!»

Dann sank er, ganz schwach vor Erregung, in seinen Fauteuil zurück.

Und als der Bauer von neuem anfing: «Es hat damit begonnen, daß es mir wie Ameisen die Beine entlanggelaufen ist», schrie der Doktor Massarel:

«Laßt mich in Frieden! Ich habe wahrhaftig keine Zeit, mich mit euren Dummheiten zu beschäftigen. Die Republik ist ausgerufen worden, der Kaiser ist gefangen, Frankreich ist gerettet!»

Er rannte zur Türe und rief:

«Céleste, schnell, Céleste!»

Erschrocken kam das Dienstmädchen gelaufen; er verhaspelte sich, so schnell sprach er.

«Meine Stiefel, meinen Säbel, meine Patronentasche und den spanischen Dolch, der auf dem Nachttisch liegt; aber beeil dich!»

Der Bauer profitierte von einem Augenblick Schweigen und fuhr hartnäckig fort:

«Dann sind so Knoten daraus geworden, und das hat mir beim Gehen weh getan.»

Ganz außer sich, heulte der Arzt:

«Rutscht mir den Buckel hinunter, zum Teufel! Wenn du dir die Füße gewaschen hättest, so wäre das nicht passiert.»

Dann packte er ihn am Kragen und schleuderte ihm ins Gesicht:

«Spürst du denn nicht, daß wir jetzt in einer Republik leben, du dreifacher Trottel?»

Doch rasch wirkte das berufliche Pflichtgefühl; er wurde ruhiger und schob das verdutzte Paar hinaus:

«Kommt morgen wieder, liebe Freunde, kommt morgen wieder! Heute habe ich wirklich keine Zeit.»

Dann bewaffnete er sich von Kopf bis Fuß und gab dem Dienstmädchen neuerdings eine ganze Reihe dringender Befehle:

«Lauf zum Leutnant Picart und zum Unterleutnant Pommel und sag ihnen, daß ich sie unverzüglich hier erwarte. Schick mir auch Torchebœuf mit seiner Trommel, aber schnell, aber schnell!»

Als Céleste gegangen war, sammelte er sich; denn er mußte ja bereit sein, den Schwierigkeiten der Lage zu begegnen.

Die drei Männer kamen gleichzeitig, aber in ihren Arbeitsanzügen. Der Kommandant hatte erwartet, sie bereits in Uniform zu sehen, und fuhr auf:

«Ja, zum Donnerwetter, wißt ihr denn noch gar nichts? Der Kaiser ist gefangen, die Republik ist ausgerufen. Wir müssen handeln, meine Stellung ist heikel, ich möchte sogar sagen, gefährlich.»

Einige Sekunden lang überlegte er vor den bestürzten Gesichtern seiner Untergebenen, dann fuhr er fort:

«Wir müssen handeln, ohne zu zaudern; in solchen Augenblicken sind Minuten Stunden wert. Alles hängt von der Raschheit unserer Entschlüsse ab. Sie, Picart, gehen zum Pfarrer und fordern ihn auf, die Sturmglocke zu läuten, um die Bevölkerung zusammenzurufen, der ich dann das Nötige sagen werde. Sie, Torchebœuf, schlagen den Generalmarsch in der ganzen Gemeinde bis zu den Weilern Gerisaie und Salmare, um die Miliz in Waffen auf dem Hauptplatz zu versammeln. Sie, Pommel, ziehen sofort Ihre Uniform an, Rock und Käppi genügen. Wir besetzen zusammen das Bürgermeisteramt und fordern Herrn de Varnetot auf, seine Befugnisse an mich abzutreten. Verstanden?»

«Ja.»

«Jetzt vorwärts, und schleunigst! Da wir ja zusammen vorgehen, Pommel, begleite ich Sie nach Hause.»

Fünf Minuten später erschienen der Kommandant und sein Untergebener, bis an die Zähne bewaffnet, gerade in dem Augenblick auf dem Platz, da der kleine Vicomte de Varnetot, Gamaschen an den Beinen wie für eine Jagdpartie, sein Gewehr über der Schulter, schnell aus der andern Straße auftauchte, gefolgt von seinen drei Jagdhütern in grünem Rock, den Hirschfänger an der Seite und die Flinte übergehängt.

Und während der Doktor verdutzt stehen blieb, traten die vier Männer in das Bürgermeisteramt, dessen Türe sich hinter ihnen schloß.

«Man ist uns zuvorgekommen», brummte der Arzt, «jetzt müssen wir Verstärkungen abwarten. Für die nächste Viertelstunde ist nichts zu machen.»

Der Leutnant Picart erschien:

«Der Pfarrer hat sich geweigert, zu gehorchen», sagte er. «Er hat sich sogar mit dem Küster und dem Kirchendiener in der Kirche eingeschlossen.»

Und auf der andern Seite des Platzes, dem weißen, verschlossenen Bürgermeisteramt gegenüber, ließ die Kirche, stumm und schwarz, ihre große, eisenbeschlagene Eichentüre sehen.

Als dann die Einwohner beunruhigt die Nasen aus den Fenstern steckten oder auf die Schwelle ihrer Häuser traten, rollte plötzlich die Trommel, und Torchebœuf kam anmarschiert und schlug wütend die drei schnellen Wirbel des Sammelrufs. Im Eilschritt überquerte er den Platz und verschwand dann auf dem Weg nach dcn Feldern.

Der Kommandant zog seinen Säbel, trat ganz allein in die Mitte zwischen die beiden Gebäude, in denen der Feind sich verschanzt hatte, schwenkte die Waffe über seinem Kopf und dröhnte mit der ganzen Kraft seiner Lungen:

«Es lebe die Republik! Tod den Verrätern!»

Dann zog er sich zu seinen Offizieren zurück.

Der Metzger, der Bäcker und der Apotheker hängten beunruhigt die Fensterläden ein und schlossen ihre Geschäfte. Nur der Krämer ließ seinen Laden offen.

Immerhin sammelten sich jetzt allmählich die Leute von der Miliz; sie waren verschieden gekleidet, trugen aber sämtlich auf dem Kopf ein schwarzes Käppi mit rotem Streifen, das ungefähr die ganze Uniform der Truppe ausmachte. Bewaffnet waren sie mit ihren alten, verrosteten Flinten, jenen Flinten, die seit dreißig Jahren über dem Kamin in der Küche hingen, und sie hatten viel Ähnlichkeit mit einem Haufen Flurschützen.

Sobald sich etwa dreißig um ihn gesammelt hatten, erklärte der Kommandant ihnen in einigen Worten, was geschehen war; dann wendete er sich zu seinem Generalstab:

«Und jetzt handeln wir», sagte er.

Die Einwohner bildeten Gruppen, betrachteten die Lage und diskutierten.

Der Doktor hatte seinen Feldzugsplan bereits gefaßt:

«Leutnant Picart, Sie haben zu den Fenstern des Bürgermeisteramtes zu gehen und Herrn de Varnetot im Namen der Republik aufzufordern, mir das Rathaus zu übergeben.»

Doch der Leutnant, ein Maurermeister, weigerte sich:

«Sie sind mir aber ein Schlaukopf! Um mir eine Kugel zu holen? Danke schön, sie schießen gut, die dort drinnen, das wissen Sie selber. Machen Sie Ihre Geschäfte alleine ab.»

Der Kommandant wurde rot.

«Im Namen der Disziplin befehle ich Ihnen, zu gehen!»

Der Leutnant lehnte sich auf:

«Ich werde mir doch nicht den Schädel einschlagen lassen, ohne zu wissen, warum!»

Die Honoratioren, die eine Gruppe gebildet hatten und daneben standen, begannen zu lachen. Einer von ihnen rief:

«Hast recht, Picart, das ist nicht der Augenblick!»

«Feiglinge!» knurrte der Doktor.

Er übergab seinen Säbel und seinen Revolver einem Soldaten und ging langsam auf das Rathaus zu; den Blick hatte er auf die Fenster geheftet; denn von dort her erwartete er, einen Gewehrlauf auf sich gerichtet zu sehen.

Als er nur noch wenige Schritte vom Haus

entfernt war, öffneten sich an den beiden Enden die Schultüren, und eine Flut von Kindern, hier Knaben, dort Mädchen, strömte hervor und begann auf dem großen, leeren Platz, schnatternd wie eine Gänseherde, rund um den Doktor zu spielen, der nicht imstande war, sich Gehör zu verschaffen.

Sobald die letzten Schüler draußen waren, schlossen die beiden Tore sich wieder.

Schließlich verliefen sich die Kinder zumeist, und der Kommandant rief mit starker Stimme:

«Herr de Varnetot!»

Ein Fenster im ersten Stock öffnete sich. Herr de Varnetot erschien.

Der Kommandant begann:

«Herr de Varnetot, Sie wissen, welch große Ereignisse die Staatsform verändert haben. Jene, die Sie vertreten, existiert nicht mehr. Jene, die ich vertrete, steigt zur Macht auf. Unter diesen schmerzlichen, aber entscheidenden Umständen ersuche ich Sie im Namen der neuen Republik, mir die Funktionen zu übergeben, in die Sie von der früheren Regierung eingesetzt wurden.»

Herr de Varnetot erwiderte:

«Herr Doktor, ich bin Bürgermeister von Canneville, ernannt von der zuständigen Behörde, und ich bleibe Bürgermeister von Canneville, solange ich nicht durch einen Erlaß meiner Vorgesetzten abberufen und ersetzt werde. Als Bürgermeister bin ich im Bürgermeisteramt bei mir zu Hause, und ich bleibe hier. Übrigens können Sie ja versuchen, mich herauszuholen.»

Und er schloß das Fenster wieder.

Der Kommandant kehrte zu seiner Truppe zurück. Doch bevor er eine Erklärung abgab, musterte er den Leutnant Picart von oben herab.

«Sie sind mir ein Held, Sie! Ein rechter Schlappschwanz, eine wahre Schande für die Armee! Ich degradiere Sie!»

Der Leutnant antwortete:

«Darauf pfeife ich!»

Und er mischte sich in die murrende Gruppe der Einwohner.

Der Doktor zögerte. Was tun? Das Haus stürmen? Würden seine Leute marschieren? Und dann, hatte er auch das Recht dazu?

Ein Gedanke blitzte ihm durch den Kopf. Er lief zum Telegraphenamt, das dem Rathaus gegenüber lag. Und er gab drei Depeschen auf:

An die Herren Mitglieder der republikanischen Regierung in Paris.

An den neuen republikanischen Herrn Präfekten des Departements Seine-Inférieure in Rouen.

An den neuen republikanischen Herrn Unter-Präfekten in Dieppe.

Er setzte die Situation auseinander, berichtete, welche Gefahr der Gemeinde drohte, deren Leitung in den Händen des frühern monarchistischen Bürgermeisters lag, bot seine treuen Dienste an, erbat Befehle und zeichnete mit seinem Namen und allen seinen Titeln.

Dann kehrte er zu seiner Armee zurück und zog zehn Francs aus der Tasche:

«Hier, Leute, eßt und trinkt etwas; laßt nur eine Abteilung von zehn Mann auf dem Platz, damit kein Mensch das Bürgermeisteramt verlassen kann!»

Doch der Ex-Leutnant Picart, der gerade mit dem Uhrmacher schwatzte, hörte das; er begann zu grinsen:

«Wenn die herauskommen, so wäre das doch, bei Gott, eine gute Gelegenheit hineinzukommen. Auf andere Art sehe ich Sie noch lange nicht drinnen.»

Der Doktor antwortete nicht und ging zum Mittagessen.

Im Laufe des Nachmittags verteilte er Wachen rund um den Ort, als ob irgend eine Überraschung drohen würde.

Mehrmals ging er vor den Türen des Rathauses und der Kirche vorüber, bemerkte aber nichts Verdächtiges; man hätte glauben können, die beiden Gebäude seien leer.

Der Metzger, der Bäcker und der Apotheker öffneten ihre Läden wieder.

In den Wohnungen gab es viel Stoff zum Reden. Wenn der Kaiser gefangen war, dann war irgendein Verrat im Spiel. Welche der Republiken wiedergekehrt war, wußte man nicht genau.

Es wurde Nacht.

Gegen neun Uhr näherte sich der Doktor ganz allein und geräuschlos der Türe des Rathauses; denn er war überzeugt, sein Gegner sei unterdessen schlafen gegangen; doch als er beginnen wollte, die Türe mit einer Hacke einzuschlagen, rief eine starke Stimme, die eines Jagdhüters:

«Wer ist da?»

Und der Doktor Massarel zog sich zurück, so rasch seine Beine ihn trugen.

Der Tag brach an, ohne daß sich an der Lage etwas geändert hätte.

Die bewaffnete Miliz hielt den Platz besetzt. Sämtliche Einwohner hatten sich um die Truppe versammelt und warteten auf den Ausgang der Sache. Aus den Nachbardörfern waren Neugierige herbeigeströmt.

Der Doktor erfaßte, daß es jetzt um seinen Ruf ging, und beschloß, ein Ende zu machen, so oder so, und er wollte gerade irgendeine, auf alle Fälle energische Entscheidung treffen, da öffnete sich die Türe des Telegraphenamtes, und das kleine Dienstmädchen der Posthalterin erschien, zwei Papiere in der Hand.

Zuerst ging sie zu dem Kommandanten und reichte ihm eine der Depeschen; dann überquerte sie die verlassene Mitte des Platzes. Daß das ganze Dorf auf sie blickte, schüchterte sie ein; sie senkte den Kopf, trippelte so schnell wie möglich und klopfte leise an die Türe des verschanzten Rathauses, als hätte sie keine Ahnung, daß eine bewaffnete Macht sich dahinter verbarg.

Die Türe öffnete sich spaltbreit, eine Männerhand übernahm die Botschaft, und das Mädchen lief ganz rot, dem Weinen nahe, zurück, als es abermals die Augen von ganz Canneville auf sich gerichtet spürte.

Der Doktor rief dröhnend:

«Ein wenig Ruhe, bitte!»

Und als das Volk verstummte, begann er stolz:

«Das ist die Mitteilung, die ich von der Regierung erhalte!»

Er hob die Depesche und las:

Bisheriger Bürgermeister abgesetzt. Erledigt Dringendstes. Weitere Instruktionen folgen.
Für den Unter-Präfekten *Sapin, Rat*

Er triumphierte, sein Herz schlug vor Freude, seine Hände zitterten, aber Picart, sein früherer Leutnant, rief ihm zu:

«Das ist schon ganz schön, aber wenn die dort nicht herauskommen, dann können Sie Ihren Wisch anderswo verwenden.»

Und der Doktor Massarel erbleichte. Wenn die andern nicht herauskamen, dann blieb tatsächlich nichts übrig, als mit Gewalt gegen sie vorzugehen. Das war nicht bloß sein Recht, aber auch seine Pflicht.

Angstvoll beobachtete er das Rathaus; er hoffte, die Türe würde sich am Ende doch öffnen und sein Gegner den Rückzug antreten.

Doch die Türe blieb geschlossen. Was tun? Die Menge wuchs, drängte sich um die Miliz. Da und dort wurde gelacht.

Eine Erwägung vor allem quälte den Arzt. Wenn es zum Sturm kam, mußte er an der Spitze seiner Leute stehen, und da mit seinem Tode der ganze Hader ein Ende hätte, war er es, er ganz allein, auf den der Vicomte de Varnetot und dessen drei Jagdhüter schießen würden. Und sie schossen gut, sehr gut; Picart hatte ihn eben noch daran erinnert. Doch da ging ihm ein Licht auf; er wendete sich zu Pommel:

«Gehen Sie schnell zum Apotheker; er möchte mir eine Serviette und einen Stock leihen.»

Der Leutnant eilte zur Apotheke.

Der Doktor wollte damit eine Parlamentärsflagge anfertigen, eine weiße Flagge, deren Anblick das legitimistische Herz des frühern Bürgermeisters erfreuen mochte.

Pommel kam mit dem gewünschten Wäschestück und einem Besenstiel zurück. Mit Hilfe von Schnüren kam die Fahne zustande. Der Doktor Massarel ergriff sie mit beiden Händen, hielt sie vor sich her und ging abermals auf das Bürgermeisteramt zu. Sobald er vor der Türe stand, rief er:

«Herr de Varnetot!»

Die Türe öffnete sich plötzlich, und auf der Schwelle erschien Herr de Varnetot mit seinen drei Waldhütern.

Instinktiv fuhr der Doktor zurück, dann aber grüßte er höflich seinen Feind und sagte mit einer Stimme, die von Bewegung erstickt war:

«Ich komme, Herr de Varnetot, um Ihnen die Instruktionen zu übermitteln, die ich erhalten habe.»

Ohne seinen Gruß zu erwidern, erklärte der Aristokrat:

«Ich räume das Feld, aber ich bitte Sie, zur Kenntnis zu nehmen, daß es weder aus Furcht noch aus Gehorsam vor der verhaßten Regierung geschieht, die sich die Macht anmaßt.» Und, jedes Wort betonend, sagte er: «Man soll nicht den Eindruck haben, daß ich auch nur einen einzigen Tag der Republik diene. Das ist alles.»

Massarel, ein wenig betreten, wußte nichts zu erwidern; und Herr de Varnetot verschwand mit schnellem Schritt, immer von seiner Eskorte gefolgt, um die Ecke des Platzes.

Jetzt aber kehrte der Doktor, von Stolz geschwellt, zu der Menge zurück. Als er nahe genug war, um gehört zu werden, rief er:

«Hurra! Hurra! Die Republik siegt auf der ganzen Linie!»

Es zeigte sich keinerlei Begeisterung.

Und abermals begann der Arzt:

«Das Volk ist frei, ihr seid frei, unabhängig. Seid stolz darauf!»

Die Dorfleute sahen ihm unbewegt zu, und keinerlei Stolz leuchtete aus ihren Augen.

Er, seinerseits, betrachtete sie voller Entrüstung über ihre Gleichgültigkeit; was konnte er sagen? Was tun, um einen großen Eindruck zu machen, um dieses friedliche Dorf zu elektrisieren, um seine Sendung als Führer zu erfüllen?!

Da kam ihm eine Eingebung, und er wandte sich zu Pommel:

«Leutnant, holen Sie die Büste des Exkaisers

aus dem Sitzungssaal des Gemeinderates und bringen Sie auch einen Stuhl mit!»

Und bald kehrte der gute Mann wieder, auf der rechten Schulter einen Bonaparte aus Gips, in der linken Hand einen Strohsessel.

Der Doktor Massarel ging ihm entgegen, nahm den Stuhl, stellte ihn auf den Boden, darauf die weiße Büste, dann trat er einige Schritte zurück und sprach sie mit weithinschallender Stimme an:

«Tyrann, Tyrann! Du bist gestürzt, du bist in den Schmutz gefallen, in den Schlamm gesunken. Das sterbende Vaterland röchelte unter deinem Stiefel. Doch das strafende Geschick hat dich ereilt. An dir haften Niederlage und Schande; du bist besiegt, du bist der Gefangene des Preußen, und aus den Trümmern deines zusammenstürzenden Reiches erhebt sich, jung und strahlend, die Republik und nimmt deinen zerbrochenen Degen wieder auf...»

Er wartete auf Applaus. Kein Zuruf, kein Händeklatschen wurde laut. Die Bauern schwiegen verstört, und die Büste mit den Schnurrbartspitzen, die beiderseits über die Wangen hinausragten, die Büste blieb regungslos und wohlfrisiert wie das Aushängeschild eines Coiffeurs und schien den Doktor Massarel mit ihrem gipsernen Lächeln anzusehen, einem unerschütterlichen, spöttischen Lächeln.

So standen sie einander gegenüber: Napoleon auf seinem Stuhl, der Arzt drei Schritte von ihm entfernt. Die Wut packte den Kommandanten.

Doch was tun? Was tun, um dieses Volk aufzurütteln und die öffentliche Meinung endgültig für sich zu gewinnen?

Zufällig legte er die Hand auf seinen Bauch und berührte, unter dem roten Gürtel, den Kolben seines Revolvers.

Keine Eingebung kam ihm, kein passendes Wort fiel ihm ein. Da zog er denn seine Waffe, machte zwei Schritte und schoß aus nächster Nähe auf den frühern Monarchen.

Die Kugel machte ein kleines Loch in die Stirn, nicht mehr als einen Fleck, fast gar nichts. Das war fehlgeschlagen. Der Doktor Massarel gab einen zweiten Schuß ab, der ein zweites Loch machte, dann einen dritten, und dann, ohne anzuhalten, gab er noch die letzten drei Schüsse ab. Napoleons Stirne zerflog in weißen Staub, doch die Augen, die Nase und die feinen Schnurrbartspitzen blieben unversehrt.

Da, ganz außer sich, warf der Doktor mit einem Faustschlag den Stuhl um, setzte einen Fuß auf den Rest der Büste, wendete sich in Siegerstellung dem verblüfften Publikum zu und schrie:

«So mögen alle Verräter zugrunde gehen!»

Doch da sich noch immer keinerlei Begeisterung zeigen wollte, da das Publikum wie vor den Kopf geschlagen zu sein schien, rief der Kommandant seinen Truppen zu:

«Ihr könnt jetzt heimgehen!»

Und er selbst eilte mit großen Schritten auf sein Haus zu, als ob er fliehen würde.

Sein Dienstmädchen empfing ihn mit der Mitteilung, daß schon seit drei Stunden Patienten ihn erwarteten. Er lief in sein Ordinationszimmer. Es war das Bauernpaar, das an Krampfadern litt. Früh am Morgen waren die beiden wiedergekommen und warteten jetzt hartnäckig und geduldig.

Und der Alte fing sogleich mit seiner Erklärung an:

«Es hat damit begonnen, daß es mir wie Ameisen die Beine entlanggelaufen ist...»

Personen: Madame Rivoil, fünfzig Jahre.
Madame Bevelin, sechzig Jahre.

Ein Salon. Auf dem Tischchen ein aufgeschlagenes Buch: «Das Lied der Neuvermählten» von Juliette Lamber.

Mme Rivoil: «Es hat eine merkwürdige Wirkung auf mich ausgeübt, dieses Buch. Es ist meine Dichtung, die ich gelesen habe, die Dichtung, deren Heldin ich vor dreißig Jahren gewesen bin. Sie sehen meine Augen gerötet, liebe Freundin; das kommt daher, daß ich seit zwei Stunden weine wie ein Brunnen; ich beweine all diese alte Vergangenheit, die so kurz war und zu Ende ist, zu Ende, zu Ende.»

Mme Bevelin: «Warum soll man den entschwundenen Dingen so sehr nachtrauern?»

Mme Rivoil: «O ich traure nur diesem einen nach: meiner Hochzeitsreise. Und das ist der Grund, weshalb dieses Buch, das ‹Lied der Neuvermählten›, mich derart erschüttert hat.

Es gibt im Leben nur einen einzigen zur Wirklichkeit gewordenen Traum, und das ist dieser. Stellen Sie sich doch vor. Man reist ab, allein mit ihm, wer er auch sei. Man geht allein mit ihm, immer, überall mit ihm vereint, durchdrungen von einer köstlichen, unvergeßlichen

Zärtlichkeit. Wir haben in unserem Dasein nur eine einzige Stunde wahrer Poesie, und das ist diese; nur eine einzige so vollkommene Illusion, daß das Erwachen erst nach Monaten folgt; nur einen einzigen Rausch, so groß, daß alles verschwindet bis auf *ihn*. Sie werden mir erwidern, daß man ihn häufig gar nicht wirklich liebt. Was liegt daran? Man weiß es in jener Stunde nicht, man glaubt *ihn* zu lieben. Und es ist die Liebe, die man liebt. Er ist die Liebe, er bedeutet alle unsere sichtbaren Illusionen, alle unsere greifbar gewordenen Erwartungen, er ist die Hoffnung, die man fassen kann; er ist jener, dem wir uns weihen können, dem wir uns gegeben haben; er ist der Freund, unser Herr, unser Meister, alles.

Unser Traum, der Traum von uns Frauen ist, zu lieben und für uns allein, ganz und gar für uns, in ununterbrochenem Zweisein *ihn* zu haben, den wir vergöttern und der auch uns – so glauben wir – vergöttert. Während dieses ersten Monats erfüllt sich all das. Aber in unserem Dasein gibt es nur diesen einen Monat, keinen andern… keinen andern.

Ich habe sie gemacht, diese klassische Liebesreise, die Juliette Lamber besingt. Und heute morgen bebte mein Herz, hüpfte hoch auf, stockte, als ich hier, in diesem Buch, all die Orte wiederfand, die mir teuer geblieben sind, die einzigen, wo ich wirklich glücklich war; und als ich, dreißig Jahre später, die Dinge wieder las, die er mir damals gesagt hatte, da schien jene süße Vergangenheit neu zu beginnen... ich hörte seine Stimme, ich sah seine Augen.

Ach, wie hat er mich seither leiden machen!

Ja, ja, all meine wahre Freude ist in meiner Hochzeitsreise beschlossen. An sie erinnere ich mich, als wäre es gestern gewesen.

Statt es zu halten wie alle Welt, noch am selben Abend abzureisen, um in irgendwelchen Hotels jene ersten Tropfen des Glücks verdunsten zu lassen und zwischen Kellnern mit weißer Schürze und Bahnangestellten jene erste Frische der Vertraulichkeit, jenen Flaum der Liebe zu zerstören, waren wir ganz allein, nur wir zwei, in einem einsamen kleinen Landhaus eingeschlossen geblieben.

Dann, als meine zaudernde, unruhige, anfangs verstörte Zärtlichkeit unter seinen Küssen gewachsen war, als jener Funke, den ich im Herzen getragen hatte, zur Flamme geworden war und mich völlig verzehrte, da führte er mich auf jene Reise, die ein Traum war.

O ja, ich erinnere mich!

Ich weiß zunächst, daß ich sechs Tage neben ihm in einer Postkutsche saß, die über die Straßen rollte. Von Zeit zu Zeit nahm ich durch die Türe ein Stückchen Landschaft wahr, doch was ich am deutlichsten sah, das war ein blonder, gekräuselter Schnurrbart, der sich jeden Augenblick meinem Gesicht näherte.

Ich kam in eine Stadt, von der ich nichts unterschied; dann fühlte ich mich auf einem Schiff, das anscheinend nach Neapel fuhr.

Nebeneinander standen wir auf diesen Planken, die sich wiegten. Ich hatte eine Hand auf seiner Schulter; und da begann ich mir dessen bewußt zu werden, was sich rund um mich begab.

Wir sahen die Küste der Provence vorübergleiten, denn die Provence war es, die ich durchquert hatte. Das reglose Meer, erstarrt, gleichsam in einer schweren Hitze verhärtet, die von der Sonne herabsank, dehnte sich unter einem unendlichen Himmel. Die Räder schlugen das Wasser und störten seinen ruhigen Schlummer. Und hinter uns zog sich eine lange, schaumige Spur, eine große, blasse Schleppe, darin die aufgewirbelte Welle wie Champagner spritzte, zog sich, so weit das Auge blicken konnte, in gerader Linie das Kielwasser des Schiffes.

Plötzlich, vor uns, nur wenige Faden entfernt, sprang ein riesiger Fisch, ein Delphin, aus dem Wasser, tauchte, den Kopf voran, wieder ein und verschwand. Ich hatte Angst, ich stieß einen Schrei aus und warf mich völlig aufgewühlt an Renés Brust. Dann aber begann ich über meine Angst zu lachen, und ich schaute eifrig aus, ob das Tier nicht wieder auftauchen würde. Und nach wenigen Sekunden sprang es abermals in die Höhe wie ein großes mechanisches Spielzeug. Dann versank es, kam wieder zum Vorschein, dann waren es zwei, dann drei, dann sechs, die um das schwere Schiff ihre Possen zu treiben, den gewaltigen Bruder zu geleiten schienen, den Fisch aus Holz mit den Flossen aus Eisen. Sie glitten zur Linken vorbei, kamen zur Rechten des Schiffs zurück, und immer, bald gemeinsam, bald einer nach dem andern, wie in einem Spiel, wie in heiterem Jagen, schwangen sie sich in einer mächtigen Kurve in die Luft, um gleich wieder im Reigen zu tauchen.

Und ich klatschte in die Hände, so sehr entzückte mich jedesmal das Auftauchen dieser riesigen, geschmeidigen Schwimmer. Ach, diese Fische, diese großen Fische! An sie habe ich eine köstliche Erinnerung bewahrt. Warum? Davon weiß ich nichts, nichts. Doch sie sind mir geblieben, in meinem Blick, in meinem Denken, in meinem Herzen.

Plötzlich waren sie verschwunden. Noch einmal sah ich sie, fern, draußen im offenen Meer. Und dann sah ich sie nicht mehr wieder, und sekundenlang empfand ich einen Kummer über ihr Verschwinden.

Der Abend kam, ein ruhiger, milder, strahlender Abend, von Klarheit, von glücklichem Frieden erfüllt. Kein Hauch in der Luft oder auf dem Wasser. Und diese grenzenlose Ruhe des Meeres und des Himmels teilte sich meiner einschlummernden Seele mit, über die auch kein Hauch mehr wehte. Die große Sonne tauchte langsam dort unten, dem unsichtbaren Afrika zugewandt, nieder. Afrika! Das brennende Land, dessen Gluten ich schon zu spüren glaubte; doch eine liebkosende Frische, dennoch nicht einmal der Anflug einer Brise, berührte mein Gesicht, als das Gestirn verschwunden war.

Es war der schönste Abend meines Lebens.

Ich wollte nicht in unsere Kabine zurückkehren, wo man all die greulichen Schiffsgerüche roch. Wir streckten uns zu zweit, in unsere Mäntel gewickelt, auf dem Verdeck aus, und wir haben nicht geschlafen. Ach, welche Träume! Welche Träume!

Das eintönige Brausen der Räder wiegte mich, und ich sah über meinem Kopf jene Legion von Sternen, so klar, mit einem spitzen, flimmernden, gleichsam rieselnden Licht, an dem reinen Himmel des Südens.

Gegen Morgen schlummerte ich ein. Geräusche, Stimmen weckten mich. Die Matrosen gingen singend an die Reinigung des Schiffs. Und wir standen auf.

Ich schlürfte die Würze des salzigen Dunstes; sie drang mir bis in die Fingerspitzen. Ich sah nach dem Horizont. Vor uns schien sich etwas Graues, noch verschwommen in der wachsenden Dämmerung, gewissermaßen eine Häufung seltsam geformter, spitziger, zackiger Berge, auf das Meer zu legen.

Dann wurde es deutlicher, die Formen zeichneten sich klarer auf dem heller werdenden Himmel ab; eine lange Reihe bizarr geformter Berge erhob sich steil vor uns – Korsika, eingehüllt wie in einen leichten Schleier.

Der Kapitän, ein kleiner alter Mann, sonnverbrannt, ausgedörrt, eingeschrumpft, verknöchert durch die harten, salzigen Winde, erschien auf dem Verdeck, und mit einer in dreißig

Jahren auf der Kommandobrücke eingerosteten, vom Schreien gegen den Sturm verbrauchten Stimme fragte er mich:

‹Riechen Sie es, das arme Luder drüben?›

Und wirklich spürte ich einen seltsamen, starken Geruch von Pflanzen, von wilden Düften.

‹Das ist Korsika›, fuhr der Kapitän fort, ‹das so riecht. Und wenn ich zwanzig Jahre fern wäre, würde ich es auf fünf Meilen erkennen. Ich bin von dort, Madame. Der unten in Sankt Helena sprach immer von dem Geruch seines Landes. Er war aus meiner Familie.›

Und der Kapitän zog den Hut, grüßte Korsika, grüßte dort drüben im Unbekannten den Kaiser, der aus seiner Familie war.

Ich hatte Lust zu weinen.

Am nächsten Tag war ich in Neapel, und ich erlebte Etappe um Etappe die Reise ins Glück, von der das Buch Juliette Lambers erzählt.

An Renés Arm sah ich all die teuer gebliebenen Stätten, aus denen die Schriftstellerin einen Rahmen für ihre Liebesszenen macht; es ist das Buch der jungen Gatten, das Buch, das sie mitnehmen und, wenn sie zurück sind, wie eine Reliquie aufbewahren sollten, das Buch, das sie, die Frau, immer wieder lesen wird.

Als ich nach jenem Monat in der Bläue wieder in Marseille ankam, da überwältigte mich eine unerklärliche Traurigkeit. Undeutlich spürte ich, daß es zu Ende war; daß ich die Reise in das Glück hinter mir hatte...»

Es war ein bescheidener Beamtenhaushalt. Der Gatte tat korrekt und pünktlich seinen Dienst im Ministerium. Er hieß Léopold Bonnin. Er war ein gesitteter junger Mann, der genau das dachte, was man zu denken hatte. Obgleich religiös erzogen, wurde er doch weniger fromm, als die Republik der Trennung von Kirche und Staat zustrebte. Sehr laut erklärte er in den Korridoren seines Ministeriums:

«Ich bin religiös, sogar sehr religiös, aber in höherer Bedeutung; klerikal bin ich nicht.»

Vor allem erhob er den Anspruch, ein anständiger Mensch zu sein, und das verkündete er aus voller Brust. Ja, er war tatsächlich ein anständiger Mensch im alleralltäglichsten Sinn des Wortes. Er kam pünktlich, ging pünktlich, bummelte nicht und war in Geldfragen äußerst peinlich. Er hatte die Tochter eines armen Kollegen geheiratet, dessen Schwester aber eine Million besaß, weil sie aus Liebe geheiratet worden war. Sie hatte keine Kinder, ein Grund zu tiefstem Gram für sie, und konnte daher ihr Geld nur ihrer Nichte hinterlassen.

Diese Erbschaft beherrschte das Denken des Ehepaars, sie schwebte über dem Haushalt, sie schwebte über dem ganzen Ministerium; man wußte, daß Bonnins eine Million haben würden.

Die jungen Leute hatten auch keine Kinder, aber das machte ihnen nichts aus; in ihrer engen, friedlichen Ehrbarkeit führten sie ein ruhiges Leben. Ihre Wohnung war sauber, gut gehalten, ruhig, weil sie in allem gelassene, mäßige Menschen waren. Und sie meinten, ein Kind würde ihr Leben, ihr Haus, ihren Frieden stören.

Sie hätten sich keinen Zwang auferlegt, um ohne Nachkommenschaft zu bleiben, doch da der Himmel ihnen keine beschert hatte, nun, um so besser!

Die Tante mit der Million aber war verzweifelt über die Unfruchtbarkeit der jungen Eheleute und gab ihnen allerlei Ratschläge, um dem ein Ende zu bereiten. Früher einmal hatte sie, ohne Erfolg, tausend Praktiken versucht, die ihr von Freunden und Wahrsagerinnen empfohlen worden waren; seit sie selber nicht mehr in den Jahren der Fortpflanzung war, hatte man ihr tausend andere Mittel genannt, die sie für unfehlbar hielt, wenn sie sie auch zu ihrem Kummer nicht mehr selbst erproben konnte, aber sie ließ nicht nach, Neffen und Nichte davon zu unterrichten, und wiederholte ihnen immer wieder:

«Nun? Habt ihr versucht, was ich euch unlängst geraten habe?»

Sie starb. In dem Herzen der beiden jungen Leute war das eine jener geheimen Freuden, die man sich selber und der Umwelt gegenüber hinter der Trauer verbirgt. Das Gewissen hüllt sich in Schwarz, die Seele aber zittert vor Fröhlichkeit.

Sie wurden verständigt, daß bei einem Notar ein Testament hinterlegt worden sei. Gleich von der Kirche eilten sie hin.

Der fixen Idee ihres ganzen Lebens getreu, hinterließ die Tante ihre Million dem Erstgeborenen, während die Eltern bis zu ihrem Tod die Nutznießung des Ertrags haben sollten. Wenn das junge Paar, bevor drei Jahre um waren, keinen Erben haben sollte, fiel das Vermögen den Armen zu.

Sie waren betäubt, waren niedergeschmettert. Der Gatte wurde krank und konnte acht Tage nicht ins Ministerium gehn. Dann aber, als er sich erholt hatte, nahm er sich energisch vor, Vater zu werden.

Sechs Monate lang stürzte er sich in dieses Unternehmen, bis er nur noch ein Schatten seiner selbst war. Jetzt entsann er sich sämtlicher Mittel der Tante, wendete sie gewissenhaft an, doch vergebens. Sein verzweifelter Wille verlieh ihm trügerische Kräfte, die ihm beinahe verhängnisvoll werden sollten.

Die Blutarmut nagte an ihm, man befürchtete schon eine Schwindsucht. Ein Arzt, der zu Rate gezogen wurde, jagte ihm Angst ein und verordnete ihm die Rückkehr zu seinem friedlichen Leben, ja, es müßte noch friedlicher sein als vorher, und dazu verschrieb er ihm eine kräftigende Diät.

Heitere Gerüchte waren im Ministerium in

Umlauf, man wußte von der Enttäuschung des Testaments, und man scherzte in allen Büros über den köstlichen «Streich mit der Million». Die einen gaben Bonnin spaßhafte Ratschläge, die andern boten sich übermütig an, die erbitternde Bedingung zu erfüllen. Ein hochgewachsener Kollege, der als schrecklicher Lebemann galt und dessen Abenteuer im ganzen Ministerium berühmt waren, quälte ihn mit Anspielungen, mit schlüpfrigen Reden und machte sich anheischig, ihm, wie er sagte, die Erbschaft binnen zwanzig Minuten zu verschaffen.

Eines Tages geriet Léopold Bonnin in Zorn; er erhob sich, die Feder hinter dem Ohr, und rief seinem Gegner zu:

«Herr, Sie sind ein Schuft; und wenn es mir nicht um meine Selbstachtung zu tun wäre, würde ich Ihnen ins Gesicht spucken!»

Zeugen wurden ausgesandt, und das versetzte das Ministerium drei Tage lang in helle Aufregung. In den Korridoren stieß man nur noch auf diese Zeugen, die einander Protokolle übergaben und ihrem Standpunkt zu der Affäre Ausdruck verliehen. Schließlich wurde ein Text von den vier Zeugen einstimmig angenommen und von den beiden Gegnern gutgeheißen, die vor dem Bürochef einen Gruß und einen Händedruck austauschten und einige Worte der Entschuldigung hervorstotterten.

Im Verlauf des nächsten Monats grüßten sie einander mit betontem Zeremoniell und eifriger

Höflichkeit, wie eben Gegner, die sich beinahe duelliert hätten. Dann, eines Tages, als sie an einer Biegung des Korridors aufeinanderstießen, fragte Bonnin würdig und zuvorkommend: «Ich habe Ihnen doch nicht wehgetan, Monsieur?» Und der andere erwiderte: «Durchaus nicht, Monsieur.»

Von diesem Tage an fanden sie es angemessen, einige Worte zu wechseln, wenn sie einander begegneten. Dann wurden sie nach und nach immer vertrauter, gewöhnten sich aneinander, meinten, sie hätten einander verkannt, und wurden unzertrennlich.

In seiner Ehe aber war Léopold unglücklich. Seine Frau plagte ihn mit unangenehmen Anspielungen, folterte ihn mit halbverhülltem Hohn. Und die Zeit verstrich; schon war seit dem Tod der Tante ein Jahr vergangen. Die Erbschaft schien verloren zu sein.

Madame Bonnin setzte sich zu Tisch und sagte: «Wir haben heute nur wenig zu essen; das wäre anders, wenn wir reich wären!»

Wenn Léopold sich auf den Weg ins Ministerium machte, reichte Madame Bonnin ihm seinen Stock und meinte: «Wenn wir fünfzigtausend Livres Rente hätten, so müßtest du dich nicht schinden gehn, du Aktenschmierer!»

Wenn Madame Bonnin an Regentagen ausging, murmelte sie: «Wenn man einen Wagen hätte, müßte man sich nicht bei so einem Wetter durch den Straßenkot schleppen!»

Kurz, zu jeder Stunde, bei jeder Gelegenheit

schien sie ihrem Mann etwas Schmähliches vorzuwerfen, sah in ihm den einzigen Schuldigen, den einzigen Verantwortlichen für den Verlust des Vermögens.

In seiner Erbitterung führte er sie zu einem hervorragenden Arzt, der sich nach langer Untersuchung nicht eindeutig aussprach; er finde nichts, erklärte er; der Fall sei recht häufig; wie mit dem Geiste, so sei es auch mit dem Körper. Nachdem man so zahlreiche Ehen an der Unvereinbarkeit der Stimmungen scheitern gesehen hatte, war es nicht erstaunlich, andere Ehen wegen körperlicher Unvereinbarkeit unfruchtbar zu sehen. Das kostete vierzig Francs.

Ein Jahr verstrich, der Krieg war erklärt, ein unablässiger, zäher Krieg zwischen den beiden Gatten, geradezu ein entsetzlicher Haß. Und Madame Bonnin ließ nicht ab zu wiederholen: «Ist das nicht ein Jammer, daß man so ein Vermögen verliert, weil man einen Trottel geheiratet hat?!» Oder auch: «Sich das vorzustellen! Wäre ich an einen andern Mann geraten, so hätte ich heute fünfzigtausend Livres Rente!» Oder gar: «Es gibt Leute, die einem immer im Leben zur Last fallen. Sie verderben einfach alles!»

Die Abende, vor allem die Mahlzeiten, wurden unerträglich. Da Léopold nicht mehr wußte, was tun, brachte er einmal aus Angst vor einer schrecklichen Szene seinen Freund Frédéric Morel mit, den Mann, mit dem er sich beinahe duelliert hätte. Bald wurde Morel zum Freund des Hauses, zum geschätzten Berater der beiden Eheleute.

Es blieben nur noch sechs Monate bis zum Erlöschen der letzten Frist, die den Armen die Million geben sollte; und nach und nach änderte sich Léopolds Verhalten gegenüber seiner Frau, er wurde selber angriffslustig, verletzte sie mit dunklen Andeutungen, führte geheimnisvolle Reden über Beamtenfrauen, die es sehr wohl verstanden hätten, auf die Stellung ihres Mannes bedacht zu sein.

Von Zeit zu Zeit erzählte er Geschichten von einer überraschenden Beförderung, die einem Beamten zugefallen war. «Der alte Ravinot, der seit fünf Jahren überzählig ist, wurde gerade zum Stellvertreter des Chefs ernannt.»

«Dazu brächtest du es nicht», erwiderte Madame Bonnin.

Doch da zuckte Léopold die Achseln.

«Nicht, daß er mehr wert wäre als ein anderer. Aber er hat eine kluge Frau; das ist alles. Sie hat es verstanden, dem Sektionschef zu gefallen, und sie kann haben, was sie will. Im Leben muß man es sich eben einzurichten verstehn, um nicht von den Umständen an der Nase geführt zu werden.»

Was wollte er eigentlich damit sagen? Was sollte sie verstehn? Was ging vor? Sie hatten, jedes, einen Kalender und merkten die Tage an, die sie von dem verhängnisvollen Datum trennten, und jede Woche spürten sie, wie eine Art Wahnsinn sie übermannte, eine ohnmächtige

Wut, eine so hemmungslose Erbitterung, und das mit solcher Verzweiflung gepaart, daß sie zu einem Verbrechen fähig gewesen wären, wenn es denn notwendig sein sollte.

Und dann, eines Morgens, legte Madame Bonnin, deren Augen leuchteten und deren ganzes Gesicht zu strahlen schien, die Hände auf die Schultern ihres Gatten, schaute ihm mit einem festen, freudigen Blick bis tief in die Seele und sagte ganz leise:

«Ich glaube, daß ich schwanger bin.»

Das traf ihn so gewaltig mitten ins Herz, daß er beinahe zusammengebrochen wäre; und jäh packte er seine Frau, schloß sie in die Arme, küßte sie heftig, nahm sie auf seine Knie, umschlang sie immer wieder wie ein vergöttertes Kind, und von der Erregung übermannt, weinte er, schluchzte er.

Zwei Monate später war kein Zweifel mehr möglich. Er führte sie daraufhin zu einem Arzt, um ihren Zustand festzustellen, und brachte das ärztliche Zeugnis zu dem Notar, bei dem das Testament lag.

Der Mann des Gesetzes erklärte, sobald das Kind vorhanden sei, ob schon geboren oder noch vor der Geburt, füge er sich und werde, nach Beendigung der Schwangerschaft, an die Ausführung des letzten Willens schreiten.

Ein Knabe wurde geboren, dem sie, in Erinnerung an das, was in königlichen Häusern üblich war, den Namen Dieudonné – «von Gott geschenkt» – gaben.

Sie wurden reich.

Nun, eines Abends, als Bonnin heimkehrte, um mit seinem Freund Frédéric Morel am Familientisch zu speisen, sagte seine Frau ganz einfach zu ihm:

«Ich habe unsern Freund Frédéric eben gebeten, den Fuß nicht mehr in unser Haus zu setzen; er hat sich mir gegenüber unpassend benommen.»

Eine Sekunde lang sah er sie mit einem dankbaren Lächeln im Augenwinkel an, dann öffnete er die Arme; sie warf sich ihm an die Brust, und sie hielten einander lange, lange umschlungen wie zwei gute, kleine, recht zärtliche, recht einige, recht ehrbare Gatten.

Und man muß Madame Bonnin von Frauen reden hören, die aus Liebe gefehlt haben oder die ein mächtiger Trieb des Herzens dem Ehebruch preisgegeben hat!

Das Herrendiner ging seinem Ende zu; verheiratete Männer waren es, alte Freunde, die sich manchmal ohne ihre Frauen, wie einst als Junggesellen, zusammenfanden. Man aß lange, man trank reichlich, man schwatzte von allem, man rührte alte, heitere Erinnerungen auf, jene freundlichen Erinnerungen, die, ob man will oder nicht, die Lippen lächeln und die Herzen erzittern machen. Man sagte:

«Erinnerst du dich, Georges, an unseren Ausflug nach Saint-Germain mit den beiden Kleinen aus Montmartre?»

«Und wie! Ob ich mich daran erinnere!»

Und da fielen einem Einzelheiten ein und das und jenes, tausend winzige Dinge, die auch heute noch Vergnügen bereiteten.

Man kam auf die Ehe zu sprechen, und jeder sagte aufrichtig:

«Ach, wenn man von neuem anfangen könnte...!»

Georges Duportin setzte hinzu:

«Es ist wirklich erstaunlich, wie leicht man da hineinfällt! Man war entschlossen, nie zu heiraten; und dann, im Frühling, fährt man aufs Land; es ist warm; der Sommer läßt sich gut an, alles blüht, man lernt bei Freunden ein junges Mädchen kennen... und – schnapp! – schon ist's geschehen. Man kehrt verheiratet zurück.»

Pierre Létoile rief: «Ganz richtig! Das ist meine Geschichte! Nur daß es dabei recht besondere Umstände gab.»

Sein Freund unterbrach ihn:

«Gerade du – du hast dich nicht zu beklagen! Du hast wahrhaftig die reizendste Frau der Welt, hübsch, liebenswürdig, ohne Makel. Du hast's bestimmt von uns allen am besten getroffen!»

«Das ist nicht meine Schuld», erwiderte Pierre.

«Wie das?»

«Es ist wahr, daß ich eine vollkommene Frau habe... aber ich habe sie, weiß Gott, gegen meinen Willen geheiratet.»

«Nun, nun...!»

«Ja... das hat sich folgendermaßen abgespielt. Ich war fünfunddreißig Jahre alt, und ich dachte ebensowenig daran, zu heiraten, wie ich daran dachte, mich aufzuhängen. Ich hatte den Eindruck, daß die jungen Mädchen albern waren, und für mich gab es nur das Vergnügen.

Im Mai wurde ich zur Hochzeit meines Vetters Simon d'Erabel in die Normandie eingeladen. Es war eine richtige normannische Hochzeit. Man setzte sich um fünf Uhr nachmittags zu Tisch, und um elf aß man noch immer. Mich hatte man bei diesem Anlaß mit einer Demoiselle Dumoulin zusammengekoppelt, der Tochter eines pensionierten Obersten, einem jungen

Mädchen, blond und forsch, gut in Form, unternehmungslustig und gesprächig. Den ganzen Tag lang bemächtigte sie sich vollständig meiner, schleppte mich in den Park, zwang mich, ob ich wollte oder nicht, zu tanzen; kurz, sie langweilte mich tödlich.

Ich sagte mir: Für heute mag's gehn, aber morgen verkrümle ich mich. Das genügt.

Gegen elf zogen die Damen sich in ihre Zimmer zurück; die Männer blieben noch, rauchten bei einem Glas oder tranken bei einer Zigarre, wie es euch besser gefällt.

Durch das offene Fenster konnte man das Bauernfest mitansehen. Bauerntölpel und Bauerndirnen hopsten in der Runde, brüllten ein wildes Tanzlied, das zwei Geiger und eine Klarinette schwächlich begleiteten, für die man aus einem großen Küchentisch ein Podium gemacht hatte. Manchmal deckte das lärmende Singen der Bauern die Musik der Instrumente völlig zu; und die zarte Melodie, von den entfesselten Stimmen zerrissen, schien in Fetzen, in winzigen, verstreuten Tonsplittern vom Himmel zu fallen.

Zwei mächtige Fässer, von lodernden Fackeln umgeben, boten der Menge reichlich zu trinken. Zwei Männer waren damit beschäftigt, die Gläser oder Schalen in einem Eimer zu spülen, um sie dann unverzüglich unter die Hähne zu halten, denen der rote Strahl des Weins oder der goldene Strahl reinen Apfelmostes entströmte; und die durstigen Tänzer, die gesetzteren Leute, die schwitzenden Mädchen drängten sich, streckten die Arme aus, um auch irgendein Gefäß zu erhaschen und, den Kopf zurückgebeugt, mit großen Schlucken das Getränk, das sie bevorzugten, in die Gurgel zu gießen. Auf einem Tisch stapelte sich Brot und Butter, Käse und Wurst. Jeder schlang von Zeit zu Zeit einen Bissen hinunter; und unter dem Lichtfeld der Sterne war es ein Vergnügen, dieses gesunde, ungestüme Fest zu sehen, ja, man bekam Lust, auch aus dem Bauch dieser Riesenfässer zu trinken und das kräftige Landbrot mit Butter und einer rohen Zwiebel zu essen.

Ein tolles Verlangen, an all diesen Freuden teilzunehmen, packte mich, und ich ließ meine Gefährten im Stich.

Ich war vielleicht ein wenig angeheitert, das muß ich gestehn; bald aber war ich es völlig.

Ich hatte die Hand einer kräftigen, atemlosen Bäuerin ergriffen und drehte hemmungslos im Tanze, bis mir selber der Atem ausging.

Dann trank ich ein Glas Wein und erhaschte ein anderes Bauernmädchen. Um mich zu erfrischen, trank ich eine volle Schale Most, und dann begann ich wie ein Verrückter zu springen.

Ich war geschmeidig; die Burschen sahen mir begeistert zu, versuchten mich nachzuahmen; die Mädchen wollten alle mit mir tanzen und hopsten schwerfällig, mit der Eleganz von Kühen.

Endlich, nachdem ich eine Runde nach der andern erledigt, abwechselnd Wein und Most getrunken hatte, war ich gegen zwei Uhr morgens so berauscht, daß ich mich kaum auf den Beinen hielt.

Mein Zustand war mir völlig bewußt, und ich wollte mich in mein Zimmer schleichen. Das Schloß schlief schweigend und dunkel.

Ich hatte keine Zündhölzer, und alles war schon zu Bett gegangen. Sobald ich in der Halle war, übermannte mich ein Schwindel; ich hatte die größte Mühe, das Geländer zu finden; schließlich erwischte ich es zufällig, tastend, und ich setzte mich auf die erste Stufe der Treppe und versuchte, ein wenig Ordnung in meine Gedanken zu bringen.

Mein Zimmer war im zweiten Stockwerk, die dritte Türe links. Ein Glück, daß ich das nicht vergessen hatte! Und stolz darauf, daß meine Erinnerung so weit reichte, erhob ich mich, nicht ohne Mühe, und begann, Stufe um Stufe, den Anstieg, die Hände an die Eisenstangen gepreßt, um nicht zu fallen, und mit der fixen Idee, nur ja kein Geräusch zu machen.

Drei- oder viermal verfehlte mein Fuß die Stufen, und ich fiel auf die Knie; doch dank der Energie meiner Arme und der Anspannung meines Willens gelang es mir, nicht die ganze Stiege hinunterzupurzeln.

Endlich hatte ich den zweiten Stock erreicht, und nun wagte ich mich, mit den Händen längs der Mauern tastend, in den Korridor. Da war eine Türe. Ich zählte: ‹Eine!› Doch da faßte mich abermals plötzlich der Schwindel, ich kam von der Mauer ab, vollführte eine seltsame Drehung, die mich gegen die andere Wand warf. Ich wollte meinen Weg fortsetzen, doch die Überquerung des Korridors war lang und mühselig. Schließlich war ich wieder an meiner Wand, begann vorsichtig daran entlang zu gehn und kam zu einer andern Türe. Um ganz sicher zu sein, daß ich mich nicht geirrt hatte, zählte ich laut: ‹Zwei!› Und dann schleppte ich mich weiter. Am Ende fand ich die dritte. Ich sagte mir: ‹Drei! Das bin ich!› Und ich drehte den Schlüssel im Schloß. Die Türe öffnete sich. Trotz meiner Benommenheit dachte ich: Da sie sich öffnet, ist es bestimmt meine Türe. Und ich ging im Dunkeln weiter, nachdem ich die Türe lautlos geschlossen hatte.

Ich stieß gegen etwas Weiches – mein Divan. Und ich streckte mich sofort darauf.

In meinem Zustand konnte ich mich nicht darauf versteifen, meinen Nachttisch, meinen Leuchter, meine Zündhölzer zu suchen. Dafür hätte ich mindestens zwei Stunden benötigt; ebensoviel Zeit hätte ich gebraucht, um mich auszuziehen, und vielleicht wäre es mir gar nicht gelungen. Ich verzichtete also darauf.

Nur die Schuhe streifte ich ab; dann knöpfte ich meine Weste auf, die mir den Hals zuschnürte, öffnete den Gürtel und versank in einen unbezwinglichen Schlaf.

Das dauerte zweifellos sehr lang. Plötzlich wurde ich durch eine dröhnende Stimme geweckt, die neben mir sagte:

‹Was, du faules Ding? Noch im Bett? Es ist ja zehn Uhr! Weißt du das?›

Und eine Frauenstimme erwiderte:

‹Schon? Ich war so müde von gestern!›

Verblüfft fragte ich mich, was dieses Zwiegespräch zu bedeuten hatte.

Wo war ich? Was hatte ich angestellt?

Mein Geist schwebte noch in eine dichte Wolke eingehüllt.

Jetzt begann die erste Stimme wieder.

‹Ich werde die Vorhänge aufziehen.›

Und ich hörte Schritte, die sich mir näherten. Völlig verloren setzte ich mich auf. Eine Hand legte sich mir auf den Kopf. Ich machte eine brüske Bewegung. Die Stimme fragte heftig: ‹Wer ist da?› Ich hütete mich zu antworten. Zwei wütende Fäuste packten mich. Ich meinerseits umklammerte irgendwen, und nun begann ein schrecklicher Kampf. Wir rollten über den Boden, warfen Möbel um, stießen an die Wände.

Die Frauenstimme erhob ein furchtbares Geschrei:

‹Zu Hilfe! Zu Hilfe!›

Dienstleute eilten herbei, Nachbarn, erschrokkene Damen. Man öffnete die Läden, zog die Vorhänge auf. Ich rang, Brust an Brust, mit Oberst Dumoulin.

Ich hatte neben dem Bett seiner Tochter geschlafen.

Nachdem man uns getrennt hatte, floh ich in mein Zimmer, völlig außer Fassung. Ich sperrte die Türe ab und setzte mich, die Füße auf einem Stuhl, denn meine Schuhe waren bei dem jungen Mädchen geblieben.

Ich vernahm großen Lärm im ganzen Schloß, Türen wurden geöffnet und zugeschlagen, auf den Gängen wurde geflüstert, waren rasche Schritte zu hören.

Nach einer halben Stunde klopfte man an meine Türe; ich rief:

‹Wer ist da?›

Es war mein Onkel, der Vater des Bräutigams vom Vortag. Ich öffnete.

Er war blaß und wütend und schrie mich an:

‹Du hast dich in meinem Haus wie ein Schuft benommen, hörst du?› Und dann setzte er ein wenig sanfter fort: ‹Wie kannst du, Erztrottel, dich um zehn Uhr morgens erwischen lassen? Du schläfst dort im Zimmer ein wie ein Holzklotz, statt dich zu verziehen, nachdem... nachdem...›

Ich rief: ‹Ja, aber, Onkel, ich versichere Ihnen, daß überhaupt nichts geschehen ist... ich habe mich in der Türe geirrt, ich war betrunken.›

Er zuckte die Achseln.

‹Schwatz kein dummes Zeug!›

Ich hob die Hand.

‹Bei meiner Ehre schwöre ich es Ihnen.›

Aber mein Onkel meinte:

‹Schon gut, schon gut. Es ist deine Pflicht, das zu sagen.›

Da wurde ich ärgerlich und erzählte ihm

mein ganzes Mißgeschick. Er sah mich wie aus den Wolken gefallen an und wußte nicht, was er glauben sollte.

Dann ging er, um mit dem Obersten zu verhandeln.

Ich erfuhr, daß man bereits eine Art Gerichtshof der Mütter gebildet hatte, dem nun die verschiedenen Phasen der Lage unterbreitet wurden.

Eine Stunde später kam er wieder, setzte die Miene eines Richters auf und begann: ‹Wie es sich auch verhalten mag – ich sehe für dich nur ein einziges Mittel, um dich aus dieser Affäre zu ziehen, und das ist – du heiratest Mademoiselle Dumoulin.›

Ich sprang entsetzt auf.

‹Das nie!›

‹Und was gedenkst du zu tun?› fragte er ernst.

Ich erwiderte ganz schlicht: ‹Wegzufahren... sobald man mir meine Schuhe zurückgegeben hat.›

‹Wir wollen nicht scherzen, nicht wahr?› sagte mein Onkel. ‹Der Oberst ist entschlossen, dir eine Kugel durch den Kopf zu schießen, sobald er dich vor die Augen bekommt. Und du kannst sicher sein, daß das keine leere Drohung ist. Ich habe von einem Duell gesprochen. Aber er hat mir darauf geantwortet: ‹Nein, sage ich Ihnen; ich schieße ihn nieder!› Prüfen wir jetzt die Lage von einem andern Gesichtspunkt aus. Entweder du hast die Kleine verführt, und dann steht's schlimm für dich, mein Junge, denn man läßt sich nicht mit jungen Mädchen ein. Oder du hast dich in deinem Rausch geirrt, wie du sagst. Dann steht's noch schlimmer für dich. Man bringt sich nicht in so alberne Situationen. Jedenfalls ist es um den Ruf des armen Mädchens geschehen, denn den Aufklärungen eines Betrunkenen wird man nie Glauben schenken. Das wirkliche Opfer bei der Sache, das einzige Opfer ist sie. Überlege noch einmal!›

Und er ging, während ich ihm nachrief: ‹Sagen Sie, was Sie wollen. Ich heirate nicht!›

Noch eine Stunde blieb ich allein.

Dann war es meine Tante, die mich aufsuchte. Sie weinte. Sie zählte alle Vernunftgründe auf. Kein Mensch würde an meinen Irrtum glauben. Man konnte nicht annehmen, daß das junge Mädchen in einem Haus voller Leute vergessen hatte, die Türe zuzusperren. Der Oberst hatte sie geschlagen. Sie schluchzte seit dem Morgen. Es war ein schrecklicher, ein nicht wiedergutzumachender Skandal!

Und meine gute Tante setzte hinzu: ‹Halte immerhin um ihre Hand an, und nachher bei den Verhandlungen über den Ehekontrakt kann man sich vielleicht aus der Affäre ziehen.›

Diese Aussicht bedeutete eine Erleichterung. Und ich erklärte mich bereit, meinen Heiratsantrag zu Papier zu bringen. Eine Stunde später fuhr ich nach Paris.

Am nächsten Tag wurde ich verständigt, daß mein Antrag angenommen worden war.

Und binnen drei Wochen, ohne daß ich eine

Ausflucht, einen Vorwand zu finden vermocht hätte, wurden wir aufgeboten, wurden die Anzeigen verschickt, wurde der Kontrakt unterzeichnet, und eines Montagmorgens sah ich mich vor dem Altar einer hell erleuchteten Kirche neben einem jungen Mädchen, das weinte, nachdem ich dem Bürgermeister erklärt hatte, daß ich bereit sei, sie zur Gattin zu nehmen... bis zum Tode des einen oder des andern.

Ich hatte sie nicht wiedergesehen, und ich sah sie mit einem gewissen, wenig wohlwollenden Erstaunen von der Seite her an. Nun, sie war nicht häßlich, nein, ganz und gar nicht. Und ich sagte mir: Das ist einmal eine, die nicht alle Tage zu lachen haben wird!

Sie sah mich bis zum Abend nicht ein einziges Mal an und sprach auch kein Wort zu mir.

Gegen Mitternacht betrat ich das eheliche Gemach mit der Absicht, ihr meine Entschlüsse bekanntzugeben; denn jetzt war ich der Herr.

Ich fand sie auf einem Fauteuil sitzend, angekleidet wie am Tage, die Augen gerötet, die Wangen blaß. Sobald ich eintrat, stand sie auf und kam auf mich zu.

‹Monsieur›, sagte sie, ‹ich bin bereit zu tun, was Sie befehlen. Wenn Sie es wünschen, werde ich mich umbringen.›

Sie war ganz reizend in dieser Heldenrolle, die Tochter des Obersten. Ich umarmte sie. Das war mein gutes Recht.

Und bald bemerkte ich, daß ich nicht bestohlen worden war.

Fünf Jahre bin ich jetzt verheiratet. Und ich bereue es noch immer nicht.»

Pierre Létoile verstummte. Seine Freunde lachten. Einer von ihnen sagte: «Die Ehe ist eine Lotterie; man soll niemals selber die Nummern wählen; die des Zufalls sind die besten.»

Und ein anderer zog die Schlußfolgerung: «Ja, aber vergeßt nicht, daß für Pierre der Gott der Betrunkenen gewählt hatte!»

«Die großen Schicksalsschläge berühren mich nicht», sagte Jean Bridelle, ein alter Junggeselle, der als Skeptiker galt. «Ich habe den Krieg aus nächster Nähe gesehen; ich bin mitleidlos über Leichen gegangen. Die heftigen Brutalitäten der Natur oder der Menschen können uns dazubringen, vor Grauen oder Empörung laut aufzuschreien; doch sie bewirken nicht jenes Zusammenkrampfen des Herzens, jenen Schauder, der einen im Angesicht von gewissen kleinen, kläglichen Dingen überläuft.

Der heftigste Schmerz, den man empfinden kann, ist bestimmt der Verlust eines Kindes für eine Mutter und der Verlust der Mutter für einen Mann. Das ist furchtbar, das ist entsetzlich, das überwältigt, das zerreißt einen, aber man kommt über diese Katastrophen hinweg, wie man von großen, blutenden Wunden geheilt wird. Nun, bestimmte Begegnungen, bestimmte erahnte, erratene Dinge, bestimmte geheime Kränkungen, bestimmte Gemeinheiten des Schicksals, die eine ganze schmerzliche Welt von Gedanken in uns aufrühren, die brüsk vor uns die geheimnisvolle Pforte von moralischen, komplizierten, unheilbaren Leiden öffnen, die um so tiefer sind, als sie gutartig, um so ätzender, als sie fast ungreifbar, um so hartnäckiger, als sie flüchtig zu sein scheinen, hinterlassen in unserer Seele gleichsam ein Kielwasser von Kummer, einen Geschmack von Bitterkeit, ein Gefühl der Enttäuschung, dessen wir uns lange nicht entledigen können.

Ich habe stets zwei oder drei Dinge vor Augen, welche andere bestimmt gar nicht bemerkt hätten und welche in mich eingedrungen sind wie tiefe, dünne, unheilbare Stiche.

Ihr werdet vielleicht die Wehmut nicht begreifen, die mir von solchen jähen Eindrücken geblieben ist. Nur einen davon will ich euch erzählen. Er ist sehr alt, aber lebendig, als wäre es gestern gewesen. Vielleicht war es auch nur meine Phantasie, der meine Rührung entsprungen ist.

Ich bin fünfzig. Damals war ich jung, und ich studierte Jus. Ein wenig vergrämt, ein wenig verträumt, von einer schwermütigen Philosophie durchtränkt, liebte ich keineswegs die geräuschvollen Cafés, noch die großsprecherischen Kameraden, noch die albernen Straßenmädchen. Ich stand früh auf; und eine meiner liebsten Vergnügungen war es, allein, gegen acht Uhr morgens durch den Ziergarten des Luxembourg zu wandern.

Ihr habt ihn nicht gekannt, diesen Ziergarten? Er war wie ein vergessener Park aus einem andern Jahrhundert, ein Park, reizend wie das sanfte Lächeln einer alten Frau. Dichte Hecken trennten die engen, regelmäßigen Alleen, stille Alleen zwischen zwei Wänden von methodisch beschnittenem Blattwerk. Die große Schere des Gärtners säuberte unablässig die Mauern aus Zweigen; und hier und da stieß man auf Blumenbeete, auf Reihen von kleinen Bäumen, angeordnet wie Schüler beim Ausgang, Gemeinschaften herrlicher Rosen oder Regimenter von Obstbäumen.

Ein ganzer Winkel dieses entzückenden Haines war von den Bienen bewohnt. Ihre Häuser aus Stroh, mit kundiger Hand auf Brettern verteilt, öffneten ihre Türen, groß wie das Loch eines Fingerhuts, der Sonne; und man begegnete überall auf den Wegen den summenden, goldenen Insekten, den wahren Beherrscherinnen dieses friedlichen Ortes, den wahren Lustwandlerinnen in diesen stillen, Korridoren gleichenden Alleen.

Hierher kam ich beinahe jeden Morgen. Ich setzte mich auf eine Bank und las. Manchmal ließ ich das Buch auf meine Knie sinken, um zu träumen, um rund um mich Paris leben zu hören und die unendliche Ruhe dieser altmodischen Laubengänge zu genießen.

Bald aber bemerkte ich, daß ich nicht der einzige war, der diesen Ort gleich nach Öffnung der Tore aufsuchte, und manchmal stand ich an der Ecke eines Gebüschs einem seltsamen kleinen Greis gegenüber.

Er trug Schuhe mit silbernen Schnallen, eine Hose mit Stegen, einen langen tabakfarbenen Rock, Spitzen an Stelle der Krawatte und einen unwahrscheinlichen grauen Hut mit breiter

Krempe und langen Borsten, der an die Sintflut denken ließ.

Er war mager, sehr mager, eckig, schnitt Grimassen und lächelte. Seine lebhaften Augen zitterten, regten sich unter einer ständigen Bewegung der Lider; und in der Hand trug er immer einen prächtigen Stock mit goldenem Knauf, der wohl für ihn ein kostbares Andenken sein mußte.

Zunächst fiel der gute Mann mir auf, dann aber interessierte er mich über die Maßen. Und ich beobachtete ihn durch die Blätterwand hindurch, ich folgte ihm in der Ferne und blieb bei Biegungen hinter dem Buschwerk stehn, um ungesehen zu bleiben.

Und da, eines Morgens, als er sich völlig allein glaubte, begann er eigenartige Bewegungen zu vollführen; einige kleine Sprünge zuerst, dann eine Verbeugung, dann machte er mit seinem dürren Bein einen noch recht gelenkigen Kreuzsprung, dann begann er, sich galant zu wenden, hüpfte, wackelte auf komische Art, lächelte wie vor einem Publikum, verbeugte sich, rundete die Arme, drehte seinen armseligen Marionettenkörper, richtete rührende, lächerliche kleine Grüße ins Leere. Er tanzte!

Ich war starr vor Staunen und fragte mich, wer von uns beiden wahnsinnig war, er oder ich.

Doch plötzlich hielt er ein, trat vor, wie es die Schauspieler auf der Bühne tun, dann verneigte er sich, trat mit anmutigem Lächeln und den

Kußhänden einer Komödiantin zurück, Kußhänden, die er mit seinen zitternden Fingern zwei Reihen wohlgestutzter Bäume zuwarf.

Und dann setzte er bedächtig seinen Spaziergang fort.

Von diesem Tag an verlor ich ihn nicht mehr aus den Augen, und jeden Morgen begann er von neuem sein unwahrscheinliches Gebaren.

Mich packte eine tolle Lust, mit ihm zu sprechen. Ich wagte es, grüßte ihn und redete ihn an:

‹Schön ist es heute, Monsieur.›

Er neigte den Kopf.

‹Ja, es ist geradezu ein Wetter wie in früheren Zeiten.›

Acht Tage später waren wir Freunde, und ich kannte seine Geschichte. Er war zur Zeit Ludwigs XV. Ballettmeister an der Oper gewesen. Sein schöner Stock war ein Geschenk des Grafen von Clermont. Und wenn man zu ihm vom Tanz sprach, so öffneten sich alle Schleusen seiner Beredsamkeit.

Nun, und eines Tages vertraute er mir an:

‹Ich habe die Castris geheiratet, Monsieur. Wenn Sie wollen, stelle ich Sie ihr vor, aber sie kommt erst später hierher. Dieser Garten, verstehen Sie, ist unsere Freude und unser Leben. Es ist alles, was uns von früher geblieben ist. Wir haben den Eindruck, als könnten wir nicht länger leben, wenn wir ihn nicht hätten... Er ist so alt und vornehm, nicht wahr? Ich glaube hier eine Luft zu atmen, die sich seit meiner Jugend nicht verändert hat. Meine Frau und ich, wir verbringen alle unsere Nachmittage hier. Ich aber, ich komme schon am Morgen, denn ich bin ein Frühaufsteher.›

Kaum war ich mit dem Mittagessen fertig, kehrte ich in den Luxembourg zurück, und bald sah ich meinen Freund, der zeremoniell einer uralten kleinen, schwarzgekleideten Frau den Arm gab, der ich vorgestellt wurde. Es war die Castris, die große Tänzerin, geliebt von Prinzen, geliebt vom König, geliebt von jenem ganzen galanten Jahrhundert, das der Welt einen Duft von Liebe hinterlassen zu haben scheint.

Wir setzten uns auf eine Steinbank. Es war Mai. In den wohlgepflegten Alleen schwebte der Geruch der Blumen, eine warme Sonne glitt durch die Blätter und säte große Tropfen von Licht über uns. Das schwarze Kleid der Castris war gleichsam von Helligkeit durchfeuchtet.

Der Garten war leer. Von weitem hörte man die Fiaker rollen.

‹Erklären Sie mir doch›, sagte ich zu dem alten Tänzer, ‹was eigentlich das Menuett gewesen ist.›

Er erbebte.

‹Das Menuett, Monsieur, ist die Königin der Tänze und der Tanz der Königinnen. Verstehen Sie? Seitdem es keine Könige mehr gibt, gibt es auch kein Menuett mehr.›

Und er begann in geschraubtem Stil ein langes, begeistertes Loblied, von dem ich nichts verstand. Ich wollte mir die Schritte, alle Bewegungen, die Stellungen erklären lassen. Er verhaspelte sich; die Unfähigkeit, sich richtig auszudrücken, machte ihn nervös, brachte ihn zur Verzweiflung.

Und mit einem Mal wandte er sich zu seiner greisen Gefährtin, die stumm und ernst geblieben war.

‹Elise, willst du … sag, das wäre nett von dir … willst du, daß wir Monsieur zeigen, was es gewesen ist?›

Sie wandte beunruhigte Blicke nach allen Seiten, dann aber, ohne ein Wort zu sagen, erhob sie sich und stellte sich ihm gegenüber.

Und nun sah ich etwas Unvergeßliches.

Sie kamen und gingen mit kindischem Getue, lächelten einander zu, wiegten sich, verbeugten sich, hüpften wie zwei abgenützte Puppen, die eine alte, ein wenig zerbrochene, einst von einem sehr geschickten Handwerker nach der Art seiner Zeit konstruierte Mechanik tanzen ließ.

Und ich sah ihnen zu, das Herz von außerordentlichen Gefühlen aufgewühlt, die Seele von unaussprechlicher Schwermut gerührt. Mir war es, als sähe ich ein klägliches, komisches Schauspiel, den verblichenen Schatten eines Jahrhunderts. Ich hatte Lust zu lachen und das Bedürfnis zu weinen.

Plötzlich hielten sie an; sie hatten die Figuren des Tanzes beendet. Einige Sekunden lang blieben sie einander gegenüber aufrecht stehn, verzogen das Gesicht; und dann fielen sie einander in die Arme und weinten.

Drei Tage später fuhr ich in die Provinz. Ich habe sie nie wiedergesehen. Als ich nach zwei Jahren wieder in Paris ankam, hatte man den Ziergarten zerstört. Was war aus ihnen geworden ohne den teuren, altmodischen Garten mit seinen Irrwegen, seinem Duft der Gewesenheit und den anmutigen Verschlingungen der Laubengänge?

Sind sie tot? Irren sie durch die modernen Straßen wie hoffnungslose Verbannte? Tanzen sie, blasse Gespenster, bei Mondschein, ein phantastisches Menuett zwischen den Zypressen eines Friedhofs, längs der von Gräbern gesäumten Pfade?

Die Erinnerung an sie verfolgt mich, läßt mich nicht locker, quält mich, bleibt in mir wie eine Wunde. Warum? Ich weiß es nicht.

Ihr werdet das zweifellos lächerlich finden.»

Bei einer Gesellschaft im Hause eines Vorgesetzten hatte Lantin das junge Mädchen getroffen, und die Liebe umfing ihn wie ein Netz.

Sie war die Tochter eines Steuereinnehmers in der Provinz, der vor einigen Jahren gestorben war. Sie war nachher mit ihrer Mutter nach Paris übersiedelt, die mit verschiedenen Bürgerfamilien ihres Viertels verkehrte und hoffte, eine passende Partie für ihre Tochter zu finden. Es waren arme und achtungswerte, stille und freundliche Frauen. Das junge Mädchen war allem Anschein nach vollkommen der Typus jener ehrbaren Frauen, denen ein verständiger junger Mann sein Leben anzuvertrauen wünscht. Ihre bescheidene Schönheit besaß den Reiz süßer Scheu, und das kaum merkliche Lächeln, das ihre Lippen nie verließ, schien ihr Herz zu widerspiegeln.

Alle Welt sang ihr Lob; wer sie kannte, wurde nicht müde zu wiederholen: «Glücklich der Mann, der sie heimführt! Besser könnte man es gar nicht treffen!»

Lantin, damals Erster Adjunkt im Innenministerium mit einem Jahresgehalt von dreitausendfünfhundert Francs, bat sie, seine Frau zu werden, und heiratete sie.

Er wurde mit ihr unwahrscheinlich glücklich.

Sie führte den Haushalt so sparsam und doch so geschickt, daß sie geradezu in einem gewissen Luxus lebten. Keine Aufmerksamkeit, kein Leckerbissen, keine Näscherei, die sie ihrem Mann nicht gegönnt hätte. Und der Zauber ihres Wesens war so groß, daß er sie, sechs Jahre nach ihrer Begegnung, glühender liebte als in den ersten Tagen.

Nur zwei Dinge hatte er an ihr auszusetzen, ihre Vorliebe für das Theater und ihre Vorliebe für falschen Schmuck.

Ihre Freundinnen – sie verkehrte mit den Frauen einiger kleiner Beamter – verschafften ihr jeden Augenblick Logenplätze für die Stücke, die gerade den Spielplan beherrschten, und manchmal sogar zu Premieren; und sie schleppte ihren Mann, ob er wollte oder nicht, zu solchem Zeitvertreib, der ihn nach seinem Arbeitstag schrecklich ermüdete. Da bat er sie denn, sie möge sich doch damit abfinden, mit einer Dame aus ihrem Bekanntenkreis zu gehn, die sie nachher heimbringen könnte. Lange sträubte sie sich, weil sie das als wenig schicklich ansah; doch schließlich gab sie, ihm zu Gefallen, nach, und er war ihr unendlich dankbar dafür.

Nun, die Vorliebe für das Theater ließ bald in ihr auch das Bedürfnis nach Schmuck aufkeimen. Ihre Toiletten blieben einfach, gewiß immer sehr geschmackvoll, aber bescheiden; und ihre sanfte Anmut, ihr unwiderstehlicher, zurückhaltender, lächelnder Charme schien gerade der Einfachheit ihrer Kleider einen Reiz mehr abzugewinnen; aber sie nahm die Gewohnheit an, zwei große glitzernde Steine zu tragen, die Brillanten vortäuschen sollten, ferner trug sie Colliers aus falschen Perlen, Armbänder aus Doublé, Kämme mit buntem Glas verziert, das echte Edelsteine ersetzen mußte.

Ihr Mann, dem ihre Neigung zu diesem Firlefanz ein wenig gegen den Strich ging, wiederholte häufig: «Mein Kind, wenn man nicht die Mittel hat, sich echten Schmuck zu kaufen, dann schmückt man sich eben nur mit seiner Schönheit und seiner Anmut; das sind immer noch die seltensten Edelsteine!»

Aber sie lächelte süß und sagte immer wieder: «Was willst du? Ich hänge eben daran. Das ist mein Laster. Ich weiß wohl, daß du recht hast, aber man kann sich nicht ummodeln. Für echten Schmuck hätte ich alles gegeben!»

Und sie rollte die Perlen ihres Colliers zwischen den Fingern, ließ die Facetten des geschliffenen Glases funkeln und sagte oft: «Sieh nur, wie gut das gearbeitet ist! Man könnte schwören, es sei echt!»

Da lächelte er und erklärte: «Du hast den Geschmack einer Zigeunerin!»

Manchmal abends, wenn sie allein vor dem Kamin saßen, stellte sie auf den Tisch, wo sie Tee tranken, das Maroquinkästchen, darin sie den «Ramsch» aufbewahrte, wie Lantin ihn nannte, und dann begann sie mit leidenschaftlichem Interesse die nachgeahmten Schmuckstücke zu betrachten, als wäre das für sie ein tiefer, geheimer Genuß; und sie bestand darauf, ihrem Mann die Perlen um den Hals zu legen, um nachher herzlich zu lachen und zu rufen: «Nein, wie komisch du aussiehst!» Und dann warf sie sich ihm in die Arme und küßte ihn stürmisch.

Eines Winterabends, als sie in der Oper gewesen war, kehrte sie fröstelnd zurück. Am nächsten Tag hustete sie. Acht Tage später starb sie an einer Lungenentzündung.

Fast wäre Lantin ihr in das Grab gefolgt. Seine Verzweiflung war so entsetzlich, daß sein Haar binnen eines Monats weiß wurde. Er weinte von morgens bis abends, die Seele zerrissen von unerträglichem Leid, qualvoll gepeinigt von der Erinnerung an das Lächeln, an die Stimme, an den ganzen Zauber der Verblichenen.

Und die Zeit vermochte seinen Schmerz nicht zu lindern. Häufig während der Bürostunden, wenn seine Kollegen die Tagesereignisse besprachen, sah man plötzlich, wie seine Wangen schwollen, seine Nase sich verzog, seine Augen sich mit Wasser füllten; jämmerlich verzerrte er das Gesicht und begann zu schluchzen.

Das Zimmer seiner Lebensgefährtin hatte er unberührt gelassen, und hier schloß er sich täglich ein, um an sie zu denken; und alle Möbel, selbst die Kleidungsstücke befanden sich noch dort, wo sie am letzten Tag gewesen waren.

Doch das Leben begann hart gegen ihn zu werden. Sein Einkommen, das in den Händen seiner Frau für sämtliche Bedürfnisse des Haushalts gereicht hatte, erwies sich jetzt für ihn allein als ungenügend. Und er fragte sich verdutzt, wie sie es angestellt hatte, ihm stets vorzügliche Weine und erlesene Speisen aufzutischen, die er sich mit seinen bescheidenen Einnahmen nicht mehr leisten konnte.

Er machte einige Schulden und lief dem Geld nach, wie es Menschen tun, die auf verzweifelte Auskunftsmittel angewiesen sind. Eines Morgens endlich, als er, eine Woche vor Monatsende, ohne einen Sou dastand, dachte er daran, etwas zu verkaufen; und sogleich kam ihm in den Sinn, sich des «Ramschs» seiner Frau zu entledigen, denn im Grunde seines Herzens hatte er einen gewissen Widerwillen gegen diese Imitationen bewahrt, die ihn früher so sehr gereizt hatten; ihr täglicher Anblick trübte ihm sogar ein wenig die Erinnerung an die Geliebte.

Er stöberte lange in dem glitzernden Haufen, den sie hinterlassen hatte, denn bis in die letzten Tage hatte sie sich darauf versteift, beinahe jeden Abend ein neues Stück heimzubringen, und entschied sich für das große Collier, das ihr anscheinend besonders teuer gewesen war, und das, wie er meinte, sechs oder acht Francs wert sein mochte, denn es war für eine Imitation tatsächlich sehr gut gearbeitet.

Er steckte es in die Tasche und ging auf dem Weg in sein Ministerium über die Boulevards, um den Laden eines Juweliers zu suchen, der ihm Vertrauen einflößte.

Endlich fand er ein Geschäft und trat ein, obgleich es ihm ein wenig peinlich war, daß er seine Armut derart zur Schau stellen und ein so wertloses Stück veräußern mußte.

«Monsieur», sagte er zu dem Juwelier, «ich wüßte gern, wie hoch Sie dieses Stück schätzen.»

Der Juwelier nahm das Collier, prüfte es, drehte es hin und her, griff nach einer Lupe, dann rief er seinen Angestellten, flüsterte ihm etwas zu, legte das Collier dann wieder auf den Ladentisch und betrachtete es aus einiger Entfernung, um die Wirkung besser beurteilen zu können.

All diese Zeremonien waren Lantin unangenehm; schon öffnete er den Mund, um zu sagen: «O ich weiß, daß es gar keinen Wert hat», als der Juwelier erklärte:

«Monsieur, das ist zwölf- bis fünfzehntausend Francs wert; aber ich könnte es nur kaufen, wenn Sie mir genaue Angaben über die Herkunft machen.»

Der Witwer riß die Augen weit auf und blieb starr und stumm, denn das ging über sein Verständnis. Schließlich stotterte er: «Sie meinen... Sie sind dessen sicher?» Der Juwelier mißdeutete Lantins Verblüffung und sagte trocken: «Sie können sich ja anderswo erkundigen, ob man Ihnen mehr gibt. Für mich ist es höchstens fünfzehntausend wert. Wenn man Ihnen keinen bessern Preis bietet, kommen Sie eben zu mir zurück.»

Lantin, völlig benommen, nahm sein Collier

und ging; er gehorchte dem vagen Bedürfnis, allein zu sein und zu überlegen.

Doch kaum auf der Straße, packte ihn die Lust, laut aufzulachen, und er dachte: Dieser Esel! Ach, dieser Esel! Und wenn ich ihn beim Wort genommen hätte! Das will ein Juwelier sein und kann falschen Schmuck nicht von echtem unterscheiden!

Und er ging in einen andern Laden zu Beginn der Rue de la Paix. Sobald der Juwelier das Collier erblickte, rief er: «Ach, mein Gott, das kenne ich gut, dieses Collier! Das habe ich ja selber verkauft!»

Ganz verstört fragte Lantin:

«Was ist es wert?»

«Ich habe es für fünfundzwanzigtausend verkauft. Für achtzehntausend bin ich bereit, es zurückzunehmen, wenn Sie mich, um den gesetzlichen Vorschriften zu genügen, darüber aufklären können, wie Sie in seinen Besitz gelangt sind.»

Diesmal mußte Lantin sich setzen, so völlig war er aus der Fassung. «Aber... aber... prüfen Sie es genau! Ich hatte es bisher für eine... Fälschung gehalten.»

«Wollen Sie mir Ihren Namen nennen, Monsieur?» fragte der Juwelier.

«Ja, gewiß; ich heiße Lantin und bin Beamter im Ministerium des Innern. Ich wohne 16, rue des Martyrs.»

Der Juwelier schlug seine Bücher auf, suchte und erklärte:

«Dieses Collier ist tatsächlich am 20. Juli 1876 an die Adresse von Madame Lantin, 16, rue des Martyrs, geschickt worden.»

Und die beiden Männer sahen einander an, der Beamte völlig verloren, der Juwelier mißtrauisch, denn er witterte einen Diebstahl.

«Lassen Sie mir das Schmuckstück nur vierundzwanzig Stunden hier», sagte der Juwelier. «Ich gebe Ihnen einen Empfangsschein.»

«Ja, ja, gewiß», stotterte Lantin. Und er faltete das Papier zusammen, steckte es in die Tasche und ging.

Er überquerte die Straße, ging weiter, merkte, daß er sich geirrt hatte, schlug den Weg zu den Tuilerien ein, ging über die Seine, merkte abermals, daß er sich geirrt hatte, kehrte zu den Champs Elysées zurück. Kein klarer Gedanke wollte sich in seinem Kopf formen. Er versuchte zu überlegen, zu begreifen. Ein so wertvolles Stück hätte seine Frau nicht kaufen können. Nein, ganz bestimmt nicht! Ja, aber, dann war es ein Geschenk! Ein Geschenk! Ein Geschenk von wem? Warum?

Er war stehengeblieben, stand mitten auf der Straße. Ein entsetzlicher Zweifel streifte ihn. Sie? Ja, dann waren doch auch alle andern Schmuckstücke Geschenke! Ihm war es, als erzitterte die Erde, als stürzte ein Baum vor ihm zu Boden; er breitete die Arme aus und brach besinnungslos zusammen.

Im Laden eines Apothekers kam er wieder zu Bewußtsein. Dorthin hatten Passanten ihn getragen. Er ließ sich in seine Wohnung bringen und schloß sich ein.

Bis tief in die Nacht schluchzte er verzweifelt, zerbiß sein Taschentuch, um nicht laut aufzuschreien. Dann warf er sich, von Müdigkeit und Kummer erschöpft, auf das Bett und schlief einen schweren Schlummer.

Ein Sonnenstrahl weckte ihn, und er erhob sich langsam, um in sein Ministerium zu gehn. Nach solch einem Schlag arbeiten zu müssen, war hart. Er meinte darum, er könnte sich bei seinem Chef entschuldigen, und schrieb ihm einige Zeilen. Dann kam ihm in den Sinn, daß er zu dem Juwelier gehn mußte, und die Scham rötete sein Gesicht. Lange überlegte er; aber er konnte das Collier doch nicht bei diesem Menschen lassen. Und so zog er sich an und ging.

Draußen war es schön, ein blauer Himmel wölbte sich über der Stadt, die zu lächeln schien. Müßiggänger, die Hände in den Taschen, bummelten durch die Straßen.

Lantin musterte sie und sagte sich: Wie glücklich ist man, wenn man Geld hat! Mit Geld kann man sogar einen Kummer abschütteln; man geht, wohin man will, man reist, man leistet sich Zerstreuungen. Ach, wenn ich doch reich wäre!

Er spürte, daß er hungrig war; seit gestern hatte er ja nichts mehr gegessen. Doch seine Tasche war leer, und abermals erinnerte er sich des Colliers. Achtzehntausend Francs! Das war doch Geld, was?!

Er kam in die Rue de la Paix und begann auf dem Trottoir, dem Laden gegenüber, auf und ab zu gehn. Achtzehntausend Francs! Zwanzigmal wollte er eintreten, doch immer wieder hemmte ihn das Schamgefühl.

Aber er hatte Hunger, großen Hunger und keinen Sou in der Tasche! Und so entschloß er sich brüsk, überquerte eilig die Straße, um sich keine Zeit zu längerer Erwägung zu lassen, und stürzte in den Laden. Sobald er ihn erblickte, bot der Juwelier ihm, ganz lächelnde Höflichkeit, einen Stuhl an. Auch die Angestellten näherten sich, musterten Lantin verstohlen, und um Augen und Mund zuckte es heiter.

Der Juwelier erklärte: «Ich habe Erkundigungen eingezogen, und wenn Sie noch immer geneigt sind zu verkaufen, so bin ich bereit, Ihnen die Summe zu bezahlen, die ich vorher genannt habe.»

«Aber gewiß», stammelte Lantin.

Der Juwelier zog aus einer Schublade achtzehn große Banknoten, zählte sie, reichte sie Lantin, der eine kleine Quittung unterzeichnete und das Geld mit zitternder Hand in seiner Tasche versorgte.

Dann, als er sich schon zum Gehen gewandt hatte, drehte er sich noch einmal zu dem Juwelier um, der noch immer lächelte, und sagte, die Augen gesenkt: «Ich... ich habe noch andere Schmuckstücke, die... die aus derselben Erbschaft stammen. Würden Sie sie auch kaufen?»

Der Juwelier verbeugte sich. «Aber gewiß!»

Einer der Angestellten verzog sich, weil er seine Heiterkeit nicht länger verbeißen konnte, und ein anderer schneuzte sich heftig.

Lantin blieb unerschütterlich und ernst, wenn auch sein Gesicht sich gerötet hatte. «Ich werde sie Ihnen bringen.»

Und er nahm einen Wagen, um die Schmuckstücke zu holen.

Als er eine Stunde später wieder beim Juwelier erschien, hatte er noch nicht zu Mittag gegessen. Sie machten sich daran, die einzelnen Gegenstände, Stück für Stück, zu untersuchen. Fast alle stammten aus dem Laden dieses Juweliers.

Jetzt aber nahm Lantin die Schätzungen nicht widerstandslos hin, er ereiferte sich, verlangte, man solle ihm die Bücher vorlegen, darin die Verkaufspreise notiert waren, und je höher die Summe anstieg, desto höher erhob er auch seine Stimme.

Die Ohrgehänge mit den großen Brillanten brachten zwanzigtausend Francs, die Armbänder fünfunddreißigtausend, die Broschen, Ringe und Medaillons sechzehntausend, ein Schmuck aus Smaragden und Saphiren vierzehntausend; ein Solitär an einer Goldkette vierzigtausend; die Gesamtsumme belief sich auf hundertsechsundneunzigtausend Francs!

Mit gutmütigem Spott meinte der Juwelier: «Das stammt sichtlich von jemandem, der seine ganzen Ersparnisse in Schmuck angelegt hat.»

Und Lantin erwiderte gewichtig: «Noch lange nicht die schlechteste Anlage!» Dann verabredete er mit dem Juwelier, daß morgen noch eine Begutachtung vorgenommen werden sollte, und ging.

Als er auf der Straße war, betrachtete er die Colonne Vendôme und hatte nicht übel Lust, daran hinaufzuklettern, als wäre sie ein Klettermast bei einem Volksfest. So leicht fühlte er sich! Er hätte über das Standbild des Kaisers, das dort oben in den Himmel ragte, bockspringen mögen.

Er ging zu Voisin, aß dort zu Mittag und trank eine Flasche Wein, die zwanzig Francs kostete.

Dann nahm er einen Wagen und machte eine Rundfahrt im Bois. Die Equipagen betrachtete er mit einer gewissen Verachtung, und das Verlangen plagte ihn, den Vorübergehenden zuzurufen: «Ich bin auch reich! Ich besitze zweimalhunderttausend Francs!»

Dann fiel ihm sein Ministerium ein. Er ließ sich hinfahren, trat entschlossen in das Zimmer seines Chefs und sagte: «Ich bin gekommen, um Ihnen mitzuteilen, daß ich mein Amt niederlege. Ich habe dreimalhunderttausend Francs geerbt.» Dann schüttelte er seinen bisherigen Kollegen die Hand und vertraute ihnen seine Zukunftspläne an. Und dann ging er ins Café Anglais.

Neben ihm saß ein Herr, der recht distinguiert aussah, und da konnte er dem Verlangen nicht widerstehn, ihn mit einer gewissen Selbstgefälligkeit wissen zu lassen, daß er viermalhunderttausend Francs geerbt hatte.

Erstmals in seinem Leben langweilte er sich

nicht im Theater, und die Nacht verbrachte er in Gesellschaft gefälliger Mädchen.

Sechs Monate später heiratete er wieder. Seine zweite Frau war die Ehrbarkeit selbst, aber von recht schwierigem Charakter. Und sie machte ihm das Leben sehr sauer.

«Madame Bonderoi?»
«Ja, Madame Bonderoi.»
«Nicht möglich!»
«Wenn ich es Ihnen sage?!»
«Madame Bonderoi, die alte Dame mit den Spitzenhäubchen, die fromme, die heilige, die ehrenwerte Madame Bonderoi, deren falsche Löckchen aussehen, als wären sie rund um den Schädel geklebt?»
«Sie selber.»
«Aber – ich bitte Sie! Sind Sie verrückt?»
«Und wenn ich es Ihnen schwöre?»
«Da müssen Sie mir alle Einzelheiten berichten!»
«Mit Vergnügen. Zur Zeit Monsieur Bonderois, des früheren Notars, benützte Madame Bonderoi, wie man sagt, die Angestellten zu persönlichen Dienstleistungen. Sie ist eine jener ehrbaren Bürgersfrauen mit geheimen Lastern und unbeugsamen Grundsätzen, wie es deren zahlreiche gibt. Sie liebte die hübschen Burschen; was könnte natürlicher sein? Lieben wir nicht die hübschen Mädchen?

Als Vater Bonderoi das Zeitliche gesegnet hatte, begann seine Witwe ein Leben als friedliche, unbescholtene Rentnerin zu führen. Sie ging regelmäßig in die Kirche, sprach verachtlich von den Nebenmenschen und war selber über jeden Klatsch erhaben.

Dann alterte sie und entwickelte sich zu der kleinen Frau, die Sie kennen: geziert, säuerlich, bösartig.

Und nun kommen wir zu dem unwahrscheinlichen Abenteuer, das sich letzten Donnerstag ereignet hat.

Mein Freund Jean d'Anglemare ist, wie ihr wißt, Rittmeister bei den Dragonern in der Kaserne im Faubourg de la Rivette.

Als er unlängst, am Morgen, in die Kaserne kam, erfuhr er, daß zwei Leute von seiner Eskadron sich entsetzlich verprügelt hatten. Die militärische Ehre hat ihre strengen Gesetze. Es kam zum Duell. Nach dem Zweikampf versöhnten die Soldaten sich und berichteten, von ihrem Offizier befragt, worum es sich bei ihrem Zank gehandelt hatte. Sie hatten sich für Madame Bonderoi geschlagen.»

«Oh!»

«Ja, mein Lieber, für Madame Bonderoi.»

Aber ich lasse dem Dragoner Siballe das Wort:

«So hat sich's zugetragen, Herr Rittmeister. Ungefähr achtzehn Monate ist's her, da spaziere ich so zwischen sechs und sieben am Abend über den Korso, und da spricht eine Frau mich an.

Sie sagt, als ob sie mich nach dem Weg fragen würde:

‹Soldat, wollen Sie anständig zehn Francs in der Woche verdienen?›

Ich antworte ihr aufrichtig: ‹Ganz zu Ihren Diensten, Madame.›

Und da sagt sie: ‹Kommen Sie morgen mittag zu mir. Ich bin Madame Bonderoi, 6, rue de la Tranchée.›

‹Ich werde nicht verfehlen, Madame; seien Sie unbesorgt.›

Da läßt sie mich zufrieden stehn und sagt nur noch: ‹Ich danke Ihnen schön, Soldat.›

‹Ich bin's, der Ihnen zu danken hat, Madame.›

Und die Geschichte hat bis zum nächsten Tag nicht aufgehört mich zu jucken.

Um Mittag läute ich bei ihr.

Sie hat mir selber aufgemacht. Sie hatte einen ganzen Haufen kleiner Bänder auf dem Kopf.

‹Beeilen wir uns›, sagt sie. ‹Mein Dienstmädchen könnte heimkommen.›

Ich sage: ‹Ich will mich gern beeilen. Was soll ich denn tun?›

Und da fängt sie an zu lachen: ‹Verstehst du denn nicht, du großer Schlingel?›

Ich hab' gar nichts verstanden, Herr Rittmeister! Mein Ehrenwort.

Sie setzt sich ganz nahe zu mir und sagt: ‹Wenn du ein Wort von all dem weitersagst, lass' ich dich ins Gefängnis stecken. Schwör mir, dass du stumm bleiben wirst.›

Ich hab' ihr geschworen, was sie wollte. Aber ich hatte noch immer nicht verstanden. Ich hatte schon Schweiß auf der Stirne. Da nahm ich den Helm ab, und darin hab' ich mein Taschentuch. Sie nimmt mir das Taschentuch weg und trocknet mir die Haare an den Schläfen. Und dann umarmt sie mich und flüstert mir ins Ohr:

‹Willst du also?›

Und ich antworte: ‹Ich will schon, was Sie wollen, Madame, wenn ich doch deswegen gekommen bin.›

Und da hat sie mir's ganz deutlich zu verstehn gegeben. Wie ich merke, worum's geht, stelle ich meinen Helm auf einen Stuhl; und dann zeige ich ihr, daß die Dragoner niemals kneifen!

Nicht daß es mir großen Spaß gemacht hätte, denn die gute Frau ist nicht mehr in ihrer ersten Jugendfrische. Aber im Dienst darf man nicht gar zu heikel sein, weil doch das Kleingeld rar ist. Und dann hat man ja eine Familie, die man unterstützen muß. Und so sage ich mir: Das gibt eben hundert Sous für meinen Alten!

Nachdem ich meine Arbeit getan hatte, machte ich mich zum Rückzug bereit. Sie hätte gern gewollt, daß ich nicht gar so bald abfahre. Aber ich sage zu ihr: ‹Jedem das Seine, Madame. Ein kleines Glas, das kostet zwei Sous, und zwei kleine Glas, das kostet vier Sous.›

Das war doch nur vernünftig, und sie hat's auch gleich kapiert. Und da steckt sie mir einen kleinen Napoleon von zehn Francs in die Hand. Das hat mir gar nicht gepaßt, so ein Geldstück, weil einem das in die Tasche rutscht, und wenn die Hosen nicht tadellos genäht sind, so findet man's in den Stiefeln oder man findet's auch gar nicht.

Und das hab' ich mir gedacht, als ich das gelbe Stück Siegellack ansehe; und da schaut sie mich an und wird rot, weil sie falsch verstanden hat, warum ich so ein Gesicht mache, und da fragt sie mich:

‹Findest du vielleicht, daß es nicht genug ist?›

Und ich antworte ihr:

‹Das wär's eigentlich nicht, Madame, aber, wenn's Ihnen nichts ausmacht, hätt' ich lieber zwei Stück zu hundert Sous.›

Die hat sie mir gegeben, und dann bin ich abmarschiert.

Und das dauert jetzt achtzehn Monate, Herr Rittmeister. Jeden Dienstag geh' ich abends hin, wenn Sie mir Überzeit geben. Ihr ist das lieber, weil da ihr Dienstmädchen schon schläft.

Vorige Woche aber ist mir's gar nicht gut gegangen, und ich hab' ins Lazarett abschieben müssen. Der Dienstag kommt, und ich kann nicht ausgehn. Und ich hab' mich bis aufs Blut geärgert wegen der zehn Francs, an die ich mich gewöhnt hatte.

Und ich sage mir: Wenn niemand hingeht, bin ich erledigt. Dann nimmt sie bestimmt einen Artilleristen. Und da bin ich ganz toll geworden.

Und ich lass' Paumelle sagen, daß er mich besuchen soll, weil wir doch aus demselben Dorf sind; und ich erzähle ihm die Geschichte: ‹Hundert Sous für dich, hundert Sous für mich; einverstanden?›

Er ist's zufrieden und macht sich auf den Weg. Ich hatte ihm alles Nötige gesagt. Er klopft, sie macht auf, sie läßt ihn eintreten, sie schaut gar nicht nach dem Kopf, und so bemerkt sie nicht, daß es nicht derselbe ist.

Sie verstehen, Herr Rittmeister, ein Dragoner ist ein Dragoner; solang sie den Helm aufhaben, sieht einer aus wie der andere.

Aber plötzlich entdeckt sie die Veränderung, und sie fragt wütend:

‹Wer sind Sie denn überhaupt? Und was wollen Sie? Ich kenne Sie doch nicht?›

Und da setzt Paumelle ihr die Sache auseinander. Er erklärt ihr, daß ich im Lazarett bin, und er erklärt ihr, daß ich ihn als Ersatzmann geschickt hab'.

Sie mustert ihn von oben bis unten, läßt ihn auch Verschwiegenheit schwören, und dann findet sie sich mit ihm ab, wie Sie sich das wohl vorstellen können, weil ja Paumelle auch kein übler Bursche ist.

Aber als der Schweinehund zurückkommt, Herr Rittmeister, will er mir nicht mehr meine hundert Sous geben! Wenn's nur für mich gewesen wäre, hätt' ich nichts gesagt; aber es ist doch für den Alten! Und da versteh' ich keinen Spaß.

Ich sage ihm:

‹Für einen Dragoner bist du nicht grade fein in deinem Benehmen! Du machst der Uniform keine Ehre!›

Da hat er die Hand gehoben und hat gesagt, so eine Arbeit, die wär' mehr als das Doppelte wert.

Darüber kann jeder denken, wie er will. Nicht wahr? Er hätt's eben nicht annehmen sollen. Und ich hab' ihm die Faust auf die Nase geklebt. Und das übrige wissen Sie.»

Rittmeister d'Anglemare lachte Tränen, als er mir die Geschichte erzählte. Aber ich mußte ihm auch strengste Verschwiegenheit schwören, wie er selber sie den beiden Soldaten geschworen hatte.

«Vor allem, verraten Sie mich nicht! Behalten Sie es für sich! Das versprechen Sie mir?»

«Keine Angst! Aber wie hat sich das alles schließlich wieder eingerichtet?»

«Wie? Raten Sie einmal... die Mutter Bonderoi hat beide Dragoner behalten und für jeden einen Tag in der Woche bestimmt. Auf diese Art ist alle Welt zufrieden.»

«Köstlich, die Geschichte!»

«Und die alten Eltern haben was zu knabbern. Der Moral ist Genüge getan.»

Paris war belagert, ausgehungert und röchelte nur noch. Die Spatzen auf den Dächern machten sich rar, und die Kloaken entvölkerten sich. Man aß, was man fand.

Als er an einem klaren Januarmorgen, traurig, mit leerem Magen und die Hände in den Uniformhosen, den Außenboulevard entlang ging, blieb Morissot, seines Zeichens Uhrmacher und derzeit Nationalgardist, plötzlich vor einem Kameraden stehen, in dem er einen Freund erkannte. Es war Sauvage, eine Anglerbekanntschaft.

Vor dem Krieg war Morissot jeden Sonntag bei Morgengrauen, ein Bambusrohr in der Hand, eine Blechbüchse auf dem Rücken, losgezogen. Er nahm den Zug nach Argenteuil, stieg in Colombes aus und ging zu Fuß nach der Insel Marante. Und kaum an diesem Ziel seiner Träume angelangt, begann er zu angeln, und er angelte, bis die Nacht anbrach.

Jeden Sonntag traf er dort einen kleinen, rundlichen, wohlgelaunten Mann, den Kurzwarenhändler Sauvage aus der rue Notre-Dame-de-Lorette, ebenfalls ein fanatischer Angler. Oft verbrachten sie einen halben Tag nebeneinander, die Angel in der Hand; die Beine baumelten über die Strömung, und so waren sie Freunde geworden.

Es gab Tage, da sie nicht sprachen. Manchmal schwatzten sie auch; doch sie verstanden einander wunderbar, ohne zu sprechen, denn sie hatten den gleichen Geschmack und die gleichen Gefühle.

Im Frühling, am Morgen, gegen zehn Uhr, wenn die verjüngte Sonne über dem ruhigen Fluß jenen leichten Dunst schweben ließ, der mit dem Wasser fortströmt, und wenn sich die gute Hitze der neuen Jahreszeit über den Rücken der beiden eingefleischten Angler ergoß, dann sagte Morissot manchmal zu seinem Nachbarn: «Wie angenehm das ist, was?» Und Sauvage erwiderte: «Ich weiß mir nichts Schöneres.» Und das genügte ihnen, um einander zu verstehen und zu schätzen.

Im Herbst, wenn der Tag sich neigte und der Himmel, von der sinkenden Sonne durchblutet, die Umrisse scharlachfarbener Wolken auf das Wasser warf, den ganzen Fluß mit Purpur überschüttete, den Horizont entflammte, die beiden Freunde rötete wie mit einem Feuer und die vergilbenden Bäume umgoldete, die schon im Schauer des Winters fröstelten, dann sah Sauvage lächelnd zu Morissot hinüber und sagte: «Was für ein Schauspiel!» Und Morissot erwiderte entzückt, ohne allerdings den Blick von seinem Schwimmer zu wenden: «Das ist mehr wert als der Boulevard, was?»

Kaum hatten sie einander erkannt, schüttelten sie sich energisch die Hände; denn sie waren ganz gerührt, sich unter so veränderten Umständen wiederzusehen. Sauvage seufzte tief und brummte: «Das sind Geschichten!» Und Morissot stöhnte sehr düster: «Und was für ein Wetter! Heute ist der erste schöne Tag des Jahres!»

Tatsächlich war der Himmel ganz blau und leuchtend.

Versonnen und traurig gingen sie nebeneinander her. Dann begann Morissot: «Und die Fischerei! Was für gute Erinnerungen!»

Sauvage fragte: «Wann werden wir wieder hingehen können?!»

Sie kehrten in einem kleinen Café ein und tranken einen Absinth miteinander, dann setzten sie ihre Wanderung durch die Straßen fort.

Plötzlich blieb Morissot stehen: «Noch einen Grünen, was?» Sauvage war einverstanden: «Ganz wie Sie wollen.» Und sie traten bei einem Schenkwirt ein.

Als sie wieder fortgingen, waren sie wie betäubt; sie waren verwirrt wie Leute, die nichts im Magen haben als Alkohol. Es war warm. Eine schmeichelnde Brise kitzelte ihnen das Gesicht.

Sauvage, den die laue Luft endgültig berauschte, blieb stehen: «Und wenn wir hingingen?»

«Wohin?»

«Angeln, natürlich.»

«Aber wohin?»

«Zu unserer Insel! Wohin sonst? Die französischen Vorposten stehen bei Colombes. Ich kenne den Obersten Dumoulin; man wird uns ohne weiteres passieren lassen.»

Morissot zitterte vor Verlangen. «Gemacht! Ich bin dabei!» Und sie trennten sich, um ihre Geräte zu holen.

Eine Stunde später marschierten sie, Seite an Seite, über die Landstraße. Dann kamen sie zu der Villa, die der Oberst bewohnte. Er lächelte über ihren Wunsch und ließ sie gewähren. Mit einem Passierschein in der Tasche setzten sie ihren Weg fort.

Bald waren sie durch die Vorpostenkette hindurch, gingen durch das verlassene Colombes und gelangten an den Rand des Rebgeländes, das zur Seine absteigt. Es war etwa elf Uhr.

Das Dorf Argenteuil, ihnen gegenüber, schien tot zu sein. Die Höhen von Orgemont und Sannois beherrschten die ganze Gegend. Die große Ebene, die bis Nanterre reicht, war leer, ganz leer mit ihren nackten Kirschbäumen und ihrer grauen Erde.

Sauvage wies mit dem Finger auf die Höhen und flüsterte: «Dort oben sind die Preußen!» Und vor diesem verödeten Land lähmte eine Unruhe die beiden Freunde.

«Die Preußen!» Sie hatten noch niemals welche gesehen, doch sie spürten sie seit Monaten, rund um Paris, wie sie, unsichtbar und allmächtig, Frankreich zugrunde richteten, wie sie es plünderten, mordeten, aushungerten. Und dem Haß, den sie gegen dieses unbekannte, siegreiche Volk empfanden, gesellte sich eine Art abergläubischen Entsetzens.

Morissot stotterte: «Wenn wir ihnen hier begegneten…!»

Sauvage antwortete mit jenem spöttischen Pariser Ton, der sich trotz allem durchsetzt:

«Dann laden wir sie eben zu gebackenen Fischen ein.»

Dennoch wagten sie sich nur zögernd ins Land hinaus, denn das Schweigen des ganzen Rundes um sie schüchterte sie ein.

Endlich faßte Sauvage einen Entschluß. «Vorwärts! Los! Aber vorsichtig!» Und sie stiegen gebückt zwischen den Reben hinunter, krochen, benützten Gebüsch als Deckung; ihr Blick war unruhig, ihr Ohr gespannt.

Ein Streifen nackter Erde war noch zu überqueren, bevor man an das Ufer kam. Sie begannen zu laufen, und sobald sie die Böschung erreicht hatten, kauerten sie im trockenen Röhricht nieder.

Morissot legte die Wange an den Boden, um zu lauschen, ob in der Umgebung marschiert wurde. Er hörte nichts. Sie waren wirklich allein, ganz allein.

So faßten sie wieder Mut und begannen zu angeln.

Die verlassene Insel Marante ihnen gegenüber verbarg sie dem andern Ufer. Das kleine Wirtshaus war geschlossen und sah aus, als wäre es seit Jahren verlassen.

Sauvage fing die erste Grundel, Morissot die

zweite, und so konnten sie unablässig die Angel heben, und immer hing ein zitterndes, silbernes Tierchen am Ende der Leine: es war wahrhaftig ein wunderbarer Fischzug.

Behutsam taten sie die Fische in ein Netz mit sehr engen Maschen, das zu ihren Füßen im Wasser lag. Und eine köstliche Freude durchdrang sie, jene Freude, die einen ergreift, wenn man ein Lieblingsvergnügen wiederfindet, dessen man seit langem beraubt war.

Die gute Sonne goß ihnen ihre Wärme zwischen die Schultern, sie hörten überhaupt nichts mehr, sie dachten an nichts, die übrige Welt war nicht vorhanden, sie angelten.

Doch plötzlich ließ ein dumpfes Geräusch den Boden erzittern, ein Geräusch, das aus den Tiefen der Erde herzukommen schien. Die Kanone begann wieder zu dröhnen.

Morissot wendete den Kopf, und, über die Böschung hinweg, bemerkte er dort drüben zur Linken die hohen Umrisse des Mont Valérien, der an der Stirne einen weißen Federbusch trug, einen Pulverdunst, den er gerade ausgespien hatte.

Und alsbald stieg eine zweite Rauchwolke vom Gipfel der Festung auf, und wenige Augenblicke später dröhnte es abermals.

Dann folgten weitere Detonationen, von Minute zu Minute schleuderte der Berg seinen tödlichen Hauch, blies seine milchigen Dämpfe hinaus, die sich langsam in den ruhigen Himmel erhoben und zu einer Wolke wurden.

Sauvage zuckte die Achseln. «Jetzt fangen sie schon wieder an», sagte er.

Morissot, der ängstlich immer wieder die Feder seines Schwimmers untertauchen sah, wurde plötzlich von der Wut des friedlichen Menschen gegen jene Tollwitzigen gepackt, die sich schlugen, und er brummte: «Wie stupid muß man sein, um einander so umzubringen!»

Sauvage meinte: «Schlimmer als wilde Tiere!»

Und Morissot, der eben einen Barsch erwischt hatte, rief: «Und zu denken, daß es immer so sein wird, solange es Regierungen gibt!»

Sauvage fiel ihm ins Wort: «Die Republik hätte keinen Krieg erklärt...»

Doch Morissot unterbrach ihn: «Mit den Königen hat man den Krieg draußen, mit der Republik hat man den Krieg drinnen.»

In aller Ruhe machten sie sich daran, zu diskutieren, die großen politischen Fragen mit dem gesunden Verstand ruhiger, beschränkter Leute zu entwirren, und schließlich wurden sie einig, daß man niemals frei sein werde. Und der Mont Valérien dröhnte ohne Unterlaß, zerstörte mit seinen Kugeln französische Häuser, zermalmte Leben, zerschmetterte menschliches Dasein, machte manchem Traum, mancher erhofften Freude, manchem ersehnten Glück ein Ende, öffnete die Herzen der Frauen, die Herzen der Mädchen, die Herzen der Mütter dort unten und in andern Ländern einem Leid, das nicht mehr aufhören sollte.

«So ist das Leben», erklärte Sauvage.

«Sagen Sie lieber: so ist der Tod», erwiderte Morissot lachend.

Doch da fuhren sie entsetzt zusammen, denn sie spürten, daß eben jetzt hinter ihnen marschiert wurde, und als sie den Kopf wendeten, sahen sie hinter ihren Schultern vier Männer, vier große, bewaffnete, bärtige Männer, gekleidet wie Lakaien in Livree, auf dem Kopf flache Kappen, und diese Männer hatten ihre Gewehre auf sie angeschlagen.

Die beiden Angeln entglitten ihren Händen und begannen mit der Strömung flußabwärts zu treiben.

In wenigen Sekunden waren sie gepackt, gebunden, fortgeschleppt, in eine Barke geworfen und nach der Insel gebracht.

Und hinter dem Haus, das sie für verlassen gehalten hatten, bemerkten sie jetzt etwa zwanzig deutsche Soldaten.

Eine Art behaarter Riese, der rittlings auf einem Stuhl saß und eine lange Pfeife mit Porzellankopf rauchte, fragte sie in ausgezeichnetem Französisch: «Nun, meine Herren, haben Sie einen guten Fang getan?»

Da legte ein Soldat das mit Fischen gefüllte Netz, das er sorgsam mitgebracht hatte, zu den Füßen des Offiziers nieder. Der Preuße lächelte: «Nun, nun, ich sehe, daß es gar nicht schlecht gegangen ist. Aber jetzt geht es um etwas anderes. Hören Sie mir zu und haben Sie keine Angst.

Von meinem Standpunkt aus sind Sie zwei

Spione, geschickt, um mich zu beobachten. Ich nehme Sie gefangen und lasse Sie erschießen. Sie tun, als ob Sie angeln würden, um Ihre Pläne besser zu verheimlichen. Sie sind in meine Hände gefallen. Das ist Pech. Krieg ist eben Krieg.

Doch da Sie die Vorposten passiert haben, müssen Sie bestimmt ein Losungswort für die Rückkehr kennen. Nennen Sie mir dieses Wort, und ich lasse Sie laufen.»

Die beiden Freunde standen totenbleich nebeneinander, ein nervöses Zucken lief durch ihre Hände, aber sie schwiegen.

Der Offizier begann von neuem: «Kein Mensch wird es jemals erfahren, und Sie können in Frieden nach Hause gehen. Das Geheimnis verschwindet mit Ihnen. Wenn Sie sich weigern, bedeutet das den Tod, und zwar sofort. Wählen Sie.»

Sie blieben reglos und taten den Mund nicht auf.

Der Preuße streckte den Arm nach dem Fluß aus und fuhr in aller Ruhe fort: «Bedenken Sie, daß Sie in fünf Minuten auf dem Grunde dieses Flusses liegen. In fünf Minuten! Sie müssen doch Familie haben?»

Vom Mont Valérien dröhnte es immer weiter.

Die beiden Angler blieben aufrecht stehen und schwiegen. Der Deutsche erteilte in seiner Sprache Befehle. Dann rückte er seinen Stuhl fort, um nicht zu sehr in der Nähe der Gefangenen zu sein, und zwölf Mann stellten sich, Gewehr bei Fuß, zwanzig Schritt von ihnen entfernt auf.

Der Offizier sagte: «Ich gebe Ihnen eine Minute, nicht zwei Sekunden mehr.»

Dann stand er plötzlich auf, trat zu den beiden Franzosen, nahm Morissot unter dem Arm, zog ihn fort und sagte leise: «Rasch, das Losungswort! Ihr Kamerad wird es nicht erfahren, ich werde tun, als hätte ich es mir überlegt.»

Morissot antwortete nicht.

Daraufhin zog der Preuße Sauvage beiseite und stellte ihm das gleiche Ansinnen.

Sauvage antwortete nicht.

Sie standen wieder nebeneinander.

Und der Offizier rief seine Befehle. Die Soldaten hoben ihre Waffen.

Morissots Blick fiel zufällig auf das Netz voller Grundeln, das ein paar Schritte weiter im Gras lag.

Die Fische zappelten noch, und ein Sonnenstrahl ließ sie aufglitzern. Eine Schwäche überkam ihn. Trotz aller Selbstbeherrschung füllten seine Augen sich mit Tränen.

Er sagte stockend: «Adieu, Herr Sauvage.»

Und Sauvage antwortete: «Adieu, Herr Morissot.»

Sie reichten einander die Hand, von einem unüberwindbaren Zittern geschüttelt.

Der Offizier rief: «Feuer!»

Die zwölf Schüsse gaben nur einen einzigen Knall.

Sauvage fiel hin wie ein Stein. Morissot, der

größer war, schwankte, drehte sich um sich selbst und stürzte quer über seinen Kameraden, das Gesicht zum Himmel gekehrt, während Ströme von Blut aus seinem Uniformrock hervorquollen, der an der Brust zerfetzt war.

Der Deutsche gab neue Befehle. Seine Leute zerstreuten sich und kamen mit Stricken und Steinen wieder, die sie an den Füßen der beiden Toten befestigten. Dann trugen sie sie an die Böschung.

Der Mont Valérien hörte nicht auf zu dröhnen, und ein Berg von Rauch bedeckte seine Spitze.

Zwei Soldaten packten Morissot beim Kopf und bei den Beinen, zwei andere ergriffen Sauvage auf die gleiche Art. Die Körper wurden einen Augenblick kräftig geschwungen, dann weit hinausgeschleudert, beschrieben eine Kurve und da die Steine die Füße voranzogen, tauchten sie aufrecht in den Fluß.

Das Wasser spritzte auf, sprudelte, zitterte, dann wurde es wieder ruhig, während ganz kleine Wellen sich bis zum Ufer kräuselten.

Ein wenig Blut färbte die Oberfläche.

Mit größter Seelenruhe brummte der Offizier: «Jetzt sind einmal die Fische an der Reihe.»

Dann kehrte er zum Hause zurück.

Und plötzlich erblickte er im Gras das Netz mit den Grundeln. Er hob es auf, musterte es, lächelte, rief: «Wilhelm!»

Ein Soldat in weißer Schürze lief herbei. Der Preuße warf ihm die Beute der beiden Erschossenen zu und befahl: «Back mir mal rasch diese Tierchen, solange sie noch lebendig sind. Das wird einen Schmaus geben!»

Und dann griff er zu seiner Pfeife.

I

Vater Taille hatte drei Töchter. Anna, die älteste, von der man in der Familie nicht sprach, Rose, die jüngere, derzeit achtzehn Jahre alt, und Claire, die letzte, noch ein Backfisch, die eben erst ihren fünfzehnten Lenz erreicht hatte.

Vater Taille, heute verwitwet, war erster Mechaniker in Lebruments Knopffabrik. Er war ein wackerer Mann, sehr angesehen, sehr redlich, sehr nüchtern, gewissermaßen ein vorbildlicher Arbeiter. Er wohnte in der Rue d'Angoulème in Le Havre.

Als Anna sich, wie man so sagt, aus dem Staube machte, da war der Alte in einen entsetzlichen Zorn geraten; er hatte gedroht, den Verführer umzubringen, einen Gelbschnabel, einen Abteilungschef in einem großen Warenhaus. Dann aber hatte man ihm von verschiedenen Seiten mitgeteilt, daß die Kleine in ordentlichen Verhältnissen lebte, daß sie Staatsrenten besaß, daß sie nicht auf die Straße lief, sondern derzeit eine Beziehung zu einem reifen Mann hatte, Monsieur Dubois, einem Richter am Handelsgericht; und da hatte der Vater sich beruhigt.

Ja, er wollte sogar wissen, was sie machte; zog Erkundigungen über ihre Lebensweise bei ihren alten Freundinnen ein, die sie besucht hatten. Und als man ihm versicherte, sie habe sich eine Wohnung eingerichtet, auf den Kaminen habe sie eine Menge farbiger Vasen, an den Wänden Ölbilder, goldene Pendeluhren und überall Teppiche, da stahl sich ein kleines, zufriedenes Lächeln auf seine Lippen. Seit dreißig Jahren hatte er sich geschunden, um armselige fünf- oder sechstausend Francs auf die Seite zu legen! Die Kleine war am Ende gar nicht so dumm.

Nun, und eines Tages erschien der junge Touchard, dessen Vater Böttcher am Ende der Straße war, bei ihm und hielt um die Hand Roses, der zweiten, an. Das Herz des Alten begann zu pochen. Touchards waren reiche, geachtete Leute; er hatte mit seinen Töchtern entschieden Glück.

Der Tag der Hochzeit wurde bestimmt, und man beschloß, sie mit großem Glanz zu feiern. Sie sollte in Sainte-Adresse stattfinden, im Restaurant der Mutter Jusa. Das würde allerdings eine Stange Gold kosten, aber was tat's? Einmal ist keinmal!

Eines Tages aber, als der Alte zum Mittagessen heimgekehrt war und sich gerade mit den beiden Töchtern zu Tisch setzte, öffnete sich plötzlich die Türe und Anna trat ein. Sie hatte eine prächtige Toilette an, trug Ringe und einen Hut mit Federn. Bei all dem war sie furchtbar nett. Sie fiel dem Alten um den Hals, bevor er auch nur «Uff» sagen konnte, dann sank sie weinend in die Arme ihrer beiden Schwestern, und schließlich trocknete sie die Augen, setzte sich und bat um einen Teller. Sie wolle mit der Familie Suppe essen. Diesmal war Vater Taille seinerseits zu Tränen gerührt, und er wiederholte immer wieder:

«Das ist schön, Kleine, das ist schön!»

Und nun kam sie mit ihrem Anliegen. Sie wollte nicht, daß Roses Hochzeit in Sainte-Adresse stattfinden sollte, nein, das wollte sie unter keinen Umständen. Bei ihr selber sollte die Hochzeit gefeiert werden, und das würde den Vater keinen Sou kosten. Sie hatte schon alles geregelt, angeordnet, erledigt; um alles würde sie sich kümmern!

Der Alte wiederholte: «Das ist schön, Kleine, das ist schön!»

Doch da kam ihm ein Bedenken. Würden Touchards damit einverstanden sein? Rose, die Braut, fragte erstaunt:

«Warum sollten sie nicht einverstanden sein? Laßt mich nur machen! Ich werde schon mit Philippe reden!»

Und sie redete noch am selben Tag mit ihrem Bräutigam. Und Philippe erklärte, ihm passe das ausgezeichnet. Vater und Mutter Touchard waren ebenso entzückt von der Aussicht auf ein gutes Essen, das sie nichts kosten würde. Und sie sagten:

«Es wird bestimmt vorzüglich sein! Dieser Monsieur Dubois schwimmt ja im Geld!»

Dann baten sie um die Erlaubnis, eine Freundin einzuladen, Mademoiselle Florence, die Köchin der Leute im ersten Stock. Und Anna war mit allem einverstanden.

Am letzten Dienstag des Monats sollte die Trauung sein.

II

Nach der Formalität auf dem Standesamt und der kirchlichen Zeremonie machte die Hochzeitsgesellschaft sich auf den Weg zu Annas Haus. Tailles hatten ihrerseits einen bejahrten Cousin, Monsieur Sauvetanin, mitgebracht, einen steifleinenen Herrn, der sehr auf Formen hielt, allerlei philosophische Betrachtungen anstellte und von dem man zu erben hoffte, ferner auch eine alte Tante, Madame Lamondois.

Monsieur Sauvetanin war dazu ausersehen, Anna den Arm zu reichen; man hatte sie zusammengespannt, weil man sie als die wichtigsten und vornehmsten Persönlichkeiten der Gesellschaft betrachtete.

Als man vor der Türe Annas angelangt war, ließ sie sogleich ihren Ritter stehn und erklärte:

«Ich werde euch den Weg zeigen!»

Und damit lief sie die Treppe hinauf, während der Zug der Gäste ihr langsamer folgte.

Sobald Anna die Türe zu ihrer Wohnung geöffnet hatte, trat sie zur Seite und ließ die Gesellschaft eintreten, die an ihr vorbeimarschierte und große Augen machte und die Köpfe nach allen Seiten drehte, um diesen geheimnisvollen Luxus zu bestaunen.

Der Tisch war in der Mitte des Salons aufgestellt worden, denn das Eßzimmer hatte man zu klein befunden. Ein benachbarter Wirt hatte die Gedecke beigestellt, und in dem Sonnenstrahl, der durch ein Fenster eindrang, glänzten die Karaffen, voll mit Wein.

Die Damen begaben sich in das Schlafzimmer, um sich dort ihrer Shawls und ihrer Hüte zu entledigen, und Vater Touchard, der in der Türe stand, blinzelte nach dem niedrigen, breiten Bett und machte den andern Männern wohlwollend-schelmische Zeichen. Vater Taille betrachtete sehr würdig und mit verhaltenem Stolz die prunkvolle Einrichtung seines Kindes; er ging von Zimmer zu Zimmer, den Hut immer in der Hand, nahm mit scharfem Blick gleichsam ein Inventar sämtlicher Gegenstände auf und bewegte sich wie ein Sakristan in einer Kirche.

Anna kam, ging, eilte, erteilte Aufträge, beschleunigte die Vorbereitungen zu der Mahlzeit. Schließlich erschien sie auf der Schwelle des ausgeräumten Eßzimmers und rief:

«Kommt alle für eine Minute hierher!»

Die zwölf Gäste drängten sich und erblickten zwölf Madeiragläser im Kreis auf einem Tischchen.

Rose und ihr Gatte hielten sich umschlungen und küßten sich schon in allen Winkeln ab. Monsieur Sauvetanin wandte den Blick nicht von Anna, zweifellos von jenem Feuer, jener Erwartung entzündet, die sich auch alter, häßlicher Männer in Gegenwart galanter Damen bemächtigen, als gehörten solche Damen durch ihr Handwerk, ihre berufliche Verpflichtung, wenigstens teilweise allen männlichen Wesen.

Dann setzte man sich zu Tisch, und die Mahlzeit nahm ihren Anfang. Die Eltern saßen an dem einen Ende, die jungen Leute am andern. Madame Touchard, die Mutter, führte rechts den Vorsitz, die junge Ehefrau führte den Vorsitz links. Anna war um alle und jeden besorgt, wachte darüber, daß die Gläser immer gefüllt und die Teller nie leer waren. Eine gewisse respektvolle Verlegenheit, eine gewisse Schüchternheit vor dem Glanz der Wohnung und der Feierlichkeit der Bedienung bedrückte die Gäste. Man aß gut, ja, man aß gut, aber man scherzte nicht, wie man bei Hochzeiten scherzen soll. Man fühlte sich in einer allzu vornehmen Umgebung, und das wirkte störend. Madame Touchard, die Mutter, die gern fröhlich war, versuchte die Stimmung zu heben, und als der Nachtisch aufgetragen wurde, rief sie:

«Hör, Philippe! Sing uns doch was!»

In ihrer Straße war man der Ansicht, daß ihr Sohn eine der schönsten Stimmen von Le Havre sein eigen nannte.

Sogleich erhob sich der junge Ehemann, lächelte, wandte sich zu seiner Schwägerin, und aus Höflichkeit und Galanterie wählte er etwas Passendes, Ernstes, den Umständen Entsprechendes, das seiner Meinung nach mit der vornehmen Atmosphäre des Hochzeitsessens im Einklang stand.

Anna schaute zufrieden drein und lehnte sich auf ihrem Stuhl zurück, um zuzuhören. Alle Gesichter verrieten freundliche Spannung.

Der Sänger verkündete: «Das verfluchte Brot!» Er rundete den rechten Arm, wodurch sein Frack sich am Hals hinunterschob, und begann:

«Gesegnet ist das Brot, das spät und frühe
wir ernten aus der kargen Erde Schacht,
es ist das Brot, das nach des Tages Mühe
der Vater seinen Kindern heimgebracht.
Allein, ein andres Brot will uns verleiten,
das Brot des Lasters, das die Höll' ersann,
mag's euch auch locken, hütet euch beizeiten,
o Kinder, dieses Brot, rührt es nicht an!»

Die letzte Zeile wiederholte er, und dann erscholl begeisterter Beifall der ganzen Tafelrunde. Vater Touchard erklärte:

«Das ist aber großartig!»

Die eingeladene Köchin drehte in ihrer Hand eine Brotkruste, die sie zärtlich betrachtete. Monsieur Sauvetanin flüsterte: «Sehr gut!» Und Tante Lamondois trocknete sich bereits die Augen mit ihrer Serviette.

Der junge Ehemann verkündete: «Zweite Strophe!» und stürzte sich mit wachsender Energie in sein Abenteuer:

«Habt Mitleid mit dem altersschwachen Armen,
der an dem Weg um milde Gaben fleht,
doch gönnt dem faulen Lumpen kein Erbarmen,

der jung und stark, und dennoch betteln geht!
Zu betteln ohne Grund, das heißt bestehlen
den Arbeiter, der nicht mehr schaffen kann,
es heißt, verfluchtes Brot des Nichtstuns wählen,
o Kinder, dieses Brot, rührt es nicht an!»

Alle, selbst die beiden Diener, die an der Wand stehngeblieben waren, sangen den Refrain im Chor mit. Die falschen, krächzenden Stimmen der Frauen brachten die massigen Stimmen der Männer aus der Tonart.

Die Tante und die Jungverheiratete waren jetzt in Tränen aufgelöst. Vater Taille schneuzte sich mit dem Dröhnen einer Posaune, und Vater Touchard schwenkte, völlig außer sich, ein ganzes Brot bis in die Mitte des Tisches. Die befreundete Köchin ließ stumme Tränen auf die Kruste fallen, die sie noch immer quetschte.

Inmitten der allgemeinen Rührung erklärte Monsieur Sauvetanin:

«Das sind einmal gesunde Ansichten und recht verschieden von den sonstigen lockeren Späßen!»

Auch Anna war gerührt; sie warf ihrer Schwester Kußhände zu und wies mit herzlicher Geste auf den jungen Gatten, um ihr zu diesem Fang Glück zu wünschen.

Der Sänger, vom Erfolg berauscht, sang weiter:

«Will eines Bösen Stimme dich verführen,
o brave Näherin, im Stübchen dein,
bleib deiner Nadel treu, laß dich nicht rühren,

denn du bist deiner Eltern Glück allein.
Willst du der Üppigkeit, der Wollust frönen,
ob auch dein Vater weint, der arme Mann,
das Brot der Schande knetet sich aus Tränen –
o Kinder, dieses Brot, rührt es nicht an!»

Diesmal übernahmen nur die beiden Diener und Vater Touchard den Refrain. Anna war blaß geworden und hatte die Augen gesenkt. Der junge Gatte sah sich verblüfft um, ohne die Ursache der plötzlichen Abkühlung zu begreifen. Die Köchin hatte ihre Kruste plötzlich fallengelassen, als hätte sie Gift geschluckt.

Monsieur Sauvetanin erklärte, um die Lage zu retten, gewichtig:

«Diese dritte Strophe ist entschieden zuviel!»

Vater Taille, rot bis zu den Ohren, warf wilde Blicke um sich.

Da aber sagte Anna, Tränen in den Augen, mit belegter Stimme, mit der Stimme einer Frau, die schluchzt:

«Bringen Sie den Champagner!»

Im Nu rüttelte neue Freude die Gäste auf. Die Gesichter strahlten wieder. Und da Vater Touchard, der nichts gesehen, nichts gehört, nichts begriffen hatte, noch immer sein Brot vor den Augen der Gäste schwenkte und ganz allein sang: «O Kinder, dieses Brot, rührt es nicht an!», brüllte die Tischgesellschaft, angesichts der silberbehaubten Flaschen, die jetzt erschienen, neu belebt, im Donnerchor:

«O Kinder, dieses Brot, rührt es nicht an!»

Der Friedensrichter, wohlbeleibt, ein Auge geschlossen, das andere kaum geöffnet, hört die Parteien mit unzufriedener Miene an. Manchmal stößt er eine Art Knurren aus, das seine Meinung ahnen läßt, und er unterbricht mit dünner Kinderstimme, um Fragen zu stellen.

Eben hat er den Fall Joly gegen Petitpas erledigt, darin es um den Grenzstein eines Feldes ging, den Petitpas' Fuhrmann bei der Arbeit irrtümlich versetzt hatte.

Jetzt kommt der Fall Hippolyte Lacours, Sakristans und Eisenwarenhändlers, gegen Madame Céleste-Césarine Luneau, Witwe des Anthime-Isidore, an die Reihe.

Hippolyte Lacour ist fünfundvierzig Jahre alt, groß, mager, hat lange Haare, ist rasiert wie ein Mann der Kirche und spricht mit langsamer, schleppender, singender Stimme.

Madame Luneau scheint vierzig Jahre zu zählen. Mit einem Knochenbau wie ein Ringkämpfer läßt sie allerorten ihr prall anliegendes Kleid schwellen. Ihre mächtigen Hüften stützen vorn einen überquellenden Busen und hinten Schulterblätter, gewölbt wie Brüste. Ihr breiter Hals trägt einen Kopf mit ausgeprägten Zügen, und ihre volle Stimme stößt, ohne besonders tief zu sein, Töne hervor, welche Fenster und Trommelfelle erzittern lassen. Sie ist schwanger, und so bietet ihre Vorderfront einen Bauch dar, gewaltig wie ein Gebirge.

Die Entlastungszeugen warten.

Der Friedensrichter beginnt das Verhör.

«Hippolyte Lacour, was haben Sie vorzubringen?»

Der Kläger ergreift das Wort.

«Es ist nämlich so, Herr Friedensrichter. Neun Monate wird es zu Sankt Michael sein, da ist Madame Luneau eines Abends zu mir gekommen, als ich gerade das Angelus geläutet hatte, und hat mir ihre Lage auseinandergesetzt. Wegen ihrer Unfruchtbarkeit nämlich.»

Der Friedensrichter: «Erklären Sie sich deutlicher, wenn ich bitten darf!»

Hippolyte: «Ja, ja, ich erkläre mich, Herr Richter. Nun, daß sie ein Kind haben wollte, und sie verlangte meine Mitarbeit. Ich habe keine Schwierigkeiten gemacht, und sie hat mir hundert Francs versprochen. Die Sache war damit geordnet und geregelt, aber jetzt will sie ihr Versprechen nicht halten. Und deswegen habe ich sie vorladen lassen, Herr Friedensrichter.»

Der Friedensrichter: «Ich verstehe kein Wort. Sie sagen, daß sie ein Kind haben wollte? Wie? Was für ein Kind? Zum Adoptieren?»

Hippolyte: «Nein, Herr Richter, ein neues.»

Der Friedensrichter: «Was verstehen Sie unter den Worten ‹ein neues›?»

Hippolyte: «Ich verstehe darunter ein Kind, das auf die Welt kommen sollte, ein Kind, das wir miteinander machen sollten, als ob wir verheiratet wären.»

Der Friedensrichter: «Das ist ja höchst überraschend. Zu welchem Zweck konnte sie denn diesen anormalen Vorschlag machen?»

Hippolyte: «Herr Richter, den Zweck habe ich auch zu Anfang nicht verstanden, und ich war ein wenig vor den Kopf geschlagen. Und da ich nichts tue, ohne mir über alles klar zu werden, wollte ich ihre Gründe erfahren, und sie hat sie mir aufgezählt.

Nun, ihr Mann, Anthime-Isidore, den Sie gekannt haben wie sich selber und wie mich, war die Woche vorher gestorben, und sein ganzes Vermögen sollte an seine Familie zurückfallen. Das hat sie geärgert, weil's doch ums Geld geht, und da hat sie einen Rechtsgelehrten aufgesucht, und der hat ihr auseinandergesetzt, wie es ist, wenn binnen zehn Monaten ein Kind auf die Welt käme. Ich will sagen, wenn sie binnen zehn Monaten nach dem Hinschied des seligen Anthime-Isidore ein Kind hätte, würde es als legitim angesehen und ein Recht auf die Erbschaft haben.

Auf der Stelle hat sie beschlossen, das Nötige zu tun, und so hat sie mir bei der Kirchentüre abgepaßt, wie ich schon die Ehre hatte Ihnen zu sagen, in Anbetracht dessen, daß ich ehelicher Vater von acht Kindern bin, alle am Leben, von denen das älteste Krämer in Caen, im Departement Calvados, ist und ehelich verbunden mit Victoire-Elisabeth Rabou...»

Der Friedensrichter: «Diese Einzelheiten sind überflüssig. Kommen Sie zur Sache!»

Hippolyte: «Ich komme schon dazu, Herr Richter. Sie hat also zu mir gesagt: ‹Wenn's dir gelingt, gebe ich dir hundert Francs, sobald die Schwangerschaft vom Doktor festgestellt ist.›

Da hab' ich mich denn dran gemacht, Herr Richter, zu tun, was sie haben wollte. Und nach sechs Wochen oder zwei Monaten erfuhr ich wirklich mit Genugtuung, daß es gelungen war. Als ich aber meine hundert Francs haben wollte, da hat sie sie mir verweigert. Ich habe noch mehrmals verlangt, aber ohne auch nur einen roten Heller zu kriegen. Sie hat mich sogar als Gauner behandelt, als impotent, und man braucht sie doch nur anzuschauen, wenn man den Beweis des Gegenteils haben will.»

Der Friedensrichter: «Was haben Sie zu sagen, Madame Luneau?»

Madame Luneau: «Ich sage, Herr Friedensrichter, daß dieser Mann ein Gauner ist!»

Der Friedensrichter: «Welchen Beweis haben Sie für diese Behauptung?»

Madame Luneau, dunkelrot, platzt fast vor Zorn: «Welchen Beweis? Welchen Beweis? Ich habe nicht bloß einen einzigen Beweis, einen einzigen wirklichen Beweis dafür, daß das Kind nicht von ihm ist. Nein, es ist nicht von ihm, Herr Richter, das beschwöre ich auf den Kopf meines seligen Gatten! Nicht von ihm!»

Der Friedensrichter: «Von wem ist es also?»

Madame Luneau stottert vor Wut: «Was weiß

ich? Was weiß ich? Von aller Welt! Hier, da haben Sie meine Zeugen, Herr Richter, da sind sie alle beisammen. Es sind ihrer sechs. Vernehmen Sie sie nur, vernehmen Sie sie nur. Sie werden aussagen...»

Der Friedensrichter: «Beruhigen Sie sich, Madame Luneau, beruhigen Sie sich und antworten Sie mit aller Gelassenheit. Welche Gründe haben Sie, um daran zu zweifeln, daß dieser Mann der Vater des Kindes ist, das Sie tragen?»

Madame Luneau: «Welche Gründe? Hundert habe ich, hundert, zweihundert, fünfhundert, zehntausend, eine Million Gründe und noch mehr. Denn nachdem ich ihm den Vorschlag gemacht habe, den Sie kennen, Herr Friedensrichter, nachdem ich ihm hundert Francs versprochen hatte, mußte ich erfahren, daß er Hörner hat, mit Verlaub zu sagen, Herr Richter, und daß sie nicht von ihm sind, seine Kinder; auch nicht ein einziges!»

Hippolyte Lacour, überlegen: «Das sind Lügereien!»

Madame Luneau, erbittert: «Lügereien! Lügereien! So eine Frechheit! Der beste Beweis ist, daß seine Frau sich mit jedem abgibt, das kann ich Ihnen sagen! Mit jedem! Da! Da sind meine Zeugen, Herr Friedensrichter. Verhören Sie sie nur!»

Hippolyte Lacour, kalt: «Das sind Lügereien!»

Madame Luneau: «So eine Frechheit! Und

die Rotköpfe? Hast du sie gemacht, die Rotköpfe?!»

Der Friedensrichter: «Nicht persönlich werden, wenn ich bitten darf. Sonst wäre ich gezwungen, gegen Sie vorzugehen.»

Madame Luneau: «Da mir also Zweifel an seinen Fähigkeiten aufgestiegen sind, habe ich mir gesagt, wie es so heißt, doppelt genäht hält besser, und da habe ich die Geschichte Césaire Lepic erzählt, da steht er, er ist mein Zeuge, und er hat gesagt: ‹Ganz zu Ihrer Verfügung, Madame Luneau›, und er hat mir seine Hilfe geliehen, für den Fall, daß Hippolyte versagt haben sollte. Aber da es auch andern Zeugen bekannt wurde, daß ich mich vorsehen wollte, hätten sich mehr als hundert gefunden, wenn ich gewollt hätte, Herr Richter.

Der Große, den Sie da sehen, Lucas Chandelier heißt er, der hat mir geschworen, ich hätte unrecht, Hippolyte Lacour die hundert Francs zu geben, denn er hat ja schließlich nicht mehr getan als die andern, die gar nichts verlangt hatten.»

Hippolyte: «Dann hätte sie mir eben nichts versprechen sollen. Ich hab' damit gerechnet, Herr Richter. Bei mir gibt's kein Gefackel. Was man versprochen hat, muß man halten!»

Madame Luneau, völlig entfesselt: «Hundert Francs! Hundert Francs! Hundert Francs für das, du Gauner, hundert Francs! Die da haben nichts von mir verlangt, keinen Sou! Da sind sie! Nicht weniger als sechs! Verhören Sie sie nur, Herr Friedensrichter, sie werden Ihnen antworten, da können Sie sicher sein, sie werden Ihnen antworten!» Zu Hippolyte: «Schau sie nur an, du Gauner, ob sie nicht so viel wert sind wie du! Sechs sind sie, aber ich hätte hundert haben können, zweihundert, fünfhundert, soviel ich gewollt hätte! Und umsonst, du Gauner!»

Hippolyte: «Und wenn's hunderttausend gewesen wären...»

Madame Luneau: «Ja, hunderttausend, wenn ich gewollt hätte!»

Hippolyte: «So hätte ich doch nicht weniger meine Pflicht getan... das ändert's nicht, unser Übereinkommen!»

Madame Luneau schlägt sich mit beiden Händen auf den Bauch: «Schön, so beweis doch, daß du's bist! Beweis es doch, du Gauner! Beweis es doch! Das kannst du nicht, was?!»

Hippolyte, gelassen: «Ich bin's vielleicht nicht mehr als ein anderer. Das hindert nicht, daß Sie mir für meinen Anteil hundert Francs versprochen haben. Sie hätten sich nachher nicht an alle Welt wenden dürfen. Das ändert nichts. Ich hätt's schon allein fertiggebracht.»

Madame Luneau: «Das ist nicht wahr! Du Gauner! Fragen Sie nur meine Zeugen, Herr Friedensrichter! Die werden Ihnen schon antworten!»

Der Friedensrichter ruft die Entlastungszeugen auf. Es sind ihrer sechs, rot, mit hängenden Händen, eingeschüchtert.

Der Friedensrichter: «Lucas Chandelier, haben Sie Grund zu der Annahme, daß Sie der Vater des Kindes sind, das Madame Luneau trägt?»

Lucas Chandelier: «Ja, Herr Richter.»

Der Friedensrichter: «Célestin-Pierre Sidoine, haben Sie Grund zu der Annahme, daß Sie der Vater des Kindes sind, das Madame Luneau trägt?»

Célestin-Pierre Sidoine: «Ja, Herr Richter.»

Die vier andern Zeugen sagen das gleiche aus.

Der Friedensrichter sammelt sich und fällt sein Urteil:

«In Anbetracht dessen, daß, wenn Hippolyte Lacour Grund hat, sich für den Vater des Kindes zu halten, das Madame Luneau zu haben wünschte, die Zeugen Lucas Chandelier etc. etc., ähnliche, wenn nicht gewichtigere Gründe haben, sich die Vaterschaft zuzuschreiben;

in Anbetracht dessen aber, daß Madame Luneau ursprünglich den Beistand Hippolyte Lacours verlangt hat und dafür eine Entschädigung von hundert Francs vereinbart wurde;

in Anbetracht dessen, daß es immerhin, wenn man auch dem genannten Lacour den guten Glauben zubilligen darf, doch gestattet ist, sein Recht, sich auf solche Art zu betätigen, unter Berücksichtigung des Umstands anzuzweifeln, daß er verheiratet und durch das Gesetz verpflichtet ist, seiner legitimen Gattin treu zu bleiben,

in Anbetracht dessen, daß etc. etc. etc.

verurteile ich Madame Luneau zur Zahlung eines Schadenersatzes von fünfundzwanzig Francs an den genannten Hippolyte Lacour für Zeitverlust und ungehörige Abspenstigmachung.»

Ein armer alter Mann mit weißem Bart bat uns um ein Almosen. Mein Kollege Joseph Davranche gab ihm fünf Francs. Ich war erstaunt. Aber er sagte:

«Der arme Teufel erinnert mich an eine Geschichte, die ich dir erzählen will, weil die Sache mich nicht locker läßt. Hör zu:

Meine Familie, in Le Havre daheim, war nicht reich. Man schlug sich durch, das war alles. Der Vater arbeitete, kehrte spät aus dem Büro zurück und verdiente nicht viel. Ich hatte zwei Schwestern.

Meine Mutter litt sehr unter der Knappheit, in der wir lebten, und häufig fand sie bittere Worte für ihren Mann, verschleierte, häßliche Vorwürfe. Mein armer Vater machte dann eine Geste, die mir das Herz zerriß. Er strich sich mit der offenen Hand über die Stirne, als wollte er einen Schweiß abwischen, der nicht vorhanden war, und er gab keine Antwort. Ich spürte seinen ohnmächtigen Schmerz. An allem wurde gespart; nie wurde eine Einladung angenommen, um sie nicht erwidern zu müssen, die Lebensmittel wurden hinten in den Läden zu herabgesetzten Preisen gekauft. Meine Schwestern schneiderten sich ihre Kleider selber und führten lange Gespräche über den Preis einer Borte, die fünfzehn Centimes den Meter kostete. Unsere normalen Mahlzeiten bestanden aus einer fetten Suppe und einem Stück Rindfleisch, das sich allen Saucen anpassen mußte. Das war anscheinend gesund und kräftigend; aber mir wäre anderes lieber gewesen.

Mir machte man abscheuliche Szenen wegen verlorener Knöpfe und zerrissener Hosen.

Jeden Sonntag aber unternahmen wir in großer Gala unsere Promenade nach der Mole. Mein Vater, im Gehrock, mit Zylinder und Handschuhen, reichte meiner Mutter den Arm, die herausgeputzt war wie ein bewimpeltes Schiff an Festtagen. Meine Schwestern, stets als erste bereit, warteten auf das Zeichen zum Aufbruch; doch im letzten Augenblick entdeckte man immer einen vergessenen Fleck auf dem Gehrock des Familienvaters, und nun mußte rasch ein benzingetränktes Stück Stoff in Tätigkeit treten.

Mein Vater behielt den Zylinder auf dem Kopf und wartete in Hemdärmeln, bis die Operation beendet war, während meine Mutter ihre Brille aufgesetzt und die Handschuhe ausgezogen hatte, um sie nicht zu verderben, bevor sie sich hastig an die Arbeit machte.

Dann aber trat man sehr zeremoniell den Weg an. Meine Schwestern marschierten, Arm in Arm, an der Spitze. Sie waren in heiratsfähigem Alter, und das wollte man in der Stadt zeigen. Ich hielt mich zur Linken meiner Mutter, mein Vater zu ihrer Rechten. Und ich erinnere mich an die stolze Haltung meiner armen Eltern bei diesen Sonntagspromenaden, an die Starrheit ihrer Mienen, an ihren taktmäßigen Gang. Sie zogen mit gewichtigen Schritten daher, den Körper gestrafft, die Beine steif, als hinge eine Angelegenheit von höchster Wichtigkeit von ihrem Benehmen ab.

Und jeden Sonntag, wenn mein Vater die großen Schiffe sah, die aus unbekannten, fernen Ländern kamen, sagte er unweigerlich immer die gleichen Worte:

‹Was?! Wenn Jules darauf wäre? Das gäbe eine Überraschung!›

Mein Onkel Jules, der Bruder meines Vaters, war die einzige Hoffnung der Familie, nachdem er einst ihr Schrecken gewesen war. Seit meiner Kindheit hatte ich von ihm sprechen gehört, und mir war es, als müßte ich ihn auf den ersten Blick erkennen, so vertraut war mir der Gedanke an ihn geworden. Ich wußte alle Einzelheiten seiner Laufbahn bis zu dem Tag seiner Abreise nach Amerika, wenn man auch von jener Periode seines Lebens nur mit gedämpfter Stimme sprach.

Er hatte sich anscheinend schlecht aufgeführt, das heißt, daß er etwelches Geld vergeudet hatte, was bei armen Familien das größte Verbrechen ist. Bei den Reichen sagt man von einem jungen Mann, der sich amüsiert: ‹Er macht Dummheiten.› Er ist, was man lächelnd einen Lebemann nennt. Bei den Bedürftigen aber wird ein Bursche, der die Eltern zwingt, das

Kapital anzugreifen, zu einem Tunichtgut, einem Nichtsnutz, einem Lumpen.

Und diese Unterscheidung ist nur gerecht, wenn auch die Sache selbst die gleiche bleibt, denn nur die Folgen bestimmen die Schwere der Tat.

Nun, Onkel Jules hatte die Erbschaft, auf die mein Vater zählte, beträchtlich vermindert, nachdem er übrigens seinen eigenen Anteil bis auf den letzten Sou durchgebracht hatte.

Da hatte man ihn, wie man das damals tat, auf ein Handelsschiff gesetzt, das von Le Havre nach New York fuhr.

Einmal dort angekommen, ließ sich mein Onkel Jules als Kaufmann nieder – womit er handelte, weiß ich nicht. Und bald schrieb er, daß er ein wenig Geld verdiene und hoffe, meinen Vater für das Unrecht entschädigen zu können, das er ihm angetan hatte. Dieser Brief verursachte in der Familie tiefe Rührung. Jules, der, wie man bei uns sagte, nicht die vier Hufeisen eines Hundes wert war, wurde mit einem Schlag ein Ehrenmann, ein Mann von Herz, ein echter Davranche, durch und durch anständig wie alle Davranches.

Ein Kapitän berichtete uns überdies, daß mein Onkel einen großen Laden gemietet hatte und gute Geschäfte machte.

Ein zweiter Brief, zwei Jahre später, lautete:

Mein lieber Philippe,

Ich schreibe dir, damit du dir keine Sorgen um meine Gesundheit machst, mit der es gut steht. Auch die Ge-

schäfte gehen gut. Morgen trete ich eine lange Reise nach Südamerika an. Ich werde dir vielleicht mehrere Jahre keine Nachrichten von mir zukommen lassen. Aber wenn ich nicht schreibe, so brauchst du dich nicht zu beunruhigen. Ich kehre, wenn ich mein Glück gemacht habe, nach Le Havre zurück. Hoffentlich wird das nicht mehr zu lange dauern, und dann werden wir glücklich miteinander leben...

Dieser Brief war zum Evangelium der Familie geworden. Man las ihn bei jeder Gelegenheit oder zeigte ihn allen Leuten.

Tatsächlich ließ Onkel Jules zehn Jahre lang nichts von sich hören; doch die Hoffnungen meines Vaters wuchsen, je rascher die Zeit verstrich. Und meine Mutter sagte häufig:

‹Wenn der gute Jules da ist, wird unsere Lage sich ändern. Das ist ein Mensch, der es verstanden hat, in die Höhe zu kommen!›

Und jeden Sonntag, wenn mein Vater vom Horizont her die großen schwarzen Schiffe anfahren sah, welche Rauchschlangen an den Himmel spien, wiederholte er seinen ewigen Satz:

‹Was?! Wenn Jules darauf wäre? Das gäbe eine Überraschung!›

Und beinahe war man gefaßt, Onkel Jules ein Schnupftuch schwenken zu sehen und rufen zu hören:

‹Hallo, Philippe!›

Tausend Pläne hatte man für diese unzweifelhafte Rückkehr geschmiedet; mit dem Geld des

Onkels wollte man sogar ein kleines Landhaus bei Ingouville kaufen. Ich möchte beinahe glauben, daß mein Vater schon Verhandlungen angeknüpft hatte.

Die ältere meiner Schwestern war damals achtundzwanzig Jahre; die andere sechsundzwanzig. Sie fanden keine Männer, und das war der große Kummer der ganzen Familie.

Schließlich meldete sich ein Bewerber um die Hand der zweiten. Ein Angestellter, kein reicher, aber ein ehrenwerter Mann. Ich war immer überzeugt, daß Onkel Jules' Brief, der eines Abends gezeigt wurde, dem Zaudern ein Ende gemacht, den jungen Mann zu einem Entschluß bestimmt hatte.

Er wurde mit offenen Armen aufgenommen, und dann beschloß man, daß nach der Hochzeit die ganze Familie eine kleine Reise nach der Insel Jersey unternehmen sollte.

Jersey ist das ideale Reiseziel für arme Leute. Es ist nicht weit; man überquert in einem Passagierschiff das Meer und ist in einem fremden Land, denn die Insel gehört den Engländern. So kann sich ein Franzose, nach zwei Stunden Seefahrt, den Anblick eines benachbarten Volkes auf dessen eigenem Grund und Boden leisten, kann die übrigens beklagenswerten Sitten dieser Insel studieren, über der, wie man zu sagen pflegt, die englische Flagge weht.

Diese Reise nach Jersey wurde unsere einzige Beschäftigung, unsere einzige Erwartung, unser Traum zu jeder Minute.

Und schließlich brachen wir auf. Ich sehe das, als wäre es gestern gewesen: das Dampfschiff, das am Quai von Granville lag; meinen Vater, der aufgeregt die Verfrachtung unserer drei Koffer beaufsichtigte; meine Mutter, besorgt an dem Arm meiner unverheirateten Schwester hängend, die seit der Heirat der andern verloren schien wie ein Huhn, das von der ganzen Brut allein übrigbleibt. Und hinter uns die Neuvermählten, die immer ein wenig zurückblieben, was mich veranlaßte, mich häufig umzudrehen.

Der Dampfer pfiff. Da waren wir denn auf dem Verdeck; das Schiff löste sich von der Mole und wandte sich auf das Meer hinaus, das flach war wie ein grüner Marmortisch. Wir sahen die Küsten fliehen und waren glücklich und stolz wie alle Menschen, die nur wenig reisen.

Mein Vater streckte den Bauch unter seinem Gehrock heraus, aus dem man noch am selben Morgen sämtliche Flecken sorgfältig entfernt hatte, und der jenen Benzingeruch der Festtage um sich verbreitete, daran ich stets den Sonntag erkennen konnte.

Plötzlich erschaute er zwei elegante Damen, denen zwei Herren Austern vorsetzten. Ein zerlumpter alter Matrose öffnete mit einem Ruck seines Messers die Schalen, reichte sie den Herren, die sie wiederum den Damen reichten. Sie aßen sie sehr behutsam, hielten die Schale auf einem feinen Taschentuch und schoben den Mund vor, um sich das Kleid nicht zu beschmutzen. Dann schlürften sie den Inhalt mit einer raschen, kleinen Geste und warfen die Schale ins Meer.

Diese gewählte Art, auf einem fahrenden Schiff Austern zu essen, mußte meinem Vater Eindruck gemacht haben. Er fand das sehr manierlich, raffiniert, vornehm, und so trat er zu meiner Mutter und meinen Schwestern und fragte:

‹Soll ich auch für euch ein paar Austern bestellen?›

Meine Mutter zauderte – der Ausgabe wegen; meine beiden Schwestern aber nahmen sein Angebot sogleich an. Meine Mutter sagte verärgert:

‹Ich fürchte, ich könnte mir den Magen damit verderben. Bestell nur für die Kinder, aber nicht zuviel! Du wirst sie noch krank machen!›

Dann wandte sie sich zu mir und setzte hinzu:

‹Joseph braucht keine Austern; man soll die Jungen nicht verwöhnen!›

So blieb ich denn bei meiner Mutter, obgleich ich diese Lösung ungerecht fand. Mit den Blicken folgte ich meinem Vater, der seine beiden Töchter und seinen Schwiegersohn stolz zu dem zerlumpten alten Matrosen führte.

Die beiden Damen hatten sich entfernt, und mein Vater zeigte meinen Schwestern, wie man es anstellen müsse, um Austern zu essen, ohne das Wasser hinunterrinnen zu lassen. Bei dem Versuch, es den beiden Damen gleichzutun, goß er im Nu die ganze Flüssigkeit über seinen Gehrock, und ich hörte, wie meine Mutter murmelte:

‹Er täte besser, sich nicht einzumischen!›

Doch mit einem Mal schien mein Vater unruhig zu werden; er trat einige Schritte zurück, beobachtete seine Familie, die sich um den Mann drängte, der die Austern öffnete, und dann kam er auf uns zu. Ich hatte den Eindruck, daß er sehr blaß war und seltsam dreinschaute. Halblaut sagte er zu meiner Mutter:

‹Es ist geradezu unglaublich, wie dieser Mann, der die Austern öffnet, Jules ähnlich sieht!›

Meine Mutter fragte verwirrt:

‹Welchem Jules?›

‹Aber... meinem Bruder...›, erwiderte mein Vater. ‹Wenn ich nicht wüßte, daß er als wohlhabender Mann in Amerika lebt, würde ich glauben, daß er es ist.›

Meine Mutter stammelte bestürzt:

‹Du bist ja verrückt! Wenn du doch weißt, daß er es nicht sein kann, warum sagst du solche Dummheiten?›

‹Geh nur selber, Clarisse; sieh dir ihn an. Mir ist es lieber, daß du dich mit eigenen Augen vergewisserst.›

Sie stand auf und ging zu ihren Töchtern. Auch ich musterte den Mann. Er war alt, schmutzig, verrunzelt und hob den Blick nicht von seiner Tätigkeit.

Meine Mutter kam zurück. Ich bemerkte, daß sie zitterte. Sehr schnell sagte sie:

‹Ich glaube wirklich, daß er es ist. Erkundige

dich doch einmal bei dem Kapitän! Vor allem aber sei vorsichtig, damit der Lump uns jetzt nicht wieder zur Last fällt!›

Mein Vater ging, aber ich ging hinter ihm. Ich fühlte mich eigenartig berührt.

Der Kapitän, ein großer, magerer Mann mit langem Backenbart, spazierte, von Wichtigkeit geschwellt, auf seiner Kommandobrücke, als wäre er der Herrscher über ein Schiff nach Indien.

Mein Vater redete ihn ungemein höflich an, stellte ihm Fragen über seinen Beruf, die er mit vielen Komplimenten würzte.

‹Worin bestand denn die Bedeutung von Jersey? Wie steht es mit seiner Produktion? Mit seiner Bevölkerung? Seinen Sitten und Gebräuchen? Wie ist der Boden beschaffen?›

Und so ging das weiter. Man hätte glauben mögen, daß es sich zum mindesten um die Vereinigten Staaten von Amerika handelte.

Dann sprach man von dem Schiff, das uns trug, dem ‹Expreß›; und dann von der Mannschaft. Schließlich fragte mein Vater mit stokkender Stimme:

‹Sie haben da einen alten Mann, der die Austern öffnet; er sieht recht interessant aus. Wissen Sie Näheres über den armen Teufel?›

Der Kapitän, den dieses Gespräch nachgerade reizte, gab trocken zur Antwort:

‹Das ist ein alter französischer Vagabund, den ich voriges Jahr in Amerika aufgelesen und in die Heimat zurückgebracht habe. Anscheinend hat er Verwandte in Le Havre, aber er will nicht zu ihnen gehn, weil er ihnen Geld schuldig ist. Er heißt Jules... Jules Darmanche oder Darvanche, so irgendwie. Er soll drüben einmal reich gewesen sein, aber Sie sehen, was jetzt aus ihm geworden ist!›

Mein Vater wurde kreidebleich und stotterte, die Augen tief in den Höhlen, aus zusammengeschnürter Kehle:

‹Aha... sehr schön... sehr schön... das überrascht mich nicht... vielen Dank, Kapitän!›

Und er ging, während der Seemann ihm verwundert nachsah.

Er kam derart gebrochen auf meine Mutter zu, daß sie sagte:

‹Setz dich! Man könnte etwas merken!›

Er fiel auf die Bank und stammelte:

‹Ja... er ist es... er ist es!›

Und dann fragte er:

‹Was sollen wir tun?›

Sie erwiderte energisch:

‹Die Kinder müssen auf der Stelle aus seiner Nähe! Joseph weiß alles, er soll sie holen. Vor allem müssen wir darauf achten, daß unser Schwiegersohn nichts ahnt!›

Mein Vater war zerschmettert.

‹Diese Katastrophe›, flüsterte er.

Meine Mutter war plötzlich in Wut geraten.

‹Ich habe immer den Verdacht gehabt, daß dieser Dieb es zu nichts bringen, daß er uns eines Tages heimsuchen würde. Als ob man von einem Davranche etwas anderes erwarten könnte!›

Und mein Vater strich sich mit der Hand über die Stirne, wie er das immer tat, wenn meine Mutter ihm Vorwürfe machte.

Sie sagte noch:

‹Gib Joseph Geld, damit er die Austern bezahlen kann. Es fehlte noch, daß dieser Landstreicher uns erkennt! Das gäbe hier auf dem Schiff eine prächtige Szene! Rasch, gehen wir ans andere Ende, und sieh zu, daß der Kerl uns nicht in die Nähe kommt!›

Sie stand auf, mein Vater gab mir ein Fünffrancstück, und dann entfernten sie sich.

Meine Schwestern waren überrascht; sie hatten auf meinen Vater gewartet. Ich erklärte, Mama vertrage die Schiffahrt nicht sehr gut, und dann fragte ich den Mann, der die Austern öffnete:

‹Was sind wir Ihnen schuldig, Monsieur?›

Ich hatte Lust zu sagen – ‹Onkel›.

‹Zwei Francs fünfzig›, erwiderte er.

Ich reichte ihm meine fünf Francs, und er gab mir das Kleingeld heraus.

Ich betrachtete seine Hand, eine armselige, verrunzelte Matrosenhand, und ich betrachtete sein Gesicht, ein altes, jammervolles, trauriges, niedergeschlagenes Gesicht, und ich sagte mir: Das ist mein Onkel, der Bruder Papas, mein Onkel!

Ich ließ ihm zehn Sous als Trinkgeld, und er bedankte sich:

‹Gott segne Sie, junger Herr!›

Mit dem Tonfall des Bettlers, der eine milde

Gabe erhält. Ich stellte mir vor, daß er dort drüben gebettelt haben mußte!

Meine Schwestern musterten mich verblüfft über meine Großherzigkeit.

Als ich meinem Vater die zwei Francs brachte, fragte meine Mutter erstaunt:

‹Drei Francs soll das gekostet haben? Das ist doch nicht möglich!›

Aber ich erklärte mit fester Stimme:

‹Ich habe ihm zehn Sous Trinkgeld gegeben.›

Meine Mutter fuhr auf und schaute mir in die Augen.

‹Du bist wohl verrückt! Zehn Sous diesem Menschen, diesem Lumpen...›

Ein Blick meines Vaters, der auf seinen Schwiegersohn wies, ließ sie verstummen.

Und von da an wurde nicht mehr geredet.

Vor uns schien am Horizont ein blauer Schatten aus dem Meer aufzusteigen. Das war Jersey.

Als wir uns der Mole näherten, überkam mich ein heftiges Verlangen, meinen Onkel Jules noch einmal zu sehen, mich ihm zu nähern, ihm ein tröstliches, ein zärtliches Wort zu sagen.

Doch da kein Mensch mehr Austern aß, war er verschwunden, zweifellos in den verpesteten Raum des Schiffes hinuntergestiegen, wo der arme Teufel seine Lagerstatt hatte.

Und wir fuhren mit dem Schiff von Saint-Malo zurück, um ihm nicht wieder zu begegnen. Meine Mutter verzehrte sich vor Unruhe und Angst.

Ich habe den Bruder meines Vaters nie wiedergesehen.

Und das ist der Grund, weshalb du manchmal bemerken kannst, daß ich Landstreichern fünf Francs gebe.»

Schloß Solles, Montag, 30. Juli 1883

Meine liebe Lucie,

Nichts Neues. Wir leben im Salon und sehen zu, wie der Regen fällt. Man kann bei diesem schrecklichen Wetter kaum ausgehn, und so spielen wir Komödie. Ach, wie albern, Liebste, sind doch die Salonstücke des heutigen Repertoires! Alles ist darin gezwungen, grob, schwerfällig. Die Scherze haben das Gewicht von Kanonenkugeln und zerschlagen alles. Kein Geist, nichts Natürliches, keine gute Laune, keine Eleganz. Diese Literaten haben wirklich keine Ahnung von der Welt. Es ist ihnen völlig unbekannt, wie man bei uns denkt und wie man spricht. Ich würde ihnen durchaus erlauben, unsere Sitten, unsere Konventionen und unsere Manieren zu verachten; aber ich erlaube ihnen nicht, sie nicht zu kennen. Um raffiniert zu wirken, machen sie Wortspiele, die eine Kaserne erheitern könnten; um heiter zu sein, tischen sie uns einen Esprit auf, den sie auf den Höhen der Außenboulevards, in jenen sogenannten Künstlerkneipen eingesammelt haben mögen, wo man seit fünfzig Jahren die gleichen Studentenredensarten wiederholt.

Nun, wir spielen Komödie. Und da wir nur

zwei Frauen sind, übernimmt mein Mann die Rollen der Kammerkätzchen, und zu diesem Zweck hat er sich rasieren lassen. Du kannst Dir nicht vorstellen, meine liebe Lucie, wie das ihn verändert! Ich erkenne ihn nicht wieder... nicht bei Tag und nicht bei Nacht. Wenn er sich den Schnurrbart nicht unverzüglich wieder wachsen läßt, so werde ich ihm am Ende noch untreu werden, derart mißfällt er mir.

Wahrhaftig, ein Mann ohne Schnurrbart ist kein Mann mehr. Den Vollbart liebe ich nicht sehr; die Männer sehen damit fast immer vernachlässigt aus, aber der Schnurrbart, o der Schnurrbart! Der Schnurrbart ist für einen männlichen Gesichtsausdruck unentbehrlich. Nein, nie könntest Du Dir ausmalen, wie nützlich diese kleine Haarbürste auf der Oberlippe für das Auge ist... und... für die Beziehungen zwischen Eheleuten. Es sind mir auf solche Art eine Menge Gedanken aufgestiegen, die ich Dir kaum mitzuteilen wage. Ich werde sie Dir gern sagen... ganz leise. Doch es ist so schwierig, die Wörter zu finden, um gewisse Dinge auszudrücken, und einige dieser Wörter, die man nicht auswechseln kann, sehen auf dem Papier so häßlich aus, daß ich sie nicht niederschreiben mag. Und dann, das Thema ist so heikel, so peinlich, so anstößig, daß es unendlicher Kunst bedürfte, um es gefahrlos anzuschneiden.

Nun, wenn Du mich nicht verstehst, dann eben nicht. Und, meine Liebe, versuch ein wenig zwischen den Zeilen zu lesen.

Ja, als mein Mann rasiert vor mich hintrat, da habe ich zunächst begriffen, daß ich nie eine Schwäche für einen Komödianten empfinden könnte, noch für einen Geistlichen, und wäre es auch Pater Henri Didon, der verführerischste von allen. Dann, als ich später allein mit ihm war – mit meinem Mann! – wurde es noch schlimmer. Ach, meine liebe Lucie, laß Dich niemals von einem Mann ohne Schnurrbart umarmen; seine Küsse haben keinen Geschmack, keinen, keinen! Das hat nicht mehr jenen Reiz, jene weiche Fülle und jenen... Pfeffer, ja, den Pfeffer des echten Kusses. Der Schnurrbart erst ist die Würze.

Stell Dir vor, daß man Dir ein Pergament auf die Lippen preßt, trocken... oder feucht! Das ist die Liebkosung des rasierten Mannes. Sie lohnt wahrhaftig nicht die Mühe.

Woher aber rührt die Verführungskraft des Schnurrbarts, wirst Du mich fragen. Weiß ich es denn? Zunächst kitzelt er ganz köstlich. Man spürt ihn vor dem Mund, und er jagt einem durch den ganzen Körper, bis zu den Fußspitzen, einen bezaubernden Schauder. Er ist es, der liebkost, der die Haut zucken und zittern macht, der den Nerven jene erlesenen Schwingungen verleiht, die uns das leise «Ah!» ausstoßen lassen, als fröstelte uns.

Und auf dem Hals! Ja, hast Du je einen Schnurrbart auf deinem Hals gespürt? Das erregt, das berauscht, das läuft den Rücken hinunter, das steigt bis in die Fingerspitzen. Man krümmt sich, man schüttelt die Schultern, man wirft den Kopf zurück, man möchte fliehen und bleiben! Es ist wunderbar und aufreizend! Aber wie gut ist es!

Und dann noch... nein, wirklich, soll ich es wagen? Ein Gatte, der Dich liebt, aber richtig liebt, weiß eine Menge kleiner Winkel aufzustöbern, wo er seine Küsse verbirgt, Winkelchen, an die man allein gar nicht käme. Nun, ohne Schnurrbart verlieren auch diese Küsse viel von ihrem Reiz, ja, sie werden beinahe unanständig! Erkläre das, wie Du kannst. Ich, für mein Teil – nun, das ist der Grund, den ich gefunden habe. Eine Lippe ohne Schnurrbart ist nackt wie ein Körper ohne Kleidungsstück; und Kleidungsstücke braucht es immer, sehr wenig, wenn du willst, aber es braucht sie!

Der Schöpfer – ich wage kein anderes Wort zu benützen, wenn ich von diesen Dingen spreche – der Schöpfer war darauf bedacht gewesen, auf solche Art alle Stellen unseres Leibes zu verhüllen, darin die Liebe sich verbergen sollte. Ein rasierter Mund scheint mir einem abgeholzten Wald rund um eine Quelle zu gleichen, an der man trank und schlummerte.

Das erinnert mich an das Wort eines Politikers, das seit drei Monaten in meinem Hirn kreist. Mein Mann, der die Zeitungen verfolgt, hat mir eines Abends eine sehr seltsame Rede unseres Ackerbauministers vorgelesen, der damals Méline hieß. Ist er seither durch einen andern ersetzt worden? Ich weiß es nicht.

Ich hörte nicht zu, aber dieser Name Méline, fiel mir auf. Er hat mich, genau weiß ich nicht, warum, an die «Szenen aus dem Leben der Bohème» erinnert. Ich glaubte, es handelte sich um eine Grisette. Und so sind einige Stücke dieser Rede mir unzusammenhängend in den Kopf gedrungen. Der Minister Méline gab den Einwohnern von Amiens, wie ich glaube, eine Erklärung ab, deren Sinn ich bis heute gesucht habe: «Es gibt keinen Patriotismus ohne Ackerbau!» Nun, und diesen Sinn habe ich eben erst entdeckt; und ich meinesteils erkläre Dir, daß es keine Liebe ohne Schnurrbart gibt. Wenn man das so sagt, klingt es drollig, nicht wahr?

Es gibt keine Liebe ohne Schnurrbart!

«Es gibt keinen Patriotismus ohne Ackerbau!» behauptete Méline, und er hatte recht, der Minister; jetzt habe ich es begriffen.

Von einem ganz andern Standpunkt aus ist der Schnurrbart wichtig. Er bestimmt die Physiognomie. Mit ihm wird der Ausdruck des Gesichts sanft, zärtlich, heftig, gespenstisch, liederlich, unternehmungslustig. Der bartige, richtig bärtige Mann, der sein ganzes Fell auf den Wangen trägt, hat nie einen feineren Ausdruck, denn die Züge sind verborgen. Und wie vieles verrät die Form der Kiefer, des Kinns, dem, der zu sehen weiß.

Der Mann mit Schnurrbart bewahrt sein eigenes Ich und gleichzeitig eine gewisse Verfeinerung.

Und wie verschieden sind sie geartet, die

Schnurrbärte! Bald aufgezwirbelt, gekräuselt, kokett. Und sie sind es, die anscheinend vor allem Liebe für die Frauen empfinden.

Bald sind sie gedreht, spitz wie Nadeln, drohend. Sie wiederum ziehen den Wein, die Pferde, die Kämpfe vor.

Bald sind sie mächtig, fallend, erschreckend. Und diese üppigen Schnurrbärte verstecken im allgemeinen einen ausgezeichneten Charakter, eine Güte, die an Schwäche rührt, eine Sanftmut, die an Schüchternheit grenzt.

Und dann, was ich am Schnurrbart vor allem liebe – daß er französisch ist, richtig französisch. Er kommt von unseren Ahnen, den Galliern, auf uns, und er ist das Kennzeichen unseres Nationalcharakters geblieben.

Er ist prahlerisch, galant und tapfer. Er benetzt sich flüchtig mit Wein und weiß mit Eleganz zu lachen, während die breiten, bärtigen Kiefer in allem schwerfällig sind, was sie tun.

Richtig, ich erinnere mich an etwas, das mich alle meine Tränen vergießen ließ und das mir auch, dessen werde ich jetzt gewahr, die Liebe für die Schnurrbärte auf den Lippen der Männer eingeprägt hat.

Es war während des Krieges, bei Papa. Ich war damals noch ein junges Mädchen. Eines Tages wurde beim Schloß gekämpft. Seit dem Morgen hatte ich das Geschützfeuer und das Knattern der Gewehre gehört, und abends erschien ein deutscher Oberst bei uns und quartierte sich ein. Am nächsten Tag zog er wieder ab. Man verständigte meinen Vater, daß auf den Feldern viele Tote lagen. Er ließ sie sammeln und zu uns bringen, um sie gemeinsam zu begraben. Man legte sie, wie sie gerade kamen, auf beide Seiten der ganzen langen Tannenallee; und da sie anfingen, schlecht zu riechen, warf man Erde auf die Körper und wartete, bis die große Grube gegraben war. Auf diese Art sah man nur noch die Köpfe, die mit ihren geschlossenen Augen aus dem Boden, gelb wie er, herauszuwachsen schienen.

Ich wollte sie sehen; doch als ich die beiden langen Reihen der schrecklichen Gesichter sah, glaubte ich, mir müsse übel werden; dann aber machte ich mich daran, sie zu mustern, und versuchte zu erraten, was diese Männer gewesen waren.

Die Uniformen waren vergraben, unter der Erde verborgen, und dennoch, mit einem Mal, ja, Liebste, mit einem Mal erkannte ich die Franzosen an ihren Schnurrbärten.

Einige hatten sich noch am Tag des Kampfes rasiert, als hätten sie bis zum letzten Augenblick recht schmuck sein wollen! Ihr Bart war unterdessen wieder ein wenig gewachsen, denn du weißt, daß der Bart auch nach dem Tod noch wächst. Andere hatten ihn anscheinend seit acht Tagen; alle aber trugen den französischen Schnurrbart, deutlich zu erkennen, den stolzen Schnurrbart, der zu sagen schien: Verwechsle mich nicht mit meinem bärtigen Freund, Kleine, ich bin ein Bruder.

Und ich habe geweint, ach, ich habe viel mehr geweint, als wenn ich sie nicht erkannt hätte, die armen Toten.

Ich hatte unrecht, Dir das zu erzählen. Jetzt bin ich traurig und nicht imstande, noch länger zu plaudern. Leb denn wohl, meine liebe Lucie, ich umarme Dich von ganzem Herzen. Es lebe der Schnurrbart!

Jeanne

Das Haus des Notars hatte seine Front nach dem Platz gerichtet. Dahinter streckte sich ein schöner, gepflegter Garten bis zu der stets verödeten Passage des Piques, von der ihn eine Mauer trennte.

Am Ende dieses Gartens hatte die Frau des Notars Moreau zum ersten Mal dem Hauptmann Sommerive ein Stelldichein gegeben, der sie seit langem umwarb.

Ihr Mann war für acht Tage nach Paris gefahren. Sie war somit eine ganze Woche lang frei. Der Hauptmann hatte so sehr gebeten, hatte sie mit so süßen Worten angefleht; sie war überzeugt, daß er sie heftig liebte, sie fühlte sich so einsam, so verlassen inmitten der Kontrakte, die einzig und allein den Notar beschäftigten, daß sie ihr Herz verschenkt hatte, ohne sich zu fragen, ob sie eines Tages auch mehr schenken würde.

Dann, nach Monaten platonischer Liebe, nach Händedrücken, hinter einer Türe hastig geraubten Küssen, hatte der Hauptmann erklärt, er würde auf der Stelle seine Versetzung verlangen und die Stadt verlassen, wenn sie ihm nicht ein Stelldichein, ein wirkliches Stelldichein im Schatten der Bäume gönnen wollte, während der Gatte verreist war.

Sie hatte nachgegeben, sie hatte es versprochen.

Und jetzt wartete sie, an die Mauer gelehnt, mit pochendem Herzen und beim geringsten Laut auffahrend.

Plötzlich hörte sie, wie jemand die Mauer hinaufkletterte, und beinahe wäre sie geflohen. Wenn nicht er es wäre? Wenn es ein Dieb wäre? Doch nein; eine Stimme rief leise: «Mathilde!» Sie erwiderte: «Etienne!» Und mit Blechgerassel fiel ein Mann auf den Weg herunter.

Er war es! Und welch ein Kuß!

Lange blieben sie umschlungen stehn, die Lippen vereint. Doch plötzlich begann es leicht zu regnen, und die Tropfen verursachten bei ihrem Fall von Blatt zu Blatt ein leises Plätschern. Sie zuckte zusammen, als sie den ersten Tropfen auf dem Hals spürte.

Er sagte: «Mathilde, Liebste, Angebetete, mein Schatz, mein Engel, gehen wir doch ins Haus. Es ist Mitternacht, wir haben nichts zu fürchten. Gehen wir doch hinein, ich bitte Sie!»

Sie erwiderte: «Nein, mein Geliebter, ich habe Angst. Wer weiß, was uns zustoßen könnte?»

Doch er hielt sie fest in den Armen und flüsterte ihr ins Ohr: «Ihre Dienstleute schlafen im dritten Stock nach vorn. Ihr Zimmer liegt im ersten Stock nach dem Garten. Kein Mensch wird uns hören. Ich liebe Sie, ich will dich ungehemmt lieben, ganz und gar, vom Kopf bis zu den Füßen.»

Und er preßte sie heftig an sich und betörte sie mit seinen Küssen.

Noch leistete sie Widerstand, verängstigt und auch ein wenig verschämt. Doch er nahm sie um die Taille, hob sie auf und trug sie durch den Regen davon, der jetzt heftig prasselte.

Die Türe war offen geblieben; sie stiegen im Dunkeln die Treppe hinauf, und dann, sobald sie im Zimmer waren, schob sie den Riegel vor, während er ein Streichholz anzündete.

Sie aber wurde schwach und sank in einen Lehnstuhl. Er kniete vor ihr nieder und entkleidete sie behutsam, angefangen bei Schuhen und Strümpfen, um ihr die Füße zu küssen.

Atemlos stieß sie hervor: «Nein, nein, Etienne, ich flehe Sie an, lassen Sie mich eine ehrbare Frau bleiben; ich würde es Ihnen sonst nachher nicht verzeihen. Es ist so häßlich, so grob! Kann man einander nicht nur mit den Seelen lieben... Etienne!»

Mit der Geschicklichkeit einer Kammerzofe und der Geschwindigkeit eines Mannes, dem es eilig ist, knöpfte, schnürte, nestelte, band er unermüdlich auf. Und als sie sich erheben wollte, um sich seiner Verwegenheit zu entziehen, tauchte sie jäh aus ihrem Kleid, ihren Unterröcken, ihrer Wäsche splitternackt auf, wie eine Hand aus einem Muff auftaucht.

Entsetzt eilte sie zu dem Bett, um sich hinter den Vorhängen zu verbergen. Doch dieser Rückzug war gefährlich, und der Hauptmann folgte ihr. Als er sie aber hastig umarmen wollte, fiel sein allzuschnell losgeschnallter Säbel mit lautem Klirren auf den Boden.

Sogleich tönte aus dem Nebenzimmer, dessen Türe offen geblieben war, ein langes Gejammer, ein spitzes, dauerndes Geschrei, das Geschrei eines Kindes.

«Oh!» flüsterte sie. «Sie haben André geweckt. Und jetzt kann er nicht wieder einschlafen!»

Ihr Sohn war fünfzehn Monate alt, und er schlief in der Nähe seiner Mutter, damit sie ununterbrochen über ihn wachen konnte.

In seiner Glut wollte der Hauptmann nichts hören.

«Was liegt daran? Was liegt daran? Ich liebe dich! Du gehörst mir, Mathilde!»

Sie aber wehrte sich verzweifelt, verängstigt.

«Nein, nein! Hör doch, wie er schreit! Er wird die Kinderfrau wecken. Und wenn sie käme, was machen wir dann? Wir wären verloren! Etienne, versteh doch, wenn er das in der Nacht tut, nimmt sein Vater ihn in unser Bett, um ihn zu beruhigen. Dann hört er sofort auf zu schreien, sofort! Ein anderes Mittel gibt es nicht. Laß mich, ich will ihn nehmen, Etienne...»

Das Kind brüllte, stieß ein durchdringendes Geschrei aus; auch die dicksten Mauern konnten nicht sichern, daß man es auf der Straße hörte, wenn man am Haus vorüberging.

Der Hauptmann erhob sich, peinlich berührt, und Mathilde eilte, um das Kind zu holen, und legte es in das Bett. Sogleich war es verstummt.

Etienne saß rittlings auf einem Stuhl und

drehte eine Zigarette. Nach kaum fünf Minuten schlief André. Die Mutter flüsterte: «Jetzt werde ich ihn zurücktragen.» Und sie brachte das Kind mit unendlicher Behutsamkeit wieder in seine Wiege.

Als sie kam, erwartete der Hauptmann sie mit offenen Armen.

Toll vor Liebe umfing er sie. Und sie, endlich besiegt, schmiegte sich an ihn und stammelte: «Etienne... Etienne... Liebster! O wenn du wüßtest, wie..., wie...»

Doch da begann André wieder zu schreien. Der Hauptmann fluchte wütend: «Herrgott, was für ein Nichtsnutz! Wird er nicht endlich das Maul halten, der Rotzbub?!»

Nein, er hielt das Maul nicht, der Rotzbub, er brüllte weiter.

Mathilde glaubte jetzt im obern Teil des Hauses ein Geräusch zu hören. Das war die Kinderfrau, die ohne Zweifel herunterkam! Sie sprang auf, holte das Kind und legte es wieder in ihr Bett. Sogleich verstummte es.

Dreimal hintereinander legte sie den Kleinen in seine Wiege zurück. Und dreimal hintereinander mußte sie ihn wieder zu sich nehmen.

Hauptmann Sommerive verzog sich eine Stunde vor dem Morgengrauen schimpfend und fluchend.

Doch um seine Ungeduld zu bezähmen, hatte Mathilde ihm versprochen, sie werde ihn noch am gleichen Abend empfangen.

Er kam wie am Vortag, doch durch das Warten noch ungeduldiger, noch hitziger geworden.

Er achtete darauf, seinen Säbel lautlos über die Armlehnen eines Fauteuils zu legen, er zog die Stiefel aus wie ein Dieb und sprach so leise, daß Mathilde ihn nicht mehr hörte. Endlich sollte er glücklich werden, vollkommen glücklich, als das Parkett oder irgendein Möbelstück oder vielleicht das Bett selbst knarrte. Es war ein trockenes Geräusch, als wäre ein Pfosten zerbrochen; und sogleich antwortete ein Geschrei, erst schwach, dann durchdringend. André war aufgewacht.

Er jaulte wie ein Fuchs. Wenn er so fortfuhr, ja, dann würde bestimmt das ganze Haus alarmiert werden.

Die Mutter, in ihrem Schrecken, sprang auf und brachte ihn ins Bett. Der Hauptmann stand nicht mehr auf. Und ganz sachte streckte er die Hand aus, nahm zwischen zwei Finger ein wenig von dem Fleisch des Säuglings, gleichgültig wo, am Schenkel oder auch am Hinterteil, und zwickte. Das Kind wehrte sich, brüllte, daß einem das Trommelfell riß. Und da zwickte der Hauptmann in seiner Erbitterung stärker, überall, heftig. Er packte energisch einen Hautwulst, drehte und drückte ihn kräftig, dann ließ er ihn los, um einen andern daneben zu packen, dann einen andern, etwas weiter weg, und noch einen andern.

Das Kind brüllte wie ein Huhn, dem man den Hals umdreht, oder wie ein Hund, den man peitscht. Die Mutter umarmte ihn unter Tränen, versuchte, ihn zu beruhigen, sein Geschrei mit ihren Küssen zu ersticken. Doch André lief violett an, als würde er von Krämpfen befallen, und er strampelte beängstigend und jammervoll mit Händchen und Füßchen.

Endlich sagte der Hauptmann leise: «Versuchen Sie doch, ihn in seine Wiege zu tragen; vielleicht beruhigt er sich.»

Und Mathilde ging, das Kind in den Armen, in das Nebenzimmer.

Sobald André nicht mehr im Bett seiner Mutter war, schrie er weniger laut; und als er in seiner Wiege lag, stieß er noch von Zeit zu Zeit ein Schluchzen aus, und dann verstummte er.

Der Rest der Nacht war ruhig; und der Hauptmann wurde glücklich.

In der nächsten Nacht kam er wieder. Als er ein wenig lauter sprach, wachte André abermals auf und begann zu winseln. Seine Mutter holte ihn eiligst, doch der Hauptmann zwickte ihn so nachdrücklich, so hart und so lange, daß das Kind, mit verdrehten Augen, Schaum auf den Lippen, beinahe erstickte.

Der Kleine wurde in seine Wiege gelegt und beruhigte sich sogleich.

Nach vier Tagen weinte er nicht mehr, damit die Mutter ihn in ihr Bett holte.

Samstag abends kehrte der Notar zurück und nahm seinen Platz im Heim und im ehelichen Gemach wieder ein.

Er ging bald zu Bett, denn er war von der

Reise ermüdet; dann, sobald er zu seinen Gewohnheiten zurückgefunden und gewissenhaft alle Pflichten eines ehrbaren, methodischen Gatten erfüllt hatte, meinte er erstaunt:

«Ja, aber André weint doch heute abend nicht! Geh, hol ihn, Mathilde! Ich habe es so gern, wenn ich ihn zwischen uns spüre.»

Sogleich stand seine Frau auf und holte das Kind; doch kaum war es in dem Bett, wo es noch vor wenigen Tagen mit solchem Behagen geschlafen hatte, begann der Kleine sich entsetzt zu winden und brüllte so wütend, daß man ihn wieder in seine Wiege bringen mußte.

Der Notar Moreau konnte sich gar nicht fassen. «Das ist aber merkwürdig! Was hat er denn heute abend? Vielleicht ist er schläfrig?»

Seine Frau erwiderte: «So war es alle Tage während deiner Abwesenheit. Ich konnte ihn nicht ein einziges Mal zu mir nehmen.»

Am Morgen begann das Kind, kaum war es erwacht, zu lachen und die Händchen zu regen.

Der Notar eilte gerührt zu seinem Sprößling, umarmte ihn, dann hob er ihn in seinen Armen auf und wollte ihn in das eheliche Bett tragen. André lachte, das glucksende Lachen kleiner Geschöpfe, deren Denken noch ungeformt ist. Plötzlich sah er das Bett, seine Mutter darin, und sein glückliches Gesichtchen legte sich in Falten, verzerrte sich, während ein wütendes Gezeter sich seiner Kehle entrang und er sich wehrte, als würde er gefoltert.

Der Vater murmelte erstaunt: «Er muß etwas

haben, der Kleine.» Und mit einer sehr begreiflichen Geste hob er ihm das Hemd.

Da stieß er ein «Ah!» des Schreckens aus. Die Waden, die Schenkel, die Weichen, der ganze Hinterteil des Kleinen waren mit blauen Flecken, ungefähr in der Größe von Fünfcentimestücken, marmoriert.

Der Notar Moreau rief: «Mathilde! Sieh nur! Das ist ja schrecklich!»

Die Mutter stürzte erschrocken zu ihm. Die Mitte jedes dieser Flecke war von einem violetten Streifen durchzogen, wo das Blut sich gestaut hatte. Bestimmt war das irgendein seltsames, schlimmes Leiden, der Beginn von einer Art Aussatz, von einer jener merkwürdigen Krankheiten, bei denen die Haut sich manchmal mit Pusteln bedeckt wie die einer Kröte, manchmal mit Schuppen wie die eines Krokodils.

Entsetzt starrten die Eltern einander an. Der Notar schrie: «Sofort den Doktor kommen lassen!»

Doch Mathilde, bleicher als eine Tote, betrachtete ihren Sohn, der gefleckt war wie ein Leopard. Und plötzlich stieß sie einen Schrei aus, einen heftigen, unbedachten Schrei, als hätte sie jemanden gesehen, vor dem ihr graute: «Oh, dieser Schuft!»

Der Notar fragte erstaunt: «Wie? Von wem redest du? Was für ein Schuft?»

Sie errötete bis zu den Haaren und stammelte: «Nichts... es ist... verstehst du... ich errate es... es ist... wir brauchen den Doktor nicht... das ist bestimmt diese nichtsnutzige Kinderfrau, die den Kleinen zwickt, um ihn zum Schweigen zu bringen, wenn er schreit.»

Der Notar holte die Kinderfrau und hätte sie in seiner Erbitterung beinahe verprügelt; sie stellte alles schamlos in Abrede, wurde aber unverzüglich davongejagt.

Und ihr Verhalten, das dem Bürgermeisteramt bekanntgegeben wurde, machte es ihr unmöglich, einen andern Platz zu finden.

«Weißt du, was aus Leremy geworden ist?»

«Er ist Rittmeister bei den Sechser-Dragonern.»

«Und Pinson?»

«Unter-Präfekt.»

«Und Racollet?»

«Gestorben.»

Noch andere Namen suchten wir, die uns an junge Gestalten unter dem Käppi mit den goldenen Borten erinnerten. Wir hatten später einige dieser Kameraden wiedergefunden, bärtig, kahl, verheiratet, Väter etlicher Kinder, und diese Begegnungen, diese Veränderungen hatten uns einen peinlichen Schauder über den Rücken gejagt, hatten uns gezeigt, wie kurz das Leben ist, wie alles vergeht, wie alles wechselt.

Mein Freund fragte:

«Und Patience, der dicke Patience?»

Da stieß ich geradezu ein Gebrüll aus:

«Ach, der! Nun, paß auf! Vor vier oder fünf Jahren war ich auf einer Inspektionsreise in Limoges und wartete die Stunde des Abendessens ab. Ich saß vor dem großen Café auf der Place du Théâtre und langweilte mich gründlich. Die Kaufleute kamen zu zweit, zu dritt oder zu viert, nahmen einen Absinth oder einen Vermouth, sprachen ganz laut von ihren Geschäften und von den Geschäften der andern, lachten dröhnend oder senkten die Stimme, um einander wichtige, heikle Dinge mitzuteilen.

Ich sagte mir: Was werde ich nach dem Abendessen anfangen? Und ich dachte an den langen Abend in dieser Provinzstadt, an das langsame, unbehagliche Bummeln durch die unbekannten Straßen, an die bedrückende Langweile, die für den einsamen Reisenden diesen Leuten entstrahlt, die vorübergehen und einem in allem und jedem fremd sind, durch den provinzlerischen Schnitt ihrer Kleidung, durch die Form des Hutes, der Hose, durch die Gewohnheiten, durch ihre Sprechweise. Ich dachte an die durchdringende Langweile, die auch von Häusern, von Läden, von seltsam gebauten Wagen ausgeht, von den Alltagsgeräuschen, an die man nicht gewöhnt ist, an diese quälende Langweile, die einen nach und nach drängt, rascher zu gehn, als wäre man in einem gefährlichen Land verirrt, die einen würgt, eine Sehnsucht nach dem Hotel weckt, dem greulichen Hotel, dessen Zimmer tausend fragwürdige Gerüche bewahrt hat, vor dessen Bett man zaudert, in dessen Waschbecken noch mitten im Staub ein Haar klebt.

An all das dachte ich, während ich sah, wie die Gaslaternen angezündet wurden, und ich spürte, wie in den sinkenden Schatten das Elend meiner Einsamkeit wuchs. Was sollte ich nach dem Abendessen anfangen? Ich war allein, ganz allein, kläglich verloren.

Ein dicker Mann setzte sich an den Nebentisch und bestellte mit dröhnender Stimme:

‹Kellner, meinen Bitter!›

Dieses ‹mein› tönte wie ein Kanonenschuß. Ich begriff im Nu, daß alles ihm gehörte, ihm allein in diesem Dasein, und keinem andern, daß er sein ganz persönliches Wesen hatte, Herrgott noch einmal, seinen Appetit, seine Hosen, sein, was es auch sein mochte, und das alles auf die richtige, bedingungslose Art und viel vollständiger als sonstwer. Dann sah er sich mit zufriedener Miene um. Man brachte ihm seinen Bitter, und er rief:

‹Meine Zeitung!›

Ich fragte mich: Was mag wohl seine Zeitung sein? Der Name würde mir ganz bestimmt seine Meinung, seine Denkweise, seine Grundsätze, seine Eigenheiten, seine Schwächen verraten.

Der Kellner brachte den ‹Temps›. Ich war erstaunt. Warum den ‹Temps›, diese ernste, grämliche, grundsatztreue, schwerfällige Zeitung? Ich dachte: Das ist also ein ansehnlicher Mann, von seriöser Art und geregelten Gewohnheiten, mit einem Wort ein guter Bürger.

Er setzte eine goldene Brille auf die Nase, lehnte sich zurück, und bevor er zu lesen begann, warf er noch einen Blick um sich. Und da bemerkte er mich und schickte sich an, mich auf eine nachdrückliche, peinliche Art zu mustern. Schon wollte ich ihn nach dem Grund solcher Aufmerksamkeit fragen, doch da rief er laut:

‹Herrgott noch einmal! Das ist doch Gontran Lardois!›

‹Ja›, erwiderte ich, ‹Sie haben sich nicht getäuscht.›

Da stand er lebhaft auf und kam, die Hände ausgestreckt, auf mich zu:

‹Ah! Mein Lieber, wie geht's dir denn?›

Ich war noch immer sehr verlegen, denn ich hatte keine Ahnung, wer er war. Ich stotterte:

‹Ja... sehr gut... und... Ihnen?›

Er lachte schallend.

‹Ich wette, daß du mich nicht erkennst.›

‹Nein... nicht unbedingt... immerhin... mir scheint...›

Er klopfte mir auf die Schulter.

‹Scherz beiseite! Ich bin doch Patience, Robert Patience, dein Freund, dein Schulkamerad.›

Jetzt erkannte ich ihn. Ja, Robert Patience, mein Schulkamerad! Richtig! Ich schüttelte die Hand, die er mir reichte.

‹Und du? Dir geht's gut?›

‹Mir? Märchenhaft!›

Sein Lächeln war ein Triumphgesang.

Er fragte:

‹Was treibst du denn hier?›

Ich erklärte ihm, daß ich Finanzinspektor war und auf einer Dienstreise begriffen.

Er wies auf das rote Bändchen:

‹Du hast's also zu etwas gebracht?›

‹Ja, es geht›, erwiderte ich. ‹Und du?›

‹Ich? Oh, großartig!›

‹Was machst du denn?›

‹Ich führe mein Geschäft.›

‹Und du verdienst Geld?›

‹Viel! Ich bin sehr reich. Aber komm doch morgen zum Mittagessen zu mir; 17, rue du Coq-qui-chante. Da wirst du sehen, wie's bei mir aussieht.›

Er schien sekundenlang zu zaudern; dann fuhr er fort:

‹Du bist noch immer der gute Kerl wie früher?›

‹Ja... hoffentlich!›

‹Nicht verheiratet, was?›

‹Nein.›

‹Wunderbar! Und du hast noch immer deine Freude am Vergnügen und an den Kartoffeln?›

Nachgerade fand ich ihn jammervoll ordinär. Dennoch erwiderte ich:

‹Ja, gewiß.›

‹Und an den hübschen Mädchen?›

‹Das bestimmt.›

Er lachte ein herzliches, zufriedenes Lachen.

‹Ausgezeichnet! Ausgezeichnet! Erinnerst du dich an unsern ersten Streich in Bordeaux, als wir bei Roupie in der Kneipe zu Abend gegessen haben? War das ein Schmaus!›

Tatsächlich erinnerte ich mich an dieses Gelage; und diese Erinnerung erheiterte mich. Andere Streiche fielen mir ein, und immer neue.

‹Sag einmal – und damals, als wir den Aufseher in Vater Latoques Keller eingesperrt haben?›

Und er lachte und schlug mit der Faust auf den Tisch.

‹Ja... ja... ja...›, sagte er. ‹Und erinnerst du dich an die Fresse Marins, des Geographielehrers, als wir eine Petarde im Globus springen ließen, während er gerade über die wichtigsten Vulkane auf der Erde sprach?›

Doch dann, plötzlich, fragte ich ihn:

‹Und du? Bist du verheiratet?›

‹Seit zehn Jahren, mein Lieber›, rief er. ‹Und vier Kinder habe ich, prächtige Exemplare. Na, du wirst sie ja sehen! Und ihre Mutter auch!›

Wir sprachen laut. Die Nachbarn drehten sich um und musterten uns verwundert.

Doch da schaute mein Freund auf die Uhr, ein Prunkstück von der Größe einer Melone, und rief:

‹Sapperlot! Das ist dumm, aber jetzt muß ich fort. Abends bin ich nicht frei.›

Er stand auf, packte meine beiden Hände und schüttelte sie, als wollte er mir die Arme ausreißen.

‹Morgen mittag also!› sagte er. ‹Einverstanden?›

‹Einverstanden!›

Den Vormittag verbrachte ich beim Chef des Finanzamts. Er wollte mich zum Mittagessen behalten, aber ich erklärte, ich sei mit einem Freund verabredet. Da auch er eine Besorgung zu machen hatte, begleitete er mich.

‹Wissen Sie, wo die rue du Coq-qui-chante ist?› fragte ich ihn.

‹Ja›, sagte er, ‹fünf Minuten von hier. Ich

habe nichts Dringendes zu tun, ich bringe Sie hin.›

Und wir machten uns auf den Weg.

Bald hatte ich die gesuchte Straße erreicht. Sie war breit, recht schön, an der Grenze zwischen Stadt und Feldern. Ich betrachtete die Häuser und fand auch die Nummer 17. Es war eine Art vornehmes Privathaus, und dahinter streckte sich ein Garten. Die Fassade, auf italienische Art mit Fresken geschmückt, verriet keinen guten Geschmack. Man sah Göttinnen, Urnen in den Händen, gleichsam um einzuschenken, andere wiederum, deren geheime Reize eine Wolke verhüllte. Zwei steinerne Amouretten hielten die Hausnummer.

Ich sagte zu dem Chef des Finanzamtes:

‹So, hier bin ich an meinem Ziel.›

Und ich reichte ihm zum Abschied die Hand. Er machte eine seltsame, ein wenig brüske Geste, sagte aber nichts, sondern schüttelte mir die Hand.

Ich läutete. Ein Dienstmädchen erschien. Ich fragte:

‹Monsieur Patience?›

‹Ja, Monsieur›, erwiderte sie. ‹Das ist hier... wollen Sie mit ihm selber sprechen?›

‹Ja, natürlich!›

Der Vorraum war gleichfalls mit Malereien aus dem Pinsel irgendeines lokalen Künstlers geschmückt. Paul und Virginie, die sich unter Palmen, in rosiges Licht getaucht, umarmten. Eine abscheuliche orientalische Lampe hing von der Decke. Etliche Türen verbargen sich hinter farbenprächtigen Stoffen.

Was mir aber vor allem auffiel, war der Geruch. Ein schwerer, widerlicher Geruch, der an Puder und modrige Keller erinnerte. Ein unbestimmbarer Geruch in einer lastenden, bedrückenden Atmosphäre wie in einem Schwitzbad, wo man menschliche Leiber knetet. Ich stieg hinter dem Dienstmädchen eine Marmortreppe hinauf, die ein orientalisch gemusterter Teppich bedeckte, und wurde in einen üppigen Salon geführt.

Hier blieb ich mir selber überlassen und schaute mich um.

Das Zimmer war prunkvoll eingerichtet, aber mit dem Geschmack eines lüsternen Emporkömmlings. Stiche aus dem vorigen Jahrhundert, recht schöne Stiche übrigens, stellten Frauen mit hohen, gepuderten Frisuren dar, halbnackt, von galanten Herren in interessanten Stellungen überrascht. Eine andere Dame in einem großen, zerwühlten Bett liebkoste mit dem Fuß ein in den Decken halbverborgenes Hündchen. Eine andere wehrte sich lässig gegen ihren Liebhaber, dessen Hand unter den Röcken suchte. Ein Bild ließ vier Füße sehen, deren dazugehörige Körper man hinter einem Vorhang ahnte. Das geräumige Zimmer, an dessen Wänden sich schwellende Diwans reihten, war gleichfalls von jenem faden, aufreizenden Geruch durchtränkt, der mir schon vorher auf die Nerven gegangen war. Den Mauern, den Stoffen, dem Luxus, allem, allem entströmte etwas Verdächtiges.

Ich trat ans Fenster, um in den Garten zu schauen, dessen Bäume ich bemerkt hatte. Er war sehr groß, schattig, prächtig. Ein breiter Weg schlang sich um einen Rasen, aus dessen Mitte ein Springbrunnen aufstieg, verschwand dann zwischen dem Buschwerk, um in einiger Entfernung wieder sichtbar zu werden. Und plötzlich, dort unten, ganz im Grunde des Gartens, zwischen zwei Gebüschen tauchten drei Frauen auf. Sie gingen langsam, Arm in Arm, trugen lange, weiße, mit Spitzen verzierte Schlafröcke. Zwei waren blond und die dritte brünett. Sogleich verschwanden sie wieder im Buschwerk. Gepackt, entzückt stand ich vor dieser kurzen, bezaubernden Erscheinung, die in mir eine ganze poetische Welt aufleben ließ. Nur kurz hatten sie sich, doch im richtigen Licht, in diesem Rahmen des Blattwerks, im Grunde dieses geheimnisvollen, köstlichen Parks sehen lassen. Es war, als hätte ich die schönen Damen eines andern Jahrhunderts erschaut, zwischen den Büschen schweifend, diese schönen Damen, an deren lockere Liebesspiele die galanten Stiche an den Wänden gemahnten. Und ich dachte an die glückliche, blühende, geistreiche, zärtliche Zeit, da die Sitten so süß und die Lippen so gefällig waren...

Eine dröhnende Stimme schreckte mich auf. Patience war eingetreten; strahlend reichte er mir die Hände.

Aus den Tiefen seiner Augen sah er mich mit jenem verstohlenen Zwinkern an, das vertraulich-amouröse Mitteilungen zu begleiten pflegt, und mit einer großen, ausladenden Geste, der Geste eines Napoleon, wies er auf seinen üppigen Salon, seinen Park, auf die drei Frauen, die jetzt wieder in der Ferne auftauchten, und dann erklärte er mit einer triumphierenden Stimme, darin sein ganzer Stolz mitklang:

‹Und wenn du bedenkst, daß ich mit nichts angefangen habe… mit meiner Frau und meiner Schwägerin.›»

Die Menschen werden mit einem gebieterischen Instinkt, einer Berufung oder einfach mit einem Wunsch geboren, der erwacht, sobald sie anfangen zu reden, zu denken.

Monsieur Sacrement hatte seit seiner Kinderzeit nur einen Gedanken im Kopf – das rote Band. In frühester Jugend trug er Kreuze der Ehrenlegion aus Zink, wie andere Kinder Käppis tragen, und auf der Straße, wenn er stolz an der Hand seiner Mutter ging, wölbte sich seine kleine, mit dem roten Band und dem Stern aus Metall geschmückte Brust.

Nach recht armseligen Schuljahren scheiterte er bei der Matura, und da er nicht wußte, was er beginnen sollte, heiratete er ein hübsches Mädchen, denn er war vermögend.

Sie lebten in Paris, wie reiche Bürger leben, verkehrten in ihrem Kreis, ohne in der großen Welt aufzugehen, und waren stolz auf die Bekanntschaft mit einem Deputierten, der Minister werden konnte, und befreundet mit zwei Bürochefs in einem Ministerium.

Doch jener Gedanke, der in seinen ersten Lebenstagen in den Kopf Monsieur Sacrements eingedrungen war, verließ ihn nicht mehr, und er litt beständig darunter, daß er nicht das Recht hatte, an seinem Gehrock ein rotes Band zu tragen.

Die bebänderten Herren, denen er auf dem Boulevard begegnete, versetzten ihm einen Stich ins Herz. Er sah sie mit erbitterter Eifersucht von der Seite her an. Manchmal, an langen, müßigen Nachmittagen, machte er sich daran, sie zu zählen. Er sagte sich: Aufgepaßt! Wie viele werde ich zwischen der Madeleine und der Rue Drouot treffen?

Und er ging langsam, musterte die Röcke und erspähte mit geübtem Blick den kleinen roten Punkt. Als er am Ende seiner Promenade angelangt war, fand er die Zahl jedesmal erstaunlich. Acht Offiziere und siebzehn Ritter! So viel! Es ist doch stupid, die Kreuze derart zu vergeuden! Ob ich auf dem Rückweg auch so viele feststelle?

Und mit gemessenen Schritten trat er den Rückweg an und war geradezu verzweifelt, wenn die Menge der Vorübergehenden ihn bei seiner Tätigkeit störte und er am Ende einen Dekorierten übersah.

Er kannte die Viertel, wo man ihrer am meisten fand. Im Überfluß waren sie beim Palais Royal. Die Avenue de l'Opéra konnte sich nicht mit der Rue de la Paix messen; und die rechte Seite des Boulevards war vornehmer als die linke.

Sie schienen auch bestimmte Cafés, bestimmte Theater zu bevorzugen. Jedesmal, wenn Monsieur Sacrement eine Gruppe alter Herren mit weißem Haar in der Mitte des Trottoirs stehn sah, wo sie den Verkehr behinderten, sagte er sich: Das sind Offiziere der Ehrenlegion! Und er hatte Lust, sie zu grüßen.

Die Offiziere – das hatte er oft bemerkt – verhalten sich ganz anders als die einfachen Ritter. Schon ihre Art, den Kopf zu tragen, ist verschieden. Man spürt sehr wohl, daß sie offiziell höher gewertet werden, daß ihnen eine größere Wichtigkeit zukommt.

Manchmal aber packte auch ein Zorn Monsieur Sacrement, eine Wut gegen all diese dekorierten Kerle; und er fühlte den Haß des Sozialisten gegen sie in seinem Herzen.

Wenn er dann, erregt über die Begegnung mit so vielen Kreuzen, heimkam wie ein armer Hungernder, der vor den großen Lebensmittelläden vorübergegangen ist, erklärte er mit dröhnender Stimme: «Wann wird man uns endlich von dieser nichtsnutzigen Regierung befreien!» Erstaunt fragte seine Frau: «Was hast du denn heute?»

Und er antwortete: «Was ich habe? Ich bin empört über die Ungerechtigkeiten, die ich allerorten sehe. Ja, ja, wie recht hatten doch die Communards!»

Nach Tisch aber ging er wieder aus und blieb vor den Geschäften stehn, in deren Schaufenstern Auszeichnungen zu sehen waren. Er musterte all diese Sinnbilder in ihren verschiedenen Formen, ihren verschiedenen Farben. Er hätte sie alle besitzen mögen und, bei einer öffentlichen Zeremonie, in einem riesigen, von Menschen wimmelnden Saal – von entzückten

Menschen – an der Spitze eines Zuges marschieren wollen, die schimmernde Brust gestreift mit Bändern, eines über dem andern, der Wölbung seiner Rippen angepaßt, und gewichtig schreiten, den Klappzylinder unter dem Arm, strahlend wie ein Stern inmitten bewundernden Geflüsters, inmitten respektvollen Summens.

Doch ach, er hatte auch nicht den leisesten Anspruch auf irgendeine Auszeichnung!

Er sagte sich: Die Ehrenlegion ist wohl wirklich zu schwer für einen Mann zu erreichen, der kein öffentliches Amt bekleidet. Und wenn ich versuchte, mich zum Offizier der Akademie ernennen zu lassen?!

Doch er wußte nicht, wie er das anstellen sollte. Er redete mit seiner Frau darüber, die ganz verblüfft war.

«Offizier der Akademie? Was hast du denn dafür geleistet?»

Da brauste er auf. «Versteh doch, was ich meine. Ich überlege ja gerade, was ich tun müßte. Manchmal bist du wirklich sehr schwer von Begriff!»

Sie lächelte. «Gewiß, gewiß, du hast ganz recht. Aber ich habe keine Ahnung...»

Da kam ihm ein Gedanke. «Sprich doch mit Rosselin darüber, dem Deputierten; er könnte mir vielleicht einen guten Rat geben. Ich, weißt du, ich habe nicht den Mut, diese Fragen ihm gegenüber anzuschneiden. Es ist recht heikel, recht schwierig; wenn es von dir ausgeht, so wirkt die Sache ganz natürlich.»

Madame Sacrement tat, was er verlangte. Der Deputierte versprach, mit dem Minister zu reden. Und da setzte Sacrement ihm energisch zu. Schließlich erklärte Rosselin, Monsieur Sacrement müsse eine Eingabe machen und seine begründeten Ansprüche aufzählen.

Seine Ansprüche! Das war's ja. Er hatte nicht einmal die Matura gemacht!

Dennoch ging er ans Werk und begann, eine Broschüre über «Das Recht des Volkes auf Bildung» zu schreiben. Doch er konnte sie nicht beenden, weil ihm die Gedanken ausgingen.

Er suchte nach leichteren Themen und machte sich an eines nach dem andern. Zuerst kam «Der Unterricht der Kinder durch die Augen». Er wollte, man solle in den Armenvierteln eine Art unentgeltlicher Theater für Kinder eröffnen. Die Eltern sollten sie schon im frühesten Alter hinführen, und dort würde man den Kleinen mit Hilfe einer Laterna magica Begriffe von allen menschlichen Kenntnissen beibringen. Das wären richtige Unterrichtskurse. Das Auge würde das Gehirn belehren, und die Bilder blieben ins Gedächtnis eingegraben und würden die Wissenschaft sozusagen sichtbar machen.

Was wäre einfacher, als auf solche Art die Weltgeschichte, die Geographie, die Naturgeschichte, die Botanik, die Zoologie, die Anatomie usw. usw. zu lehren?

Diese Schrift ließ er drucken und schickte ein Exemplar an jeden Deputierten, zehn an jedes Ministerium, fünfzig an den Präsidenten der

Republik, zehn an jede Pariser und fünf an jede Zeitung in der Provinz.

Dann behandelte er die Frage von Straßenbibliotheken, verlangte, der Staat solle kleine, mit Büchern beladene Wagen durch die Straßen rollen lassen, ungefähr wie die Wagen der Orangenverkäufer. Jeder Einwohner hätte für einen Abonnementspreis von einem Sou das Recht auf zehn Bände im Monat.

«Das Volk», schrieb Monsieur Sacrement, «rafft sich nur auf, wenn es um seine Vergnügungen geht. Und da es die Bildung nicht sucht, muß die Bildung zu ihm kommen.» Und so weiter!

Diese Schriften erregten keinerlei Aufsehen. Dennoch machte er seine Eingabe. Man antwortete ihm, man habe sie zur Kenntnis genommen, man würde sich mit der Angelegenheit beschäftigen. Schon glaubte er sich des Erfolgs sicher. Er wartete. Nichts geschah.

Da beschloß er, persönlich Schritte zu unternehmen. Er ersuchte um eine Audienz beim Unterrichtsminister und wurde von einem sehr jungen und schon sehr würdevollen, ja, sehr wichtigen Kabinettsattaché empfangen, der wie auf einem Klavier auf einer Reihe kleiner weißer Knöpfe spielte, um die Türsteher, die Diener, aber auch die subalternen Beamten zu sich zu berufen. Er versicherte dem Bittsteller, daß dessen Angelegenheit auf gutem Wege sei, und empfahl ihm, seine anerkennenswerten Arbeiten fortzusetzen.

Und Monsieur Sacrement machte sich ans Werk.

Der Deputierte Rosselin interessierte sich jetzt anscheinend lebhaft für seinen Erfolg, und er gab ihm sogar eine Fülle ausgezeichneter, praktischer Ratschläge. Er selber hatte übrigens ein rotes Band im Knopfloch, ohne daß man wußte, welche Verdienste ihm diese Auszeichnung eingetragen hatten.

Er riet Sacrement zu neuen Studien, die zu verfolgen wären, er stellte ihn in gelehrten Gesellschaften vor, die sich mit besonders dunklen Punkten in den Wissenschaften befaßten, um zu Ehren zu kommen. Er begönnerte ihn sogar beim Minister.

Nun, eines Tages, als Rosselin zu seinem Freund zum Essen kam – seit mehreren Monaten speiste er sehr häufig bei ihm – schüttelte er ihm die Hand und flüsterte ihm zu: «Ich habe eben eine große Gunst für Sie durchgesetzt. Der Ausschuß für historische Arbeiten überträgt Ihnen eine Mission. Es handelt sich um Forschungen, die in verschiedenen Bibliotheken Frankreichs angestellt werden sollen.»

Sacrement war einer Ohnmacht nahe; er konnte weder essen noch trinken. Acht Tage später machte er sich auf die Reise.

Er fuhr von Stadt zu Stadt, studierte die Kataloge, stöberte auf Dachböden, wo die staubigen Bände sich stapelten, machte sich bei allen Bibliothekaren verhaßt.

Nun, eines Abends, als er in Rouen war, kam

ihn die Lust an, seine Frau zu umarmen, die er seit einer Woche nicht mehr gesehen hatte; und er nahm den Neun-Uhr-Zug, mit dem er um Mitternacht zu Hause sein konnte.

Er hatte seinen Schlüssel. Geräuschlos trat er in die Wohnung, vor Freude zitternd, glücklich im Gedanken an die Überraschung, die er ihr bereiten würde. Sie hatte die Schlafzimmertüre abgesperrt. Schade! Und so rief er denn durch die Türe: «Jeanne, ich bin's!»

Sie mußte wohl große Angst gehabt haben, denn er hörte sie aus dem Bett springen und wie im Traum reden. Dann lief sie an ihren Kleiderschrank, öffnete ihn, schloß ihn wieder, eilte mehrmals auf bloßen Füßen durch das Zimmer, stieß an den Toilettentisch, daß die Flaschen klirrten. Und schließlich fragte sie: «Bist du's wirklich, Alexandre?»

«Ja, natürlich bin ich's», erwiderte er. «Mach doch auf!»

Die Türe öffnete sich, und seine Frau stürzte sich ihm an die Brust und stammelte: «Ach, der Schreck, die Überraschung, die Freude!»

Nun begann er sich auszuziehen; methodisch, wie er alles tat. Und von einem Stuhl nahm er seinen Überzieher, den er, gewohnheitsgemäß, im Vorzimmer aufhängte. Da, mit einem Mal, blieb er verblüfft stehn. Im Knopfloch schimmerte ein rotes Band!

Er stotterte: «Dieser... dieser Überzieher hat doch ein rotes Band!»

Mit einem Satz war seine Frau bei ihm, riß

ihm den Mantel aus den Händen. «Nein... da irrst du dich... gib ihn mir!»

Doch er hielt ihn noch immer an einem Ärmel fest, ließ nicht locker und wiederholte völlig verwirrt: «Was? Wie? Erklär mir... wem gehört dieser Überzieher... das ist nicht meiner... er hat ja die Ehrenlegion im Knopfloch!»

Sie bemühte sich, ihm auch den Ärmel zu entreißen und stieß hervor: «Hör... hör doch... gib ihn mir... ich kann's dir nicht sagen... es ist ein Geheimnis... hör doch...»

Doch da wurde er blaß und geriet in Zorn. «Ich will wissen, wie dieser Überzieher hierher kommt. Das ist nicht mein Überzieher!»

Und da schrie sie ihm ins Gesicht: «Doch! Schweig! Schwör mir... hör... ja, du hast das rote Band bekommen!»

Das überwältigte ihn derart, daß er den Überzieher losließ und in einen Stuhl sank.

«Ich habe... du sagst... ich habe... das rote Band!»

«Ja... es ist noch ein Geheimnis, ein großes Geheimnis!»

Sie hatte das ruhmreiche Kleidungsstück in einen Schrank gehängt und kehrte blaß und zitternd zu ihrem Mann zurück. «Ja», begann sie von neuem. «Das ist ein neuer Überzieher; den habe ich dir machen lassen. Aber ich habe geschworen, dir nichts zu sagen. Es wird erst in einem Monat oder in sechs Wochen offiziell. Du hättest es erst nach deiner Rückkehr erfahren sollen. Rosselin ist es, der das für dich durchgesetzt hat.»

Sacrement, noch immer außerstande, sich zu regen, brachte nur stockend hervor: «Rosselin... das rote Band... er hat mir das rote Band verschafft... mir... er... Ah!»

Und er mußte ein Glas Wasser trinken.

Ein kleines Stück Papier lag auf dem Boden; es war aus der Tasche des Überziehers gefallen. Sacrement hob es auf; es war eine Visitenkarte. Er las: «Rosselin – Deputierter».

«Da siehst du!» sagte seine Frau.

Und er begann vor Freude zu schluchzen.

Acht Tage später zeigte der «Officiel» an, daß Monsieur Sacrement für außerordentliche Verdienste zum Ritter der Ehrenlegion ernannt worden sei.

Da er, als Beamter im Unterrichtsministerium, in Batignolles wohnte, nahm er jeden Morgen den Omnibus, um in sein Büro zu fahren. Und jeden Morgen saß er bis ins Zentrum von Paris einem jungen Mädchen gegenüber, in das er sich verliebte.

Sie ging jeden Tag zur gleichen Stunde ins Geschäft. Sie war eine kleine Brünette, eine jener Brünetten, deren Augen so schwarz sind, daß sie wie Flecken wirken, und deren Hautfarbe den Abglanz von Elfenbein hat. Täglich sah er sie an der Ecke derselben Straße auftauchen, und sie begann zu laufen, um den schweren Wagen zu erreichen. Sie lief eilig, geschmeidig, anmutig, und sie sprang auf das Trittbrett, bevor die Pferde völlig angehalten hatten. Dann trat sie, ein wenig außer Atem, ins Innere, setzte sich und warf einen Blick um sich.

Als er sie zum erstenmal sah, spürte François Tessier, daß diese Erscheinung ihm ausnehmend gefiel. Man begegnet manchmal Frauen, die man sofort, ohne sie zu kennen, leidenschaftlich in die Arme schließen möchte. Sie, dieses junge Mädchen, entsprach seinen innersten Wünschen, seinen geheimen Erwartungen, jenem Ideal in der Liebe, das man, ohne es zu wissen, im Grunde seines Herzens trägt.

Wider Willen sah er sie unablässig an. Diese hartnäckige Beobachtung machte sie verlegen, ließ sie erröten. Er merkte das und wollte den Blick abwenden, doch immer wieder lenkte er die Augen auf sie, so sehr er sich auch bemühte, in eine andere Richtung zu schauen.

Nach einigen Tagen kannten sie einander, ohne ein Wort gewechselt zu haben. Wenn der Wagen voll war, räumte er ihr seinen Platz ein und stieg auf das Verdeck des Wagens, so ungern er das auch tat. Sie grüßte ihn jetzt mit einem leichten Lächeln, und obgleich sie stets die Augen unter seinem Blick senkte, den sie allzu eindringlich auf sich gerichtet spürte, verübelte sie es anscheinend nicht mehr, daß sie derart beobachtet wurde.

Schließlich redeten sie miteinander. Eine gewisse rasche Vertraulichkeit stellte sich zwischen ihnen ein, die Vertraulichkeit einer halben Stunde im Tag. Und das war ganz gewiß die köstlichste halbe Stunde seines Lebens. In der übrigen Zeit dachte er an sie, sah sie während der langen Tätigkeit im Ministerium ständig vor sich, wurde von jenem schwebenden, unauslöschlichen Bild verfolgt, besessen, überwältigt, das ein Gesicht einer geliebten Frau in uns zurückläßt. Ihm schien es, daß der völlige Besitz dieses Mädchens für ihn ein wahnsinniges Glück wäre, beinahe jenseits aller menschlichen Möglichkeiten.

Jeden Morgen reichte sie ihm jetzt die Hand, und er bewahrte bis zum Abend das Gefühl dieser Berührung, in seinem Fleisch die Erinnerung an den sachten Druck dieser kleinen Finger; ihm war es, als hätte er die Spur davon auf seiner Haut bewahrt.

Gierig wartete er während der andern Stunden des Tages auf diese kurze Fahrt im Omnibus. Und die Sonntage schienen ihm nichts als Qual.

Zweifellos hatte sie auch an ihm Gefallen gefunden, denn eines Samstags im Frühjahr war sie bereit, am nächsten Tag mit ihm in Maisons-Laffitte zu Mittag zu essen.

Sie war schon am Bahnhof, als er kam. Er war überrascht, aber sie sagte:

«Bevor wir fahren, muß ich mit Ihnen reden. Wir haben noch zwanzig Minuten; das ist mehr als nötig.»

Sie zitterte, auf seinen Arm gestützt, die Augen gesenkt, die Wangen blaß. Und sie redete weiter:

«Sie dürfen sich nicht über mich täuschen. Ich bin ein anständiges Mädchen und fahre nicht mit Ihnen, wenn Sie mir nicht versprechen, wenn Sie mir nicht schwören, nichts... nichts zu tun... was... was nicht... korrekt wäre...»

Plötzlich war sie röter geworden als eine Mohnblume. Sie verstummte. Er wußte nicht, was er antworten sollte, war zur gleichen Zeit glücklich und enttäuscht. Im Grunde des Herzens zog er vielleicht vor, daß es so sein sollte. Und doch... und doch hatte er sich nachts von Träumen wiegen lassen, die seine Adern mit

Feuer durchströmt hatten. Er hätte sie bestimmt weniger geliebt, wenn er gewußt hätte, daß sie leichtfertig war; und doch wäre es so reizend, so bezaubernd für ihn gewesen! Und alle die egoistischen Berechnungen der Männer, wenn es um Liebe ging, wirkten auf sein Denken ein.

Als er nichts sagte, begann sie von neuem mit bewegter Stimme und mit Tränen in den Augenwinkeln:

«Wenn Sie mir nicht versprechen, mich zu achten, gehe ich wieder nach Hause.»

Er drückte ihr zärtlich den Arm und erwiderte:

«Ich verspreche es Ihnen; Sie werden nur das tun, was Sie selber wollen.»

Sie war sichtlich erleichtert und fragte lächelnd:

«Ist das auch wirklich wahr?»

Er sah ihr tief in die Augen.

«Ich schwöre es Ihnen.»

«Dann wollen wir die Karten nehmen.»

Unterwegs konnten sie kaum reden, denn der Wagon war überfüllt.

In Maisons-Laffitte angekommen, schlugen sie den Weg zur Seine ein.

Die laue Luft ließ Leib und Seele erschlaffen. Die Sonne strahlte mit voller Kraft auf den Fluß, auf die Blätter und den Rasen und warf tausend heitere Reflexe in Körper und Geist. Sie gingen Hand in Hand die Böschung entlang, beobachteten die kleinen Fische, die in Scharen unter der Oberfläche dahinflitzten. Sie gingen, von Glück erfüllt, als wären sie in höchster Seligkeit über die Erde erhoben.

Endlich sagte sie:

«Sie müssen mich doch für verrückt halten.»

«Warum?» fragte er.

Und sie fuhr fort:

«Ist es nicht ein Wahnsinn, so ganz allein mit Ihnen zu gehn?»

«Aber nein! Das ist doch nur natürlich.»

«Nein, nein! es ist nicht natürlich – für mich – weil ich keinen Fehltritt begehen möchte – und so geschieht's trotzdem, daß man einen Fehltritt begeht. Wenn Sie aber wüßten! Es ist so traurig, alle Tage dasselbe, alle Tage des Monats und alle Monate des Jahres. Ich lebe ganz allein mit Mama. Und da sie viel Kummer gehabt hat, ist sie nicht heiter. Ich, ich tu, was ich kann. Ich versuche dennoch zu lachen, aber es gelingt mir nicht immer. Nun, das ist gleichgültig, es ist doch nicht richtig gewesen, zu kommen. Sie nehmen es mir wenigstens nicht übel?»

Als Antwort küßte er sie heftig ins Ohr. Doch sie riß sich mit jäher Geste los und war plötzlich böse.

«O Monsieur François – Sie haben mir doch geschworen!»

Und sie kehrten nach Maisons-Laffitte zurück.

Sie aßen im Petit-Havre zu Mittag, einem niedrigen Haus, am Rand des Wassers, unter vier mächtigen Pappeln begraben.

Die frische Luft, die Hitze, der leichte Weißwein und die verwirrende Empfindung, sich einander nahe zu fühlen, bewirkten, daß sie rot waren, bedrückt und stumm.

Doch nach dem Kaffee übermannte sie eine jähe Lebenslust, und nachdem sie die Seine überquert hatten, machten sie sich wieder auf den Weg längs dem Ufer, zu dem Dorf La Frette.

Plötzlich fragte er:

«Wie heißen Sie?»

«Louise.»

Er wiederholte «Louise», und dann sagte er nichts mehr.

Der Fluß beschrieb eine lange Biegung und bespülte in der Ferne eine Reihe weißer Häuser, die sich, den Kopf abwärts, im Wasser spiegelten. Das junge Mädchen pflückte Margueriten, band einen großen, ländlichen Strauß, und er sang aus voller Brust, berauscht wie ein junges Pferd, das man auf die Weide läßt.

Zu ihrer Linken folgte ein mit Reben bewachsener Hügel dem Flußlauf. Doch François machte plötzlich halt und blieb vor Staunen reglos stehn.

«Ach, sehen Sie nur!» sagte er.

Hier wuchsen keine Reben mehr, sondern der ganze Hang war jetzt mit blühendem Flieder bedeckt. Es war ein violetter Wald! Gleichsam ein großer, über die Erde gelegter Teppich, der sich bis zu dem Dorf dort drüben, zwei oder drei Kilometer entfernt, hinzog.

Auch sie war entzückt, bewegt. Sie flüsterte:

«Ach, wie reizend das ist!»

Und sie gingen schnell querfeldein auf diesen

seltsamen Hügel zu, der Jahr für Jahr allen Flieder liefert, den die kleinen Karren der Händlerinnen durch Paris ziehen.

Ein schmaler Pfad verlor sich unter dem Strauchwerk. Sie schlugen ihn ein, und als sie in eine kleine Lichtung kamen, setzten sie sich nieder.

Legionen von Fliegen summten über ihnen, warfen ein leises, ununterbrochenes Surren in die Luft. Und die Sonne, die prächtige Sonne eines windstillen Tags, stach auf diesen langen, erblühten Hügel nieder, ließ diesem Wald Wolken mächtigen Dufts entströmen, einen gewaltigen Atemhauch von Wohlgerüchen, diesen Schweiß der Blumen.

In der Ferne tönte eine Kirchenglocke.

Und ganz sachte küßten sie sich, umschlangen sie sich, ausgestreckt auf dem Gras, nur ihrer Küsse bewußt. Sie hatte die Augen geschlossen und hielt ihn fest umarmt, preßte ihn heftig an sich, ohne zu denken, ohne zu vernünfteln, vom Kopf bis zu den Füßen in leidenschaftlicher Erwartung gespannt. Und sie gab sich ihm ganz, ohne zu wissen, was sie tat, ohne auch nur zu begreifen, daß sie sich ihm gegeben hatte.

Sie erwachte im Entsetzen eines großen Unglücks, und sie fing an zu weinen, stöhnte vor Leid, hatte das Gesicht in den Händen verborgen.

Er versuchte, sie zu trösten. Doch sie wollte fort, nur fort, nur nach Hause. Mit langen Schritten ging sie und sagte unablässig:

«Mein Gott! Mein Gott!»

Und er sagte:

«Louise! Louise! Bleiben wir doch, ich bitte Sie!»

Jetzt hatte sie gerötete Wangen und eingesunkene Augen. Sobald sie am Bahnhof in Paris waren, verließ sie ihn, ohne ihm auch nur ein Wort des Abschieds zu sagen.

Als er sie am nächsten Morgen im Omnibus traf, schien sie verändert, abgemagert zu sein. Sie sagte:

«Ich muß mit Ihnen sprechen; wir steigen auf dem Boulevard aus.»

Sobald sie allein auf dem Trottoir waren, sagte sie:

«Wir müssen voneinander Abschied nehmen. Nach dem, was geschehen ist, kann ich Sie nicht wiedersehen.»

«Aber warum?» stammelte er.

«Weil ich nicht kann. Ich habe mich schuldig gemacht. Ich werde es nicht wieder tun.»

Er bat, er flehte, vom Verlangen gequält, von dem Bedürfnis gefoltert, sie ganz zu besitzen, in der völligen Hingabe von Liebesnächten.

Doch sie erwiderte verstockt:

«Nein, ich kann nicht. Nein, ich will nicht.»

Er aber wurde dringlicher, erregte sich. Er versprach, sie zu heiraten. Sie aber sagte immer wieder:

«Nein.»

Und damit ließ sie ihn stehn.

Acht Tage lang sah er sie nicht. Er konnte sie nicht treffen, und da er ihre Adresse nicht kannte, glaubte er sie für immer verloren.

Am neunten Tag wurde abends bei ihm geläutet. Er öffnete. Sie war es. Sie warf sich ihm in die Arme und widerstand nicht länger.

Drei Monate lang war sie seine Geliebte. Er begann, ihrer satt zu werden, als sie ihn wissen ließ, daß sie schwanger war. Nun hatte er nur noch einen einzigen Gedanken im Kopf – zu brechen! Um jeden Preis!

Da er es nicht fertigbrachte, da er nicht wußte, wie er sich benehmen, was er sagen sollte, von Besorgnis geplagt war, und aus Angst vor diesem Kind, das heranwuchs, griff er zu einem äußersten Mittel. Er zog eines Nachts aus und verschwand.

Der Schlag war so hart, daß sie ihn, der sie so verlassen hatte, nicht einmal suchte. Sie warf sich vor ihrer Mutter auf die Knie, gestand ihr das Unglück, und einige Monate später wurde sie eines Knaben entbunden.

Jahre verstrichen. François Tessier alterte, ohne daß in seinem Leben eine Veränderung eingetreten wäre. Er führte das eintönige, trübe Dasein des Beamten, ohne Hoffnung, ohne Erwartung. Jeden Tag stand er zu der gleichen Stunde auf, ging durch dieselben Gassen, trat durch dieselbe Türe vor demselben Türhüter ein, ging in dasselbe Arbeitszimmer, setzte sich auf denselben Stuhl und erledigte dieselben

Amtsgeschäfte. Er war allein auf der Welt, allein am Tag inmitten seiner gleichgültigen Kollegen, allein des Nachts in seiner Junggesellenwohnung. Und er sparte sich monatlich hundert Francs für sein Alter ab.

Jeden Sonntag unternahm er einen Spaziergang über die Champs-Elysées, um die elegante Welt zu sehen, die Equipagen, die schönen Frauen.

Am nächsten Morgen sagte er dann zu seinen Frongenossen:

«Die Rückfahrt aus dem Bois ist gestern wirklich prachtvoll gewesen.»

Nun, eines Sonntags, zufällig, war er durch neue Straßen geschlendert und kam in den Park Monceau. Es war ein heller Sommermorgen.

Die Kindermädchen und die Mütter saßen längs der Alleen und sahen den Kindern zu, die vor ihnen spielten.

Doch plötzlich fuhr er zusammen. Eine Frau ging vorüber, hatte zwei Kinder an der Hand, einen Knaben von etwa zehn Jahren und ein Mädchen von vier. Es war sie!

Er machte noch hundert Schritte, und dann sank er, von der Erregung übermannt, auf einem Stuhl zusammen. Sie hatte ihn nicht erkannt. Und dann stand er auf, versuchte, sie wiederzusehen. Sie hatte sich jetzt gesetzt. Der Knabe blieb sehr gesittet neben ihr, während das kleine Mädchen Sandhäufchen machte. Sie war es, ja, sie war es! Sie wirkte ernst und damenhaft, war einfach gekleidet, ihre Haltung war selbstsicher und würdig.

Er beobachtete sie von weitem, wagte nicht, sich zu nähern. Der kleine Knabe hob den Kopf. François Tessier spürte, wie er zitterte; das war ohne Zweifel sein Sohn! Und er betrachtete ihn, er glaubte sich zu erkennen, wie er auf einem Kinderbild gewesen war.

Und er blieb hinter einem Baum versteckt und wartete, bis sie aufstand, um ihr zu folgen.

In der Nacht schlief er nicht. Vor allem quälte ihn der Gedanke an das Kind. Sein Sohn! O wenn er es nur gewußt, wenn er sicher gewesen wäre! Doch was hätte er getan?

Er hatte ihr Haus gesehen; er zog Erkundigungen ein. Er erfuhr, daß ein Nachbar sie geheiratet hatte, ein ehrenwerter Mann von ernster Lebensführung, dem ihr Unglück nahegegangen war. Dieser Mann, der von ihrem Fehltritt wußte, hatte ihr verziehen, hatte sogar das Kind anerkannt, seinen Sohn, François Tessiers Sohn.

Jeden Sonntag kehrte er in den Parc Monceau zurück. Jeden Sonntag sah er sie, und jeden Sonntag packte ihn eine tolle, unbezwingliche Lust, seinen Sohn in die Arme zu schließen, ihn mit Küssen zu bedecken, ihn fortzutragen, ihn zu rauben.

Er litt furchtbar unter dieser jämmerlichen Einsamkeit eines alten Junggesellen ohne zärtliche Bindungen; er litt grausame Qualen, zerrissen von einer väterlichen Zärtlichkeit, darin sich Vorwürfe, Neid, Eifersucht mit jenem Bedürfnis, sein Kind zu lieben, mischten, jenem Bedürfnis, das die Natur allen Wesen eingepflanzt hat.

Schließlich wollte er einen verzweifelten Versuch wagen, näherte sich ihr eines Tages, als sie in den Park trat, stellte sich ihr totenbleich in den Weg und sagte mit zitternden Lippen:

«Sie erkennen mich nicht?»

Sie hob die Augen, san ihn an, stieß einen Schrei des Schreckens, einen Schrei des Entsetzens aus, griff nach den Händen der beiden Kinder und floh, die Kinder hinter sich herziehend.

Er kehrte in seine Wohnung zurück und weinte.

Abermals verstrichen Monate. Er sah sie nicht wieder. Doch er litt Tag und Nacht, gequält, verzehrt von seiner väterlichen Zärtlichkeit.

Um seinen Sohn zu umarmen, wäre er gestorben, hätte er getötet, hätte er jeden Frondienst geleistet, allen Gefahren getrotzt, jedes Wagnis unternommen.

Er schrieb an sie. Sie antwortete ihm nicht. Nach zwanzig Briefen begriff er, daß für ihn keine Hoffnung bestand, sie umzustimmen. Da faßte er einen verzweifelten Entschluß und war bereit, einen Revolverschuß ins Herz zu empfangen, wenn es denn sein müßte. Er richtete an den Gatten einen Brief von wenigen Worten:

Monsieur,

Mein Name muß für Sie ein Gegenstand des Abscheus sein. Aber ich bin so elend, so gemartert vom Gram, daß ich nur noch auf Sie zu hoffen vermag.

Ich bitte Sie nur um eine Begegnung von zehn Minuten.

Unterdessen verbleibe ich...

Am nächsten Tag erhielt er die Antwort:

Monsieur,

Ich erwarte Sie Dienstag um fünf Uhr.

Während François Tessier die Treppe hinaufstieg, mußte er Stufe um Stufe stehnbleiben, so stark pochte sein Herz. In seiner Brust war ein überstürztes Geräusch wie der Galopp eines Tieres, ein dumpfes, heftiges Geräusch. Und er konnte nur mühsam atmen und hielt sich am Geländer fest, um nicht zu fallen.

Im dritten Stockwerk läutete er. Ein Dienstmädchen öffnete ihm. Er fragte:

«Monsieur Flamel?»

«Ja. Kommen Sie herein!»

Und er trat in einen bürgerlichen Salon. Er war allein; er wartete verloren wie mitten in einer Katastrophe.

Eine Türe öffnete sich. Ein Mann erschien. Er war groß, ernst, ein wenig beleibt, trug einen Gehrock. Er wies auf einen Stuhl.

François Tessier setzte sich; dann begann er mit keuchender Stimme:

«Monsieur... ich weiß nicht, ob Ihnen mein Name bekannt ist... ob Sie wissen...»

Der Mann unterbrach ihn.

«Es ist überflüssig, Monsieur, ich weiß alles. Meine Frau hat mir von Ihnen gesprochen.»

Er hatte den würdigen Ton eines Mannes, der streng sein will, und die gutbürgerliche Überlegenheit eines ehrenwerten Mannes. Tessier begann von neuem.

«Nun denn... ich sterbe vor Kummer, vor Gewissensbissen, vor Schande. Und ich möchte einmal, nur ein einziges Mal... das Kind... umarmen...»

Monsieur Flamel stand auf, trat an den Kamin, läutete. Das Dienstmädchen kam. Er sagte:

«Holen Sie mir Louis.»

Sie ging. Die beiden Männer blieben einander gegenüber, stumm, hatten einander nichts mehr zu sagen, warteten.

Und da stürzte ein Knabe von zehn Jahren in den Salon und lief auf jenen zu, den er für seinen Vater hielt. Doch als er einen Fremden erblickte, blieb er verwirrt stehn.

Monsieur Flamel küßte ihn auf die Stirne, und dann sagte er zu ihm:

«Und jetzt umarme diesen Herrn, mein Liebling!»

Und das Kind kam näher und musterte den Unbekannten.

François Tessier war aufgestanden. Er ließ den Hut fallen, war bereit, selber zu Boden zu sinken. Und er betrachtete seinen Sohn.

Monsieur Flamel hatte sich aus Zartgefühl abgewendet und schaute aus dem Fenster auf die Straße hinaus.

Das Kind wartete ganz erstaunt. Es hob den Hut auf und reichte ihn dem Fremden. Und da packte François den Kleinen in seine Arme und begann ihn wie wahnsinnig zu küssen, das Gesicht, die Augen, die Wangen, den Mund, die Haare.

Der Knabe, erschrocken unter diesem Hagel von Küssen, suchte sich zu entziehen, drehte den Kopf zur Seite, schob mit seinen Händchen die gierigen Lippen dieses Mannes von sich.

Aber François Tessier stellte ihn brüsk wieder auf den Boden. Er rief:

«Leb wohl! Leb wohl!»

Und damit floh er wie ein Dieb.

Als Antoine Leuillet die Witwe Mathilde Souris heiratete, hatte er sie bereits zehn Jahre lang geliebt.

Der selige Souris war sein Freund, sein alter Schulkamerad gewesen. Leuillet hatte ihn sehr gern gehabt, doch für ein wenig dumm gehalten. Häufig sagte er: «Der arme Souris hat das Pulver nicht erfunden.»

Als Souris Mademoiselle Mathilde Duval heiratete, war Leuillet erstaunt und ein wenig verärgert, denn er hatte selbst eine kleine Schwäche für sie. Sie war die Tochter einer Nachbarin, einer früheren Kurzwarenhändlerin, die sich mit einem sehr bescheidenen Vermögen zurückgezogen hatte. Sie war hübsch, intelligent, gerieben. Sie nahm Souris seines Geldes wegen.

Da erwachten in Leuillet andere Hoffnungen. Er machte der Frau seines Freundes den Hof. Er war ein stattlicher Mann, nicht dumm, auch reich. Er glaubte sich seines Erfolgs sicher, doch er scheiterte. Da verfiel er ganz der Liebe, war ein Liebender, den die vertraute Freundschaft mit dem Mann zurückhaltend, schüchtern, verlegen machte. Madame Souris glaubte, daß er keine unternehmungslustigen Gedanken mehr für sie hegte und wurde seine aufrichtige Freundin. Das dauerte neun Jahre.

Nun, eines Tages brachte ein Dienstmann Leuillet eine entsetzte Botschaft der armen Frau. Souris war plötzlich einem Herzschlag erlegen.

Das traf Leuillet furchtbar, denn sie waren gleichaltrig gewesen; doch fast zur selben Zeit durchdrang das Gefühl tiefer Beglückung, unendlicher Erleichterung und Erlösung ihm Körper und Seele. Madame Souris war frei!

Dennoch wußte er schickliche Trauer zu zeigen, wartete die entsprechende Zeit ab und beobachtete alle Regeln guten Anstands. Nach Ablauf von fünfzehn Monaten heiratete er die Witwe.

Man fand seine Handlungsweise natürlich und sogar großherzig. Es war das Benehmen eines guten Freundes, eines ehrenwerten Mannes.

Endlich war er glücklich, vollkommen glücklich.

Sie lebten in der herzlichsten Eintracht, denn sie hatten einander vom ersten Augenblick an verstanden und geschätzt. Sie hielten nichts voreinander verborgen und erzählten sich die geheimsten Gedanken. Leuillet liebte seine Frau jetzt mit ruhiger, vertrauensvoller Liebe; er liebte sie als zärtliche, hingebungsvolle Gefährtin, die ihm eine ebenbürtige Vertraute war. Doch in seinem Herzen blieb ihm ein seltsamer, unerklärlicher Groll gegen den seligen Souris, der diese Frau vor ihm besessen, der die Blüte ihrer Jugend und ihrer Seele genossen, ja, ihr sogar ein wenig den poetischen Flaum geraubt hatte. Die Erinnerung an den toten Gatten störte das Glück des lebenden Gatten; und diese postume Eifersucht nagte jetzt Tag und Nacht an Leuillets Herz.

Er kam so weit, daß er ohne Unterlaß von Souris sprach, nach Tausenden vertraulicher, geheimer Einzelheiten forschte, alles von seinen Gewohnheiten und seinem Wesen wissen wollte. Und er verfolgte ihn mit seinem Spott bis in die Tiefe des Grabes, gedachte selbstgefällig der Verschrobenheiten, betonte die lächerlichen Seiten, unterstrich die Mängel des Seligen.

Immer wieder rief er von einem Ende des Hauses bis zum andern:

«Heh, Mathilde!»

«Ja, mein Lieber.»

«Komm! Sag mir ein Wort!»

Sie kam, immer heiter, denn sie wußte, daß von Souris gesprochen werden sollte, und pflegte dieses harmlose Steckenpferd ihres neuen Gatten.

«Sag einmal – erinnerst du dich, wie Souris mir eines Tages beweisen wollte, um wieviel beliebter die kleinen Männer immer sind als die großen?»

Und er ließ sich in Betrachtungen ein, die peinlich für den nicht gerade hochgewachsenen Seligen waren und, bei aller Zurückhaltung, vorteilhaft für ihn, der groß war.

Und Madame Leuillet pflichtete ihm bei; er habe recht, sehr recht! Und sie lachte aus vollem

Herzen und machte sich über den früheren Gatten lustig, zum größten Vergnügen des neuen Gatten, der schließlich immer äußerte:

«Na ja, gut, dieser Souris – was für ein Einfaltspinsel!»

Sie waren glücklich, vollkommen glücklich. Und Leuillet wurde nicht müde, seiner Frau mit allen üblichen Mitteln seine unauslöschliche Liebe zu beweisen.

Nun, eines Nachts, als sie, von einem Wiederaufflammen der Jugend erregt, nicht einzuschlafen vermochten, und Leuillet seine Frau fest an sich gepreßt hielt und nach Herzenslust küßte, fragte er sie mit einem Male:

«Sag doch, Schatz...»

«Was denn?»

«Souris... es ist ein wenig heikel, was ich dich fragen werde – Souris... war er sehr... sehr verliebt?»

Sie erwiderte einen nachdrücklichen Kuß und flüsterte: «Nicht so sehr wie du, mein Liebster.»

Das schmeichelte seiner männlichen Eigenliebe, und er fuhr fort: «Er mußte wohl... linkisch gewesen sein... sag...»

Sie antwortete nicht. Sie hatte nur ein leises, spöttisches Lachen und verbarg das Gesicht am Hals ihres Mannes.

Er fragte: «Er mußte sehr linkisch gewesen sein... und nicht... wie soll ich's sagen... nicht geschickt?»

Eine Bewegung ihres Kopfes war leicht zu deuten: Nein... gar nicht geschickt!

Er ließ nicht locker: «Und nachts... da muß er dich sehr gelangweilt haben, was?»

Diesmal konnte sie sich nicht enthalten, offen zu bekennen: «O ja!»

Für dieses Wort umarmte er sie wieder und flüsterte: «Was für ein Viechskerl war er doch! Und du bist nicht glücklich mit ihm gewesen?»

Sie antwortete: «Nein. Es war nicht immer heiter.»

Leuillet fühlte ein wahres Entzücken, und in seinem Geist zog er, zu seinem Vorteil, einen Vergleich zwischen dem früheren Zustand seiner Frau und ihrem jetzigen.

Eine Weile blieb er stumm; dann aber überkam ihn eine fröhliche Stimmung, und er fragte:

«Sag einmal!»

«Was?»

«Willst du ganz aufrichtig, wirklich ganz aufrichtig zu mir sein?»

«Aber ja, mein Liebster!»

«Nun, also... hast du nie die Versuchung gespürt, ihn... ihn zu betrügen, diesen Trottel von Souris?»

Madame Leuillet stieß ein schamhaftes «Oh!» aus und barg sich noch inniger an der Brust ihres Gatten. Er aber nahm sehr wohl wahr, daß sie lachte.

Und er gab nicht nach. «Sag! Wirklich! Gesteh doch! Er hatte einen Kopf, der geradezu nach Hörnern schrie, der Ochse! Das wäre doch so komisch! Der gute Souris! Nun, nun, mein Schatz, mir kannst du's ja sagen! Mir gewiß!»

Dieses «mir gewiß» betonte er, denn er meinte, wenn sie Lust gehabt hätte, Souris zu betrügen, so hätte sie es doch mit ihm, Leuillet, getan; und er bebte vor Freude in der Erwartung dieses Geständnisses; wäre sie nicht die tugendhafte Frau gewesen, die sie war, dann hätte er etwas bei ihr erreicht. Dessen war er sicher.

Doch sie antwortete nicht, sondern lachte immer noch, als erinnerte sie sich an etwas unendlich Komisches.

Leuillet begann nun auch zu lachen, als er daran dachte, daß er Souris hätte Hörner aufsetzen können. Das wäre ein Streich gewesen! Ein großer Spaß! Ja, ja, ein großartiger Streich!

Er stammelte vor Vergnügen: «Ach, der arme Souris, der arme Souris! Ja, ja, er hatte den richtigen Kopf dafür, ja, ja!»

Jetzt krümmte Madame Leuillet sich unter der Decke, lachte, daß ihr die Tränen kamen, stieß beinahe ein Geschrei aus.

Und Leuillet wiederholte: «Los, los, gesteh doch, gesteh! Sei aufrichtig! Du begreifst wohl, daß mir das ja nicht unangenehm sein kann.»

Und da stotterte sie halb erstickt: «Ja, ja!»

Ihr Mann drängte: «Was – ja? Nun – sag doch alles!»

Jetzt lachte sie nur noch gedämpft, hob den Mund zu den Ohren Leuillets, der sich auf ein schmeichelhaftes Geständnis gefaßt machte, und flüsterte: «Ja... ich habe ihn betrogen.»

Ein eisiger Schauer durchlief ihn bis auf die Knochen, und er stieß bestürzt hervor: «Du... du... hast ihn... betrogen... wirklich betrogen?»

Sie glaubte noch immer, daß er die Angelegenheit ungemein spaßhaft fand, und erwiderte: «Ja... wirklich betrogen!»

Er mußte sich im Bett aufsetzen, so unbehaglich fühlte er sich, sein Atem stockte, er war so aufgewühlt, als hätte er erfahren, er selbst sei der betrogene Ehemann.

Zunächst sagte er nichts; dann, nach einigen Sekunden, brachte er nur ein «Ah!» hervor.

Auch sie lachte nicht mehr; zu spät erkannte sie ihren Fehler.

Schließlich fragte Leuillet: «Und mit wem?»

Sie blieb stumm, suchte nach einer Ausrede.

Er wiederholte seine Frage: «Mit wem?»

«Mit einem jungen Mann», sagte sie am Ende.

Er wandte sich brüsk zu ihr; seine Stimme war trocken.

«Ich glaube selbst, daß es nicht eine Köchin war. Aber ich will wissen, mit welchem jungen Mann! Hörst du?»

Sie antwortete nicht. Er packte das Tuch, mit dem sie sich den Kopf bedeckte, und warf es in die Mitte des Bettes.

«Ich will wissen, mit welchem jungen Mann! Hörst du?!» wiederholte er.

Und da brachte sie stockend hervor: «Das war doch nur ein Spaß.»

Aber er zitterte vor Wut. «Was? Wie? Das

war nur ein Spaß? Du hast dich also über mich lustig gemacht? Aber damit lasse ich mich nicht abspeisen! Ich will den Namen des jungen Mannes wissen!»

Sie blieb reglos auf dem Rücken liegen und gab ihm keine Antwort.

Er faßte sie beim Arm und preßte ihn heftig: «Wirst du mich endlich hören? Ich verlange, daß du mir antwortest, wenn ich zu dir rede!»

Nervös sagte sie: «Ich glaube, daß du verrückt wirst! Laß mich doch in Ruhe!»

Er konnte sich vor Zorn nicht halten, wußte nicht, was er sagen sollte, war zutiefst erbittert, schüttelte sie mit aller Kraft und wiederholte: «Hörst du? Hörst du?»

Um sich zu befreien, machte sie eine jähe Geste, und ihre Fingerspitzen berührten die Nase ihres Mannes. Er geriet außer sich, glaubte, sie habe ihn schlagen wollen, und stürzte sich auf sie.

Jetzt hielt er sie unter sich fest, ohrfeigte sie hemmungslos und schrie: «Da! Da! Da! Da hast du, du Luder! Du Dirne! Du Dirne!»

Als seine Aufwallung sich erschöpft hatte, stand er auf und ging zu der Kommode, um sich ein Glas Zuckerwasser mit Orangenblüten zu mischen, denn er war völlig gebrochen.

Sie aber weinte im Bett, ein heftiges Schluchzen hatte sich ihrer bemächtigt, denn sie fühlte, daß es nun durch ihre eigene Schuld mit ihrem Glück vorbei war.

Und inmitten ihrer Tränen stammelte sie:

«Hör, Antoine! Komm her! Ich habe gelogen, du wirst es verstehn, hör doch!»

Und bereit, sich zu verteidigen, mit allerlei Kniffen und Schlichen gerüstet, hob sie ein wenig den zerzausten Kopf in der aus der Form geratenen Haube.

Und er wandte sich ihr zu, näherte sich ihr, schämte sich, daß er sie geschlagen hatte, und doch spürte er im Grunde seines Gattenherzens einen unauslöschlichen Haß gegen diese Frau, die den andern, die Souris betrogen hatte.

Entsinnen Sie sich, Madame, unseres bittern Streits eines Abends in dem kleinen japanischen Salon? Es handelte sich um jenen Vater, der einen Inzest begangen hatte. Entsinnen Sie sich Ihrer Empörung, der heftigen Worte, die Sie mir zuwarfen, des ganzen Übermaßes Ihres Zorns, und entsinnen Sie sich alles dessen, was ich gesagt habe, um den Mann zu verteidigen? Sie haben mich verurteilt. Ich appelliere.

Kein Mensch auf der Welt, behaupteten Sie, kein Mensch könnte die Schändlichkeit vergeben, zu deren Fürsprecher ich mich aufwarf. So will ich Ihnen denn heute das Drama in aller Öffentlichkeit erzählen.

Vielleicht findet sich doch jemand, nicht um die entsetzliche, die brutale Tatsache zu entschuldigen, aber um zu begreifen, daß man gegen gewisse Verhängnisse nicht ankämpfen kann, welche greuliche Launen der allmächtigen Natur zu sein scheinen.

Man hatte die Sechzehnjährige mit einem bejahrten, harten Mann verheiratet, einem Geschäftsmann, der es auf ihre Mitgift abgesehen hatte. Sie war ein allerliebstes blondes Geschöpf, heiter und gleichzeitig verträumt, mit großem Appetit nach dem idealen Glück. Die Enttäuschung fiel ihr auf das Herz und zerschmetterte es. Mit einem Schlag begriff sie das Leben, die verlorene Zukunft, den Zusammenbruch ihrer Hoffnungen, und ein einziger Wunsch blieb noch in ihrer Seele, der Wunsch, ein Kind zu haben, ein Ziel ihrer Liebe.

Sie bekam keines.

Zwei Jahre vergingen. Sie liebte. Er war ein junger Mann von dreiundzwanzig Jahren, der sie vergötterte und bereit war, jede Torheit um ihretwillen zu begehn. Doch lange und entschlossen widerstand sie ihm. Er hieß Pierre Martel.

An einem Winterabend aber waren sie allein bei ihr. Er war gekommen, um eine Tasse Tee zu trinken. Dann hatten sie sich auf eine niedrige Polsterbank vor das Feuer gesetzt. Sie sprachen kaum, gestachelt von dem Verlangen, die Lippen voll von jenem wilden Durst, der sie zu andern Lippen treibt, die Arme zitternd von dem Bedürfnis, sich zu öffnen, zu umschließen.

Die Lampe spendete unter dem spitzenbesetzten Schirm dem stillen Salon ein trauliches Licht.

Verlegen sagten sie dann und wann ein paar Worte; doch wenn ihre Augen einander begegneten, so hob ein Krampf ihre Herzen.

Was vermögen die eingelernten Empfindungen gegen die Gewalt der Instinkte? Was vermag das Vorurteil der Scham gegen den unwiderstehlichen Willen der Natur?

Ihre Finger berührten einander zufällig. Und

das genügte. Die rohe Kraft der Sinne warf sie einander zu. Sie umschlangen sich, und die junge Frau ergab sich.

Sie wurde schwanger. Von ihrem Geliebten oder von ihrem Mann? Konnte sie das wissen? Doch, zweifellos von ihrem Geliebten.

Und da quälte sie ein Albdruck; sie war überzeugt, daß sie bei der Entbindung sterben werde, und unablässig ließ sie ihn, der sie besessen hatte, schwören, daß er sein ganzes Leben lang über dem Kind wachen, ihm nichts versagen, alles für das Kind sein werde, alles, und sollte es nötig sein, selbst ein Verbrechen für das Glück des Kindes begehn.

Dieser Wahn grenzte an Tollheit; immer mehr steigerte er sich, je näher die Stunde der Entbindung rückte.

Sie schenkte einer Tochter das Leben und starb.

Für den jungen Mann war das eine entsetzliche Verzweiflung, eine so hemmungslose Verzweiflung, daß er sie nicht verbergen konnte. Der Gatte hegte vielleicht Verdacht; vielleicht wußte er, daß seine Tochter nicht sein Kind sein konnte. Er verschloß dem Mann, der sich als den wahren Vater ansah, die Türe und hielt das Kind vor ihm verborgen, das er im geheimen aufziehen ließ.

Und viele Jahre verstrichen.

Pierre Martel vergaß, wie man alles vergißt. Er wurde reich, doch er liebte nicht mehr und heiratete nicht. Sein Leben war ein Allerweltsleben, das Leben eines glücklichen, ruhigen Mannes. Keine Nachricht erreichte ihn mehr von dem Gatten, den er betrogen hatte, noch von dem jungen Mädchen, das er als seine Tochter betrachtete.

Nun, eines Morgens erhielt er den Brief eines gleichgültigen Bekannten, der ihm, ganz zufällig, mitteilte, der einstige Nebenbuhler sei gestorben; und eine große Unruhe packte ihn, eine Art Skrupel. Was aber war aus dem Kind geworden? Aus seinem Kind? Konnte er nichts für dieses Kind tun? Er erkundigte sich. Es war von einer Tante aufgenommen worden und arm, fast im Elend.

Er wollte sie sehen, wollte ihr helfen. Er ließ sich bei der einzigen Verwandten des Waisenkindes einführen.

Sein Name weckte keine Erinnerung. Er war vierzig Jahre alt und wirkte noch wie ein junger Mann. Man empfing ihn, ohne daß er gewagt hätte zu sagen, er habe die Mutter gekannt, denn er fürchtete, es könnte später ein Argwohn auftauchen.

Doch als sie in den kleinen Salon trat, wo er angstvoll auf sie wartete, da erbebte er vor einer Überraschung, die das Grauen streifte. Das war sie! Die andere! Die Tote!

Sie war im gleichen Alter, hatte die gleichen Augen, die gleichen Haare, den gleichen Wuchs, das gleiche Lächeln, die gleiche Stimme. Die Täuschung war so vollkommen, daß er außer sich geriet; er war benommen, er verlor den Kopf; seine ganze stürmische Liebe von einst loderte im Grunde seines Herzens wieder auf. Auch sie war heiter und einfach! Im Nu schloß sich die Freundschaft.

Als er heimgekehrt war, wurde ihm bewußt, daß die alte Wunde sich wieder geöffnet hatte, und er ließ, den Kopf in den Händen verborgen, die Tränen strömen, er weinte um die andere, von Erinnerungen gequält, von den vertrauten Worten verfolgt, die sie gesprochen hatte, und mit einem Mal fühlte er sich in eine ausweglose Verzweiflung zurückgeworfen.

Und er verkehrte in dem Haus, wo das junge Mädchen wohnte. Er konnte sie nicht mehr entbehren, ihr heiteres Geplauder nicht missen, nicht das Rascheln ihres Kleides, den Tonfall ihrer Worte. Jetzt verwechselte er sie in seinem Denken und in seinem Herzen, die Entschwundene und die Lebende, vergaß den Abstand, die verstrichene Zeit, den Tod, liebte unablässig die andere in der Lebenden, die Lebende in der Erinnerung an die andere, bemühte sich nicht mehr zu begreifen, fragte sich nicht einmal mehr, ob sie seine Tochter sein konnte.

Manchmal aber quälte ihn der Anblick des Mangels, in dem sie lebte, sie, die er mit dieser doppelten, wirren und ihm selbst unverständlichen Leidenschaft liebte, furchtbar.

Was konnte er tun? Geld anbieten? Unter welchem Vorwand? Mit welchem Recht? Die Rolle des Beschützers spielen? Er wirkte kaum älter als sie; man hätte ihn für ihren Liebhaber gehalten. Sie verheiraten? Dieser jäh in seiner Seele auftauchende Gedanke erschreckte ihn. Dann beruhigte er sich. Wer würde sie denn nehmen? Sie besaß nichts, nicht das geringste.

Die Tante sah ihn kommen und gehn, merkte sehr wohl, daß er das Mädchen liebte. Und er wartete. Worauf? Wußte er es selbst?

Eines Abends waren sie allein. Sie plauderten halblaut, eines neben dem andern, auf dem Diwan des kleinen Salons. Plötzlich ergriff er in einer väterlichen Regung ihre Hand. Und er hielt sie fest, gegen seinen Willen, in Herz und Sinnen verstört, wagte nicht mehr, die Hand fallen zu lassen, die sie ihm preisgab, spürte aber, er würde erliegen, wenn er die Hand nicht freigab. Und mit einem Mal ließ sie sich ihm in die Arme sinken. Denn sie liebte ihn glühend, wie ihre Mutter ihn geliebt hatte, als hätte sie diese verhängnisvolle Leidenschaft geerbt.

Hingegeben drückte er den Mund auf ihr blondes Haar, und als sie den Kopf hob, um zu fliehen, da begegneten einander die Lippen.

In manchen Augenblicken wird man wahnsinnig. Und sie wurden es.

Als er wieder auf der Straße war, begann er zu gehn, ging weiter, ohne zu wissen, was er tun sollte.

Ich entsinne mich, Madame, Ihres entrüsteten Ausrufs: «Er hatte sich zu töten!»

Ich habe Ihnen erwidert: «Und sie? Mußte er sie auch töten?»

Dieses Kind liebte ihn bedenkenlos, toll, mit jener verhängnisvollen, ererbten Leidenschaft, die sie, die ahnungslose, die liebeglühende Jungfrau, an die Brust dieses Mannes geschleudert hatte. Sie hatte so in jenem unwiderstehlichen Rausch ihres ganzen Wesens gehandelt, das nichts mehr weiß, das sich hingibt, das der entfesselte Instinkt mitreißt, in die Umarmung eines Liebenden wirft, wie er das Tier dem Männchen hinwirft.

Wenn er sich tötete? Was wurde aus ihr? Sie würde sterben. Entehrt, verzweifelt, ungeheuerlich gefoltert.

Was tun?

Sie verlassen? Ihr eine Mitgift geben? Sie verheiraten? Auch daran würde sie sterben. Sie stürbe vor Kummer, ohne sein Geld, ohne einen andern Gatten anzunehmen, da sie sich ja ihm hingegeben hatte. Er hatte ihr Leben zerbrochen, jede Glücksmöglichkeit für sie vernichtet; er hatte sie zu ewigem Elend verurteilt, zu ewiger Verzweiflung, zu den ewigen Flammen, zur ewigen Einsamkeit oder zum Tod.

Und dann – er liebte sie ja auch! Er liebte mit einem gewissen Grauen, gewiß, aber auch mit letzter Glut. Sie war seine Tochter – gut denn. Der Zufall der Befruchtung, das brutale Gesetz der Fortpflanzung, die Gemeinschaft einer Sekunde hatten aus diesem Wesen seine Tochter gemacht, an das kein gesetzliches Band ihn knüpfte, das er liebte, wie er ihre Mutter geliebt hatte, und mehr noch, als hätten zwei Leidenschaften sich in ihm gehäuft.

War sie übrigens wirklich seine Tochter? Und wenn auch – was lag daran? Wer wüßte es?

Und brennend erwachte in ihm die Erinnerung an all die Schwüre, die er der Sterbenden geschworen hatte. Er hatte versprochen, er werde diesem Kind sein ganzes Leben weihen und, sollte es nötig sein, selbst ein Verbrechen für dieses Kind begehn!

Und er liebte sie, diese Tochter, versank in den Gedanken an seinen gräßlichen, seinen süßen Frevel, zerrissen von Schmerz und verzehrt von Verlangen.

Wer würde es denn wissen...? Da doch der andere tot war, der Vater!

Gut denn, sagte er sich. Dieses schändliche Geheimnis mag mir das Herz brechen. Da sie es nie ahnen wird, werde ich die Last allein tragen!

Er bat um ihre Hand, er heiratete das Mädchen.

Ich weiß nicht, ob er glücklich geworden ist, Madame, aber ich hätte gehandelt wie er.

Man bildete einen Kreis um den Untersuchungsrichter Bermutier, der seine Meinung über die mysteriöse Affäre von Saint-Cloud äußerte. Seit einem Monat hielt dieses unerklärliche Verbrechen Paris im Bann. Kein Mensch begriff etwas davon.

Der Untersuchungsrichter stand, den Rücken zum Kamin, redete, führte Beweise an, erörterte die verschiedenen Ansichten, gelangte aber zu keiner Schlußfolgerung.

Mehrere Frauen hatten sich erhoben, traten näher, blieben stehn, hatten den Blick auf den glattrasierten Mund des Richters geheftet, daraus die ernsten Worte fielen. Sie erschauerten, erzitterten, von angstvoller Neugier erregt, von dem heftigen, unersättlichen Bedürfnis nach Schrecknissen durchgraut, das ihre Seele quält, das sie martert wie ein Hunger.

Eine von ihnen, blasser als die andern, sagte in eine Pause hinein:

«Das ist furchtbar. Das rührt ans Übernatürliche. Man wird niemals etwas wissen!»

Der Richter wandte sich zu ihr.

«Ja, Madame, es ist wahrscheinlich, daß man nie etwas wissen wird. Das Wort ‹übernatürlich› aber, das Sie eben verwendet haben, ist hier fehl am Ort. Wir stehen vor einem ungemein geschickt angelegten, ungemein geschickt ausgeführten Verbrechen, das so sehr vom Mysterium umhüllt ist, daß wir es von den unergründlichen Umständen nicht zu lösen vermögen, die es umgeben. Aber ich selber hatte einmal eine Affäre zu behandeln, in die sich tatsächlich etwas Phantastisches zu mischen schien. Sie mußte übrigens fallengelassen werden, da es kein Mittel gab, um sie aufzuklären.»

Mehrere Frauen riefen gleichzeitig und so schnell, daß ihre Stimmen zu einer einzigen verschmolzen:

«Oh! Erzählen Sie uns davon!»

Bermutier lächelte ernst, wie eben ein Untersuchungsrichter lächeln muß. Und dann begann er:

«Glauben Sie nur ja nicht, daß zum mindesten ich auch nur einen Augenblick lang in diesem Abenteuer etwas Übermenschliches mutmaßen konnte. Ich glaube nur an normale Dinge. Wenn wir uns, statt das Wort ‹übernatürlich› zu verwenden, um das zu bezeichnen, was wir nicht wissen, einfach des Wortes ‹unerklärlich› bedienen wollten, wäre das erheblich besser. Jedenfalls sind es in der Affäre, die ich Ihnen erzählen will, vor allem die Begleitumstände, die vorangegangenen Umstände, die mich beschäftigt haben. Nun, hören Sie die Tatsachen:

Ich war damals Untersuchungsrichter in Ajaccio, einer kleinen weißen Stadt, am Ufer einer herrlichen Bucht gelagert, die überall von hohen Bergen umgeben ist.

Was ich dort vor allem zu behandeln hatte, waren Fälle von Vendetta, von Blutrache. Es gibt darunter großartige, höchst dramatische, wilde, heldenhafte. Wir finden dort die schönsten Beispiele von Rache, die man sich nur erträumen kann, jahrhundertealten Haß, vorübergehend besänftigt, doch nie erloschen, greuliche Schliche, Morde, die zu Blutbädern ausarten und beinahe zu ruhmreichen Taten. Seit zwei Jahren hörte ich nur vom Blutpreis sprechen, nur von diesem schauerlichen korsischen Vorurteil, das jedes Unrecht an dem Täter, an seinen Nachkommen, an seinen Verwandten gerächt wissen will. Ich habe gesehen, wie Greise, Kinder, Vettern hingemordet wurden, und ich hatte den Kopf voll von solchen Geschichten.

Nun, eines Tages erfuhr ich, daß ein Engländer eben für mehrere Jahre eine kleine Villa im Grunde der Bucht gemietet hatte. Er hatte einen französischen Diener mitgebracht, den er auf der Durchreise in Marseille engagiert hatte.

Bald beschäftigte sich alle Welt mit diesem merkwürdigen Mann, der ganz allein in seinem Haus wohnte und nur ausging, um zu jagen und zu fischen. Er sprach mit niemandem, kam nie in die Stadt, und jeden Morgen machte er ein oder zwei Stunden lang Schießübungen mit Pistole und Karabiner.

Schon bildeten sich Sagen um ihn. Man behauptete, er sei eine hohe Persönlichkeit und sei aus politischen Gründen aus seinem Vaterland geflohen; dann wiederum wollte man wissen, daß er sich versteckte, weil er ein schreckliches Verbrechen begangen hatte. Man führte sogar ganz besonders greuliche Begleitumstände an.

In meiner Eigenschaft als Richter wollte ich einige Erkundigungen über den Mann einholen; aber es war mir unmöglich, irgend etwas zu erfahren. Er ließ sich Sir John Rowel nennen.

So begnügte ich mich denn, ihn genauer zu überwachen; doch tatsächlich meldete man mir nichts, was irgendwie verdächtig an ihm gewesen wäre.

Da aber die Gerüchte über ihn andauerten, immer mehr wuchsen, weite Kreise zogen, wollte ich selber einen Versuch machen, den Fremden kennenzulernen, und ich begann regelmäßig in der Umgebung seines Besitzes zu jagen.

Lange wartete ich auf eine Gelegenheit. Sie bot sich schließlich in der Gestalt eines Rebhuhns, das ich schoß und vor der Nase des Engländers erlegte. Mein Hund brachte es mir; doch ich nahm den Vogel und ging, um mich wegen dieser Unschicklichkeit zu entschuldigen und um Sir John Rowell zu bitten, er möge das Rebhuhn von mir annehmen.

Er war ein hochgewachsener Mann mit rotem Haar und rotem Bart, sehr groß, sehr breitschultrig, gewissermaßen ein friedlicher, höflicher Herkules. Er hatte nichts von der sogenannten britischen Steifheit, und er dankte mir lebhaft und in einem Französisch mit überseeischem Akzent für meine Aufmerksamkeit.

Am Ende eines Monats hatten wir fünf- oder sechsmal miteinander gesprochen.

Eines Abends endlich, als ich an seiner Türe vorüberging, sah ich ihn, wie er rittlings in seinem Garten auf einem Stuhl saß und seine Pfeife rauchte. Ich grüßte ihn, und er lud mich ein, näherzutreten und ein Glas Bier zu trinken. Ich ließ mir das nicht zweimal sagen.

Er empfing mich mit der ganzen peinlichen Höflichkeit des Engländers, äußerte sich entzückt über Frankreich, über Korsika und erklärte, er liebe ‹diesen› Land und ‹diesen› Küste sehr.

Und da stellte ich ihm mit größter Behutsamkeit und in der Form eines lebhaften Interesses einige Fragen über sein Leben und seine Pläne. Er antwortete ohne jede Verlegenheit und erzählte mir, er sei viel gereist, in Afrika, in Indien, in Amerika. Lachend fügte er hinzu:

‹Ich habe sehr viele Abenteuer erlebt! O yes!›

Dann sprach ich wieder von der Jagd, und er berichtete mir die merkwürdigsten Einzelheiten über die Jagd auf das Flußpferd, auf den Tiger, auf den Elefanten und sogar über die Jagd auf den Gorilla.

‹All diese Tiere sind gefährlich›, sagte ich.

Er lächelte.

‹O no! Das schlimmste war der Mensch.›

Und er lachte herzlich, das freundliche Lachen eines dicken, zufriedenen Engländers.

‹Auch den Menschen habe ich viel gejagt!›

Dann sprach er von Waffen und lud mich ein,

in das Haus zu kommen; er wolle mir Gewehre der verschiedenen Systeme zeigen.

Sein Salon war schwarz bespannt mit schwarzer, goldbestickter Seide. Große, gelbe Blumen schlangen sich über den düstern Stoff und leuchteten wie Feuer.

Er erklärte:

‹Das ist ein japanischer Stoff.›

Doch inmitten der breitesten Füllung zog etwas Seltsames meinen Blick auf sich. Auf einem Viereck von rotem Samt zeichnete sich ein schwarzer Gegenstand ab. Ich näherte mich. Es war eine Hand, eine Menschenhand. Nicht die Hand eines Skeletts, weiß und sauber, sondern eine schwarze, verdorrte Hand mit gelben Nägeln, die Muskeln bloßgelegt und Spuren von altem Blut, einem Blut, das wie Schmutz wirkte auf dem wie mit einer Axt scharf abgehackten Knochen, gegen die Mitte des Vorderarms.

Rund um das Handgelenk war eine mächtige Eisenkette an dieses unsaubere Glied genietet, geschweißt und hielt es mit einem Ring an der Wand fest, stark genug, um einen Elefanten zu zähmen.

Ich fragte:

‹Was ist das?›

Und der Engländer erwiderte gelassen:

‹Das war mein bester Feind. Er kam aus Amerika. Es ist mit dem Säbel abgeschlagen und die Haut mit einem scharfen Kiesel abgerissen; und dann hat's acht Tage lang in der Sonne gedörrt! Aoh! Sehr gut für mich, das da!›

Ich berührte dieses menschliche Bruchstück, das einem Riesen gehört haben mußte. Die übermäßig langen Finger waren mit mächtigen Sehnen befestigt, welche da und dort einen Fleischfetzen hielten. Diese Hand war ein scheußlicher Anblick, und derart geschunden ließ sie natürlich an irgendeine Rache eines Wilden denken.

‹Dieser Mann muß sehr stark gewesen sein›, sagte ich.

Gelassen erwiderte der Engländer:

‹Aoh yes! Aber ich war stärker. Ich habe diese Kette angelegt, um das Ding festzuhalten.›

Ich glaubte, er scherze.

‹Jetzt dürfte die Kette wohl ziemlich überflüssig sein; die Hand wird nicht davonlaufen.›

Doch Sir John Rowel meinte ernst:

‹Sie hat immer fortgehn wollen. Die Kette ist notwendig gewesen.›

Mit raschem Blick prüfte ich seine Züge und fragte mich:

Ist er wahnsinnig, oder ist das ein schlechter Scherz?

Doch sein Gesicht blieb undurchdringlich, ruhig und wohlwollend. Ich sprach von andern Dingen und bewunderte die Gewehre.

Immerhin stellte ich fest, daß auf den Möbeln drei geladene Revolver lagen, als lebte dieser Mann ständig in der Angst vor einem Angriff.

Ich ging noch mehrmals zu ihm. Und dann ließ ich es bleiben. Man hatte sich an seine Anwesenheit gewöhnt; er war allen gleichgültig geworden.

Ein ganzes Jahr verstrich. Nun, eines Morgens, gegen Ende November, weckte mich mein Diener mit der Meldung, Sir John Rowel sei in der Nacht ermordet worden.

Eine halbe Stunde später drang ich mit dem Polizeikommissär und dem Gendarmeriehauptmann in das Haus des Engländers ein. Sein Diener weinte verloren und verzweifelt vor der Türe. Anfangs richtete mein Verdacht sich gegen diesen Mann; doch er war unschuldig.

Man hat den Schuldigen nie zu entdecken vermocht.

Als ich in Sir Johns Salon trat, sah ich auf den ersten Blick die Leiche, auf dem Rücken ausgestreckt, in der Mitte des Zimmers.

Die Weste war zerfetzt, ein Ärmel hing abgerissen herunter, alles deutete darauf hin, daß ein furchtbarer Kampf stattgefunden hatte.

Der Engländer war erdrosselt worden! Sein Gesicht war schwarz, geschwollen, erschreckend und schien ein ungeheures Grauen auszudrükken; zwischen den zusammengebissenen Zähnen hielt er etwas, und der Hals, von fünf Löchern durchbohrt, die von Eisenspitzen herrühren mochten, war mit Blut bedeckt.

Ein Arzt gesellte sich zu uns. Lange untersuchte er die Spuren der Finger im Fleisch und sprach dann die seltsamen Worte:

‹Man könnte meinen, daß er von einem Skelett erwürgt worden sei.›

Ein Schauder lief mir über den Rücken, und ich richtete den Blick auf die Wand, auf die

Stelle, wo ich früher die gräßliche, geschundene Hand gesehen hatte. Sie war nicht mehr da. Die Kette hing zerbrochen herunter.

Da bückte ich mich über den Toten, und ich fand in seinem verkrampften Mund einen der Finger dieser verschwundenen Hand, just beim zweiten Glied abgeschnitten oder vielmehr von den Zähnen abgesägt.

Nun ging man an die Aufnahme des Tatbestands. Man entdeckte nichts. Keine Türe war aufgebrochen worden, kein Fenster, kein Möbelstück. Die beiden Hunde waren nicht wach geworden.

Die Aussage des Dieners lautete in wenigen Worten:

Seit einem Monat sei sein Herr sichtlich aufgeregt gewesen; er hatte viele Briefe erhalten und von Fall zu Fall verbrannt.

Häufig hatte er eine Hundepeitsche genommen, und in einem Zorn, der fast an Wahnsinn grenzte, hatte er diese verdorrte, an die Wand geheftete und, wie weiß man nicht, zur Stunde des Verbrechens geraubte Hand wütend geschlagen.

Er ging sehr spät zu Bett und sperrte sich sorgsam ein. Er hatte immer Waffen in der Reichweite seines Armes. Häufig, nachts, sprach er laut, als stritte er sich mit jemandem.

In dieser Nacht hatte er sich zufällig ganz still verhalten, und erst beim Öffnen der Fenster hatte der Diener Sir John ermordet aufgefunden. Er hatte gegen keinen Menschen einen Verdacht.

Ich teilte alles, was ich vom Toten wußte, den Behörden und den Polizeibeamten mit, und man stellte auf der ganzen Insel eine eingehende Untersuchung an. Man entdeckte nichts.

Nun, eines Nachts, drei Monate nach dem Verbrechen, hatte ich einen schrecklichen Albtraum. Mir war es, als sähe ich die Hand, die gräßliche Hand wie einen Skorpion oder wie eine Spinne längs meiner Vorhänge, längs meiner Wände laufen. Dreimal erwachte ich, dreimal schlief ich wieder ein, dreimal sah ich das scheußliche Überbleibsel, die Finger wie Pfoten bewegend, durch mein Zimmer galoppieren.

Am nächsten Morgen brachte man mir die Hand, die man auf dem Friedhof, auf dem Grab Sir John Rowels gefunden hatte, der dort begraben worden war, denn man hatte seine Familie nicht ausfindig machen können. Der Zeigefinger der Hand fehlte.

Das, meine Damen, ist meine Geschichte. Mehr weiß ich nicht.»

Die Frauen waren benommen, blaß, erschauerten. Eine von ihnen rief:

«Aber das ist doch weder eine Lösung noch eine Erklärung! Wir werden nicht schlafen, wenn Sie uns nicht sagen, was sich, Ihrer Ansicht nach, abgespielt hat!»

Der Richter lächelte streng.

«Ach, ich, meine Damen, werde Ihnen bestimmt Ihre schrecklichen Träume verderben. Ich glaube ganz einfach, daß der legitime Besitzer der Hand nicht tot, daß er gekommen war, um sie mit der andern, verbliebenen, zu holen. Ich habe nicht in Erfahrung bringen können, wie er das getan haben mag. Es ist gewissermaßen auch eine Vendetta.»

Eine der Frauen flüsterte:

«Nein, so kann es nicht gewesen sein.»

Und der Untersuchungsrichter schloß, noch immer lächelnd:

«Ich habe Ihnen ja gesagt, daß meine Erklärung Sie nicht befriedigen würde.»

Nie hätten seine Träume sich in solche Höhen gewagt! Als Sohn eines Gerichtsvollziehers in der Provinz, war Jean Marin, wie so viele andere, nach Paris gekommen, um im Quartier Latin Jus zu studieren. In den verschiedenen Bierlokalen, in denen er hintereinander verkehrt hatte, war er der Freund etlicher geschwätziger Studenten geworden, die hinter ihrem «Bock» politische Reden schwangen. Er war bald bereit, sie zu bewundern, und folgte ihnen hartnäckig von Café zu Café, und wenn er Geld hatte, zahlte er ihnen sogar die Zeche.

Dann wurde er Advokat und führte Prozesse, die er verlor. Nun, eines Morgens las er in der Zeitung, daß einer seiner alten Kameraden aus dem Quartier zum Deputierten gewählt worden war.

Sogleich wurde er wieder zum treuen Hund, war der Freund, der die lästigen Arbeiten erledigt, allerlei Schritte unternimmt, den man holen läßt, wenn man seiner bedarf, und vor dem man sich keinen Zwang auferlegen muß. Doch das parlamentarische Spiel brachte es mit sich, daß der Deputierte zum Minister ernannt wurde; und sechs Monate später wurde Jean Marin zum Staatsrat ernannt.

Zunächst hatte er einen derartigen Anfall von Größenwahn, daß er darüber beinahe den Kopf verlor. Er ging durch die Straßen, nur um sich zu zeigen, als könnte man an seinem bloßen Anblick erkennen, zu welcher Stellung er erhoben worden war. Er fand immer eine Gelegenheit, um den Kaufleuten, deren Laden er betrat, den Zeitungsverkäufern, selbst den Fiakerkutschern bei den gleichgültigsten Anlässen zu verkünden:

«Ich in meiner Stellung als Staatsrat...»

Und dann empfand er natürlich, gewissermaßen um seiner Amtswürde willen, als berufsmäßige Notwendigkeit, als Pflicht eines mächtigen, großherzigen Mannes das gebieterische Bedürfnis zu protegieren. Allen Leuten bot er bei jeder Gelegenheit und mit unerschöpflicher Hilfsbereitschaft seine Unterstützung an.

Traf er auf den Boulevards einen beiläufigen Bekannten, so ging er mit strahlender Miene auf ihn zu, schüttelte ihm die Hände, erkundigte sich nach dem Befinden und erklärte dann, ohne Fragen abzuwarten:

«Sie müssen wissen, ich – ich bin Staatsrat und stehe Ihnen ganz zu Diensten. Wenn ich Ihnen bei irgend etwas von Nutzen sein kann, so verfügen Sie über mich, ohne sich zu genieren. In meiner Stellung hat man lange Arme.»

Und dann trat er mit dem Freund, dem er begegnet war, in das nächste Café, ließ sich eine Feder, Tinte und ein Blatt Papier bringen – «nur eines, Kellner, gerade nur, um einen Empfehlungsbrief zu schreiben».

Solche Empfehlungsbriefe schrieb er denn zehn, zwanzig, fünfzig im Tage. Er schrieb sie im Café Américain, bei Bignon, bei Tortoni, in der Maison-Dorée, im Café Riche, bei Helder, im Café Anglais, im Napolitain, überall, überall. Er schrieb sie an sämtliche Würdenträger der Republik, von den Friedensrichtern angefangen bis zu den Ministern. Und er war glücklich, vollkommen glücklich.

Eines Morgens, als er sein Haus verließ, um sich in seine Kanzlei zu begeben, fing es an zu regnen. Er dachte daran, einen Fiaker zu nehmen, doch dann überlegte er es sich und ging zu Fuß durch die Straßen.

Der Regen wurde zum Wolkenbruch, prasselte auf das Trottoir, überschwemmte die Fahrbahn. Und so sah sich der Staatsrat genötigt, in einem Haustor Schutz zu suchen. Schon war ein alter Geistlicher da, ein Priester mit weißem Haar. Bevor Marin Staatsrat geworden war, hatte er für die Geistlichkeit nichts übrig gehabt. Jetzt behandelte er sie mit Respekt, denn ein Kardinal hatte ihn einmal in einer schwierigen Angelegenheit höflich zu Rate gezogen. Der Regen wurde immer stärker und zwang die beiden Männer, sich bis zur Türe des Concierge zu flüchten, um nicht bespritzt zu werden. Jean Marin, den es immer juckte zu reden, um sich wichtig zu machen, meinte:

«Ist das aber ein Hundewetter, Herr Abbé.»

Der alte Geistliche neigte den Kopf.

«Ja, ja, Monsieur, das ist wirklich unangenehm, wenn man doch nur für ein paar Tage nach Paris gekommen ist.»

«Ach, Sie sind aus der Provinz?»

«Ja, Monsieur, ich bin nur vorübergehend in Paris.»

«Das ist wirklich schlimm, wenn die wenigen Tage in Paris auch noch verregnet sind. Wir Staatsbeamten, die wir das ganze Jahr hier leben, denken gar nicht mehr daran.»

Der Abbé antwortete nicht. Er schaute auf die Straße hinaus, wo der Regen sich jetzt ein wenig beruhigt hatte. Und plötzlich faßte er einen Entschluß; er hob die Sutane, wie Frauen ihre Röcke heben, um Bäche zu durchwaten.

Als Jean Marin sah, daß der Geistliche gehn wollte, rief er:

«Sie werden durch und durch naß werden, Herr Abbé! Warten Sie doch noch ein paar Minuten; es wird schon aufhören.»

Der alte Mann blieb unentschlossen stehn; dann sagte er:

«Ja, aber ich habe es eilig; ich habe eine dringende Verabredung.»

Jean Marin war offenbar ganz verzweifelt.

«Sie werden bis auf die Haut durchnäßt werden! Darf ich mir die Frage erlauben, in welche Richtung Sie gehen?»

Der Geistliche schien zu zaudern, dann sagte er:

«Ich gehe nach dem Palais-Royal.»

«Dann, wenn Sie gestatten, Herr Abbé, darf ich Sie wohl unter meinen Regenschirm nehmen. Ich gehe auch in diese Richtung. Ich bin nämlich Staatsrat.»

Der Geistliche hob die Nase, musterte seinen Nachbarn und erklärte dann:

«Ich bin Ihnen sehr dankbar, Monsieur; ich nehme Ihr Angebot mit Vergnügen an.»

Da packte Marin ihn beim Arm und zog ihn mit sich. Er lenkte ihn, überwachte ihn, beriet ihn.

«Achtung auf diesen Rinnstein, Herr Abbé! Und vor allem passen Sie auf die Wagenräder auf; die bespritzen einen manchmal von Kopf bis Fuß. Und auch vor den Regenschirmen der Vorübergehenden muß man sich hüten. Nichts gefährlicher für die Augen als diese Fischbeinspitzen! Vor allem die Frauen sind unerträglich; sie achten auf gar nichts und bohren einem immer die Spitzen ihrer Regenschirme oder ihrer Sonnenschirme mitten ins Gesicht. Und nie würden sie auf einen andern Menschen Rücksicht nehmen. Man könnte meinen, daß die ganze Stadt ihnen gehöre. Sie beherrschen das Trottoir ebenso wie die Fahrbahn. Ich meinesteils finde, daß man ihre Erziehung sehr vernachlässigt hat.»

Und Marin begann zu lachen.

Der Geistliche antwortete nicht. Er ging, ein wenig vorgebeugt, suchte behutsam die Stellen, auf die er den Fuß setzte, um weder Stiefel noch Sutane zu beschmutzen.

Marin aber redete weiter.

«Sie kommen wohl nach Paris, um sich ein wenig zu zerstreuen?»

«Nein, ich habe hier eine Angelegenheit zu erledigen», erwiderte der Geistliche.

«So? Handelt es sich um eine wichtige Angelegenheit? Dürfte ich wagen, mich zu erkundigen, worum es geht? Wenn ich Ihnen nützlich sein kann, stehe ich ganz zu Ihrer Verfügung.»

Der alte Abbé war sichtlich verlegen. Er murmelte:

«Ach, es ist eine kleine persönliche Angelegenheit. Eine kleine Schwierigkeit mit... mit meinem Bischof. Das würde Sie nicht interessieren. Es ist... es ist etwas rein Berufliches... eine... eine kirchliche Frage.»

Marin drängte:

«Ja, aber es ist doch gerade der Staatsrat, der sich mit solchen Dingen befaßt. In diesem Fall bitte ich Sie, ganz über mich zu verfügen.»

«Nun, Monsieur, ich muß tatsächlich zum Staatsrat gehn. Sie sind tausendmal zu gütig. Ich muß mit Monsieur Lerepère und Monsieur Savon sprechen und vielleicht auch mit Monsieur Petitpas.»

Marin blieb brüsk stehn.

«Aber das sind ja meine Freunde, Herr Abbé, meine besten Freunde, ausgezeichnete Kollegen, reizende Menschen. Ich werde Sie ihnen empfehlen; allen dreien. Und sehr warm. Zählen Sie auf mich!»

Der Geistliche dankte, erschöpfte sich in Entschuldigungen und stotterte tausend Segenswünsche.

Marin war entzückt.

«Ja, ja, Sie können sich rühmen, daß Sie Glück gehabt haben, Herr Abbé; und was für ein Glück! Sie werden sehen, Sie werden sehen, mit meiner Hilfe wird Ihre Angelegenheit vom Fleck kommen wie auf Rädern!»

Sie kamen im Staatsrat an. Marin führte den Geistlichen in sein Amtszimmer, bot ihm einen Stuhl an, machte es ihm vor dem Kamin bequem, und dann setzte er selber sich an seinen Tisch und begann zu schreiben:

Mein lieber Kollege, erlauben Sie mir, Ihnen einen hochangesehenen Diener der Kirche, einen der würdigsten und verdientesten aufs wärmste zu empfehlen, Herrn Abbé...

Er unterbrach sich und fragte:

«Wie ist doch, bitte, Ihr Name?»

«Abbé Ceinture.»

Marin wandte sich wieder zu seinem Brief.

... Herrn Abbé Ceinture, der einer kleinen Angelegenheit wegen, die er Ihnen selber mitteilen wird, Ihrer freundlichen Hilfe bedarf.

Ich bin erfreut, mein lieber Kollege, daß diese Gelegenheit mir gestattet, Ihnen...

Und er schloß mit den üblichen Floskeln.

Nachdem er drei Briefe geschrieben hatte, gab er sie seinem Schützling, der sich unter unendlichen Danksagungen entfernte.

Jean Marin erledigte seine Akten, kehrte heim, verbrachte den Rest des Tages in aller Ruhe, schlief friedlich, erwachte hochgestimmt und ließ sich die Zeitungen bringen.

Die erste, die er aufschlug, war ein radikales Blatt. Er las:

DER KLERUS UND UNSERE FUNKTIONÄRE

Wir werden nie davon abstehn, die Missetaten des Klerus an die große Glocke zu hängen. Ein Geistlicher, ein gewisser Ceinture, überführt, gegen das jetzige Regime Verschwörungen angezettelt zu haben; unwürdiger Handlungen, die wir nicht einmal andeutungsweise erwähnen können, angeklagt; überdies im Verdacht, ein früherer Jesuit zu sein, der sich in einen einfachen Priester verwandelt hat; aus Gründen, die, wie man uns bestätigt, besser verschwiegen bleiben, von einem Bischof seines Amtes enthoben und nach Paris berufen, um Rechenschaft über sein Verhalten abzulegen, hat einen glühenden Verteidiger in der Person des Staatsrates Marin gefunden, der sich nicht gescheut hat, diesem Übeltäter in Sutane die wärmsten Empfehlungsbriefe an seine republikanischen Kollegen zu geben.

Wir möchten nicht verfehlen, die Aufmerksamkeit des Ministers auf die unqualifizierbare Haltung dieses Staatsrats zu lenken...

Mit größter Hast zog Jean Marin sich an und eilte zu seinem Kollegen Petitpas, der ihn mit den Worten empfing:

«Sie sind wohl verrückt, daß Sie mir diesen alten Verschwörer empfohlen haben!»

Und Marin stotterte völlig fassungslos:

«Nein, nein... verstehen Sie... ich bin betrogen worden... er hat ausgesehen wie ein braver Mann... er hat mich hineingelegt... auf die unwürdigste Art hat er mich hineingelegt. Ich bitte Sie, lassen Sie ihn verurteilen! Streng! Sehr streng! Ich will sofort schreiben. Sagen Sie mir, an wen ich schreiben soll, damit er verurteilt wird. Ich gehe zum Staatsanwalt, ich gehe zum Erzbischof von Paris, ja, zum Erzbischof...»

Er setzte sich entschlossen an den Schreibtisch seines Kollegen Petitpas und schrieb:

Monseigneur, ich habe die Ehre, Eurer Eminenz zur Kenntnis zu bringen, daß ich zum Opfer der Intrigen und Lügen eines gewissen Abbé Ceinture geworden bin, der meine Gutgläubigkeit mißbraucht hat.

Durch die Behauptungen dieses Geistlichen getäuscht, konnte ich...

Dann, als er seinen Brief geschlossen und gesiegelt hatte, wandte er sich zu seinem Kollegen und erklärte:

«Da sehen Sie, lieber Freund! Es soll Ihnen eine Lehre sein! Protegieren Sie nie einen Menschen!»

Sie war eines jener reizenden, jener charmanten Mädchen, die gleichsam durch ein Versehen des Schicksals in eine Beamtenfamilie hineingeboren werden. Sie hatte keine Mitgift, keine Hoffnungen, keine Möglichkeit, von einem reichen, vornehmen Mann gekannt, verstanden, geliebt, geehelicht zu werden; sie ließ sich mit einem kleinen Beamten im Unterrichtsministerium verheiraten.

Sie war einfach, da sie nicht die Mittel hatte, sich herauszuputzen; aber sie war unglücklich, als wäre sie in eine niedrigere Kaste abgesunken. Denn die Frauen kennen weder Klasse noch Herkunft; ihre Schönheit, ihre Anmut, ihre Reize ersetzen Geburt und Familie. Ihr angeborenes Feingefühl, ihr Instinkt für Eleganz, ihre geistige Geschmeidigkeit sind ihre einzige Rangordnung, und so können Mädchen aus dem Volk sich zu der Höhe der größten Damen erheben.

Sie litt unablässig, denn sie hatte das Gefühl, sie sei für alle Verfeinerung, für jeden Luxus geboren. Sie litt unter der Armseligkeit ihrer Wohnung, der kläglichen Wände, unter den abgenützten Stühlen, den häßlichen Bezügen. All diese Dinge, die eine andere Frau ihres Standes nicht einmal bemerkt hätte, quälten sie, empörten sie. Der Anblick der kleinen Bretonin, die den bescheidenen Haushalt besorgte, weckte in ihr Kummer, Verzweiflung und lockende Träume. Sie dachte an stille Vorräume mit orientalischen Wandbespannungen, von mächtigen bronzenen Wandleuchtern erhellt, und an zwei große Lakaien in kurzen Hosen, auf breiten Fauteuils schlafend, erschöpft von der schweren Hitze der Heizkörper. Sie dachte an große Salons mit Tapeten aus alter Seide, mit raffinierten Möbeln, darauf unschätzbare Kostbarkeiten standen, und an kleine, kokette, duftende Salons, wie geschaffen für das Geplauder um fünf Uhr mit den vertrautesten Freunden, den bekannten, vielbegehrten Herren, deren Gunst allen Frauen so beneidenswert, so ersehnenswert erscheint.

Wenn sie sich an den runden Tisch mit dem nicht mehr ganz saubern Tischtuch zum Essen setzte, ihrem Mann gegenüber, der den Deckel von der Suppenschüssel hob und entzückt erklärte: «Ach, das gute Suppenfleisch! Ich weiß mir nichts Besseres...», dann dachte sie an vornehme Diners mit leuchtendem Silber, mit Gobelins, welche die Wände mit klassischen Gestalten und seltsamen Vögeln inmitten eines Märchenwaldes belebten; sie dachte an köstliche Speisen auf herrlichen Schüsseln, an zugeflüsterte und mit dem Lächeln einer Sphinx angehörte galante Worte, während sie das rosige Fleisch einer Forelle oder den Schenkel eines Haselhuhns aß.

Sie hatte keine Toiletten, keinen Schmuck,

nichts. Und nur daran hing ihr Herz; sie fühlte sich dafür geschaffen. Wie sehr hätte sie gewünscht, zu gefallen, beneidet zu werden, verführerisch, begehrt zu sein!

Sie hatte eine reiche Freundin, eine Schulkameradin aus dem Kloster; doch sie wollte sie nicht mehr besuchen, so sehr litt sie, wenn sie von ihr heimkam. Und sie weinte ganze Tage lang vor Kummer, vor Reue, vor Unglück, vor Verzweiflung.

Nun, eines Abends kam ihr Mann mit strahlendem Gesicht heim und hielt einen großen Umschlag in der Hand.

«Da», sagte er. «Das ist etwas für dich!»

Rasch riß sie den Umschlag auf und zog eine gedruckte Karte heraus, auf der zu lesen war:

Der Minister für Unterricht und Madame Georges Ramponneau bitten Monsieur und Madame Loisel, ihnen Montag, den 18. Januar, abends, die Ehre ihres Besuchs im Palais des Ministeriums zu erweisen.

Statt entzückt zu sein, wie das ihr Gatte erhofft hatte, warf sie die Einladung verächtlich auf den Tisch und murrte:

«Was soll ich damit anfangen?»

«Ja, aber Liebste, ich glaubte, du würdest zufrieden sein. Du gehst nie aus, und das ist einmal eine Gelegenheit! Und was für eine! Ich hatte die größte Mühe, mir die Einladung zu verschaffen. Alle wollen eine haben; man reißt sich darum, und unter den Beamten werden nicht viele ausgeteilt. Du wirst dort die ganze offizielle Welt beisammen sehen.»

Sie sah ihn gereizt an und erklärte ungeduldig: «Was soll ich mir denn auf den Rücken hängen, wenn ich zu so etwas gehe?»

Daran hatte er nicht gedacht; er stotterte: «Das Kleid, das du fürs Theater anziehst. Ich habe doch den Eindruck, daß es noch sehr gut ist...»

Er verstummte bekümmert, als er sah, daß seine Frau weinte. Zwei große Tränen rollten langsam von den Augenwinkeln zu den Mundwinkeln hinunter.

«Was hast du denn? Was hast du denn?» fragte er stockend.

Doch mit heftiger Anstrengung hatte sie ihren Gram bemeistert, trocknete die feuchten Wangen und erwiderte:

«Nichts. Nur – ich habe keine Toilette, und darum kann ich zu diesem Abend nicht gehn. Gib die Karte irgendeinem Kollegen, dessen Frau vielleicht besser ausgestattet ist als ich.»

Er war verzweifelt.

«Aber ich bitte dich, Mathilde», begann er von neuem. «Was würde denn eine passende Toilette kosten? Du könntest sie dann ja auch bei andern Gelegenheiten tragen. Etwas ganz Einfaches!»

Sie überlegte sekundenlang, rechnete und erwog, welche Summe sie verlangen konnte, ohne auf unverzügliche Ablehnung zu stoßen und einen erschrockenen Ausruf des sparsamen Beamten zu hören.

Und schließlich erwiderte sie zaudernd:

«Genau weiß ich's nicht, aber ich glaube, daß ich mit vierhundert Francs auskommen könnte.»

Er war ein wenig blaß geworden, denn just diesen Betrag hatte er aufgespart, um ein Gewehr zu kaufen und sich im nächsten Sommer einige Jagdausflüge nach der Ebene von Nanterre zu gönnen, wo Freunde von ihm sonntags Lerchen schossen.

Dennoch sagte er:

«Gut; ich gebe dir vierhundert Francs. Aber sieh zu, daß du dafür ein schönes Kleid bekommst!»

Der Tag des Festes näherte sich, und Madame Loisel sah verdrossen, unruhig, besorgt drein. Und doch war ihr Kleid fertig. Eines Abends sagte ihr Mann:

«Was hast du denn? Seit drei Tagen bist du so komisch...»

Und sie antwortete:

«Es kränkt mich, daß ich keinen Schmuck habe, nicht den kleinsten Stein! Ich werde schrecklich armselig dastehn. Fast wäre es mir doch lieber, gar nicht hinzugehn.»

Aber er meinte:

«Nimm doch natürliche Blumen! Das ist heutzutage große Mode. Für zehn Francs kannst du zwei oder drei prachtvolle Rosen haben.»

Sie war keineswegs überzeugt.

«Nein... es gibt nichts Demütigenderes, als

unter lauter reichen Frauen wie eine Bettlerin zu wirken!»

Da rief ihr Mann:

«Wie dumm du bist! Geh doch zu Madame Forestier, deiner Freundin, und bitte sie, dir irgendwelchen Schmuck zu leihen. Du stehst ja gut genug mit ihr, um das zu tun.»

Sie stieß einen Freudenschrei aus.

«Das ist wahr! Daran hatte ich nicht gedacht!»

Am nächsten Tag ging sie zu ihrer Freundin und klagte ihr Leid.

Madame Forestier trat an ihren Spiegelschrank, nahm ein recht umfangreiches Kästchen heraus, öffnete es und sagte zu ihrer Freundin:

«Hier, Liebste, such dir nur etwas aus!»

Zunächst sah sie Armbänder, dann ein Perlencollier, dann ein venezianisches Kreuz, eine wunderbare Arbeit aus Gold und Edelsteinen. Sie probierte alles vor dem Spiegel, zauderte, vermochte sich nicht zu entschließen, die Schmuckstücke wieder abzulegen, ihrer Freundin wiederzugeben. Und sie fragte immer:

«Hast du nichts anderes?»

«Doch, doch! Such nur. Ich weiß ja nicht, was dir gefallen würde.»

Plötzlich entdeckte Madame Loisel in einem Etui aus schwarzer Seide ein prachtvolles Halsband aus Brillanten; und ihr Herz begann in maßlosem Verlangen zu pochen. Ihre Hände zitterten, als sie danach griff. Sie legte es sich um den Hals, über das Kleid und betrachtete sich selber verzückt im Spiegel.

Und dann fragte sie zögernd, besorgt:

«Könntest du mir das leihen? Gerade nur das?»

«Aber ja, gewiß!»

Sie fiel ihrer Freundin um den Hals, umarmte sie stürmisch, und dann entfloh sie mit ihrem Schatz.

Der Tag des Festes kam. Madame Loisel hatte Erfolg. Sie war hübscher als alle, sie war elegant, anmutig, heiter und ganz toll vor Begeisterung. Alle Männer sahen sie an, wollten wissen, wer sie war, wollten ihr vorgestellt werden. Alle Attachés des Ministeriums wollten mit ihr tanzen. Auch dem Minister fiel sie auf.

Sie tanzte hingegeben, beseligt, im Rausch des Vergnügens, ohne zu denken, im Triumph ihrer Schönheit, im Glanz ihres Erfolgs, gewissermaßen in einer Wolke von Glück, die sich aus all dieser Bewunderung, all dieser Huldigung, aus all diesen erweckten Begierden, aus diesem vollständigen und für das Herz der Frauen so süßen Sieg ballte.

Gegen vier Uhr morgens brach sie auf. Ihr Mann schlummerte bereits seit Mitternacht in einem verlassenen kleinen Salon mit drei andern Herren, deren Frauen sich ausgezeichnet unterhielten.

Er warf ihr den Mantel über die Schultern, den er geholt hatte, einen bescheidenen Alltagsmantel, dessen Armseligkeit gegen die Eleganz des Ballkleids abstach. Das spürte sie, und darum wollte sie sich rasch entfernen, um von den andern Damen nicht bemerkt zu werden, die sich in üppige Pelze hüllten.

Loisel hielt sie zurück.

«Warte doch! Du wirst dich draußen erkälten. Ich rufe einen Fiaker!»

Doch sie hörte nicht auf ihn und eilte die Treppe hinunter. Als sie auf der Straße waren, fanden sie keinen Wagen, und sie begannen zu suchen und riefen jeden Kutscher an, der in der Ferne vorüberfuhr.

Sie gingen verzweifelt, schlotternd zur Seine. Schließlich fanden sie am Ufer eines jener alten Fuhrwerke, die man in Paris erst nach Anbruch der Nacht sieht, als schämten sie sich tagsüber ihrer Kümmerlichkeit.

Der Wagen brachte sie bis vor ihre Türe, und sie stiegen traurig die Treppe hinauf. Für Madame Loisel war alles zu Ende. Und er dachte daran, daß er am nächsten Morgen um zehn im Ministerium sein mußte.

Sie öffnete den Mantel, den sie über die Schultern gelegt hatte, vor dem Spiegel, um sich noch ein letztes Mal in ihrem Glanz zu sehen. Doch plötzlich stieß sie einen Schrei aus. Sie hatte die Brillantkette nicht mehr um den Hals!

Ihr Mann, schon halb ausgezogen, fragte:

«Was hast du denn?»

Entsetzt wandte sie sich zu ihm.

«Ich... ich... ich habe das Halsband meiner Freundin nicht mehr!»

Er fuhr erschrocken auf.

«Was...? Wie...? Das ist doch nicht möglich!»

Und sie suchten in den Falten des Kleides, in den Falten des Mantels, in den Taschen, überall. Sie fanden es nicht.

«Bist du sicher», fragte er, «daß du es noch gehabt hast, als wir fortgegangen sind?»

«Ja, im Vorraum des Ministeriums habe ich noch danach gegriffen. Es muß im Wagen sein.»

«Ja, das ist wahrscheinlich. Hast du dir die Nummer gemerkt?»

«Nein. Und du? Hast du hingeschaut?»

«Nein.»

Völlig fassungslos starrten sie einander an. Dann begann Loisel sich wieder anzuziehen.

«Ich werde den ganzen Weg zurückgehn, den wir zu Fuß gegangen sind. Vielleicht finde ich es.»

Und er ging. Sie blieb in ihrem Ballkleid, hatte nicht die Kraft, sich niederzulegen, war in einem Fauteuil zusammengesunken, konnte nicht hoffen, konnte nicht denken.

Gegen sieben Uhr kam ihr Mann zurück. Er hatte nichts gefunden.

Er ging auf die Polizeipräfektur, zu den Zeitungen, verhieß eine Belohnung, ging zu den Fuhrwerkhaltern, überallhin ging er, wo auch nur ein Schimmer von Hoffnung ihm winkte.

Sie wartete den ganzen Tag und war wie betäubt vor dieser schrecklichen Katastrophe.

Abends kam Loisel, blaß, hohlwangig. Er hatte nichts entdeckt.

«Du mußt deiner Freundin schreiben, daß die Schließe ihres Halsbands zerbrochen ist und du sie richten läßt. Damit gewinnen wir Zeit, um uns noch umzusehen.»

Sie schrieb unter seinem Diktat.

Nach einer Woche hatten sie jede Hoffnung verloren.

Und Loisel, um fünf Jahre gealtert, erklärte:

«Wir müssen uns darauf vorbereiten, das Halsband zu ersetzen.»

Sie nahmen am nächsten Tag das Etui, darin es aufbewahrt gewesen war, und gingen zu dem Juwelier, dessen Name im Deckel stand. Er sah in seinen Büchern nach.

«Dieses Halsband habe ich nicht verkauft, Madame. Ich habe nur das Etui geliefert.»

So gingen sie denn von Juwelier zu Juwelier, suchten ein Schmuckstück, das dem verlorenen glich, dessen sie sich mühsam entsannen, und sie waren vor Kummer und Angst ganz krank.

In einem Geschäft des Palais-Royal fanden sie endlich ein Brillanthalsband, das völlig dem zu gleichen schien, das sie suchten. Es kostete vierzigtausend Francs. Man war bereit, es ihnen für sechsunddreißigtausend zu lassen.

Sie baten den Juwelier, es in den nächsten drei Tagen nicht zu verkaufen. Und sie bedingten sich aus, daß er es für vierunddreißigtausend Francs zurücknehmen würde, wenn das andere vor Ende Februar gefunden werden sollte.

Loisel besaß achtzehntausend Francs, die ihm

sein Vater hinterlassen hatte. Den übrigen Betrag müßte er sich ausborgen.

Und das tat er denn; er lieh sich tausend Francs bei dem einen, fünfhundert beim andern, fünf Louis hier, drei Louis dort. Er unterschrieb Schuldscheine, ging ruinöse Verpflichtungen ein, hatte mit Wucherern zu tun, mit Geldverleihern jeder Art. Er setzte seine ganze Laufbahn aufs Spiel, gab Unterschriften, ohne zu wissen, ob er halten werde, was er versprach, und völlig übermannt von den Sorgen der Zukunft, von dem düstern Elend, das sich auf ihn herabsenken würde, von der Aussicht auf all die körperlichen Entbehrungen, die moralischen Foltern, ging er das neue Halsband holen und legte sechsunddreißigtausend Francs auf den Ladentisch des Juweliers.

Als Madame Loisel den Schmuck zurückbrachte, sagte ihre Freundin ein wenig gekränkt:

«Du hättest mir ihn schon früher bringen können; es war doch immerhin möglich, daß ich ihn gebraucht hätte!»

Sie öffnete das Etui gar nicht, wie das Madame Loisel befürchtet hatte. Und wenn sie den Tausch bemerkt hätte? Was hätte sie gedacht? Was hätte sie gesagt? Hätte sie sie nicht für eine Diebin gehalten?

Madame Loisel mußte jetzt das traurige Leben der Notleidenden kennenlernen. Sie fand sich übrigens mit einem Schlag und heldenhaft damit ab. Die furchtbare Schuld mußte bezahlt werden. Nun, sie würde sie bezahlen. Man schickte das Dienstmädchen weg, man übersiedelte, man bezog eine Wohnung von Dachkammern.

Sie lernte die schweren Arbeiten des Haushalts bewältigen, die lästigen Notwendigkeiten der Küche. Sie wusch das Geschirr, nützte ihre rosigen Nägel an fetten Töpfen und am Boden von Pfannen ab. Sie seifte die schmutzige Wäsche ein, die Hemden, die Küchentücher, die sie dann an eine Leine zum Trocknen hängte; jeden Morgen trug sie den Mülleimer auf die Straße hinunter und holte Wasser; Stockwerk um Stockwerk mußte sie haltmachen, um sich zu verschnaufen. Angezogen wie eine Arbeiterfrau, ging sie zum Obsthändler, zum Krämer, zum Metzger, den Korb am Arm, feilschte, ließ Kränkungen über sich ergehn, verteidigte ihr jämmerliches Geld Sou um Sou.

Jeden Monat mußten Schuldscheine eingelöst, andere erneuert, mußte Zeit gewonnen werden.

Der Mann arbeitete abends, um die Buchführung eines Kaufmanns in Ordnung zu halten, und nachts schrieb er Kopien zu fünf Sou die Seite.

Und dieses Leben dauerte zehn Jahre.

Am Ende dieser zehn Jahre hatten sie alles zurückgezahlt, alles, samt den halsabschneiderischen Bedingungen der Wucherer und den aufgelaufenen Zinsen.

Madame Loisel wirkte jetzt wie eine alte Frau.

Sie war die kräftige, harte, rauhe Frau des Armeleutehaushalts geworden. Sie war ohne Sorgfalt gekämmt, trug die Röcke schief, hatte rote Hände, redete laut, wusch den Boden mit vollen Eimern. Doch manchmal, wenn ihr Mann im Büro war, setzte sie sich ans Fenster und dachte an jenes Fest, jenen Ball, auf dem sie so schön, so gefeiert gewesen war.

Was wäre geschehen, wenn sie jenes Halsband nicht verloren hätte? Wer weiß? Wer weiß? Wie seltsam wechselt doch das Leben! Wie wenig nur braucht es, um einen Menschen zu verderben oder zu retten!

Nun, eines Sonntags, als sie über die Champs-Elysées ging, um sich von den Mühen der Woche zu erholen, bemerkte sie plötzlich eine Frau, die ein Kind spazierenführte. Es war Madame Forestier, immer noch jung, immer noch schön, immer noch verführerisch.

Madame Loisel war zutiefst gerührt. Sollte sie sie anreden? Ja, gewiß. Und jetzt, da sie bezahlt hatte, wollte sie ihr alles erzählen. Warum auch nicht?

Sie näherte sich.

«Guten Tag, Jeanne.»

Ihre Freundin erkannte sie nicht, war sichtlich erstaunt darüber, daß diese schlichte Bürgersfrau sie so vertraulich ansprach. Sie stotterte:

«Ja, aber... Madame... ich weiß nicht... Sie müssen sich irren...»

«Nein. Ich bin Mathilde Loisel.»

Ihre Freundin stieß einen Schrei aus.

«Oh... meine arme Mathilde... wie du dich verändert hast...!»

«Ja, ich habe recht harte Tage durchlebt, seit ich dich das letzte Mal gesehen habe; und viel Elend... und das alles um deinetwillen...»

«Um meinetwillen? Wieso?»

«Erinnerst du dich an das Brillanthalsband, das du mir geliehen hast, als ich zum Fest beim Minister gehen wollte?»

«Ja, gewiß... und...?»

«Nun, ich habe es verloren.»

«Wie? Du hast es mir doch zurückgebracht!»

«Ich habe dir ein anderes, ganz ähnliches zurückgebracht. Und zehn Jahre lang haben wir es abbezahlt. Du begreifst, daß uns das nicht leichtgefallen ist... wir hatten ja kein Geld... nun, jetzt ist es erledigt, und ich bin gottfroh...»

«Du willst sagen, daß du ein Brillanthalsband gekauft hast, um mir meines zu ersetzen?»

«Ja; und du hast es nicht bemerkt, nicht wahr? Es waren ungefähr die gleichen Brillanten.»

Und sie lächelte mit stolzer, kindlicher Freude.

Madame Forestier griff erschüttert nach den Händen ihrer Freundin.

«Meine arme Mathilde! Meine Brillanten waren doch falsch! Sie waren höchstens fünfhundert Francs wert...»

Meister Chicot, der Gastwirt aus Épreville, hielt seinen Tilbury, den leichten zweirädrigen Wagen, vor der Farm der Mutter Magloire. Er war ein breitschultriger Mann von vierzig Jahren, rot und wohlbeleibt, und er galt für durchtrieben.

Er band sein Pferd an dem Pfosten des Tores an, und dann trat er in den Hof. Er besaß ein Gut, das an den Hof der Alten grenzte, auf den er es seit langem abgesehen hatte. Zwanzigmal hatte er versucht, ihn zu kaufen, doch die Mutter Magloire weigerte sich hartnäckig.

«Hier bin ich geboren, hier will ich sterben», erklärte sie.

Er fand sie dabei, wie sie vor ihrer Türe Kartoffeln schälte. Mit ihren Zweiundsiebzig war sie ausgedörrt, runzlig, gebeugt, aber unermüdlich wie ein junges Mädchen. Chicot klopfte ihr freundschaftlich auf den Rücken, und dann setzte er sich neben sie auf einen Schemel.

«Na, Mutter, wie steht's mit der Gesundheit? Immer gut?»

«Nicht zu übel; und Ihr, Meister Prosper?»

«Eh, eh, da und dort tut's weh! Sonst wär's ganz befriedigend.»

«Na, dann ist's ja gut.»

Und mehr sagte sie nicht. Chicot sah zu, wie

sie ihre Arbeit verrichtete. Ihre gekrümmten, knotigen Finger griffen, hart wie Krebsscheren, zangengleich nach den graubraunen Knollen in dem Henkelkorb, und dann ließ sie sie rasch kreisen und zog mit der Klinge eines Messers, das sie in der andern Hand hielt, die Schale in langen Streifen herunter. Und wenn die Kartoffel ganz gelb geworden war, warf sie sie in einen Eimer mit Wasser. Drei verwegene Hühner wagten sich, eines nach dem andern, bis zu den Falten ihres Rocks, um die Schalen zu stehlen, und dann liefen sie, die Beute im Schnabel, was sie nur konnten.

Chicot war sichtlich verlegen, er zauderte, er zagte und hatte etwas auf der Zunge, das nicht heraus wollte. Schließlich faßte er Mut.

«Sagt doch, Mutter Magloire...»

«Was steht zu Diensten?»

«Den Hof... wollt Ihr ihn mir noch immer nicht verkaufen?»

«Wenn's das ist – nein! Damit dürft Ihr nicht rechnen. Was gesagt ist, ist gesagt. Hat keinen Zweck, mir immer wieder damit zu kommen.»

«Nämlich... ich hätte etwas gefunden, das für uns alle beide günstig wäre.»

«Und was ist das?»

«Hört einmal zu! Ihr verkauft mir den Hof, und dann behaltet Ihr ihn trotzdem. Habt Ihr's nicht verstanden? So laßt mich's Euch erklären.»

Die Alte hatte aufgehört, ihre Kartoffeln zu schälen, und richtete die lebhaften Augen unter den zerknitterten Lidern auf ihn.

Er fuhr fort:

«Ich will's Euch auseinandersetzen. Ich gebe Euch jeden Monat hundertfünfzig Francs. Ihr hört – jeden Monat bringe ich Euch hierher mit meinem Tilbury dreißig Ecus zu hundert Sous. Und sonst ändert sich nichts, nicht das geringste. Ihr bleibt auf Eurem Hof, Ihr kümmert Euch nicht um mich, Ihr seid mir nichts schuldig. Ihr tut nichts, als mein Geld in Empfang nehmen. Paßt Euch das?»

Er sah sie mit heiterer, frohgemuter Miene an.

Die Alte musterte ihn mißtrauisch. Wo war da die Falle? Und sie fragte:

«Das wäre also für mich; aber für Euch? So kommt Ihr doch nicht zu meinem Hof?»

«Darum macht Euch keine Sorgen», erklärte er. «Ihr bleibt, solange der liebe Gott Euch am Leben läßt. Ihr seid bei Euch zu Hause. Ihr unterschreibt mir nur ein Papierchen beim Notar, daß später der Hof mir gehören soll. Ihr habt keine Kinder, nichts als Neffen, aus denen Ihr Euch nichts macht. Schmeckt Euch das? Ihr behaltet, was Euch gehört, Euer ganzes Leben lang, und ich gebe Euch jeden Monat dreißig Ecus zu hundert Sous. Für Euch ist das reiner Gewinn!»

Die Alte war überrascht, beunruhigt, doch es verlockte sie. Und so erwiderte sie:

«Ich sage nicht nein. Nur – ich will's mir noch bedenken. Kommt im Lauf der nächsten Woche wieder, und dann reden wir davon. Ich gebe Euch dann eine Antwort.»

Und Meister Chicot verzog sich, zufrieden wie ein König, der eben ein Reich erobert hat.

Mutter Magloire blieb nachdenklich zurück. In der nächsten Nacht schlief sie nicht. Vier Tage lang kam ein fieberhaftes Zaudern über sie. Sie witterte etwas Ungünstiges für sie in der Geschichte, aber der Gedanke an die dreißig Ecus im Monat, an das schöne, klingende Geld, das ihr in die Schürze rollen, das ihr nur so vom Himmel zufallen würde, ohne daß sie etwas zu tun brauchte, verzehrte sie vor Gier.

Endlich ging sie zum Notar und erzählte ihm den Fall. Er riet ihr, Chicots Vorschlag anzunehmen, aber fünfzig Ecus zu hundert Sous an Stelle der dreißig zu verlangen, da ihr Hof doch, gering gerechnet, sechzigtausend Francs wert war.

«Wenn Ihr noch fünfzehn Jahre lebt», sagte der Notar, «so wird er auf diese Art immer erst fünfundvierzigtausend für den Hof bezahlt haben.»

Die Alte zitterte bei der Aussicht auf fünfzig Ecus zu hundert Sous im Monat; aber ihr Argwohn war noch wach, sie befürchtete tausend unvorhergesehene Dinge, verborgene Schliche, und so blieb sie bis zum Abend, stellte dauernd Fragen und konnte sich nicht entschließen aufzubrechen. Endlich gab sie den Auftrag, das Schriftstück vorzubereiten, und kehrte mit wirrem Kopf zurück, als hätte sie vier Maß frischen Apfelmost getrunken.

Als Chicot sich seine Antwort holen kam, ließ

sie sich lange bitten, erklärte, sie wolle nicht, aber andrerseits nagte die Furcht an ihr, er könnte sich weigern, ihr die fünfzig Ecus zu hundert Sous zu geben. Am Ende, als er nicht nachließ, nannte sie ihre Forderung.

Enttäuscht sprang er auf. Nein, das lehnte er ab.

Da begann sie, um ihn zu überzeugen, von ihrer wahrscheinlichen Lebensdauer zu reden.

«Bestimmt habe ich höchstens noch für fünf oder sechs Jahre. Jetzt bin ich doch schon im Dreiundsiebzigsten und gar nicht so besonders kräftig. Unlängst, am Abend, habe ich schon geglaubt, jetzt sei's mit mir zu Ende. Mir war's, als hätte man mir den Leib ausgeleert, und man hat mich auf's Bett tragen müssen.»

Aber Chicot ließ sich nicht foppen.

«Ach geht, Ihr alte Gaunerin! Ihr seid dauerhaft wie der Kirchturm! Ihr werdet mindestens hundertzehn Jahre alt. Und Ihr werdet mich begraben; das ist einmal sicher!»

Den ganzen Tag lang verloren sie mit Markten und Feilschen. Da aber die Alte nicht nachgab, mußte der Gastwirt sich schließlich bereit erklären, ihr die fünfzig Ecus zu geben.

Am nächsten Tag unterzeichneten sie den Vertrag. Und Mutter Magloire verlangte noch ein Draufgeld von zehn Ecus.

Drei Jahre verstrichen. Der guten Frau ging es ausgezeichnet. Sie war scheinbar nicht um einen Tag gealtert, und Chicot geriet in Verzweiflung. Er hatte den Eindruck, als zahlte er die Rente seit einem halben Jahrhundert, als wäre er getäuscht, betrogen, zugrunde gerichtet. Von Zeit zu Zeit machte er der Bäuerin einen Besuch, wie man eben im Juli nachsieht, ob das Getreide auf den Feldern zum Schneiden reif ist. Sie empfing ihn mit leisem Spott im Augenwinkel. Man hätte meinen können, daß sie sich zu dem guten Streich beglückwünschte, den sie ihm gespielt hatte; und er stieg rasch wieder in seinen Tilbury und zischte vor sich hin:

«Wirst du denn nie krepieren, du Aas?!»

Er wußte nicht, was er anfangen sollte. Wenn er sie sah, hätte er sie am liebsten erdrosselt. Er haßte sie mit einem wilden, dumpfen Haß, mit dem Haß des bestohlenen Bauern.

Und da sann er auf Mittel.

Eines Tages endlich kam er zu ihr auf Besuch und rieb sich die Hände, wie er es beim ersten Mal getan hatte, damals, als er mit seinem Vorschlag gekommen war.

Und nachdem man ein paar Minuten geschwatzt hatte, begann er:

«Sagt doch, Mutter Magloire, warum kommt Ihr denn nie zum Essen zu mir, wenn Ihr in Épreville seid? Man klatscht schon darüber; man behauptet, wir seien keine Freunde mehr, und das kränkt mich. Ihr wißt – bei mir braucht Ihr nicht zu bezahlen. Auf ein Mittagessen soll's mir nicht ankommen. Ihr eßt, soviel Ihr nur Lust habt, kommt doch ganz ungeniert. Mir wird's wirklich Freude machen.»

Das ließ Mutter Magloire sich nicht zweimal sagen, und schon am übernächsten Tag, als sie im Wagen, mit ihrem Knecht Célestin auf dem Bock, auf den Markt fuhr, brachte sie ohne weiteres das Pferd bei Chicot im Stall unter und bestellte das verheißene Mittagessen.

Der Wirt strahlte, behandelte sie wie eine Dame, setzte ihr Huhn vor und Leberwurst und Blutwurst und Hammelkeule und Speck mit Kohl. Aber sie aß fast nichts, denn sie war seit ihrer Kindheit enthaltsam gewesen und hatte immer nur von ein wenig Suppe und einem Stück Butterbrot gelebt.

Chicot war enttäuscht, er drängte sie. Doch sie trank auch nicht. Nicht einmal einen Kaffee wollte sie haben.

Da fragte er:

«Aber zu einem kleinen Glas werdet Ihr Euch wohl überreden lassen!»

«Ja, das schon; da sage ich nicht nein.»

Und er schrie aus vollem Hals durch die ganze Wirtsstube:

«Rosalie, bring den Cognac, den feinsten, den allerfeinsten!»

Und die Magd erschien, in der Hand eine lange Flasche, die mit einem Weinblatt aus Papier verziert war.

Er füllte zwei kleine Gläser.

«Kostet einmal das, Mutter, das ist der berühmte!»

Und die gute Frau begann ganz langsam mit kleinen Schlücken zu trinken, um das Vergnügen möglichst lang zu genießen. Als sie ihr Glas geleert hatte, ließ sie sich noch den letzten Tropfen auf die Zunge laufen und erklärte dann:

«Das ja! Das ist das Richtige!»

Noch hatte sie nicht zu Ende gesprochen, als Chicot ihr schon ein zweites Glas einschenkte. Sie wollte es zurückweisen, doch es war zu spät, und so schlürfte sie es langsam wie das erste.

Nun wollte er sie dazu bringen, daß sie noch ein drittes Glas nahm; da aber leistete sie Widerstand. Er ließ nicht locker.

«Das, seht Ihr, das ist Milch. Ich? Ich trinke zehn davon, zwölf, ohne daß mich's stört. Nichts im Bauch, nichts im Kopf. Man möchte sagen, daß es auf der Zunge verdunstet. Nichts Besseres gibt's für die Gesundheit!»

Da sie nicht übel Lust darauf hatte, gab sie nach, nahm aber nur ein halbes Glas.

Und Chicot rief in einem Anflug von Großzügigkeit:

«Hört! Da er Euch schmeckt, werde ich Euch ein Fäßchen schenken! Um Euch zu beweisen, daß wir immer zwei Freunde sind!»

Die gute Frau wehrte sich nicht und fuhr ein wenig angeheitert ab.

Am nächsten Tag erschien der Wirt im Hof Mutter Magloires und hob vom Boden seines Wagens ein Fäßchen mit eisernen Reifen. Dann mußte sie etwas vom Inhalt kosten, denn er wollte ihr zeigen, daß es tatsächlich der selbe Cognac war; und als sie jeder drei Glas getrunken hatten, erklärte er beim Abschied:

«Und Ihr müßt wissen, wenn keiner mehr da ist, so gibt's noch; nur sich nicht genieren! Ich bin nicht kleinlich. Je früher das Fäßchen leer ist, desto lieber ist es mir!»

Und er stieg in seinen Tilbury.

Vier Tage später kam er wieder. Die Alte war vor ihrer Türe und schnitt das Brot für ihre Suppe.

Er näherte sich, wünschte ihr einen guten Tag, hatte seine Nase an der ihren, um ihren Atem zu beschnuppern. Und er erkannte einen Hauch von Alkohol. Da verklärte sich sein Gesicht.

«Ihr werdet mir doch ein Glas vom Guten anbieten?» sagte er.

Und sie tranken zwei oder drei Glas miteinander.

Doch kurz darauf verbreitete sich das Gerücht in der Gegend, daß Mutter Magloire sich ganz allein dem Suff ergeben habe. Bald mußte man sie in ihrer Küche zusammenklauben, bald in ihrem Hof, bald auf den Wegen in der Umgebung, und da mußte man sie heimtragen, reglos wie eine Leiche.

Chicot ging nicht mehr zu ihr, und als man ihm von der Bäuerin erzählte, da murmelte er mit bekümmertem Ausdruck:

«Ist das nicht ein Elend? In ihrem Alter noch so eine Gewohnheit anzunehmen?! Seht ihr, wenn man alt ist, da gibt's keine Hilfe mehr. Und schließlich wird's mit ihr ein böses Ende nehmen.»

Ja, es nahm wirklich ein böses Ende mit ihr. Im nächsten Winter, gegen Weihnachten, starb sie; sie war betrunken in den Schnee gefallen.

Und Meister Chicot erbte den Hof und erklärte:

«Ach, diese dumme Gans! Wenn sie nicht getrunken hätte, die hätte bestimmt noch für zehn Jahre gehabt!»

DAS BETT 29

Wenn Hauptmann Epivent über die Straße ging, drehten alle Frauen sich um. Er war wirklich der Typus des schönen Husarenoffiziers. So stolzierte er denn auch ständig wie ein Pfau einher und bildete sich nicht wenig auf seine Schenkel, seine Taille und seinen Schnurrbart ein. Und sie waren auch prächtig, der Schnurrbart, die Taille und die Schenkel. Der Schnurrbart war blond, sehr stark, fiel martialisch wie ein schöner Bausch in der Farbe reifen Weizens, aber fein und sorgfältig gedreht, über die Lippe und senkte sich dann zu beiden Seiten des Mundes in zwei mächtigen, ungemein verwegenen Strähnen. Die Taille war schmal, als trüge er ein Mieder, während sich darüber eine kräftige, gewölbte Männerbrust hob. Seine Schenkel waren wunderbar, Schenkel eines Turners, eines Tänzers, und ihr muskulöses Fleisch ließ unter dem anliegenden Stoff der roten Hosen jede Bewegung sehen.

Er spannte beim Gehn die Waden, spreizte Füße und Arme und ging in jenem ein wenig wiegenden Reiterschritt, der so sehr dazu angetan ist, Rumpf und Beine zur Geltung zu bringen, und der unter der Uniform sieghaft, aber unter dem langen Rock des Zivilisten recht gewöhnlich wirkt.

So kleidete auch den Hauptmann Epivent, wie viele Offiziere, der Zivilanzug schlecht. Wenn er einmal schwarzes oder graues Tuch trug, dann glich er nur noch einem Verkäufer in einem Laden. Doch in Uniform feierte er Triumphe. Er hatte übrigens auch einen hübschen Kopf, die Nase schmal und gebogen, das Auge blau, die Stirne eng. Dagegen war er kahl, ohne daß er je verstanden hätte, warum ihm die Haare ausgefallen waren. Er tröstete sich damit, festzustellen, daß zu einem großen Schnurrbart der ein wenig entblößte Schädel gar nicht schlecht passe. Er verachtete im allgemeinen alle Leute, doch hatte seine Verachtung viele Abstufungen.

Die Bürger, zunächst, existierten nicht für ihn. Er sah sie an, wie man die Tiere ansieht, ohne ihnen mehr Aufmerksamkeit zu gönnen, als man Spatzen oder Hühnern gönnt. Nur die Offiziere zählten auf der Welt, aber er schätzte nicht alle Offiziere gleich hoch. Im ganzen achtete er nur die schönen Männer, denn die wahre, die einzige Qualität des Militärs hatte das stattliche Aussehen zu sein. Ein Soldat, das war ein Kerl, zum Teufel, ein richtiger Kerl, geschaffen für Krieg und Liebe, ein Mann, schneidig in Sattel und Bett, sonst nichts. Die Generäle der französischen Armee beurteilte er nach ihrer Taille, ihrer Haltung und dem hochfahrenden Gesichtsausdruck. So erschien ihm Bourbaki als der größte Kriegsmann der modernen Zeiten.

Er machte sich sehr über die Linienoffiziere

lustig, die klein und dick sind und beim Marschieren den Atem verlieren, doch eine unbezwingliche Verachtung, die an Widerwillen grenzte, galt vor allem den armseligen Jammerlappen, die aus der Polytechnischen Schule kamen, diesen magern, linkischen, ungeschickten, bebrillten Männchen, die, seiner Ansicht nach, für die Uniform gemacht sind, wie ein Kaninchen zum Messelesen. Es empörte ihn, daß man diese dünnbeinigen Fehlgeburten in der Armee duldete, die marschieren wie die Krabben, die nicht trinken, die wenig essen und denen anscheinend Gleichungen lieber sind als schöne Mädchen.

Hauptmann Epivent hatte beim schönen Geschlecht ständig Erfolge, ja wahre Triumphe.

Jedesmal, wenn er abends in Gesellschaft einer Frau speiste, gab es für ihn keinen Zweifel, daß er die Nacht im trauten Beisammensein auf der gleichen Liegestatt beenden werde, und wenn unübersteigbare Hindernisse sich am Abend selbst seinem Sieg in den Weg stellten, so war er doch wenigstens eines «Fortsetzung folgt» für den nächsten Tag sicher. Die Kameraden brachten ihn nur ungern mit ihren Geliebten zusammen, und die Kaufleute, die eine hübsche Frau hinter ihrem Ladentisch hatten, kannten ihn, fürchteten ihn und haßten ihn gründlich.

Wenn er vorüberging, wechselte die Frau des Kaufmanns unwillkürlich mit ihm einen Blick durch die Scheibe der Auslage, einer jener Blicke, die mehr wert sind als zärtliche Worte, einen Blick, der einen Ruf und eine Antwort, ein Verlangen und ein Geständnis enthält. Der Gatte aber, von einer Art Instinkt gewarnt, wendete sich brüsk um und sah wütend zu der stolzen, schneidigen Gestalt des Offiziers hinüber. Und wenn der Hauptmann, lächelnd und mit seiner Wirkung zufrieden, vorüber war, dann warf der Kaufmann mit nervöser Hand die Waren durcheinander, die gerade vor ihm lagen, und erklärte:

«Was das für ein dummer Puter ist! Wann wird man endlich mit diesen Taugenichtsen Schluß machen, die ihren Blechladen über die Straße schleppen?! Was mich angeht – mir ist ein Metzger lieber als ein Soldat. Wenn er Blut auf seiner Schürze hat, dann ist es wenigstens Blut von Tieren, und er ist doch zu etwas nütz, und das Messer, das er trägt, ist nicht dazu da, Menschen zu schlachten. Ich verstehe nicht, daß man diese aufgelegten Mörder ihre Mordwerkzeuge auf den Promenaden spazieren führen läßt. Man braucht sie, das weiß ich schon, aber man soll sie wenigstens verbergen und ihnen keine Karnevalskleider mit roten Hosen und blauen Röcken anziehen. Man steckt auch den Henker nicht in Generalsuniform, was?»

Die Frau antwortete nicht, sondern zuckte unmerklich die Achseln, während der Ehemann diese Bewegung ahnte, ohne sie zu sehen, und schrie:

«Man muß schon ganz blöd sein, um diese Zierbengel anzugaffen!»

Hauptmann Epivents Ruf als Eroberer war übrigens in der ganzen französischen Armee fest begründet.

Nun, im Jahre 1868 wurde sein Regiment, die Hundertzweier-Husaren, nach Rouen versetzt.

Bald war er in der ganzen Stadt bekannt. Er erschien jeden Abend gegen fünf Uhr auf dem Cours Boieldieu, um im Café de la Comédie den Absinth zu nehmen; doch bevor er eintrat, legte er Wert darauf, einen Rundgang über die Promenade zu machen, um seine Beine, seine Taille und seinen Schnurrbart zu zeigen.

Die Kaufleute von Rouen, die, mit den Händen auf dem Rücken, ihre Geschäfte im Kopf, spazierengingen und von «Hausse» und «Baisse» sprachen, hatten immerhin auch einen Blick für ihn und sagten:

«Donnerwetter, ist das ein schöner Mensch.»

Dann, als sie ihn kannten:

«Ach, der Hauptmann Epivent! Ein toller Kerl, das!»

Wenn die Frauen ihm begegneten, hatten sie eine seltsame kleine Kopfbewegung, eine Art schamhafter Schauer, als fühlten sie sich vor ihm schwach oder entkleidet. Sie senkten ein wenig den Kopf, mit dem Schatten eines Lächelns auf den Lippen und dem Verlangen, reizend gefunden zu werden und seinen Blick auf sich zu ziehen. Wenn er mit einem Kameraden ging, dann versäumte dieser Kamerad niemals, sobald er solche Manöver sah, neidisch und eifersüchtig zu knurren:

«Dieser Lump von Epivent! Hat der ein Glück!»

Unter den ausgehaltenen Damen der Stadt gab es geradezu einen Kampf, ein Wettrennen; wer würde die Siegerin sein? Sie kamen alle um fünf Uhr, zur Stunde der Offiziere, auf den Cours Boieldieu und schleppten, immer zwei und zwei, ihre Röcke von einem Ende zum andern, während Leutnants, Hauptleute und Majore, ebenfalls zwei und zwei, ihre Säbel über das Trottoir schleppten, bevor sie ins Café eintraten.

Nun, eines Abends ließ die schöne Irma, dem Stadtklatsch nach die Geliebte des reichen Fabrikanten Templier-Papon, ihren Wagen gegenüber der Comédie halten, stieg aus, tat, als wollte sie bei dem Drucker Pollard Papier kaufen oder Visitenkarten bestellen, und das alles, um an den Tischen der Offiziere vorbeizugehen und Hauptmann Epivent einen Blick zuzuwerfen, der so klar ausdrücken sollte: «Wann Sie nur wollen», daß der Oberst Prune, der mit seinem Oberstleutnant beim Absinth saß, sich nicht enthalten konnte, zu brummen:

«Verdammtes Schwein! Hat der ein Glück, dieser Halunke!»

Das Wort des Obersten sprach sich herum, und Hauptmann Epivent, dem diese höhere Billigung zu Herzen ging, spazierte am nächsten Tag in großer Gala und gleich mehrmals hintereinander unter den Fenstern der Schönen.

Sie sah ihn, ließ sich sehen, lächelte.

Noch am selben Abend war er ihr Geliebter.

Sie zeigten sich öffentlich, gaben der ganzen Stadt ein Schauspiel; sie kompromittierten einander, denn sie waren beide stolz auf solch ein Abenteuer.

Man sprach überall nur von der Liebschaft der schönen Irma mit dem Offizier. Herr Templier-Papon war der Einzige, der nichts davon wußte.

Hauptmann Epivent strahlte vor Ruhm, und jeden Augenblick wiederholte er:

«Irma sagte mir gerade... heute nacht sagte mir Irma... gestern, als ich mit Irma speiste...»

Mehr als ein Jahr lang trug er diese Liebe in ganz Rouen zur Schau, prahlte mit ihr, brüstete sich mit ihr wie mit einer dem Feinde abgenommenen Fahne. Er fühlte sich durch diese Eroberung erhöht, beneidet, seiner Zukunft sicherer, sicherer auch des heißbegehrten Kreuzes, denn alle Welt hatte die Augen auf ihn gerichtet, und es genügt, sich vielbeachtet zu wissen, um nicht vergessen zu werden.

Doch da brach der Krieg aus, und das Regiment des Hauptmanns wurde unter den ersten an die Front geschickt. Der Abschied war jammervoll, und er dauerte eine ganze Nacht.

Säbel, rote Hosen, Käppi, Dolman waren von einer Stuhllehne auf den Boden gefallen, die Kleider, Unterröcke, Seidenstrümpfe lagen gleichfalls verstreut am Boden und mischten sich mit der Uniform, die sich hilflos über den Teppich breitete; das Zimmer war in einem Durcheinander wie nach einer Schlacht. Mit gelöstem Haar warf Irma halb verrückt ihre verzweifelten Arme um den Hals des Offiziers, preßte ihn an sich, dann ließ sie ihn los, wälzte sich auf dem Boden, stieß Möbel um, riß die Fransen von den Fauteuils, schlug ihre Zähne in das Holz der Füße, während der Hauptmann tiefbewegt, aber zum Tröster ungeeignet, wiederholte:

«Irma, meine kleine Irma, da kann man nichts machen, es muß sein.»

Und manchmal trocknete er mit der Fingerspitze eine Träne, die ihm in den Augenwinkel trat.

Bei Tagesanbruch trennten sie sich. Sie folgte dem Geliebten im Wagen bis zur ersten Etappe. Und im Augenblick des Abschieds umarmte sie ihn beinahe vor dem ganzen Regiment. Man fand das sehr nett, sehr würdig, sehr passend, und die Kameraden drückten dem Hauptmann die Hand und sagten:

«Verfluchter Glückspilz, sie hat wahrhaftig Herz, die Kleine.»

Und man war bereit, darin eine Art Patriotismus zu erblicken.

Das Regiment wurde während des Feldzugs hart mitgenommen. Der Hauptmann schlug sich wie ein Held und empfing endlich sein Kreuz; dann, nach Kriegsende, kam er wieder nach Rouen in Garnison.

Sein Erstes war, Nachrichten über Irma einzuziehen, doch niemand konnte ihm Genaueres sagen.

Den einen zufolge hatte sie sich mit dem ganzen preußischen Generalstab herumgetrieben. Die andern meinten, sie sei zu ihren Eltern gegangen, Bauern in der Gegend von Yvetôt.

Er schickte sogar seinen Burschen auf das Standesamt, um im Register der Verstorbenen nachzusehen. Der Name seiner Geliebten fand sich nicht darin.

Sein Kummer war sehr groß, und er machte sich damit nicht wenig wichtig. Er setzte sogar dem Feind sein Unglück auf die Rechnung, schob den Preußen, die Rouen besetzt hatten, die Schuld am Verschwinden der jungen Frau zu und erklärte:

«Im nächsten Krieg werden sie mir das bezahlen, diese Schurken!»

Nun, eines Morgens, als er zum Mittagessen in die Offiziersmesse kam, überreichte ihm ein Dienstmann, ein alter Mann in einem Kittel, auf dem Kopf eine Wachstuchkappe, einen Brief. Er öffnete ihn und las:

Mein Liebling!

Ich bin im Spital, sehr, sehr krank. Willst du mich nicht besuchen kommen? Das würde mich so sehr freuen. *Irma*

Der Hauptmann erblaßte, und tief ergriffen erklärte er:

«Verflucht noch einmal, das arme Mädchen! Gleich nach dem Essen gehe ich hin.»

Und am Tisch der Offiziere erzählte er immer wieder, Irma sei im Spital, aber er werde sie schon heraus holen, Donnerwetter! Auch das die Schuld dieser gottverdammten Preußen! Sie war bestimmt ganz allein geblieben, ohne einen Sou, im tiefsten Elend; denn man hatte gewiß ihre Einrichtung geplündert.

«Ah, diese Schweinehunde!»

Alle hörten ihm ganz gerührt zu.

Kaum hatte er seine Serviette in den hölzernen Ring gerollt, stand er auch schon auf; er nahm den Säbel vom Haken, wölbte seine Brust, um sich schlanker zu machen, schnallte den Gürtel um, und dann ging er mit schnellem Schritt ins Zivilspital. Doch während er erwartet hatte, unverzüglich eingelassen zu werden, wies man ihn beim Eingang des Spitals streng ab, und er mußte sogar zu seinem Obersten gehn, dem er den Fall erklärte, und der ihm eine Empfehlung für den Direktor mitgab.

Der Direktor ließ den schönen Hauptmann längere Zeit im Vorzimmer warten und stellte ihm endlich mit kaltem, mißbilligendem Gruß eine Erlaubnis aus.

Vom Eingang an fühlte er sich in diesem Asyl des Elends, des Leidens und des Todes bedrückt. Ein Spitaldiener führte ihn.

Er ging auf den Fußspitzen, um kein Geräusch zu machen, durch lange Korridore, in denen ein fader Geruch von Verwesung, Krankheit und

Medikamenten brütete. Nur von Zeit zu Zeit störte ein Stimmengemurmel das große Schweigen des Spitals.

Manchmal sah der Hauptmann durch eine offene Türe einen Saal mit einer Reihe von Betten, deren Decken sich über den Formen der Körper hoben. Genesende saßen auf Stühlen am Fuß ihrer Betten, in gleichförmige Trachten aus grauem Leinen gekleidet, eine weiße Mütze auf dem Kopf, und nähten.

Plötzlich blieb sein Führer vor einem dieser überfüllten Säle stehen. Oberhalb der Türe las man in fetten Buchstaben «Geschlechtskranke». Der Hauptmann fuhr zusammen; dann fühlte er, wie er rot wurde. Auf einem kleinen Holztisch am Eingang bereitete eine Pflegerin eine Arznei.

«Ich werde Sie führen», sagte sie, «es ist das Bett 29.»

Und sie ging voran.

Dann zeigte sie auf ein Bett:

«Hier ist es.»

Man sah nichts als eine Wölbung der Bettdecke. Selbst der Kopf war unter dem Leinen verborgen.

Überall hoben sich Gesichter aus den Betten, bleiche, erstaunte Gesichter, die die Uniform anstarrten, Gesichter von Frauen, von jungen Frauen und von alten Frauen, doch über der vorschriftsmäßigen, armseligen Nachtjacke sahen sie alle häßlich und gewöhnlich aus.

Der Hauptmann, der seinen Säbel in der einen

und sein Käppi in der andern Hand hielt, flüsterte ganz verstört:

«Irma!»

In dem Bett bewegte es sich heftig, und das Gesicht seiner Geliebten kam zum Vorschein, doch so verändert, so müde, so mager, daß er es nicht wiedererkannte.

Die Rührung übermannte sie, und sie stieß hervor:

«Albert...! Albert...! Du bist es...! Oh, das ist gut... das ist gut...»

Und aus ihren Augen rollten die Tränen.

Die Pflegerin brachte einen Stuhl:

«Setzen Sie sich doch, bitte!»

Er setzte sich und betrachtete das blasse, jämmerliche Gesicht dieses Mädchens, das er so schön und frisch verlassen hatte.

«Was fehlt dir denn?» sagte er.

Sie antwortete weinend:

«Du hast es doch gesehen, es steht ja über der Türe.»

Und sie verbarg die Augen unter dem Rand ihrer Decke.

Bestürzt, beschämt fragte er:

«Und wie hast du dir das geholt, mein armes Kind?»

Sie flüsterte:

«Das sind diese Schweine von Preußen; sie haben mich fast mit Gewalt genommen, und sie haben mich angesteckt.»

Er fand nichts mehr zu sagen. Er sah sie an und drehte sein Käppi auf den Knien.

Die andern Kranken spähten zu ihm hinüber, und er glaubte, in diesem Saal, voll von Dirnen, die von der schändlichen, schrecklichen Krankheit ergriffen waren, einen Modergeruch, einen Geruch von faulendem Fleisch und von Schmach zu spüren.

Sie flüsterte:

«Ich glaube nicht, daß ich davonkomme. Es ist ein schwerer Fall, meint der Arzt.»

Dann bemerkte sie das Kreuz auf der Brust des Offiziers und rief:

«Ach, du bist ausgezeichnet worden! Wie mich das freut! Wie mich das freut! Wenn ich dir nur einen Kuß geben könnte!»

Bei dem Gedanken an diesen Kuß lief ein Schauder von Angst und Widerwillen dem Hauptmann über die Haut.

Er hatte jetzt nur das eine Verlangen, zu gehen, an der frischen Luft zu sein, diese Frau nicht mehr zu sehen. Dennoch blieb er; er wußte nicht recht, wie er es anstellen sollte, um aufzustehn und von ihr Abschied zu nehmen.

Er stotterte:

«Hast du dich denn nicht behandeln lassen?»

Eine Flamme blitzte in Irmas Augen auf:

«Nein, ich wollte mich rächen, und wenn ich darüber krepieren sollte! Und ich habe sie auch vergiftet, alle, alle, so viel ich nur konnte. So lange sie in Rouen waren, habe ich mich nicht behandeln lassen.»

In leicht verlegenem Ton, hinter dem auch ein klein wenig Heiterkeit schimmerte, sagte er:

«Das hast du gut gemacht.»

Ihre Wangen röteten sich, sie wurde lebhafter:

«O ja, es wird mehr als einer durch meine Schuld sterben. Du kannst ruhig sein, ich habe mich gerächt.»

Er sagte noch:

«Das ist gut.» Dann stand er auf.

«Jetzt muß ich leider gehn, der Oberst erwartet mich um vier Uhr.»

Sie war sehr erregt.

«Schon? Du gehst schon? Ach, du bist doch eben erst gekommen!»

Aber er wollte um jeden Preis weg. Er erklärte:

«Du siehst doch, daß ich sofort zu dir gekommen bin, aber ich muß unbedingt um vier Uhr beim Obersten sein.»

Sie fragte:

«Ist es immer noch der Oberst Prune?»

«Immer noch. Er ist zweimal verwundet worden.»

Sie fragte weiter:

«Und deine Kameraden? Habt ihr Verluste gehabt?»

«Ja. Saint-Timon, Savagnat, Poli, Sapreval, Robert, de Courson, Pasafil, Santal, Caravan und Poivrin sind tot. Sahel wurde ein Arm weggerissen und Courvoisin ein Bein zerschmettert; Paquet hat das rechte Auge verloren.»

Mit großem Interesse hörte sie zu. Dann sagte sie plötzlich stockend:

«Willst du mir einen Kuß geben, bevor du gehst?»

Und trotz dem Widerwillen, der in ihm aufstieg, berührte er diese bleiche Stirn leicht mit den Lippen, während sie ihn mit ihren Armen umschlang und das blaue Tuch seines Dolmans mit wahnsinnigen Küssen bedeckte.

Dann sagte sie:

«Du kommst wieder, nicht wahr, du kommst wieder? Versprich mir, daß du wiederkommst.»

«Ja, ich verspreche es dir.»

«Wann? Kannst du Donnerstag kommen?»

«Ja, Donnerstag.»

«Donnerstag, um zwei Uhr?»

«Ja, Donnerstag, um zwei Uhr.»

«Du versprichst es mir?»

«Ich verspreche es dir.»

«Lebwohl, mein Liebling.»

«Lebwohl.»

Und er ging unter den Blicken des ganzen Saales fort, die hohe Gestalt gebeugt, um sich klein zu machen, denn er schämte sich, und als er auf der Straße war, atmete er auf.

Abends fragten ihn die Kameraden:

«Nun? Und Irma?»

Er antwortete ein wenig gezwungen:

«Sie hatte eine Lungenentzündung, es geht ihr recht schlecht.»

Aber ein kleiner Leutnant, der hinter seinem Benehmen etwas witterte, zog Erkundigungen ein, und am nächsten Tag, als der Hauptmann in die Offiziersmesse kam, wurde er mit einer ganzen Salve von Gelächter und Witzen empfangen. Endlich konnte man sich an ihm rächen.

Überdies wußte man bereits, daß Irma mit dem preußischen Generalstab wahre Orgien gefeiert hatte, daß sie mit einem Obersten von den Blauen Husaren und noch mit vielen andern zu Pferd durchs Land gestreift sei, und daß man sie in Rouen nicht anders mehr genannt habe als «die Preußenhure».

Acht Tage lang war der Hauptmann die Zielscheibe des Regiments. Er empfing mit der Post genaue Einzelheiten, Rezepte, Adressen von Spezialisten, sogar Arzneimittel, deren Zweck auf dem Paket vermerkt war.

Und als der Oberst verständigt wurde, sagte er streng:

«Nun, der Hauptmann hat da ja eine nette Bekanntschaft gehabt. Ich werde ihm noch meine Glückwünsche dazu aussprechen.»

Nach etwa zwölf Tagen erhielt er abermals einen Brief von Irma.

Er zerriß ihn wütend und antwortete nicht.

Acht Tage später schrieb sie ihm von neuem, es gehe ihr sehr schlecht, und sie wolle Abschied von ihm nehmen.

Er antwortete nicht.

Wieder vergingen einige Tage, da besuchte ihn der Geistliche des Spitals.

Das Mädchen Irma Pavolin flehte ihn auf ihrem Sterbebett an, er möge doch zu ihr kommen.

Er wagte nicht, dem Geistlichen nein zu sagen,

aber er betrat das Spital das Herz geschwellt von bitterm Groll, von gekränkter Eitelkeit, von gedemütigtem Stolz.

Er fand sie ganz unverändert und glaubte, sie habe sich einen Scherz mit ihm erlaubt.

«Was willst du von mir?» sagte er.

«Ich wollte Abschied von dir nehmen, es scheint, daß es mit mir zu Ende ist.»

Er glaubte ihr nicht.

«Hör einmal, du machst mich zum Gelächter des ganzen Regiments, und ich will nicht, daß das so weiter geht.»

Sie fragte:

«Was habe ich dir denn getan?»

Es reizte ihn, daß er darauf keine Antwort wußte.

«Rechne nicht damit, daß ich wiederkomme, um der ganzen Welt Gelegenheit zu geben, mich zu verspotten.»

Sie sah ihn mit ihren erloschenen Augen an, in denen die Wut aufflammte, und sie wiederholte:

«Was habe ich dir denn getan? Bin ich vielleicht nicht nett zu dir gewesen? Habe ich jemals etwas von dir verlangt? Ohne dich wäre ich bei Templier-Papon geblieben und wäre jetzt nicht hier. Nein, weißt du, wenn irgend jemand mir Vorwürfe zu machen hat – du bist es nicht.»

Mit tönender Stimme erwiderte er:

«Ich mache dir keine Vorwürfe, aber ich kann dich nicht mehr besuchen, weil dein Benehmen mit den Preußen eine Schande für die ganze Stadt gewesen ist.»

Mit einem Ruck setzte sie sich in ihrem Bett auf:

«Mein Benehmen mit den Preußen? Aber wenn ich dir doch sage, daß sie mich genommen haben, und wenn ich dir sage, daß ich mich nicht behandeln ließ, weil ich sie vergiften wollte! Wenn ich gewollt hätte, wäre es nicht weiter schwierig gewesen, mich kurieren zu lassen, aber ich wollte sie töten, ich, hörst du? Und ich habe sie getötet.»

Er blieb stehn:

«Auf jeden Fall ist es eine Schande», sagte er.

Sie hatte einen Erstickungsanfall, dann fuhr sie fort:

«Was ist eine Schande? Daß ich jetzt sterbe, weil ich sie ausrotten wollte? Du hast nicht so geredet, als du zu mir in die Rue Jeanne d'Arc kamst. Ah, es ist eine Schande! Du mit deinem Ehrenkreuz hättest das nicht getan! Und ich habe es mehr verdient als du, hörst du? Und ich habe mehr Preußen umgebracht als du.»

Er war ganz außer sich und zitterte vor Erregung:

«Ah, schweig...! Weißt du... schweig... denn diese Dinge... ich erlaube nicht... daß man daran rührt...»

Aber sie hörte nicht auf ihn:

«Was ihr den Preußen schon angetan habt! Wäre das denn geschehen, wenn ihr sie verhindert hättet, nach Rouen zu kommen, sag? Ihr seid es, ihr hättet sie aufhalten müssen, verstehst du? Und ich habe ihnen mehr angetan als du, und ich muß sterben, während du herumstolzierst, du, und dich aufblähst, um die Frauen einzuwickeln...»

Auf jedem Bett hatte sich ein Kopf gehoben, und alle Augen blickten auf diesen Mann in Uniform, der nur stammeln konnte:

«Schweig... du weißt... schweig...!»

Aber sie schwieg nicht. Sie schrie:

«Ach ja, nichts als ein Wichtigtuer bist du. Ich kenne dich, geh nur, ich kenne dich. Ich sage dir, daß ich ihnen mehr Böses angetan habe als du, und daß ich mehr von ihnen umgebracht habe als dein ganzes Regiment... Geh nur... Feigling!»

Er ging allerdings; er lief, er floh auf seinen langen Beinen zwischen den zwei Reihen von Betten mit aufgeregten Syphilitikerinnen hindurch. Und er hörte Irmas keuchende, pfeifende Stimme, die ihn verfolgte:

«Mehr als du, ja, ich habe mehr umgebracht als du, mehr als du...»

Er sprang hastig die Stufen hinunter, eilte nach Hause und schloß sich ein.

Am nächsten Tage erfuhr er, daß sie gestorben war.

Meine liebe Sophie,

Nein, ich komme in diesem Frühjahr nicht nach Paris. Ich bleibe daheim, in meinem Loch, wie du sagst. Ich komme mir vor wie alte Tiere, die ihren Bau nicht mehr verlassen, weil alles sie ermüdet, alles sie erschreckt. Ich bin nicht mehr in den Jahren, da man neugierig ist, Vergnügungen und neue Freuden sucht. Ich habe nur alte Freuden, meine Vergnügungen sind nur die des Verzichts, und ich lebe in Erinnerungen, wie junge Menschen in Hoffnungen leben.

Erinnerst du dich an Sainte-Beuves Vers, den wir miteinander gelesen haben, und der sich mir in den Kopf eingegraben hat, weil er mir so vieles sagt, dieser Vers! Oft genug hat er mein armes Herz aufrechterhalten: «Geboren werden, leben und sterben im selben Haus.»

Ich kann es nicht mehr verlassen, dieses Haus, wo ich geboren wurde, wo ich gelebt habe, und wo ich zu sterben hoffe. Das ist nicht alle Tage heiter, aber es ist wohlig, denn hier bin ich von Erinnerungen umhüllt.

Ich verlasse es nur, um ein oder zwei Monate bei meiner Tochter zu verbringen. Und dann ist es Julie, die mich besuchen kommt. Die übrige Zeit bin ich allein. Das überrascht dich, nicht wahr? Daß man so leben kann, so allein, so ganz allein? Was willst du? Ich bin von Gegenständen umgeben, die mir so vertraut, so wohlbekannt sind, daß sie auf mich wie lebende Menschen wirken, und daß sie unablässig von allen Dingen meines Lebens zu mir sprechen, von den Meinen, den Toten und den in der Ferne Lebenden.

Ich lese nicht viel. Ich bin alt. Aber ich denke ohne Ende, oder vielmehr ich träume. Oh, ich träume nicht, wie ich früher geträumt habe. Du erinnerst dich an unsere tollen Vorstellungen, an die Abenteuer, die wir in unseren zwanzigjährigen Köpfen ausgeheckt haben, an all die Horizonte erhofften Glücks.

Nichts von all dem ist zur Wirklichkeit geworden. Oder, richtiger, etwas anderes ist eingetreten, weniger reizvoll, weniger poetisch, doch zureichend für jene, die sich tapfer mit dem Leben abzufinden wissen.

Weißt du, warum wir so häufig unglücklich sind, wir Frauen? Weil man uns in der Jugend lehrt, zu sehr an das Glück zu glauben. Wir sind nie mit der Idee, zu kämpfen, zu leiden erzogen worden. Und beim ersten Schlag bricht uns das Herz.

Wir erwarten mit offener Seele Sturzbäche von glücklichen Ereignissen. Doch nur halbwegs gute treten ein, und schon schluchzen wir. Das Glück, das wahre Glück, ich habe es kennengelernt. Es besteht keineswegs im jähen Hereinbrechen einer großen Seligkeit, denn sie sind recht selten und recht kurz, die großen Seligkeiten, und sie lassen, sind sie einmal vorüber, die Seele nur noch düsterer zurück, wie es die Blitze in der Nacht tun; aber es wohnt einfach in der ruhigen, geduldigen Erwartung einer Menge Freuden, die nie kommen.

Das Glück ist die Erwartung, die freundliche Erwartung, das Vertrauen, es ist ein Ausblick voller Hoffnung, es ist der Traum.

Ja, meine Liebe, es gibt nichts Gutes als den Traum, und damit beschäftige ich fast alle meine Stunden. Doch statt in die Zukunft zu träumen, träume ich in die Vergangenheit.

Ich setze mich vor mein Feuer in einen Lehnstuhl, der meinen alten Knochen wohltut, und ich kehre sachte zu den Dingen, den Ereignissen, den Menschen zurück, die auf meinem Weg geblieben sind.

Wie kurz es ist, ein Leben, zumal ein Leben, das ganz und gar an dem selben Ort verstreicht!

«Geboren werden, leben und sterben im selben Haus.»

Die Erinnerungen haben sich gehäuft, haben sich aneinandergedrängt. Und ist man alt, so scheint es manchmal, als wären es kaum zehn Tage her, daß man jung gewesen ist. Ja, alles ist dahingeglitten, als handelte es sich um einen einzigen Tag: der Morgen – der Mittag – der Abend. Und die Nacht kommt.

Wenn ich Stunden um Stunden ins Feuer schaue, so lebt die Vergangenheit wieder auf, als wäre es gestern gewesen. Man weiß nicht mehr, wo man ist, der Traum trägt einen fort, man wandert noch einmal durch sein ganzes Dasein.

Und häufig habe ich das Gefühl, als wäre ich ein kleines Mädchen, so sehr wehen die Lüfte von einst mich an, die Erregungen der Jugend, der Schwung, das Pochen eines Kinderherzens, die ganze Lebensfülle der Achtzehnjährigen; und deutlich, wie eine neue Wirklichkeit, sehe ich Bilder vergessener Dinge.

Ach, wie bin ich vor allem durchdrungen von den jäh auftauchenden Erinnerungen an meine Spaziergänge als junges Mädchen! Hier, in meinem Lehnstuhl, vor meinem Feuer, fand ich, seltsam genug, einen Sonnenuntergang wieder, den ich in meiner frühen Jugend auf einem Strand der Bretagne gesehen habe. Gewiß, ich hatte ihn seit langem vergessen, und ganz plötzlich ist er mir wiedergekommen, ohne Grund, oder vielleicht weil ein Auflodern der glühenden Scheite in meinem Gedächtnis das Bild jener gewaltigen Glut weckte, die an jenem Abend den Horizont entflammt hatte! An alles habe ich mich erinnert: an die Landschaft, an mein Kleid, selbst an nichtige Winzigkeiten, an ein kleines Weh, das ich seit einigen Tagen an einem Finger hatte, und so lebendig war es, daß ich den Schmerz noch immer zu spüren glaubte. Ich roch die frische, feuchte Salzluft des benetzten Sandes, und ich erbebte in der gleichen jungen, poetischen Erregung; und alle meine Empfindungen von damals strömten in Fülle, und doch deutlich unterschieden, auf mich ein, mit all meinen geahnten Wünschen, meinen wirren Hoffnungen. Und ich begann, in langen Zügen die Meerluft einzuatmen, die mir ins Gesicht blies. Ja, wahrhaftig, einige Minuten lang war ich sechzehn Jahre gewesen.

Zu andern Zeiten gönne ich mir andere Freuden.

Du weißt oder weißt nicht, meine liebe Sophie, daß man im Hause nichts vernichtet. Wir haben hoch oben unter dem Dach eine große Rumpelkammer, die der «Speicher der Reliquien» genannt wird. Alles, was nicht mehr zu gebrauchen ist, wird dorthin gebracht. Häufig steige ich hinauf und sehe mich um. Und dann finde ich eine Menge Nichtigkeiten wieder, an die ich nicht mehr gedacht hatte, und die mich an eine Menge Dinge erinnern. Es sind durchaus nicht jene guten, befreundeten Möbel, die wir seit der Kindheit kennen und an die sich die Erinnerung an Ereignisse, an Freuden und Leiden, an Daten unserer Geschichte heftet; die, eng mit unserem Leben verbunden, eine Persönlichkeit angenommen haben, ein Gesicht; die die stummen Gefährten unserer süßen, unserer dunklen Stunden sind. Aber ich finde in diesem Durcheinander allerlei alten Kram, jene kleinen, unbedeutenden Dinge, die sich vierzig Jahre lang neben uns hingeschleppt haben, ohne daß man sie je bemerkt hätte, und die jetzt, wenn man sie sieht, mit einem Mal die Wichtigkeit, die Bedeutung alter Zeugen, vergessener und wiedergefundener Freunde annehmen.

Vielleicht sind das Torheiten; doch aus diesen Torheiten setzt sich das Leben der alten Leute zusammen. Ihr in Paris lebt so schnell, daß ihr nicht die Zeit habt zu leben. Ich weiß nicht, ob du mich richtig verstehst. Ihr denkt nur an eure Geschäfte, eure Vergnügungen. Euch bleibt nicht einmal mehr die Zeit, traurig zu sein, an die dunklen Dinge zu denken, die Stunden ablaufen zu fühlen, die Ereignisse abrollen zu sehen, wie man aus einem Fenster die Blätter fallen sieht.

Ihr habt kaum einen Gedanken für jedes Ding, kaum eine Trauer für die Toten, kaum eine Erinnerung an die zu Ende gegangenen Stunden, kaum eine Neigung, die in die Tiefe reicht. Euch fehlt die Zeit. Man muß für Besuche bereit sein, nichts von den Besorgungen vergessen, die man zu machen hat, nichts von den Bestellungen, von den Einkäufen. Man steigt aus dem Fiaker, um in die Tram zu steigen, und verfügt man einmal über eine Viertelstunde, so geht man ein Stückchen Weg zu Fuß, um aufzuatmen. Dann kehrt man zu spät heim, weil man da fünf Minuten, dort fünf Minuten verloren hat. Und da man von morgens bis abends zu spät kommt, hat man nie jene ruhigen Stunden, deren man bedarf, um sich an die Vergangenheit zu erinnern.

Ich, ich erinnere mich stundenlang, denn ich habe nichts anderes zu tun. Und ich fühlte mich furchtbar verängstigt bei dem Gedanken an all diesen Wirbel, zu dem du mich rufst.

So werde ich mich denn in diesem Frühjahr nicht rühren. Und dann – verstehst du – ich bin so alt, daß ich Angst habe. Ich möchte gern, wie Sainte-Beuve sagt: «Geboren werden, leben und sterben im selben Haus.»

Du wirst mir das nicht verübeln.

Delphine

Monsieur und Madame Serbois saßen einander gegenüber und beendeten, sichtlich niedergeschlagen, ihr Mittagessen.

Madame Serbois, eine kleine Blondine mit rosiger Haut, blauen Augen und weichen Gesten, aß langsam, ohne den Kopf zu heben, als ließe ein trauriger Gedanke sie nicht locker.

Serbois, ein breitschultriger, kräftiger Mann, mit Backenbart und dem Auftreten eines Ministers oder eines Großkaufmanns, schien nervös und von Sorgen geplagt zu sein.

Endlich sagte er, als spräche er zu sich selber:

«Wahrhaftig, es ist erstaunlich!»

Seine Frau fragte: «Was denn, mein Lieber?»

«Daß Vaudrec uns nichts hinterlassen haben sollte!»

Madame Serbois errötete; sie errötete plötzlich, als hätte ein rosiger Schleier sich mit einem Mal, vom Hals zum Gesicht aufsteigend, über ihre Haut gebreitet, und sie sagte:

«Vielleicht liegt beim Notar ein Testament. Wir müssen ja noch nichts davon wissen.»

Und in Wirklichkeit schien sie etwas zu wissen.

Serbois überlegte: «Ja, das ist möglich. Denn, schließlich, er war doch unser bester Freund. Er hat kaum das Haus verlassen, jeden zweiten Tag hat er bei uns gegessen. Ich weiß wohl, daß er dir viele Geschenke gemacht hat und daß das eben seine Art war, sich für unsere Gastfreundschaft zu revanchieren; aber wenn man Freunde hat, wie wir es waren, dann denkt man doch in seinem Testament an sie. Wenn ich mich krank gefühlt hätte, wäre es mir selbstverständlich gewesen, für ihn zu sorgen, obgleich du ja meine natürliche Erbin bist.»

Madame Serbois senkte die Augen. Und während ihr Gatte ein Huhn zerlegte, schneuzte sie sich, wie man sich schneuzt, wenn man weint.

Er fuhr fort: «Nun, es ist möglich, daß ein Testament beim Notar liegt und daß er uns eine Kleinigkeit vermacht hat. Ich lege keinen Wert auf irgendwas Großes, nur gerade ein Andenken, nichts als ein Andenken, nur um mir zu beweisen, daß er uns gern gehabt hat.»

Da sagte seine Frau mit zaudernder Stimme: «Wenn du willst, können wir nach dem Essen zu Lamaneur gehn, dem Notar, und wir werden wissen, woran wir sind.»

«Ja, das paßt mir ausgezeichnet», erklärte er.

Und da er sich eine Serviette um den Hals gebunden hatte, um seinen Anzug nicht mit Sauce zu bespritzen, sah es aus, als spräche ein Geköpfter. Sein schöner Backenbart zeichnete sich schwarz von der weißen Serviette ab, und er hatte das Gesicht eines Haushofmeisters.

Als sie in die Kanzlei des Notars Lamaneur traten, entstand unter den Angestellten eine merkliche Bewegung, und als Serbois es für richtig hielt, seinen Namen zu nennen, obgleich man ihn genau kannte, erhob sich der erste Angestellte mit betonter Beflissenheit, während der zweite grinste.

Und die beiden Gatten wurden in das Arbeitszimmer des Notars geführt.

Er war ein kleiner, rundlicher Mann, nichts als Rundlichkeit. Sein Kopf war wie eine Kugel, die an eine andere Kugel genagelt war, der zwei Beine als Stützen dienten, zwei Beine, so klein, so kurz, daß sie beinahe auch Kugeln glichen.

Er begrüßte sie, lud sie ein, Platz zu nehmen, und dann wandte er sich mit einem verständnisvollen Zwinkern zu Madame Serbois:

«Ich wollte Ihnen gerade schreiben und Sie bitten, mich aufzusuchen, damit ich Ihnen Monsieur Vaudrecs Testament zur Kenntnis bringen kann, das Sie betrifft.»

Serbois konnte sich nicht enthalten zu sagen: «Dacht' ich's doch!»

Der Notar fuhr fort:

«Ich will Ihnen das übrigens sehr kurze Aktenstück vorlesen.»

Er griff nach einem Blatt, das vor ihm lag, und las:

Ich endesgefertigter Paul-Emile Cyprien Vaudrec, gesund an Körper und Geist, gebe hier meinen letzten Willen kund.

Da der Tod uns zu jeder Stunde fortraffen kann, will ich, in Voraussicht dieser Möglichkeit, die Maß-

nahme treffen, mein Testament niederzuschreiben, das bei dem Notar Lamaneur hinterlegt wird.

In Anbetracht dessen, daß ich keine unmittelbaren Erben habe, hinterlasse ich mein ganzes Vermögen, bestehend aus Aktien im Wert von vierhunderttausend Francs und Liegenschaften im Wert von ungefähr sechshunderttausend Francs, Madame Claire-Hortense Serbois ohne jede Auflage oder Bedingung. Ich bitte sie, dieses Vermächtnis eines toten Freundes als Zeichen einer ergebenen, tiefen, respektvollen Neigung anzunehmen.

Paris, den 13. Juni 1883 *gez.: Vaudrec*

Madame Serbois hatte die Stirne gesenkt und blieb reglos sitzen, indes ihr Mann verblüffte Augen zwischen seiner Gattin und dem Notar rollte.

Nach kurzer Pause ergriff der Notar abermals das Wort.

«Es versteht sich von selbst, Monsieur, daß Madame dieses Vermächtnis nicht ohne Ihre Zustimmung annehmen kann.»

Serbois stand auf.

«Ich muß Zeit zum Überlegen haben», sagte er.

Der Notar lächelte, nicht ohne leisen Spott, und neigte zustimmend den Kopf.

«Ich verstehe die Bedenken, die Sie veranlassen, zu zögern, mein lieber Herr. Die Welt urteilt manchmal recht böswillig. Wollen Sie morgen, zur gleichen Stunde, wiederkommen, um mir Ihre Antwort zu bringen?»

Serbois verbeugte sich. «Jawohl. Morgen.»
Er grüßte zeremoniell und reichte seiner Frau den Arm, die röter als eine Pfingstrose war und die Augen hartnäckig gesenkt hielt; und er verließ die Kanzlei in so eindrucksvoller Haltung, daß die Angestellten ganz verblüfft waren.

Sobald sie in ihrer Wohnung waren und Serbois die Türe geschlossen hatte, sagte er mit trockener Stimme:
«Du bist Vaudrecs Geliebte gewesen.»
Seine Frau, die den Hut abnahm, drehte sich mit einem Ruck um.
«Ich? Oh!»
«Ja, du! Man läßt nicht sein ganzes Vermögen einer Frau, ohne daß...»
Sie war ganz blaß geworden, und die Hände, mit denen sie die langen Bänder befestigen wollte, damit sie nicht auf dem Boden schleiften, begannen zu zittern.
Nach kurzem Bedenken sagte sie: «Aber ich bitte dich... du bist verrückt... du bist verrückt... hast du nicht selber noch vorhin... hast du nicht gehofft... daß er... daß er dir... etwas vermachen würde?»
«Ja, mir konnte er etwas vermachen... mir... mir... hörst du? Nicht aber dir!»
Sie sah ihn aus dem Grund ihrer Augen an, tief, seltsam, als suchte sie darin etwas, als wollte sie darin jenes Unbekannte des Menschen entdecken, in das man nie eindringt und das man gerade nur in raschen Sekunden ahnen kann, in

jenen Sekunden der Unbewahrtheit oder des Sich-gehn-Lassens oder der Unachtsamkeit, in jenen Sekunden, die gleichsam halboffene Türen zu dem geheimnisvollen Innern der Seele sind; und sie sagte langsam:

«Ich habe doch den Eindruck, daß... als ob... daß man es zum mindesten ebenso befremdend gefunden hätte, wenn ein so bedeutendes Vermächtnis von ihm dir... dir...»

Er fragte brüsk und mit dem Eifer eines Mannes, der sich in seinen Erwartungen getäuscht sieht:

«Warum?»

Sie sagte: «Weil...», dann wandte sie den Kopf, als hätte eine Verlegenheit sie gehemmt, und dann schwieg sie.

Mit großen Schritten ging er auf und ab.

«Du kannst das nicht annehmen», erklärte er.

Sie erwiderte gleichgültig:

«Gut. Dann lohnt es ja nicht, bis morgen zu warten. Wir können den Notar auch sofort verständigen.»

Serbois blieb vor ihr stehn, und so standen sie sekundenlang, Auge in Auge, einer knapp vor dem andern, versuchten zu sehen, zu wissen, einander zu begreifen, einander zu entdecken, einander bis auf den Grund des Denkens auszuloten, und das in einer jener gierigen, stummen Fragen zweier Wesen, die, miteinander lebend, einander dennoch nicht kennen, einander aber ohne Unterlaß beargwöhnen, belauern, bespitzeln.

Dann sagte er ihr halblaut ins Gesicht:

«Nun, gesteh, daß du Vaudrecs Geliebte gewesen bist!»

Sie zuckte die Achseln.

«Wie dumm du bist! Vaudrec hat mich geliebt, das glaube ich wohl, aber er hat mich nie gehabt... nie.»

Er stampfte auf den Boden.

«Du lügst! Das ist unmöglich!»

«Und doch ist es so», erwiderte sie ruhig.

Wieder ging er auf und ab, wieder blieb er vor ihr stehn.

«Dann erkläre mir doch, warum er dir sein ganzes Vermögen hinterläßt! Dir...!»

Lässig sagte sie: «Das ist ganz einfach. Wie du selbst vorhin gesagt hast, hatte er ja keine andern Freunde als uns, er lebte ebensosehr bei uns wie bei sich, und als er sein Testament aufsetzte, sind wir's, an die er gedacht hat. Und dann hat er, aus Galanterie, meinen Namen auf das Blatt gesetzt, weil mein Name ihm in die Feder kam, auf die natürlichste Art, wie er ja auch nur mir immer Geschenke gemacht hat, und nicht dir. Ist's nicht so? Er hatte die Gewohnheit, mir Blumen zu bringen, mir jeden Monat am Fünften eine Kleinigkeit zu schenken, weil es der fünfte Juni gewesen war, an dem wir ihn kennengelernt hatten. Das weißt du wohl. Dir hat er beinahe niemals etwas geschenkt, er hat nicht daran gedacht. Man schenkt den Frauen Andenken und nicht den Männern; nun, und so bin ich's, der er sein letztes Andenken schenkt, und nicht du. Nichts könnte einfacher sein.»

Sie gab sich so zwanglos, so natürlich, daß Serbois zauderte.

Dann aber erklärte er: «Das ist gleichgültig; jedenfalls müßte es einen sehr schlechten Eindruck machen. Alle Welt würde es glauben. Wir können nicht annehmen.»

«Gut, dann nehmen wir eben nicht an, mein Lieber. Das wird eine Million weniger in unserer Tasche sein – sonst nichts.»

Er begann zu reden, als dächte er laut, ohne sich unmittelbar an seine Frau zu wenden.

«Ja, eine Million... es ist unmöglich... mit unserm guten Ruf wäre es aus... nun, auch recht... er hätte mir die Hälfte vermachen sollen... damit wäre alles in Ordnung gewesen.»

Und er setzte sich, kreuzte die Beine und begann sich in seinem Backenbart zu krauen, wie er das in Stunden tiefsten Sinnens tat.

Madame Serbois hatte ihren Nähkorb geöffnet; sie zog eine Stickerei heraus und machte sich an die Arbeit.

«Mir liegt nichts daran», sagte sie. «Du bist's, der sich's überlegen muß.»

Er ließ sich lange Zeit, bevor er zögernd antwortete:

«Nun, es gäbe vielleicht ein Mittel; und das wäre, mir die Hälfte der Erbschaft abzutreten; eine Schenkung unter Lebenden. Wir haben keine Kinder, du kannst es also. Auf diese Art würde man den Leuten den Mund stopfen.»

Sie meinte ernst: «Ich sehe nicht genau, wie das den Leuten den Mund stopfen sollte.»

Da wurde er im Nu zornig.

«Du mußt wirklich sehr dumm sein! Wir sagen, daß wir jeder eine Hälfte geerbt haben. Und das wird die Wahrheit sein. Wir haben es ja nicht nötig, auseinanderzusetzen, daß das Vermächtnis auf deinen Namen gelautet hat.»

Sie sah ihn an; mit einem durchdringenden Blick.

«Wie du willst; ich bin bereit.»

Da stand er auf und ging hin und her. Abermals schien er zu zaudern, obgleich sein Gesicht strahlte.

«Nein... vielleicht wäre es doch besser, ganz zu verzichten... es wäre würdiger... immerhin... auf diese Art brauchte man nichts zu sagen... auch die heikelsten Leute wären gezwungen, sich abzufinden... ja, damit wäre alles in Ordnung gebracht!»

Er blieb vor seiner Frau stehn.

«Nun, wenn du willst, mein Schatz, gehe ich allein zum Notar, um ihn zu Rate zu ziehen, um ihm die Sache zu erklären. Ich werde ihm sagen, daß du es so vorziehst, der Schicklichkeit halber und damit man nicht klatschen kann. Vom Augenblick an, da ich die Hälfte der Erbschaft annehme, ist es ganz eindeutig, daß ich meiner Sache sicher bin, daß ich über eure Beziehungen unterrichtet war, daß ich wußte, wie unanstößig und ehrbar sie waren. Es ist, als würde ich dir sagen: ‹Nimm auch du an, meine Liebe, da ich, dein Gatte, annehme.› Auf andere Art wäre es nicht würdig, nicht wahr?»

Madame Serbois sagte nur: «Ganz wie du willst.»

Und er begann von neuem, und diesmal mit einem wahren Wortschwall.

«Ja, alles läßt sich ganz einfach erklären, wenn wir die Erbschaft teilen. Wir erben von einem Freund, der keinen Unterschied zwischen uns machen, der nicht den Anschein erwecken wollte, als sagte er: ‹Ich ziehe nach meinem Tod den einen oder den andern vor, wie ich ihn bei Lebzeiten vorgezogen habe.› Und du kannst sicher sein, daß er das getan hätte, wenn ihm der Gedanke gekommen wäre. Er hat aber nicht nachgedacht, er hat die Folgen nicht vorausgesehen. Wie du sehr richtig gesagt hast, warst du es ja, der er immer Geschenke gemacht hatte. Und du bist es, der er ein letztes Andenken schenken wollte...»

Sie unterbrach ihn mit einem Anflug von Ungeduld.

«Gut, gut, ich habe es verstanden. Soviel Erklärungen sind nicht nötig. Geh nur sofort zum Notar.»

Er wurde rot, war plötzlich verwirrt und stotterte: «Du hast recht. Ich gehe.»

Er nahm seinen Hut, näherte sich ihr, schob die Lippen vor, um seine Frau zu küssen, und murmelte:

«Ich bin bald wieder da, Liebste.»

Sie bot ihm die Stirn und empfing einen festen

Kuß, während sein Backenbart ihr die Wangen kitzelte.

Dann ging er fröhlich seines Wegs.

Und Madame Serbois ließ ihre Arbeit sinken und begann zu weinen.

TOINE

I

Auf zehn Meilen in der Runde kannte man ihn, den Vater Toine, den dicken Toine, Schnaps-Toine, Antoine Mâcheblé, genannt Brändel, den Wirt von Tournevent.

Er hatte ihn berühmt gemacht, den Flecken, in die Falte des Tals geklemmt, das sich zum Meer senkt, den armseligen Bauernflecken, bestehend aus zehn normannischen Häusern, umsäumt von Gräben und Bäumen.

Da waren sie denn, die Häuser, kauerten in der Schlucht, die Gras und Ginster bedeckte, hinter der Biegung, die dem Weiler den Namen Tournevent verschafft hatte. Es war, als hätten sie in diesem Loch Zuflucht gesucht wie die Vögel, die sich an stürmischen Tagen in den Furchen verbergen, Zuflucht vor dem mächtigen Seewind, dem Wind aus der Weite, dem harten, salzigen Wind, der nagt und brennt wie das Feuer, dörrt und zerstört wie die Winterfröste.

Doch der ganze Weiler schien das Eigentum Antoine Mâcheblés zu sein, genannt Brändel, den man aber häufig auch Toine nannte oder Schnaps-Toine, weil er unablässig erklärte:

«Mein Schnaps, der ist der beste in ganz Frankreich!»

Sein Schnaps, das war natürlich sein Cognac.

Seit zwanzig Jahren überschwemmte er das Land mit seinem Cognac und seinen Brändelchen – das war Branntwein und Zucker, auf Kaffee abgebrannt –, denn jedesmal, wenn man ihn fragte: «Was soll ich trinken, Vater Toine?», erwiderte er unweigerlich:

«Ein Brändelchen, Schwiegersohn, das wärmt die Gedärme und putzt den Kopf. Nichts Besseres gibt's für den Leib!»

Das war nämlich auch eine seiner Gewohnheiten; er nannte jedermann «Schwiegersohn», obgleich er nie eine verheiratete oder heiratsfähige Tochter gehabt hatte.

Ja, ja, man kannte ihn, Schnaps-Toine, den dicksten Mann im Kanton und sogar im Arrondissement. Es war lächerlich, um wieviel sein Häuschen zu klein und zu niedrig wirkte. Und darin sollte er Platz haben! Wenn man ihn auf der Schwelle stehn sah, wo er ganze Tage verbrachte, dann fragte man sich, wie er denn überhaupt in diese Hütte hinein konnte. Und doch ging er jedesmal hinein, wenn ein Kunde sich sehen ließ, denn Schnaps-Toine nahm von allem, was bei ihm getrunken wurde, ein Gläschen als Zoll für sich.

Auf dem Schild seiner Schenke stand: «Zum Stelldichein der Freunde», und er war wirklich der Freund der ganzen Gegend, der Vater Toine. Man kam von Fécamp und von Montvilliers, um ihn zu sehen und um zu lachen, wenn man ihm zuhörte; denn er hätte einen Grabstein zum

Lachen gebracht, der dicke Kerl! Er hatte eine Art, sich über die Leute lustig zu machen, ohne sie zu ärgern, er hatte eine Art zu zwinkern, um das anzudeuten, was er nicht aussprach, sich auf den Schenkel zu schlagen, wenn er guter Laune war, bis es einem schließlich das Lachen aus dem Bauch zog, ob man wollte oder nicht. Und dann lohnte es sich schon, ihn bloß trinken zu sehen. Er trank, soviel man ihm anbot; er trank alles, und das mit einer Freude in dem listigen Auge, einer Freude, die ihre Ursache in einem doppelten Vergnügen hatte, in dem Vergnügen, sich erst einmal selber zu traktieren und dann für das, was er sich gegönnt hatte, auch noch schweres Geld einzusacken.

Die Spaßvögel der Gegend fragten ihn:

«Warum trinkst du denn nicht das Meer aus, Vater Toine?»

Und er antwortete:

«Da gibt's zwei Sachen, die mir zuwider sind; erstens einmal, daß es gesalzen ist, und zweitens müßte man es in Flaschen abfüllen. So einem Riesenschälchen kann sich mein Magen nicht anpassen!»

Und dann mußte man zuhören, wie er sich mit seiner Frau stritt! Das war eine Komödie, für die man seinen Platz mit dem größten Vergnügen bezahlt hätte. Dreißig Jahre lang waren sie nun verheiratet, und Tag für Tag gab es Zank und Streit. Nur daß Toine seinen Spaß daran hatte, während die gute Frau sich ärgerte. Sie war eine große Bäuerin, machte Schritte wie ein

Stelzenläufer und trug auf dem magern, flachen Leib den Kopf eines zornigen Käuzchens. Ihre Zeit verbrachte sie damit, hinter der Schenke Hühner zu züchten, und daß das Geflügel unter ihren Händen wuchs und gedieh, verschaffte ihr großes Ansehen.

Wenn in Fécamp bei den feinen Leuten ein Essen gegeben wurde, so mußte, damit die Gäste zufrieden waren, ein Schützling der Mutter Toine aufgetischt werden.

Doch sie war verdrossen auf die Welt gekommen und hatte nicht aufgehört, mit allem unzufrieden zu sein. Sie lebte mit jedermann in Hader; ganz besonders aber war sie gegen ihren Mann aufgebracht. Sie verübelte ihm seine gute Laune, seinen Ruf, seine Gesundheit, seinen Bauch. Sie sah ihn als Tagedieb an, weil er Geld verdiente, ohne den Finger zu rühren; als Vielfraß, weil er aß und trank wie zehn normale Männer, und kein Tag verging, ohne daß sie nicht erbittert geschrien hätte:

«Wär' so ein Allesfresser nicht im Schweinekoben am richtigen Platz? So was an Fett! Da muß einem ja das Herz weh tun!»

Und sie brüllte ihm ins Gesicht:

«Wart nur! Wart nur ein bißchen! Man wird ja sehen, was das Ende sein wird! Man wird ja sehen! Der wird zerspringen wie ein Kornsack, dieser aufgedunsene Schlauch!»

Toine ließ ein schallendes Gelächter hören, klopfte sich auf den Bauch und antwortete:

«He! Mutter Glucke! Bügelbrett! Versuch

doch einmal dein Viehzeug so zu mästen! Versuch's nur!»

Und er krempelte den Ärmel über seinem mächtigen Vorderarm in die Höhe.

«Das ist mir ein Flügelchen, Alte! Das ist mir eines!»

Und die Gäste schlugen mit den Fäusten auf den Tisch und krümmten sich vor Lachen, stampften mit den Füßen und spuckten auf den Boden, so gut fanden sie den Spaß.

Aber die zornige Alte ließ sich nicht einschüchtern.

«Wart nur ein Weilchen... wart nur ein Weilchen... man wird ja sehen, wie's endet... wie ein Kornsack wird er platzen!»

Und unter dem Gelächter der Trinker verzog sie sich wütend.

Toine war allerdings ein erstaunlicher Anblick, so dick und fett war er geworden, so rot und kurzatmig. Er war eines jener aufgequollenen Geschöpfe, über die der Tod sich mit Schlichen, mit Späßen, mit schalkhafter Hinterlist lustig zu machen scheint, um seinem langsamen Vernichtungswerk eine unwiderstehliche Komik zu verleihen. Statt daß dieser Halunke von Tod sich an den weißen Haaren zeigt, wie er das bei den andern tut, in der Magerkeit, in den Runzeln, in dem wachsenden Verfall, so daß unsereiner schaudernd sagt: «Herrgott! Wie hat der sich aber verändert!», hatte er sich ein Vergnügen daraus gemacht, Toine zu mästen, ihn unförmig und komisch werden zu lassen, ihn leuchtend rot und blau zu färben, ihn aufzublähen, ihm den Anschein übermenschlicher Gesundheit zu verleihen; und die Veränderungen, die er unbarmherzig allen Wesen auferlegt, wurden bei Toine lächerlich, drollig, amüsant, anstatt unheimlich und kläglich zu werden.

«Wart nur ein Weilchen!» wiederholte Mutter Toine. «Man wird schon sehen, wie das endet!»

II

Und es begab sich, daß Toine vom Schlag getroffen und gelähmt wurde. Man legte das Ungetüm in das Zimmerchen hinter der Bretterwand der Schankstube, damit er hören konnte, was daneben gesprochen wurde, und mit seinen Freunden schwatzen konnte, denn sein Kopf war frei geblieben, während sein Körper, sein mächtiger Körper sich unmöglich wenden oder aufheben ließ und völlig reglos blieb. Anfangs hoffte man, die dicken Beine würden doch wieder ein wenig zu Kräften kommen; doch bald schwand diese Hoffnung, und Schnaps-Toine verbrachte seine Tage und seine Nächte in seinem Bett, das nur einmal in der Woche gemacht wurde, wenn vier Nachbarn beistanden, die den Wirt bei seinen vier Gliedmaßen aufhoben, während man seinen Strohsack umdrehte.

Dennoch war er nach wie vor wohlgelaunt, wenn seine Heiterkeit auch anders geworden war, schüchterner, demütiger, und er sich vor seiner Frau fürchtete wie ein kleines Kind, wenn sie den ganzen Tag keifte:

«Da liegt er jetzt, der dicke Vielfraß, der Taugenichts, der Faulpelz, der alte Saufbold! Eine schöne Geschichte das! Eine schöne Geschichte!»

Er gab keine Antwort. Er zwinkerte nur hinter dem Rücken der Alten und drehte sich auf seinem Lager um, denn das war die einzige Bewegung, die er noch fertigbrachte. Diese Übung nannte er «Kurs nach Norden» oder «Kurs nach Süden».

Seine einzige Zerstreuung war derzeit, die Gespräche in der Schankstube zu belauschen und durch die Wand daran teilzunehmen, wenn er die Stimmen der Freunde erkannte. So rief er:

«He, Schwiegersohn! Bist du's, Célestin?»

Und Célestin Maloisel erwiderte:

«Ja, ich bin's, Vater Toine. Kannst du wieder hopsen, du dicker Hase?»

Aber Schnaps-Toine meinte:

«Mit dem Hopsen ist's noch nichts. Nur magerer bin ich nicht geworden. Dem Bauch geht's gut!»

Bald ließ er die vertrauteren Freunde in sein Zimmer kommen, und sie leisteten ihm Gesellschaft, wenn es ihn auch schmerzte, daß sie ohne ihn tranken. Immer wieder sagte er:

«Das ist's, was mich grämt, Schwiegersohn, daß ich nicht mehr von meinem Cognac kosten kann, verdammt nochmal! Alles andere – darauf pfeif ich! Aber daß ich nicht mehr trinken kann, das tut mir weh!»

Und im Fenster tauchte der Käuzchenkopf der Mutter Toine auf. Und sie schrie:

«Seht ihn nur an, seht ihn nur an, wie er daliegt, der dicke Faulpelz! Füttern muß man ihn, waschen muß man ihn, saubermachen wie ein Schwein!»

Und sobald die Alte verschwunden war, sprang manchmal ein Hahn mit rotem Gefieder auf das Fenster, spähte aus seinem runden, neugierigen Auge ins Zimmer, und dann krähte er schallend. Und manchmal flatterte auch das eine oder das andere Huhn bis ans Fußende des Bettes und pickte Krumen vom Boden auf.

Schnaps-Toines Freunde ließen bald die Wirtsstube im Stich und sammelten sich zu einem Schwatz um das Bett des dicken Mannes. Mochte er auch gelähmt im Bett liegen, so wußte er sie doch noch immer zu amüsieren, der Spaßvogel von Toine. Er hätte den Teufel zum Lachen gebracht, der Schlaukopf! Sie waren ihrer drei, die sich jeden Tag einstellten: Célestin Maloisel, groß und mager und ein wenig verkrümmt wie der Stamm eines Apfelbaums, Prosper Horslaville, klein, dürr, eine Nase wie ein Frettchen, schalkhaft, schlau wie ein Fuchs, und Césaire Paumelle, der nie ein Wort redete, sich aber trotzdem gut unterhielt.

Sie holten ein Brett aus dem Hof, sie legten es auf den Bettrand, und nun wurde Domino gespielt; harte Kämpfe waren es, und sie dauerten von zwei bis sechs.

Mutter Toine aber wurde bald unerträglich. Sie konnte es nicht mitansehen, daß ihr dicker Faulpelz von Mann im Bett Domino spielte und sich nach wie vor glänzend amüsierte. Und jedesmal, wenn sie sah, daß eine Partie begann, stürzte sie wütend ans Bett, warf das Brett um, nahm das Spiel und trug es in die Schenke zurück. Es sei wahrhaftig schon genug, erklärte sie, daß der Fettwanst gefüttert werden mußte, auch wenn man ihm nicht noch zusah, wie er sich die Zeit vertrieb, als wollte er die armen Leute verhöhnen, die den ganzen Tag arbeiteten.

Célestin Maloisel und Césaire Paumelle ließen die Köpfe hängen, Prosper Horslaville aber reizte die Alte und fand ihre Wutanfälle sehr belustigend.

Als er sie eines Tages sah, wie sie noch erbitterter war als gewöhnlich, sagte er zu ihr:

«He, Mutter, wißt Ihr, was ich täte, wenn ich an Eurer Stelle wäre?»

Sie wartete, was er ihr zu sagen hätte, und starrte ihn aus ihren Käuzchenaugen an.

Da fuhr er fort:

«Er ist doch warm wie ein Backofen, Euer Mann! Weil er ja nie aus dem Bett kommt. Na, und ich, ich würde ihn Eier ausbrüten lassen.»

Sie war ganz verblüfft; sie musterte sein mageres, verschlagenes Bauerngesicht und meinte, daß er sich über sie lustig machte. Aber er redete weiter:

«Ich würde ihm fünf unter den einen Arm legen und fünf unter den andern; am selben Tag, an dem Ihr der Henne Eier unterlegt. Die Kücken würden dann alle gleichzeitig ausschlüpfen. Und wenn sie da sind, würde ich die Kücken Eures Mannes der Henne bringen, damit sie sie mit ihren eigenen hütet. Das gäbe Euch Hühner in Menge, was, Mutter?»

Verdutzt fragte sie:

«Und das sollte möglich sein?»

«Ob das möglich sein sollte?» erwiderte er. «Warum sollte das nicht möglich sein? Wenn man die Eier doch auch in einem Brutkasten ausbrüten lassen kann! Warum sollte man sie nicht in einem Bett ausbrüten lassen?»

Dieser Gedankengang leuchtete ihr ein. Nachdenklich und besänftigt ging sie ihres Weges.

Acht Tage später kam sie in Toines Zimmer, die Schürze voll mit Eiern. Und sie sagte:

«Heut hab' ich der Gelben zehn Eier ins Nest gelegt. Und da sind zehn für dich. Sieh zu, daß du sie mir nicht zerbrichst!»

Toine fragte völlig fassungslos:

«Was ist das für eine Geschichte?»

Und sie antwortete:

«Ich will, daß du sie ausbrütest, du Tagedieb!»

Zunächst lachte er; doch als sie darauf bestand, wurde er böse, wehrte sich, weigerte sich entschieden, unter seinen dicken Armen diesen Hühnersamen unterbringen zu lassen, den seine Hitze bis zum Ausschlüpfen behüten sollte.

Doch die Alte erklärte wütend:

«Solange du sie nicht nimmst, kriegst du keinen Bissen! Wir werden schon sehen, wie dir das behagen wird!»

Toine war beunruhigt und sagte nichts.

Als er es Mittag schlagen hörte, rief er:

«He, Mutter, ist die Suppe fertig?»

Die Alte schrie aus ihrer Küche:

«Für dich gibt's keine Suppe, du dicker Faulpelz!»

Er glaubte, daß sie nur scherzte, und wartete; dann bat er, bettelte er, fluchte, wälzte sich verzweifelt auf Nordkurs und Südkurs, drosch mit der Faust gegen die Wand; doch schließlich mußte er sich damit abfinden, daß ihm fünf Eier an jede Seite gelegt wurden. Und dann bekam er seine Suppe.

Als seine Freunde ihn besuchten, meinten sie, es stehe schlecht um ihn, so merkwürdig, so verlegen schaute er drein.

Dann wurde wie alle Tage die Dominopartie gespielt. Aber Toine fand anscheinend gar keinen Spaß daran und streckte die Hand nur zögernd und mit unendlicher Behutsamkeit aus.

«Ist dir denn der Arm angebunden worden?» fragte Horslaville.

«Ich hab' so gewissermaßen eine Schwere in den Schultern», erwiderte Toine.

Plötzlich hörte man, daß Gäste in die Schankstube traten, und die Spieler verstummten.

Es war der Bürgermeister mit dem Adjunkt. Sie bestellten zwei Glas Cognac und unterhielten sich von den Geschäften des Ortes. Da sie leise sprachen, wollte Schnaps-Toine das Ohr an die Wand legen, vergaß seine Eier, schlug brüsk den Nordkurs ein, und schon lag er in Rühreiern.

Mutter Toine hörte den Fluch, den er ausstieß, kam herbeigelaufen, ahnte, was geschehen war, und zog mit einem Ruck die Decke weg. Zunächst stand sie reglos da, empört, und vor dem gelben Pflaster, das an der Hüfte ihres Mannes klebte, verschlug es ihr die Rede.

Dann aber stürzte sie sich, zitternd vor Wut, auf den Gelähmten und begann aus aller Kraft auf seinen Bauch einzuschlagen, so wie sie am Rand des Weihers ihre Wäsche wusch. Eine nach der andern sausten ihre Hände mit dumpfem Geräusch herab, blitzschnell wie die Beine eines Hasen, der das Weite sucht.

Die drei Freunde Toines lachten, bis ihnen der Atem ausging, husteten, niesten, brüllten laut, und der dicke, eingeschüchterte Mann wehrte vorsichtig die Angriffe seiner Frau ab, damit nicht auch die fünf Eier zerbrächen, die er an der andern Seite liegen hatte.

III

Toine war besiegt. Er mußte brüten, er mußte auf das Domino verzichten, verzichten auf jede Bewegung, denn die Alte entzog ihm jedesmal, wenn er ein Ei zerbrach, erbost die Nahrung.

Er lag auf dem Rücken, schaute nach der Zimmerdecke, rührte sich nicht, hatte die Arme gehoben wie Flügel und wärmte an seinem Körper die Hühnersamen in ihren weißen Schalen.

Er redete nur noch ganz leise, als hätte er vor dem Geräusch ebenso große Angst wie vor der Bewegung, und er erkundigte sich besorgt nach der gelben Glucke, die in ihrem Stall das gleiche Geschäft betrieb wie er.

Er fragte seine Frau:

«Hat die Gelbe abends gefressen?»

Und die Alte wanderte von ihren Hühnern zu ihrem Mann und von ihrem Mann zu ihren Hühnern, zu den kleinen Kücken, die in Bett und Nest heranreiften; an nichts anderes dachte sie, nichts anderes verfolgte sie dermaßen.

Die Dorfleute, bei denen die Geschichte sich herumgesprochen hatte, kamen neugierig und mit ernsten Mienen und erkundigten sich nach Toine. Auf den Fußspitzen traten sie ein, wie man Kranke besucht, und fragten mit großem Interesse:

«Nun? Geht's gut?»

Toine antwortete:

«Na ja, gehn tut's schon, aber es macht mir schrecklich heiß; und ich hab' ein Zittern, das mir über die Haut galoppiert.»

Eines Morgens aber trat seine Frau sehr aufgeregt ins Zimmer und erklärte:

«Die Gelbe hat sieben. Drei Eier sind schlecht gewesen.»

Toine spürte, wie sein Herz schlug. Und wieviel würde er haben?

Mit der Besorgnis einer Frau, die vor der Entbindung steht, fragte er:

«Ist's bald so weit?»

Und erbittert, gequält von der Angst vor einem Mißerfolg, erwiderte die Alte:

«Müßte wohl!»

Sie warteten. Die Freunde waren verständigt worden, daß die Zeit nahe war, und so kamen sie sehr bald; auch sie waren besorgt.

In allen Häusern wurde darüber geschwatzt. Ein Nachbar holte beim andern Erkundigungen ein.

Gegen drei Uhr schlief Toine ein. Er döste jetzt halbe Tage lang. Plötzlich wurde er von einem ungewohnten Kitzeln unter dem rechten Arm geweckt. Sogleich griff er mit der linken Hand zu und faßte ein mit gelbem Flaum bedecktes Tierchen, das zwischen seinen Fingern zappelte.

Er war so aufgeregt, daß er ein Geschrei anhub, und er ließ das Kücken los, das über seine Brust spazierte. Das Gasthaus war voll mit Menschen. Die Trinker stürzten herbei, füllten das Zimmer, bildeten einen Kreis wie um einen Taschenspieler, und die Alte erschien und nahm behutsam das Tierchen, das sich unter den Bart ihres Mannes schmiegte.

Kein Mensch sprach ein Wort. Es war ein heißer Apriltag. Durch das Fenster hörte man die gelbe Henne gackern und ihre Neugeborenen rufen.

Toine schwitzte vor Erregung, Angst, Unruhe.

«Jetzt hab' ich noch eines unter dem linken Arm», flüsterte er.

Seine Frau steckte die große, magere Hand ins Bett und zog mit der Sorgfalt einer Hebamme ein zweites Kücken hervor.

Die Nachbarn wollten es sehen. Einer reichte es dem andern, und man betrachtete es eingehend, als wäre es ein Wunder.

Zwanzig Minuten lang ereignete sich nichts; dann aber schlüpften vier gleichzeitig aus ihren Schalen.

Das gab ein Aufsehen unter den Umstehenden! Und Toine lächelte, freute sich über seinen Erfolg, begann etwas wie Stolz auf seine eigenartige Vaterschaft zu fühlen. So einen wie ihn hatte man doch wahrhaftig nicht oft zu sehen bekommen! Was war er für ein Kerl!

Und er erklärte:

«Das macht sechs! Verdammt noch mal, das gibt eine Taufe!»

Da erhob sich schallendes Gelächter; unterdessen drängten sich noch andere Gäste in der Schankstube. Und vor der Türe warteten auch welche. Und einer fragte den andern:

«Wie viele sind's denn?»

«Sechs!»

Mutter Toine brachte der Henne diesen neuen Familienzuwachs, und die Henne gackerte entfesselt, sträubte ihr Gefieder, öffnete die Flügel weit, um die wachsende Schar ihrer Kleinen zu beschützen.

«Und da ist noch eines!» schrie Toine.

Er hatte sich geirrt – es waren ihrer drei! War das ein Triumph! Das letzte sprengte um sieben Uhr abends seine Hülle. Alle Eier waren gut gewesen. Und Toine, ganz toll vor Freude, entlastet, verzückt, küßte das zarte Tierchen auf den Rücken, hätte es beinahe mit seinen Lippen erstickt. Er wollte es bis zum nächsten Tag im Bett behalten; eine mütterliche Zärtlichkeit für dieses winzige Wesen hatte ihn gepackt, dem er das Leben geschenkt hatte; doch die Alte trug es davon wie die andern, ohne auf das Bitten und Betteln ihres Mannes zu hören.

Die Gäste verzogen sich begeistert und konnten gar nicht genug von dem großen Ereignis reden. Horslaville, der allein übriggeblieben war, fragte:

«Sag doch, Vater Toine, du lädst mich hoffentlich ein, wenn das erste gebraten wird? Nicht wahr?»

Bei dem Gedanken an ein gebratenes Huhn leuchtete Toines Gesicht, und der dicke Mann erwiderte:

«Ja, natürlich, Schwiegersohn! Selbstverständlich lade ich dich ein!»

Mein lieber Doktor, ich gebe mich Ihnen in die Hände. Machen Sie mit mir, was Sie wollen.

Ich werde Ihnen ganz offen meinen merkwürdigen Geisteszustand schildern, und Sie werden entscheiden, ob es nicht besser wäre, daß ich mich einige Zeit in einer Irrenanstalt behandeln lasse, als daß ich eine Beute der Zwangsvorstellungen und Leiden bleibe, die mich quälen.

Hier ist die lange, genaue Geschichte der eigenartigen Krankheit meiner Seele.

Ich lebte wie alle Welt, betrachtete das Leben mit den offenen und blinden Augen des Menschen, ohne zu staunen und ohne zu begreifen. Ich lebte, wie die Tiere leben, wie wir alle leben, erfüllte alle Funktionen des Daseins, prüfte und glaubte zu sehen, glaubte zu wissen, glaubte zu kennen, was mich umgibt, bis ich eines Tages wahrnahm, daß alles falsch ist.

Ein Satz von Montesquieu ist es, der mit einem Mal mein Denken erhellt hat; er lautet: «Ein Organ mehr oder weniger in unserer Maschine hätte uns eine andere Einsicht geschaffen... schließlich wären alle festgelegten Gesetze über das, was unsere Maschine in einer gewissen Form darstellt, anders, wenn unsere Maschine nicht diese Form besäße.»

Monate, Monate, Monate habe ich darüber gegrübelt, und nach und nach ist eine seltsame Klarheit in mich eingedrungen, und diese Klarheit hat dort die Nacht gezeugt.

Ja, wirklich – unsere Organe sind die einzigen Vermittler zwischen der Außenwelt und uns. Das heißt, daß das innere Sein, welches das Ich darstellt, mit Hilfe einiger Nervennetze in Verbindung mit dem äußeren Sein steht, das die Welt ausmacht.

Nun, abgesehen davon, daß dieses äußere Sein uns durch seine Maße, seine Dauer, seine zahllosen, undurchdringlichen Eigenschaften, seinen Ursprung, seine Zukunft oder seine Zwecke, seine fernen Gestalten und seine zahllosen Erscheinungsformen entgleitet, liefern unsere Organe uns auch über jene Parzelle des Seins, die wir zu kennen vermögen, ebenso unsichere wie wenig zahlreiche Erklärungen.

Unsicher, weil es einzig und allein die Eigenschaften unserer Organe sind, die für uns die offenbaren Eigenschaften der Materie bestimmen.

Wenig zahlreich, weil wir nur über fünf Sinne verfügen, und somit das Feld ihrer Forschungen und die Art ihrer Erkenntnisse sehr eingeschränkt sind.

Ich will mich genauer ausdrücken. Das Auge zeigt uns Umfang, Formen und Farben. Es täuscht uns über diese drei Punkte.

Es kann uns nur Gegenstände und Wesen von mittlerer Größe, im Verhältnis zur Größe des Menschen, enthüllen, und das hat uns dahin geführt, das Wort «groß» auf bestimmte Dinge anzuwenden, und das Wort «klein» auf bestimmte andere, lediglich weil die Schwäche des Auges uns nicht erlaubt, zu erkennen, was für seine Möglichkeiten zu groß oder zu winzig ist. Daraus ergibt sich, daß es fast nichts weiß und sieht, daß das Weltall ihm fast völlig verborgen bleibt, der Stern, der im Raum wohnt, und das Tierchen, das im Wassertropfen wohnt.

Selbst wenn seine normale Kraft hundertmillionenmal größer wäre, wenn es in der Luft, die wir atmen, all die Stämme unsichtbarer Wesen sähe und auch die Bewohner der benachbarten Planeten, so gäbe es doch unendliche Zahlen von noch kleineren Tieren und von Welten, die so fern sind, daß es sie nicht erreichen könnte.

So sind denn alle unsere Ideen von den Maßen falsch, weil es in der Größe wie in der Kleinheit keine möglichen Grenzen gibt.

Unser Urteil über Maße und Formen hat keinerlei absoluten Wert, denn es wird ausschließlich durch die Kraft eines Organs und durch den ständigen Vergleich mit uns selbst bestimmt.

Fügen wir noch hinzu, daß unser Auge außerstande ist, das Durchsichtige zu sehen. Ein makelloses Glas täuscht uns. Es verschmilzt mit der Luft, die unser Auge auch nicht sieht.

Kommen wir zur Farbe.

Die Farbe ist vorhanden, weil unser Auge so gebaut ist, daß es dem Hirn, in der Form von

Farbe, die verschiedenen Arten mitteilt, auf welche die Körper, je nach ihrer chemischen Beschaffenheit, die Lichtstrahlen, die sie treffen, auffangen und zersetzen.

All die Maße dieses Auffangens und dieser Zersetzung stellen die Farbtönungen dar.

Dieses Organ zwingt also dem Geist seine Art zu sehen auf, oder richtiger noch seine willkürliche Art, Maße festzustellen und die Beziehungen zwischen dem Licht und der Materie zu beurteilen.

Prüfen wir das Gehör.

Mehr noch als beim Auge sind wir die Spielzeuge, die Narren dieses launischen Organs.

Zwei Körper, die aufeinanderstoßen, bewirken eine gewisse Erschütterung der Atmosphäre. Diese Bewegung läßt in unserm Ohr ein bestimmtes Häutchen erzittern, welches das, was in Wirklichkeit nur ein Vibrieren ist, unverzüglich in Geräusch verwandelt.

Die Natur ist stumm. Doch das Trommelfell besitzt die wunderbare Eigenschaft, uns in Form von Tönen, verschiedenen Tönen je nach der Zahl der Vibrationen, all die Schwingungen der unsichtbaren Wellen im Raum zu übermitteln.

Diese Verwandlung, vom Hörnerv auf dem kurzen Weg vom Ohr zum Hirn vollzogen, hat uns erlaubt, eine seltsame Kunst zu schaffen, die Musik, die poetischste und präziseste aller Künste, vage wie ein Traum und präzis wie die Algebra.

Was soll man vom Geschmack und vom Geruch sagen? Würden wir die Gerüche und die Eigenschaften der Nahrungsmittel ohne die seltsamen Eigenschaften unserer Nase und unseres Gaumens kennen?

Dennoch könnte die Menschheit ohne Ohr, ohne Geschmacksinn, ohne Geruchsinn bestehn, das heißt ohne einen Begriff vom Geräusch, vom Geschmack und vom Geruch.

Hätten wir also einige Organe weniger, so würden uns wunderbare, einzigartige Dinge unbekannt bleiben; hätten wir aber einige Organe mehr, so könnten wir rund um uns eine Unzahl anderer Dinge entdecken, die wir nie ahnen werden, weil uns das Mittel mangelt, sie festzustellen.

Wir täuschen uns also, wenn wir das Bekannte beurteilen, und wir sind von dem unerforschten Unbekannten umgeben.

Alles ist also unsicher und auf verschiedene Arten einzuschätzen.

Alles ist falsch, alles ist möglich, alles ist fraglich.

Geben wir dieser Gewißheit eine Form, indem wir uns der alten Weisheit bedienen:

«Wahrheit diesseits der Pyrenäen, Irrtum jenseits.»

Und sagen wir: «Wahrheit innerhalb unseres Organs, Irrtum außerhalb.»

Zwei und zwei muß außerhalb unserer Atmosphäre nicht mehr vier ergeben.

Wahrheit auf der Erde, Irrtum in der Ferne, woraus ich schließe, daß die gespürten Mysterien wie die Elektrizität, der hypnotische Schlaf, die Willensübertragung, die Suggestion, alle magnetischen Phänomene uns nur darum unsichtbar bleiben, weil die Natur uns nicht das Organ oder die Organe verliehen hat, um das alles zu begreifen.

Nachdem ich mich davon überzeugt hatte, daß alles, was meine Sinne mir offenbaren, so, wie ich es wahrnehme, nur für mich vorhanden ist und für ein anders organisiertes Wesen völlig anders wäre; nachdem ich daraus die Schlußfolgerung gezogen hatte, daß eine anders geschaffene Menschheit über die Welt, über das Leben, über alles Vorstellungen hätte, die den unsern ganz und gar entgegengesetzt wären, denn die Übereinstimmung der Ansichten rührt nur von der Ähnlichkeit der menschlichen Organe her, und die Meinungsverschiedenheiten entstammen nur leichten Verschiedenheiten in der Funktion unseres Nervennetzes, habe ich eine übermenschliche gedankliche Anstrengung gewagt, um das Undurchdringliche zu erahnen, das mich umgibt.

Bin ich wahnsinnig geworden?

Ich habe mir gesagt: Ich bin von unbekannten Dingen umhüllt. Ich habe mir den Menschen ohne Ohren ausgemalt und nur mit einer Ahnung des Geräusches ausgestattet, wie wir ja so viele verborgene Mysterien nur ahnen, den Menschen, der akustische Phänomene feststellt, ohne ihr Wesen oder ihre Herkunft zu bestimmen. Und ich hatte Angst vor allem, was mich umgibt, Angst vor der Luft, Angst vor der Nacht. Vom Augenblick an, da wir beinahe nichts zu erkennen vermögen, und vom Augenblick an, da alles grenzenlos ist, was bleibt dann? Die Leere – nicht wahr? Was ist in dieser scheinbaren Leere vorhanden?

Und jener wirre Schrecken vor dem Übernatürlichen, der den Menschen seit der Geburt der Welt verfolgt, ist berechtigt, denn das Übernatürliche ist nichts anderes als das, was uns verborgen bleibt.

Und da begriff ich das Grauen. Mir war es, als rührte ich ununterbrochen an die Entdeckung eines Geheimnisses des Weltalls.

Ich versuchte, meine Organe zu schärfen, sie zu erregen, sie sekundenlang das Unsichtbare sehen zu lassen.

Ich sagte mir: Alles ist ein Wesen. Der Schrei, der in der Luft vorbeihallt, ist ein Wesen, vergleichbar dem Tier, denn er wird geboren, erzeugt eine Bewegung, verwandelt sich noch, um zu sterben. Nun, der verängstigte Geist, der an körperlose Wesen glaubt, hat also nicht unrecht. Wer sind sie?

Wie zahlreich sind die Menschen, die sie im voraus spüren, bei ihrem Nahen zittern, bei ihrer unbestimmbaren Berührung erbeben. Man fühlt sie neben sich, um sich, kann sie aber nicht unterscheiden, denn wir haben nicht das Auge, das sie sehen, oder vielmehr das unbekannte Organ, das sie entdecken könnte.

So fühlte denn ich, mehr als sonst jemand, sie, diese übernatürlichen Erscheinungen. Wesen oder Mysterien? Weiß ich es? Ich vermöchte nicht zu sagen, was sie sind, aber ich könnte ihre Anwesenheit stets anzeigen. Und ich habe gesehen – ich habe ein unsichtbares Wesen gesehen – soweit man sie sehen kann, diese Wesen.

Ganze Nächte lang blieb ich reglos vor meinem Tisch sitzen, den Kopf in den Händen, und dachte daran, dachte an sie. Häufig glaubte ich, daß eine unantastbare Hand oder vielmehr, daß ein ungreifbarer Körper sachte mein Haar streifte. Er berührte mich nicht, denn er besaß keine fleischliche Wesenheit, sondern eine unwägbare, unerkennbare.

Nun, eines Abends hörte ich das Parkett hinter mir knarren. Es hatte auf seltsame Art geknarrt. Ich zitterte. Ich habe mich umgedreht. Ich habe nichts gesehen. Und ich habe nicht mehr daran gedacht.

Doch am nächsten Tag, zur gleichen Stunde, ließ sich das gleiche Geräusch hören. Ich hatte solche Angst, daß ich aufstand, gewiß, gewiß, gewiß, daß ich nicht allein in meinem Zimmer war. Man sah aber nichts. Die Luft war überall klar, durchsichtig. Meine beiden Lampen erhellten alle Winkel.

Das Geräusch begann nicht wieder, und ich beruhigte mich nach und nach; dennoch blieb die Ungewißheit, und ich drehte mich häufig um.

Am nächsten Tag sperrte ich mich sehr früh ein und grübelte, wie ich dahin gelangen könnte, das Unsichtbare zu sehen, das zu mir kam.

Und ich habe es gesehen. Fast wäre ich darüber vor Grauen gestorben.

Ich hatte alle Kerzen auf meinem Kamin und in meinem Lüster angezündet. Das Zimmer war beleuchtet wie für ein Fest. Auf dem Tisch brannten meine beiden Lampen.

Mir gegenüber mein Bett, ein altes Eichenbett mit Säulen. Zur Rechten mein Kamin. Zur Linken die Türe, die ich verriegelt hatte. Hinter mir ein sehr großer Spiegelschrank. Ich betrachtete mich darin. Ich hatte seltsame Augen, und die Pupillen waren sehr geweitet.

Dann setzte ich mich wie alle Tage.

Das Geräusch war gestern und vorgestern um neun Uhr zweiundzwanzig Minuten hörbar geworden. Ich wartete. Als der genaue Augenblick gekommen war, spürte ich ein unbeschreibliches Gefühl, als wäre ein Fluidum, ein unwiderstehliches Fluidum durch alle Poren meines Fleisches in mich eingedrungen und ertränkte meine Seele in einem furchtbaren und doch befriedigenden Grauen. Und ganz in meiner Nähe war das Knarren zu hören.

Ich richtete mich auf und drehte mich so schnell um, daß ich beinahe gefallen wäre. Man sah in den Spiegel wie am hellen Tag, aber ich sah mich nicht darin! Er war leer, hell, voller Licht. Ich war nicht darin, und doch war ich ihm gegenüber! Mit entsetzten Augen starrte ich ihn an; ich wagte nicht, auf ihn zuzugehn, denn ich fühlte wohl, daß es zwischen uns war, es, das Unsichtbare, und daß es mich verdeckte.

O welche Angst ich hatte! Und dann begann ich, mich in einem Dunst im Grunde des Spiegels wahrzunehmen, in einem Dunst wie durch Wasser hindurch; und ich hatte den Eindruck, als glitte dieses Wasser von links nach rechts, langsam, und machte mich von Sekunde zu Sekunde deutlicher sichtbar. Es war wie das Ende einer Sonnenfinsternis. Was mich verdeckt hatte, besaß keine Umrisse, aber etwas gewissermaßen Durchscheinendes, das sich nach und nach klärte.

Und schließlich konnte ich mich ganz deutlich erkennen, so wie ich es jeden Tag tat, wenn ich mich sah.

Ich hatte es also erblickt!

Und ich habe es nicht wieder erblickt.

Doch ich warte ohne Unterlaß, und ich fühle, daß mein Kopf sich in diesem Warten verwirrt.

Ich bleibe Stunden, Nächte, Tage, Wochen vor meinem Spiegel, um zu warten. Es kommt nicht mehr.

Es hat begriffen, daß ich es gesehen habe. Ich aber, ich fühle, daß ich es immer erwarten werde, bis zum Tode, daß ich ohne Ruhe vor diesem Spiegel warten werde wie ein Jäger auf dem Anstand.

Und in diesem Spiegel beginne ich tolle Bilder zu sehen, Ungeheuer, abscheuliche Kadaver, greuliche Tiere aller Art, scheußliche Geschöpfe, alle die unwahrscheinlichen Schreckbilder, die den Geist der Wahnsinnigen foltern müssen.

Das ist mein Bekenntnis, mein lieber Doktor. Sagen Sie mir, was ich tun soll!

Im Amt galt Vater Mongilet als Original. Er war ein gutmütiger alter Beamter, der nur ein einziges Mal im Leben Paris verlassen hatte.

Wir waren damals in den letzten Julitagen, und jeder von uns ging jeden Sonntag hinaus, um sich auf dem Land, unweit von der Stadt, im Gras zu wälzen oder ins Wasser zu stürzen. Asnières, Argenteuil, Chatou, Bougival, Maisons, Poissy hatten ihre Stammgäste und ihre Fanatiker. Leidenschaftlich erörterte man die Vorteile und Reize all dieser berühmten und für die Pariser Angestellten so verlockenden Orte.

Vater Mongilet erklärte:

«Ach, was seid ihr für eine Hammelherde! Das ist mir was Rechtes, euer ‹Land›!»

Wir fragten ihn:

«Nun, und Sie, Mongilet, machen Sie denn gar keine Spaziergänge?»

«O ja – aber meine Spaziergänge mach' ich im Omnibus. Wenn ich in aller Gemütsruhe beim Schankwirt unten gut zu Mittag gegessen habe, dann lege ich mir meine Spazierfahrt mit einem Plan von Paris und dem Verzeichnis der Omnibuslinien und der Anschlüsse zurecht. Und dann klettre ich auf mein Verdeck, spanne den Sonnenschirm auf, und nun hüh, Kutscher, hüh! Was sehe ich da für Dinge! Und viel mehr als ihr! Ich fahre in ein anderes Viertel. Das ist, als ob ich eine Reise quer durch die Welt machen würde, so verschieden sind die Leute von einer Straße zur andern. Ich kenne mein Paris besser als sonst wer. Und dann gibt es nichts Amüsanteres als das Erdgeschoß. Was man da auf einen einzigen Blick für Dinge beobachtet, das ist unvorstellbar. Man ahnt eheliche Szenen, wenn man nur das Maul des Mannes sieht, der schreit; und man lacht, wenn man an den Läden der Friseure vorüberfährt, die den Seifenschaum auf der Nase des Kunden lassen, um auf die Straße hinauszuschauen. Man zwinkert den Modistinnen zu, gerade nur ein Zwinkern, spaßhalber, denn man hat keine Zeit auszusteigen. Ja, ja, was sieht man da für Sachen!

Es ist geradezu ein Theater, aber ein gutes, ein richtiges, das Theater der Natur, gesehen im Trab von zwei Pferden. Herrgott, ich gäbe meine Promenaden im Omnibus nie und nimmer für eure dämlichen Promenaden in den Wäldern her!»

Wir redeten ihm zu:

«Versuchen Sie's doch, Mongilet! Kommen Sie einmal aufs Land hinaus, nur um es zu probieren!»

Er erwiderte:

«Ich bin einmal draußen gewesen, zwanzig Jahre ist das her, und mich foppt man kein zweites Mal!»

«Erzählen Sie uns das, Mongilet.»

«Soviel ihr wollt. Also – das hat sich folgendermaßen abgespielt. Ihr habt doch Boivin gekannt, den früheren Adjunkten? Den wir Boileau genannt haben?»

«Ja, natürlich.»

«Er war mein Kanzleikollege. Der Kerl hatte ein Haus in Colombes, und er lud mich beständig ein, ich solle doch einmal einen Sonntag bei ihm draußen verbringen. Er sagte: ‹Komm doch, Maculotte› – er nannte mich Maculotte, und das sollte ein Witz sein – ‹du wirst sehen, was wir dort für schöne Promenaden machen!› Nun, ich ging in die Falle wie eine Maus, und eines Morgens fuhr ich mit dem Acht-Uhr-Zug hinaus. Ich komme in einer Art Stadt an, einer Landstadt, wo man gar nichts sieht, und schließlich finde ich am Ende einer Sackgasse zwischen zwei Mauern eine alte Holztüre mit einer eisernen Glocke. Ich läute. Dann habe ich lange gewartet, und schließlich wurde aufgemacht. Und wer war's, der mir aufgemacht hat? Auf den ersten Blick habe ich's nicht recht gewußt – eine Frau oder eine Meerkatze. Es war alt, es war häßlich, eingewickelt in Fetzen, es hat schmutzig ausgesehen, und es war bösartig. In den Haaren hatte es Geflügelfedern, und es schaute drein, als wollte es mich fressen.

‹Was wollen Sie hier?› fragte sie.

‹Ich komme zu Monsieur Boivin.›

‹Und was wollen Sie von Monsieur Boivin?›

Vor dem Verhör dieser Furie wurde mir unbehaglich zumute. Ich stotterte:

‹Ja... aber... er erwartet mich!›

Da fuhr sie mich an:

‹Aha, Sie sind's also, der zum Mittagessen kommt!›

Ich stieß ein zitterndes ‹ja› aus.

Da wandte sie sich zum Haus und schrie mit wütender Stimme:

‹Boivin, dein Kerl ist da!›

Es war die Frau meines Freundes. Väterchen Boivin tauchte sogleich auf der Schwelle einer mit Zink gedeckten Baracke auf, die einem Kohlenbecken glich. Er trug eine mit Flecken besäte Zwillichhose und einen fettigen Panamahut.

Nachdem er mir die Hand geschüttelt hatte, führte er mich in das, was er seinen Garten nannte; das war am Ende eines andern Ganges, von mächtigen Mauern umgeben, ein kleines Viereck Boden, groß wie ein Taschentuch, und rundherum Häuser, so hoch, daß die Sonne nur zwei oder drei Stunden im Tag Einlaß fand. Stiefmütterchen, Nelken, Goldlack, ein paar Rosenstöcke lagen auf dem Grund dieses Brunnenschachts, den die Rückstrahlung der Dächer heizte wie einen Backofen in den letzten Zügen.

‹Bäume habe ich nicht›, sagte Boivin, ‹aber die Mauern meiner Nachbarn ersetzen mir das. Ich habe hier Schatten wie in einem Wald.›

Dann nahm er mich bei einem Knopf meines Rocks und flüsterte mir zu:

‹Du wirst mir einen Dienst erweisen. Du hast meine Frau gesehen. Bequem ist sie nicht, was? Heute, weil ich dich eingeladen habe, durfte ich saubere Sachen anziehen; wenn ich sie aber schmutzig mache, ist alles verloren. Und ich habe darauf gezählt, daß du mir meine Blumen begießen wirst.›

Dazu war ich bereit. Ich zog den Rock aus. Ich krempelte die Ärmel auf, und ich begann mit aller Kraft, eine Art Pumpe zu bemühen, die pfiff, keuchte, röchelte wie ein Schwindsüchtiger, um einen fadendünnen Strahl herauszuquetschen, etwa wie der Ablauf eines Springbrunnens. Zehn Minuten brauchte ich, um eine Gießkanne zu füllen. Ich war in Schweiß gebadet. Boivin dirigierte mich.

‹Hier – auf diese Blume – noch ein bißchen – genug – jetzt die dort!›

Die Gießkanne war undicht und rann, und auf meine Füße floß mehr Wasser als auf die Blumen. Der untere Rand meiner Hose war klatschnaß und von Schlamm durchweicht. Und zwanzigmal hintereinander begann ich von neuem, begoß meine Füße, geriet in Schweiß, wenn ich den Schwengel der Pumpe zum Stöhnen brachte. Und als ich erschöpft einhalten wollte, da zog mich Boivin flehend am Arm:

‹Noch eine Gießkanne – eine letzte – dann ist's fertig.›

Zum Dank schenkte er mir eine Rose, eine große Rose; doch kaum hatte sie mein Knopfloch berührt, als sie sich schon entblätterte und mir, wie einen Orden, einen kleinen, grünlichen, steinharten Knollen zurückließ. Ich war erstaunt, aber ich sagte nichts.

Da ließ sich aus der Ferne die Stimme Madame Boivins vernehmen.

‹Kommt ihr endlich? Wenn man euch doch sagt, daß es fertig ist!›

Wir gingen auf das Kohlenbecken zu.

Wenn der Garten im Schatten lag, so lag, im Gegensatz, das Haus in praller Sonne, und die zweite Schwitzstube eines türkischen Bades ist weniger heiß als das Eßzimmer meines Kollegen.

Drei Teller, flankiert von schlecht gewaschenen Zinngabeln, klebten auf einem Tisch aus gelbem Holz. Eine Terrine in der Mitte enthielt das Suppenfleisch, mit Kartoffeln aufgewärmt. Wir begannen zu essen.

Eine große Karaffe leicht rötlich gefärbten Wassers zog meinen Blick auf sich. Boivin sagte verwirrt zu seiner Frau:

‹Sag einmal, meine Liebe, wirst du uns zu diesem Anlaß nicht einen Schluck reinen Wein geben?›

Sie musterte ihn zornig.

‹Damit ihr euch alle beide besauft, nicht wahr? Und nachher den ganzen Tag bei mir bleibt und schreit? Dafür bedanke ich mich!›

Er verstummte. Nach dem ersten Gang brachte sie abermals eine Schüssel Kartoffeln, diesmal mit Speck angerichtet. Als wir auch damit fertig waren, ohne ein Wort zu reden, erklärte sie:

‹Das ist alles! Jetzt macht, daß ihr weiterkommt!›

Boivin sah sie verblüfft an.

‹Aber die Taube... die Taube, die du heute früh gerupft hast!›

Sie stemmte die Hände in die Hüften.

‹Ihr habt am Ende nicht genug? Daß du mir Leute herschleppst, ist doch noch kein Grund, alles aufzufressen, was im Haus ist! Und was soll ich heute abend essen?!›

Wir standen auf. Boivin raunte mir ins Ohr:

‹Warte einen Augenblick, und dann drücken wir uns!›

Er ging in die Küche, wohin seine Frau sich bereits verzogen hatte. Ich hörte:

‹Gib mir zwanzig Sous, meine Liebe!›

‹Was willst du damit anfangen? Mit zwanzig Sous?›

‹Man kann doch nicht wissen, was passiert. Es ist immer gut, ein wenig Geld bei sich zu haben.›

Da brüllte sie, damit mir auch kein Wort entgehen sollte:

‹Nein, ich gebe sie dir nicht! Wenn der Kerl schon bei dir zu Mittag gegessen hat, so ist es doch das wenigste, daß er alle andern Ausgaben auf sich nimmt!›

Väterchen Boivin kam mich holen. Da ich höflich sein wollte, verbeugte ich mich vor der Dame des Hauses und stotterte:

‹Madame... vielen Dank... für den freundlichen Empfang...›

‹Schon gut›, erwiderte sie. ‹Aber bringen Sie ihn mir nicht besoffen nach Hause, sonst kriegen Sie's mit mir zu tun, verstanden?›

Wir zogen ab.

Wir mußten ein Stück Land überqueren, das nackt wie ein Tisch in voller Sonne lag. Ich wollte am Wegrand eine Blume pflücken; doch da stieß ich einen Schmerzensschrei aus. Es hatte mich schrecklich in die Hand gestochen. Brennnesseln nennt man das Zeug. Und dann stank es überall nach Düngerhaufen! Ein Gestank, daß sich einem das Herz im Leibe drehte!

Boivin sagte:

‹Nur ein wenig Geduld! Gleich kommen wir ans Flußufer.›

Und wir kamen tatsächlich an das Ufer des Flusses. Hier stank es nach Schlamm und schmutzigem Wasser, und die Sonne brannte derart auf diesen Pfuhl, daß mich die Augen schmerzten.

Ich bat Boivin, mich in irgendein Lokal zu führen. Er ging mit mir in eine Wirtsstube, wo es von Männern wimmelte, eine Schenke für Süßwassermatrosen. Und er sagte zu mir:

‹Es sieht nach nichts aus, aber es ist sehr gemütlich.›

Ich hatte Hunger. Ich bestellte mir eine Omelette. Aber schon beim zweiten Glas hatte dieser Lump von Boivin den Kopf verloren, und da verstand ich, warum seine Frau ihm gewässerten Wein vorsetzte.

Er schwang hochtrabende Reden, er stand auf, er wollte allerlei Kunststücke zeigen, er mischte sich als Friedensstifter in den Streit zweier Betrunkener, die sich prügelten, und ohne das Eingreifen des Wirtes wären wir alle beide totgeschlagen worden.

Ich stützte ihn, wie man eben Betrunkene stützt, und zog ihn bis zum ersten Gebüsch, und dort setzte ich ihn ab. Ich legte mich selber neben ihn. Und dann muß ich wohl eingeschlafen sein.

Wir hatten bestimmt lange geschlafen, denn als ich erwachte, war es Nacht. Boivin schnarchte neben mir. Ich schüttelte ihn. Er stand auf, aber er war noch immer betrunken, wenn auch etwas weniger.

Und so machten wir uns wieder auf den Weg, im Dunkeln, über das flache Land. Boivin behauptete, er werde die Richtung schon finden. Er ließ mich nach links einbiegen, dann nach rechts und dann wieder nach links. Man sah weder Himmel noch Erde, und wir verirrten uns mitten in eine Art Wald aus Pfählen, die uns bis zur Nase reichten. Anscheinend waren es die Pfähle eines Weinbergs. Keine Laterne weit und breit. Ein oder zwei Stunden mögen wir darin gekreist haben, schwankend, unschlüssig, die Arme ausstreckend, wie toll, ohne ein Ende zu finden, denn wir mußten immer wieder zu unserm Ausgangspunkt zurückkehren.

Schließlich stolperte Boivin über einen Stekken, der ihm die Wange aufriß, und ohne sich weiter aufzuregen, setzte er sich auf den Boden und stieß aus voller Kehle ein langgedehntes, dröhnendes Holdriogeschrei aus, während ich mit aller Kraft ‹zu Hilfe!› rief und Zündhölzchen anzündete, um den Rettern den Weg zu zeigen und mir selber Mut zu machen.

Am Ende hörte uns ein Bauer und brachte uns auf die richtige Straße.

Ich führte Boivin bis zu seinem Haus. Als ich ihn aber auf der Schwelle seines Gartens stehenlassen wollte, öffnete sich brüsk die Türe, und seine Frau erschien, eine Kerze in der Hand. Sie jagte mir eine schreckliche Angst ein.

Kaum hatte sie ihren Mann erblickt, den sie seit Anbruch der Dunkelheit erwartet haben mußte, sprang sie auf mich zu und brüllte:

‹Ah, Sie Halunke! Ich habe ja gewußt, daß Sie ihn betrunken heimbringen werden!›

Weiß Gott, ich lief wie besessen bis zum Bahnhof, und da ich glaubte, daß die Furie hinter mir her war, sperrte ich mich in das Klosett ein, denn der nächste Zug fuhr erst eine halbe Stunde später.

Und das ist der Grund, weshalb ich nie geheiratet habe und weshalb ich Paris nie mehr verlasse.»

I

Der Briefträger Médéric Rompel, den die Leute in der Gegend vertraulich Médéri nannten, brach zur gewohnten Stunde vom Postamt in Rouy-le-Tors auf. Er machte große Schritte wie ein richtiger alter Soldat, durchquerte die kleine Stadt, ging über die Wiesen von Villaumes, um das Ufer der Brindille zu erreichen, das ihn, wenn er dem Wasserlauf folgte, zum Dorf Carvelin brachte, wo er mit der Verteilung der Post begann.

Er ging schnell dem kleinen Gewässer entlang, das plätscherte, murrte, sprudelte und sich unter einer Wölbung von Weiden über sein begrastes Bett schlängelte. Die großen Steine, die den Lauf hemmten, waren von Wasserwirbeln umrundet, Krawatten gleich, die in einem Knoten von Schaum endeten. Gelegentlich waren es Wasserfälle von einem Fuß Höhe, die, häufig unsichtbar, unter den Blättern, unter den Schlingpflanzen, unter einem grünen Dach zornig oder maßvoll lärmten; und dann, ein wenig weiter, wo die Böschungen zurücktraten, stieß man auf einen friedlichen kleinen See, in dessen grüner Mähne, wie sie sich auf dem Grund stiller Bäche wiegt, Forellen schwammen.

Médéric ging immer vor sich hin, sah nichts, sondern dachte nur: Mein erster Brief ist für die Firma Poivron, dann habe ich einen für Monsieur Renardet; ich muß also durch das Gehölz.

Sein blauer Rock, den ein schwarzer Ledergürtel schnürte, bewegte sich rasch und regelmäßig durch die grüne Hecke der Weiden; und sein Stock, ein starker Stock aus Steineichenholz, marschierte mit seinen Beinen im gleichen Schritt.

Er überquerte dann die Brindille auf einem Steg, den ein einziger, von einem Ufer zum andern gelegter Baum bildete. Sein Geländer war ein Strick, der an zwei in die Böschungen getriebenen Pfählen befestigt war.

Das Gehölz, Besitz Monsieur Renardets, des Bürgermeisters von Carvelin und des größten Grundbesitzers des Ortes, war gewissermaßen ein Wald aus alten, riesigen, säulengeraden Stämmen und erstreckte sich über eine halbe Meile weit an dem linken Ufer des Baches, der die Grenze dieser gewaltigen Wölbung von Blattwerk war. Längs des Wassers waren, von der Sonne gewärmt, große Sträucher gewachsen; doch im Gehölz selbst fand man nichts als das Moos, dichtes, sanftes, weiches Moos, das in der reglosen Luft den leichten Geruch von Verwesung und von toten Ästen verbreitete.

Médéric verlangsamte seinen Schritt, nahm die mit einem roten Galon verzierte Kappe ab, trocknete sich die Stirne, denn auf den Wiesen war es bereits heiß, obgleich es noch nicht acht Uhr geschlagen hatte.

Er wollte die Kappe wieder aufsetzen und im gewohnten Schnellschritt weitergehn, als er am Fuß eines Baumes ein Messer bemerkte, ein kleines Kindermesser. Als er es aufhob, sah er auch einen Fingerhut und zwei Schritte weiter eine Nadelbüchse.

Er nahm all diese Gegenstände an sich und dachte: Ich werde sie dem Bürgermeister bringen, und dann setzte er seinen Weg fort, hielt aber jetzt die Augen offen, denn er erwartete, daß sich auch anderes finden könnte.

Und plötzlich blieb er stehn, als wäre er gegen eine Holzschranke gestoßen; denn zehn Schritte vor ihm lag auf dem Rücken der Körper eines ganz nackten Kindes auf dem Moos. Es war ein kleines Mädchen von etwa zwölf Jahren. Die Kleine hatte die Arme ausgebreitet, die Beine gespreizt, und das Gesicht war mit einem Taschentuch bedeckt. Ein wenig Blut befleckte ihre Schenkel.

Médéric begann sich auf den Fußspitzen zu nähern, als scheute er sich, Lärm zu machen, als fürchtete er eine Gefahr. Und er rieb sich die Augen.

Was hatte das zu bedeuten? Die Kleine war zweifellos eingeschlafen. Doch dann überlegte er; man schläft nicht so, splitternackt, um halb acht morgens, unter den kühlen Bäumen. Dann war sie also tot; und was er vor sich hatte, war ein Verbrechen. Bei diesem Gedanken überlief ihn, obgleich er doch gedient hatte, ein kalter Schauder. Und dann war es in der Gegend etwas so Seltenes, ein Mord, und dazu noch der Mord an einem Kind, daß er seinen Augen nicht trauen konnte. Doch es war keine Wunde zu sehen, nichts als das auf ihrem Bein geronnene Blut. Wie also war sie getötet worden?

Er war vor der Leiche stehn geblieben, und auf seinen Stock gestützt, betrachtete er sie. Gewiß kannte er sie, da er ja alle Bewohner der Gegend kannte; da er aber ihr Gesicht nicht sehen konnte, wußte er auch nicht, wer sie war. Er bückte sich, um das Taschentuch zu heben, das ihr Gesicht verdeckte, dann aber hielt er mit ausgestreckter Hand inne; ihm war ein Gedanke gekommen.

Hatte er das Recht, irgend etwas an dem Zustand der Leiche zu verändern, bevor die Justiz verständigt war? Er stellte sich die Justiz wie eine Art General vor, dem nichts entgeht, und der einem verlorenen Knopf ebensoviel Gewicht beimißt wie einem Messerstich in den Bauch. Unter dem Taschentuch fände man vielleicht den entscheidenden Beweis; es war schließlich ein wichtiges Requisit, das, von ungeschickter Hand berührt, seinen Wert verlieren konnte.

So richtete er sich denn auf, um zum Bürgermeister zu laufen; doch ein anderer Gedanke hielt ihn abermals zurück. Wenn das Mädchen zufällig noch am Leben war, konnte er sie doch nicht so verlassen. Er kniete nieder, ganz sachte, aus Vorsicht in einiger Entfernung von ihr, und streckte die Hand nach ihrem Fuß aus. Er war kalt, eiskalt, von jener grausamen Kälte, die das tote Fleisch so furchtbar macht und die keinem Zweifel Raum gibt. Bei dieser Berührung war es dem Briefträger, wie er später sagte, als drehte sich ihm das Herz im Leib um und als trocknete ihm der Speichel im Mund. Jetzt stand er rasch auf und begann, durch das Gehölz auf das Haus Monsieur Renardets zuzueilen.

Er ging im Laufschritt, den Stock unter dem Arm, die Fäuste geballt, den Kopf vorgestreckt; und sein lederner Sack, mit Briefen und Zeitungen gefüllt, schlug ihm im Takt an die Hüften.

Das Haus des Bürgermeisters stand am Ende des Waldes, der ihm als Park diente, und eine Ecke der Mauern tauchte in den kleinen Weiher, zu dem an dieser Stelle die Brindille sich breitete.

Es war ein großes, quadratisches Haus aus grauem Stein und sehr alt, das früher Belagerungen standgehalten hatte, und mit einem riesigen, zwanzig Meter hohen Turm, der ins Wasser gebaut war, seinen Abschluß fand.

Von der Höhe dieses Turmes hatte man einst die ganze Gegend überwacht. Man nannte ihn Renard-Turm, ohne eigentlich zu wissen, warum; und von dieser Bezeichnung stammte ohne Zweifel der Name Renardet, den die Besitzer dieser Feste trugen, die, wie es hieß, seit zweihundert Jahren in derselben Familie geblieben war. Denn die Renardets gehörten zu jenem beinahe adligen Bürgertum, das man vor der Revolution häufig in den Provinzen fand.

Mit einem Satz war der Briefträger in der Küche, wo die Dienstleute beim Frühstück saßen, und schrie: «Der Herr Bürgermeister schon auf? Ich muß ihn auf der Stelle sprechen.»

Man wußte, daß Médéric ein Mann von Ansehen und Gewicht war, und so begriff man auch sogleich, daß sich etwas sehr Ernstes begeben haben mußte.

Man verständigte Monsieur Renardet, der den Briefträger kommen ließ. Blaß und atemlos trat Médéric ein und sah den Bürgermeister vor einem langen, mit Akten bedeckten Tisch sitzen.

Er war ein großer, dicker Mann, schwer, rotbackig, stark wie ein Ochse, im Lande sehr beliebt, obgleich er ungemein jähzornig war. Er war ungefähr vierzig Jahre alt und seit sechs Monaten Witwer; und auf seinem Besitz lebte er wie ein Landadliger. Sein stürmisches Temperament hatte ihm häufig peinliche Affären zugezogen, aus denen ihn die Behörden von Rouy le Tors stets, als duldsame, verschwiegene Freunde, retteten. Hatte er nicht eines Tages den Kutscher des Postwagens vom Bock geworfen, weil dieser Mensch ihm beinahe seinen Jagdhund Micmac überfahren hatte? Und einem Heger die Rippen eingeschlagen, der eine Anzeige gegen ihn erstattete, weil er, das Gewehr unter dem Arm, über ein Gelände gegangen war, das dem Nachbarn gehörte? Hatte er nicht sogar den Unter-Präfekten beim Kragen gepackt, der sich auf einer Inspektionsfahrt im Dorf aufhielt, die Renardet als Wahlmanöver ansah? Denn der Familientradition entsprechend, machte Renardet der Regierung Opposition.

Der Bürgermeister fragte: «Nun, was gibt's denn, Médéric?»

«Ich hab' in Ihrem Gehölz ein kleines Mädchen tot aufgefunden!»

Renardet richtete sich auf; sein Gesicht war ziegelrot.

«Was sagen Sie da... ein kleines Mädchen?»

«Ja, Herr Bürgermeister, ein kleines Mädchen, ganz nackt, auf dem Rücken, blutig, tot, ganz gewiß tot!»

Der Bürgermeister fluchte: «Herrgott noch einmal! Ich wette, daß es die kleine Rocque ist! Man hat mich eben verständigt, daß sie gestern abend nicht zu ihrer Mutter heimgekommen ist. Wo haben Sie sie denn gefunden?»

Der Briefträger beschrieb die Stelle, berichtete alle Einzelheiten und bot an, den Bürgermeister hinzuführen.

Doch da antwortete Renardet brüsk: «Nein, ich brauche Sie nicht! Schicken Sie mir sofort den Feldhüter, den Gemeindesekretär und den Doktor, und dann setzen Sie Ihren Weg fort. Rasch, rasch, und sagen Sie ihnen, daß sie ins Gehölz kommen sollen. Ich gehe selber hin.»

Der Briefträger, ein pflichtgetreuer Mann, gehorchte und zog sich zurück; aber er war wütend und unglücklich darüber, daß er bei der Feststellung des Tatbestands nicht dabei sein sollte.

Der Bürgermeister wiederum griff nach seinem Hut, einem großen, weichen Hut aus grauem Filz, mit sehr breiter Krempe, und verharrte noch sekundenlang auf der Schwelle seines Hauses. Vor ihm dehnte sich ein weiter Rasen, daraus drei große Flecke rot, blau und weiß hervorglänzten, drei große Rondelle mit aufgeblühten Blumen, das eine dem Haus gegenüber, die beiden andern seitlich. Ein wenig weiter erhoben sich die ersten Bäume des Gehölzes zum Himmel, während zur Linken, jenseits der hier zum Teich gewordenen Brindille, lange Wiesen sich erstreckten, eine ganze Landschaft, grün und flach, durchschnitten von Gräben und Weidenhecken, die Ungeheuern glichen, stämmigen Zwergen, immer ihrer Zweige beraubt, und auf den massigen, kurzen Stämmen eine zitternde Decke von winzigen Ästchen tragend.

Zur Rechten, hinter den Ställen, den Wagenschuppen, all den Gebäuden, die zum Gut gehörten, begann das Dorf, wohlhabend, von Viehzüchtern bewohnt.

Renardet ging langsam die Stufen vor seinem Haus hinunter, wandte sich nach links, erreichte das Ufer, dem er, die Hände hinter dem Rükken, ohne Eile folgte. Er ging, die Stirne gesenkt; und von Zeit zu Zeit sah er um sich, ob keine der Personen zu erblicken war, die er gerufen hatte.

Sobald er unter den Bäumen angekommen war, blieb er stehn, zog den Hut und trocknete sich die Stirn, wie es Médéric getan hatte; denn die glühende Julisonne stürzte sich wie ein Feuerregen auf die Erde. Dann setzte er seinen Weg fort, blieb abermals stehn, ging einige Schritte zurück. Plötzlich bückte er sich, tauchte sein Taschentuch in den Bach, der zu seinen Füßen vorüberplätscherte, breitete es unter dem Hut auf seinem Kopf aus. Wassertropfen rollten ihm über die Schläfen, über die zu jeder Zeit violett angelaufenen Ohren, über den roten, kräftigen Hals und fielen, einer nach dem andern, unter den weißen Kragen seines Hemdes.

Da sich noch immer niemand zeigte, begann er mit dem Fuß aufzustampfen und rief: «Ohè! Ohè!»

Von rechts her antwortete eine Stimme: «Ohè! Ohè!»

Und unter den Bäumen tauchte der Arzt auf. Er war ein kleiner, magerer Mann, einst Militärarzt, und in der Gegend hatte er einen ausgezeichneten Ruf. Er hinkte, denn er war im Dienst verwundet worden, und half sich beim Gehn mit einem Stock.

Dann wurden der Feldhüter und der Gemeindesekretär sichtbar, die, gleichzeitig verständigt, auch gleichzeitig ankamen. Sie sahen verstört drein und rangen nach Luft; sie waren abwechselnd gegangen und gelaufen und schwenkten die Arme derart, daß sie sich mit ihnen fast rascher fortzubewegen schienen als mit den Beinen.

«Sie wissen, worum es sich handelt?» fragte Renardet den Arzt.

«Ja, ein Kind ist von Médéric tot im Wald aufgefunden worden.»

«Ja, ja. Gehen wir!»

Sie gingen nebeneinander, und die beiden andern Männer folgten ihnen. Ihre Schritte verursachten auf dem Moos kein Geräusch; ihre Augen spähten.

Plötzlich streckte Doktor Labarbe den Arm aus.

«Dort! Dort ist es!»

In einiger Entfernung sah man unter den Bäumen etwas Helles. Wenn sie nicht gewußt hätten, was es war, so hätten sie es nicht geahnt. Es wirkte so leuchtend, so weiß, daß man es für ein heruntergefallenes Stück Wäsche gehalten hätte; denn ein Sonnenstrahl, der sich zwischen die Zweige gestohlen hatte, beleuchtete das blasse Fleisch mit einem großen Streifen, der quer über den Bauch fiel. Als sie sich näherten, konnten sie nach und nach die Gestalt erkennen, den verdeckten Kopf, gegen das Wasser gerichtet, die beiden Arme, ausgebreitet wie für eine Kreuzigung.

«Mir ist's aber schrecklich heiß», sagte der Bürgermeister.

Und abermals beugte er sich über die Brindille und tauchte wieder sein Taschentuch ein, das er über die Stirne legte.

Der Arzt ging schneller; die Entdeckung interessierte ihn. Als er bei der Leiche war, bückte er sich, um sie prüfend zu betrachten, ohne sie zu berühren. Er hatte einen Kneifer aufgesetzt, wie wenn man einen merkwürdigen Gegenstand näher besichtigt, und ließ seine Blicke über alles schweifen.

Ohne sich aufzurichten, sagte er: «Vergewaltigung und Mord, wie wir gleich feststellen werden. Die Kleine ist übrigens schon fast eine Frau. Sehen Sie nur ihre Brust!»

Die beiden Brüste waren tatsächlich schon recht entwickelt, lagen aber jetzt, im Tod erschlafft, auf dem Körper.

Der Arzt lüftete sachte das Taschentuch, mit dem das Gesicht bedeckt war. Es war schwarz, erschreckend, die Zunge herausgestreckt, die Augen aus den Höhlen gewölbt. Er sagte: «Weiß Gott, sie ist, nachdem es erledigt war, erdrosselt worden.» Er betastete den Hals. «Mit den Händen erdrosselt, ohne daß übrigens eine Spur hinterlassen wurde; weder der Eindruck eines Nagels noch eines Fingers. Ja, ja! Und es ist wirklich die kleine Rocque.» Behutsam legte er das Taschentuch wieder auf das Gesicht. «Ich habe hier nichts mehr zu tun; sie ist seit mindestens zwölf Stunden tot. Jetzt muß das Gericht verständigt werden.»

Renardet stand aufrecht da, die Hände hinter dem Rücken, und sein Blick haftete an dem kleinen Körper, der im Gras ausgestreckt lag. Er murmelte: «Was für ein Schuft! Man müßte ihre Kleider finden!»

Der Arzt betastete Hände, Arme, Beine. «Sie

hat ohne Zweifel gebadet», sagte er. «Die Kleider müßten am Ufer des Teichs sein.»

Der Bürgermeister befahl: «Du, Principe» – das war der Gemeindesekretär –, «gehst mir längs dem Bache ihre Sachen suchen. Du, Maxime» – das war der Feldhüter –, «läufst nach Rouy-le-Tors und holst den Untersuchungsrichter und die Gendarmerie. Binnen einer Stunde müssen sie hier sein.»

Die beiden Männer entfernten sich rasch; und Renardet sagte zum Arzt: «Was für ein Lump hat hier in der Gegend so etwas anstellen können?!»

«Wer weiß?» sagte der Arzt halblaut. «Dazu sind alle Leute imstande. Alle Leute im besondern und kein Mensch im allgemeinen. Was liegt daran? Es muß ein Landstreicher gewesen sein, ein Arbeitsloser. Seit wir in der Republik leben, trifft man ja auf den Straßen nur dergleichen.»

Sie waren beide Bonapartisten.

Der Bürgermeister meinte: «Ja, das kann nur ein Fremder getan haben, ein Zugvogel, ein Vagabund ohne Ahr und Halm...»

Mit dem Anflug eines Lächelns fügte der Arzt hinzu: «Und ohne Frau. Da er weder ein gutes Essen noch ein gutes Bett fand, hat er sich eben alles übrige gegönnt. Man weiß gar nicht, wieviel Menschen auf der Erde in einem bestimmten Augenblick eines Verbrechens fähig sind. War Ihnen bekannt, daß die Kleine verschwunden war?»

Und mit dem Ende seines Stockes berührte er, einen nach dem andern, die erstarrten Finger der Toten und drückte darauf wie auf die Tasten eines Klaviers.

«Ja. Gestern, gegen neun Uhr abends, ist die Mutter zu mir gekommen; die Kleine war um sieben Uhr nicht zum Essen daheim. Wir haben sie bis Mitternacht auf den Straßen ausgerufen, aber an das Gehölz haben wir nicht gedacht. Und dann mußte man ja den Tag abwarten, um wirklich nützliche Nachforschungen anzustellen.»

«Eine Zigarre?» fragte der Arzt.

«Danke, ich habe keine Lust zu rauchen. Dieser Anblick da geht mir doch auf die Nerven.»

Sie blieben vor dem zarten, jugendlichen Körper stehn, der so blaß auf dem dunklen Moos lag. Eine dicke Fliege mit blauem Bauch, die dem einen Schenkel entlang spazierte, machte vor den Blutflecken halt, wanderte dann weiter, immer weiter, zog mit ihrem schnellen, abgehackten Gang über die Hüfte, kletterte auf eine Brust, stieg dann hinunter, um auch die andere zu erforschen, suchte auf der Toten etwas zu trinken. Die beiden Männer beobachteten den beweglichen schwarzen Punkt.

Der Arzt sagte: «Wie hübsch ist so eine Fliege auf der Haut! Die Damen des achtzehnten Jahrhunderts hatten schon recht, daß sie sich eine aufs Gesicht klebten. Warum ist diese Sitte eigentlich verlorengegangen?»

Der Bürgermeister war in seine Gedanken versunken und hörte anscheinend nicht.

Doch plötzlich wandte er sich um, denn ein Geräusch hatte ihn aus seinem Sinnen gerissen; eine Frau mit Haube und blauer Schürze kam zwischen den Bäumen gelaufen. Es war die Mutter Rocque. Sobald sie Renardet erblickte, begann sie zu schreien: «Meine Kleine! Wo ist meine Kleine?» So völlig außer sich war sie, daß sie nicht auf den Boden schaute. Jetzt aber, mit einem Mal, sah sie sie, blieb brüsk stehn, faltete die Hände, hob beide Arme und stieß ein scharfes, herzzerreißendes Gebrüll aus, das Gebrüll eines verwundeten Tiers.

Dann stürzte sie auf den Körper zu, fiel in die Knie und riß das Taschentuch fort, welches das Gesicht bedeckte. Als sie diese grauenhaften, schwarzen, verzerrten Züge sah, richtete sie sich mit einem Ruck auf, und dann schlug sie mit dem Gesicht gegen den Boden und stieß in das dichte Moos ihre entsetzlichen, ununterbrochenen Schreie aus.

Ihr großer, magerer Körper, an dem die Kleider klebten, zitterte, von Krämpfen geschüttelt. Man sah ihre knochigen Fesseln und ihre hagern Waden in den dicken blauen Strümpfen schauerlich beben; und sie höhlte den Boden mit ihren gekrümmten Fingern, als wollte sie ein Loch graben und sich darin verbergen.

Der Arzt flüsterte tief bewegt: «Arme Frau!»

Renardet spürte ein seltsames Geräusch im Bauch; dann entrang sich ihm ein lautes Niesen, das gleichzeitig aus Nase und Mund herausdrang; er zog sein Taschentuch, begann zu weinen, hustete, schluchzte und schneuzte sich lärmend: «Ver... ver... verdammtes Schwein», stammelte er, «der Kerl, der das getan hat... ich... ich... ich möchte ihn vor der Guillotine sehen!»

Doch da erschien Principe, unglücklich, mit leeren Händen. Er murmelte: «Ich finde nichts, Herr Bürgermeister; nirgends... nichts...»

Der Bürgermeister fuhr auf und fragte mit schwerer, von Tränen erstickter Stimme: «Was findest du nicht?»

«Die Kleider der Kleinen.»

«Gut... gut... such eben weiter... und... und... finde sie... sonst... sonst hast du's mit mir zu tun!»

Der Mann, der wohl wußte, daß man dem Bürgermeister nicht widersprechen durfte, machte sich mutlos auf den Weg, nicht ohne noch einen ängstlichen Seitenblick auf die Leiche geworfen zu haben.

Unter den Bäumen wurden in einiger Entfernung Stimmen laut, ein wirres Durcheinander, das Geräusch einer ganze Schar, die sich näherte; denn Médéric hatte auf seinem Dienstweg die Nachricht von Türe zu Türe getragen. Die Ansässigen hatten, zuerst verblüfft, auf der Straße darüber geredet, von einer Schwelle zur andern; dann hatten sie sich zusammengetan, hatten geschwatzt, diskutiert, etliche Minuten lang über das Ereignis gesprochen. Und jetzt kamen sie, um selber zu sehen.

Sie kamen in Gruppen, ein wenig zögernd

und unruhig, in Angst vor dem ersten Eindruck. Als sie den Körper erblickten, blieben sie stehn, wagten nicht näher zu kommen und flüsterten nur. Dann aber wuchs ihr Mut, sie traten wieder einige Schritte näher, und bald bildeten sie um die Tote, ihre Mutter, den Arzt und Renardet einen dichten, aufgeregten, geräuschvollen Kreis, der sich unter dem Nachdrängen der Zuletztgekommenen noch verengte. Bald würden sie die Leiche berühren. Manche bückten sich sogar, um sie abzutasten. Der Arzt schob sie fort, doch der Bürgermeister erwachte jäh aus seiner Benommenheit, geriet in Wut, packte den Stock Doktor Labarbes, warf sich auf seine Dörfler und schrie stammelnd: «Macht, daß ihr weiterkommt... macht, daß ihr weiterkommt... rohes Gesindel... macht, daß ihr weiterkommt...» Binnen einer Sekunde hatte der Kreis der Neugierigen sich um zweihundert Meter geweitet.

Die Mutter Rocque hatte sich aufgerichtet, umgedreht, gesetzt, und nun weinte sie in die Hände, die sie vor das Gesicht hielt.

In der Menge erörterte man den Fall; und die gierigen Augen der jungen Burschen spähten nach diesem entblößten jungen Leib. Renardet wurde dessen gewahr, zog rasch seine Leinenjacke aus und warf sie über das Mädchen, das unter dem umfangreichen Kleidungsstück völlig verschwand.

Sachte näherten die Neugierigen sich wieder. Das Gehölz füllte sich mit Menschen, ein ununterbrochenes Gemurmel von Stimmen stieg unter dem dichten Blattwerk der großen Bäume auf.

Der Bürgermeister blieb, in Hemdärmeln, den Stock in der Hand, kampfbereit stehn. Ihn erbitterte anscheinend die Neugier der Leute, und er wiederholte immer wieder: «Wenn einer von euch in die Nähe kommt, zerschlage ich ihm den Kopf wie einem Hund.»

Die Bauern hatten große Angst vor ihm; und so hielten sie sich in einiger Entfernung. Doktor Labarbe, eine Zigarre im Mund, setzte sich neben die Mutter Rocque und redete auf sie ein, um sie abzulenken. Die alte Frau senkte alsbald die Hände vom Gesicht, und sie antwortete ihm mit einer Flut klagender Worte, entleerte ihren Gram in den Überfluß ihrer Reden. Sie erzählte ihr ganzes Leben, ihre Ehe, den Tod ihres Mannes, eines Rinderhirten, der durch einen Hornstoß getötet worden war, die Kindheit ihrer Tochter, ihr jämmerliches Leben als Witwe mit einem kleinen Kind und ohne Hilfsmittel. Sie hatte nichts gehabt als ihre kleine Louise; und man hatte sie getötet. Hier, in diesem Wald hatte man sie getötet. Mit einem Mal wollte sie sie wiedersehen, und sie schleppte sich auf den Knien zu der Leiche, hob eine Ecke des Kleidungsstücks, das die Kleine bedeckte, ließ es wieder fallen und begann abermals zu schluchzen. Die Menge verstummte, ließ sich aber in ihrer Neugier keine Geste der Mutter entgehn.

Doch plötzlich entstand lebhafte Bewegung; man rief: «Die Gendarmen! Die Gendarmen!»

Zwei Gendarmen tauchten in der Ferne auf, kamen in raschem Schritt näher; sie geleiteten ihren Hauptmann und einen Herrn mit rötlichem Backenbart, einen kleinen Herrn, der auf einer hohen, weißen Stute wie ein Affe tanzte.

Der Feldhüter hatte Monsieur Putoin, den Untersuchungsrichter, gerade angetroffen, als er sein Pferd zum täglichen Ausritt bestieg, denn er spielte sich, zum Gaudium der Offiziere, als flotter Reiter auf.

Er und der Hauptmann saßen ab, dann schüttelte der Untersuchungsrichter dem Bürgermeister und dem Arzt die Hand und warf einen scharfen Blick auf die Leinenjacke, die von der Leiche darunter gebläht war.

Sobald man ihm alles berichtet hatte, ließ er zunächst das Publikum entfernen, das die Gendarmen aus dem Gehölz vertrieben, das sich aber gleich darauf auf den Wiesen sammelte und eine Hecke bildete, eine große Hecke aufgeregter, gereckter Köpfe längs der Brindille, am andern Ufer des Baches.

Der Arzt gab alle nötigen Erklärungen ab, welche Renardet mit seinem Bleistift in sein Notizbuch eintrug. Alle nötigen Feststellungen wurden vorgenommen, notiert und erörtert, ohne zu irgendeiner Entdeckung zu führen. Auch Principe war zurückgekommen, doch noch immer ohne eine Spur der Kleidungsstücke gefunden zu haben.

Dieser Umstand war für alle überraschend, denn man konnte sich ihn höchstens durch einen Diebstahl erklären; und da die Fetzen keine zwanzig Sous wert waren, kam auch dieser Diebstahl nicht in Frage.

Der Untersuchungsrichter, der Bürgermeister, der Hauptmann und der Arzt hatten sich, je zwei miteinander, auf die Suche gemacht und schoben längs des Wasserlaufs jeden Zweig zur Seite.

Renardet sagte zum Richter: «Wie ist es möglich, daß der Schuft die Kleider versteckt oder mitgenommen haben soll, den Körper aber so ganz einfach, auf den ersten Blick sichtbar, liegen gelassen hat?»

Der Richter erwiderte geheimnisvoll und umsichtig: «He, he, vielleicht eine List! Das Verbrechen ist entweder von einem bestialischen Kerl vollbracht worden oder von einem gerissenen Halunken. In jedem Fall werden wir ihn bald haben.»

Das Rollen eines Wagens ließ sie die Köpfe wenden. Es waren der Stellvertreter des Staatsanwalts, der Gerichtsarzt und der Gerichtsschreiber, die jetzt angefahren kamen. Man begann noch einmal und unter lebhaftem Gespräch alle Nachforschungen.

Plötzlich sagte Renardet: «Wissen Sie, daß ich Sie zum Mittagessen bei mir behalte?»

Die Herren nahmen das mit einem Lächeln an, und der Untersuchungsrichter, der meinte, nun habe er sich für heute genug mit der kleinen

Rocque beschäftigt, wendete sich zum Bürgermeister:

«Ich kann doch die Leiche zu Ihnen bringen lassen? Sie haben wohl einen Raum, wo Sie sie mir bis zum Abend aufbewahren könnten?»

Der Bürgermeister stotterte verstört: «Ja... nein... nein... offen gestanden wäre es mir lieber, wenn sie nicht zu mir gebracht würde... wegen... wegen meiner Dienstleute... die... die ohnehin schon von Gespenstern faseln... in... in meinem Turm... dem Renard-Turm... wissen Sie... die würden mir davonlaufen... nein... es wäre mir schon lieber, wenn ich sie nicht bei mir hätte.»

Der Richter lächelte. «Gut... ich werde sie sofort nach Rouy schaffen lassen; zur gerichtsmedizinischen Untersuchung.» Und zum Vertreter des Staatsanwalts gewendet: «Ich darf doch Ihren Wagen benützen, nicht wahr?»

«Ja, selbstverständlich.»

Alle kehrten zu der Leiche zurück. Mutter Rocque saß jetzt neben ihrer Tochter, deren Hand sie hielt, und sie schaute verloren und benommen vor sich hin.

Die beiden Ärzte versuchten, sie wegzuführen; sie sollte nicht sehen, daß man die Kleine fortbrachte. Doch sie begriff sogleich, was man machen wollte, warf sich über die Leiche und umschlang sie mit beiden Armen. Über ihre Tochter ausgestreckt, schrie sie: «Ihr sollt sie nicht haben! Sie gehört mir! Mir gehört sie jetzt! Man hat sie mir ermordet; ich will sie behalten! Ihr sollt sie nicht haben!»

Alle Männer blieben unentschlossen und verwirrt rund um sie stehn. Renardet kniete nieder, um mit ihr zu reden. «Hören Sie, Mutter Rocque, es muß sein, damit wir herausbringen, wer sie getötet hat; sonst wüßte man's nicht; und man muß ihn doch suchen, um ihn zu bestrafen. Sobald man ihn gefunden hat, gibt man sie Ihnen wieder, das verspreche ich Ihnen.»

Diese Gründe machten der Frau Eindruck, und in ihrem verstörten Blick flammte ein Haß auf.

«Man wird ihn also erwischen?» fragte sie.

«Ja, ich verspreche es Ihnen.»

Sie stand auf, fand sich damit ab, das Notwendige geschehen zu lassen; der Hauptmann aber sagte halblaut: «Es ist doch erstaunlich, daß man ihre Kleider nicht findet!» Und nun erwachte plötzlich ein neuer Gedanke in dem Kopf der Bäuerin, und sie fragte sich:

«Wo sind denn ihre Sachen? Die gehören mir! Ich will sie haben! Wo hat man sie hingetan?»

Man erklärte ihr, sie seien unauffindbar, und da beharrte sie mit verzweifeltem Eigensinn, weinte und stöhnte:

«Sie gehören mir, ich will sie haben! Wo sind sie? Ich will sie haben!»

Je mehr man versuchte, sie zu beruhigen, desto heftiger schluchzte sie, versteifte sie sich auf ihr Begehren. Jetzt verlangte sie nicht mehr die Leiche, jetzt verlangte sie die Kleidungsstücke, die Sachen ihrer Tochter, vielleicht ebensosehr aus der unbewußten Habgier einer armen Frau, für die ein Geldstück ein Vermögen bedeutet, wie aus mütterlicher Zärtlichkeit.

Und als der kleine Körper, in Decken gehüllt, die man bei Renardet geholt hatte, im Wagen verschwand, stand die Alte, vom Bürgermeister und vom Hauptmann gestützt, da und schrie:

«Jetzt hab' ich nichts mehr, nichts mehr, nichts mehr auf der Welt, nichts mehr, nicht einmal ihre kleine Haube, ihre kleine Haube! Nichts mehr hab' ich, nichts mehr, nicht einmal die kleine Haube!»

Der Pfarrer war gekommen; ein ganz junger Geistlicher, aber schon recht beleibt. Er nahm es auf sich, die Mutter Rocque wegzuführen, und sie gingen zusammen nach dem Dorf. Der Schmerz der Mutter besänftigte sich unter dem heiligen Wort des Kirchenmanns, der ihr tausend Belohnungen verhieß. Aber ohne Unterlaß jammerte sie:

«Wenn ich wenigstens ihre kleine Haube hätte...»

Und dieser Gedanke, an dem sie festhielt, beherrschte derzeit alle andern.

Renardet rief dem Geistlichen nach: «Sie essen mit uns, Herr Pfarrer. In einer Stunde!»

Der Geistliche wandte den Kopf. «Mit Vergnügen, Herr Bürgermeister. Um Mittag bin ich bei Ihnen.»

Und alle gingen auf das Haus zu, dessen graue

Front und dessen Turm am Ufer der Brindille man durch die Zweige erblickte.

Die Mahlzeit dauerte lang; man sprach von dem Verbrechen. Alle waren sich einig. Es mußte von einem Landstreicher ausgeführt worden sein, der zufällig vorübergekommen war, als die Kleine badete.

Dann kehrten die Amtspersonen nach Rouy zurück; morgen, zu früher Stunde, würden sie wiederkommen, verkündeten sie. Der Arzt und der Pfarrer gingen heim, während Renardet, nach einem langen Spaziergang über die Wiesen, im Gehölz landete, wo er bis zum späten Abend, die Hände auf dem Rücken, auf und ab ging.

Er legte sich sehr früh nieder und schlief noch, als am nächsten Morgen der Untersuchungsrichter bei ihm eintrat. Der Richter rieb sich die Hände, er sah zufrieden drein.

«Aha, Sie schlafen noch», sagte er. «Nun, mein Lieber, heute früh gibt's was Neues!»

Der Bürgermeister hatte sich im Bett aufgesetzt.

«Was denn?»

«Ach, etwas Merkwürdiges. Sie erinnern sich doch, wie die Mutter gestern ein Andenken an ihre Tochter haben wollte; vor allem das Häubchen der Kleinen. Nun, und als sie heute früh ihre Türe öffnete, fand sie auf der Schwelle die beiden kleinen Holzschuhe des Kindes. Das beweist, daß das Verbrechen von einem Mann aus der Gegend begangen worden ist, der Mitleid mit ihr gehabt hat. Überdies hat der Briefträger Médéric mir den Fingerhut, das Messer und die Nadelbüchse der Toten gebracht. Der Mann, der die Kleidungsstücke fortgetragen hatte, um sie zu verstecken, hat die Sachen fallen lassen, die in der Tasche waren. Ich messe der Sache mit den Holzschuhen besondere Bedeutung bei, denn es weist auf gewisse moralische Grundzüge bei dem Mörder hin, und auf die Fähigkeit, menschliche Regungen zu empfinden. Wir wollen also, wenn es Ihnen recht ist, die wichtigsten Bewohner Ihres Dorfes vornehmen.»

Der Bürgermeister war aufgestanden. Er läutete, damit man ihm warmes Wasser zum Rasieren brachte.

«Gern», sagte er. «Aber das wird eine recht lange Liste geben, und so können wir sofort anfangen.»

Der Untersuchungsrichter Putoin hatte sich rittlings auf einen Stuhl gesetzt, denn er wollte anscheinend auch im Zimmer seiner Vorliebe für das Reiten frönen.

Der Bürgermeister hatte das Kinn mit weißem Schaum bedeckt und betrachtete sich im Spiegel; dann wetzte er sein Rasiermesser an dem Riemen und begann:

«Der wichtigste Bewohner von Carvelin heißt Joseph Renardet, Bürgermeister, reicher Grundbesitzer; ein rauher Mann, der die Feldhüter und die Kutscher prügelt...»

Der Richter lachte.

«Das genügt; und der nächste?»

«Der nächste an Bedeutung ist Monsieur Pelledent, Adjunkt, Viehzüchter, gleichfalls reicher Grundbesitzer, ein verschlagener Bauer, sehr hinterhältig, in Geldfragen sehr zäh, meiner Ansicht nach aber völlig außerstande, so ein Verbrechen begangen zu haben.»

«Gehen wir weiter», sagte Monsieur Putoin.

Und Renardet fuhr, während er sich rasierte und wusch, mit der moralischen Prüfung aller Bewohner von Carvelin fort. Nach zweistündiger Diskussion heftete sich ihr Verdacht auf drei recht fragwürdige Individuen – einen Wilddieb namens Cavalle, einen Forellenfischer namens Paquet und einen Rinderhirten namens Clovis.

II

Die Nachforschungen dauerten den ganzen Sommer; man fand den Verbrecher nicht. Die Leute, die man verdächtigt und festgenommen hatte, konnten ihre Unschuld mühelos beweisen, und das Gericht mußte auf die weitere Verfolgung des Schuldigen verzichten.

Doch dieser Mord hatte anscheinend das ganze Dorf auf seltsame Art aufgewühlt. In den Seelen der Bewohner war eine Unruhe, eine unklare Angst, ein Gefühl geheimnisvollen Grauens zurückgeblieben, und das rührte nicht allein von der Unmöglichkeit her, irgendeine Spur zu entdecken, sondern auch, und vor allem, von dem sonderbaren Umstand, daß am nächsten Morgen die Holzschuhe vor der Türe der Mutter Rocque gefunden worden waren. Die Gewißheit, daß der Mörder bei den Feststellungen des Tatbestands zugegen gewesen war, daß er noch immer im Dorf lebte, das belastete ohne Zweifel die Gemüter, hielt sie in Bann, schien wie eine ständige Bedrohung über dem Dorf zu lauern.

Das Gehölz war übrigens ein Ort geworden, den man fürchtete, den man mied, den man für verhext hielt. Sonst hatten die Dörfler sich dort jeden Sonntagnachmittag ergangen. Sie setzten sich auf das Moos am Fuß der mächtigen Bäume, oder sie wanderten dem Bach entlang und beobachteten die Forellen, die unter den Pflanzen flitzten. Die Knaben spielten dort an Stellen, die sie gefunden und deren Boden sie flachgestampft hatten, Kegel oder Ball; und die Mädchen gingen zu viert oder zu fünft, Arm in Arm, krähten mit ihren mißtönenden Stimmen Lieder, die einen im Ohr kratzten und deren falsche Noten die stille Luft erregten und die Zahnnerven ebenso reizten wie Essigtropfen. Jetzt aber ging niemand mehr unter der dichten, hohen Wölbung, als wäre man darauf gefaßt, beständig dort eine Leiche zu finden.

Der Herbst kam, die Blätter fielen. Sie fielen Tag und Nacht, rund und leicht kreisten sie die hohen Bäume entlang in die Tiefe; und man begann zwischen den Zweigen den Himmel zu sehen. Manchmal, wenn ein Windstoß durch die Gipfel jagte, verdichtete sich plötzlich der langsame, zähe Regen, wurde zu dem Geprassel eines

Wolkenbruchs und bedeckte das Moos mit einem schweren, gelben Teppich, der unter den Schritten ein wenig kreischte. Und das fast ungreifbare Gemurmel, das schwebende, unablässige, leise, traurige Gemurmel dieses Regens war gleichsam eine Klage, und diese ständig fallenden Blätter waren wie Tränen, wie große Tränen, vergossen von den gewaltigen, gramvollen Bäumen, die Tag und Nacht über das Ende des Jahres weinten, über das Ende lauer Morgen und sanfter Dämmerungen, über das Ende warmer Brisen und heller Sonnen und vielleicht auch über das Verbrechen, das sie in ihrem Schatten mitangesehen hatten, über das Kind, das zu ihren Füßen vergewaltigt und ermordet worden war. Sie weinten im Schweigen des verödeten, leeren Waldes, des verlassenen, gefürchteten Waldes, darin einzig und allein die Seele, die kleine Seele der kleinen Toten irren mochte.

Die Brindille, von den Gewitterregen gesättigt, strömte rascher, strömte wild und gelb zwischen ihren trockenen Böschungen, zwischen zwei Hecken von magern, nackten Weiden.

Und da erschien plötzlich Renardet wieder und wanderte durch das Gehölz. Jeden Tag, wenn es nachtete, verließ er sein Haus, stieg mit langsamen Schritten die Stufen hinunter und ging versonnen, die Hände in den Taschen, unter den Bäumen. Langsam ging er über das feuchte, weiche Moos, während eine Legion von Raben, aus der ganzen Nachbarschaft herbeigeflogen, um in diesen mächtigen Gipfeln zu übernachten, sich wie ein riesiger, im Winde wehender Trauerschleier im Luftraum entrollte und heftige, unheimliche Klageschreie ausstieß.

Manchmal ließen sie sich nieder und sprenkelten mit schwarzen Flecken die Zweige, die sich vom roten Himmel abzeichneten, von dem blutigen Himmel des herbstlichen Sonnenuntergangs. Plötzlich, mit einem Mal, zogen sie wieder unter gräßlichem Gekreisch davon und entfalteten abermals über dem Wald die lange, düstere Girlande ihres Flugs.

Schließlich ließen sie sich auf den höchsten Gipfeln nieder und verstummten nach und nach, während ihr schwarzes Gefieder sich in der sinkenden Nacht mit dem Schwarz des Raumes mischte.

Noch immer wanderte Renardet langsam am Fuß der Bäume; dann, als das undurchsichtige Dunkel ihm nicht erlaubte, seinen Weg fortzusetzen, wandte er sich zu seinem Haus, fiel wie eine Masse in den Lehnstuhl vor dem lodernden Kamin und streckte die feuchten Füße an das Feuer, die noch lange vor den Flammen dampften.

Nun, eines Tages verbreitete sich eine große Neuigkeit im Dorf. Der Bürgermeister ließ seinen Wald schlagen.

Zwanzig Holzfäller waren schon an der Arbeit. Sie hatten an der dem Haus zunächstgelegenen Ecke begonnen, und in Gegenwart des Bürgermeisters arbeiteten sie schnell.

Zuerst kletterten Männer am Stamm hoch,

um die Zweige abzuschlagen. Mit einem Seil an den Baum gebunden, umschlingen sie ihn zuerst mit ihren Armen, dann heben sie ein Bein und treten mit der Sohle, daran eine stählerne Spitze befestigt ist, kräftig in die Rinde. Die Spitze dringt in das Holz ein, bleibt dort stecken, und der Mann steigt wie auf einer Stufe höher, um mit dem andern Fuß und der andern Stahlspitze abermals zuzutreten, auf der er sich dann festhält und mit der ersten Spitze weiterklettert.

Und mit jedem Tritt hebt er auch die Schlinge höher, mit der er an den Baum gebunden ist. Über den Lenden hängt und blitzt die stählerne Axt. Ganz behutsam klettert er, wie ein schmarotzendes Tier, das sich an einen Riesen heranmacht; er klettert mühsam an der riesigen Säule hinauf, umarmt sie, spornt sie, um sie zu köpfen.

Sobald er bei den ersten Zweigen angekommen ist, macht er halt, löst von seiner Hüfte die scharfe Axt und schlägt zu. Er schlägt bedächtig, methodisch, schneidet knapp am Stamm in den Zweig, und plötzlich knarrt der Zweig, beugt sich, neigt sich, löst sich los und fällt, nicht ohne im Sturz die Nachbarbäume zu streifen. Und dann zerschmettert er mit dem lauten Krachen brechenden Holzes auf dem Boden, und all seine kleinen Ästchen zittern noch lange.

Der Boden bedeckte sich mit den Zweigen, welche andere Männer zerschnitten, zu Reisig bündelten und aufstapelten, während die Bäume, die noch standen, mächtigen Pfählen glichen, gigantischen Bolzen, die vom schneidenden Stahl der Äxte amputiert und rasiert wurden.

Und wenn der Arbeiter mit dem Abschneiden der Zweige fertig war, ließ er an der Spitze des graden, dünnen Stammes die Schlinge zurück, die er bis hinauf gebracht hatte, und dann stieg er mit Hilfe seiner Sporen an dem entkrönten Stamm hinunter, an den sich nun die Holzfäller mit mächtigen, im ganzen Wald widerhallenden Schlägen machten.

War die Wunde im Fuß des Baumes anscheinend tief genug, so zogen einige Männer mit rhythmischen Rufen an dem Seil, dessen Schlinge an der Spitze befestigt war, und der ungeheure Mast krachte plötzlich und fiel mit dem dumpfen Dröhnen und der Erschütterung eines fernen Kanonenschusses zu Boden.

Und Tag für Tag lichtete sich der Wald, verlor seine geschlagenen Bäume, wie eine Armee ihre Soldaten verliert.

Renardet wich nicht mehr von der Stelle; er blieb vom Morgen bis zum Abend, betrachtete reglos, die Hände hinter dem Rücken, den langsamen Tod des Waldes. Wenn ein Baum gestürzt war, so setzte der Bürgermeister den Fuß darauf wie auf eine Leiche. Dann hob er die Augen zu dem nächsten, und in ihm war eine gewisse heimliche, gelassene Ungeduld, als würde er am Ende des Gemetzels etwas erwarten, etwas erhoffen.

Und nun näherte man sich dem Ort, wo die kleine Rocque gefunden worden war. Eines

Abends, zur Stunde der Dämmerung, war man endlich so weit.

Da es dunkelte und der Himmel bedeckt war, wollten die Arbeiter ihre Tätigkeit einstellen und das Fällen einer mächtigen Buche auf den nächsten Tag verschieben, doch dem widersetzte sich Renardet, und er verlangte, man müsse sie sogleich ihrer Zweige berauben und den Riesen schlagen, der das Verbrechen beschattet hatte.

Nachdem der Mann, der die Zweige abhackte, den Stamm entblößt, die letzten Zurichtungen für den Verurteilten beendet hatte, nachdem die Fäller mit ihren Äxten tief in das Holz eingedrungen waren, begannen fünf Männer an dem Seil zu ziehen, dessen Schlinge um den Wipfel befestigt war.

Der Baum wehrte sich; sein gewaltiger Stamm, obgleich bis zur Mitte eingeschnitten, war hart wie Eisen. Alle Arbeiter zogen gemeinsam mit taktmäßigen Sprüngen an dem Seil, bückten sich bis zum Boden und stießen erstickte Schreie aus, mit denen sie ihre Mühe in den richtigen Rhythmus brachten.

Zwei Holzfäller standen aufrecht vor dem Riesen, das Beil in der Faust, wie zwei Henker, bereit, noch einmal zuzuschlagen, und Renardet erwartete regungslos, die Hand auf der Rinde, mit nervöser Unruhe den Sturz des Baumes.

Einer der Männer sagte zu ihm: «Sie sind zu nahe, Herr Bürgermeister; wenn der Baum fällt, könnte er Sie verletzen.»

Doch er antwortete nicht, er rührte sich nicht,

er schien darauf gefaßt zu sein, die Buche mit beiden Armen zu umschlingen, um sie zu Boden zu werfen wie einen Ringer.

Mit einem Mal wurde im Fuß der hohen, hölzernen Säule ein Krachen hörbar, das wie ein schmerzlicher Krampf bis zum Wipfel zu eilen schien; und sie neigte sich ein wenig, bereit zu stürzen, und doch noch immer Widerstand leistend. Die Männer reckten aufgeregt die Arme, ihre Anstrengung wuchs, und als der Baum besiegt zusammenbrach, machte Renardet plötzlich einen Schritt vorwärts; dann hielt er inne, die Schultern gestrafft, um den unwiderstehlichen Schlag zu empfangen, den tödlichen Schlag, der ihn am Boden zerschmettern müßte.

Doch die Buche streifte, ein wenig abgelenkt, nur seine Flanke und schleuderte ihn fünf Meter weit weg.

Er fiel auf das Gesicht; die Arbeiter eilten hinzu, um ihn aufzurichten; aber er hatte sich schon auf die Knie gehoben, benommen, mit verstörtem Blick, und dann strich er sich mit der Hand über die Stirne, als wollte er sich aus einem Anfall von Wahnsinn wecken.

Nachdem er wieder auf den Beinen war, befragten ihn die Männer erstaunt, denn sie konnten nicht verstehn, was er getan hatte. Er erwiderte stammelnd, er habe einen Anfall von geistiger Verwirrung gehabt oder vielmehr eine Art Rückfall in die Kindheit; er habe sich vorgestellt, daß er noch Zeit haben werde, unter dem Baum hindurchzulaufen, wie die Buben vor den trabenden Wagenpferden vorüberliefen, daß er mit der Gefahr gespielt, daß er seit acht Tagen dieses Verlangen in sich wachsen gespürt, sich jedesmal, wenn ein Baum fiel, gefragt habe, ob er nicht doch unverletzt darunter vorbeilaufen könnte. Es war eine Dummheit, das gab er zu; doch jeder Mensch hat solche Minuten von Benommenheit und solche Versuchungen kindischer Torheit.

Langsam, die Worte suchend, mit dumpfer Stimme, setzte er das auseinander, und dann ging er: «Auf morgen, Freunde», sagte er. «Auf morgen!»

Sobald er in seinem Zimmer war, setzte er sich an seinen Tisch, den die Lampe unter ihrem Schirm hell beleuchtete; er hob die Hände an die Stirne und begann zu weinen.

Er weinte lange, dann trocknete er sich die Augen, hob den Kopf und schaute nach der Wanduhr. Es war noch nicht sechs. Er dachte: Ich habe noch Zeit vor dem Abendessen, und er sperrte die Türe zu. Dann setzte er sich wieder an den Tisch, zog aus der Mittelschublade einen Revolver und legte ihn in das helle Licht auf seine Papiere. Der Stahl der Waffe blinkte, und sein Widerschein glich Flammen.

Renardet betrachtete den Revolver einige Zeit mit dem trüben Blick des Berauschten; dann stand er auf und ging im Zimmer hin und her.

Er ging von einem Ende seines Zimmers zum andern, und von Zeit zu Zeit blieb er stehn, um dann gleich wieder seinen Weg fortzusetzen. Plötzlich öffnete er die Türe seines Badezimmers, tauchte eine Serviette in einen Wasserkrug und benetzte sich die Stirne, wie er es am Morgen des Verbrechens getan hatte. Und dann begann er wieder zu gehn. Jedesmal, wenn er an seinem Tisch vorüberging, zog die schimmernde Waffe seinen Blick auf sich, verlangte nach seiner Hand. Aber er schaute auf die Uhr und dachte: Ich habe noch Zeit!

Jetzt schlug es halb sieben. Da griff er nach dem Revolver, öffnete den Mund mit einer greulichen Grimasse, so weit er nur konnte, und steckte den Lauf hinein, als wollte er ihn verschlingen. So verharrte er einige Sekunden ohne Bewegung, den Finger auf dem Hahn, dann aber, von Grauen geschüttelt, schleuderte er die Waffe auf den Boden.

Und er fiel schluchzend in seinen Lehnstuhl. Ich kann nicht! Ich wage es nicht! Mein Gott! Mein Gott! Wo soll ich den Mut hernehmen, mich zu töten?!

Es wurde an der Türe geklopft; erschrocken richtete er sich auf.

«Das Essen für den Herrn ist bereit», sagte ein Knecht. Und er erwiderte: «Gut, gut. Ich komme.»

Und er hob die Waffe auf, sperrte sie wieder in die Schublade, dann betrachtete er sich in dem Spiegel über dem Kamin, um zu prüfen, ob seine Züge nicht allzusehr entstellt wären. Nun, er war rot wie immer, vielleicht ein wenig röter. Das war alles. Er stieg die Treppe hinunter und setzte sich an den Tisch.

Er aß langsam, wie ein Mensch, der die Mahlzeit hinziehen, der nicht allein mit sich sein will. Dann rauchte er im Eßzimmer einige Pfeifen, während abgeräumt wurde. Und dann stieg er wieder in sein Zimmer hinauf.

Als er sich darin eingeschlossen hatte, schaute er unter sein Bett, öffnete alle Schränke, spähte in alle Ecken, stöberte unter den Möbeln. Dann zündete er die Kerzen auf dem Kamin an, drehte sich mehrmals um sich selbst, ließ den Blick mit einem Grauen, das sein Gesicht verzerrte, durch das Zimmer schweifen, denn er wußte wohl, daß er, wie jede Nacht, die kleine Rocque sehen würde, das kleine Mädchen, das er vergewaltigt und dann erdrosselt hatte.

Jede Nacht begann die entsetzliche Vision von neuem. Zunächst war in seinen Ohren ein Summen wie das Geräusch einer Dreschmaschine oder das ferne Vorüberrollen eines Zuges über eine Brücke. Da fing er an zu keuchen, Atemnot zu spüren, und er mußte den Kragen des Hemdes aufknöpfen und seinen Gürtel lockern. Er ging, um das Blut im Kreisen zu erhalten, er versuchte zu lesen, er versuchte zu singen; es war vergebens. Sein Gedanke kehrte, gegen seinen Willen, zu dem Tag des Mordes zurück und zwang ihn, in den geheimsten Einzelheiten, mit all den heftigsten Erregungen, von der ersten bis zur letzten Minute alles von neuem zu beginnen.

Er hatte, als er an jenem Morgen, dem Morgen des gräßlichen Tages, aufstand, ein wenig Schwindel, eine leichte Migräne verspürt, die er der Hitze zuschrieb, so daß er im Zimmer blieb, bis man ihn zum Mittagessen rief. Nach der Mahlzeit hatte er seine Siesta gehalten. Dann, gegen Ende des Nachmittags, war er ausgegangen, um unter den Bäumen seines Waldes die frische, beruhigende Brise zu atmen.

Doch kaum war er im Freien, so bedrückte die schwere, glühende Luft der Ebene ihn nur noch mehr. Die Sonne goß, noch hoch am Himmel, über die trockene, verdorrte, verdurstende Erde Fluten brennenden Lichtes. Kein Windhauch bewegte die Blätter. Alle Tiere, die Vögel, die Heuschrecken sogar, waren verstummt. Renardet erreichte die mächtigen Bäume und begann, über das Moos zu wandern, wo die Brindille unter dem gewaltigen Blätterdach ein wenig Frische ausatmete. Doch er fühlte sich unbehaglich. Ihm war es, als schnürte eine unbekannte, unsichtbare Hand ihm den Hals zusammen; und er, der sonst nicht sehr viele Gedanken im Kopf hatte, konnte fast gar nicht mehr denken. Nur ein einziger unklarer Gedanke plagte ihn seit drei Tagen: der Gedanke, wieder zu heiraten. Er litt unter seiner Einsamkeit; er litt moralisch, aber auch körperlich darunter. Seit zehn Jahren gewöhnt, eine Frau neben sich zu fühlen, gewöhnt an ihre ständige Gegenwart, an die tägliche Umarmung, hatte er ein Bedürfnis, ein gebieterisches, wirres Bedürfnis nach dieser ununterbrochenen Beziehung, nach dem üblichen Kuß. Seit dem Tod seiner Frau litt er unablässig, ohne recht zu begreifen, warum; er litt, weil er nicht mehr spürte, wie ihr Kleid täglich seine Beine streifte, vor allem aber, weil er nicht mehr in ihren Armen Ruhe finden und erschlaffen konnte. Seit kaum sechs Monaten war er Witwer, und schon suchte er in der Gegend, welches junge Mädchen oder welche Witwe er heiraten könnte, sobald die Trauerzeit zu Ende wäre.

Er hatte eine keusche Seele in dem kräftigen Körper eines Herkules, und fleischliche Bilder begannen seinen Schlaf und sein Wachen zu verfolgen. Er verscheuchte sie; sie kamen wieder. Und manchmal lächelte er über sich selber und meinte: Ich bin schon wie der heilige Antonius!

An diesem Morgen waren ihm mehrere dieser drängenden Visionen erschienen, und so erwachte mit einem Mal in ihm die Lust, ein Bad in der Brindille zu nehmen, um die Hitze seines Blutes zu besänftigen.

Ein Stück weiter kannte er eine breite, tiefe Stelle, wo die Leute vom Dorf manchmal im Sommer badeten. Dorthin ging er.

Dichtes Weidengebüsch schloß dieses Becken ab, darin die Strömung sich ausruhte, ein wenig schlummerte, bevor sie ihren Lauf fortsetzte. Als Renardet sich näherte, glaubte er ein leichtes Geräusch zu hören, ein leises Plätschern, das nicht vom Bach zwischen seinen Böschungen herrührte. Sachte schob er die Zweige auseinander und spähte. In dem durchschimmernden Wasser schlug ein ganz nacktes, ganz weißes Mädchen mit beiden Händen auf die Flut, tanzte ein wenig und drehte sich mit anmutigen Gesten um sich selbst. Es war kein Kind mehr, es war noch keine Frau; sie war rundlich, ließ schon Formen sehen, bewahrte aber immer noch das Wesen eines frühreifen Mädchens, das rasch gewachsen und beinahe entwickelt war. Er rührte sich nicht, so überrascht war er; sein Atem stockte in einem seltsamen, durchdringenden Gefühl. Er blieb stehn, sein Herz pochte, als ob einer seiner sinnlichen Träume zur Wirklichkeit geworden wäre, als hätte eine unreine Fee vor seinen Augen dieses erregende und allzu junge Wesen auftauchen lassen, diese kleine bäurische Venus, geboren aus den Wirbeln des Baches, wie die andere, die große, aus den Wogen des Meeres.

Plötzlich stieg das Kind aus dem Bad und ging, ohne ihn zu sehen, auf ihn zu, um ihre Kleider zu holen und sich anzuziehen. Je näher sie mit kleinen, zaudernden Schritten kam, weil sie die spitzen Steine vermeiden wollte, desto stärker fühlte er sich zu ihr hingezogen – von einer unwiderstehlichen Kraft, von einer bestialischen Gier, die sein ganzes Fleisch aufrührte, seine Seele verwirrte und ihn von den Füßen bis zum Kopf erbeben ließ.

Sie blieb sekundenlang hinter der Weide stehn, die ihn verbarg. Und da war es um seine Vernunft geschehen, er schob die Zweige zur

Seite, stürzte sich auf das Mädchen, schloß sie in die Arme. Sie fiel, zu erschrocken, um sich zu wehren, zu entsetzt, um zu rufen, und er besaß sie, ohne zu begreifen, was er tat.

Er erwachte aus seinem Verbrechen, wie man aus einem Albtraum erwacht. Das Kind begann zu weinen.

«Sei doch still», sagte er. «Sei still! Ich gebe dir Geld!»

Aber sie wollte nicht hören; sie schluchzte.

«So schweig doch», sagte er immer wieder. «Schweig doch! Schweig doch!»

Sie brüllte und wollte davonlaufen.

Da begriff er jäh, daß er verloren war; und er packte sie beim Hals, um dieses herzzerreißende, furchtbare Geschrei zum Verstummen zu bringen. Da sie sich aber immer noch mit der erbitterten Kraft eines Geschöpfs wehrte, das dem Tod entfliehen will, schloß er seine Riesenhände um den kleinen, vom Schreien geschwellten Hals, und in wenigen Augenblicken hatte er sie erwürgt, so wütend griff er zu, ohne daß er daran gedacht hätte, sie zu töten. Nur zum Schweigen bringen wollte er sie.

Und dann erhob er sich, völlig benebelt vor Grauen.

Sie lag vor ihm, blutend, mit schwarzem Gesicht. Er wollte fliehen, doch da erwachte in seiner aufgewühlten Seele der wirre, geheimnisvolle Instinkt, der alle Wesen in der Gefahr lenkt.

Beinahe hätte er die Leiche ins Wasser geworfen; dann aber veranlaßte ihn eine kurze

Überlegung, die Kleider aufzuheben, aus denen er ein kleines Paket machte. Er hatte in der Tasche eine Schnur, die er um das Paket wikkelte, und dann verbarg er es in einem tiefen Loch des Bachbetts, unter einem Baumstamm, dessen Fuß von der Brindille umspült wurde.

Und dann entfernte er sich mit großen Schritten, ging über die Wiesen, machte einen weiten Umweg, um sich von den Bauern sehen zu lassen, die in größerer Entfernung, auf der andern Seite des Dorfes, wohnten, und zum Mittagessen war er zur gewohnten Stunde daheim und erzählte seinen Dienstleuten die ganze Strecke, die er zurückgelegt hatte.

Immerhin schlief er in dieser Nacht; er schlief einen tiefen, schweren Schlaf, wie manchmal die zum Tod Verurteilten schlafen mögen. Erst bei Tagesgrauen erwachte er und wartete, gequält von der Angst, daß das Verbrechen entdeckt sein könnte.

Dann mußte er der ganzen Aufnahme des Tatbestandes beiwohnen. Er tat das wie ein Schlafwandler, in einer Halluzination, die ihn die Dinge und die Menschen wie durch einen Traum sehen ließ, in der Wolke einer Betäubung, in jenem Zweifel, jener Unwirklichkeit, die den Geist in Stunden großer Katastrophen foltern.

Nur der aufwühlende Schrei der Mutter Rocque drang ihm durchs Herz. In diesem Augenblick hätte er sich beinahe der alten Frau zu Füßen geworfen, hätte geschrien: «Ich bin es!» Doch er beherrschte sich. In der Nacht aber ging er, fischte die Holzschuhe der Toten aus dem Wasser und trug sie zur Schwelle der Mutter.

Solange die Untersuchung dauerte, solange er die Behörden leiten und mißleiten mußte, war er ruhig, war er Herr seiner selbst, war verschlagen und lächelte. In aller Gelassenheit erörterte er mit den Beamten die Mutmaßungen, die sie anstellten, bekämpfte ihre Ansichten, widerlegte ihre Erwägungen. Er fand sogar ein gewisses bitteres, schmerzliches Vergnügen daran, ihre Untersuchungen zu vernebeln, ihre Vorstellungen zu verwirren, jene Menschen zu entlasten, die sie verdächtigten.

Doch von dem Tage an, da die Nachforschungen aufgegeben worden waren, wurde er nach und nach nervös, wurde noch reizbarer als früher, wenn er auch seine Wutanfälle bemeisterte. Ein plötzliches Geräusch ließ ihn vor Angst aufspringen; er zitterte bei dem geringsten Anlaß, erbebte manchmal von Kopf bis Fuß, wenn eine Fliege sich ihm auf die Stirne setzte. Und da packte ihn ein gebieterisches Bedürfnis, sich zu bewegen, zwang ihn zu langen Wanderungen, hielt ihn ganze Nächte lang wach, und er mußte in seinem Zimmer auf und ab gehn.

Nicht daß er von Gewissensbissen gequält worden wäre. Seine brutale Natur unterlag keinem Hauch eines Gefühls oder moralischen Drucks. Er war ein energischer, ja, ein gewalttätiger Mensch, geboren, um Krieg zu führen, die eroberten Länder zu verwüsten, die Besiegten hinzumetzeln, er war erfüllt von den wilden Instinkten des Jägers, des Kämpfers, und das Menschenleben zählte für ihn nicht. Wenn er auch, aus Politik, die Kirche respektierte, so glaubte er doch weder an Gott noch an den Teufel, erwartete daher in einem andern Leben weder Strafe noch Lohn für seine Taten auf Erden. Der Glaube, die unklare Philosophie, die er bewahrte, waren aus allen Ideen der Enzyklopädisten des achtzehnten Jahrhunderts gemischt; und er sah die Religion als moralische Strafmaßnahme des Gesetzes an, die eine wie das andere von Menschen erfunden, um die sozialen Beziehungen zu regeln.

Einen Menschen im Zweikampf oder im Krieg zu töten, in einem Streit oder durch einen Zufall oder aus Rache oder auch nur aus Großtuerei, hätte er amüsant und couragiert gefunden, und es hätte in seinem Geist nicht mehr Spuren hinterlassen als der Schuß, den er auf einen Hasen abfeuerte; doch der Mord an diesem Kinde hatte einen tiefen Eindruck in ihm verursacht. Diesen Mord hatte er zunächst in der Tollheit eines unwiderstehlichen Rausches begangen, gewissermaßen in einem Sturm der Sinne, der über die Vernunft gesiegt hatte. Und er hatte im Herzen, in seinem Fleisch, auf seinen Lippen, bis in seine Mörderfinger eine Art bestialischer Liebe und gleichzeitig ein entsetzliches Grauen vor diesem Kind bewahrt, das er überrascht und feige getötet hatte. In jeder

Minute kehrte sein Denken zu jener furchtbaren Szene zurück; und so sehr er sich auch bemühte, das Bild zu verjagen, es mit Schrecken, mit Ekel zu verscheuchen, spürte er es durch seinen Geist streunen, um ihn kreisen, den Augenblick abwarten, da es ihm wieder erscheinen konnte.

Und so hatte er Angst vor den Abenden, Angst vor dem Dunkel, das sich um ihn senkte. Noch wußte er nicht, warum die Finsternis ihm Schrecken einflößte, aber er fürchtete sie instinktiv; er fühlte, daß sie von gräßlichen Bildern bevölkert war. Der helle Tag ist dem Grauen abhold. Man sieht darin die Dinge, die Wesen; auch begegnet man in ihm nur den natürlichen Dingen, den natürlichen Wesen, die sich bei Licht zeigen können. Doch die Nacht, die undurchdringliche Nacht, dichter als Mauern und leer, die unendliche Nacht, so schwarz, so weit, darin man greuliche Dinge streifen kann, die Nacht, darin man die geheimnisvolle Angst umherirren, umherschweifen spürt, schien ihm eine unbekannte, nahe, drohende Gefahr zu bergen. Doch welche?

Bald wußte er es. Als er eines Abends recht spät, da er noch nicht schlief, in seinem Lehnstuhl saß, glaubte er zu sehen, daß der Vorhang des Fensters sich bewegte. Unruhig, mit pochendem Herzen wartete er. Der Vorhang rührte sich nicht; doch dann, mit einem Mal, bewegte er sich wieder. Zum mindesten schien es ihm so. Er wagte nicht aufzustehn, er wagte nicht zu atmen; und er war doch ein tapferer Mann! Er hatte sich oft genug gerauft, und er hätte gern Diebe bei sich entdeckt.

Bewegte dieser Vorhang sich denn wirklich? Das fragte er sich und fürchtete, seine Augen hätten ihn getäuscht. Es war übrigens so gering, ein leichtes Reiben des Stoffs, ein Zittern der Falten, kaum eine Regung, wie der Wind sie erzeugt. Renardet hatte die Augen starr darauf geheftet, den Hals vorgestreckt; und plötzlich stand er auf, schämte sich seiner Angst, machte vier Schritte, packte den Vorhang mit beiden Händen und schob ihn weit auseinander. Zunächst sah er nichts als die schwarzen Scheiben, schwarz wie leuchtende Tintenflecke. Die Nacht, die unermeßliche, undurchdringliche Nacht dehnte sich dahinter bis zum unsichtbaren Horizont. Er blieb vor diesem grenzenlosen Dunkel stehn, und mit einem Male gewahrte er ein Licht, ein bewegliches Licht, das anscheinend sehr fern war. Da näherte er sein Gesicht der Scheibe, dachte, daß ein Krebsfischer in der Brindille wildern mochte, denn die Mitternacht war vorbei, und das Licht kroch am Ufer des Wassers, unter den Bäumen. Da er noch nichts unterscheiden konnte, hob Renardet die Hände links und rechts von den Augen. Und jäh wurde dieses Licht zu heller Klarheit, und er sah die kleine Rocque nackt und blutend auf dem Moos.

Er wich, von Entsetzen gepackt, zurück, stieß an seinen Stuhl, fiel auf den Rücken. So blieb er minutenlang, die Seele in tiefster Bedrängnis, dann setzte er sich auf und begann zu überlegen. Er hatte eine Wahnvorstellung gehabt, das war alles; seine Wahnvorstellung war dadurch entstanden, daß ein nächtlicher Landstreicher mit seiner Laterne den Bach entlang ging. Es war ja nicht weiter erstaunlich, daß die Erinnerung an sein Verbrechen in ihm manchmal das Bild der Toten erweckte.

Er stand auf, trank ein Glas Wasser, setzte sich wieder. Er dachte: Was soll ich tun, wenn es abermals anfängt? Und es würde wieder anfangen, das fühlte er, dessen war er sicher. Schon lockte das Fenster seinen Blick, rief ihn, zog ihn an. Um es nicht mehr zu sehen, drehte er seinen Stuhl; dann nahm er ein Buch und versuchte zu lesen; bald aber glaubte er, etwas hinter sich zu hören, und brüsk wandte er den Stuhl auf einem Fuß. Der Vorhang bewegte sich noch immer; ja, diesmal hatte er sich bestimmt bewegt. Daran konnte er nicht länger zweifeln. Er sprang auf und packte ihn mit so brutaler Hand, daß er ihn samt der ganzen Aufhängevorrichtung herunterriß. Dann preßte er gierig das Gesicht an die Scheibe. Er sah nichts. Draußen war alles schwarz; und er atmete mit dem Glück eines Menschen, dem man eben das Leben gerettet hat.

Er wollte sich dann wieder niedersetzen; doch fast unverzüglich ergriff ihn abermals das Verlangen, durch das Fenster zu schauen. Seitdem der Vorhang gefallen war, bildete es ein düsteres, verlockendes, bedrohliches Loch auf die finstere Landschaft. Um dieser gefährlichen Versuchung nicht zu erliegen, zog er sich aus, löschte die Lichter, legte sich ins Bett und schloß die Augen.

Reglos auf dem Rücken liegend, die Haut warm und feucht, wartete er auf den Schlaf. Ein starkes Licht durchdrang brüsk seine Lider. Er öffnete sie, glaubte, sein Haus stehe in Flammen. Alles war schwarz, und er stützte sich auf den Ellbogen und versuchte, das Fenster zu unterscheiden, das ihn noch immer unbesiegbar anzog. So angestrengt schaute er, daß er einige Sterne wahrnahm; und er stand auf, schlich behutsam durch das Zimmer, fand mit den ausgestreckten Händen das Fenster und preßte die Stirne daran. Dort unten, unter den Bäumen, schimmerte die Leiche des kleinen Mädchens wie Phosphor und erhellte das Dunkel rund um ihn!

Renardet stieß einen Schrei aus und flüchtete ins Bett, wo er, den Kopf im Kissen vergraben, bis zum Morgen liegen blieb.

Von dieser Stunde an wurde sein Leben unerträglich. Er verbrachte die Tage in der Angst vor den Nächten, und jede Nacht erschien ihm die Vision von neuem. Kaum in seinem Zimmer eingeschlossen, versuchte er zu kämpfen, doch vergebens. Eine unwiderstehliche Kraft ließ ihn aufstehn, stieß ihn ans Fenster, als müßte er das Gespenst herbeirufen, und sogleich erblickte er es, zunächst an dem Ort des Verbrechens liegend, die Arme ausgebreitet, die Beine gespreizt, so wie die Leiche gefunden worden war. Dann erhob sich die Tote und kam mit kleinen Schritten, wie sie das Kind gemacht hatte, als es aus dem Bach stieg. Sie kam sachte, ganz geradeaus über den Rasen und über das Rondell mit verdorrten Blumen. Dann schwang sie sich in die Luft, auf Renardets Fenster zu. Sie kam auf ihn zu, wie sie am Tag des Verbrechens auf den Mörder zugekommen war. Und der Mann wich vor der Erscheinung zurück, wich bis zu seinem Bett zurück, brach darauf zusammen und wußte wohl, daß die Kleine eingetreten war, daß sie sich jetzt hinter dem Vorhang verbarg, der sich bewegen würde. Und bis zum Anbruch des Tages starrte er nach dem Vorhang, wartete unablässig, daß sein Opfer dahinter hervorkommen werde. Doch sie zeigte sich nicht mehr; sie blieb dort, hinter dem Stoff, der sich manchmal zitternd bewegte. Und Renardet hatte die Finger in seine Decke gekrampft, preßte sie, wie er die Kehle der kleinen Rocque zusammengepreßt hatte. Er hörte die Stunden schlagen, hörte in der Stille den Pendel seiner Wanduhr ticken, hörte die tiefen Schläge seines Herzens. Und er litt, der Elende, wie noch kein Mensch je gelitten hatte.

Dann, sobald ein weißer Streifen an dem Plafond erschien und das Nahen des Tages ankündigte, fühlte er sich erleichtert, endlich allein, allein in seinem Zimmer; und er legte sich wieder hin. Und er schlief einige Stunden einen unruhigen, fieberhaften Schlaf, darin er häufig im Traum die grauenhafte Vision seiner wachen Nächte wiedersah.

Wenn er später zum Frühstück hinunterging, spürte er sich erschöpft wie nach ungeheuren Anstrengungen; und er aß kaum, stets gefoltert von der Furcht vor jener, die er in der nächsten Nacht wieder sehen sollte.

Er wußte natürlich, daß es nichts als eine Vision war, daß die Toten nicht wiederkommen, und daß seine kranke Seele, seine von einem einzigen Gedanken, von einer unvergeßlichen Erinnerung besessene Seele der einzige Grund seiner Martern war, die Beschwörerin der durch sie auferstehenden, durch sie gerufenen, durch sie vor seinen Augen erscheinenden Toten, vor seinen Augen, darin unauslöschlich das Bild eingegraben blieb. Doch er wußte auch, daß es für ihn keine Heilung gab, daß er nie der unbarmherzigen Verfolgung durch seine Erinnerung entgehn würde. Und er beschloß, eher zu sterben, als noch länger diese Qualen zu ertragen.

Und er überlegte, wie er sich töten sollte. Er wollte etwas Einfaches, etwas Natürliches, etwas, das den Glauben an einen Selbstmord nicht aufkommen ließ. Denn er legte Wert auf seinen Ruf, auf den Namen, den seine Vorfahren ihm hinterlassen hatten. Und mutmaßte man die Ursache seines Todes, so dächte man ohne Zweifel an das unaufgeklärte Verbrechen, an den unauffindbaren Mörder, und man würde nicht zaudern, ihn der Missetat anzuklagen.

Eine seltsame Idee war ihm gekommen, die Idee, sich von dem Baum zerschmettern zu lassen, an dessen Fuß er die kleine Rocque ermordet hatte. Er entschloß sich also, das Gehölz fällen zu lassen und einen Unfall vorzutäuschen. Doch die Buche weigerte sich, ihm das Rückgrat zu brechen.

Als er, die Beute einer hoffnungslosen Verzweiflung, heimgekehrt war, hatte er nach dem Revolver gegriffen, doch dann hatte er nicht gewagt, abzudrücken.

Die Stunde des Essens schlug; er hatte gegessen, dann war er wieder in sein Zimmer gegangen. Und er wußte nicht, was er tun sollte. Jetzt, da er ein erstes Mal entronnen war, hatte er das Gefühl, ein Feigling zu sein. Eben noch war er bereit, mannhaft, entschlossen, Herr seines Mutes und seines Vorhabens gewesen; jetzt war er schwach, und er hatte Angst vor dem Tod, ebensoviel Angst wie vor der Toten.

«Ich werde es nicht mehr wagen», stammelte er, «ich werde es nicht mehr wagen!» Und mit Entsetzen betrachtete er bald die Waffe auf dem Tisch, bald den Vorhang, der das Fenster bedeckte. Ihm war auch, als müßte, sobald sein Leben erlosch, etwas Entsetzliches geschehen. Irgend etwas? Was aber? Ihre Begegnung vielleicht? Sie belauerte ihn, sie erwartete ihn, rief ihn, und es war, als wäre jetzt sie an der Reihe, ihn zu packen, ihn in ihre Rache zu locken, ihn dahin zu bringen, daß er starb, und deshalb zeigte sie sich jeden Abend.

Er begann zu weinen wie ein Kind, wiederholte beständig: «Ich werde es nicht mehr wagen.» Dann fiel er auf die Knie und stammelte:

«Mein Gott, mein Gott!» Ohne doch an Gott zu glauben. Und tatsächlich wagte er nicht, nach dem Fenster zu schauen, wo, das wußte er, die Erscheinung wartete, noch nach dem Tisch, wo der Revolver schimmerte.

Als er sich aufgerichtet hatte, sagte er ganz laut: «Das kann nicht länger dauern; es muß ein Ende gemacht werden.» Der Klang seiner Stimme in dem stillen Zimmer jagte ihm einen Schauder der Angst über alle Glieder; doch da er nicht imstande war, einen Entschluß zu fassen, da er genau fühlte, daß der Finger seiner Hand sich immer weigern würde, den Hahn der Waffe zu drücken, verbarg er den Kopf wieder unter den Decken seines Bettes und überlegte.

Er mußte irgend etwas finden, das ihn zwänge zu sterben, mußte eine List gegen sich selbst anwenden, die ihm kein Zaudern, keinen Aufschub, kein mögliches Bedauern mehr erlaubte. Er beneidete die Verurteilten, die man inmitten von Soldaten zum Richtblock führt. Ach, wenn er doch jemanden bitten könnte, zu schießen! Wenn er doch seinen Seelenzustand, sein Verbrechen einem zuverlässigen Freund gestehn könnte, der es nie verraten, ihm aber helfen würde zu sterben! Doch von wem sollte er diesen furchtbaren Dienst erbitten? Von wem? Er suchte unter den Menschen, die er kannte. Der Arzt? Nein. Er würde es bestimmt später ausplaudern. Und mit einem Mal blitzte ein seltsamer Gedanke durch sein Hirn. Er wollte dem Untersuchungsrichter schreiben, den er sehr gut kannte, und sich selber anzeigen. In diesem Brief würde er alles bekennen, das Verbrechen, die Qualen, die er erduldete, seinen Entschluß zu sterben, sein Zaudern und das Mittel, das er anwandte, um seinen versagenden Mut zu zwingen. Im Namen ihrer alten Freundschaft würde er ihn bitten, den Brief sofort zu vernichten, sobald er erführe, daß der Schuldige sich selbst gerichtet habe. Auf den Richter konnte Renardet zählen, er wußte, daß dieser Mann zuverlässig, verschwiegen, selbst eines leicht hingeworfenen Wortes unfähig war. Er war einer jener Männer, die ein unbeugsames Gewissen besaßen, das bloß von ihrer Vernunft beherrscht, gelenkt, geregelt wurde.

Kaum hatte er diesen Plan gefaßt, als eine sonderbare Freude sich seines Herzens bemächtigte. Jetzt war er ruhig. Er würde seinen Brief schreiben, langsam, und dann, wenn es tagte, würde er ihn in den Kasten werfen, der an der Mauer seines Hauses befestigt war, und dann würde er auf seinen Turm steigen, um den Briefträger kommen zu sehen, und wenn der Mann im blauen Rock verschwand, würde er sich, den Kopf voran, auf die Felsen stürzen, auf die der Turm sich gründete. Er würde darauf achten, daß zuerst die Arbeiter ihn sehen sollten, die seinen Wald schlugen. Er könnte also auf die oberste Stufe steigen, die den Mast trug, daran an Festtagen die Fahne sich entrollte. Mit einem Ruck würde er den Mast abbrechen und mit ihm hinabstürzen. Wie sollte man da bezweifeln, daß es sich um einen Unfall handelte? Und er wäre, in Anbetracht seiner Schwere und der Höhe des Turmes, auf der Stelle tot.

Sogleich verließ er sein Bett, setzte sich an den Tisch und begann zu schreiben; er vergaß nichts, keine Einzelheit des Verbrechens, keine Einzelheit seines gemarterten Lebens, keine Einzelheit der Qualen seines Herzens, und er schloß damit, daß er sich selber verurteilt habe, daß er den Verbrecher hinrichten werde, und bat seinen Freund, seinen alten Freund, darüber zu wachen, daß nie eine Klage gegen sein Andenken erhoben würde.

Als er den Brief beendete, merkte er, daß unterdessen der Tag gekommen war. Er steckte den Brief in den Umschlag, den er versiegelte, schrieb die Adresse, und dann ging er mit leichten Schritten hinunter, eilte zu dem weißen Kästchen, das an der Mauer hing, an der Ecke seines Hauses, und nachdem er das Blatt eingeworfen hatte, das in seiner Hand zuckte, kehrte er rasch zurück, verschloß das große Tor und stieg auf seinen Turm, um den Briefträger zu erwarten, der sein Todesurteil mitnehmen sollte.

Jetzt fühlte er sich ruhig, erlöst, gerettet.

Ein kalter, trockener Wind, ein eisiger Wind wehte ihm über das Gesicht. Er atmete ihn mit offenem Mund gierig ein, trank diese gefrorene Liebkosung. Der Himmel war rot, von einem glühenden Rot, einem winterlichen Rot, und die ganze, von weißem Reif bedeckte Ebene glänzte unter den ersten Strahlen der Sonne, als wäre sie mit zerstampftem Glas bestreut. Renardet stand aufrecht, ohne Mütze, betrachtete das weite Land, die Wiesen zur Linken, zur Rechten das Dorf, dessen Schornsteine für die morgendliche Mahlzeit zu rauchen begannen.

Zu seinen Füßen sah er die Brindille zwischen den Felsen fließen, an denen er sich in wenigen Minuten zerschmettern würde. Er fühlte sich an diesem prächtigen, eisigen Morgen neugeboren, voll von Kraft, voll von Leben. Das Licht badete ihn, umspülte ihn, durchdrang ihn wie eine Hoffnung. Tausend Erinnerungen drängten sich an, Erinnerungen an solche Morgen mit schneller Wanderung über den harten Boden, der unter seinen Schritten hallte, an glückliche Jagden am Rand der Teiche, wo die Wildenten schlummern. All die guten Dinge, die er liebte, die guten Dinge des Daseins stürzten in seine Erinnerung, stachelten ihn mit neuen Begierden, weckten all die kräftigen Lüste seines tätigen, starken Körpers.

Und er sollte sterben? Warum? Er sollte sich mit einem Mal töten, weil er Angst vor einem Schatten hatte? Angst vor einem Nichts? Er war reich, er war noch jung! Welch ein Wahnsinn! Es genügte doch eine Zerstreuung, ein Ortswechsel, eine Reise, um ihn vergessen zu lassen! Just in dieser Nacht hatte er es nicht gesehen, das Kind, weil sein Geist beschäftigt gewesen, zu etwas anderem abgeschweift war. Vielleicht würde er sie nicht mehr sehen! Und wenn sie in diesem Haus ihren Spuk trieb, würde sie ihm bestimmt nicht anderswohin folgen! Die Erde war groß und die Zukunft lang! Wozu sterben?

Sein Blick irrte über die Wiesen, und auf dem Pfad, längs der Brindille, erspähte er einen blauen Fleck. Das war Médéric, der die Briefe aus der Stadt brachte und die des Dorfes holte.

Renardet fuhr auf, ein Schmerz durchzuckte ihn, und er stürzte auf die Wendeltreppe zu, um seinen Brief zurückzunehmen, um sich ihn vom Briefträger geben zu lassen. Wenig bedeutete es ihm jetzt, wenn er gesehen wurde; er lief durch das Gras, darin das leichte Eis der Nächte schäumte, und er kam vor dem Briefkasten an der Ecke des Hauses gleichzeitig mit dem Briefträger an.

Der Mann hatte das Holztürchen geöffnet und nahm die wenigen Postsachen, die von den Bewohnern des Dorfes eingeworfen worden waren.

«Guten Tag, Médéric», sagte Renardet.

«Guten Tag, Herr Bürgermeister.»

«Hören Sie, Médéric, ich habe da einen Brief eingeworfen, den ich brauche. Ich wollte Sie bitten, ihn mir zurückzugeben.»

«Gut, gut, Herr Bürgermeister, gleich kriegen Sie ihn.»

Und der Briefträger hob die Augen. Verblüfft sah er in Renardets Gesicht; die Wangen waren violett, der Blick verstört, die Augen schwarz gerändert, gleichsam in den Kopf eingehämmert, die Haare wirr, der Bart in Unordnung, die Krawatte nicht gebunden. Es war ganz offenbar, daß Renardet diese Nacht nicht im Bett gewesen war.

«Sind Sie vielleicht krank, Herr Bürgermeister?» fragte der Briefträger.

Im Nu begriff Renardet, daß sein Verhalten seltsam wirken mußte; er wurde unsicher, er stotterte: «Nein, nein... nein, nein... ich bin nur aus dem Bett gesprungen, um mir den Brief zurückgeben zu lassen. Ich hatte geschlafen... Sie verstehen doch...»

Ein unklarer Verdacht zuckte im Hirn des alten Soldaten auf.

«Was für einen Brief?» fragte er.

«Den Sie mir zurückgeben sollen.»

Jetzt zögerte Médéric; das Benehmen des Bürgermeisters wirkte gar nicht natürlich. Vielleicht war ein Geheimnis in diesem Brief, ein politisches Geheimnis. Er wußte, daß Renardet kein Republikaner war, und er kannte all die Schliche, all die Listen, die bei Wahlen angewendet wurden.

«An wen ist er denn gerichtet, dieser Brief?» fragte er.

«An Monsieur Putoin, den Untersuchungsrichter; Sie kennen ihn doch, Monsieur Putoin, meinen Freund!»

Der Briefträger stöberte in den Papieren und fand den Brief, der von ihm verlangt wurde. Und da begann er, ihn zu betrachten, drehte und wendete ihn zwischen seinen Fingern, war sehr verwirrt, sehr beunruhigt durch die Furcht, entweder einen schweren Fehler zu begehn oder sich den Bürgermeister zum Feind zu machen.

Renardet sah, daß der Briefträger zauderte und machte eine Geste, um den Brief zu erhaschen und ihm zu entreißen. Diese brüske Bewegung überzeugte Médéric davon, daß es sich um ein wichtiges Geheimnis handelte, und bestimmte ihn, was es auch kosten mochte, seine Pflicht zu tun.

So warf er denn den Brief in seinen Sack, den er verschloß, und erklärte:

«Nein, ich kann nicht, Herr Bürgermeister. Wenn er für das Gericht bestimmt ist, kann ich nicht.»

Eine entsetzliche Angst schnürte das Herz Renardets zusammen, der stammelte:

«Aber Sie kennen mich doch! Sie können ja meine Schrift erkennen. Ich sage Ihnen, daß ich den Brief brauche!»

«Nein, ich kann nicht.»

«Aber, Médéric, Sie wissen doch, daß ich nicht imstande wäre, Sie zu täuschen! Ich sage Ihnen, daß ich den Brief brauche!»

«Nein, ich kann nicht!»

Renardet, von Natur aus heftig, wurde von der Wut gepackt.

«Herrgott noch einmal! Sehen Sie sich vor! Sie wissen, daß ich nicht spasse, und ich kann Sie um Ihre Stelle bringen, mein Lieber, und das sehr rasch! Und dann bin ich doch schließlich der Bürgermeister des Dorfs; und ich befehle Ihnen jetzt, mir diesen Brief zurückzugeben!»

Der Briefträger erwiderte, ohne zu wanken: «Nein, ich kann nicht, Herr Bürgermeister!»

Da verlor Renardet den Kopf; er packte den Briefträger beim Arm, um ihm den Sack zu entreißen; doch der Mann befreite sich mit einem Ruck, trat zurück und hob seinen schweren Stock.

«Rühren Sie mich nicht an, Herr Bürgermeister, oder ich schlage zu! Hüten Sie sich! Ich tu nur meine Pflicht!»

Renardet fühlte, daß er verloren war, und wurde im Nu demütig, sanft und flehte wie ein weinendes Kind.

«Nun, nun, mein Freund, geben Sie mir den Brief zurück, ich werde Sie belohnen, ich gebe Ihnen Geld, verstehen Sie, ich gebe Ihnen hundert Francs, hören Sie? Hundert Francs!»

Der Mann wandte sich um und machte sich auf den Weg.

Renardet folgte ihm, keuchend, stotternd:

«Médéric, Médéric, hören Sie, ich gebe Ihnen tausend Francs, verstehen Sie? Tausend Francs!»

Der Briefträger ging weiter, ohne zu antworten.

Renardet fing von neuem an:

«Ich werde Ihr Glück machen... verstehen Sie? Alles, was Sie nur wollen... fünfzigtausend Francs... fünfzigtausend Francs für diesen Brief? Was kann es Ihnen denn bedeuten? Sie wollen nicht? Schön... hunderttausend Francs... verstehen Sie? Hunderttausend Francs... hören Sie? Hunderttausend Francs... hunderttausend Francs...»

Da drehte der Briefträger sich mit hartem Ausdruck und strengem Blick um.

«Jetzt ist's genug. Sonst wiederhole ich vor Gericht alles, was Sie mir gerade gesagt haben!»

Renardet machte brüsk halt. Es war zu Ende. Er hatte keine Hoffnung mehr. Er wandte sich um und floh im Galopp, wie ein gehetztes Tier, nach dem Haus.

Da blieb auch Médéric stehn und sah verdutzt dieser Flucht nach. Er sah, wie der Bürgermeister in seinem Haus verschwand, und er wartete noch, als müßte unbedingt etwas Erstaunliches geschehen.

Und bald erschien tatsächlich Renardets hohe Gestalt auf dem Gipfel des Turmes. Wie ein Toller lief er um die Plattform; dann packte er den Fahnenmast und schüttelte ihn heftig, ohne ihn doch brechen zu können, und dann, jäh, plötzlich, warf er sich, wie ein Schwimmer, mit einem Kopfsprung, beide Hände voran, ins Leere.

Médéric eilte, um Hilfe zu bringen. Auf dem Weg durch den Park erblickte er die Holzfäller, die zur Arbeit gingen. Er rief ihnen zu, was geschehen war, und sie fanden am Fuß der Mauern einen blutenden Körper, dessen Kopf sich an einem Felsen zerschmettert hatte. Die Brindille umspülte diesen Felsen, und auf ihrem an dieser Stelle geweiteten, klaren, ruhigen Wasser sah man einen langen, rosafarbenen Streifen, darin sich Hirn und Blut mischten.

«Und jetzt, liebe Kinder, müßt ihr schlafen gehn», sagte die Gräfin.

Die drei Kinder, zwei Mädchen und ein Knabe, standen auf und umarmten ihre Großmutter.

Dann sagten sie dem Herrn Pfarrer gute Nacht, der im Schloß zu Abend gegessen hatte, wie er das jeden Donnerstag tat.

Abbé Mauduit setzte zwei der Kinder auf seine Knie, legte die langen Arme in den schwarzen Ärmeln hinter den Hals der Kinder, schob mit väterlicher Geste die beiden Köpfe zusammen und küßte sie mit einem langen, zärtlichen Kuß auf die Stirnen.

Dann stellte er sie wieder auf den Boden, und die Kleinen verzogen sich, der Knabe voran, die Mädchen hinter ihm her.

«Sie lieben Kinder, Herr Pfarrer», sagte die Gräfin.

«Sehr, Madame.»

Die alte Frau richtete die klaren Augen auf den Geistlichen.

«Und… Ihre Einsamkeit hat Sie nie allzusehr belastet?»

«Doch, manchmal.»

Er verstummte; dann fuhr er fort: «Aber ich war für das normale Leben nicht geschaffen.»

«Was wissen Sie davon?»

«Oh, ich weiß es sehr gut. Ich war geschaffen, um Priester zu sein, und ich bin meiner Berufung gefolgt.»

Noch immer sah die Gräfin ihn an.

«Nun, Herr Pfarrer, sagen Sie es mir doch, sagen Sie mir, wie Sie sich dazu entschlossen haben, auf all das zu verzichten, was uns das Leben liebenswert macht, uns andern Menschen, alles, was uns tröstet, uns aufrechterhält. Was hat Sie dazu gedrängt, Sie bestimmt, von dem großen, natürlichen Weg abzuweichen, von Ehe und Familie? Sie sind weder überspannt noch schwermütig, noch trübsinnig, noch ein Fanatiker. Ist es ein Ereignis, ein Leid, das Sie dazu gebracht hat, die ewigen Gelübde zu tun?»

Abbé Mauduit stand auf und trat ans Feuer, dann hielt er seine groben Landpfarrerschuhe gegen die Flammen. Noch immer schien er mit seiner Antwort zu zaudern.

Er war ein großer alter Mann mit weißem Haar, der seit zwanzig Jahren über die Gemeinde von Saint-Antoine-du-Rocher wachte. Die Bauern sagten von ihm: «Das ist einmal ein braver Mann!»

Und er war wirklich ein braver Mann, wohlwollend, freundlich, mild und vor allem großherzig. Wie der heilige Martin hätte er seinen Mantel entzweigeschnitten. Er lachte gern, weinte aber auch irgendeiner Nichtigkeit wegen wie eine Frau, und das schadete ihm sogar ein wenig vor dem harten Sinn der Landleute.

Die alte Comtesse de Saville, die sich, als ihr Sohn und ihre Schwiegertochter hintereinander gestorben waren, auf ihr Schloß zurückgezogen hatte, um ihre Enkel aufzuziehen, hing sehr an ihrem Geistlichen und sagte von ihm: «Er hat Herz!»

Jeden Donnerstag kam er und verbrachte den Abend bei der Schloßfrau von Rocher, und die beiden hatten sich durch die solide, offenherzige Freundschaft von Greisen aneinander gebunden. Sie verstanden einander in allen Dingen fast auf ein halbes Wort, denn sie waren beide gütig, hatten die schlichte Güte einfacher, sanfter Menschen.

Sie gab nicht nach. «Nun, Herr Pfarrer, diesmal sind Sie an der Reihe zu beichten!»

Er wiederholte: «Ich war nicht für das Leben aller Welt geschaffen. Dessen bin ich mir glücklicherweise zur rechten Zeit bewußt geworden, und ich habe sehr oft festgestellt, daß ich mich nicht geirrt hatte.

Meine Eltern, Kurzwarenhändler in Verdiers und recht wohlhabend, hatten großen Ehrgeiz für mich. Sehr jung wurde ich ins Pensionat gesteckt. Man weiß gar nicht, was ein Kind in einer Schule durch die bloße Tatsache der Absonderung, der Einsamkeit leiden kann. Dieses einförmige Leben ohne jede Zärtlichkeit ist für die einen gut, für die andern abscheulich. Die kleinen Geschöpfe haben häufig ein Herz, das empfindlicher ist, als man glaubt, und dadurch, daß man sie zu früh von jenen trennt, an denen sie hängen, kann man im Übermaß eine Empfindsamkeit entwickeln, die sich steigert, die krankhaft und gefährlich wird.

Ich spielte nicht, ich hatte keine Kameraden, ich verbrachte meine Stunden damit, dem Elternhaus nachzutrauern, ich weinte nachts in meinem Bett, ich zerbrach mir den Kopf, um Erinnerungen von daheim wiederzuentdecken, unbedeutende Erinnerungen an kleine Dinge, kleine Geschehnisse. Ununterbrochen dachte ich an all das, was ich zu Hause gelassen hatte. Ich wurde nach und nach so übersteigert, daß die winzigsten Widrigkeiten für mich zu furchtbaren Leiden wurden.

Und bei all dem blieb ich schweigsam, verschlossen, konnte mich nicht mitteilen, hatte keine Vertrauten. Dieser Vorgang einer geistigen Überreiztheit vollzog sich dunkel und unausweichlich. Die Nerven der Kinder sind rasch erregt; man sollte darüber wachen, daß sie in tiefem Frieden leben, bis ihre Entwicklung beinahe vollendet ist. Wer aber denkt daran, daß für manche Schüler etwa eine ungerechte Strafe einen ebenso großen Schmerz bedeuten kann, wie es später der Tod eines Freundes sein wird? Wer gibt sich genau Rechenschaft darüber, daß gewisse junge Seelen um eines Nichts willen in furchtbare Wallung geraten und binnen kurzem zu kranken, unheilbaren Seelen werden?

Das war mein Fall; diese Neigung zu leiden

entwickelte sich in mir derart, daß mein ganzes Dasein zu einem Martyrium wurde.

Ich sagte das nicht, ich sagte gar nichts; aber nach und nach stellte sich bei mir eine Empfindsamkeit oder vielmehr eine Empfindlichkeit ein, die so heftig wurde, daß meine Seele einer offenen Wunde glich. Alles, was sie berührte, erzeugte in ihr Spannungen des Leidens, furchtbare Erschütterungen und in der Folge wahre Verheerungen. Glücklich die Menschen, welche die Natur mit Gleichgültigkeit gegürtet und mit Stoizismus gewappnet hat!

Ich wurde sechzehn. Aus dieser Eigenschaft, an allem zu leiden, war in mir eine übertriebene Schüchternheit entstanden. Ich fühlte mich gegen alle Angriffe des Zufalls oder des Schicksals unbewehrt, ich fürchtete mich vor jeder Beziehung, jeder Annäherung, jedem Ereignis. Ich lebte in Angst wie unter der ständigen Drohung eines unbekannten und stets erwarteten Unheils. Ich wagte nicht, vor Menschen zu sprechen, mich zu regen. Ich hatte das Gefühl, das Leben sei eine Schlacht, ein furchtbarer Kampf, in dem man grauenhafte Schläge, schmerzliche, tödliche Wunden empfängt. Statt wie alle Menschen die glückliche Hoffnung auf ein Morgen zu nähren, hegte ich nur eine wirre Furcht davor, und ich fühlte in mir ein Verlangen, mich zu verbergen, dem Kampf zu entgehn, darin ich besiegt und getötet würde.

Nachdem ich meine Studien beendet hatte, gab man mir sechs Monate Urlaub, um eine

Laufbahn zu wählen. Ein recht einfaches Ereignis ließ mich mit einem Schlage klar sehen, offenbarte mir den krankhaften Zustand meiner Seele, ließ mich die Gefahr begreifen und bestimmte mich, vor ihr zu fliehen.

Verdiers ist eine kleine Stadt, umgeben von Ebenen und Wäldern. In der Hauptstraße stand das Haus meiner Eltern. Ich verbrachte jetzt meine Tage fern von diesem Heim, dem ich so nachgetrauert, nach dem ich mich so zurückgesehnt hatte. Träume waren in mir wach geworden, und ich wanderte allein durch die Felder, um diese Träume entfliehen, entfliegen zu lassen.

Mein Vater und meine Mutter gingen völlig in ihrem Geschäft auf und machten sich Sorgen um meine Zukunft; sie sprachen nur von ihrem Handel und von meinen möglichen Plänen. Sie liebten mich als erdgebundene Menschen mit praktischem Sinn; sie liebten mich weit mehr mit ihrer Vernunft als mit ihrem Herzen; ich lebte in meine Gedanken eingemauert und erbebte in meiner ewigen Unrast.

Nun, eines Abends, nach einem langen Spaziergang, bemerkte ich, als ich mit schnellen Schritten heimging, um nicht zu spät zu kommen, einen Hund, der auf mich zugaloppierte. Es war eine Art rötlicher Spaniel; er war sehr mager und hatte lange, kraushaarige Ohren.

Als er zehn Schritte von mir entfernt war, machte er halt. Und das tat ich auch. Und da begann er mit dem Schweif zu wedeln, und näherte sich mir mit kleinen Schritten, mit ängstlichen Bewegungen des ganzen Körpers, sank in den Pfoten ein, als wollte er mich anflehen, und bewegte den Kopf sachte hin und her. Ich rief ihn. Da machte er Miene, so demütig, so traurig, so bittend, auf mich zuzukriechen, daß ich die Tränen in den Augen spürte. Ich ging auf ihn zu, er wich zurück, dann kam er wieder, und ich kniete nieder und versuchte ihn mit schmeichelnden Gebärden heranzulocken. Schließlich war er in der Reichweite meiner Hand, und ganz sanft, mit unendlicher Behutsamkeit streichelte ich ihn.

Da faßte er Mut, richtete sich ein wenig auf, legte mir die Pfoten auf die Schultern und begann mir das Gesicht zu lecken. Und er folgte mir bis zum Haus.

Das war tatsächlich das erste Wesen, das ich leidenschaftlich liebte, weil es meine Zärtlichkeit erwiderte. Meine Neigung zu diesem Tier war gewiß übertrieben und lächerlich. Unklar hatte ich das Gefühl, als wären wir zwei Brüder, auf dieser Erde verloren, einer wie der andere ebenso einsam und wehrlos. Er verließ mich nicht mehr, schlief am Fußende meines Bettes, aß bei Tisch, obgleich das meinen Eltern mißfiel, und folgte mir auf meinen einsamen Wanderungen.

Häufig machte ich am Rand eines Grabens halt und setzte mich ins Gras. Dann lief Sam, mein Hund, zu mir, lagerte sich neben mich oder auf meine Knie und hob mit der Spitze seiner Schnauze meine Hand, um sich streicheln zu lassen.

Eines Tages, gegen Ende Juni, als wir auf der Straße von Saint-Pierre-de-Chavrol waren, sah ich den Postwagen von Ravereau kommen. Er rollte im Galopp seiner vier Pferde heran mit seinem gelben Kasten und der schwarzen Lederhaube über dem Verdeck. Der Kutscher ließ seine Peitsche knallen, ein Staubwirbel erhob sich unter den Rädern des schweren Wagens und schwebte dann wie eine Wolke hinterher.

Und plötzlich, als der Wagen auf mich zukam, warf sich Sam, vielleicht durch den Lärm erschreckt und um zu mir zu fliehen, ihm entgegen. Der Huf eines Pferdes streckte ihn nieder; ich sah ihn rollen, sich erheben, auf alle viere zusammenbrechen, dann wurde die ganze Postkutsche zweimal heftig gerüttelt, und hinter ihr gewahrte ich im Staub etwas, das sich auf der Straße regte. Er war beinahe entzweigeschnitten; das ganze Innere seines Bauchs hing zerrissen, trat in einem Schwall von Blut aus dem Leib. Er versuchte, sich aufzurichten, zu kriechen, doch nur die beiden Vorderpfoten konnten sich rühren und kratzten den Boden; die beiden andern waren schon tot. Und er heulte entsetzlich, war völlig toll vor Schmerz.

Wenige Minuten später starb er. Ich kann nicht ausdrücken, was ich empfand und wie ich litt. Einen ganzen Monat blieb ich in meinem Zimmer.

Nun, eines Abends schrie mein Vater wütend,

weil er mich eines so geringen Anlasses wegen in diesem Zustand sah: ‹Wie wird das werden, wenn du einen wirklichen Kummer haben wirst! Wenn du deine Frau, deine Kinder verlierst! So töricht darf man nicht sein!›

Dieses Wort haftete mir von jenem Tag an im Kopf und verfolgte mich: ‹Wie wird das werden, wenn du einen wirklichen Kummer haben wirst! Wenn du deine Frau, deine Kinder verlierst!›

Und ich begann klar in mir zu sehen. Ich begriff, warum all die kleinen Jämmerlichkeiten des Alltags in meinen Augen zu der Bedeutung von Katastrophen wuchsen; ich erkannte, daß ich geschaffen war, um an allem furchtbar zu leiden, um alle schmerzlichen Eindrücke, durch meine krankhafte Empfindlichkeit vervielfacht, zu spüren, und eine entsetzliche Angst vor dem Leben packte mich. Ich hatte keine Leidenschaften, keinen Ehrgeiz; und so beschloß ich, die möglichen Freuden zu opfern, um den unvermeidlichen Schmerzen zu entgehn. Das Dasein ist kurz, ich werde es im Dienste der andern Menschen verbringen, um ihr Leid zu lindern, ihr Glück zu teilen, sagte ich mir. Da ich weder das eine noch das andere unmittelbar empfinde, werde ich die daraus entstehenden Gefühle nur abgeschwächt empfangen.

Und wenn Sie wüßten, wie sehr das Elend mich dennoch foltert, wie es mich quält! Doch was für mich eine unerträgliche Qual gewesen wäre, ist zu Mitleid, zu Erbarmen geworden.

Die Schmerzen, die ich in jedem Augenblick

erlebe, ich hätte sie nicht ertragen, wenn sie auf mein eigenes Herz eingedrungen wären. Ich hätte keines meiner Kinder sterben zu sehen vermocht, ohne selber zu sterben. Und trotz allem habe ich eine so dunkle, tiefbohrende Angst vor den Ereignissen bewahrt, daß der Anblick des Briefträgers, der bei mir eintritt, mir Tag für Tag einen Schauder durch die Adern jagt; und ich habe doch jetzt nichts mehr zu befürchten.»

Abbé Mauduit schwieg. Er schaute in das Feuer des großen Kamins, als wollte er darin geheimnisvolle Dinge sehen, all das Unbekannte des Daseins, das vielleicht sein Dasein geworden wäre, wenn er mehr Mut zum Leiden gehabt hätte. Mit leiserer Stimme sagte er dann:

«Ich hatte recht gehabt. Ich war nicht für diese Welt geschaffen.»

Die Gräfin sagte nichts; schließlich, nach langem Schweigen, erklärte sie: «Ich? Wenn ich nicht meine Enkel hätte, ich glaube, daß ich auch nicht mehr den Mut zu leben besässe.»

Und der Pfarrer stand auf, ohne ein Wort zu sagen.

Da die Dienstboten in der Küche dösten, begleitete sie ihn selbst bis zu der Türe, die in den Garten führte, und sie sah, wie sein großer, träger Schatten, den der Widerschein einer Lampe erhellte, in die Nacht eintauchte.

Dann kehrte sie zurück, setzte sich vor das Feuer und dachte an so manche Dinge, an die man nicht denkt, wenn man jung ist.

Der Bürgermeister wollte sich eben zum Mittagessen setzen, als man ihm meldete, der Feldhüter sei mit zwei Gefangenen auf dem Bürgermeisteramt.

Sofort ging er hin, und da erblickte er tatsächlich seinen Feldhüter, Vater Hochedur, der kerzengrad dastand und mit strenger Amtsmiene ein Pärchen bejahrter Bürgersleute musterte.

Der Mann, ein beleibter Herr mit roter Nase und weißen Haaren, sah niedergeschlagen drein, während die Frau, ein braves Weibchen im Sonntagsstaat, sehr rundlich, sehr gepolstert, mit schimmernden Wangen, den Vertreter der Obrigkeit, der die beiden festgenommen hatte, trotzig anschaute.

Der Bürgermeister fragte:

«Was gibt's denn, Vater Hochedur?»

Und der Feldhüter begann mit seiner Aussage.

Er war morgens zur gewohnten Stunde aufgebrochen, um seinen Rundgang beim Wald von Champioux bis zu der Grenze von Argenteuil anzutreten. Er hatte draußen nichts Ungewöhnliches bemerkt, nur daß das Wetter schön war und der Weizen gut stand, als der Sohn von Bredels, der gerade seine Reben band, ihm zugerufen hatte:

«Heh, Vater Hochedur, geht einmal an den Waldrand, beim ersten Gebüsch, da findet Ihr ein Paar Turteltauben, die zusammen ihre hundertdreißig Jahre haben dürften.»

Er war in die angegebene Richtung gegangen; er war in das Dickicht eingedrungen, und da hatte er Worte und Seufzer gehört, die ihn vermuten ließen, daß er Sittlichkeitsverbrecher auf frischer Tat ertappen würde.

So war er denn auf Händen und Knien vorwärtsgekrochen, wie um einen Wilddieb zu überraschen, und er hatte das hier anwesende Paar erwischt, wie es sich gerade seinen Instinkten überließ.

Der Bürgermeister betrachtete die Schuldigen verdutzt. Der Mann mußte wohl seine Sechzig zählen und die Frau mindestens fünfundfünfzig.

Er begann mit dem Verhör und befragte zuerst den Mann, der mit so schwacher Stimme antwortete, daß man ihn kaum hörte.

«Ihr Name?»

«Nicolas Beaurain.»

«Ihr Beruf?»

«Kurzwarenhändler, Rue des Martyrs in Paris.»

«Und was haben Sie dort im Gehölz getan?»

Der Kurzwarenhändler blieb stumm, den Kopf auf seinen dicken Bauch gesenkt, die Hände flach auf den Schenkeln.

Der Bürgermeister fuhr fort:

«Stellen Sie in Abrede, was der Vertreter der Gemeindebehörde aussagt?»

«Nein, Herr Bürgermeister.»

«Sie gestehen also?»

«Ja, Herr Bürgermeister.»

«Und was haben Sie zu Ihrer Verteidigung vorzubringen?»

«Nichts, Herr Bürgermeister.»

«Wo haben Sie Ihre Mitschuldige getroffen?»

«Sie ist meine Frau, Herr Bürgermeister.»

«Ihre Frau?»

«Ja, Herr Bürgermeister.»

«Also... also... Sie leben nicht zusammen... in Paris?»

«Verzeihung, Herr Bürgermeister; natürlich leben wir zusammen.»

«Ja... dann... dann sind Sie verrückt, vollkommen verrückt, mein Lieber, daß Sie sich draußen im Freien, um zehn Uhr morgens derart erwischen lassen!»

Der Kurzwarenhändler schämte sich offenbar so, daß er den Tränen nahe war. Er murmelte:

«Sie ist's, die es gewollt hat. Ich habe ihr gesagt, daß es dumm ist. Wenn aber eine Frau etwas im Kopf hat, dann hat sie's nicht anderswo.»

Der Bürgermeister, der eine Vorliebe für gepfefferte Scherze hatte, lächelte und meinte:

«In Ihrem Fall wäre es gerade umgekehrt richtig. Sie wären nicht hier, wenn sie es nur im Kopf gehabt hätte.»

Da packte den Kurzwarenhändler Beaurain die Wut, und er wandte sich zu seiner Frau:

«Siehst du, wohin du uns mit deiner Schwärmerei gebracht hast? Jetzt sitzen wir schön in der Patsche? Und wir kommen vors Gericht, wir in unsern Jahren, wegen Vergehen gegen die Sittlichkeit! Und wir werden den Laden schließen müssen, die Kundschaft verkaufen, in ein anderes Viertel ziehen! Nun sitzen wir schön in der Patsche!»

Da erhob sich Madame Beaurain, und ohne ihren Mann anzusehen, begann sie ihre Erklärungen, ohne Verlegenheit, ohne falsche Scham, fast ohne Zaudern.

«Mein Gott, Herr Bürgermeister, ich weiß wohl, daß wir lächerlich sind. Gestatten Sie mir, bitte, daß ich meine Sache vertrete wie ein Advokat oder vielmehr wie eine arme Frau; und ich hoffe, daß Sie uns heimschicken und uns die Schande einer gerichtlichen Verfolgung ersparen werden.

Als ich jung war, habe ich eines Sonntags hier in der Gegend Monsieur Beaurain kennengelernt. Er war damals in einem Kurzwarengeschäft angestellt, ich war Verkäuferin in einer Konfektionsfirma. Ich erinnere mich daran, als wär's gestern gewesen. Von Zeit zu Zeit verbrachte ich die Sonntage hier, mit einer Freundin, Rose Levêque, mit der ich in der Rue Pigalle wohnte. Rose hatte einen Freund, ich nicht. Er war's, der uns hierherführte. Einmal, Samstag, kündigte er mir lachend an, er werde morgen einen Kameraden mitbringen. Ich verstand sehr wohl, was er wollte; aber ich erwiderte ihm, es sei ganz zwecklos. Ich war ein anständiges Mädchen, Herr Bürgermeister.

Am nächsten Tag also begegneten wir am Bahnhof Monsieur Beaurain. Er hat damals recht gut ausgesehen. Aber ich war entschlossen, nicht nachzugeben, und ich habe auch nicht nachgegeben.

So kamen wir denn nach Bezons. Das Wetter war herrlich, so ein Wetter, das einem das Herz kitzelt. Und ich, wenn's schön ist, jetzt genau so wie früher, ich werde zum Weinen dumm, und wenn ich auf dem Land bin, verliere ich den Kopf. Das Grün, die Vögel, die singen, das Getreide, das sich im Wind wiegt, die Schwalben, die so rasch fliegen, der Geruch des Grases, die Mohnblumen, die Margeriten, all das macht mich verrückt. Das ist wie Champagner, wenn man ihn nicht gewöhnt ist!

Das Wetter war also herrlich und mild und klar, ein Wetter, das einem durch die Augen in den Leib dringt, wenn man's anschaut, und durch den Mund, wenn man atmet. Rose und Simon küßten sich jede Minute. Es hat mir schon etwas ausgemacht, wenn ich sie so sah. Monsieur Beaurain und ich, wir gingen hinter ihnen her und sprachen kaum ein Wort. Wenn man einander nicht kennt, dann weiß man nicht, was man einander sagen soll. Er sah schüchtern aus, der junge Mensch, und mir hat's gefallen, daß er so verlegen war. Und da kamen wir in das Wäldchen. Hier war's frisch wie in einem Bad, und wir setzten uns alle ins Gras. Rose und ihr Freund neckten mich, weil ich so streng dreinschaute; Sie verstehen doch, daß ich gar nicht anders konnte. Und dann haben sie wieder mit dem Küssen angefangen und haben sich gar nicht geniert; als ob wir nicht dagewesen wären. Und dann haben sie geflüstert, und dann sind sie aufgestanden und haben sich ins Gebüsch gedrückt, ohne ein Wort zu sagen. Stellen Sie sich vor, was ich da für eine alberne Rolle gespielt habe vor diesem jungen Menschen, den ich zum erstenmal getroffen hatte. Ich war so wirr, als ich sie verschwinden sah, daß es mir Mut gemacht hatte; und ich habe angefangen zu reden. Ich fragte ihn, was er war. Nun, er war, wie ich Ihnen schon gesagt habe, Angestellter in einem Kurzwarengeschäft. So schwatzten wir eine Weile, und da wurde er unternehmungslustig, und er wollte sich gewisse Freiheiten erlauben, aber ich habe ihn zurechtgewiesen; und sehr streng! Stimmt's, Monsieur Beaurain?»

Monsieur Beaurain sah verwirrt auf seine Füße hinunter und gab keine Antwort.

Sie fuhr fort: «Und da hat er begriffen, daß ich ein anständiges Mädchen war, der Bursche, und er fing an, mir ganz brav, als Ehrenmann, den Hof zu machen. Von dem Tag an ist er jeden Sonntag gekommen. Er war sehr verliebt in mich, Herr Bürgermeister. Und ich auch, ich habe ihn lieb gehabt, ja, wirklich, sehr lieb. Und er war damals auch ein hübscher Kerl.

Nun, und im September heiratete er mich, und wir haben unsern Laden in der Rue des Martyrs aufgemacht.

Jahrelang war es schwer, Herr Bürgermeister. Die Geschäfte gingen nicht; und wir konnten uns keine Landpartien leisten. Und dann hatten wir auch die Gewohnheit verloren. Man hat andere Dinge im Kopf; man denkt im Geschäftsleben mehr an die Kasse als an Liebeleien. Nach und nach, ohne es zu merken, wurden wir alt, wurden gesetzte Leute, die nicht mehr an die Liebe denken. Man leidet nicht, solange man nicht merkt, daß es einem fehlt.

Und dann, Herr Bürgermeister, sind die Geschäfte besser gegangen, und wir mußten uns keine Sorgen um die Zukunft machen. Und da, sehen Sie, ich weiß nicht genau, was in mir vorging, nein, wirklich, ich weiß es nicht.

Da habe ich wieder angefangen zu träumen wie ein kleines Schulmädchen. Der Anblick der Wagen mit Blumen, die man durch die Straßen zieht, das hat mich weinen gemacht. Der Duft der Veilchen besuchte mich in meinem Lehnstuhl hinter meiner Kasse und ließ mein Herz klopfen. Und da stand ich auf und ging zu meiner Schwelle, um das Blau des Himmels zwischen den Dächern anzuschauen. Wenn man in einer Gasse den Himmel sieht, so ist er wie ein Bach, wie ein langer Bach, der mit seinen Windungen durch Paris fließt. Und die Schwalben flitzen darin wie Fische. Es ist natürlich schrecklich dumm, so etwas, in meinen Jahren. Aber was wollen Sie, Herr Bürgermeister, wenn man sein ganzes Leben gearbeitet hat, kommt ein Augenblick, da man sich klar wird, daß man etwas anderes hätte tun können, ja, und dann bedauert man, ach ja, man bedauert! Denken Sie doch, daß ich zwanzig Jahre lang Küsse im Wald hätte kriegen können wie die andern, ja, wie die andern Frauen. Ich stellte mir vor, wie gut es sein müßte, unter den Blättern zu liegen und jemanden lieb zu haben. Und ich dachte jeden Tag, jede Nacht daran. Ich träumte vom Vollmond auf dem Wasser, bis ich Lust hatte, hineinzuspringen.

Anfangs wagte ich nicht, zu meinem Mann davon zu reden. Ich wußte wohl, er würde sich über mich lustig machen und mich zum Ladentisch und zu Faden und Nadeln zurückschicken. Und dann, offen gestanden, mein Mann konnte mich nicht mehr sehr verlocken; aber wenn ich mich im Spiegel sah, verstand ich sehr gut, daß ich auch niemanden mehr verlocken konnte.

Und da faßte ich einen Entschluß und schlug ihm eine Landpartie vor, in die Gegend, wo wir uns kennengelernt hatten. Er war ganz ohne jeden Verdacht bereit, und so sind wir heute früh um neun Uhr hier angekommen.

Ich, ich war völlig umgewandelt, als ich durch die Felder ging. Es altert nicht, das Herz der Frauen. Und, weiß Gott, ich habe meinen Mann nicht mehr gesehen, wie er ist, sondern wie er damals gewesen war. Das kann ich Ihnen schwören, Herr Bürgermeister. Wahr und wahrhaftig, ich war berauscht. Ich fing an, ihn zu küssen, und er war erstaunter, als wenn ich versucht hätte, ihn zu ermorden. ‹Du bist ja verrückt heute morgen›, sagte er immer wieder. ‹Du bist ja ganz verrückt heute morgen! Was fällt dir denn ein …?› Aber ich hörte nicht auf ihn, ich hörte nur auf mein Herz. Und ich führte ihn in den Wald … und so ist's gekommen … ich habe die Wahrheit gesagt, Herr Bürgermeister, die ganze Wahrheit.»

Der Bürgermeister war ein Mann von Herz. Er stand auf, lächelte und sagte:

«Gehen Sie in Frieden, Madame, und sündigen Sie nicht mehr … im Unterholz.»

I

Welch seltsamen Einfall hatte ich doch an jenem Abend, als ich Mademoiselle Perle zur Königin wählte.

Jedes Jahr gehe ich zu meinem alten Freund Chantal, um den Dreikönigstag zu feiern. Mein Vater, dessen vertrautester Freund er war, führte mich noch in meinem Knabenalter hin. Ich habe das beibehalten, und ich werde es zweifellos beibehalten, solange ich lebe, und solange es auf dieser Welt einen Chantal gibt.

Chantals führen übrigens ein merkwürdiges Dasein; sie leben in Paris, als ob sie in Grasse, in Yvetot oder in Pont-à-Mousson leben würden.

Sie besitzen neben dem Observatorium ein Haus in einem kleinen Garten. Dort sind sie bei sich daheim wie in der Provinz. Von Paris, dem wahren Paris, kennen sie nichts, ahnen sie nichts; sie sind ja so fern, so fern! Immerhin unternehmen sie manchmal eine Reise dorthin, eine lange Reise. Madame Chantal geht auf «Großeinkauf», wie man das in der Familie nennt. Und auf «Großeinkauf» geht man folgendermaßen.

Mademoiselle Perle, welche die Schlüssel der Küchenschränke hütet – denn die Wäscheschränke verwaltet die Hausfrau selber – Mademoiselle Perle meldet, daß der Zucker sich seinem Ende nähere, daß die Konserven erschöpft seien, daß auf dem Boden des Kaffeesacks nicht mehr viel übrigbleibe.

Auf solche Art vor der Hungersnot gewarnt, schreitet Madame zur Inspizierung der Reste und macht sich in einem Notizbuch Aufzeichnungen. Dann, nachdem sie Zahlen in großer Menge niedergeschrieben hat, ergibt sie sich langen Berechnungen und nachher langen Erörterungen mit Mademoiselle Perle. Schließlich einigt man sich und legt fest, wieviel von jedem Artikel man benötigen wird, um sich auf drei Monate zu versorgen: Zucker, Reis, Backpflaumen, Kaffee, Eingemachtes, Büchsen mit grünen Erbsen, mit Bohnen, mit Hummer, eingesalzene oder geräucherte Fische und so weiter.

Und nun setzt man den Tag des Großeinkaufs fest und fährt in einem Fiaker, einem Fiaker mit Gepäckdach, zu einem angesehenen Kolonialwarenhändler, der sein Geschäft jenseits der Brücken in einem der neuen Viertel hat.

Madame Chantal und Mademoiselle Perle unternehmen diese von Geheimnis umwölkte Fahrt miteinander und kommen zur Stunde des Abendessens, erschöpft, obgleich auch angeregt, und durchgerüttelt in dem Wagen zurück, dessen Dach mit Paketen und Säcken bedeckt ist, als gälte es eine Übersiedlung.

Für Chantals bedeutet der ganze, am andern Ufer der Seine gelegene Teil von Paris «die neuen Viertel», Stadtteile, von einer seltsamen, lärmenden, wenig ehrbaren Bevölkerung angefüllt, die ihre Tage in Müßiggang, ihre Nächte mit Lustbarkeiten vergeudet und das Geld zu den Fenstern hinauswirft.

Immerhin fuhrt man die beiden Töchter von Zeit zu Zeit ins Theater, in die Opéra-Comique oder in die Comédie-Française, wenn das Stück von Monsieur Chantals Leibblatt empfohlen wird.

Die jungen Mädchen sind heute neunzehn und siebzehn Jahre alt; es sind zwei schöne, große, frische Mädchen, gut erzogen, allzu gut erzogen, so gut erzogen, daß sie ungefähr ebenso unbemerkt bleiben wie zwei hübsche Puppen. Nie käme mir der Gedanke, den Demoiselles Chantal Beachtung zu schenken oder gar den Hof zu machen; kaum daß man wagt, sie anzureden, solch ein Maß an Makellosigkeit strömen sie aus; man hat beinahe Angst, sich unpassend zu benehmen, wenn man sie auch nur begrüßt.

Der Vater wiederum ist ein ganz reizender Mensch, sehr gebildet, sehr aufgeschlossen, sehr herzlich, doch er liebt vor allem die Ruhe, die Stille, die Ungestörtheit, und so hat er denn wesentlich dazu beigetragen, seine Familienmitglieder zu Mumien zu machen, weil dieser Stillstand, diese Reglosigkeit eben seine bevorzugte Lebensform ist. Er liest viel, plaudert gern und läßt sich leicht rühren. Der Mangel an Kontakten, an Reibungen, an Zusammenstößen hat seine Haut, seine moralische Haut, sehr zart und empfindlich gemacht. Der geringste Anlaß erregt ihn, verdrießt ihn, und er leidet.

Dennoch haben Chantals Verkehr, aber einen sehr eingeschränkten Verkehr, der in der Nachbarschaft behutsam ausgewählt wird. Auch werden zwei- oder dreimal im Jahr mit Verwandten, die entfernt wohnen, Besuche ausgetauscht.

Ich aber, ich gehe am 15. August und am Dreikönigstag zu ihnen zum Abendessen. Das gehört ebenso zu meinen Pflichten wie Ostern die Kommunion zu den Pflichten der Katholiken gehört.

Am 15. August werden noch einige Freunde eingeladen, am Dreikönigstag aber bin ich der einzige Gast.

II

Dieses Jahr nun war ich, wie in den andern Jahren, zum Abendessen bei Chantals, um den Dreikönigstag zu feiern.

Wie es Brauch war, umarmte ich Monsieur Chantal, Madame Chantal und Mademoiselle Perle und verbeugte mich tief vor den Demoisellen Louise und Pauline. Man fragte mich über tausend Dinge aus, über die Ereignisse des Boulevards, über die Politik, darüber, was man denn im Publikum von der Affäre von Tongking und von unseren dortigen Vertretern hielt. Madame Chantal, eine umfangreiche Dame, deren Gedanken mir immer den Eindruck machten, als wären sie viereckig zurechtgehauen wie Bauklötze, hatte die Gewohnheit, jedes politische Gespräch mit der Erkenntnis abzuschließen:

«Das alles ist ein schlimmer Keim für die Zukunft!»

Warum habe ich mir immer vorgestellt, die Gedanken Madame Chantals seien viereckig? Ich weiß es nicht; doch alles, was sie sagt, nimmt in meinem Geist diese Form an; ein Viereck, ein großes, symmetrisches Viereck. Andere Menschen gibt es, deren Gedanken in meinem Geist immer rund und rollend wirken wie Reifen. Sobald sie einen Satz über irgend etwas begonnen haben, schon rollt es, schon setzt es sich in Bewegung, schon kommen zehn, zwanzig, fünfzig runde Ideen zum Vorschein, große und kleine, die ich, eine nach der andern, bis zum Horizont eilen sehe. Andere Menschen wieder haben spitzige Gedanken... nun, das ist nicht weiter wichtig.

Wie immer setzte man sich zu Tisch, und das Abendessen verlief, ohne daß irgend etwas Bemerkenswertes gesagt worden wäre.

Als Nachtisch wurde der Königskuchen aufgetragen. Sonst war Jahr für Jahr Monsieur Chantal König geworden. War es tatsächlich ein unermüdlicher Zufall oder ein Herkommen in der Familie? Das weiß ich nicht, aber er fand unweigerlich die «Bohne» in seinem Stück Kuchen, und er machte ebenso unweigerlich Madame Chantal zur Königin. So war ich denn verblüfft, als ich in meinem Stück etwas sehr

Hartes spürte, das mir beinahe einen Zahn ausgebrochen hätte. Ich zog den Gegenstand behutsam aus dem Mund, und siehe, es war eine kleine Puppe aus Porzellan, nicht größer als eine Bohne. In meiner Überraschung stieß ich ein «Ah!» hervor. Man sah mich an, und Chantal klatschte in die Hände und rief:

«Gaston ist's! Es ist Gaston! Es lebe der König! Es lebe der König!»

Und alle Tischgenossen wiederholten im Chor:

«Es lebe der König!»

Ich aber wurde bis zu den Ohren rot, wie man so häufig grundlos in den dümmsten Situationen rot wird. Ich hielt die Augen gesenkt, hatte das Stückchen Porzellan zwischen zwei Fingern, zwang mich zu lachen und wußte nicht, was ich tun oder sagen sollte, bis schließlich Chantal wieder das Wort ergriff:

«Und jetzt mußt du eine Königin wählen!»

Da war ich völlig verloren. In einer Sekunde durchkreuzten tausend Gedanken, tausend Mutmaßungen meinen Geist. Wollte man mich veranlassen, eine der Demoisellen Chantal zu wählen? War das vielleicht ein Mittel, um mich zu dem Geständnis zu bringen, welche der beiden ich vorzog? War es ein sanfter, leichter, kaum merklicher Druck der Eltern, hinter dem sich der Gedanke an eine mögliche Heirat verbarg? Der Gedanke an die Heirat spukt ja unablässig in allen Häusern mit erwachsenen Töchtern und greift zu allen Formen, allen Verkleidungen, allen Schlichen. Eine schreckliche Angst, mich zu weit einzulassen, packte mich, und gleichzeitig eine übertriebene Schüchternheit vor der so hartnäckig korrekten und abweisenden Haltung der Demoisellen Louise und Pauline. Eine der beiden zu wählen und dadurch die andere zurückzusetzen, schien mir ebenso schwierig wie die Wahl zwischen zwei Wassertropfen; und dann die Furcht, mich in ein Abenteuer verwickelt zu sehen, bei dem ich gegen meinen Willen, ganz sachte, durch ein diskretes, so unmerkliches, so unauffälliges Verfahren zu einer Heirat gelenkt würde, wie es diese völlig bedeutungslose Königswahl war, bedrückte mich furchtbar.

Doch plötzlich hatte ich eine Eingebung, und ich reichte Mademoiselle Perle die symbolische Puppe. Zunächst waren alle überrascht, dann aber wußte man ohne Zweifel mein Zartgefühl und meine Zurückhaltung zu schätzen, denn es wurde begeistert Beifall geklatscht.

«Es lebe die Königin!» rief man. «Es lebe die Königin!»

Sie aber, die arme alte Jungfer, war völlig aus dem Gleichgewicht geraten; sie zitterte in ihrer Bestürzung und stammelte:

«Nein, nein... nein, nein... nicht mich... ich bitte Sie... nicht mich... ich bitte Sie...»

Und da sah ich Mademoiselle Perle zum erstenmal in meinem Leben an und fragte mich, wer sie eigentlich war.

Ich war daran gewöhnt, sie in diesem Hause

zu sehen, wie man die alten Gobelinfauteuils sieht, auf die man sich seit seiner Kinderzeit setzt, ohne sie jemals näher zu betrachten. Eines Tages aber, man weiß nicht, warum, weil vielleicht gerade ein Sonnenstrahl auf das Möbelstück fällt, sagt man sich: Nein, aber das ist ja ein sehr merkwürdiger Stuhl! Und man entdeckt, daß das Holz sichtlich von einem Künstler geschnitzt wurde und der Stoff prachtvoll ist.

Nie hatte ich Mademoiselle Perle beachtet.

Sie gehörte zur Familie Chantal, und das war alles. Wie aber? In welcher Eigenschaft? Sie war eine hochgewachsene, magere Frau, die sich alle Mühe gab, unbemerkt zu bleiben, die aber keineswegs ohne Persönlichkeit war. Man behandelte sie freundschaftlich, besser als eine Haushälterin, weniger gut als eine Verwandte. Jetzt, mit einem Mal, wurde mir eine Fülle von Nuancen bewußt, um die ich mich bisher nicht gekümmert hatte. Madame Chantal nannte sie «Perle». Die jungen Mädchen sagten: «Mademoiselle Perle». Und Chantal sagte nur Mademoiselle zu ihr, und vielleicht mit einer gewissen Ehrerbietung.

Ich begann sie näher zu betrachten. Wie alt mochte sie sein? Vierzig Jahre? Ja, vierzig! Sie war nicht alt, die Arme, sie machte sich alt. Diese Feststellung kam mir jäh und verblüffend. Frisur, Kleidung, Schmuck, alles war lächerlich, und dennoch war sie selber durchaus nicht lächerlich, so lebendig war in ihr eine schlichte, natürliche Anmut, eine verschleierte, sorgsam verborgene Anmut. Welch ein eigentümliches Geschöpf! Wie kam es, daß ich sie nie besser beobachtet hatte? Sie frisierte sich auf eine groteske Art mit altmodischen, höchst komischen Löckchen; und unter dieser altjüngferlichen Haartracht sah man eine hohe, ruhige Stirne, von zwei tiefen Runzeln durchzogen, zwei Runzeln, Spuren langen Kummers, und dann zwei große, blaue, sanfte Augen, so scheu, so ängstlich, so demütig, zwei schöne Augen, die sich alle Unbefangenheit, alles Staunen des kleinen Mädchens bewahrt hatten, junge Gefühle, aber auch manchen Gram, der durch sie gezogen war und sie gesänftigt hatte, ohne sie zu trüben.

Das ganze Gesicht war zart, zurückhaltend, eines jener Gesichter, die erlöschen, ohne geleuchtet zu haben, oder unter den Mühen oder den großen Erregungen des Lebens verblüht sind.

Welch ein reizender Mund! Wie reizende Zähne! Und doch hätte man meinen sollen, daß sie nicht zu lächeln wagte.

Und plötzlich verglich ich sie mit Madame Chantal! Gewiß, Mademoiselle Perle war besser, hundertmal besser, feiner, vornehmer, stolzer!

Meine Beobachtungen verwirrten mich. Es wurde Champagner eingeschenkt. Ich hob mein Glas der Königin zu und trank, mit einem geschliffenen Kompliment, auf ihr Wohl. Sie hatte Lust, das merkte ich sehr gut, das Gesicht in ihrer Serviette zu verstecken; dann aber, als sie ihre Lippen mit dem hellen Getränk netzte, riefen alle:

«Die Königin trinkt! Die Königin trinkt!»

Da wurde sie feuerrot und verschluckte sich. Man lachte, doch ich merkte recht wohl, daß man sie im Haus sehr gern hatte.

III

Sobald das Essen beendet war, nahm Chantal mich beim Arm. Es war die Stunde seiner Zigarre, eine heilige Stunde. War er allein, so ging er auf die Straße und rauchte sie dort; war aber ein Gast bei Tisch, so stieg man nachher ins Billardzimmer hinauf, und er rauchte beim Spiel. An jenem Abend war, der drei Könige wegen, das Billardzimmer sogar geheizt worden; und mein alter Freund nahm sein Queue, ein sehr schönes Queue, rieb es sorgsam mit Kreide ein, und dann sagte er:

«Leg los, mein Junge!»

Denn er duzte mich, obgleich ich schon fünfundzwanzig Jahre alt war; aber er hatte mich noch als kleines Kind gekannt.

So fing ich denn die Partie an. Einige Stöße gelangen mir, andere waren weniger geglückt, doch da der Gedanke an Mademoiselle Perle mich nicht locker ließ, fragte ich plötzlich:

«Sagen Sie, Monsieur Chantal, ist Mademoiselle Perle eigentlich mit Ihnen verwandt?»

Er hörte auf zu spielen und sah mich sehr erstaunt an.

«Wie? Du weißt das nicht? Du kennst Mademoiselle Perles Geschichte nicht?»

«Keine Spur!»

«Dein Vater hat sie dir nie erzählt?»

«Nein, nie!»

«Ach, das ist aber merkwürdig! Ja, weiß Gott, das ist merkwürdig. Nun, es ist doch ein richtiges Abenteuer!»

Er verstummte; doch dann fuhr er fort:

«Und wenn du wüßtest, wie seltsam es ist, daß du mich das gerade heute, am Dreikönigstag, fragst!»

«Warum?»

«Warum! Nun, so hör einmal. Einundvierzig Jahre ist es her, heute genau einundvierzig Jahre, am Epiphaniastag. Wir wohnten damals in Rouy-le-Tors, auf den Befestigungswällen; zuerst aber muß ich dir das Haus schildern, damit du auch gut verstehst. Rouy liegt an einem Hang oder vielmehr auf einem Hügel, der ein weites Gebiet von Wiesen beherrscht. Dort hatten wir ein Haus mit einem schönen hängenden Garten, den die alten Schutzmauern in der Schwebe hielten. Das Haus war also in der Stadt, in der Straße, während der Garten über die Ebene aufragte. Auch eine Türe von diesem Garten ins Freie war vorhanden, am Fuß einer Geheimtreppe, die durch das Mauerwerk in die Höhe führte, wie man das in Romanen findet.

Eine Straße ging an dieser Türe, die mit einer großen Glocke versehen war, vorüber, denn um den Umweg zu vermeiden, lieferten die Bauern ihre Waren hier ab.

Jetzt siehst du die Situation wohl deutlich vor dir, nicht wahr? Nun, in jenem Jahre schneite es schon seit einer Woche. Es war wie das Ende der Welt. Wenn wir auf die Mauern stiegen und auf die Ebene hinunterschauten, fror es uns in der Seele, dieses unermeßliche weiße Land, ganz weiß, vereist und schimmernd wie Lack. Man hätte meinen können, der liebe Gott habe die Erde eingepackt, um sie auf den Speicher der verbrauchten Welten zu schicken. Ich kann dir versichern, daß es sehr traurig war.

Wir waren damals in jenem Haus eine zahlreiche, sehr zahlreiche Familie; mein Vater, meine Mutter, mein Onkel und meine Tante, meine beiden Brüder und meine vier Cousinen; es waren hübsche Mädchen. Die jüngste habe ich geheiratet. Von ihnen allen sind wir nur noch zu dritt am Leben: meine Frau, ich und meine Schwägerin, die in Marseille wohnt. Herrgott, wie sich das verkrümelt, so eine Familie! Mich überläuft's, wenn ich daran denke! Damals war ich fünfzehn Jahre alt, denn jetzt bin ich sechsundfünfzig.

Nun, wir gingen daran, den Dreikönigstag zu feiern, und wir waren sehr guter Laune, sehr, sehr guter Laune. Wir warteten im Salon auf das Abendessen, als mein älterer Bruder, Jacques, erklärte:

‹Draußen auf der Ebene heult ein Hund jetzt schon seit zehn Minuten. Das muß ein armes Biest sein, das sich verlaufen hat.›

Er hatte noch nicht zu Ende geredet, da läutete die Gartenglocke. Sie hatte den dumpfen Klang einer Kirchenglocke, der einen an Tote denken ließ. Es durchschauerte uns. Mein Vater rief den Diener und schickte ihn nachsehen. In tiefem Schweigen warteten wir; wir dachten an den Schnee, der die ganze Erde zudeckte. Als der Mann zurückkam, meldete er, daß er nichts gesehen habe. Der Hund heulte noch immer, unablässig, und sein Geheul kam immer von derselben Stelle her.

Man setzte sich zu Tisch; doch wir alle waren ein wenig aus der Fassung, zumal die jungen Leute. Bis zum Braten ging alles gut, dann aber begann die Glocke wieder zu läuten, dreimal hintereinander, drei starke, lange Schläge, die bis in unsere Fingerspitzen zitterten und uns den Atem verschlugen. Wir saßen da, die Gabeln gehoben, sahen einander an, und eine gewissermaßen übernatürliche Furcht hatte uns gepackt.

Endlich sagte meine Mutter: ‹Es ist doch erstaunlich, daß man so lange gewartet hat, um wiederzukommen. Gehen Sie jetzt nicht allein, Baptiste; einer der Herren wird Sie begleiten.›

Mein Onkel François stand auf. Er war geradezu ein Herkules, sehr stolz auf seine Kraft und hatte vor nichts auf dieser Welt Angst. Mein Vater meinte:

‹Nimm ein Gewehr. Man kann nicht wissen, was dahinter steckt.›

Doch mein Onkel nahm nur einen Stock und machte sich mit dem Diener auf den Weg.

Wir aber blieben, zitternd vor Angst und Schreck, sitzen, aßen nicht, sagten kein Wort. Mein Vater versuchte, uns zu beruhigen:

‹Ihr werdet sehen›, sagte er, ‹daß es einfach ein Bettler ist oder einer, der sich im Schnee verirrt hat. Er hatte zum erstenmal geläutet, und da man ihm nicht aufmachte, versuchte er, seinen Weg allein zu finden; das ist ihm anscheinend nicht gelungen, und so ist er zu unserer Türe zurückgekehrt.›

Die Abwesenheit meines Onkels schien uns eine Stunde zu dauern. Er kam schließlich wütend und fluchte:

‹Nichts, zum Teufel! Da macht sich einer einen Spaß mit uns! Nichts als dieser verfluchte Hund, der hundert Meter von den Mauern entfernt heult. Hätte ich ein Gewehr mitgehabt, so hätte ich ihn erschossen, um ihn zum Schweigen zu bringen!›

Wir wandten uns wieder unserer Mahlzeit zu, aber die Angst war noch in allen lebendig. Man spürte sehr gut, daß es nicht zu Ende war, daß noch etwas geschehen, daß die Glocke sehr bald wieder läuten werde.

Und sie läutete, just als der Königskuchen angeschnitten wurde. Jetzt erhoben sich sämtliche Männer gleichzeitig. Mein Onkel François, der Champagner getrunken hatte, erklärte, er werde gehn und ‹ihn abmurksen›, und das sagte er so erbittert, daß meine Mutter und meine Tante sich an ihn klammerten, um ihn aufzuhalten. Mein Vater war wohl sehr ruhig und auch ein wenig gehemmt, denn seit einem Sturz vom Pferd hinkte er, aber auch er erklärte, er wolle wissen, um was es sich handle, und er werde mitgehn. Meine Brüder, achtzehn und zwanzig Jahre alt, liefen um ihre Gewehre; und da man gar nicht auf mich achtete, bemächtigte ich mich einer Spielflinte und schickte mich an, die Expedition zu begleiten.

Und so brachen wir auf. Mein Vater und mein Onkel marschierten an der Spitze mit Baptiste, der eine Laterne trug. Meine Brüder, Jacques und Paul, folgten, und ich ging hinter ihnen her, allen Bitten meiner Mutter zum Trotz, die mit ihrer Schwester und meinen Cousinen auf der Schwelle des Hauses blieb.

Seit einer Stunde hatte der Schnee wieder angefangen zu fallen, und die Bäume waren damit belastet. Die Tannen neigten sich unter der schweren, fahlen Tracht und glichen weißen Pyramiden, riesigen Zuckerhüten; und durch den grauen Vorhang der kleinen, wimmelnden Flocken sah man kaum die lockereren Büsche, die im Schatten ganz blaß waren. So dicht fiel der Schnee, daß man mühsam zehn Schritte weit schauen konnte. Doch die Laterne warf ein starkes Licht vor uns her. Als wir anfingen, die in die Mauer gegrabene Wendeltreppe hinunterzugehn, da hatte ich wirklich Angst. Mir war es, als ginge jemand hinter mir; als würde man mich bei den Schultern packen und davontragen. Und ich hatte große Lust zurückzukehren. Doch da der ganze Garten zu durchqueren gewesen wäre, wagte ich es nicht.

Ich hörte, wie die Türe ins Freie geöffnet wurde; dann fing mein Onkel wieder zu fluchen an:

‹Zum Teufel noch einmal! Jetzt ist er wieder fort! Wenn ich nur seinen Schatten zu Gesicht kriege! Den werde ich nicht verfehlen, diesen Schweinekerl!›

Es war unheimlich, die Ebene vor sich zu sehen oder vielmehr, sie vor sich zu spüren, denn man sah sie überhaupt nicht. Man sah nichts als einen endlosen Schneeschleier, oben, unten, vor sich, rechts, links, überall.

Und wieder erhob mein Onkel die Stimme.

‹Heh, das ist ja noch immer der Hund, der heult! Ich will ihn lehren, wie ich schieße! Das wenigstens ist dabei zu gewinnen!›

Aber mein Vater, ein gütiger Mensch, erwiderte:

‹Besser wär's, es zu suchen, das arme Biest, das vor Hunger bellt! Es heult um Hilfe, das bedauernswerte Vieh. Er ruft – ganz wie ein Mensch in Not. Gehen wir zu ihm!›

Und so machte man sich auf den Weg, durch den Schleier hindurch, durch dieses dichte, unablässige Schneegestöber, durch dieses Moos, das Nacht und Luft erfüllte, das wirbelte, schwebte, fiel und im Fallen das Fleisch gefrieren machte, vereisen ließ, als hätte es, mit jeder Berührung der kleinen weißen Flocken, durch einen lebhaften, raschen Schmerz auf der Haut, dieses Fleisch verbrannt.

Bis zu den Knien versanken wir in dem kalten, weichen Teig, und wir mußten die Beine sehr hoch heben, um weiterzustapfen. Doch je näher wir kamen, desto deutlicher, desto stärker wurde das Gebell des Hundes.

‹Dort ist er!› rief mein Onkel.

Wir blieben stehn, um nach dem Hund auszuschauen, wie man das vor einem Feind tun muß, dem man nachts begegnet.

Ich sah nichts, doch als ich mich zu den andern gesellte, da bemerkte ich ihn auch; er war eine erschreckende, phantastische Erscheinung, dieser Hund, ein großer, schwarzer Hund, ein langhaariger Schäferhund mit dem Kopf eines Wolfes, so stand er auf den vier Beinen aufgerichtet am Ende des langen Lichtstrahls, den die Laterne auf den Schnee warf. Er rührte sich nicht; er war verstummt, und er beobachtete uns.

‹Das ist merkwürdig›, sagte mein Onkel. ‹Er kommt nicht näher, er läuft aber auch nicht davon. Ich hätte große Lust, ihm eins auf den Pelz zu brennen!›

Doch mein Vater erklärte mit fester Stimme: ‹Nein! Wir müssen ihn mitnehmen.›

Da rief mein Bruder Jacques: ‹Aber er ist ja nicht allein. Neben ihm ist irgendwas.›

Tatsächlich, es war etwas hinter ihm, etwas Graues, das sich unmöglich erkennen ließ. Behutsam rückten wir näher.

Als der Hund uns kommen sah, setzte er sich. Er wirkte keineswegs bösartig. Anscheinend war er sogar zufrieden, daß es ihm gelungen war, Menschen anzulocken.

Mein Vater ging unverzagt auf ihn zu und streichelte ihn. Der Hund leckte ihm die Hände; und jetzt stellten wir fest, daß er an das Rad eines Wägelchens gebunden war, anscheinend eines Puppenwagens, der in drei oder vier Wolldecken gewickelt war. Sorgsam wurden diese Decken entfernt, und als Baptiste seine Laterne der Öffnung des Fahrzeugs näherte, das einer Hütte auf Rädern glich, da bemerkten wir darin ein kleines Kind, das schlief.

Wir waren derart verblüfft, daß wir kein Wort hervorbrachten. Mein Vater war der erste, der seine Fassung wiederfand, und da er sehr großherzig und sogar ein klein wenig überspannt war, streckte er die Hand über das Dach des Wagens und sagte:

‹Armes, verlassenes Geschöpf, du wirst bei uns dein Heim haben!›

Und er befahl meinem Bruder Jacques, unsern Fund vor uns her zu rollen.

‹Ein Kind der Liebe›, meinte mein Vater, als dächte er laut. ‹Die arme Mutter hat in der Dreikönigsnacht an meiner Türe geläutet. Sie hat an das Gotteskind gedacht!›

Abermals blieb er stehn, und mit aller Kraft rief er viermal durch die Nacht nach den vier Himmelsrichtungen: ‹Wir haben es gefunden!› Und dann legte er seinem Bruder die Hand auf die Schulter und flüsterte: ‹Wenn du geschossen hättest, François...›

Mein Onkel antwortete nicht, aber er bekreuzigte sich im Dunkeln, denn er war, trotz seiner Großmäuligkeit, sehr fromm.

Den Hund hatten wir losgebunden, und er trottete hinter uns her.

Ach, war das ein freundliches Bild, unsere Rückkehr ins Haus. Zunächst war es sehr mühsam, den Wagen über die Wendeltreppe hinaufzutragen. Aber es gelang, und nun rollten wir ihn bis zum Flur.

Wie komisch war Mama, wie zufrieden und aufgeregt! Und meine vier kleinen Cousinen – die jüngste war damals sechs Jahre alt! Sie waren wie vier Hennen um ein Nest. Schließlich hob man das Kind, das noch immer schlief, aus dem Wagen. Es war ein Mädchen von ungefähr sechs Wochen. Und in seiner Wäsche fanden sich zehntausend Francs in Gold, ja, zehntausend Francs, die mein Vater als Mitgift für die Kleine anlegte. Es war also nicht das Kind armer Leute... vielleicht aber das Kind eines Adligen mit einer Kleinbürgerin aus der Stadt... oder auch... tausend Vermutungen stellten wir an, aber man hat es niemals erfahren... nichts... nichts... niemals. Auch den Hund erkannte kein Mensch. Er war fremd in der Gegend. Jedenfalls mußte, wer immer an unserer Türe geläutet hatte, ob Mann oder Frau, meine Eltern gut gekannt haben, um gerade sie auszuwählen.

Und so gelangte, im Alter von sechs Wochen, Mademoiselle Perle in das Haus Chantal.

Mademoiselle Perle nannte man sie übrigens erst später. Zunächst wurde sie auf die Namen Marie Simone Claire getauft, und Claire sollte ihr Zuname sein.

Ja, das kann ich dir versichern – es war eine komische Rückkehr in das Eßzimmer mit der Kleinen, die unterdessen aufgewacht war und sich mit ihren blauen, verdutzten Augen inmitten all der Leute und Lichter umsah.

Wir setzten uns wieder zu Tisch, und der Königskuchen wurde verteilt. Ich war König, und als Königin wählte ich Mademoiselle Perle, ganz wie du es vorhin getan hast. An jenem Tag allerdings ahnte sie nichts von der Ehre, die ihr widerfuhr.

So wurde das Kind denn adoptiert und in der Familie großgezogen. Sie wuchs, die Jahre verstrichen. Sie war freundlich, sanft, gehorsam. Alle Leute hatten sie gern, und man hätte sie schrecklich verwöhnt, wenn meine Mutter das nicht verhindert hätte.

Meine Mutter war eine Frau mit Sinn für Ordnung und Rang. Sie war bereit, die kleine Claire wie ihre eigenen Kinder zu behandeln, und doch legte sie Wert darauf, daß der Abstand, der uns trennte, deutlich gewahrt blieb und die Situation klargestellt wurde.

Sobald die Kleine es verstehn konnte, erzählte meine Mutter ihr denn auch ihre Geschichte und brachte dem Kind sanft, sogar zärtlich zum

Bewußtsein, daß sie für die Familie Chantal ein Findelkind war, adoptiert, gewiß, aber alles in allem doch eine Fremde.

Claire begriff diese Lage mit erstaunlicher Klugheit, mit überraschendem Instinkt, und sie wußte sich darein zu fügen und den Platz, den man ihr eingeräumt hatte, mit so viel Takt, so viel Würde, so viel Sanftmut zu wahren, daß es meinen Vater zu Tränen rührte.

Auch meine Mutter war von der leidenschaftlichen Dankbarkeit und der ein wenig scheuen Ergebenheit des zärtlichen, kleinen Wesens so ergriffen, daß sie bald ‹mein Kind› zu der Kleinen sagte. Und wenn das Mädchen besonders nett, besonders zartfühlend gewesen war, so schob meine Mutter die Brille auf die Stirne – bei ihr stets ein Zeichen einer Gemütsbewegung – und sagte: ‹Ja, es ist doch eine Perle, dieses Kind! Eine wahre Perle!›

Und dieser Name haftete an der kleinen Claire, die für uns Mademoiselle Perle wurde und blieb.»

IV

Chantal verstummte.

Er saß auf dem Billardtisch, ließ die Beine hängen und drehte eine Kugel in der linken Hand, während er in der rechten einen Lappen zerdrückte, der dazu diente, auf der Schiefertafel die Punkte auszulöschen, und den wir «Kreidelappen» nannten. Chantals Wangen hatten sich gerötet, die Stimme klang dumpf, er führte jetzt gleichsam ein Selbstgespräch, war in seine Erinnerungen zurückgekehrt, wanderte ganz sachte quer durch die alten Dinge, die Geschehnisse früherer Zeiten, die in seinem Geist wach geworden waren, wie man durch die alten Familiengärten wandert, darin man aufgewachsen ist, darin jeder Baum, jeder Pfad, jede Pflanze, die spitzen Steineichen, der duftende Lorbeer, die Eiben, deren fette, rote Beeren man zwischen den Fingern zerquetscht, bei jedem Schritt ein winziges Ereignis aus unserem vergangenen Leben wiederauferstehn lassen, eines jener unbedeutenden, köstlichen kleinen Ereignisse, die den Grund, das Gewebe unseres Daseins bilden.

Ich stand ihm gegenüber, an die Wand gelehnt, die Hände auf das unnütz gewordene Queue gestützt.

Nach einer Minute begann er von neuem. «Mein Gott, wie hübsch sie mit achtzehn Jahren war... wie anmutig... wie entzückend... ach, das reizende... reizende, reizende... Mädchen... und so gut... so brav... so lieb! Und was für Augen sie hatte... blaue... durchschimmernde... klare Augen... nie habe ich ähnliche gesehen... nie...»

Wieder verstummte er.

Und ich fragte:

«Warum hat sie nie geheiratet?»

Er antwortete – doch nicht mir; er antwortete diesem Wort, das nachhallte:

«Warum? Warum? Sie wollte nicht... sie wollte

nicht. Sie hatte doch immerhin eine Mitgift von dreißigtausend Francs, und es fanden sich mehrmals Bewerber... aber sie wollte nicht. Zu jener Zeit schien sie unter einem Kummer zu leiden. Es war damals, als ich meine Cousine heiratete, die kleine Charlotte, meine Frau, mit der ich schon sechs Jahre verlobt gewesen war.»

Ich sah Chantal an, und mir war es, als bahnte ich mir einen Weg in sein Denken, als dränge ich auf einmal in eines jener kleinen und doch so grausamen Dramen redlicher Herzen, tapferer Herzen ein, Herzen ohne Makel, in eines jener uneingestandenen, unerforschten Dramen, die kein Mensch erkannt hat, nicht einmal jene, welche die stummen, die fügsamen Opfer solcher Dramen sind.

Da packte mich plötzlich eine verwegene Neugier, und ich fragte:

«Hätten nicht Sie selber sie heiraten sollen, Monsieur Chantal?»

Er erbebte, sah mich an.

«Ich? Wen heiraten?»

«Mademoiselle Perle.»

«Und warum?»

«Weil Sie sie mehr geliebt haben als Ihre Cousine!»

Er sah mich mit entgeisterten, runden, verstörten Augen an, und dann stammelte er:

«Ich... sie geliebt... ich... ja, aber... wer hat dir das gesagt?»

«Ja, das merkt man doch... und um ihretwillen haben Sie auch so lange gezaudert, Ihre

Cousine zu heiraten, die sechs Jahre darauf gewartet hatte.»

Er ließ die Kugel fallen, die er in der linken Hand hielt, nahm mit beiden Händen den Kreidelappen, preßte ihn ans Gesicht und begann zu schluchzen. Er weinte verzweifelt und lächerlich, wie ein Schwamm weint, den man drückt, aus den Augen, aus der Nase, aus dem Mund zu gleicher Zeit. Und er hustete, spuckte, schneuzte sich in den Lappen, trocknete sich damit die Augen, nieste, begann es abermals aus allen Öffnungen seines Gesichts strömen zu lassen, und in seiner Kehle rasselte es, als ob er gurgelte.

Ich war verwirrt, ich schämte mich, ich hatte Lust, mich zu drücken, und ich wußte nicht mehr, was ich sagen, was ich tun, was ich versuchen sollte.

Und da tönte Madame Chantals Stimme von der Treppe her:

«Seid ihr endlich fertig mit eurem Gequalm?»

Ich öffnete die Türe und rief:

«Ja, Madame, wir kommen gleich.»

Dann stürzte ich mich auf ihren Gatten, packte ihn bei den Ellbogen.

«Monsieur Chantal, mein Freund Chantal, hören Sie, Ihre Frau ruft Sie, fassen Sie sich, fassen Sie sich schnell! Wir müssen hinunter! Fassen Sie sich!»

Er stotterte: «Ja... ja... ich komme... armes Mädchen... ich komme... sagen Sie ihr, daß ich komme.»

Und er begann sich sorgfältig das Gesicht mit dem Lappen zu trocknen, der seit zwei oder drei Jahren alle Spuren von Kreide weglöschte, und dann erschien Chantals Gesicht, halb weiß, halb rot, die Stirne, die Nase, die Wangen, das Kinn mit Kreide beschmiert, und die Augen geschwollen, immer noch voll von Tränen.

Ich nahm ihn bei der Hand und zog ihn in sein Zimmer.

«Verzeihen Sie mir», flüsterte ich, «ich bitte Sie um Verzeihung, Monsieur Chantal, verzeihen Sie mir, daß ich Ihnen einen Schmerz bereitet habe... aber... ich wußte nicht... Sie... Sie verstehen...»

Er drückte mir die Hand.

«Ja... ja... es gibt schwierige Augenblicke...»

Dann tauchte er das Gesicht in sein Waschbecken. Und als er es wieder sehen ließ, fand ich ihn noch immer nicht präsentabel; aber mir kam eine kleine List in den Sinn. Er betrachtete sich im Spiegel und war beunruhigt, doch da sagte ich:

«Sie brauchen nur zu erzählen, daß Ihnen ein Staubkorn ins Auge gekommen ist, und dann können Sie vor aller Welt weinen, soviel Sie nur wollen.»

Tatsächlich ging er zu den andern hinunter und rieb sich das Auge mit dem Taschentuch. Man war besorgt; jeder wollte das Staubkorn entfernen, das man aber nicht fand, und man sprach von ähnlichen Fällen, wo es sich schließlich als notwendig erwiesen hatte, den Doktor kommen zu lassen.

Ich hatte mich Mademoiselle Perle zugesellt, und ich betrachtete sie, von brennender Neugier geplagt, einer Neugier, die geradezu zu einem Schmerz wuchs. Sie mußte wirklich hübsch gewesen sein, mit den sanften Augen, die so groß, so weit geöffnet waren, als schlösse sie sie niemals, wie das die andern Menschenwesen tun. Ihr Aufzug war ein wenig lächerlich, es war die richtige Kleidung für eine alte Jungfer, machte sie reizlos, ohne daß sie doch linkisch gewirkt hätte.

Mir war es, als sähe ich in ihre Seele, wie ich vorhin in Chantals Seele geschaut hatte, und als begriffe ich, von einem Ende zum andern, dieses demütige, schlichte, hingebungsvolle Leben; und da drängte sich mir ein Bedürfnis auf die Lippen, ein quälendes Bedürfnis, sie zu befragen, zu wissen, ob auch sie ihn geliebt hatte; ob sie, wie er, jene lange, geheime, nagende Folter gelitten hatte, die man nicht errät und die sich doch nachts, in der Einsamkeit des dunklen Zimmers, hervorwagt. Ich beobachtete sie, ich sah unter dem Kleid ihr Herz schlagen, und ich fragte mich, ob dieses sanfte, schuldlose Gesicht Abend für Abend in den feuchten Stoff des Kissens gestöhnt, in dem Fieber des glühenden Bettes, den Körper von Krämpfen geschüttelt, geschluchzt hatte.

Und ganz leise, wie es die Kinder tun, die ein Spielzeug zerbrechen, um zu wissen, was drin ist, sagte ich zu ihr:

«Wenn Sie Monsieur Chantal vorhin weinen gesehen hätten, er hätte Ihnen leid getan!»

Sie zuckte zusammen.
«Wie? Er hat geweint?»
«O ja! Er hat geweint!»
«Und warum?»
Sie war sichtlich sehr erregt. Ich antwortete ihr:
«Um Ihretwillen!»
«Um meinetwillen?»
«Ja. Er hat mir erzählt, wie sehr er Sie geliebt hatte, und wie schwer es ihm geworden war, seine jetzige Frau zu heiraten, und nicht Sie...»
Ihr blasses Gesicht schien ein wenig länger zu werden; ihre immer offenen, ihre gelassenen Augen schlossen sich plötzlich, so schnell, als hätten sie sich für immer geschlossen. Sie glitt von ihrem Stuhl auf den Boden und sank dort langsam, lautlos zusammen wie eine gefallene Schärpe.
«Zu Hilfe!» rief ich. «Zu Hilfe! Mademoiselle Perle fühlt sich nicht wohl!»
Madame Chantal und ihre Töchter eilten herbei, und während man Wasser, ein Tuch und Essig holte, nahm ich meinen Hut und verzog mich.
Ich ging mit großen Schritten, mein Herz verkrampfte sich, mein Hirn war von Gewissensbissen und Reue erfüllt. Manchmal aber war ich auch zufrieden; ich hatte den Eindruck, als hätte ich etwas Löbliches, etwas Notwendiges getan.
Ich fragte mich: Hatte ich unrecht? Hatte ich recht? Die beiden hatten das in der Seele, wie eine Kugel in einer geschlossenen Wunde zu-

rückbleibt. Werden sie jetzt nicht glücklicher sein? Es war zu spät; ihre Qualen würden nicht von neuem einsetzen. Doch es war früh genug, damit sie sich in sanfter Rührung des Gewesenen entsannen.

Und vielleicht, eines Abends im kommenden Frühling, wenn ein Mondstrahl auf den Rasen fällt, werden sie sich tiefbewegt die Hand reichen und sich dieses erstickten, grausamen Grams erinnern; und vielleicht wird dieser kurze Händedruck in ihren Adern ein wenig von jenem Beben wecken, das sie nie gekannt hatten, wird diesen für eine Sekunde wiederauferstandenen Toten das jähe, göttliche Gefühl jenes Rausches gönnen, das den Liebenden in einem einzigen Erschauern mehr Glück beschert, als die anderen Menschen in ihrem ganzen Leben zu ernten vermögen.

DER MARQUIS DE FUMEROL

Roger de Tourneville saß im Kreise seiner Freunde rittlings auf einem Stuhl, eine Zigarre in der Hand, und von Zeit zu Zeit zog er den Rauch ein und ließ dann eine kleine Wolke steigen.

«Wir saßen bei Tisch, als ein Brief gebracht wurde. Papa öffnete ihn. Ihr kennt ja Papa, der da glaubt, der Platzhalter des Königs von Frankreich zu sein. Ich nenne ihn einen Don Quichotte, weil er zwölf Jahre lang gegen die Windmühle der Republik gekämpft hat, ohne recht zu wissen, ob das im Namen der Bourbons oder im Namen der Orléans geschehen war. Heute schwingt er seine Lanze nur im Namen der Orléans, weil es ja nur noch sie gibt. Jedenfalls hält Papa sich für den ersten Edelmann von Frankreich, für den bekanntesten, den einflußreichsten, den Führer der Partei; und da er selber unabsetzbarer Senator ist, findet er, daß die Könige rundherum auf recht wackligen Thronen sitzen.

Und Mama? Sie ist die Seele Papas, sie ist die Seele des Königtums und der Religion, der rechte Arm Gottes auf Erden und die Geißel der Schlechtgesinnten.

Man brachte also einen Brief, während wir

bei Tisch saßen. Papa öffnete ihn, las ihn; dann sah er Mama an und sagte zu ihr:

‹Dein Bruder liegt im Sterben.›

Mama wurde blaß. Man sprach im Hause fast niemals von meinem Onkel. Ich kannte ihn überhaupt nicht. Ich wußte nur durch das, was allgemein gesagt wurde, daß er das Leben eines Hanswursts geführt hatte und führte. Nachdem er sein Vermögen mit einer unberechenbaren Zahl von Frauen verpraßt hatte, waren ihm jetzt nur noch zwei Mätressen geblieben, mit denen er in einer kleinen Wohnung in der Rue des Martyrs lebte.

Einstiger Pair von Frankreich, einstiger Kavallerieoberst, glaubte er, wie es hieß, weder an Gott noch an den Teufel. Da er denn seine Zweifel an einem künftigen Leben hegte, hatte er auf jede mögliche Art das derzeitige Leben mißbraucht; und er war zur offenen Wunde von Mamas Herz geworden.

‹Geben Sie mir den Brief, Paul›, sagte sie.

Nachdem sie ihn gelesen hatte, wollte ich ihn auch haben. Und er lautete:

Herr Graf, ich klaube Sie wissen lassen müssen, daß Ihr Schwager, der Marki de Fumerold, zu sterben peapsichtikt. Villeicht wollen Sie etwas undernemen und bitte nicht vergessen, daß ich Sie verständikt habe.

Ihre erkebene Dinerin *Mélani*

Papa murmelte: ‹Da muß etwas geschehen.

In meiner Stellung muß ich über die letzten Augenblicke Ihres Bruders wachen.›

Mama erklärte: ‹Ich werde Abbé Poivron holen lassen und ihn um Rat bitten. Und dann gehe ich mit dem Abbé und Roger zu meinem Bruder. Sie, Paul, bleiben hier. Sie dürfen sich nicht bloßstellen. Eine Frau kann und muß diese Dinge tun. Aber für einen Politiker in Ihrer Stellung ist das etwas anderes. Ein Gegner hätte es leicht, auch Ihre löblichste Handlung gegen Sie auszunützen.›

‹Sie haben recht›, sagte mein Vater. ‹Tun Sie ganz nach Ihrer Eingebung.›

Eine Viertelstunde später trat der Abbé Poivron in den Salon, die Lage wurde ihm auseinandergesetzt, wurde analysiert und von allen Gesichtspunkten aus erörtert.

Wenn der Marquis de Fumerol, einer der großen Namen Frankreichs, ohne die Tröstungen der Religion sterben sollte, wäre das ganz bestimmt ein furchtbarer Schlag für den Adel im allgemeinen und für den Comte de Tourneville im besonderen. Die Freidenker würden triumphieren. Die übelgesinnten Zeitungen würden sechs Monate lang triumphieren; der Name meiner Mutter würde in den Schmutz und in die Prosa der sozialistischen Blätter gezerrt, der Name meines Vaters besudelt. Es war unmöglich, daß dergleichen geschehen durfte.

So wurde denn unverzüglich ein Kreuzzug beschlossen, der von dem Abbé Poivron angeführt werden sollte, einem kleinen, rundlichen, gepflegten, leicht parfümierten Geistlichen, einem wahren Vikar der großen Kirche in einem vornehmen, reichen Viertel.

Ein Landauer wurde angespannt, und wir drei, Mama, der Abbé und ich, brachen auf, um meinem Onkel beizustehn.

Es wurde vereinbart, daß man zunächst Madame Mélanie aufsuchen sollte, die Verfasserin des Briefes, die wohl die Hausbesorgerin oder die Wirtschafterin meines Onkels sein mußte.

Ich stieg als Kundschafter vor einem siebenstöckigen Haus aus und trat in einen dunklen Flur, wo ich nur mit großer Mühe den finstern Verschlag des Hausbesorgers entdeckte. Dieser Mann musterte mich mißtrauisch.

Ich sagte: ‹Madame Mélanie, bitte!›

‹Kenn' ich nicht.›

‹Aber ich habe doch einen Brief von ihr bekommen!›

‹Möglich, aber ich kenn' sie nicht. Ist es irgendein ausgehaltenes Frauenzimmer, das Sie suchen?›

‹Nein, wahrscheinlich ein Dienstmädchen. Sie hat sich wegen einer Stelle an mich gewendet.›

‹Ein Dienstmädchen...? Ein Dienstmädchen...? Vielleicht die beim Marquis. Schauen Sie nach! Im fünften links.›

Von dem Augenblick an, da ich nicht nach einem leichtfertigen Frauenzimmer gefragt hatte, war er freundlicher geworden, und er kam sogar in den Flur. Er war groß und mager, hatte einen Backenbart, sah aus wie ein Küster, und seine Gesten waren majestätisch.

Ich stieg hastig eine lange, schmutzige Wendeltreppe hinauf, deren Geländer ich nicht zu berühren wagte. Und dann klopfte ich dreimal leise an die linke Türe im fünften Stockwerk.

Sie wurde sogleich geöffnet, und eine unsaubere, unförmige Frau stand vor mir und versperrte mir den Eintritt mit ihren ausgebreiteten Armen, die sich auf die beiden Türflügel stützten.

‹Was wollen Sie?› knurrte sie.

‹Sind Sie Madame Mélanie?›

‹Ja.›

‹Ich bin der Vicomte de Tourneville.›

‹Aha! Kommen Sie herein!›

‹Ja, nämlich... Mama ist mit einem Geistlichen unten.›

‹Schön, schön, holen Sie sie! Aber nehmen Sie sich in acht vor dem Hausbesorger!›

Ich eilte hinunter und stieg mit Mama wieder hinauf. Der Abbé folgte uns. Ich hatte den Eindruck, hinter uns auch noch andere Schritte zu hören.

Sobald wir in der Küche waren, bot Mélanie uns Stuhle an, und wir setzten uns, alle vier, um zu beraten.

‹Es geht ihm nicht gut?› fragte Mama.

‹Ja, ja, Madame, er hat nicht mehr für lange.›

‹Glauben Sie, daß er in der Stimmung wäre, den Besuch eines Priesters zu empfangen?›

‹Ach... das glaube ich nicht.›

‹Könnte ich ihn sehen?›

‹Ja... aber... nur... nur... die Fräulein sind bei ihm.›

‹Welche Fräulein?›

‹Aber... aber... seine Freundinnen!›

‹Ah!›

Mama war ganz rot geworden.

Der Abbé Poivron hatte die Augen gesenkt.

Das fing an, mich zu amüsieren, und ich sagte:

‹Und wenn ich zuerst zu ihm ginge? Ich werde sehen, wie er mich empfängt, und vielleicht könnte ich sein Herz vorbereiten.›

Mama, die den Spott nicht merkte, erwiderte:

‹Ja, mein Kind.›

Doch irgendwo wurde eine Türe geöffnet, und eine Stimme, eine Frauenstimme, schrie:

‹Mélanie!›

Das dicke Dienstmädchen schnellte in die Höhe.

‹Was soll's sein, Mamzelle Claire?›

‹Die Omelette! Aber geschwind!›

‹In einer Minute, Mamzelle!›

Sie wandte sich zu uns und setzte uns auseinander:

‹Das ist eine Käseomelette, die sie für zwei Uhr bei mir als Frühstück bestellt haben!›

Und schon tat sie Eier in eine Salatschale und begann sie eifrig zu schlagen.

Ich trat auf den Treppenabsatz hinaus und zog die Glocke, um mein Kommen offiziell anzukündigen.

Mélanie öffnete, führte mich in ein Vorzimmer, ging zu meinem Onkel, um ihm zu melden, daß ich da war, und dann kam sie wieder und ließ mich eintreten.

Der Abbé verbarg sich hinter der Türe, um beim ersten Zeichen einzugreifen.

Ich war, weiß Gott, überrascht, als ich meinen Onkel erblickte. Er war sehr schön, sehr feierlich, sehr elegant, der alte Lebemann.

Er saß – oder vielmehr lag beinahe – in einem großen Lehnstuhl, die Beine mit einer Decke umwickelt, die Hände, lange, blasse Hände, über den Armlehnen des Stuhls hängend, und so erwartete er mit biblischer Würde den Tod. Sein weißer Bart fiel ihm auf die Brust, und seine Haare, auch sie schneeweiß, trafen sich auf den Wangen mit dem Bart.

Hinter seinem Lehnstuhl, aufgerichtet, als müßten sie ihn gegen mich verteidigen, standen zwei junge Frauen, rundliche, kleine Frauen, und musterten mich mit kecken Dirnenaugen. In Rock und Schlafrock, die Arme entblößt, schwarze Haare unordentlich über dem Nacken, mit goldgestickten, orientalischen Pantoffeln, welche die Knöchel und die Seidenstrümpfe sehen ließen, wirkten sie neben diesem Sterbenden wie unmoralische Gestalten eines symbolischen Bildes. Zwischen dem Lehnstuhl und dem Bett wartete ein kleiner Tisch mit Decke, zwei Tellern, zwei Gläsern, zwei Gabeln und zwei Messern auf die Käseomelette, die eben bei Mélanie bestellt worden war.

Mein Onkel sagte mit schwacher, keuchender, aber deutlicher Stimme:

‹Guten Tag, mein Kind. Du hast dir Zeit gelassen mit deinem Besuch. Unsere Bekanntschaft wird nicht von langer Dauer sein.›

‹Das ist nicht meine Schuld, Onkel›, stotterte ich.

‹Nein, ich weiß›, erwiderte er. ‹Es ist mehr die Schuld deines Vaters und deiner Mutter als die deine... wie geht es ihnen?›

‹Danke... nicht schlecht. Als sie erfuhren, daß Sie krank sind, haben sie mich sofort geschickt, damit ich mich nach Ihrem Befinden erkundige.›

‹Ja? Und warum sind sie nicht selber gekommen?›

Ich hob die Augen zu den zwei Mädchen und sagte halblaut: ‹Es ist nicht ihre Schuld, wenn sie nicht kommen konnten, Onkel. Aber es wäre schwierig für meinen Vater und unmöglich für meine Mutter, hier einzutreten...›

Der alte Mann antwortete nicht, aber er reichte mir die Hand. Ich griff nach dieser blassen, kalten Hand und hielt sie fest.

Die Türe öffnete sich. Mélanie kam mit der Omelette und stellte sie auf den Tisch. Sogleich setzten die beiden Mädchen sich vor ihre Teller und begannen zu essen, ohne doch die Augen von mir abzuwenden.

‹Es wäre eine große Freude für meine Mutter, Onkel›, sagte ich, ‹Sie zu umarmen.›

Er flüsterte: ‹Ich auch... ich würde gern...›

Er verstummte. Ich wußte nicht, was ich ihm vorschlagen sollte, und so hörte man nichts als das Klappern der Gabeln auf den Tellern und das vage Geräusch kauender Münder.

Der Abbé aber, der hinter der Türe gehorcht hatte, merkte, daß wir verlegen waren, glaubte, nun sei das Spiel gewonnen, fand, nun sei es an der Zeit einzugreifen, und zeigte sich.

Mein Onkel war von dieser Erscheinung derart verblüfft, daß er sich zunächst nicht rührte; dann aber riß er den Mund auf, als wollte er den Geistlichen verschlingen; und dann brüllte er mit starker, tiefer, wütender Stimme:

‹Was haben Sie hier zu suchen?›

Der Abbé, an heikle Lagen gewöhnt, trat näher und flüsterte:

‹Ich komme im Namen Ihrer Schwester, Herr Marquis; sie ist es, die mich sendet... sie wäre so glücklich, Herr Marquis...›

Doch der Marquis hörte ihn nicht. Er hob eine Hand, wies mit tragischer, großartiger Geste nach der Türe und sagte erbittert, keuchend:

‹Hinaus mit euch... hinaus mit euch... Seelendiebe... hinaus mit euch, Gewissensdiebe... hinaus mit euch, Einbrecher in Sterbezimmer!›

Und der Abbé wich zurück, und auch ich wich an die Türe zurück und trat mit meiner Geistlichkeit die Flucht an. Und die beiden kleinen Damen fühlten sich gerächt, waren aufgestanden, hatten die halbgegessene Omelette stehn gelassen und hatten zu beiden Seiten des Lehnstuhls meines Onkels Stellung bezogen, legten ihm die Hände auf die Arme, um ihn zu beruhigen, um ihn gegen die verbrecherischen Unternehmungen der Familie und der Religion zu schützen.

Der Abbé und ich zogen uns zu Mama in die Küche zurück. Und Mélanie bot uns abermals Stühle an.

‹Ich habe schon gewußt, daß das nicht ganz einfach sein würde›, sagte sie. ‹Man muß was anderes erfinden, sonst entwischt er uns.›

Und man begann zu beraten. Mama äußerte ihre Ansicht, der Abbé trat für eine andere ein, ich für eine dritte.

Eine halbe Stunde vielleicht ratschlagten wir mit gedämpfter Stimme, als ein wilder Lärm und ein Gebrüll meines Onkels sich vernehmen ließen, noch heftiger, noch schrecklicher als vorher, und wir, alle vier, sprangen auf.

Durch Türen und Wände hörten wir: ‹Hinaus... hinaus... Taugenichtse... Gauner... hinaus, Lumpen... hinaus... hinaus!›

Mélanie stürzte in sein Zimmer, und dann holte sie mich zu Hilfe. Ich eilte zu meinem Onkel. Vor ihm, den der Zorn aufgepeitscht hatte, der beinahe auf seinen Füßen stand und brüllte, waren zwei Männer, einer hinter dem andern, und schienen darauf zu warten, daß er vor Wut starb.

An dem lächerlichen langen Rock, an den langen englischen Schuhen, an seiner Miene – der eines stellungslosen Lehrers –, an seinem steifen Kragen und an seiner weißen Krawatte, an dem demütigen Gesicht des falschen Priesters einer Bastardreligion erkannte ich in dem ersten sogleich einen protestantischen Pastor.

Der zweite war der Hausbesorger, der, Angehöriger der reformierten Kirche, uns gefolgt war, unsere Niederlage mitangesehen hatte und eiligst, in der Hoffnung auf einen besseren Empfang, zu seinem Pastor gelaufen war.

Mein Onkel war sichtlich toll vor Wut! Wenn der Anblick des katholischen Geistlichen, des Priesters seiner Ahnen, den Marquis de Fumerol, der Freidenker geworden war, reizte, so brachte der Anblick des Geistlichen seines Hausbesorgers ihn vollends außer sich.

Ich packte die beiden Männer bei den Armen und warf sie so energisch hinaus, daß sie einander bei der Flucht durch die beiden Türen, die zur Treppe führten, zweimal in die Arme fielen.

Dann verschwand auch ich und kehrte in die Küche zurück, unser Hauptquartier, um mir bei meiner Mutter und dem Abbé Rat zu holen.

Doch Mélanie stürzte aufgeregt herein und stöhnte:

‹Er stirbt... er stirbt... kommen Sie schnell... er stirbt...›

Meine Mutter sprang auf und eilte in das Zimmer. Mein Onkel war der Länge nach auf den Boden gefallen und rührte sich nicht mehr. Ich glaube, daß er bereits tot war.

In diesem Augenblick war meine Mutter großartig! Sie ging geradewegs auf die beiden Mädchen zu, die neben dem Körper knieten und ihn aufzuheben versuchten. Mit unwiderstehlicher Kraft, Würde und Majestät wies sie auf die Türe und sagte:

‹Jetzt haben Sie das Zimmer zu verlassen!›

Und sie gingen, ohne zu protestieren, ohne ein Wort zu sagen. Ich muß hinzufügen, daß ich mich anschickte, sie mit der gleichen Energie hinauszubefördern wie den Pastor und den Hausbesorger.

Und nun versah Abbé Poivron meinen Onkel mit allen Tröstungen der Religion und der Vergebung seiner Sünden.

Mama, neben ihrem Bruder auf dem Boden, schluchzte.

Plötzlich schrie sie auf:

‹Er hat mich erkannt! Er hat mir die Hand gedrückt! Ich bin überzeugt, daß er mich erkannt hat... daß er mir gedankt hat! O mein Gott, welch ein Glück!›

Arme Mama! Wenn sie verstanden oder geahnt hätte, an wen oder woran dieser Dank gerichtet sein mußte!

Wir legten den Onkel auf sein Bett. Diesmal war er wirklich tot.

‹Madame›, sagte Mélanie, ‹wir haben keine Leintücher, um ihn einzuwickeln. All die Wäsche gehört den Fräulein.›

Ich betrachtete die Omelette, die sie nicht aufgegessen hatten, und ich hatte Lust zu weinen und gleichzeitig zu lachen. Manchmal im Leben gibt es seltsame Augenblicke und seltsame Gefühle!

Nun, wir haben für meinen Onkel ein prachtvolles Begräbnis veranstaltet mit fünf Reden am Grab. Der Senator, Baron de Croisselles, bewies mit den schönsten Worten, daß Gott in die vorübergehend verirrten adligen Seelen stets siegreich zurückkehrt. Alle Mitglieder der royalistischen und katholischen Partei folgten dem Leichenzug mit der Begeisterung von Triumphatoren und sprachen von diesem schönen Tod nach einem ein wenig vom rechten Weg abgewichenen Leben.»

Vicomte Roger war verstummt. Rund um ihn lachte man. Und einer der Anwesenden meinte:

«Nun ja, das ist die Geschichte aller Bekehrungen in extremis.»

LIEBE

Drei Seiten aus dem Notizbuch eines Jägers

Ich habe eben in der kleinen Chronik der Zeitung von einem Drama der Leidenschaft gelesen. Er hat sie getötet, dann hat er sich getötet, er liebte sie also. Was bedeuten Er und Sie? Ihre Liebe allein bedeutete mir etwas; und sie interessiert mich nicht, weil sie mich rührt, oder weil sie mich überrascht, oder weil sie mich aufwühlt, oder weil sie mich nachdenklich macht, sondern weil sie eine Erinnerung aus meiner Jugend wachruft, eine seltsame Jagderinnerung, als mir die Liebe erschien, wie den ersten Christen Kreuze mitten am Himmel erschienen.

Ich bin mit allen Instinkten, allen Sinnen des primitiven Menschen geboren, doch sind sie gemildert durch die Urteilskraft und die Gefühle des Zivilisierten. Ich liebe die Jagd leidenschaftlich; und vor dem blutenden Tier, vor dem Blut auf den Federn, dem Blut an meinen Händen krampft sich mir das Herz zusammen, als wollte es stocken.

In jenem Jahr, gegen Ende des Herbstes, setzten die Fröste brüsk ein, und ich wurde von einem meiner Vettern, Karl de Rauville, geladen, um mit ihm bei Tagesanbruch Enten im Sumpf zu schießen.

Mein Vetter, ein Mann von vierzig, rothaarig, sehr kräftig und sehr bärtig, ein Landedelmann, ein liebenswürdiger halber Wilder, von heiterem Wesen, mit jenem gallischen Witz begabt, der auch die Mittelmäßigkeit erträglich macht, bewohnte eine Kreuzung von Bauernhof und Herrenhaus in einem breiten Tal, darin ein Bach strömte. Wälder bedeckten die Hügel zur Rechten und zur Linken, alte Herrenwälder, darin noch prachtvolle Bäume standen, und wo man das seltenste Federwild dieser ganzen Gegend von Frankreich fand. Manchmal schoß man dort Adler; und die Zugvögel, jene, die beinahe nie in unsere allzu bevölkerten Länder kommen, hielten sich fast unfehlbar in diesem jahrhundertealten Gezweig auf, als hätten sie diesen kleinen Waldwinkel aus alten Zeiten erkannt oder wiedererkannt, der noch übrig war, um ihnen auf ihrer kurzen nächtigen Rast Schutz zu bieten.

Im Tal dehnten sich große Weideplätze, bewässert von Gräben und getrennt durch Hecken; und dann, in einiger Entfernung, breitete der bis hierher kanalisierte Bach sich zu einem ausgedehnten Sumpf. Diesem Sumpf, dem herrlichsten Jagdgebiet, das ich je gesehen hatte, galt die ganze Sorge meines Vetters, der ihn pflegte wie einen Park. Durch das unermeßliche Volk von Schilf, das ihn bedeckte, ihn zu rauschendem, wogendem Leben weckte, hatte man schmale Durchlässe gezogen, wo die flachen Kähne, mit Stangen fortbewegt und gesteuert, stumm über das tote Wasser glitten, das Rohr streiften, die flinken Fische in die Flucht durch den Pflanzenwuchs jagten und die wilden Hühner tauchen ließen, deren schwarze, spitzige Köpfe jäh verschwanden.

Ich liebe das Wasser mit einer ungezügelten Leidenschaft; das Meer, obgleich es zu groß, zu unruhig ist, sich dem Besitz verweigert, die reizenden Bäche, die vorübergleiten, die fliehen, die sich entfernen, und vor allem die Sümpfe, darin das ganze unbekannte Dasein der Wassertiere sich regt. Der Sumpf, das ist eine ganze Welt auf Erden, eine andere Welt, die ihr Eigenleben hat, ihre ständigen Bewohner und ihre Durchzügler, ihre Stimmen, ihre Geräusche und, vor allem, ihr Mysterium. Nichts ist aufregender, beunruhigender, manchmal sogar erschreckender als ein Moor. Warum diese Angst, die über den wasserbedeckten Ebenen schwebt? Sind es die unbestimmten Geräusche des Röhrichts, die seltsamen Irrlichter, das tiefe Schweigen, das sie in stillen Nächten umhüllt? Oder die wunderlichen Nebelstreifen, die über die Binsen schleifen wie Leichengewänder? Oder auch das kaum merkbare, leichte, sachte Geplätscher, das manchmal schauerlicher ist als die Kanone der Menschen oder der Donner des Himmels, und das die Sümpfe Traumländern angleicht, bedrohlichen Ländern, die ein unerforschliches, gefährliches Geheimnis bergen.

Nein. Etwas anderes entbindet sich ihm, ein anderes Mysterium, ein tieferes, ernsteres schwebt in dem dichten Nebel, vielleicht das Mysterium der Schöpfung selbst! Ist es denn nicht in dem stehenden, schlammigen Wasser, in der schweren Feuchtigkeit der Erde unter der Hitze der Sonne, wo sich der erste Keim des Lebens regte, wo er erzitterte, wo er sich dem Tag erschloß?

Ich kam abends bei meinem Vetter an. Es fror, um Steine zu spalten.

Während des Essens in dem großen Saal, wo das Büfett, die Mauern, die Decke mit ausgestopften Tieren bedeckt waren, die ihre Flügel ausbreiteten oder auf Zweigen hockten, die mit Nägeln befestigt waren, Sperber, Reiher, Eulen, Ziegenmelker, Bußarde, Habichte, Geier, Falken, berichtete mir mein Vetter, in seiner Seehundsfelljacke selber einem seltsamen Tier aus kalten Ländern ähnlich, die Anordnungen, die er für diese Nacht getroffen hatte.

Wir sollten um halb vier morgens aufbrechen, damit wir gegen halb fünf an der Stelle wären, die als Anstand gewählt worden war. Man hatte dort aus Eisstücken eine Hütte errichtet, die uns ein wenig Schutz gegen den furchtbaren Wind bieten sollte, der dem Tag vorangeht, jenem frostgeladenen Wind, der das Fleisch zerfetzt wie eine Säge, es wie Messer zerschneidet, wie vergiftete Pfeile sticht, wie Zangen zwickt, wie Feuer brennt.

Mein Vetter rieb sich die Hände.

«So einen Frost habe ich noch nie gesehen», sagte er. «Wir hatten schon um sechs Uhr abends zwölf Grad unter Null.»

Ich warf mich sogleich nach der Mahlzeit auf mein Bett und schlief beim Schein einer mächtigen Flamme ein, die in meinem Kamin loderte.

Pünktlich um drei wurde ich geweckt. Ich wickelte mich in ein Lammfell und fand meinen Vetter Karl in ein Bärenfell gehüllt. Nachdem wir jeder zwei Schalen glühenden Kaffee geschluckt hatten, gefolgt von zwei Glas Cognac, brachen wir, begleitet von einem Heger und unseren Hunden, Plongeon und Pierrot, auf.

Von den ersten Schritten im Freien an fühlte ich mich durchfroren bis auf die Knochen. Es war eine jener Nächte, da die Erde vor Kälte gestorben zu sein scheint. Die eisige Luft leistet Widerstand, wird greifbar, so sehr schmerzt sie. Kein Hauch bewegt sie, sie ist starr, reglos, sie beißt, durchdringt, trocknet, tötet die Bäume, die Pflanzen, die Insekten, ja, die kleinen Vögel, die von den Bäumen auf den harten Boden fallen und unter der Klammer der Kälte hart werden wie er selbst.

Der Mond, in seinem letzten Viertel, zur Seite geneigt, ganz blaß, schien inmitten des Raumes zu ersterben, war so schwächlich, daß er sich nicht mehr verziehen konnte, daß er dort oben blieb, auch er gelähmt von der Starre des Himmels. Er ergoß ein trockenes, tristes Licht über die Welt, jenes sterbende, fahle Licht, das er uns jeden Monat, am Ende seiner Wiederauferstehung, sendet.

Wir gingen Seite an Seite, Karl und ich, den

Rücken gekrümmt, die Hände in den Taschen, das Gewehr unter dem Arm. Unsere Stiefel waren mit Wolle umwickelt, damit wir auf dem gefrorenen Bach gehn konnten, ohne auszugleiten, und so verursachten sie kein Geräusch; und ich betrachtete den weißen Dunst, den der Atem unserer Hunde bildete.

Bald waren wir am Rand des Moors, und wir schlugen eine jener Alleen aus trockenem Schilf ein, die sich durch diesen Niederwald zogen.

Unsere Ellbogen streiften die langen, bandartigen Blätter und ließen ein leises Knistern hinter uns; und ich fühlte mich, wie nie zuvor, von jener mächtigen, einzigartigen Empfindung gepackt, die das Moor in mir entstehn läßt. Es war tot, dieses Moor hier, tot vor Kälte, während wir inmitten seiner Bevölkerung von ausgedörrten Binsen darüber schritten.

Plötzlich, bei der Biegung einer der Alleen, bemerkte ich die Eishütte, die man errichtet hatte, um uns einen Schutz zu bieten. Ich trat ein, und da wir noch etwa eine Stunde auf das Erwachen der Vögel zu warten hatten, wickelte ich mich in meine Decke und versuchte, mich zu erwärmen.

Und so, auf dem Rücken liegend, begann ich den entstellten Mond zu betrachten, der durch die leidlich durchschimmernden Wände dieses Polarhauses vier Zacken hatte.

Doch die Kälte des gefrorenen Moors, die Kälte dieser Wände, die Kälte, die vom Firmament fiel, durchdrang mich bald so heftig, daß ich zu husten anfing.

Mein Vetter Karl wurde unruhig.

«Macht nichts, wenn wir heute nicht viel schießen», sagte er. «Aber ich will nicht, daß du dich erkältest. Wir wollen ein Feuer anzünden.»

Und er gab dem Heger den Auftrag, Binsen zu schneiden.

In der Mitte unserer Hütte, deren Spitze durchbohrt wurde, um den Rauch hinauszulassen, wurde ein Haufe aufgestapelt; und als die rote Flamme längs der kristallhellen Wände emporzüngelte, begannen sie langsam, kaum merklich zu schmelzen, als hätten diese Bausteine aus Eis geschwitzt. Karl, der draußen geblieben war, rief mir zu:

«Komm doch! Sieh dir das an!»

Ich trat hinaus und war völlig fassungslos vor Staunen. Unsere kegelförmige Hütte wirkte wie ein riesiger Diamant mit einem Herzen aus Feuer, der jäh dem gefrorenen Wasser des Sumpfes entstiegen war. Und drin sah man zwei phantastische Formen, die unserer Hunde, die sich wärmten.

Doch jetzt zog ein seltsamer Schrei, ein verlorener Schrei, ein irrender Schrei über unsere Köpfe hin. Das Licht unserer Freistatt weckte die wilden Vögel.

Nichts erregt mich so wie dieser erste Ton des Lebens, das man nicht sieht, das so schnell, so fern durch die dunkle Luft hastet, bevor am Horizont die erste Helle der Wintertage auftaucht. Ich habe in solch eisiger Stunde des Morgengrauens den Eindruck, als wäre dieser fliehende, von den Schwingen eines Tieres davongetragene Schrei ein Seufzen der Seele der Welt!

Karl sagte: «Löscht das Feuer aus. Es wird Tag.»

Und tatsächlich begann der Himmel zu erblassen, und die Entenschwärme zogen lange, rasche, im Nu verschwundene Streifen über das Firmament.

Ein Blitz glänzte in der Nacht, Karl hatte geschossen; und die beiden Hunde sprangen vor.

Und nun, von Minute zu Minute, bald er, bald ich, schossen wir, kaum daß über dem Schilf der Schatten eines fliegenden Schwarms erschien. Und Pierrot und Plongeon brachten uns atemlos und freudig blutende Tiere, deren Auge uns manchmal noch ansah.

Der Tag hatte sich erhoben, ein klarer, blauer Tag; die Sonne ging im Grunde des Tales auf, und wir gedachten uns auf den Rückweg zu machen, als zwei Vögel, den Hals gestreckt, die Flügel ausgespannt, plötzlich über unsere Köpfe glitten. Ich schoß. Einer der beiden fiel beinahe zu meinen Füßen nieder. Es war eine Knäkente mit silbernem Bauch. Und nun schrie im Raum über mir eine Stimme, die Stimme eines Vogels. Es war eine kurze, wiederholte, herzzerreißende Klage; und das Tier, das kleine, verschont gebliebene Tier, begann in der Bläue des Himmels über uns zu kreisen und schaute nach der toten Gefährtin hinunter, die ich in den Händen hielt.

Karl, auf den Knien, das Gewehr an der Schulter, belauerte den Vogel mit gierigem Blick und wartete ab, bis er nahe genug war.

«Du hast das Weibchen geschossen», sagte er. «Das Männchen wird nicht fortfliegen.»

Nein, es flog nicht fort; es kreiste immer noch und jammerte über unseren Köpfen. Nie hat ein leidenvolles Stöhnen mir derart das Herz zerrissen wie dieser verzweifelte Ruf, wie der Vorwurf dieses armen, in der Weite verlorenen Tieres.

Manchmal floh es vor der Drohung des Laufs, der seinem Flug folgte; es schien bereit, seine Reise ganz allein quer durch den Himmel fortzusetzen. Doch dazu konnte es sich nicht entschließen, und immer kehrte es wieder, um sein Weibchen zu suchen.

«Laß das Weibchen nur auf dem Boden», sagte Karl zu mir. «Das Männchen wird gleich näher kommen.»

Und es kam wirklich näher, unbekümmert um die Gefahr, verblendet durch seine Liebe, die Liebe des einen Tiers für das andere, das ich getötet hatte.

Karl schoß; es war, als hätte man die Schnur durchschnitten, die den Vogel im Schweben hielt. Ich sah etwas Schwarzes, das herabfiel, ich hörte im Schilf das Geräusch eines Sturzes. Und Pierrot brachte mir den Vogel.

Ich legte die beiden, schon erkalteten, in die selbe Jagdtasche... und ich kehrte noch am selben Tag nach Paris zurück.

Tatsächlich gab es in dieser Affäre ein Mysterium, das weder die Geschworenen, noch der Präsident, noch der Staatsanwalt selbst zu begreifen vermochten.

Das Mädchen Rosalie Prudent, Magd bei den Eheleuten Varambot in Mantes, war, ohne daß ihre Herrschaft es wußte, schwanger geworden, hatte nachts in ihrer Dachkammer ein Kind geboren, hatte es dann getötet und im Garten begraben.

Es war die übliche Geschichte aller Kindestötungen, die sich Mägde zuschulden kommen lassen. Doch ein Umstand blieb unerklärlich. Die Nachforschungen in der Kammer der Angeklagten hatten zur Entdeckung einer kompletten Kinderausstattung geführt, von Rosalie selber angefertigt, die ihre Nächte damit verbracht hatte, drei Monate alles zurechtzuschneiden und zu nähen. Der Krämer, bei dem sie die Kerzen für diese lange Arbeit gekauft und von ihrem Lohn bezahlt hatte, war als Zeuge erschienen. Überdies hatte man festgestellt, daß die Hebamme des Ortes, von dem Zustand des Mädchens in Kenntnis gesetzt, Rosalie alle Unterweisungen, alle praktischen Ratschläge gegeben hatte, falls das Ereignis zu einer Stunde eintreten sollte, da es unmöglich wäre, ihr beizustehn. Auch hatte die Hebamme in Poissy eine Stelle für Rosalie gesucht, die mit ihrer Kündigung rechnete, denn das Ehepaar Varambot verstand in Dingen der Moral keinen Spaß.

Sie waren da, vor den Schranken, der Mann und die Frau, kleine Provinzrentner, zutiefst erbittert gegen diese Schlampe, die ihnen das Haus besudelt hatte. Sie hätten sie am liebsten auf der Stelle, ohne Spruch hingerichtet gesehen, und sie mit gehässigen Aussagen belastet, die in ihrem Munde zu Anklagen wurden.

Die Schuldige, ein schönes, großes Mädchen aus der untern Normandie, mit einer für ihren Stand recht guten Schulbildung, weinte ununterbrochen und gab keine Antwort.

Man mußte sich darauf beschränken, anzunehmen, daß sie ihre barbarische Tat in einem Augenblick der Verzweiflung, des Wahnsinns vollbracht hatte, denn alles wies darauf hin, daß sie gehofft hatte, ihren Sohn zu behalten und aufzuziehen.

Noch einmal versuchte der Präsident, sie zum Sprechen zu bringen, Geständnisse zu erlangen, und nachdem er sie mit großer Milde befragt hatte, gelang es ihm endlich, ihr begreiflich zu machen, daß alle diese Männer, die sich vereinigt hatten, um über sie zu richten, keineswegs ihren Tod wollten, ja, daß sie sogar Mitleid mit ihr haben konnten.

Und da entschloß sie sich.

Er fragte: «Nun! Sagen Sie uns zunächst, wer der Vater dieses Kindes ist.»

Das hatte sie bis dahin hartnäckig verschwiegen.

Jetzt antwortete sie plötzlich, den Blick auf ihre Brotgeber gerichtet, die sie eben mit solchem Eifer verleumdet hatten.

«Es ist Monsieur Joseph, der Neffe Monsieur Varambots.»

Die beiden Eheleute fuhren auf und schrien gleichzeitig:

«Das ist falsch! Sie lügt! Das ist eine Niedertracht!»

Der Präsident wies sie zur Ruhe und setzte das Verhör fort.

«Sprechen Sie weiter, und sagen Sie uns doch, wie es dazu gekommen ist.»

Und da entströmte ihr mit einem Mal ein Wortschwall, und sie entlastete ihr verschlossenes Herz, ihr armes, einsames, gebrochenes Herz, sie gab ihren Gram, ihren ganzen Gram jetzt vor diesen strengen Männern preis, die sie bisher für Feinde und unbeugsame Richter gehalten hatte.

«Ja, Monsieur Joseph Varambot ist es, als er voriges Jahr auf Urlaub gekommen war.»

«Was ist er denn, dieser Joseph Varambot?»

«Er ist Unteroffizier bei der Artillerie, Herr Präsident. Zwei Monate ist er im Haus geblieben. Zwei Sommermonate. Ich, ich habe mir nichts gedacht, als er anfing, mir Blicke zuzuwerfen, mir allerlei Schmeichelhaftes zu sagen, und dann mir schön zu tun, solange der Tag dauerte. Und ich, ich habe mich beschwatzen lassen, Herr

Präsident. Immer wieder sagte er mir, ich sei ein schönes Mädchen, und ich sei sehr nett... ich sei ganz nach seinem Geschmack... Und mir gefiel er, das ist schon wahr... was wollen Sie? Man hört sich solche Reden an, wenn man allein ist... ganz allein... wie ich. Ich bin allein auf der Erde, Herr Präsident... ich habe keinen Menschen, mit dem ich reden kann... keinen Menschen, zu dem ich mit meinen Sorgen kommen kann... ich habe keinen Vater mehr, keine Mutter mehr, weder Bruder noch Schwester, niemanden. Wenn er anfing, mit mir zu reden, war's für mich, wie wenn ein Bruder wiedergekommen wäre. Und dann hat er verlangt, ich solle doch eines Abends an das Ufer des Bachs kommen, damit man sich unterhalten könnte, ohne Lärm zu machen... Ich bin gegangen... weiß ich denn, wie's kam? Weiß ich denn, wie's später kam? Er nahm mich um die Taille... gewiß, ich hab' nicht gewollt... nein... nein... ich hab' nicht anders gekonnt... ich hatte Lust zu weinen, so lau war die Luft... es war Vollmond... ich hab' nicht anders gekonnt... nein... das schwöre ich Ihnen... ich hab' nicht anders gekonnt... und da hat er getan, was er wollte... das hat noch drei Wochen gedauert... so lange wie er geblieben ist... ich wäre ihm bis ans Ende der Welt nachgegangen... er ist fort... ich wußte nicht, daß ich schwanger war... das hab' ich erst einen Monat später gemerkt...»

Sie weinte so heftig, daß man ihr Zeit lassen mußte, um sich wieder zu fassen.

Dann sagte der Präsident zu ihr wie ein Priester im Beichtstuhl:

«Nun, nun, reden Sie nur weiter!»

Sie begann von neuem.

«Als ich gemerkt hab', daß ich schwanger war, hab' ich's Madame Boudin gesagt, der Hebamme, und sie ist hier und kann's bezeugen; und ich hab' sie gefragt, wie ich's anstellen sollte, wenn sie gerade nicht dabei wäre. Und dann hab' ich die Ausstattung genäht, eine Nacht nach der andern, bis ein Uhr morgens, jeden Abend; und dann hab' ich mir eine andere Stelle gesucht, weil ich ja gewußt hab', daß man mich fortschicken würde; aber ich wollte bis zuletzt im Haus bleiben, um ein paar Sous zu sparen, denn ich hatte gar nichts, und ich würde doch etwas brauchen; für das Kleine...»

«Sie haben es also nicht töten wollen?»

«Ach, weiß Gott nicht, Herr Präsident!»

«Warum haben Sie es also getötet?»

«Das ist so zugegangen. Es ist früher gekommen, als ich geglaubt hatte. Es hat mich in der Küche erwischt, als ich gerade mit dem Geschirr fertig wurde.

Monsieur und Madame Varambot haben schon geschlafen; und da bin ich, nicht ohne Schmerz, hinaufgestiegen, hab' mich am Geländer weitergeschleppt, dann hab' ich mich auf den Boden gelegt, auf die Steine, um mein Bett nicht schmutzig zu machen. Das hat vielleicht eine Stunde gedauert, vielleicht zwei, vielleicht drei; ich weiß es nicht, so sehr hat's weh getan! Und dann hab' ich mit allen Kräften gedrückt, und dann hab' ich gemerkt, daß es gekommen ist, und dann hab' ich's aufgenommen.

O ja, ich war zufrieden, wahrhaftig, das bin ich gewesen. Ich hab' alles gemacht, was Madame Boudin mir gesagt hatte. Und dann hab' ich ihn auf mein Bett gelegt, den Kleinen. Und dann war wieder ein Schmerz da, aber ein Schmerz, als ob's ans Sterben ginge. Wenn Sie das kennen würden, Sie hier, würden Sie sich's zweimal überlegen. Ich bin darüber auf die Knie gefallen, dann auf den Rücken, auf die Erde, und da hat's mich wieder erwischt, vielleicht noch eine Stunde, vielleicht zwei, dort oben, ganz allein... und dann ist noch einer gekommen... ein anderer Kleiner... zwei... ja... zwei solche! Und ich hab' ihn genommen wie den ersten, und dann hab' ich ihn auf's Bett gelegt, einen neben den andern... zwei! Ist das möglich? Sagen Sie selber! Zwei Kinder! Mit meinen zwanzig Francs im Monat! Sagen Sie... ist das möglich? Einer, ja, das geht noch, wenn man sich selber nichts gönnt... aber nicht zwei! Das hat mir den Kopf verdreht... weiß ich denn überhaupt? Hab' ich wählen können?

Weiß ich's denn? Ich hab' nur gesehen, daß es mit mir zu Ende ist. Und da hab' ich das Kissen drüber gelegt, ohne es zu wissen... zwei hab' ich nicht behalten können... und dann hab' ich mich noch selber drüber gelegt. Und dann bin ich so geblieben, hab' mich hin und her gewälzt und hab' geweint, bis ich durch's Fenster den Tag hab' kommen gesehen; sie waren tot unter dem Kissen, ja, das waren sie. Und da hab' ich sie unter den Arm genommen, dann bin ich die Treppe hinuntergestiegen, bin in den Gemüsegarten gegangen, hab' den Spaten vom Gärtner genommen, und dann hab' ich sie unter der Erde vergraben, so tief ich nur konnte, den einen hier, den andern dort, nicht beisammen, damit sie nicht von ihrer Mutter reden können, wenn sie reden, die kleinen Toten. Weiß ich's denn?

Und dann, in meinem Bett, da war's mir so elend, daß ich mich nicht hab' rühren können. Da hat man den Doktor kommen lassen, und der hat alles verstanden. Das ist die Wahrheit, Herr Richter. Machen Sie mit mir, was Sie wollen. Ich bin bereit.»

Die Hälfte der Geschworenen schneuzte sich immer wieder, um nicht zu weinen. Im Publikum schluchzten die Frauen.

Der Präsident fragte:

«Wo haben Sie das andere Kind begraben?»

«Welchen hat man denn gefunden?» erkundigte sie sich.

«Nun... den... der unter den Artischocken war.»

«Aha! Der andere ist unter den Erdbeeren; am Rand des Brunnens.»

Und sie begann so zu schluchzen, daß ihr Jammer alle Herzen zerriß.

Die Magd Rosalie Prudent wurde freigesprochen.

DER TUGENDPREISTRÄGER MADAME HUSSONS

Wir waren eben durch Gisors gefahren, wo ich erwacht war, als ich die Bahnbeamten den Namen der Stadt ausrufen hörte, und ich wollte gerade wieder einschlafen, da schleuderte mich ein furchtbarer Ruck gegen die dicke Dame, die mir gegenüber saß.

Ein Rad der Lokomotive war gebrochen, die nun quer über dem Geleise lag. Der Tender und der Gepäckwagen waren ebenfalls entgleist und hatten sich neben die Sterbende gelegt, die röchelte, ächzte, pfiff, keuchte, spuckte und einem jener Pferde glich, die auf der Straße stürzen, deren Flanke sich hebt und senkt, deren Brust zittert, deren Nüstern dampfen, deren ganzer Körper erschauert, und die doch anscheinend nicht die geringste Anstrengung aufbringen können, um sich zu erheben und ihren Weg fortzusetzen.

Es gab weder Tote noch Verwundete, nur ein paar Quetschungen, denn der Zug hatte seine normale Geschwindigkeit noch nicht erreicht, und wir betrachteten verzweifelt das große, verstümmelte Eisentier, das uns nicht länger zu ziehen vermöchte, und das nun vielleicht auf lange Zeit die Strecke versperren würde, denn man müßte zweifellos aus Paris einen Hilfszug kommen lassen.

Es war zehn Uhr morgens, und ich beschloß sogleich, nach Gisors zu wandern, um dort zu Mittag zu essen.

Während ich das Geleise entlangging, sagte ich mir: Gisors, Gisors... ich kenne doch irgendwen hier! Wen nur? Gisors? Ich habe doch einen Freund in dieser Stadt! Und jäh drängte sich ein Name in meine Erinnerung: Albert Marambot! Das war ein Schulkamerad gewesen, den ich mindestens seit zwölf Jahren nicht mehr gesehen hatte und der hier, in Gisors, als Arzt tätig war. Häufig hatte er mir geschrieben und mich eingeladen; ich hatte immer versprochen zu kommen, ohne je mein Versprechen zu halten. Diesmal würde ich die Gelegenheit endlich ausnützen.

Ich frage den ersten Vorübergehenden: «Wissen Sie, wo Doktor Marambot wohnt?»

Ohne zu zaudern, in der schleppenden Sprechweise der Normannen, erwidert er: «Rue Dauphine.»

Und tatsächlich sehe ich neben der Türe des angegebenen Hauses eine große Kupfertafel, darein der Name meines früheren Kameraden eingegraben ist. Ich läutete, doch das Dienstmädchen, ein Frauenzimmer mit gelblichen Haaren und trägen Gesten, wiederholte stumpfsinnig: «Er is' nicht daaa, er is' nicht daaa!»

Ich hörte ein Geräusch von Gabeln und Gläsern, und ich rief:

«Heh, Marambot!»

Eine Türe öffnete sich, und ein dicker Mann

mit Backenbart erschien, übellaunig, eine Serviette in der Hand.

Nein, ich hätte ihn bestimmt nicht wiedererkannt. Man hätte ihm mindestens fünfundvierzig Jahre gegeben, und binnen einer Sekunde sah ich das ganze Provinzleben vor mir, das schwerfällig, dick und alt macht. Mit einem einzigen Gedankenblitz, schneller als die Geste, mit der ich ihm die Hand reichte, offenbarte sich mir seine ganze Existenz, seine Lebensform, seine Geistesart, seine Weltanschauung. Ich ahnte die langen Mahlzeiten, die seinen Bauch gerundet hatten, die Siesta nach dem Mittagessen, in der Dumpfheit einer mühsamen, von Cognac benetzten Verdauung, die beiläufigen Blicke, die er auf die Kranken warf, während seine Gedanken bei dem Huhn weilten, das sich vor dem Feuer drehte. Seine Gespräche über die Küche, über den Apfelmost, über den Schnaps, über den Wein, über die Methode, bestimmte Speisen zuzubereiten und bestimmte Saucen zu binden, das alles sah ich vor mir, als ich bloß die feiste Rötung seiner Wangen, die dicken Lippen, den trüben Glanz seiner Augen erblickte.

Ich sagte zu ihm: «Du erkennst mich nicht! Ich bin Raoul Aubertin.»

Er breitete die Arme aus und hätte mich fast erwürgt; und sein erster Satz lautete:

«Du hast doch hoffentlich noch nicht zu Mittag gegessen?»

«Nein!»

«Das ist ein Glück! Ich habe mich gerade zu

Tisch gesetzt, und es gibt eine hervorragende Forelle.»

Fünf Minuten später saß ich ihm am Eßtisch gegenüber.

Ich fragte ihn:

«Du bist Junggeselle geblieben?»

«Weiß Gott, ja!»

«Und du findest es hier amüsant?»

«Ich langweile mich nicht, ich bin beschäftigt. Ich habe meine Kranken, meine Freunde, ich esse gut, es geht mir gut, ich amüsiere mich gern, ich gehe gern auf die Jagd. Man kann zufrieden sein.»

«Und ist das Leben in dieser kleinen Stadt nicht eintönig?»

«Nein, mein Lieber, nicht, wenn man sich zu beschäftigen weiß. Eine kleine Stadt ist, alles in allem, nicht anders als eine große. Die Ereignisse und die Vergnügungen sind hier weniger abwechslungsreich, aber man mißt ihnen größere Wichtigkeit bei; die Beziehungen sind hier spärlicher, dafür begegnet man einander häufiger. Wenn man alle Fenster einer Straße kennt, so beschäftigt, so interessiert einen jedes einzelne mehr als eine ganze Straße in Paris.

Sie ist sehr amüsant, so eine kleine Stadt. Sehr amüsant, sehr amüsant! Gisors, zum Beispiel! Ich kenne es bis in die Fingerspitzen von seinen Anfängen bis zum heutigen Tag. Du hast keine Ahnung, wie komisch seine Geschichte ist.»

«Bist du aus Gisors?»

«Ich? Nein. Ich bin aus Gournay, der Nachbarin und Rivalin. Gournay ist für Gisors, was Lucullus für Cicero war. Hier ist man nur auf Ruhm bedacht, man sagt: ‹Die Stolzen von Gisors›. In Gournay gilt nur der Bauch, und man sagt: ‹Die Fresser von Gournay›. Gisors verachtet Gournay, aber Gournay macht sich über Gisors lustig. Es ist sehr komisch, das Land hier.»

Ich bemerkte, daß ich etwas wirklich Köstliches aß, kernweiche Eier, eingewickelt in eine mit Kräutern schmackhaft gemachte und leicht eisgekühlte Fleischsulz.

Ich schnalzte mit der Zunge, um Marambot zu schmeicheln.

«Gut ist das!»

Er lächelte.

«Zwei Dinge sind notwendig: gute Sulz, die schwer zu bekommen ist, und gute Eier. Ach, die guten Eier, wie selten sind sie! Wenn das Gelb ein wenig rötlich und recht saftig ist! Ich selber, ich habe zwei Hühnerhöfe, den einen für die Eier, den andern für das Geflügel. Ich füttere meine Legehennen auf eine besondere Art. Darüber habe ich meine eigenen Ansichten. Im Ei wie im Fleisch des Huhns, des Rindes oder des Hammels, in der Milch, kurz, in allem, findet man das Wesentliche, die Quintessenz des Futters, mit dem man das Tier genährt hat. Und das soll man auch schmecken! Um wieviel besser könnte man essen, wenn man sich mehr mit diesen Dingen beschäftigte!»

Ich lachte.

«Du bist also ein Feinschmecker?»

«Weiß Gott, ja! Nur die Trottel sind keine Feinschmecker. Man ist Feinschmecker, wie man Maler ist, wie man gelehrt ist, wie man Dichter ist. Der Geschmack, mein Lieber, ist ein zartes Organ, erziehbar und achtungswert wie das Auge und das Ohr. Keinen Geschmack zu haben bedeutet, einer außerordentlichen Fähigkeit beraubt zu sein, der Fähigkeit, die Qualität der Nahrungsmittel zu unterscheiden, wie einem die Fähigkeit abgehen kann, die Qualitäten eines Buches oder eines Bildes zu erkennen; es bedeutet, eines entscheidenden Sinnes beraubt zu sein, eines Teils der menschlichen Überlegenheit; es bedeutet, einer der zahllosen Arten von Krüppeln, von Benachteiligten, von Dummköpfen anzugehören, aus denen sich das Menschengeschlecht zusammensetzt; es bedeutet, mit einem Wort, einen albernen Mund zu haben, wie man einen albernen Geist hat. Ein Mann, der eine Languste nicht vom Hummer unterscheidet, einen Hering, jenen wundervollen Fisch, der die ganze Fülle, das ganze Aroma des Meers in sich birgt, nicht von einer Makrele oder einem Weißfisch und eine Crassanebirne nicht von einer Duchesse, ist jenem zu vergleichen, der Balzac mit Eugène Sue verwechselt, eine Beethovensymphonie mit dem Marsch eines Regimentskapellmeisters und den Apoll vom Belvedere mit dem Standbild des Generals de Blanmont.»

«Wer ist dieser General de Blanmont?»

«Ja, richtig, das weißt du nicht! Man sieht gleich, daß du nicht aus Gisors bist! Mein Lieber, ich habe dir vorhin gesagt, daß man die Bewohner dieser Stadt ‹Die Stolzen von Gisors› nennt, und nie ist ein Beiname verdienter gewesen. Aber essen wir zuerst, und nachher zeige ich dir unsere Stadt und erzähle dir von ihr.»

Von Zeit zu Zeit verstummte er, um gemächlich ein Glas Wein zu trinken, das er zärtlich betrachtete, während er es wieder auf den Tisch stellte.

Eine Serviette um den Hals geschlungen, die Backen gerötet, das Auge blitzend, den Bart um den rastlos tätigen Mund gebreitet, bot er ein erheiterndes Bild.

Mich fütterte er, bis ich fast erstickte. Dann, als ich zum Bahnhof gehn wollte, nahm er mich beim Arm und führte mich durch die Straßen. Die Stadt, freundlich provinziell, von ihrer Festung beherrscht, dem merkwürdigsten Denkmal militärischer Bauweise, das es aus dem zwölften Jahrhundert in Frankreich geben mag, beherrscht wiederum ein langes, grünes Tal, darin die schweren normannischen Kühe auf den Wiesen das Gras weiden und wiederkäuen.

Der Doktor sagte: «Gisors, Stadt von viertausend Einwohnern, an der Grenze des Departements Eure, schon in den Kommentaren Cäsars erwähnt: Caesaris ostium, dann Caesartium, Caesortium, Gisortium, Gisors. Ich werde dich nicht zu dem Lager der römischen Armee führen, dessen Spuren noch sehr sichtbar sind.»

Ich lachte und erwiderte: «Mein Lieber, mir scheint, daß du von einer besondern Krankheit befallen bist, die du, als Arzt, studieren solltest, und die man Kirchturmgeist nennt.»

Er blieb plötzlich stehn. «Der Kirchturmgeist, mein Freund, ist nichts als ein natürlicher Patriotismus. Ich liebe mein Haus, und diese Liebe erstreckt sich auf meine Stadt und meine Provinz, weil ich auch hier noch die Bewohner meines Dorfes finde; wenn ich aber die Grenze liebe, wenn ich sie verteidige, wenn ich erbost bin, sobald der Nachbar den Fuß darauf setzt, so tu ich das, weil ich mich schon in meinem Haus bedroht fühle, weil die Grenze, die ich nicht kenne, der Weg zu meiner Provinz ist. So bin ich ein Normanne, ein echter Normanne; nun, und trotz meinem Groll gegen den Deutschen, trotz meinem Wunsch nach Rache, verabscheue ich ihn nicht, hasse ich ihn nicht instinktiv, wie ich den Engländer hasse, den wahren Feind, den Erbfeind, den natürlichen Feind des Normannen, weil der Engländer über diesen Boden geschritten ist, den meine Ahnen bewohnt haben, ihn zwanzigmal geplündert und verwüstet hat, und weil die Abneigung gegen dieses perfide Volk mir mit meinem Leben von meinem Vater übertragen worden ist... hier, das ist das Denkmal des Generals.»

«Welches Generals?»

«Des Generals de Blanmont! Wir hatten ein Denkmal gebraucht. Wir sind doch nicht umsonst die ‹Stolzen von Gisors›! Und da haben wir den General de Blanmont entdeckt. Sieh doch nur das Schaufenster dieses Buchhändlers.»

Er zog mich vor die Auslage einer Buchhandlung, wo etwa fünfzehn gelbe, rote oder blaue Bände den Blick auf sich zogen.

Als ich die Titel las, mußte ich hell auflachen; sie lauteten:

«Gisors, sein Ursprung, seine Zukunft», von X., Mitglied zahlreicher gelehrter Gesellschaften; «Geschichte von Gisors», von Abbé A.; «Gisors, von Cäsar bis auf unsere Tage», von M.B., Hausbesitzer; «Gisors und seine Umgebung», von Dr. C. D.; «Der Ruhm von Gisors», von einem Forscher.

«Ja, mein Lieber», fuhr Marambot fort, «es vergeht kein Jahr, verstehst du wohl, ohne daß hier eine neue Geschichte von Gisors erschiene. Wir haben ihrer dreiundzwanzig!»

«Und die Berühmtheiten von Gisors?» fragte ich.

«Ach, da werde ich dir nicht alle aufzählen; nur von den Wichtigsten werde ich sprechen. Da haben wir zunächst General de Blanmont, dann Baron Davillier, den berühmten Keramiker, der Spanien und die Balearen durchforscht und den Sammlern die wunderbaren spanisch-arabischen Fayencen offenbart hat. In der Literatur haben wir einen sehr verdienstvollen Journalisten, den verstorbenen Charles Brainne, und unter den Lebenden den hervorragenden Direktor des ‹Nouvelliste de Rouen›,

Charles Lapierre... und noch viele andere, viele andere...»

Wir gingen durch eine lange, leicht abwärts geneigte Straße, die von einem Ende zum andern von der Julisonne erhitzt wurde, deren Strahlen die Bewohner in ihre Häuser getrieben hatte.

Plötzlich tauchte am Ende dieser Straße ein Mann auf, ein Betrunkener, der nicht fest auf seinen Beinen war.

Er kam, den Kopf vorgestreckt, die Arme hängend, die Beine knieweich, machte jeweils drei, sechs oder zehn rasche Schritte, denen dann stets eine Ruhepause folgte. Wenn sein Eifer, seine Energie ihn bis in die Mitte der Straße getrieben hatte, blieb er brüsk stehn, schwankte auf seinen Füßen zwischen einem Sturz und einem neuen Anfall von Energie. Dann machte er sich mit einem Mal wieder auf den Weg; in irgendeine beliebige Richtung. So stieß er gegen ein Haus, an das er sich zu heften schien, als wollte er durch die Mauer hindurch eintreten. Dann wandte er sich mit einem Ruck um, schaute vor sich hin, den Mund geöffnet, die Augen in die Sonne blinzelnd, dann löste er seinen Rücken jäh von der Mauer und setzte seinen Marsch fort.

Ein kleiner gelber Hund, ein ausgehungerter Köter, folgte ihm bellend, blieb stehn, wenn er stehnblieb, trottete weiter, wenn er weitertrottete.

«Ach», sagte Marambot, «der Preisträger Madame Hussons!»

Ich war sehr überrascht und fragte: «Der Preisträger Madame Hussons? Was willst du damit sagen?»

Der Arzt begann zu lachen.

«Oh, so nennt man die Betrunkenen, die wir hier haben. Das rührt von einer alten Geschichte her, die jetzt schon zur Sage geworden ist, obgleich sie in allen Punkten stimmt.»

«Ist sie komisch, deine Geschichte?»

«Sehr komisch.»

«Dann erzähl sie mir doch!»

«Mit Vergnügen.»

«Es lebte einst in dieser Stadt eine alte Dame, die sehr tugendhaft war und die Tugend beschützte; sie war eine Madame Husson. Du mußt wissen, daß ich dir die richtigen Namen nenne und keine erfundenen. Madame Husson beschäftigte sich ganz besonders mit Mildtätigkeit, sie half den Armen und unterstützte die Würdigen. Sie war klein, machte kurze Schritte, trug eine Perücke aus schwarzer Seide, war zeremoniell, höflich und stand in den besten Beziehungen zum lieben Gott, den Abbé Malou vertrat; aber sie hatte einen tiefen Abscheu, einen angeborenen Abscheu gegen das Laster, und vor allem gegen jenes Laster, das die Kirche Wollust nennt. Schwangerschaften vor der Ehe brachten sie ganz außer sich, erbitterten sie derart, daß sie darüber ihr sanftes Wesen vergaß.

Nun war es die Zeit, da man in der Umgebung von Paris Tugendpreise verteilte, und da kam

Madame Husson der Gedanke, man sollte doch auch in Gisors eine Tugendpreisträgerin krönen.

Sie schüttete dem Abbé Malou ihr Herz aus, und er stellte sogleich eine Liste der Kandidatinnen auf.

Madame Husson hatte aber eine Magd zu ihrer Bedienung, eine alte Magd namens Françoise, die ebenso schwierig war wie ihre Herrin.

Sobald der Geistliche gegangen war, rief Madame Husson ihre Magd und sagte zu ihr:

‹Hier, Françoise, das sind die Mädchen, die der Herr Abbé für den Tugendpreis vorschlägt; versuch doch in Erfahrung zu bringen, was man im Ort von ihnen denkt.›

Und Françoise zog ins Feld. Sie sammelte allen Klatsch, alle Geschichten, alle Reden, alle Bedenken. Um nichts zu vergessen, schrieb sie das mit den Ausgaben in ihr Wirtschaftsbuch, das sie jeden Morgen Madame Husson brachte, die ihre Brille auf die schmale Nase setzte und die Aufzeichnungen lesen konnte:

‹Brot... vier Sous.

Milch... zwei Sous.

Butter... acht Sous.

Malvina Levesque hat sich voriges Jahr mit Mathurin Poilu eingelassen.

Eine Hammelkeule... fünfundzwanzig Sous.

Salz... ein Sou.

Rosalie Vatinel ist am 20. Juli abends von der Plätterin Madame Onésime im Wald von Riboudet mit Césaire Piénoir gesehen worden.

Radieschen... ein Sou.

Essig... zwei Sous.

Sauerkleesalz... zwei Sous.

Joséphine Durdent, von der man nicht glaubt, daß sie einen Fehltritt begangen hat, wenn sie auch mit dem Sohn Oportun Briefe wechselt, der in Rouen dient, und ihm mit dem Postwagen eine Mütze als Geschenk geschickt hat.›

Keine einzige ging unbemakelt aus dieser gewissenhaften Untersuchung hervor. Françoise erkundigte sich bei aller Welt, bei den Nachbarn, bei den Lieferanten, beim Lehrer, bei den Schulschwestern, und nicht das leiseste Gerücht entging ihr.

Da es auf der ganzen Welt kein Mädchen gibt, das vor dem Gerede der Klatschbasen sicher ist, so fand sich auch im Ort nicht ein einziges junges Mädchen, das von der bösen Nachrede verschont geblieben wäre.

Nun, Madame Husson wollte, daß die Tugendpreisträgerin von Gisors, wie die Gattin Cäsars, über jeden Verdacht erhaben sein müsse, und so saß sie erschrocken, niedergeschlagen, verzweifelt vor dem Wirtschaftsbuch ihrer Magd.

Man erweiterte denn den Kreis der Nachforschungen auf die umliegenden Dörfer; man fand nichts.

Der Bürgermeister wurde zu Rate gezogen. Seine Schützlinge scheiterten. Dr. Barbesols Schützlinge hatten keinen größeren Erfolg, obgleich er genaue wissenschaftliche Garantien beibringen konnte.

Eines Tages nun sagte Françoise, die von einer Besorgung heimkam, zu ihrer Herrin:

‹Wissen Sie, Madame, wenn Sie jemanden krönen wollen, so gibt's in der ganzen Gegend nur Isidore.›

Madame Husson wurde nachdenklich.

Sie kannte ihn gut, Isidore, den Sohn Virginies, der Gemüsehändlerin. Seine sprichwörtliche Keuschheit war schon seit mehreren Jahren das Ergötzen von Gisors, gab ein heiteres Thema für das Gerede der Stadt ab und amüsierte die Mädchen, die ihren Spaß daran fanden, ihn zu hänseln. Er hatte die Zwanzig schon überschritten, war groß, linkisch, schwerfällig und furchtsam; er half der Mutter in ihrem Geschäft und verbrachte die Tage damit, auf einem Stuhl vor der Türe sitzend, Obst oder Gemüse zu putzen.

Er hatte eine krankhafte Angst vor Unterröcken, und das brachte ihn dazu, die Augen zu senken, wenn eine Kundin ihm zulächelte; und diese allgemein bekannte Schüchternheit machte ihn zur Zielscheibe für alle Spaßmacher der Stadt.

Kecke Worte, schlüpfrige Witze, lockere Anspielungen ließen ihn so rasch erröten, daß Dr. Barbesol ihm den Spitznamen ‹Thermometer der Scham› gegeben hatte. Wußte er oder wußte er nicht? Das fragten sich die Nachbarn, die Spötter. War es einfach die Ahnung unbekannter, schmählicher Mysterien oder die Empörung gegen die schmutzigen, von der Liebe befohlenen Beziehungen, die den Sohn der Gemüsehändlerin Virginie so sehr aufzuregen schienen? Die Gassenjungen liefen am Laden vorüber und schrien aus voller Kehle häßliche Dinge, nur um zu sehen, wie er die Augen senkte; die Mädchen fanden es erheiternd, vor ihm auf und ab zu gehn und Spässe zu flüstern, die ihn veranlaßten, ins Haus zu flüchten. Die kecksten unter ihnen forderten ihn ganz offen heraus, um zu lachen, um sich über ihn lustig zu machen, gaben ihm ein Stelldichein, schlugen ihm eine Menge schrecklicher Dinge vor.

Und so war Madame Husson denn nachdenklich geworden.

Gewiß, Isidore war ein außerordentlicher, ein stadtbekannter, ein unantastbarer Fall von Tugend. Keiner, auch unter den Skeptischsten, unter den Ungläubigsten, hätte Isidore der geringsten Übertretung irgendeines Gesetzes der Moral beschuldigen können, hätte dergleichen auch nur gewagt. Man hatte ihn nie in einem Kaffeehaus gesehen, nie abends in den Gassen getroffen. Er ging um acht Uhr ins Bett und stand um vier Uhr auf. Er war die Vollkommenheit selbst, er war eine Perle.

Dennoch zauderte Madame Husson noch immer. Der Gedanke, einen Tugendpreisträger an die Stelle einer Tugendpreisträgerin zu setzen, machte ihr zu schaffen, beunruhigte sie ein wenig, und sie beschloß, sich an den Abbé Malou zu wenden.

Der Abbé erwiderte ihr: ‹Was wollen Sie eigentlich belohnen, Madame? Die Tugend, nicht wahr? Und nichts als die Tugend? Was kann es Ihnen also bedeuten, ob sie männlich oder weiblich ist? Die Tugend ist ewig, sie hat kein Vaterland, sie hat kein Geschlecht: sie ist eben die Tugend!›

Auf solche Art ermutigt, ging Madame Husson zum Bürgermeister.

Er billigte sogleich diesen Gedanken.

‹Wir veranstalten eine schöne Zeremonie›, sagte er. ‹Und nächstes Jahr, wenn wir ein weibliches Wesen finden, das ebenso würdig ist wie Isidore, krönen wir eben eine Frau. Es ist sogar ein prächtiges Beispiel, das wir Nanterre geben. Machen wir keinen Unterschied, belohnen wir jedes Verdienst.›

Isidore wurde verständigt, errötete tief und schien sehr zufrieden zu sein.

So wurde denn die Krönung auf den 15. August angesetzt, den Festtag der Jungfrau Maria und des Kaisers Napoleon.

Der Stadtrat hatte beschlossen, dieser Feier großen Glanz zu geben, und man hatte die Estrade auf den Couronneaux aufgestellt, einer reizvollen Verlängerung der Bastionen der alten Festung, zu der ich dich gleich führen werde.

Durch einen ganz natürlichen Umschwung der öffentlichen Meinung war Isidores Tugend, bis zu diesem Tag ein Gegenstand des Hohns, mit einem Mal achtungswert und beneidet geworden, da sie ihm fünfhundert Francs und ein Sparbuch, einen Berg von Ansehen und einen Überfluß an Ruhm eintragen sollte. Jetzt bereuten die Mädchen ihre Leichtfertigkeit, ihr Lachen, ihr keckes Benehmen; und Isidore, zwar noch immer bescheiden und schüchtern, trug einen Ausdruck von Zufriedenheit zur Schau, der die Freude in seinem Innern verriet.

Vom Vorabend des 15. August an war die ganze Rue Dauphine mit Fahnen übersät. Ach ja, ich habe vergessen, dir zu sagen, weswegen die Straße Rue Dauphine genannt wurde.

Es scheint, daß die Dauphine, die Frau des Kronprinzen, ich weiß nicht mehr welches Kronprinzen, bei einem Besuch in Gisors von den Behörden so lange mit Repräsentationspflichten aufgehalten worden war, daß sie schließlich, mitten in einem Triumphzug quer durch die Stadt, ihr Gefolge vor einem der Häuser dieser Straße halten ließ und ausrief: ‹Oh, dieses reizende Haus! Wie gern würde ich es besichtigen! Wem gehört es denn?› Man nannte ihr den Eigentümer; er wurde gesucht, gefunden und verwirrt und stolz vor die Prinzessin geführt.

Sie stieg aus dem Wagen, trat in das Haus, tat, als kenne sie es von oben bis unten, und blieb sogar einige Augenblicke allein in einem Zimmer hinter verschlossener Türe.

Als sie wieder zum Vorschein kam, brüllte das Volk, dem die Ehre schmeichelte, die einem Bürger von Gisors widerfahren war: ‹Es lebe die Dauphine!› Ein Spaßmacher aber reimte ein Liedchen, und die Straße bewahrte den Namen Ihrer Königlichen Hoheit, denn

die Prinzessin, höchst bedrängt,
hat ihren Weg hierher gelenkt,
taufte die Straße für alle Zeit
mit ein wenig Flüssigkeit.

Doch kommen wir auf Isidore zurück!

Längs des ganzen Weges, den der Zug zurücklegen sollte, hatte man Blumen gestreut, wie man das bei der Fronleichnamsprozession macht, und die Nationalgarde war unter dem Befehl ihres Chefs ausgerückt, des Majors Desbarres, eines rüstigen alten Überbleibsels der Großen Armee, der stolz neben einem Rahmen, darin das vom Kaiser selbst überreichte Ehrenkreuz hing, einen Kosakenbart zeigte, den der Major auf dem Ruckzug aus Rußland mit einem einzigen Säbelhieb vom Kinn seines Besitzers getrennt hatte.

Die Truppe, die er befehligte, war übrigens ein in der ganzen Provinz berühmtes Elitekorps, und die Grenadierkompanie von Gisors wurde im Umkreis von fünfzehn bis zwanzig Meilen zu sämtlichen Feierlichkeiten gerufen. Man erzählt, daß der König Louis-Philippe, als er die Front der Milizen des Departements Eure abschritt, vor der Kompanie von Gisors stehngeblieben sei und ausgerufen habe:

‹Was sind denn das für prächtige Grenadiere?›

‹Die Grenadiere von Gisors›, erwiderte der General.

‹Das hätte ich mir denken können!› murmelte der König.

So rückte denn Major Desbarres mit seinen Leuten, an der Spitze die Musik, aus, um Isidore im Laden seiner Mutter zu holen.

Nachdem man unter seinen Fenstern eine kurze Musiknummer gespielt hatte, erschien der Tugendpreisträger selber auf der Schwelle.

Er war von oben bis unten in weißen Baumwollstoff gekleidet, und auf dem Kopf hatte er einen Strohhut, daran, wie eine Kokarde, ein Sträußchen aus Orangenblüten angesteckt war.

Die Kleidungsfrage hatte Madame Husson viel Sorgen bereitet, denn sie schwankte lange zwischen dem schwarzen Gewand einer ersten Kommunion und dem Anzug aus reinem Weiß. Doch Françoise, ihre Beraterin, hatte sie zu dem weißen Anzug überredet; auf diese Art, erklärte sie, würde der Tugendpreisträger wie ein Schwan aussehen.

Hinter ihm erschien seine Gönnerin, seine Patin, Madame Husson, im Triumph. Sie nahm seinen Arm, um aus dem Haus zu treten, und der Bürgermeister hatte seinen Platz an der andern Seite des Tugendpreisträgers. Die Trommeln rasselten, Major Desbarres kommandierte: ‹Präsentiert das Gewehr!› Der Zug setzte sich nach der Kirche in Bewegung, inmitten eines gewaltigen Zulaufs des Volkes, das aus allen benachbarten Gemeinden herbeigeströmt war.

Nach einer kurzen Messe und einer rührenden Ansprache Abbé Malous marschierte man nach den Couronneaux, wo unter einem Zelt das Bankett stattfinden sollte.

Bevor man sich zu Tisch setzte, hielt der Bürgermeister die Festrede. Du kannst seine Rede Wort für Wort anhören, ich habe sie auswendig gelernt, so schön war sie:

‹Junger Mann, eine edle Frau, von den Armen geliebt, von den Reichen geachtet, Madame Husson, der die ganze Stadt hier durch meine Stimme dankt, hatte den Gedanken gehabt, den glücklichen, den wohltätigen Gedanken, in unserer Stadt einen Tugendpreis zu stiften, der eine wertvolle Ermutigung für die Bewohner dieser schönen Gegend darstellen soll.

Sie, junger Mann, sind der erste Preisträger dieser Dynastie des Wohlverhaltens und der Keuschheit. Ihr Name wird an der Spitze dieser Liste der Verdienstvollsten bleiben, und Ihr Leben muß, verstehen Sie wohl, diesem glücklichen Beginn entsprechen. Heute, vor dieser edlen Frau, die Ihre Führung belohnt hat, vor diesen Bürger-Soldaten, die zu Ihrem Festtag die Waffen ergriffen haben, vor dieser ganzen tiefbewegten Menge, die sich vereinigt hat, um Sie zu ehren oder vielmehr, um in Ihnen die Tugend zu ehren, nehmen Sie gegenüber der Stadt, gegenüber uns allen die feierliche Verpflichtung auf sich, bis zu Ihrem Tode das ausgezeichnete Beispiel Ihrer Jugend zu geben.

Vergessen Sie es nicht, junger Mann. Sie sind das erste Samenkorn, das auf dem Felde der Hoffnung ausgesät wurde; spenden Sie uns denn die Früchte, die wir von Ihnen erwarten.›

Der Bürgermeister trat drei Schritte vor, breitete die Arme aus und schloß den schluchzenden Isidore an sein Herz.

Er schluchzte, der Tugendpreisträger, ohne zu wissen warum, aus einem wirren Gefühl heraus, aus Stolz, aus einer unklaren, freudigen Rührung.

Dann drückte der Bürgermeister ihm in die eine Hand eine seidene Börse, darin das Gold klirrte, fünfhundert Francs in Gold, und in die andere ein Sparbuch. Und mit weithintönender Stimme rief er: ‹Ehre, Ruhm und Reichtum der Tugend!›

Major Desbarres brüllte: ‹Bravo!› Die Grenadiere brüllten es ihm nach, und das Volk klatschte in die Hände.

Madame Husson dagegen trocknete sich die Augen.

Dann nahm man rund um den Tisch Platz, und das Bankett begann.

Es war endlos und großartig. Speisen folgten einander, der gelbe Apfelmost und der Rotwein verbrüderten sich in den benachbarten Gläsern und vermischten sich in den Mägen. Das Geklapper der Teller, die Stimmen, die Musik, die gedämpft spielte, vereinigten sich zu einem ununterbrochenen, tiefen Lärm, der sich im hellen Himmel verlor, wo die Schwalben flitzten. Von Zeit zu Zeit rückte Madame Husson ihre Perücke aus schwarzer Seide zurecht, die sich verschoben hatte, und plauderte mit dem Abbé Malou. Der Bürgermeister führte mit rotem Kopf ein politisches Gespräch mit dem Major

Desbarres, und Isidore aß, Isidore trank, wie er niemals gegessen und getrunken hatte. Von allem nahm er und nahm er immer wieder und bemerkte zum erstenmal, wie süß es ist, zu spüren, daß sich der Bauch mit guten Dingen füllt, die einen schon erfreuen, wenn man sie in den Mund steckt. Geschickt hatte er die Schnalle seiner Hose gelockert, die ihn unter dem wachsenden Druck seines Magens einschnürte, und stumm, ein wenig beunruhigt, weil ein Rotweinfleck seinen weißen Rock verunzierte, hörte er auf zu kauen, um das Glas an den Mund zu führen und es so lange wie möglich dort zu halten, denn er genoß ausgiebig.

Nun schlug die Stunde der Trinksprüche. Sie waren zahlreich und wurden mit viel Beifall aufgenommen. Der Abend kam; man saß seit Mittag bei Tisch. Schon schwebten im Tal die zarten, milchigen Nebel, die leichten Nachtgewänder der Bäche und Wiesen; die Sonne berührte den Horizont; in der Ferne, im Dunst der Weiden, brüllten die Kühe. Es war zu Ende; man wanderte wieder nach Gisors hinunter. Der Zug hielt jetzt keine Ordnung mehr ein und war nur noch ein lockerer Haufen. Madame Husson hatte Isidores Arm genommen und überschwemmte ihn mit zahlreichen, dringenden, ausgezeichneten Empfehlungen.

Vor der Türe der Gemüsehändlerin machte man halt, und der Tugendpreisträger wurde hier abgesetzt.

Seine Mutter war noch nicht daheim. Sie war

bei ihrer Familie eingeladen, um dort den Triumph des Sohnes zu feiern; sie hatte bei ihrer Schwester zu Mittag gegessen, nachdem sie bis zu dem Zelt des Banketts dem Zug gefolgt war.

Isidore blieb denn allein im Laden, in den die Nacht eindrang.

Er setzte sich, von Wein und Stolz erregt, auf einen Stuhl und schaute um sich. Die Karotten, der Kohl, die Zwiebel verbreiteten in dem geschlossenen Raum ihren kräftigen Gemüsegeruch, das unverfälschte Aroma der Gartenerde, dem sich ein süßer, durchdringender Duft von Erdbeeren mischte und das leichte, das flüchtige Parfum eines Korbs mit Pfirsichen.

Der Tugendpreisträger nahm einen und biß herzhaft hinein, obgleich sein Bauch schon rund war wie ein Kürbis. Dann, plötzlich, toll vor Freude, begann er zu tanzen. Und in seinem Rock klirrte etwas.

Er war erstaunt, steckte die Hände in die Taschen und zog die Börse mit den fünfhundert Francs heraus, die er in seiner Begeisterung vergessen hatte! Fünfhundert Francs! Ein wahres Vermögen! Er schüttete die Louisdors auf den Ladentisch und breitete sie mit einer zarten Liebkosung der offenen Hand aus, um sie alle gleichzeitig sehen zu können. Es waren fünfundzwanzig, fünfundzwanzig runde Goldstücke! Lauter Goldstücke! Sie glänzten in dem sinkenden Schatten auf dem Holz, und er zählte sie und zählte sie nochmals, legte den Finger auf jedes und flüsterte: ‹Eins, zwei, drei, vier, fünf –

hundert; sechs, sieben, acht, neun, zehn – zweihundert.› Und dann versorgte er sie wieder in der Börse, die er in die Tasche steckte.

Wer kennt den furchtbaren Kampf, und wer könnte ihn schildern, der sich in der Seele des Tugendpreisträgers zwischen Gut und Böse entspann, den ungestümen Angriff Satans, seine Ränke, die Schlingen, die er in dieses scheue, jungfräuliche Herz warf? Welche Schliche, welche Bilder, welche Lockungen erfand der Böse, um diesen Erwählten zu umstricken, zu verderben? Nun, Madame Hussons Erwählter griff nach dem Hut, den noch immer das Sträußchen aus Orangenblüten schmückte, trat aus dem Haus in die hintere Gasse und verschwand in der Nacht.

Kaum hatte man die Gemüsehändlerin verständigt, daß ihr Sohn daheim war, so machte sie sich auf den Weg, fand aber das Haus leer. Sie wartete, zunächst ohne sonderlich überrascht zu sein; dann, nach einer Stunde, zog sie Erkundigungen ein. Die Nachbarn in der Rue Dauphine hatten Isidore nach Hause kommen gesehen; davon, daß er wieder ausgegangen war, wußten sie nichts. Man suchte ihn denn; man fand ihn aber nicht. Die Gemüsehändlerin lief besorgt ins Rathaus; der Bürgermeister wußte nichts, als daß er den Tugendpreisträger vor seiner Türe verlassen hatte. Madame Husson war schon zu Bett, als sie erfuhr, daß ihr Schützling verschwunden war. Sogleich setzte sie ihre

Perücke wieder auf, erhob sich und ging selbst zu Virginie. Virginie, als echte Frau aus dem Volk leicht erregbar, saß inmitten ihres Kohls, ihrer Karotten und ihrer Zwiebeln und weinte, was die Augen an Tränen nur hergeben wollten.

Man befürchtete einen Unglücksfall. Doch was für einen? Major Desbarres verständigte die Gendarmerie, die eine Runde um die Stadt machte; und man fand auf der Straße von Pontoise das Sträußchen Orangenblüten. Es wurde auf einen Tisch gelegt, um den herum die Amtspersonen den Fall diskutierten. Der Tugendpreisträger mußte einer List, einer Verschwörung, einer Eifersucht zum Opfer gefallen sein; doch wie? Welches Mittel hatte man angewandt, um dieses Unschuldslamm zu rauben, und in welcher Absicht?

Die Amtspersonen hatten es bald satt, sich den Kopf zu zerbrechen, ohne etwas zu entdecken, und gingen schlafen. Nur Virginie allein wachte unter Tränen.

Nun, am nächsten Abend, als der Postwagen von Paris zurückkam, erfuhr Gisors betroffen, daß sein Tugendpreisträger den Wagen zweihundert Meter vom Ort entfernt angehalten hatte, eingestiegen war, seinen Platz mit einem Louisdor bezahlt hatte, der ihm gewechselt worden war. Und daß er in aller Gemütsruhe mitten im Herzen der großen Stadt ausgestiegen war.

Das gab beträchtliches Aufsehen in Gisors; zwischen dem Bürgermeister und dem Chef der

Pariser Polizei wurden Briefe gewechselt, doch auch sie brachten keine Aufklärung.

Die Tage folgten den Tagen, die Woche verstrich.

Eines Morgens aber bemerkte Dr. Barbesol, der sehr früh ausgegangen war, auf der Schwelle einer Türe sitzend einen Mann in grauem Anzug, den Kopf an die Mauer gelehnt und schlafend. Er trat näher und erkannte Isidore. Er wollte ihn wecken, doch das gelang ihm nicht. Der Ex-Tugendpreisträger schlief einen beängstigend tiefen, unbezwinglichen Schlaf, und der erstaunte Arzt holte Hilfe, um den jungen Mann in die Apotheke Boncheval zu tragen. Als man ihn aufhob, wurde eine leere Flasche sichtbar, die unter ihm verborgen lag; der Doktor schnupperte und erklärte, daß sie Schnaps enthalten hatte. Das war ein Hinweis, und man wußte, welche Mittel man anzuwenden hatte. Es gelang. Isidore war betrunken, betrunken und verblödet durch acht Tage Saufen, so betrunken, so abstoßend, daß kein Lumpenhändler ihn angerührt hätte. Sein schöner weißer Anzug war zu einem grauen, gelblichen, fettigen, verschmutzten, zerrissenen, schmählichen Fetzen geworden. Und der ganze Mensch stank nach sämtlichen Arten von Gerüchen der Gosse, des Rinnsteins, des Lasters.

Er wurde gereinigt, abgekanzelt, eingesperrt, und vier Tage lang verließ er das Haus nicht. Anscheinend schämte er sich und bereute. Man hatte bei ihm weder die Börse mit den fünfhundert Francs noch das Sparbuch gefunden, ja nicht einmal seine silberne Uhr, ein heiliges Erbstück, das sein Vater, der Gemüsehändler, ihm hinterlassen hatte.

Am fünften Tag wagte er sich in die Rue Dauphine. Die neugierigen Blicke folgten ihm, und er ging an den Häusern entlang, den Kopf gesenkt und mit scheuen Blicken. Wo die Stadt sich nach dem Tal öffnet, verlor man ihn aus den Augen; zwei Stunden später aber war er wieder da, grinsend und gegen die Mauern torkelnd. Er war besoffen; stockbesoffen.

Nichts vermochte ihn zu kurieren.

Von seiner Mutter aus dem Haus gejagt, wurde er Kutscher und fuhr die Kohlenwagen der Firma Pougrisel, die noch heute vorhanden ist.

Sein Ruf als Trunkenbold wurde so groß, verbreitete sich so weit, daß man sogar in Evreux von Madame Hussons Tugendpreisträger sprach, und die Saufbolde der Gegend haben diesen Beinamen bewahrt.

Eine gute Tat geht niemals verloren.»

Dr. Marambot rieb sich die Hände, als er das Ende seiner Geschichte erzählte. Ich fragte:

«Hast du selber den Tugendpreisträger gekannt?»

«O ja, ich hatte die Ehre, ihm die Augen zuzudrücken.»

«Woran ist er gestorben?»

«In einer Krise von *delirium tremens* natürlich.»

Wir waren bei der alten Festung angekommen, einem Haufen verfallener Mauern, die von dem gewaltigen Turm Saint-Thomas de Cantorbéry und dem sogenannten Turm des Gefangenen beherrscht werden.

Marambot erzählte mir die Geschichte dieses Gefangenen, der dem Strahl der Sonne, die durch den schmalen Spalt einer Luke einfiel, folgte und mit Hilfe eines Nagels die Wände seines Kerkers mit Zeichnungen bedeckt hatte.

Dann erfuhr ich, daß Lothar II. Gisors seinem Vetter, dem heiligen Romanus, Bischof von Rouen, zu eigen gab, daß Gisors nach dem Vertrag von Saint-Clair-sur-Epte aufhörte, die Hauptstadt der ganzen Provinz Vexin zu sein, daß die Stadt in diesem Teil von Frankreich der wichtigste strategische Punkt ist, daß sie, dank diesem Vorzug, ungezählte Male erobert und zurückerobert wurde. Auf den Befehl Wilhelms des Roten baute hier der berühmte Ingenieur Robert de Bellesme eine starke Festung, die später von Ludwig dem Dicken angegriffen wurde, nachher von den normannischen Baronen, von Robert de Candos verteidigt, später von Geoffroy Plantagenet an Ludwig den Dicken abgetreten, infolge eines Verrats der Tempelritter von den Engländern genommen wurde, ein Zankapfel zwischen Philipp-August und Richard Löwenherz war, von Eduard III. von England verbrannt wurde, der aber die Burg nicht einzunehmen vermochte, dann, im Jahre 1419, abermals an die Engländer fiel, später von Richard von Marbury an Karl VII. abgetreten, von dem Herzog von Kalabrien erobert, von der Liga besetzt, von Heinrich IV. bewohnt wurde und so weiter, und so weiter.

Und Marambot wiederholte immer wieder aus tiefster Überzeugung und beinahe beredt:

«Was für Lumpen, diese Engländer!!! Und was für Saufsäcke, mein Lieber! Lauter Tugendpreisträger, diese Heuchler!»

Dann, nach einer Pause, streckte er den Arm nach dem schmalen Fluß aus, der in der Wiese glänzte.

«Weißt du, daß Henri Monnier einer der hartnäckigsten Angler am Ufer der Epte war?»

«Nein, das habe ich nicht gewußt.»

«Und Bouffé, mein Lieber, Bouffé hat hier als Glasmaler gelebt!»

«Nein, wirklich!?»

«Aber ja! Wie ist es nur möglich, daß du von solchen Dingen keine Ahnung hast!?»

DIE FÜNFUNDZWANZIG FRANCS DER OBERIN

Ja, gewiß, er war drollig, der Vater Pavilly mit seinen langen Spinnenbeinen, dem kleinen Körper, den endlosen Armen und dem spitzigen Kopf, von dessen Schädelwölbung ein Schopf roter Haare aufflammte.

Er war ein Hanswurst, ein bäuerlicher Hanswurst, geboren, um Streiche auszuhecken, um die Menschen zum Lachen zu bringen, um Rollen zu spielen, einfache Rollen, denn er war der Sohn eines Bauern, selber ein Bauer und konnte kaum lesen. Kein Zweifel, der liebe Gott hatte ihn geschaffen, um die andern Leute zu erheitern, die armen Teufel draußen auf dem Land, die keine Theater und keine Feste haben; und das tat er denn auch gewissenhaft, er erheiterte sie. Im Kaffeehaus zahlte man ihm eine Runde nach der andern, um ihn festzuhalten, und er trank unerschrocken, lachend und scherzend, verspottete alle Welt, ohne irgendwen zu kränken, und rund um ihn bog man sich vor Lachen.

Er war so komisch, daß selbst die Mädchen ihm nicht widerstehn konnten, obgleich er sehr häßlich war; aber sie mußten eben mitlachen. Er scherzte mit ihnen, und dabei zog er sie hinter eine Mauer, in einen Graben, in einen Stall, kitzelte sie, drückte sie und führte so lustige

Reden, daß sie sich, bei der Abwehr, die Seiten halten mußten. Und da trieb er die närrischsten Possen, tat, als wollte er sich erhängen, und sie lachten, daß ihnen die Tränen in die Augen traten; er aber wählte den richtigen Augenblick und brachte sie so geschickt zu Fall, daß sie alle dran glauben mußten, auch jene, die ihm Widerstand geleistet hatten.

Nun, gegen Ende Juni verdingte er sich zur Erntearbeit bei dem Bauern Le Harivau unweit von Rouville. Drei volle Wochen lang unterhielt er die Arbeiter, Männer und Frauen, mit seinen Scherzen, bei Tag und bei Nacht. Tagsüber sah man ihn auf den Feldern inmitten des geschnittenen Getreides, einen alten Strohhut über dem rötlichen Schopf, wie er mit seinen langen, magern Armen die Garben des gelben Weizens band; dann unterbrach er sich und vollführte irgendeine komische Bewegung, die weit über das Feld hin das Volk der Arbeiter zum Lachen brachte, denn sie wandten nie den Blick von ihm ab. Nachts glitt er wie ein Kriechtier in das Stroh der Speicher, wo die Frauen schliefen, seine Hände tasteten dahin und dorthin, weckten Geschrei, entzündeten Aufruhr. Schläge der Holzpantinen verjagten ihn, und er floh auf allen vieren wie ein phantastischer Affe, unter lauten Ausbrüchen der Heiterkeit bei allen Insassinnen.

Am letzten Tag, als der Wagen der Schnitter, bebändert, beim Klang des Dudelsacks, von Gesang und Geschrei, von Freude und Rausch erfüllt, im langsamen Schritt der sechs Apfelschimmel, von einem Burschen im Kittel, die Kokarde an der Mütze, gelenkt, über die breite, weiße Straße rollte, da tanzte Pavilly inmitten der hingekauerten Frauen den Tanz eines trunkenen Satyrs, und auf den Böschungen blieben die kleinen Lausbuben mit offenen Mäulern stehn, und die Bauern begafften verdutzt seine unwahrscheinliche Gestalt.

Plötzlich, als sie bei der Schranke des Hofes des Bauern Le Harivau ankamen, vollführte er mit hochgehobenen Armen einen Sprung, doch unglücklicherweise stieß er an den Rand des langen Wagens, überschlug sich, stürzte auf das Rad und von dort auf die Straße.

Seine Kameraden eilten hinzu. Er rührte sich nicht, hatte ein Auge geschlossen, das andere offen, war totenblaß vor Angst, und seine langen Glieder dehnten sich im Staub.

Als man sein rechtes Bein berührte, begann er ein Gebrüll auszustoßen, und als man ihn aufrichten wollte, sank er zusammen.

«Wird wohl ein Bein gebrochen haben», sagte ein Mann.

Und er hatte tatsächlich ein Bein gebrochen.

Der Bauer ließ ihn auf einen Tisch legen, und ein Reiter sprengte nach Rouville, um den Doktor zu holen, der eine Stunde später eintraf.

Der Bauer war sehr großzügig und erklärte, er werde für die Behandlung des Mannes im Krankenhaus aufkommen.

So nahm denn der Arzt Pavilly in seinem

Wagen mit und setzte ihn in einem geweißten Saal ab, wo man seinen Bruch einrichtete.

Sobald er begriffen hatte, daß er daran nicht sterben müßte, daß er gepflegt, geheilt, verwöhnt, gefüttert würde, um zwischen zwei Leintüchern auf dem Rücken zu liegen und nichts zu arbeiten, da wurde Pavilly von überschäumender Freude gepackt, und er schlug ein stummes, anhaltendes Gelächter an, das seine verdorbenen Zähne entblößte.

Sobald eine Schwester sich seinem Bett näherte, schnitt er ihr zufriedene Grimassen, zwinkerte ihr zu, verzog den Mund, wackelte mit der Nase, die sehr lang war und die er nach seinem Belieben bewegen konnte. Seine Saalgefährten, so krank sie auch waren, konnten sich das Lachen nicht verbeißen, und die Schwester Oberin kam häufig an sein Bett, um sich eine heitere Viertelstunde zu gönnen. Für sie erfand er die drolligsten Späße, völlig neue Witze, und da er den Keim allen Komödiantentums in sich trug, spielte er, um ihr zu gefallen, den Frommen und sprach vom lieben Gott mit dem ganzen Ernst des Mannes, der weiß, wann es mit dem Scherzen ein Ende hat.

Eines Tages kam er auf den Gedanken, ihr Lieder vorzusingen. Sie war entzückt und kam nur noch häufiger; und dann, um seine Stimme richtig zu verwerten, brachte sie ihm ein Gesangsbuch. Da sah man ihn denn in seinem Bett aufsitzen, denn schon begann er sich zu rühren und mit Fistelstimme das Lob des Ewigen, der

Jungfrau Maria und des Heiligen Geistes zu singen, während die gute, dicke Schwester zu seinen Füßen stand, mit dem Finger den Takt schlug und ihm die Tonart angab. Sobald er humpeln konnte, bot die Oberin ihm an, ihn noch einige Zeit zu behalten, damit er in der Kapelle die Responsen sang, als Ministrant funktionierte und gleichzeitig das Amt des Sakristans versah. Er nahm an. Und einen ganzen Monat lang konnte man ihn erblicken, wie er, im weißen Chorhemd, hinkend Responsen und Psalmen anstimmte, und das mit so komischen Kopfbewegungen, daß die Zahl der Gläubigen anstieg und man die Pfarrkirche im Stich ließ, um sich zur Vesper im Krankenhaus einzufinden.

Doch da alles auf dieser Welt ein Ende hat, mußte er, als er völlig wiederhergestellt war, entlassen werden. Zum Dank schenkte die Oberin ihm fünfundzwanzig Francs.

Kaum stand Pavilly mit diesem Geld in der Tasche auf der Straße, als er sich fragte, was er jetzt anfangen sollte. Ins Dorf zurückkehren? Bestimmt nicht, bevor er ein gutes Glas getrunken hätte, was ihm nun schon seit langem nicht mehr erlaubt gewesen war, und so trat er in ein Kaffeehaus. Er kam nicht häufiger als ein- oder zweimal im Jahr in die Stadt, und besonders von einem dieser Besuche war ihm die wirre und berauschende Erinnerung an eine Orgie geblieben.

Er bestellte denn ein Glas Schnaps, das er auf

einen Zug austrank, um die Kehle zu schmieren, und dann ließ er sich ein zweites einschenken, um auf den Geschmack zu kommen.

Sobald der starke, scharfe Schnaps Gaumen und Zunge berührt und nach der langen Enthaltsamkeit die geliebte, ersehnte Wirkung des Alkohols stärker belebt hatte, die den Mund liebkost und reizt und würzt und brennt, da begriff er, daß er die Flasche austrinken mußte, und erkundigte sich sogleich, was die ganze Flasche kosten würde, um sein Geld nicht in Gläsern zu verzetteln. Man berechnete sie ihm mit drei Francs, die er bezahlte; und dann begann er sich in aller Ruhe zu betrinken.

Immerhin tat er das nicht ohne Methode, denn er wollte den Geist auch für andere Vergnügungen wachhalten. Sobald er also spürte, daß er an dem Punkt angekommen war, wo die Schornsteine sich vor ihm verbeugten, stand er auf und ging schwankend, die Flasche unter dem Arm, auf die Suche nach einem Freudenhaus.

Er fand es, nicht ohne Mühe, nachdem er einen Fuhrmann gefragt hatte, der keines kannte, einen Briefträger, der ihm eine falsche Auskunft gab, einen Bäcker, der zu fluchen begann und ihn ein altes Schwein schimpfte, und schließlich einen Soldaten, der ihn diensteifrig geleitete und ihm empfahl, die Königin zu wählen.

Obgleich es kaum Mittag war, betrat Pavilly denn diesen Ort der Entzückungen, wo eine Magd ihn empfing, die ihn vor die Türe setzen wollte. Doch er brachte sie mit einer Grimasse zum Lachen, zeigte ihr drei Francs, den normalen Preis für die besonderen Genüsse des Hauses, und er folgte ihr mühsam über eine pechschwarze Treppe, die zum ersten Stockwerk führte.

Als er in einem Zimmer war, verlangte er, die Königin solle kommen, und trank erwartungsvoll einen guten Schluck aus der Flasche.

Die Türe öffnete sich, und ein Mädchen erschien. Sie war groß, dick, rot, umfangreich. Mit scharfem Auge und sicherem Kennerblick musterte sie den Betrunkenen, der sich auf einem Stuhl räkelte, und sagte:

«Schämst du dich nicht? Um diese Zeit?»

Er stammelte:

«Wessen soll ich mich schämen, Prinzessin?»

«Eine Dame zu stören, bevor sie auch nur ihre Suppe gegessen hat?!»

Er wollte scherzen:

«Für die Helden gibt es keine bestimmte Zeit!»

«Gibt auch keine bestimmte Zeit, um sich zu besaufen, alter Weinschlauch!»

Er wurde böse.

«Ich bin kein Schlauch, und dann bin ich auch nicht besoffen!»

«Nicht besoffen?»

«Nein, ich bin nicht besoffen!»

«Nicht besoffen? Du könntest dich nicht einmal auf den Beinen halten!»

Sie sah ihn mit der ganzen Wut einer Frau an, deren Gefährtinnen bei Tisch saßen.

Er richtete sich auf.

«Ich?! Ich?! Gleich werde ich eine Polka tanzen!»

Und um zu zeigen, wie fest er auf den Beinen war, stieg er auf den Stuhl, drehte sich und sprang auf das Bett, wo seine schweren, schmutzigen Stiefel zwei greuliche Flecken hinterließen.

«Ach, du Saukerl!» schrie das Mädchen.

Sie fiel über ihn her und versetzte ihm einen Fausthieb in den Magen, einen Fausthieb, so nachdrücklich, daß Pavilly das Gleichgewicht verlor, über den untern Bettrand schwankte, sich um sich selber drehte, auf die Kommode fiel, Waschbecken und Wasserkrug mit sich riß, zu Boden stürzte und ein entsetzliches Gebrüll ausstieß.

So groß war der Lärm, so durchdringend sein Geschrei, daß das ganze Haus zusammenlief, der Herr des Hauses, die Dame des Hauses, die Magd und die übrigen Bewohnerinnen.

Der Hausherr wollte den Gestürzten zunächst einmal aufheben, doch sobald er ihn auf die Beine gestellt hatte, verlor der Bauer abermals das Gleichgewicht und begann zu toben, nun habe er sich das Bein gebrochen, das andere, das gute, das gute!

Und so war es auch. Man lief eiligst um einen Arzt. Es war just jener, der Pavilly bei dem Bauern Le Harivau in die Hände bekommen hatte.

«Was?! Schon wieder Ihr?!»

«Ja, Herr Doktor.»

«Was habt Ihr denn?»

«Jetzt hat man mir das andre gebrochen, Herr Doktor.»

«Wer hat Euch das getan, mein Guter?»

«Ein Frauenzimmer!»

Alle hörten zu. Die Mädchen im Schlafrock, die Haare aufgelöst, den Mund noch fett vom unterbrochenen Mittagessen, die Dame des Hauses wütend, der Herr des Hauses beunruhigt.

«Das wird eine böse Geschichte geben», sagte der Arzt. «Ihr wißt, daß die Stadtverwaltung Euch ohnehin nicht sehr gut gesinnt ist. Man müßte schauen, daß kein Wort über die Sache laut wird.»

«Wie soll man das machen?» fragte der Herr des Hauses.

«Am besten, den Mann ins Krankenhaus zu schicken, wo er ohnehin herkommt, und die Behandlung bezahlen.»

«Immer noch lieber das, als Geschichten haben», erklärte der Herr des Hauses.

Und so kehrte Pavilly eine halbe Stunde später, berauscht und stöhnend, in den Saal zurück, den er eine Stunde vorher verlassen hatte.

Die Oberin hob die Arme, betrübt, denn sie hatte ihn gern, doch gleichzeitig erfreut, denn es mißfiel ihr nicht, ihn wiederzusehen.

«Nun, mein armer Freund, was habt Ihr denn?»

«Das andere Bein gebrochen, Frau Oberin.»

«Aha! Da seid Ihr also noch einmal auf einen Wagen mit Stroh geklettert, Ihr alter Spaßvogel?»

Und verwirrt und verdrossen stotterte er:

«Nein... nein... diesmal nicht... diesmal nicht! Nein... nein... ich kann nichts dafür, ich kann nichts dafür... ein Strohsack ist schuld gewesen...»

Genauere Aufklärungen vermochte sie ihm nicht zu entlocken, und so sollte die Oberin nie erfahren, daß sein Unfall eine Folge ihres Geschenks von fünfundzwanzig Francs gewesen war.

Der berühmte Pariser Advokat, der seit zehn Jahren alle Scheidungsprozesse zwischen schlecht zusammenpassenden Ehegatten übernimmt und gewinnt, öffnete die Türe seines Arbeitszimmers und ließ den neuen Klienten eintreten.

Es war ein dicker, rötlicher Mann mit blondem, dichtem Backenbart, ein wohlgenährter, vollblütiger, kräftiger Mann.

«Nehmen Sie Platz», sagte der Advokat.

Der Klient hüstelte, und dann setzte er sich.

«Ich komme, um Sie zu bitten, daß Sie einen Scheidungsprozeß für mich übernehmen.»

«Sprechen Sie, Monsieur; ich höre.»

«Ich bin Notar im Ruhestand.»

«Schon?»

«Ja, schon. Ich bin siebenunddreißig Jahre alt.»

«Nur weiter!»

«Ich habe eine unglückliche Ehe geschlossen, Monsieur; eine sehr unglückliche Ehe.»

«Da sind Sie nicht der einzige.»

«Das weiß ich, und die andern tun mir leid; aber mein Fall ist ein ganz besonderer Fall, und meine Beschwerden gegen meine Frau sind höchst eigentümlicher Art. Doch ich will mit dem Anfang anfangen. Ich habe auf sehr seltsame Weise geheiratet. Glauben Sie an gefährliche Ideen?»

«Was verstehen Sie darunter?»

«Glauben Sie, daß bestimmte Ideen für bestimmte Geister ebenso gefährlich sind wie das Gift für den Körper?»

«Ja, gewiß... vielleicht.»

«Bestimmt! Es gibt Ideen, die in uns eindringen, an uns nagen, uns umbringen, uns verrückt machen, wenn wir ihnen keinen Widerstand zu leisten wissen. Es ist gewissermaßen eine Reblaus der Seele. Wenn wir das Unglück haben, einen dieser Gedanken in uns einschleichen zu lassen, wenn wir nicht schon am Anfang wahrnehmen, daß er ein Eindringling ist, ein Herrscher, ein Tyrann, daß er von Stunde zu Stunde, Tag um Tag Raum gewinnt, daß er ununterbrochen wiederkommt, sich häuslich niederläßt, alle unsere normalen Sorgen verdrängt, unsere ganze Aufmerksamkeit in Anspruch nimmt und das Gesichtsfeld unseres Urteils verändert, so sind wir verloren.

Und das ist es, Monsieur, was mir zugestoßen ist.

Wie ich Ihnen schon sagte, war ich Notar; in Rouen. Und ein wenig knapp; nicht gerade arm, aber bedürftig, aber von Sorgen geplagt, jederzeit zur Sparsamkeit gezwungen, gezwungen, mich in allen meinen Wünschen einzuschränken, ja, in allen! Und das ist in meinem Alter hart.

Als Notar las ich sorgfältig die Anzeigen auf der vierten Seite der Zeitungen, Angebote, Nachfragen, die kleinen Korrespondenzen und so weiter. Und auf diese Art ist es mir mehrmals gelungen, für Klienten von mir vorteilhafte Ehen zustandezubringen.

Eines Tages stoße ich auf folgendes:

Hübsches, wohlerzogenes Fräulein aus gutem Haus möchte einen ehrenwerten Mann heiraten; sie brächte ihm zwei Millionen fünfhunderttausend Francs in die Ehe. Agenturen verbeten.

Nun, gerade an jenem Tage aß ich mit zwei Freunden zu Abend, einem Anwalt und einem Spinnereibesitzer. Ich weiß nicht, wie das Gespräch auf die Ehe kam, und ich erzählte ihnen lachend von der Dame mit den zweieinhalb Millionen.

Der Spinnereibesitzer sagte: ‹Was sind das für Frauenzimmer?›

Der Anwalt hatte schon mehrmals gesehen, daß auf solche Art ausgezeichnete Ehen geschlossen worden waren, berichtete Einzelheiten, und schließlich wandte er sich zu mir: ‹Warum, zum Teufel, siehst du dir das nicht selber einmal an? Da wärst du alle Sorgen los! Mit zweieinhalb Millionen!›

Und wir lachten, alle drei, und dann sprachen wir von andern Dingen.

Eine Stunde später ging ich heim.

Es war an jenem Abend sehr kalt. Übrigens wohnte ich in einem alten Haus, in einem jener alten Provinzhäuser, die einer Champignonzucht gleichen. Als ich die Hand auf das eiserne

Geländer der Treppe legte, drang mir ein eisiger Schauer in die Knochen, und als ich die andere ausstreckte, um mich an der Wand zu halten, da spürte ich, wie ein zweiter Schauer in mich eindrang, diesmal ein feuchter, und sie vereinigten sich in meiner Brust, erfüllten mich mit Angst, mit Kummer, mit Gereiztheit. Und von einer Erinnerung jäh gepackt, flüsterte ich:

‹Herrgott, wenn ich sie doch hätte, die zweieinhalb Millionen!›

Mein Zimmer war düster, ein richtiges Junggesellenzimmer in Rouen, von einem Dienstmädchen aufgeräumt, das sich auch mit der Küche befaßte. Sie können es sich vorstellen, das Zimmer! Ein großes Bett ohne Vorhänge, ein Schrank, eine Kommode, ein Toilettetisch, keine Heizung. Kleider über den Stühlen, Papiere auf dem Boden. Ich begann vor mich hinzuträllern; nach der Melodie eines Schlagers aus dem Konzertcafé – denn manchmal gerate ich in solche Lokale:

Zwei Millionen,
Zwei Millionen,
Ach, wie sind sie gut!
Wenn ich noch die halbe hätt'
Und ein Weibchen hübsch und nett –
Ach, wie wohl das tät'!

Tatsächlich hatte ich noch nicht an die Frau gedacht, und ganz plötzlich, als ich ins Bett schlüpfte, dachte ich an sie. Ich dachte sogar so heftig an sie, daß ich lange nicht einschlafen konnte.

Am nächsten Morgen, als ich noch vor Tagesanbruch die Augen öffnete, fiel mir ein, daß ich einer wichtigen Angelegenheit wegen um acht Uhr in Darnétal sein mußte. Ich stand also um sechs Uhr auf, und draußen fror es. Verdammt noch einmal, die zweieinhalb Millionen!

Gegen zehn Uhr war ich wieder in meiner Kanzlei. Dort roch es nach dem rotglühenden Ofen, nach alten Prozeßakten – nichts kann derart stinken! – nach Angestellten – nach Stiefeln, Gehröcken, Hemden, Haaren und nach der Haut, einer wenig gewaschenen Winterhaut, und das alles auf achtzehn Grad erhitzt.

Ich aß, wie alle Tage, zu Mittag ein verbranntes Kotelett und ein Stück Käse. Und dann ging ich wieder an die Arbeit.

Und nun dachte ich zum erstenmal sehr ernsthaft an das Fräulein mit den zweieinhalb Millionen. Wer war sie? Warum sollte ich ihr nicht schreiben? Warum sollte ich das nicht in Erfahrung bringen?

Nun, Monsieur, ich will mich kurz fassen. Vierzehn Tage lang verfolgte mich diese Idee, hielt mich besessen, folterte mich. All meine Sorgen, all die kleinen Nöte, unter denen ich beständig litt, ohne sie bisher schwer genommen, fast ohne sie bemerkt zu haben, stachen mich jetzt wie Nadelstiche, und jeder dieser kleinen Schmerzen lenkte meine Gedanken im Nu auf das Fräulein mit den zweieinhalb Millionen.

Schließlich malte ich mir ihre Geschichte aus. Wenn man etwas begehrt, Monsieur, dann stellt man es sich so vor, wie man es erhofft.

Gewiß, es war nicht gerade natürlich, daß ein junges Mädchen aus gutem Hause, mit so reichlicher Mitgift, einen Gatten durch die Zeitung sucht. Doch es mochte immerhin möglich sein, daß das Mädchen ehrbar und unglücklich war.

Zunächst hatte dieses Vermögen von zweieinhalb Millionen mich nicht wie etwas Märchenhaftes geblendet. Wir, die wir alle derartigen Anzeigen lesen, sind an Heiratsangebote gewöhnt, die von sechs, acht, zehn, ja, selbst von zwölf Millionen begleitet werden. Eine Summe von zwölf Millionen ist sogar recht üblich. Sie macht Eindruck. Ich weiß wohl, daß wir an der Wirklichkeit solcher Verheißungen zweifeln. Dennoch bewirken sie, daß diese phantastischen Zahlen sich in das Denken einstehlen und unserer achtlosen Leichtgläubigkeit bis zu einem gewissen Punkt die erstaunlichen Beträge wahrscheinlich wirken lassen, die sie darstellen, und so wecken sie in uns die Bereitschaft, eine Mitgift von zweieinhalb Millionen als durchaus möglich, durchaus moralisch zu betrachten.

Ein junges Mädchen also, das natürliche Kind eines Emporkömmlings und einer Magd, hat plötzlich von ihrem Vater geerbt, hat gleichzeitig den Makel ihrer Geburt erfahren, und um ihn nicht irgendeinem Mann zu enthüllen, der sie geliebt hätte, wendet sie sich mit Hilfe eines sehr gebräuchlichen Mittels, das ja schon an und für sich das Eingeständnis eines peinlichen Geheimnisses in sich birgt, an Unbekannte.

Meine Mutmaßung war töricht. Dennoch klammerte ich mich daran. Wir Notare sollten nie Romane lesen, und ich habe Romane gelesen, Monsieur.

So schrieb ich denn, als Notar, im Namen eines Klienten, und dann wartete ich.

Fünf Tage später, gegen drei Uhr nachmittags, saß ich in meiner Kanzlei bei der Arbeit, als mein Schreiber meldete:

‹Mademoiselle Chantefrise.›

‹Lassen Sie sie eintreten!›

Und da erschien eine Frau von etwa dreißig Jahren, ein wenig rundlich, brünett, offenbar verlegen.

‹Nehmen Sie Platz, Mademoiselle.›

Sie setzte sich und flüsterte:

‹Ich bin es, Monsieur.›

‹Ja, aber, Mademoiselle, ich habe nicht die Ehre, Sie zu kennen.›

‹Das Fräulein, dem Sie geschrieben haben.›

‹Einer Heirat wegen?›

‹Ja, Monsieur.›

‹Aha! Sehr gut!›

‹Ich bin gekommen, weil man ja die Dinge am besten selber erledigt.›

‹Darin bin ich Ihrer Ansicht, Mademoiselle. Sie wünschen also zu heiraten?›

‹Ja, Monsieur.›

‹Haben Sie Familie?›

Sie zauderte, senkte die Augen und stotterte:

‹Nein, Monsieur... meine Mutter... und mein Vater... sind gestorben.›

Ich zuckte zusammen. So hatte ich also richtig geraten – und ein lebhaftes Mitgefühl für das arme Geschöpf entzündete sich jäh in meinem Herzen. Ich ging, um ihre Empfindungen zu schonen, der Sache nicht weiter nach und fragte:

‹Ihr Vermögen ist Ihr freier Besitz?›

Diesmal antwortete sie, ohne zu zaudern:

‹Ja, ja, Monsieur.›

Ich musterte sie sehr aufmerksam, und wahrhaftig, sie mißfiel mir nicht, wenn sie auch ein wenig reif war, reifer, als ich es mir vorgestellt hatte. Aber sie war eine schöne Frau, eine Frau von Format. Und da kam mir der Gedanke, ihr eine kleine Komödie der Gefühle vorzuspielen, mich in sie zu verlieben, an die Stelle meines vorgespiegelten Klienten zu treten, sobald ich mich vergewissert hatte, daß die Mitgift nicht auch vorgespiegelt war. Ich sprach von diesem Klienten und schilderte ihn als einen vergrämten Mann, sehr ehrenwert, ein wenig kränklich.

Lebhaft unterbrach sie mich.

‹Oh, Monsieur, ich habe gern gesunde Menschen!›

‹Sie werden ihn übrigens sehen, Mademoiselle, doch nicht vor drei oder vier Tagen, denn er ist gestern nach England gefahren.›

‹Ach, das ist aber ärgerlich›, sagte sie.

‹Mein Gott, ja und nein. Eilt es Ihnen denn gar so sehr, heimzukehren?›

‹Durchaus nicht.›

‹Nun, so bleiben Sie doch hier! Ich werde mich bemühen, Ihnen die Zeit zu verkürzen.›

‹Sie sind zu liebenswürdig.›

‹Sind Sie in einem Hotel abgestiegen?›

Sie nannte mir den Namen des ersten Hotels von Rouen.

‹Schön, Mademoiselle, wollen Sie Ihrem zukünftigen... Notar erlauben, Sie heute zum Abendessen einzuladen?›

Wieder schien sie zu zaudern, war beunruhigt, unentschlossen; doch dann faßte sie sich.

‹Ja, Monsieur.›

‹Ich hole Sie um sieben im Hotel.›

‹Ja, Monsieur.›

‹Auf heute abend also, Mademoiselle?›

‹Ja, Monsieur.›

Und ich geleitete sie bis zur Türe.

Um sieben Uhr war ich bei ihr. Sie hatte sich mir zu Ehren in große Toilette geworfen und empfing mich sehr liebenswürdig.

Ich führte sie in ein Restaurant, wo ich bekannt bin, und ich bestellte ein geradezu betörendes Menu.

Eine Stunde später waren wir die besten Freunde, und sie erzählte mir ihre Geschichte. Als Tochter einer Dame der vornehmen Gesellschaft, die ein Aristokrat verführt hatte, war sie bei Bauern aufgewachsen. Derzeit war sie reich, denn sie hatte von ihrem Vater und ihrer Mutter große Vermögen geerbt. Doch die Namen ihrer Eltern würde sie nie verraten, niemals! Es sei zwecklos, das von ihr zu verlangen, zwecklos, sie zu bitten, sie würde sie nicht nennen. Da mir wenig daran lag, sie zu erfahren, erkundigte ich mich nach ihrem Vermögen. Sie sprach davon als praktische, selbstsichere Frau, kannte die Ziffern, die Namen der Wertpapiere, die Einkünfte, die Zinsen, die Anlagen ganz genau. Ihre Zuständigkeit auf diesem Gebiet flößte mir sogleich das größte Vertrauen zu ihr ein, und ich wurde, wenn auch mit einer gewissen Zurückhaltung, galant und ließ sie ganz deutlich merken, daß ich Gefallen an ihr gefunden hatte.

Sie zierte sich, doch nicht ohne Anmut. Ich schenkte ihr Champagner ein und trank auch selber davon, was meine Gedanken durcheinander brachte. Ich spürte ganz klar, daß die Unternehmungslust in mir erwachte, und ich hatte Angst, Angst vor mir, Angst vor ihr, Angst, daß auch sie ein wenig warm werden und am Ende erliegen könnte. Um mich zu beruhigen, fing ich wieder an, von ihrer Mitgift zu reden, über die ganz genaue Angaben nötig wären, denn mein Klient sei ein Geschäftsmann.

Sie erwiderte heiter:

‹Oh, ich weiß. Ich habe alle Belege mitgebracht.›

‹Hierher, nach Rouen?›

‹Ja, nach Rouen.›

‹Sie haben sie im Hotel?›

‹Ja, natürlich!›
‹Könnten Sie sie mir zeigen?›
‹Selbstverständlich!›
‹Noch heute abend?›
‹Ja, gewiß!›

Das ersparte mir alle Förmlichkeiten. Ich zahlte die Zeche, und dann gingen wir zu ihr ins Hotel.

Tatsächlich hatte sie alle ihre Besitztitel bei sich. Ich konnte nicht länger zweifeln, ich hatte sie in Händen, ich betastete sie, ich las sie. Und das erfüllte mein Herz mit solcher Freude, daß mich im Nu der Wunsch ergriff, die junge Frau zu umarmen. Wohlverstanden, ein keuscher Wunsch, der Wunsch eines zufriedenen Mannes. Und, weiß Gott, ich umarmte sie, einmal, zweimal, zehnmal, so daß – der Champagner war auch daran beteiligt – ich schließlich erlag... oder vielmehr... nein... sie erlag.

Ach, Monsieur, was habe ich nachher für ein Gesicht gemacht... und sie erst...! Sie weinte wie ein Springbrunnen und flehte mich an, sie nicht zu verraten, sie nicht ins Unglück zu stürzen. Ich versprach ihr alles, was sie wollte, und ich entfernte mich in einem furchtbaren Zustand.

Was tun? Ich hatte meine Klientin mißbraucht. Das wäre unwichtig gewesen, wenn ich einen Klienten für sie gehabt hätte; den hatte ich aber nicht. Ich selber war es, der Klient, der naive, der betrogene Klient, betrogen von ihm selber. Welch eine Lage! Ich konnte sie treulos verlassen, gewiß. Aber die Mitgift, die schöne, greifbare, sichere Mitgift! Und dann – hatte ich denn das Recht, sie zu verlassen, nachdem ich sie derart überrumpelt hatte? Doch was gäbe das nachher für Sorgen! Wie wenig sicher konnte man einer Frau sein, die auf solche Art erlag!

Ich verbrachte eine schreckliche Nacht; die Unentschlossenheit plagte mich, die Gewissensbisse marterten mich, die Befürchtungen folterten mich, alle Skrupel warfen mich hin und her. Am Morgen aber klärte sich mein Denken. Ich zog mich sorgfältig an, und mit dem elften Glockenschlag stellte ich mich in ihrem Hotel ein.

Als sie mich erblickte, wurde sie bis zu den Augen rot.

Und ich sagte:

‹Mademoiselle, ich kann jetzt nur noch eines tun, um mein Unrecht wieder gutzumachen. Ich bitte Sie um Ihre Hand.›

Sie stammelte:

‹Ich gebe sie Ihnen.›

Ich heiratete sie.

Sechs Monate lang ging alles gut.

Ich hatte mein Notariat verkauft, ich lebte als Rentner, und ich hatte meiner Frau wirklich keinen Vorwurf zu machen, aber auch nicht einen einzigen.

Doch ich bemerkte nach und nach, daß sie zeitweilig ausging und lange fortblieb. Das geschah an bestimmten Tagen, eine Woche war es der Dienstag, eine andere Woche der Freitag. Ich glaubte mich betrogen, und ich folgte ihr.

Es war ein Dienstag. Ungefähr um eins ging sie fort, ging durch die Rue de la République, wandte sich nach rechts, in die Straße zum erzbischöflichen Palais, schlug die Rue Grand Pont ein, kam an die Seine, ging den Quai entlang bis zum Pont de Pierre, überquerte den Fluß. Von diesem Augenblick an schien sie unruhig zu werden, sah sich häufig um, musterte alle Vorübergehenden.

Da ich mich als Kohlenträger verkleidet hatte, erkannte sie mich nicht.

Schließlich trat sie in den Bahnhof am linken Ufer; ich zweifelte nicht länger; ihr Liebhaber würde mit dem Zug um ein Uhr fünfundvierzig ankommen!

Ich verbarg mich hinter einem Lastwagen, und ich wartete. Ein Pfiff... eine Flut von Reisenden... sie drängt sich vorwärts, sie öffnet die Arme, stürzt sich auf ein kleines Mädchen von drei Jahren, das von einer dicken Bäuerin begleitet ist, und herzt und küßt das Kind leidenschaftlich. Dann wendet sie sich um, erblickt ein anderes Kind, ein kleineres Kind, Mädchen oder Knabe, das eine andere Bäuerin trägt, umarmt es gleichfalls liebevoll, und dann geht sie, von den beiden Gören und den beiden Bäuerinnen begleitet, nach der langen, düstern, verödeten Promenade du Cours-la-Reine.

Fassungslos kehre ich heim, völlig niedergeschlagen, begreife, begreife nicht, wage nicht, zu erraten.

Als sie zum Abendessen erscheint, stürze ich mich auf sie zu und brülle:

‹Was sind das für Kinder?›

‹Welche Kinder?›

‹Die Sie beim Zug von Saint-Sever erwartet haben!›

Sie stößt einen lauten Schrei aus und sinkt ohnmächtig zu Boden. Als sie wieder zu sich kam, beichtete sie mir mit einem Tränenstrom, daß sie ihrer vier hatte. Ja, Monsieur, zwei für den Dienstag, zwei Mädchen, und zwei für den Freitag, zwei Knaben.

Und das... so eine Schande!... das war der Ursprung ihres Vermögens! Die vier Väter...! Auf solche Art hatte sie ihre Mitgift zusammengebracht!

Und jetzt, Monsieur, raten Sie mir – was soll ich tun?»

Der Advokat erwiderte ernst:

«Ihre Kinder anerkennen!»

Im Elysée-Montmartre war an jenem Abend ein Maskenball. Es war just Mittfastenzeit, und die Menge strömte, wie Wasser in das Becken einer Schleuse, in den hell erleuchteten Gang, der zum Tanzsaal führte. Der gewaltige Lockruf des Orchesters, dröhnend wie ein Gewittersturm von Musik, sprengte Mauern und Dach, ergoß sich über das Viertel, sollte in den Straßen und bis tief in den Nachbarhäusern jenes unwiderstehliche Verlangen wecken, das Verlangen nach Tanz, nach Wärme, nach Fröhlichkeit, jene Gier, die in der Seele des Menschentiers schlummert.

Und die Stammgäste des Lokals kamen von allen vier Ecken von Paris, Menschen aller Stände, Freunde des lauten, lärmenden Vergnügens, mochte es auch ein wenig wüst hergehn, beinahe zügellos, beinahe ausschweifend. Da gab es kleine Angestellte, da gab es Zuhälter, Dirnen, Dirnen, assortiert, vom ordinären Flanell bis zum feinsten Batist, reiche, alte, mit Diamanten besäte Dirnen und arme Dirnen, sechzehnjährige, die es danach drängte, zu genießen, sich den Männern hinzugeben, Geld hinauszuwerfen. Elegante Fräcke auf der Jagd nach frischem Fleisch, nach Erstlingen, angebissen, aber dennoch wohlschmeckend, streunten durch die erhitzte Menge, suchten, schienen zu wittern, während die Masken vor allem danach lechzten, sich zu unterhalten. Schon sammelten berühmte Quadrillen um ihre Sprünge einen dichten Kreis von Zuschauern. Das wogende Spalier, die bewegliche Masse von Frauen und Männern, die sich um die vier Tänzer schloß, umwand sie wie eine Schlange, näherte sich bald, wich bald zurück, je nach den Schritten der Künstler. Die beiden Frauen, deren Schenkel scheinbar mit Gummibändern am Körper befestigt waren, vollführten mit den Beinen die erstaunlichsten Dinge. Mit solcher Kraft warfen sie sie in die Luft, als ob die Gliedmaßen gleichsam zu den Wolken auffliegen wollten, dann aber, jählings, spreizten sie sie, als wären sie selber bis zum Nabel entzweigerissen, ließen das eine Bein vorwärts, das andere rückwärts gleiten, und nach einem raschen, hohen Sprung, abstoßend und doch drollig zuzugleich, berührte die Mitte ihres Leibes den Boden.

Ihre Herren hüpften, zappelten mit den Füßen, reckten, streckten die Arme wie ungefiederte Flügelstümpfe, und unter den Masken ahnte man den keuchenden Atem.

Einer von ihnen, der sich in eine der berühmtesten Quadrillen eingereiht hatte, um die Stelle einer gerade abwesenden Zelebrität einzunehmen, des schönen «Mädchenhirten», und der sich alle Mühe gab, der unermüdlichen «Kalbshaxe» standzuhalten, vollführte ganz allein seltsame Sprünge, die bei den Umstehenden Heiterkeit und Spott erregten.

Er war mager, geckenhaft gekleidet, vor dem Gesicht trug er eine hübsche, blinkende Maske mit blondem, gekräuseltem Schnurrbart und darüber eine Lockenperücke.

Er wirkte wie eine Gestalt aus dem Wachsfigurenkabinett Grévin, wie eine eigenartige, phantastische Karikatur des jungen Charmeurs auf den Modekupfern, und er tanzte eifrig, hingebungsvoll, doch ungeschickt und mit einer ausgesprochen komischen Verzückung. Neben den andern, deren Sprünge er nachzuahmen versuchte, war er wie eingerostet; er war ungelenk, schwerfällig, ein Straßenköter zwischen Windhunden. Höhnische Bravorufe ermutigten ihn. Und er, im Rausch seiner Leidenschaft, strampelte mit solcher Glut, daß er plötzlich, vom eigenen Schwung mitgerissen, mit dem Kopf gegen die Mauer der Zuschauermenge stieß, die sich vor ihm spaltete, um ihn durchzulassen, dann aber sich um den reglosen Körper des ohnmächtigen Tänzers schloß, der auf dem Bauch ausgestreckt dalag.

Einige Männer hoben ihn auf, trugen ihn aus dem Saal. «Einen Arzt!» rief man. Und schon trat ein Herr hinzu, ein junger, sehr eleganter Herr im Frack, mit großen Perlen in der Hemdbrust. «Ich bin Universitätsprofessor», sagte er mit bescheidener Stimme. Man gab ihm den Weg frei, und in einem kleinen Raum, der mit Pappschachteln angefüllt war wie das Büro eines Vertreters, trat er zu dem Tänzer, den man auf Stühle gelegt hatte und der noch immer bewußtlos war. Zunächst wollte der Arzt die Maske entfernen, doch da merkte er, daß sie auf höchst komplizierte Art mit zahllosen dünnen Drähten befestigt war, die sie geschickt mit den Rändern der Perücke verknüpften und den ganzen Kopf mit einem festen Gefüge umschlangen, dessen Geheimnis man kennen mußte. Sogar der Hals war in eine falsche Haut eingezwängt, die das Kinn verlängerte, und diese Haut aus Handschuhleder, fleischfarben bemalt, haftete am Hemdkragen.

All das mußte mit einer starken Schere zerschnitten werden; und als der Arzt dieses erstaunliche Labyrinth von der Schulter bis zur Schläfe geöffnet hatte und den seltsamen Panzer klaffen ließ, entdeckte er darin ein altes, verbrauchtes, fahles, mageres, verrunzeltes Männergesicht. Die Umstehenden, die den Träger der jungen Maske mit dem gekräuselten Schnurrbart aus dem Saal geschafft hatten, waren so tief beeindruckt, daß keiner lachte, keiner ein Wort sprach.

Auf Strohstühlen lag, die Augen geschlossen, dieses klägliche Gesicht mit weißen Haaren, mit weißen Stoppeln besudelt; die einen fielen lang über die Stirne, die andern, kurzen sprossen auf Kinn und Wangen, und neben dem armseligen Kopf lag die zierliche, die kleine, blinkende Maske, die jugendliche Maske, die noch immer lächelte.

Der Mann blieb noch eine Weile ohnmächtig liegen; dann kam er zu sich, doch er war anscheinend so schwach, so elend, daß der Arzt schlimme Komplikationen befürchtete.

«Wo wohnen Sie?» fragte er.

Der alte Tänzer suchte gleichsam in seinem Gedächtnis, dann erinnerte er sich und nannte den Namen einer Straße, die kein Mensch kannte. Man mußte ihm noch allerlei Fragen über das Viertel stellen, darin die Straße lag. Und mit größter Mühe, mit einer Langsamkeit, einer Unsicherheit, die die Wirrnis in seinem Denken verrieten, gab er Auskunft.

«Ich bringe Sie selber heim», sagte der Arzt.

Jetzt hatte ihn die Neugier gepackt; er wollte unbedingt wissen, wo dieser seltsame Ballgast, dieses hüpfende Gespenst hauste.

Und bald führte ein Fiaker die beiden nach dem andern Abhang der Buttes Montmartre.

Es war ein hohes, verfallenes Haus mit einer schmierigen Treppe, eines jener Häuser, die immer unfertig bleiben, von Fenstern durchsiebt zwischen zwei leeren Bauplätzen aufragen, erbärmliche Höhlen, in denen ein Gewimmel zerlumpter, jämmerlicher Geschöpfe sich birgt.

Der Arzt klammerte sich an das runde Holz des Geländers, daran die Hand kleben blieb, und schleppte den noch immer benommenen alten Mann, der jetzt langsam wieder zu Kräften kam, bis in den vierten Stock hinauf.

Die Türe, an die sie geklopft hatten, öffnete

sich, und vor ihnen stand eine Frau, die auch schon hoch in den Jahren war; aber sie war sauber und gepflegt, und eine tadellos weiße Nachthaube umrahmte ein knochiges Gesicht mit klar ausgeprägten Zügen, das gute, große, derbe Gesicht der treuen, fleißigen Arbeiterfrau.

«Mein Gott!» rief sie. «Was ist denn mit ihm los?»

Mit zwanzig Worten war der Vorfall erzählt, und dann beruhigte sie sich und beruhigte auch den Arzt. Dergleichen sei schon häufig geschehen.

«Ins Bett legen muß man ihn, Herr, sonst nichts. Dann schläft er, und morgen ist alles wieder gut.»

«Aber er kann doch kaum sprechen», meinte der Arzt.

«Ach, das macht nichts; er hat eben ein wenig getrunken, das ist alles. Er hat nicht zu Abend gegessen, um nur recht gelenkig zu sein, und dann hat er zwei Absinth getrunken, um in Stimmung zu kommen. Und der Absinth, wissen Sie, der geht ihm in die Beine. Aber mit dem Denken, mit dem Reden wird's schlimm. Gehört sich das denn, in seinem Alter so zu tanzen, wie er das tut?! Nein, wahrhaftig, es ist zum Verzweifeln, daß er gar nicht zur Vernunft kommen will!»

Der Arzt konnte sein Erstaunen nicht verbergen.

«Ja, aber warum tanzt er denn so? Ein alter Mann!»

Sie zuckte die Achseln, und in dem Zorn, der sich ihrer nach und nach bemächtigte, röteten sich ihre Wangen.

«Ja, warum! Warum! Das muß einmal heraus! Damit man glauben soll, daß er unter seiner Maske noch jung sei, damit die Weiber ihn für einen Springinsfeld halten, ihm Schweinereien zuflüstern, um sich an ihrer Haut zu reiben, an ihrer schmutzigen Haut mit all ihren Parfums und ihrem Puder und ihren Pomaden... ja, ja, das ist mir eine Nummer! Und was hab' ich für ein Leben gehabt, Herr, seit vierzig Jahren... so lange dauert das jetzt... aber nun muß man ihn zuerst ins Bett legen, sonst könnte ihm übel werden. Macht's Ihnen nichts aus, mir zu helfen? Wenn er in diesem Zustand ist, kann ich allein nicht mit ihm fertig werden.»

Der Alte hatte sich auf dem Bett aufgesetzt, er war noch immer wie berauscht, und die langen, weißen Haare fielen ihm ins Gesicht.

Seine Gefährtin betrachtete ihn; Zorn und Zärtlichkeit mischten sich in ihrem Blick. Jetzt fuhr sie fort:

«Sehen Sie ihn nur an! Hat er nicht einen schönen Kopf für sein Alter? Und da muß er den Hanswurst spielen, damit man glauben soll, daß er jung sei! Ein wahrer Jammer das! Nicht wahr? Der Kopf ist doch schön, Herr? Und warten Sie, ich will Ihnen was zeigen, bevor er sich hinlegt!»

Rasch ging sie zu einem Tisch, darauf ein Waschbecken, ein Krug, Seife, Kamm und

Bürste waren. Sie nahm die Bürste, und dann kam sie wieder ans Bett. Den ganzen wirren Schopf des Betrunkenen strich sie zurecht, und damit verlieh sie ihm in wenigen Sekunden den Ausdruck eines Malermodells. Die weißen Haare fielen in Locken auf den Hals. Und dann trat sie zurück und betrachtete ihr Werk.

«Nicht wahr? Er ist doch noch schön für sein Alter?!»

«Sehr schön», bestätigte der Arzt, der das Abenteuer mit der Zeit höchst unterhaltend fand.

Und nun legte sie los.

«Wenn Sie ihn aber gekannt hätten, als er fünfundzwanzig war! Nur, jetzt müssen wir ihn hinlegen; sonst spukt der Absinth ihm im Bauch. Hier, Herr, wollen Sie am Ärmel ziehen? höher... ja, so... so ist's recht... und jetzt die Hose... warten Sie... erst will ich ihm die Schuhe ausziehen... so... und jetzt heben Sie ihn einen Augenblick lang, damit ich das Bett zurechtmachen kann... so... legen wir ihn nur hin... wenn Sie glauben, daß er nachher geruhen wird, mir Platz zu machen, dann irren Sie sich. Ich muß irgendwo einen Winkel für mich finden – wo's auch sein mag. Darüber zerbricht er sich nicht den Kopf! Wenn ihm nur nichts abgeht!»

Sobald der alte Mann spürte, daß er wohlbehalten unter seiner Decke lag, schloß er die Augen, öffnete sie wieder, und in seine zufriedenen Züge trat der unerschütterliche Entschluß zu schlafen.

Der Arzt beobachtete ihn; sein Interesse an dem seltsamen Fall wuchs.

«Er spielt also auf Maskenbällen den jungen Mann?» fragte er.

«Auf allen, die's nur gibt, Herr! Und am Morgen kommt er in einem Zustand zurück... das können Sie sich nicht vorstellen! Der Kummer ist's, müssen Sie wissen, der Kummer hetzt ihn dahin, bringt ihn dazu, daß er sich ein Pappendeckelgesicht über das eigene zieht. Ja, der Kummer darüber, daß er nicht mehr ist, was er gewesen war; daß er keine Triumphe mehr feiern kann.»

Jetzt schlief er und begann zu schnarchen. Mitleidig betrachtete sie ihn.

«Und was der für Triumphe gefeiert hat, der Kerl», sagte sie. «Man würd's nicht glauben, Herr; mehr als die elegantesten Lebemänner, mehr als alle Tenöre und alle Generäle.»

«Wirklich? Was hat er denn gemacht?»

«Ach, da werden Sie zuerst einmal überrascht sein, weil Sie ihn in seinen guten Tagen nicht gekannt haben. Ich? Als ich ihm zum erstenmal begegnet bin... es war auch auf einem Ball, denn er ist ja immer auf Bälle gegangen. Auf den ersten Blick hat's mich erwischt, richtig erwischt wie einen Fisch an der Angel. Und nett war er, Herr, zum Weinen nett, wenn man ihn nur ansah, dunkel wie ein Rabe und mit den schönen Locken und den schwarzen Augen... groß wie Fenster waren sie. Ja, ja, was war das für ein hübscher Kerl! Gleich am ersten Abend hat er mich mitgenommen, und ich habe ihn nie mehr verlassen, keinen Tag. Wie's auch kam! Und was hat er mir nicht alles angetan!»

«Sind Sie verheiratet?» fragte der Arzt.

«Ja, Herr», erwiderte sie einfach. «Sonst hätte er mich ja sitzengelassen wie die andern. Ich bin seine Frau gewesen und seine Magd, alles, alles, was er nur wollte... Und was hat mich das an Tränen gekostet... Tränen, von denen er nichts wissen durfte. Hat er mir denn nicht seine Abenteuer erzählt? Mir... mir... Herr... und ohne eine Ahnung, wie weh es mir getan hat, ihm zuzuhören...»

«Ja, was hatte er denn eigentlich für einen Beruf?»

«Richtig... das habe ich vergessen... das muß ich Ihnen doch erzählen. Er war erster Gehilfe bei Martel... aber ein erster Gehilfe, wie man ihn noch nie gehabt hat... Ein Künstler... zehn Francs die Stunde im Durchschnitt hat er verdient...»

«Martel... was für ein Martel?»

«Der Coiffeur, Herr, der große Coiffeur von der Oper... alle Damen vom Theater waren doch seine Kundinnen. Ja, ja, alle Schauspielerinnen, die allerfeinsten haben sich von Ambroise die Haare machen lassen... und die Trinkgelder, die sie ihm gegeben haben... ein richtiges Vermögen hatte er beisammen. Ja, ja, Herr, aber die Weiber sind alle dieselben, ja, alle. Wenn ein Mann ihnen gefällt, gleich bieten sie sich ihm an. So einfach ist das... und so weh tut's, wenn man's hören muß. Denn er hat mir alles gesagt... er konnte den Mund nicht halten... nein, das konnte er nun einmal nicht. Diese Dinge machen den Männern ja so ein Vergnügen! Mehr Vergnügen, wenn sie sie erzählen, vielleicht, als wenn sie sie tun.

Wenn ich ihn am Abend sah, wie er nach Hause kam, ein wenig blaß, aber so zufrieden! Und wenn seine Augen leuchteten, da sagte ich mir: Wieder eine! Sicher hat er wieder eine drangekriegt! Und da hatte ich Lust, ihn auszufragen; am Herzen hat mir die Lust genagt. Und doch wollt' ich auch wieder nichts davon wissen, wollte ihm den Mund stopfen, wenn er anfing. Und da saßen wir und starrten einander an.

Ich wußte sehr gut, daß er nicht schweigen würde, daß er davon reden mußte. Ich spürte das an seiner Haltung, an seiner Art zu lächeln, damit ich's nur richtig verstehen sollte: Heute hab' ich aber etwas Feines gehabt, Madeleine! Ich tat, als würde ich nichts sehen, als würde ich nichts erraten; und ich deckte den Tisch, ich brachte die Suppe, ich setzte mich ihm gegenüber.

In solchen Stunden, Herr, da war's, als würde man mir alles, was ich für ihn übrig hatte, mit einem Stein im Leib zerquetschen. Ja, ja, das tut weh, glauben Sie mir, verflucht weh. Aber er merkte nichts davon, o nein, er nicht. Keine Ahnung hatte er. Er hatte einfach das Bedürfnis, es jemandem zu erzählen, zu schwadronieren, zu zeigen, wie man sich um ihn riß... und er hatte doch nur mich... nur mir konnte er's erzählen... Sie verstehen... nur mir... Und da mußte ich ihm ja zuhören, mußte es hinunterschlucken wie Gift.

Er fing an, seine Suppe zu essen, und dann sagte er:

‹Wieder eine, Madeleine!›

Und ich dachte: Ist's wieder soweit! Mein Gott, was ist das für ein Mensch! Gerade an den hab' ich geraten müssen!

Und nun ging's los.

‹Wieder eine... und was für ein süßes Ding!›

Und es war eine Kleine vom ‹Vaudeville› oder eine Kleine von den ‹Variétés›, und dann kamen auch die großen an die Reihe, die bekanntesten von diesen Theaterprinzessinnen. Und er sagte mir, wie sie hießen und wie sie eingerichtet waren und alles, ja, ja, alles, Herr... Einzelheiten, daß es mir das Herz im Leibe zerriß. Und immer wieder ging's los, immer wieder erzählte er mir seine Geschichte vom Anfang bis zum Ende; so zufrieden war er, daß ich tat, als ob ich lächelte, nur damit er nicht bös auf mich würde.

Vielleicht war das alles nicht einmal wahr! Er tat so gern groß damit, daß er sehr wohl imstande gewesen wäre, solche Geschichten zu erfinden! Und doch – es kann auch wahr gewesen sein. An diesen Abenden spielte er eine Komödie, war müde und abgespannt, wollte sich gleich nach dem Abendessen ins Bett legen. Um elf Uhr haben wir erst gegessen, weil er nie früher heimkam. Wegen seiner Arbeit als Coiffeur.

War er dann mit seinem Abenteuer fertig, so rauchte er eine Zigarette nach der andern, ging im Zimmer auf und ab, und mit seinem Schnurrbart und dem Lockenkopf war er doch so ein hübscher Kerl, daß ich dachte: Ja, es wird doch wohl wahr sein, was er erzählt. Wenn ich in den Menschen vernarrt bin, warum sollten die andern Frauen nicht auch hinter ihm her sein? Und dann hatte ich die größte Lust, zu weinen und zu schreien und davonzulaufen und mich zum Fenster hinauszuwerfen! Und dabei räumte ich den Tisch ab, und er rauchte immer noch seine Zigaretten. Er gähnte, er sperrte den Mund weit auf, damit ich nur sehen sollte, wie müde er war, und bevor er ins Bett ging, sagte er noch zwei-, dreimal: ‹Herrgott, werde ich diese Nacht gut schlafen!›

Ich kann's ihm nicht übelnehmen, er wußte ja nicht, wie weh er mir tat. Nein, das konnte er nicht wissen! Er war stolz auf seine Weibergeschichten wie ein Pfau, der ein Rad schlägt. So weit war er gekommen, daß er glaubte, alle müßten ihn ansehen, alle wollten ihn haben.

Und es war ein harter Schlag, als er alt wurde.

Ja, ja, Herr, als ich sein erstes weißes Haar sah, da hat's mich gepackt, als sollte der Atem mir stocken, und dann hatte ich eine Freude – gewiß, eine abscheuliche Freude ... aber groß war sie, so groß! Ich sagte mir: Das ist das Ende ... das ist das Ende ... Und mir war's, als würde man mich aus dem Gefängnis holen. Jetzt sollte ich ihn also endlich allein für mich haben, wenn die andern nichts mehr von ihm wissen wollten.

Eines Morgens war es, in unserm Bett. Er schlief noch, und ich beugte mich über ihn, ich wollte ihn mit einem Kuß wecken, und da bemerkte ich zwischen seinen Locken an der Schläfe ein dünnes Fädchen, und das glänzte wie Silber. War das eine Überraschung! Nie hätt' ich's für möglich gehalten. Zuerst meinte ich, ich sollte es ausreißen, damit er es gar nicht zu sehen bekäme. Doch als ich ihn richtig anschaute, da fand ich noch ein zweites, weiter oben. Weiße Haare! Er würde weiße Haare haben! Das Herz pochte mir in der Brust, und ich spürte, wie meine Haut feucht wurde; und doch, im Grunde war ich so zufrieden!

Es ist häßlich, so zu denken, gewiß, aber an jenem Morgen habe ich glücklich und froh meinen Haushalt besorgt; geweckt habe ich ihn nicht, und als er später, ganz allein, aufwachte, da sagte ich zu ihm:

‹Weißt du, was ich gefunden habe, während du noch geschlafen hast?›

‹Nein.›

‹Weiße Haare habe ich bei dir gefunden.›

Er fuhr heftig auf, als ob ich ihn gekitzelt hätte, und dann sagte er wütend:

‹Das ist nicht wahr!›

‹Doch! Über der linken Schläfe. Vier sind's schon.›

Er sprang aus dem Bett, lief zum Spiegel.

Er fand sie nicht. Und da zeigte ich ihm das erste, ein wenig tiefer das gelockte, und ich sagte:

‹Ein Wunder ist's ja nicht, bei dem Leben, das du führst. Noch zwei Jahre, und du bist fertig.›

Und richtig, Herr, ich hatte die Wahrheit gesagt; zwei Jahre später war er nicht wiederzuerkennen. Wie rasch sich so ein Mann doch verändern kann! Er war noch immer ein schöner Kerl, aber seine Jugendfrische hatte er verloren, und die Frauen liefen ihm nicht mehr nach. Ach, was hab' ich damals für ein Leben gehabt, ein schweres Leben! Was hat er mir angetan! Nichts war ihm recht, nichts, nichts. Er gab seinen Beruf auf, fing ein Geschäft mit Hüten an, bei dem er sein Geld zugesetzt hat. Und dann wollte er Schauspieler werden, aber dazu hat er auch nicht getaugt, und schließlich hat er angefangen auf die öffentlichen Bälle zu gehn; nun, er war klug genug, um das bißchen Geld beisammenzuhalten, von dem wir leben. Genügen tut's wohl, aber viel ist's nicht. Und wenn man dran denkt, daß er einmal beinahe ein Vermögen gehabt hat!

Und jetzt sehen Sie ja, wie er's treibt. Wie ein Wahnsinn ist's, der ihn nicht locker läßt. Er muß jung sein, er muß mit den Weibern tanzen, die nach Parfum und Pomade riechen. Ach, mein armer, alter Schatz, mein Liebling!»

Gerührt sah sie ihn an, die Tränen waren ihr

nah, und da lag er, ihr alter Mann, und schnarchte. Der Arzt war aufgestanden, wollte sich verabschieden; was hätte er vor diesem seltsamen Paar sagen sollen?

Doch als er ging, bat sie ihn:

«Möchten Sie mir nicht für alle Fälle Ihre Adresse dalassen? Wenn's einmal schlimmer mit ihm stehn sollte, würde ich Sie holen.»

NACHWORT

Mit dem Lob «Das ist von einem Meister» entließ Flaubert den Verfasser von «Boule de Suif» aus seiner literarischen Obhut. Die eine Novelle begründete den Ruhm Maupassants, einen Ruhm, der sich über die Welt verbreitete und bald ein Jahrhundert alt ist.

Die großen Schriftsteller seiner Zeit, so verschiedene Naturelle wie Zola und Taine, schätzten ihn hoch. Turgenjew, den er verehrte, machte Tolstoj auf ihn aufmerksam, und dieser gab eine mehrbändige Sammlung von Maupassants Novellen heraus, die er mit einer Studie über den französischen Autor einleitete. Dichter aller Sprachen haben nach ihrem eigenen Zeugnis von ihm gelernt. Es würde lohnen, der Wirkung Maupassants komparatistisch nachzugehen. Sein Einfluß auf die russische Literatur reicht von Tschechow und Gorki bis zu Babel. Nicht minder hat er die englische, amerikanische, italienische Literatur befruchtet. Er selbst spricht zur Gegenwart in seinen Novellen, denen man immer wieder in Zeitschriften und Zeitungen begegnet.

Talent ist angeboren, Meisterschaft jedoch undenkbar ohne harte Schulung. In diesem Sinne ist Goethes Wort zu verstehen: Genie ist Fleiß. Nichts anderes meinte Buffon, wenn er sagte: «Das Talent ist eine lange Geduld.» Ihn zitierte Flaubert bei der Unterweisung seines Schülers, wie er Maupassant scherzhaft nannte: «Bleiben wir, um ein flammendes Feuer und einen Baum in der Ebene zu beschreiben, so lange vor diesem Feuer und diesem Baum, bis sie, für uns, keinem anderen Baum und keinem anderen Feuer mehr gleichen.» Flaubert erklärte sich überzeugt, berichtet Maupassant, «daß auf der ganzen Welt nicht zwei Sandkörner, zwei Fliegen, zwei Hände oder zwei Nasen absolut gleich seien, und hielt mich an, einen Menschen oder einen Gegenstand mit ein paar Sätzen so zu charakterisieren, daß er sauber herausgearbeitet und von jedem Menschen der gleichen Rasse oder jedem Gegenstand der gleichen Gattung zu unterscheiden wäre. ‹Wenn Sie an einem vor seiner Türe sitzenden Spezereihändler, an einem pfeifenrauchenden Pförtner, an einem Droschkenstand vorübergehen, so zeigen Sie mir diesen Spezereihändler und diesen Pförtner, ihre Haltung, ihre ganze äußere Erscheinung, in der auch, dank der Schlagkraft des Bildes, sich ihr ganzes inneres Wesen abzeichnet, so daß ich sie mit keinem anderen Spezereihändler und mit keinem anderen Pförtner verwechsle, und erhellen Sie mir mit einem einzigen Wort, daß ein Droschkengaul nicht fünfzig anderen gleicht, die ihm folgen oder voraustrotten.›»

Maupassant selbst fügt hinzu: «Was immer man sagen will, es gibt nur ein Wort, um es auszudrücken, nur ein Verb, um es zu beleben, nur ein Adjektiv, um es zu qualifizieren. Also muß man suchen, bis man dieses Wort, dieses Verb und dieses Adjektiv entdeckt, und sich nicht mit dem Ungefähr begnügen.» Er ist gegen absonderliche, verzopfte, schwerverständliche Wörter, er will abwechslungsreich gebaute, gut geschnittene Sätze voll Klang und Ebenmaß. Der Stil soll dem Geist der französischen Sprache gemäß klar, logisch und nervig sein. Maupassant fordert Präzision und Bildhaftigkeit, er fordert Einfachheit, und das Einfache ist bekanntlich am schwersten. Eine harte Schulung! «Während sieben Jahren – gesteht er – machte ich Verse, machte Erzählungen, ich machte sogar ein miserables Drama. Nichts davon ist erhalten.» In jenen

Jahren hat er nicht nur die Arbeitsdisziplin erworben, die ihn zu einer erstaunlich raschen Produktion befähigte, er hat auch sein Ziel erreicht, hat die Qualität gewonnen, die sich als so dauerhaft erweist.

Der Streit, ob Maupassant ein Naturalist sei, ist verhallt, gegenstandslos geworden durch die Zeit, die ihn über die literarischen Richtungen hinaushob. Schon bei seinem Tode reihten Schriftsteller und Kritiker ihn unter die Klassiker ein. Er erinnere durch die Präzision, die Klarheit der Sprache an die großen Schriftsteller des 17. und 18. Jahrhunderts, schrieb ein ungenanntes Mitglied der Académie. Ein anderer Académicien, der Lyriker José-Maria de Heredia, sagte in seiner Rede an der Denkmalsweihe in Rouen (Ende Mai 1900): «Er ist vom großen normannischen Stamme, von der Rasse der Malherbe, Corneille und Flaubert. Gleich ihnen hat er den klaren klassischen Sinn, die schöne architektonische Ordnung und, unter diesem ebenmäßigen und zweckvollen Äußeren, eine kühne und stürmische, abenteuerliche und unruhige Seele.»

Der Sammelband «Les Soirées de Médan», in dem «Boule de Suif» zuerst erschien, wurde von einer Novelle Zolas eröffnet, und obwohl Maupassant bei dieser Gelegenheit in einem Artikel des «Gaulois» ausdrücklich erklärte, die in dem Buch vereinigten Autoren wollten keine Schule bilden, wurde er der «Schule Zolas» zugerechnet. Tatsächlich sollte und wollte der kollegiale Zola mit seinem Beitrag nur als Zugpferd für die Publikation dienen. Über ihn dachte Maupassant, wie wir aus Briefen wissen, gleich wie Flaubert: «Trotz einer großen Freundschaft für Emile Zola, einer großen Bewunderung für sein mächtiges Talent, das er als genial bezeichnete, verzieh er (Flaubert) ihm den Naturalismus nicht.»

Dem väterlichen Freunde Flaubert verdankte Maupassant viel, und er hat ihm über den Tod hinaus die Treue gewahrt. Beim Meister lernte er das Handwerk, von ihm übernahm er die hohe Auffassung des Berufs: «Alles der Kunst opfern; das Leben muß vom Künstler als ein Mittel betrachtet werden, als nichts mehr.» Das ist auch die Auffassung Turgenjews, an den sich Maupassant ebenfalls anschloß. Es geht um «die literarische Kunst als etwas Unerreichbares», ein nie endendes Ringen um die Form als reinen Ausdruck des Gehalts, um die Gestaltung einer «vollkommenen Illusion des Wahren». Diese Kunst ist amoralisch: «Die Moral, die Ehrbarkeit, die Grundsätze sind unerläßlich für die Sicherung der bestehenden Gesellschaftsordnung; aber Gesellschaftsordnung und Kunst haben nichts gemeinsam... Jedes Tendenzbuch ist kein künstlerisches Buch mehr. Der Schriftsteller schaut, er sucht Gemüt und Herz zu erfassen, ihre Hintergründe, ihre schmählichen oder edeln Neigungen, er sucht das ganze komplizierte Gebilde der menschlichen Motive zu verstehen. Dergestalt beobachtet er gemäß seiner persönlichen Natur und seinem künstlerischen Gewissen. Er ist nicht mehr gewissenhaft, nicht mehr Künstler, wenn er sich systematisch bemüht, die Menschheit zu verherrlichen, sie herauszuputzen, die nach seiner Ansicht unwürdigen Leidenschaften zugunsten der nach seiner Ansicht würdigen zurückzudämmen.»

Von diesem Gesichtspunkt aus gestaltet Maupassant den Menschen, und zwar ausschließlich den «zeitgenössischen Menschen», den er aus reicher persönlicher Erfahrung kannte.

Guy de Maupassant wurde am 5. August 1850 auf Schloß Miromesnil bei Dieppe geboren, als Sproß einer lothringischen Familie, die um die Mitte des 18. Jahrhunderts sich in der Normandie angesiedelt hatte. Die Mutter stammte aus Rouen. Dort hatten sie und ihr

Bruder Alfred Le Poittevin als Kinder mit Gustave Flaubert und seiner Schwester Caroline zusammen gelernt und gespielt, oft in der Dienstwohnung des Spitals, dem Dr. Flaubert als Chefchirurg vorstand. Die Ehe der Maupassants war unglücklich. Nach gütlicher Trennung zog Laure de Maupassant mit den beiden Knaben, Guy und dem sechs Jahre jüngeren Hervé, in ihr Haus in Étretat. Guy besuchte das Seminar zu Yvetot und, nach seiner Wegweisung, das Lyzeum in Rouen, wo er die Maturität erwarb. Den Krieg von 1870/71 machte er als Mobilgardist mit. Nachher arbeitete er als kleiner Ministerialangestellter, bis der literarische Erfolg sich einstellte.

In den zehn mageren Jahren hatte er die Freizeit rudernd und fischend auf der Seine verbracht, mit Ausflügen in die Umgebung von Paris. Nun wurde er Feuilletonist, «Chroniqueur», die Einnahmen aus der Tagesschriftstellerei und den Büchern ermöglichten ihm ein luxuriöses Leben; er fuhr auf der eigenen Jacht, machte Reisen nach Afrika, war ein begehrter Gast der Salons, der Pariser Gesellschaft. Dabei wußte er dieses rastlose Treiben stets dem produktiven Zweck dienstbar zu machen. Jedes neue Buch zeigte, nach dem Worte Paul Bourgets, «die Grundtugend des großen Schriftstellers: die skrupulöseste künstlerische Redlichkeit inmitten der gefährlichsten Versuchungen eines ungeheuren Erfolges». Beobachten war seine Leidenschaft, seine Manie. Selbst der Genuß, den er dem Leben abgewann, wurde ihm zum Gegenstand der Beobachtung. Aber er war kein Egoist. Er erfüllte freiwillig, ohne Aufhebens, schwere Verpflichtungen, indem er für seine Mutter sorgte und für den Unterhalt seines Bruders Hervé und dessen Familie aufkam.

Die Stationen seines Lebens bezeichnen die Welt, aus der er den «zeitgenössischen Menschen» bezog. Bauern,

Fischer und Mägde, Schankwirte und Kleinhändler, Soldaten und Jäger, Freudenmädchen und Vagabunden, Angestellte und Rentner, Landadel und Finanzaristokratie, Abenteurer und Kurtisanen gehen durch Maupassants Novellen und Romane, die in den Städten und Dörfern der Normandie, in der Provinz und in Paris spielen, in bescheidenen Hütten, auf Landschlössern, in städtischen Mietwohnungen und in Palais. Mit den Menschen lebt die Natur, in der sie sich bewegen, Meer und Fluß, Hügel und fruchtbare Ebenen, Wald und Heide, Gärten, Parks und Avenuen.

Damit ist angedeutet, wie sehr Maupassants eigene Erfahrung, wie sehr die Gegenwart seine Produktion nährte. Wer sich für die «wirklichen» Personen, die Modelle, interessiert (obwohl sie nichts über den künstlerischen Wert der Gestaltung aussagen), der möge wissen, daß ein Urbild der «Boule de Suif» existiert hat. Die galante Dame hieß Adrienne Legay und wohnte in Rouen; als die braunhaarige Rachel wurde sie auch in «Mademoiselle Fifi» porträtiert. Charles Lapierre, Leiter des «Nouvelliste de Rouen», Freund Flauberts und Maupassants, berichtet, daß der Tugendpreisträger der Madame Husson in Gisors gelebt hat.

Wichtiger ist indessen, daß Maupassant aus der journalistischen Fron nicht nur die «Chroniken» gewann, die wir als kurze Geschichten kennen, sondern diese selbst als Entwürfe betrachtete, die er in vielen Fällen später umgearbeitet oder unverändert in die Romane übernahm. So tritt Tante Lison im Roman «Ein Leben» auf und wird in der Episode des im Garten spazierenden Brautpaars wörtlich gleich gezeigt wie in der Novelle «An einem Frühlingsabend». Das Hochzeitsmahl mit dem normannischen Bauernfest aus der Novelle «Meine Frau» und die «Hochzeitsreise» erscheinen ebenfalls in «Ein Leben» wieder. Der Roman «Bel-Ami» enthält die

Novelle «Das Vermächtnis» mitsamt dem Namen des Erblassers Vaudrec und dem kugelrunden Notar Lamaneur. Das Motiv von «Monsieur Jocaste» wird im Roman «Stark wie der Tod» verfeinert und tragisch vertieft. Die Erbschaft verdächtiger Herkunft, die in den Novellen mehrfach abgewandelt wird, bildet ein Motiv des Romans «Bel-Ami» und das Hauptmotiv des Romans «Pierre und Jean».

Persönlich bot sich Maupassant in der Vollkraft einer sportlichen Erscheinung dar, als ein «Kerl mit sonnengebräuntem Gesicht, mit dem breiten Nacken und den schwellenden Muskeln», die an einen jungen Stier in Freiheit denken ließen, und die Bekannten berichteten einander flüsternd von seinen kühnen Liebesabenteuern. Aber der äußeren Robustheit widersprach die Gesundheit, die schon früh gefährdet war. Als Achtundzwanzigjähriger klagte er zu Flaubert über Mattigkeit, Schlaflosigkeit und Erschöpfungszustände. Im Frühjahr 1880, als «Boule de Suif» erschien, begann er an Sehstörungen zu leiden. Diese nahmen so zu, daß er die Arbeit oft aussetzen mußte und Briefe schließlich nur kurz beantworten konnte. Heftige Neuralgien traten auf, so daß er zu Äther und gelegentlich zu Kokain, Morphium und Haschisch griff. Auch Halluzinationen stellten sich ein. Selbst diese Zustände machte er zum Gegenstand der Produktion. Die Natur der Krankheit wurde nicht erkannt oder doch ihm verschwiegen. Sie war damals – und bis ins zwanzigste Jahrhundert hinein, bis zur Entdeckung des Salvarsans – unheilbar. Als er um seinen Verstand fürchten mußte, unternahm er einen Selbstmordversuch, der mißglückte, weil der Diener vorsorglich den Revolver entladen hatte. Dann wurde er in der Anstalt des Dr. Blanche in Passy interniert, wo er, zeitweilig klar, zeitweilig dahindämmernd, nach achtzehn Monaten, am 6. Juli 1893, starb.

Die seelischen Begleiterscheinungen seines Leidens, das Gefühl der Vereinsamung, der Vergänglichkeit, trafen sich mit dem Zeitgeist. Maupassant hat die Entzauberung des Lebens gestaltet. Wie oft hat er den Jammer der Mietskasernen, die Trostlosigkeit des Hoteldaseins geschildert, die Angst vor der ungreifbaren Gefahr, den Schauer vor dem Tode und das Sterben! Er wurde der entschiedenste Pessimist der französischen Literatur genannt, und die Frage liegt nahe, ob die Krankheit sein schriftstellerisches Werk beeinflußt habe. Er selbst gab die beste Antwort darauf, als er sich über Flauberts Epilepsie äußerte: «Sind die ganz glücklichen, starken und gesunden Menschen richtig ausgestattet, um unser so qualvolles und kurzes Leben zu verstehen, von Grund auf zu erfassen und darzustellen?» Wahrscheinlich, so fuhr er fort, habe Flauberts Weltbild infolge der gesundheitlichen Gefährdung sich verdüstert, sei er skeptischer geworden und habe er dem Glück mißtraut. – Maupassants stählerner Wille, der wahrhaft heroische Kampf gegen die Krankheit war insofern erfolgreich, als das Werk nach dem einhelligen Urteil der Kenner völlig gesund ist.

Unmittelbarkeit und Dauer seiner Wirkung dürften darin beruhen, daß er das Triebleben, die Urinstinkte des Menschen zeigt, die Liebe der Geschlechter, das Verhältnis von Vater und Sohn, von Mutter und Kind, Haß und Habgier, Herrschsucht und Bequemlichkeit. Aber damit ist seine Eigenständigkeit noch nicht erklärt. Maupassant ergreift, weil seinem Pessimismus ein versöhnender Zug innewohnt: das Erbarmen mit der Kreatur. Es wurde oft versucht, sein Mitleid, seine Weichheit auf die Krankheit zurückzuführen, und je nach der Natur des Kritikers wurde darin eine Entartung oder eine Bereicherung des Talents gesehen. Beide Meinungen dürfen bestritten werden. Wie es falsch war, Maupassant nach seiner robusten Erscheinung zu beurteilen, so ist es falsch, die saftigen Bauerngeschichten, die ans Frivole streifenden Erzählungen und die Burlesken zum Nennwert zu nehmen. Denn selbst dort, in den frühen Novellen, enthüllt sich das Erbarmen. Die Qual der Kreatur wird sichtbar in der still weinenden Boule de Suif, im Zusammenbruch der Tante Lison, und Erbarmen wird sichtbar gar in der handfesten Geschichte «Toine», wo der Hilflose beim Auskriechen der Küken Mutterstolz empfindet. Erbarmen mit der leidenden Kreatur ist der Grundakkord von Maupassants Werken; es verleiht ihnen die besondere Färbung.

Zehn Jahre des Schaffens waren ihm vergönnt. Er hat sie unter schweren Bedingungen mit einem Œuvre ausgefüllt, das dreihundert Novellen, sechs Romane und drei Reisebücher umfaßt. «Es wird bestehen», schrieb Paul Bourget, «solange es eine französische Sprache gibt.»

Josef Halperin

INHALT

Boule de Suif 5
Öffentliche Meinung 71
An einem Frühlingsabend 80
Strandgut 89
Mademoiselle Fifi 97
Ein Weihnachtsabend 119
Der Blinde 129
Magnetismus 135
Begegnung 143
Die Totenwache 150
Beichte einer Frau 157
Ein Staatsstreich 165
Hochzeitsreise 183
Eine Million 190
Meine Frau 199
Menuett 211
Die Schmuckstücke 219
Der Ersatzmann 232
Zwei Freunde 239
Das verfluchte Brot 251
Der Fall der Madame Luneau 260
Mein Onkel Jules 269
Der Schnurrbart 283
Andrés Krankheit 291
Freund Patience 301
Das rote Band 311
Der Vater 321
Der Rächer 336
Monsieur Jocaste 345

Die Hand 353
Protektion 364
Das Halsband 373
Das Fäßchen 387
Das Bett 29 397
Erinnerungen 416
Das Vermächtnis 423
Toine 434
Brief eines Wahnsinnigen 450
Vater Mongilet 460
Die kleine Rocque 470
Nachher 528
Im Wald 538
Mademoiselle Perle 547
Der Marquis de Fumerol 575
Liebe 588
Rosalie Prudent 597
Der Tugendpreisträger Madame Hussons . . . 604
Die fünfundzwanzig Francs der Oberin 633
Scheidung 643
Die Maske 657

Nachwort 673

manesse im dtv